T0153569

CLASSIQUES JAUNES

Littératures francophones

Germinie Lacerteux

Edmond et Jules de Goncourt

Germinie Lacerteux

Édition critique par Éléonore Reverzy

PARIS
CLASSIQUES GARNIER
2022

Spécialiste de la littérature du XIXe siècle, Éléonore Reverzy s'intéresse plus particulièrement à l'esthétique des formes narratives et aux enjeux entre littérature, presse et histoire, qu'elle traite notamment dans le *Portrait de l'artiste en fille de joie*. Elle est l'auteur de plusieurs éditions de référence des œuvres d'Émile Zola, de Joris-Karl Huysmans et des frères Goncourt. Elle est également coordonnatrice des *Cahiers Goncourt*.

Couverture :
Germinie Lacerteux. Edmond et Jules de Goncourt, illustrations de Raffaëlli, imprimé pour M. Paul Gallimard, 1890.
Source : https://gallica.bnf.fr/

ISBN 978-2-406-12457-3
ISSN 2417-6400

PRÉFACE

> Au fond, à la longue, dans l'autopsie du passé, l'imagination prend froid, comme sous un air de cave. Il y a autour de ces mémoires qu'on désemmaillotte, comme une odeur de momies embaumées dans de la poudre à la maréchale… [Cela entête et finirait par écouiller]. Aussi avons-nous hâte de revenir à l'air, au jour, à la vie – au roman, qui est la seule histoire vraie après tout.
> Lettre de Jules de Goncourt à Flaubert, 16 juin 1860[1]

> Personne, depuis Balzac, n'avait modifié à ce degré l'art du roman.
> PAUL BOURGET, « Edmond et Jules de Goncourt[2] »

« Nous appellerons *Germinie Lacerteux* un traité de physiologie, nous le mettrons dans une bibliothèque médicale, nous recommanderons aux jeunes gens et aux jeunes filles de ne jamais le lire », écrit Zola en réponse à Ferragus [Louis Ulbach], à l'occasion de la polémique autour de la parution de *Thérèse Raquin* en 1868[3]. Trois ans après son retentissant article paru dans *Le Salut Public de Lyon*[4], qui fait de lui « l'élève des

1 Edmond et Jules de Goncourt, *Correspondance générale (1843-1862)*, éd. établie, présentée et annotée par Pierre-Jean Dufief, Paris, Champion, t. I, 2004, p. 494.

2 Paul Bourget, « Edmond et Jules de Goncourt », *Essais de psychologie contemporaine*, Paris, Gallimard, coll. « Tel », 1993, p. 313.

3 Zola, « Réponse à Ferragus », article paru dans *Le Figaro* du 31 janvier 1868, repris dans *Œuvres complètes*, Genève, Cercle du Livre Précieux, 1968, t. X, p. 727-730. Voir Annexes, p. 375-380.

4 Voir Annexes, p. 267-277.

Goncourt[1] » et de *Germinie Lacerteux* un « texte fondateur » du naturalisme selon les termes de David Baguley[2], le jeune romancier retient du roman des Goncourt la « clinique de l'Amour », cette part physiologique, cette étude d'un cas, et situe *Thérèse Raquin* dans la même lignée, celle du roman-étude – selon le terme adopté par Ernest Feydeau en 1858 pour servir de sous-titre à *Fanny.* Zola dégage ainsi nettement le massif médical du roman, souligne l'application de la théorie de l'hystérie des grands médecins contemporains, le Dr Brachet en particulier, que lisent les Goncourt, pour transférer dans leur récit, parfois au mot près, des passages des « Observations » de son *Traité de l'hystérie* paru en 1847.

En 1865, à la parution de *Germinie Lacerteux*, la presse contemporaine est aussi frappée par le propos sociologique et politique des Goncourt : les articles de Gustave Merlet – qui parle de « ces nouveaux missionnaires de l'art démocratique[3] » –, de Jules Claretie – qui use de la catégorie du *roman populaire*[4] –, de Jules Vallès[5] et de F. de Lagenevais[6], que le lecteur trouvera en annexes, s'intéressent à l'engagement des romanciers. Engagement qui leur semble paradoxal, non sans raison peut-être. L'antienne des études goncourtiennes – ce double paradoxe : l'aristocratisme assorti de la volonté de représenter « un monde sous un monde : le peuple », et la misogynie d'auteurs qui ont consacré nombre de romans et de monographies à des figures féminines –, ils ont eux-mêmes contribué à la faire naître et l'ont entretenue : « Il est bien étrange que ce soit nous, entourés, encombrés de tout le joli du XVIIIe siècle, qui nous livrions aux plus sévères et presque aux plus répugnantes études sur le peuple ; que ce soit nous, chez lesquels la femme a si peu d'entrée, qui fassions de la femme l'anatomie la plus sérieuse, la plus

1 « Nous avons vu à déjeuner notre admirateur et notre élève Zola », consigne le *Journal* à la date du 14 décembre 1868 (*Journal. Mémoires de la vie littéraire*, Laffont, coll. « Bouquins », 1989, t. II, p. 186). Pour les années 1851-1864 je ferai référence à l'édition de Christiane et Jean-Louis Cabanès (Champion, 3 volumes parus, 2005-2013, indiquée Champion).

2 David Baguley, *Le Naturalisme et ses genres*, Paris, Nathan, coll. « Le texte à l'œuvre », 1995, p. 51 *et sq.*

3 Gustave Merlet, « *Germinie Lacerteux* de MM. de Goncourt », *La France*, 21 mars 1865. Voir Annexes, p. 325-333.

4 Jules Claretie, « Romanciers du XIXe siècle. *Germinie Lacerteux*, par MM. Edmond et Jules de Goncourt », *Revue de Paris*, 5 mars 1865. Voir Annexes, p. 312-325.

5 Jules Vallès, « Les Livres nouveaux : *Germinie Lacerteux* », *Le Progrès de Lyon*, 30 janvier 1865. Voir Annexes, p. 277-282.

6 F. de Lagenevais (en fait Henry Blaze de Bury), « Le petit roman », *Revue des Deux Mondes*, 15 février 1865. Voir Annexes, p. 295-304.

creusée, la plus intime[1] ». Edmond a, seul ensuite, en 1871, souligné le « quelque chose d'exotique » à fréquenter la canaille, quand on est « un littérateur bien né[2] ». Il y a pourtant des raisons esthétiques à ces choix, et elles priment bien évidemment sur toutes les autres : « parce que c'est dans le bas qu'au milieu de l'effacement d'une civilisation se conserve le caractère des choses, des personnes, de la langue, de tout, et qu'un peintre a mille fois plus de chances de faire une œuvre ayant du *style* d'une fille crottée de la rue Saint-Honoré que d'une lorette de Bréda[3] ». Plus que du paradoxe, c'est de cette question de « *style* » qu'il faut partir et de la volonté des Goncourt de marquer le siècle de leur empreinte – *style* doit être aussi entendu dans son sens premier, *stylet, poinçon.* C'est sans nul doute cette ambition qui anime les auteurs de *Germinie Lacerteux.*

Ces deux orientations de lecture que les Goncourt disposent pour le lecteur dans cette préface retentissante, ont conduit de fait à une double réception. Il s'agit peut-être de leurres, comme si deux chemins s'ouvraient dans leur texte, une lecture sociologique d'un côté, une lecture clinique de l'autre. Ils ont ainsi préparé la méconnaissance de leur œuvre, et cela, dont ils se plaignent d'un bout à l'autre du *Journal* et qui est, après la mort de Jules, un des *leit-motive* de l'écriture intime : qu'ils n'aient pas leur place au Panthéon littéraire de leur siècle. Pire : que cette place soit occupée par d'autres, habiles plagiaires, malins faisant du Goncourt de contrebande, pillant la marque Goncourt dans d'indignes contrefaçons – Zola au premier chef bien sûr. On ne peut que donner raison aux deux frères : *Germinie Lacerteux*, dans l'histoire du roman au XIXe siècle, est un roman aussi important que *Madame Bovary.* Pour d'autres raisons et d'une autre manière sans nul doute, c'est un roman charnière. Paul Bourget n'a pas tort d'écrire que, comme Beyle, les Goncourt présentent le « paradoxe d'une imagination antidatée[4] ». L'inventivité des Goncourt n'est pas seulement thématique en effet, elle ne se résume pas aux sujets nouveaux qu'ils abordent (peuple, hystérie), elle tient à « une forme particulière de roman, qui se trouve capable d'exprimer mieux qu'aucune autre les maladies morales de l'homme

1 *Journal*, Champion, t. III, p. 967.
2 Journal, Bouquins, t. II, p. 476 (3 décembre 1871).
3 *Ibid.*
4 *Essais de psychologie contemporaine*, *op. cit.*, p. 313.

moderne » et à « une méthode de style si entièrement neuve que les juges de leur époque en furent étonnés[1] ». Ce sont la composition et le style qui font la singularité remarquable de *Germinie Lacerteux*. Et comme le sous-entend la réflexion de Bourget, c'est la représentation de la névrose qui constitue l'origine et le soubassement de ces inventions poétiques et stylistiques.

GENÈSE

La préparation de *Germinie Lacerteux* est mal connue. Elle met en jeu différents supports : le *Journal* bien sûr, plusieurs carnets de notes prises à des sources diverses. Jean-Louis Cabanès a récemment montré l'importance du carnet et sa parenté avant-textuelle avec le *Journal* dans le processus de création des Goncourt[2]. Il s'agit en effet, dans les deux cas, d'écritures préparatoires à première vue équivalentes. Si le *Journal* est un réservoir de choses vues et de documents notés sur le vif en vue de l'œuvre à faire, œuvre parfois éloignée et dont l'esquisse est encore dans les limbes, le carnet est plus étroitement relié à l'œuvre à venir immédiatement – lors même qu'il comporte parfois des notes prises en vue d'un autre projet[3]. C'est le cas du carnet de *La Faustin* ou de celui de *La Fille Élisa*[4] en particulier. Le carnet fonctionne cependant parfois de manière parallèle à l'écriture du *Journal*.

Le carnet qui porte pour titre *Gazette des tribunaux*[5], recueilli dans la collection Gimpel[6], actuellement conservée à Londres, consigne un

1 *Ibid.*, p. 314.

2 Voir la communication de Jean-Louis Cabanès au colloque consacré au *Journal* des Goncourt à l'Université de Brest les 18 et 19 novembre 2011, sous la responsabilité de Pierre-Jean Dufief : « Journal et carnets préparatoires » (actes à paraître aux Éditions Champion en 2014).

3 Ainsi, dans le Carnet de *La Fille Élisa* des notes concernent le « Roman d. m. t. » (pour « Roman de ma tante »), c'est-à-dire *Madame Gervaisais*.

4 Le carnet de *La Fille Élisa* est le seul publié. C'est Robert Ricatte qui en a assuré l'édition (voir note 12).

5 Je remercie Christiane et Jean-Louis Cabanès de m'avoir communiqué les photographies qu'ils ont été autorisés à prendre de ce carnet.

6 Les carnets inédits des Goncourt ont d'abord appartenu à Alizor Delzant, auquel, comme le pense R. Ricatte, Edmond les a confiés en remerciement de sa biographie des frères

certain nombre d'éléments qui vont passer dans le roman de 1865 et dans *La Fille Élisa*, que signera le seul Edmond en 1877. Les Goncourt y recopient des extraits de la *Gazette des tribunaux* entre 1825 et 1850, qui essaimera ainsi des notations dans des ouvrages divers (romanesques ou historiques). Archive commune aux deux romans (mais aussi au livre sur la Du Barry), il comporte des listes de phrases, d'éléments plus ou moins textualisés, certains barrés ou précédés d'une croix – signifiant sans doute qu'ils ont été utilisés. Un certain nombre de détails y sont relevés par les deux frères, au titre de la chose vue ou de la parole sténographiée[1]. La plupart ne fournissent pas des embryons d'intrigue, mais accompagnent le personnage qu'ils viennent compléter et étoffer. C'est-à-dire que les écrivains ne les adjoignent qu'à la surface de leur récit en quelque sorte : ils ne les ont notées que parce qu'elles leur plaisaient ou les frappaient, sans souci de leur emploi, sans visée utilitaire. Ainsi la formule « mademoiselle comme je danse », placée dans la bouche de Mlle de Varandeuil lorsqu'elle découvrira la vie cachée de Germinie après sa mort, est empruntée à la *Gazette des tribunaux* de 1850, sans plus de précision de date. Ce sont ainsi souvent des traits de parlures populaires ou familières, ou des surnoms qui sont consignés dans ces pages – Marie-coup de sabre ou Gobe-la lune, futurs noms de prostituées dans *La Fille Élisa.* On verrait là un emploi décoratif ou pittoresque de ces notes, assorti d'un fort indice de véridicité du fait de leur provenance. À un plan plus profond, le récit du crime d'une vitrioleuse semble inspirer

---

Goncourt parue en 1889. Certains d'entre eux sont ensuite passés dans la collection Gimpel, comme celui de *La Fille Élisa* ou le carnet *Gazette des tribunaux* (R. Ricatte, *La Genèse de La Fille Élisa*, Paris, PUF, 1960, p. 5). Le Fonds Goncourt aux Archives municipales de Nancy a par ailleurs recueilli 132 carnets manuscrits, de notes prises par les Goncourt en vue de leurs ouvrages d'histoire en particulier mais pas seulement, qui demeurent encore quasiment inexploités. J'ai utilisé les carnets numérotés 45 et 47. Le premier porte diverses indications sur sa couverture dont le mot « Hystérie ». Il contient de fait des notes sur des sujets très différents, prises sans doute à des époques assez éloignées les unes des autres – ainsi des notes prises dans les journaux de l'année 1868 autour d'épisodes de la vie mondaine (réceptions, bals). Le n° 47 porte pour titre « Médecine ». Y sont consignées des notes prises dans *De la mort apparente* de Jules Parrot (Paris, Delaye, 1860), ainsi que dans des ouvrages sur l'alcoolisme (*De l'abus des boissons spiritueuses* par Charles Roesch, Paris, 1839 par exemple), ainsi que quelques fragments pris dans le *Traité clinique et thérapeutique* de Briquet – ce qui laisse à penser que les Goncourt avaient lu les deux grands traités sur l'hystérie à la mi-temps du siècle, dont l'un récemment paru (1859), contrairement à ce qu'on pensait jusqu'à présent. Voir *infra*.

1 J'ai inséré dans les notes infrapaginales du roman toutes celles que j'ai pu déchiffrer et attribuer.

l'hallucination de Germinie au chapitre XXXII, lorsqu'elle s'imagine vitrioler la cousine et maîtresse de Jupillon.

Quant aux notes prises à partir de traités médicaux, dans les carnets 45 et 47 des Archives nancéiennes, elles sont le matériau scientifique qui nourrit la présentation du personnage et programme sa réception par le lecteur. Ce savoir participe de la « Clinique de l'amour » et cautionne ainsi le propos goncourtien, celui de l'étude et de l'analyse d'un cas exemplaire. À ce titre, le projet de Germinie et celui de la criminelle Élisa sont très proches. La présente édition ne permettra pas de résoudre toutes les énigmes mais elle cherchera – aussi – à éclairer le fonctionnement de la création littéraire chez les Goncourt, la manière dont leur roman emprunte à des sources diverses et se nourrit d'alluvions venues des lectures, de l'expérience, du biographique, de l'observé et de l'entendu. Le carnet est le lieu des faits bruts, présentés dans un bric-à-brac : le *Journal*, lui, contient bien souvent une ébauche de narration, soit du fait de sa nature chronologique évidente, soit parce que l'événement y est déjà esthétisé ou traité en surplomb.

Il y a en effet, et c'est là le premier angle d'attaque d'une étude de la genèse de *Germinie Lacerteux*, concomitance entre les projets des romans de la prostituée et de la domestique. Leur matrice commune est en effet l'épisode traumatique de la visite à la prison pour femmes de Clermont-d'Oise, dont *La Fille Élisa* sort directement, quoique tardivement, et *Germinie Lacerteux* de manière plus tortueuse. Il faudrait citer intégralement ces pages émues et indignées où Jules, après avoir bâti une vaste antithèse rhétorique entre le monde du plaisir, représenté par le bal à Clermont, la danse, le sous-préfet – qui semble être arrivé au gouvernement d'une sous-préfecture « en conduisant le cotillon » –, et ce département « où se sont donné rendez-vous une maison de correction de femmes, une maison de fous, une maison de détention de jeunes détenus », peint « ce qu'il a vu » :

> J'ai encore froid de ce que j'ai vu. De temps en temps, quand on va au fond de la société et, pour ainsi dire, sous son théâtre, on y trouve de ces seconds dessous, machinés par la justice sociale, plus horribles que des abîmes, inconnus, ignorés, sans voix, pleins d'êtres et de supplices muets – enterrements de vivants qui ne font pas un pli au tapis sur lequel les heureux vivent et dansent[1].

1 *Journal*, 28 octobre 1862, Champion, t. III, p. 399.

> Comme nous passions, une s'est levée et a donné un coup de poing sur le bras d'une compagne, qui voulait l'arrêter, et s'est mise à demander une audience et à lui faire des réclamations sur un ton de supplication, d'émotion, de résignation douloureuse, qui était d'une actrice sublime de désespoir et de prière[1].
>
> En sortant, voici ce qu'on nous a raconté. On les enterre ainsi : la croix, un prêtre qui ne dit rien – il y a du silence même sur leur cercueil –, la bière, deux ou trois ouvriers de la prison qui se sont trouvés là, en blouse. On jette le corps sans la bière ; car la bière est à la prison, en sorte qu'elles font des sociétés entre elles, elles se cotisent pour avoir une bière à elles[2].

Je retiens à dessein ces trois passages qui constituent des embryons à la fois de la poétique romanesque de *Germinie Lacerteux* (les dessous de la société, ce « monde sous un monde ») et d'épisodes précis (l'ivresse de Germinie qui, dans un demi-sommeil, déclame comme Rachel au chapitre XLI, son enterrement dans la fosse commune). Se dégagent, à l'issue de cette visite, mais dans une nébuleuse, un certain nombre de lieux, au sens rhétorique du terme, et d'images qui cristallisent manifestement des émotions et se déploieront dans le roman – le dessous des choses, le secret, le mutisme, la théâtralisation, l'effacement – et ce, d'autant mieux que la biographie, et la mort de Rose, aura indirectement confirmé la justesse de ce qu'ils ont ressenti à Clermont-d'Oise.

Le second événement déclencheur, quoiqu'il soit antérieur à cette visite à Clermont-d'Oise, est la lecture des *Misérables*, à laquelle Jules revient précisément le 29 octobre 1862 pour noter simplement : « En pensant à Clermont, je réfléchis combien l'imagination donne peu, ou plutôt qu'elle ne donne rien, en comparaison du vrai : voir les MISÉRABLES d'Hugo[3] ». Le lecteur du *Journal* remonte alors dans le temps, jusqu'en avril de cette même année :

> Une grande déception pour nous, les MISÉRABLES d'Hugo. J'écarte la morale du livre : il n' y a point de morale en art ; le point de vue humanitaire de l'œuvre m'est absolument égal. D'ailleurs, à y bien réfléchir, je trouve assez amusant de gagner deux cent mille francs, – qui est le vrai chiffre de vente – à s'apitoyer sur les misères du peuple ! / Passons et venons à l'œuvre. Elle grandit Balzac, elle grandit Eugène Sue, elle rapetisse Hugo. Titre injustifié :

1 *Ibid.*, Champion, t. III, p. 404.
2 *Ibid.*, p. 405.
3 *Ibid.*, p. 408.

> point la misère, pas d'hôpital, prostituée effleurée. Rien de vivant : les personnages sont en bronze, en albâtre, en tout, sauf en chair et en os. Le manque d'observation éclate et blesse partout. Situations et caractères, Hugo a bâti tout son livre avec du vraisemblable et non avec du vrai, avec ce vrai qui achève toutes choses et tout homme dans un roman par l'imprévu qui les complète. Là est le défaut et la misère profonde de l'œuvre. / Pour le style, il est enflé, tendu, court d'haleine, impropre à ce qu'il dit. C'est du Michelet de Sinaï. – Point d'ordre : des demi-volumes de hors d'œuvre. Point de romancier : Hugo et toujours Hugo ! De la fanfare et point de musique. Rien de délicat. Une préméditation du grossier et de l'enluminé. Une flatterie, une caresse de toutes les grosses opinions, un saint évêque, un Polyeucte bonapartiste et républicain ; des soins lâches du succès qui vont jusqu'à ménager l'honneur de MM. les aubergistes. / Voici ce livre ouvert pour nous comme un livre de révélation et fermé comme un livre de spéculation. En deux mots, un roman de cabinet de lecture écrit par un homme de génie[1].

La roublardise de Hugo, le souci, opportuniste, de ménager les autorités et les lecteurs, en dépit des prétentions affichées par le titre, le mensonge de son œuvre laissent ouverte une voie que les Goncourt ont empruntée déjà en 1861 avec *Sœur Philomène*, ce roman de la sœur d'hôpital, fille d'une portière, construit à partir d'une anecdote que leur avait livrée Louis Bouilhet. La visite à la prison rend plus insupportable encore le mensonge hugolien. C'est bien le *vrai* auquel il convient désormais de consacrer un roman. C'est la *vraie* misère, le *vrai* peuple qu'il faut mettre sous les yeux des lecteurs. *Germinie Lacerteux* est aussi une réponse à Hugo.

C'est la vie – troisième facteur – qui se chargera justement de leur mettre sous les yeux une vérité qu'ils n'ont pas vue, eux ces romanciers observateurs, ces implacables collecteurs de détails, alors qu'elle se déroulait à côté d'eux, dans les dessous de la vie de leur domestique Rose Malingre. La maladie de Rose, leur vieille bonne, qu'ils entourent de soins, emmènent à Bar-sur-Seine durant l'été 1862[2], à laquelle ils rendent fidèlement visite à l'hôpital Lariboisière où elle a dû être placée, est strictement décrite dans le *Journal*, dans une longue suite de

1 Avril 1862, Champion, t. III, p. 307-308.

2 Voir la lettre à Augusta et Léonidas Labille du 18 mai 1862 où Jules écrit : « Notre vieille Rose a été horriblement et un moment très gravement malade cet hiver. Elle va depuis quelque temps un peu mieux ; mais elle n'est pas encore bien valide. Mon médecin lui recommande la campagne. Veux-tu nous permettre de l'emmener avec nous ? » (*Correspondance générale*, *op. cit.*, p. 589).

pages émues, qu'il convient de citer un peu longuement[1]. Rose devient alors le principal objet de l'écriture diaristique. Les 20 et 22 juillet, c'est uniquement sa toux que Jules perçoit au-dessus de sa tête, puis sa transformation physique qui occupent le diariste :

> La maladie fait peu à peu, dans notre pauvre Rose, son affreux travail. C'est comme une mort lente et successive des choses presque immatérielles, qui émanaient de son corps. Elle n'a plus les mêmes gestes, elle n'a plus les mêmes regards. Sa physionomie est toute changée ; elle m'apparaît comme se dépouillant et, pour ainsi dire, se déshabillant de tout ce qui entoure une créature humaine, de quelque chose qui est ce à quoi on reconnaît sa personnalité. L'être se dépouille comme un arbre. La maladie l'ébranche ; et ce n'est plus la même silhouette devant les yeux qui l'ont aimée, pour les gens sur lesquels il projetait son ombre et sa douceur. Les personnes qui vous sont chères s'éteignent à vos yeux avant de mourir. L'inconnu les prend, quelque chose de nouveau, d'étranger, d'ossifié dans leur tournure[2].

Le regard du scripteur sur la vieille bonne est à la fois pris par l'urgence du présent, et généralisant : la maladie de Rose sert de tremplin à une réflexion sur les moribonds aimés, qui nourrira aussi bien *Germinie Lacerteux* que *Renée Mauperin*, deux romans de la mort – non seulement parce qu'ils s'achèvent sur la mort, mais parce qu'ils décrivent le progrès de la mort dans un corps. C'est le début de ce processus qu'enregistrent ici les Goncourt, qui vont le suivre et le noter quotidiennement, au point que le *Journal* devient le bulletin de santé de Rose.

> J'attends, ce matin, le docteur Simon, qui va me dire si Rose vivra ou mourra. J'attends ce terrible coup de sonnette, pareil à celui du jury qui entre en séance[3]. / Tout est fini : plus d'espoir, une question de temps… Le mal a marché terriblement ! Un poumon est perdu, l'autre se perd. / Et il faut revenir à la malade, lui verser de la sérénité avec son sourire, lui montrer la convalescence dans tout son air. L'impatience nous prend de fuir l'appartement de cette pauvre femme. Nous sortons, nous allons au hasard dans Paris. Fatigués, nous nous attablons à une table de café, nous prenons machinalement un numéro de l'*Illustration*, et sous nos yeux tombe le mot du dernier rébus : *Contre la mort il n'y a pas d'appel*[4] !

---

1 Le lecteur en trouvera l'intégralité dans les Annexes p. 239-254.

2 22 juillet 1862, *Journal*, Champion, p. 352-353.

3 Cette anxiété passe à M. Mauperin au chapitre XLIII de *Renée Mauperin* (Paris, Flammarion, coll. « G.-F. », 1990, p. 224-226).

4 31 juillet 1862, *Journal*, Champion, p. 355. C'est là encore un détail transféré au père de Renée (*Renée Mauperin*, *op. cit.*, p. 229).

Le 2 août les deux frères posent des ventouses sur le corps de Rose[1] – « la peau se colle comme un papier sur l'armature du squelette » :

> Supplice nerveux ! Le cœur nous frémit, les mains nous tremblent à jeter le papier enflammé dans le verre, sur ce corps lamentable, sur cette peau amincie et si près des os… Et pour nous déchirer davantage, la pauvre femme a de ces mots de malades, qui font froid à ceux qui les écoutent : « Comme j'irai bien après cela !… Comme je vais jouir de la vie ! » / Nous vaguons, nous errons, tous ces temps-ci, sous le coup d'une stupeur et d'une hébétude, pris d'un dégoût de tout, du gris dans les yeux et dans la tête, affectés d'une décoloration de toutes choses autour de nous, ne percevant du mouvement des rues que l'allée des jambes des passants et le tournoiement des roues[2].

Quant à la description de la chambre de Rose, son insalubrité et l'ordre du médecin de la faire entrer à l'hôpital – et non à la clinique Dubois où elle refuse d'entrer suivant le même motif que celui donné par Germinie à Mlle de Varandeuil –, autant de détails biographiques qui passent tels quels dans le roman :

> Il faut encore la souffrance, la torture, comme un jeu suprême et implacable, comme un finale de toutes les douleurs des organes humains. Il y a des moments où de Sade semble expliquer Dieu. / Et cela, la pauvre malheureuse, dans une de ces chambres, où le soleil donne sur une tabatière, où il n'y a pas d'air, où la fièvre a à peine la place de se retourner, où le médecin est obligé de poser son chapeau sur le lit. Nous avons lutté jusqu'au bout. À la fin, il a fallu se décider à la laisser partir, obéir au médecin. Elle n'a pas voulu aller à la maison Dubois, où nous voulions la mettre. Elle y a été voir, il y a de cela vingt-cinq ans, quand elle est entrée chez nous, la nourrice d'Edmond qui y est morte. Cette maison pour elle, c'est cette mort. J'attends Simon qui doit lui porter son billet d'entrée pour Lariboisière. Elle a passé presque une bonne nuit, elle est toute prête, même gaie[3].

La référence à Sade et à son Dieu méchant, pour témoigner de la même capacité au surplomb généralisant, cède vite la place à l'empathie, à une émotion qui va imprégner les pages de la fin de la servante dans le roman, comme elle imprègne celles où le père Mauperin suit le progrès

1 Voir chapitre XLIX de *Renée Mauperin* (*op. cit.*, p. 234-236).

2 2 août 1862, Champion, p. 356. De *Renée Mauperin*, j'extrais ce passage : « Ses sensations étaient obtuses, comme sous le coup d'une grande stupeur. Les jambes des gens qui marchaient, les roues des voitures qui tournaient, il n'apercevait que cela » (*op. cit.*, p. 227).

3 11 août 1862, Champion, 356-357.

du mal de sa fille dans *Renée Mauperin*. Le pathos d'expressions comme « la pauvre malheureuse », les personnifications (« la fièvre »), les détails qui donnent à voir (le chapeau qu'on ne peut poser que sur le lit), autant de traits qui vont passer dans *Germinie Lacerteux* : « Mademoiselle s'assit, et resta quelques instants regardant cette misérable chambre de domestique, une de ces chambres où le médecin est obligé de poser son chapeau sur le lit, où il y a à peine la place pour mourir ! C'était une mansarde de quelques pieds carrés sans cheminée, où la tabatière à crémaillère laissait passer l'haleine des saisons, le chaud de l'été, le froid de l'hiver » (p. 216).

L'émotion est encore plus sensible dans les pages qui suivent :

> Enfin nous voilà dans la grande salle, haute, froide, rigide, nette, avec ses bancs et son brancard tout prêt au milieu. Je l'assieds dans un fauteuil de paille, près d'un guichet vitré. Un jeune homme ouvre le guichet, me demande le nom, l'âge, etc., couvre d'écritures, pendant un quart d'heure une dizaine de paperasses, qui ont en tête une image religieuse. Je me retourne, cela fini ; je l'embrasse ; un garçon la prend sous un bras, la femme de ménage sous l'autre… Et puis, je n'ai plus rien vu… / Je me suis sauvé. J'ai couru au fiacre. Une crispation nerveuse de la bouche me faisait, depuis une heure, mâcher mes larmes. J'éclatai en sanglots, qui se pressaient et s'étouffaient. Mon chagrin crevait. Sur le siège, le dos du cocher était tout étonné d'entendre pleurer[1].

Ces notations, la description de la salle, la paperasserie, les sanglots – prêtés à la maîtresse –, tout cela passe presque sans changement dans le roman, à la fin du chapitre LXIV. On ne peut se contenter de proposer de ce glissement une interprétation biographique (Mlle de Varandeuil, double de Jules qui la charge de ses impressions). Le passage du *Journal*, déjà très écrit, à l'écriture romanesque, d'un cadre intime (celui de l'écriture à deux et de l'écriture sous les yeux d'Edmond, puisque c'est Jules qui tient la plume et dit « je » ici, comme s'il était allé seul à Lariboisière accompagner Rose) au cadre de la publication, modifie bien évidemment le rendu de l'émotion, et sa finalité : dans le second cas, il s'agit nécessairement d'un « pour que[2] », d'un discours finalisé et orienté,

---

1 Même date, Champion, p. 357-358.

2 Dans « Analyse textuelle d'un conte d'Edgar Poe » (*Sémiotique narrative et textuelle*, Cl. Chabrol dir., Paris, Larousse, coll. « L », 1973, p. 46), Barthes note : « Le *parce que* implique un mobile qui appartient au réel, à ce qui est "derrière" le papier ; le *pour que* renvoie à l'exigence du discours qui veut continuer, survivre en tant que discours ».

d'une rhétorique qui vise à émouvoir (*movere*), d'un pari sur la contagion des larmes – ces « larmes qu'on pleure en bas » dont parle la préface.

La solitude de l'accompagnateur, puis du scripteur du *Journal* cède la place, après l'annonce du décès de Rose à un *nous*, et peut-être à des énoncés plus convenus au sujet de la disparue :

> Quelle perte, quel vide pour nous ! Une habitude, une affection, un dévouement de vingt-cinq ans, une fille qui savait toute notre vie, qui ouvrait nos lettres en notre absence, à laquelle nous racontions tout. J'avais joué au cerceau avec elle, elle m'achetait des chaussons aux pommes sur les ponts. Elle attendait Edmond jusqu'au matin, quand il allait, du temps de ma mère, au bal de l'Opéra. Elle était la femme, la garde-malade admirable dont ma mère avait mis en mourant les mains dans les nôtres. Elle avait les clefs de tout, elle menait, elle faisait tout autour de nous. Nous lui faisions, depuis si longtemps, les mêmes plaisanteries éternelles sur sa laideur et la disgrâce de son physique. Depuis vingt-cinq ans, elle nous embrassait tous les soirs [...] / Elle savait toutes nos habitudes, elle avait connu toutes nos maîtresses. Elle était un morceau de notre vie, un meuble de notre appartement, une épave de notre jeunesse, je ne sais quoi de tendre et de dévoué, de grognon et de *veilleur*, à la façon d'un chien de garde, qui était à côté de nous, autour de nous, comme ne devant jamais finir qu'avec nous. / Et jamais, jamais, nous ne la reverrons. Ce qui remue dans la cuisine, ce n 'est plus elle ; ce qui va ouvrir la porte, ce ne sera plus elle ; ce qui nous dira bonjour, le matin, en entrant dans notre chambre, ce ne sera plus elle ! Grand déchirement de notre vie ! Grand changement qui nous semble, je ne sais pourquoi, une de ces coupures solennelles de l'existence où, comme dit Byron, les Destins changent de chevaux[1].

En vertu du « hasard » ou de l'« ironie des choses », c'est ce jour-là que les Goncourt vont pour la première fois dîner à Saint-Gratien et rencontrent la Princesse Mathilde – le monde d'en haut donc –, qui leur semble « une lorette sur le retour[2] ».

Les formalités accomplies le 17 août, leur incapacité à aller reconnaître le corps à l'amphithéâtre[3], la déclaration de décès, toutes ces étapes administratives de la Mort – « dans ce phalanstère d'agonie, tout [est] si bien réglé qu'on y doive mourir de telle heure à telle heure [...] il me semble

1 *Journal*, 16 août 1862, Champion, p. 359-360.
2 *Ibid.*, p. 361.
3 « L'inconnu de ce que nous allions voir, la terreur des images nous passant dans le cœur, la recherche peut-être d'un pauvre corps défiguré au milieu d'autres corps, ce tâtonnement de l'imagination d'un visage sans doute défiguré, tout cela nous a fait lâches comme des enfants » (*Ibid.*, p. 364).

que la Mort ouvre comme un bureau » – instaurent un changement du régime d'énonciation : c'est le pluriel qui se substitue au singulier. Ce n'est plus l'écho de la douleur dans un seul cœur, comme au moment de l'entrée de la bonne à l'hôpital, mais, comme lors de l'annonce de sa mort, un *nous* qui est peut-être déjà celui de l'écrivain. J'entends que ce *nous* fait entendre la voix du surplomb, sans que soit exclu d'ailleurs le retour au singulier, comme dans ce passage :

> Puis, revenus chez nous, il a fallu voir tous les papiers de la pauvre fille, ses hardes, remuer de la mort, les pauvres linges, l'amassement de choses, de morceaux, de loques, de chiffons que les femmes font dans la maladie. L'horrible a été de rentrer dans cette chambre ; il y a encore, dans le creux du lit, les mies de pain de dessous le corps. J'ai jeté la couverture sur le traversin, comme un drap sur l'ombre d'un mort. Et puis, il a fallu songer au linceul[1].

L'émotion, immédiate, se dit plus volontiers sous le régime du *je*. De même, à l'issue de l'enterrement :

> Puis, de la chapelle au cimetière, tout au bout du cimetière Montmartre, élargi comme une ville, une marche éternelle dans la boue, derrière le cercueil, et cruelle, comme si elle ne devait jamais finir… Enfin les psalmodies des prêtres, les bras des fossoyeurs laissant glisser au bout de cordes le cercueil, comme une pièce de vin qu'on descend ; de la terre, qui d'abord sonne creux, puis s'étouffe. / Toute la journée, je n'ai su ce que je faisais. Je disais des mots pour des autres[2].

La dernière visite à l'hôpital, relatée au singulier de nouveau[3], clôt ce premier acte : celui de la maladie et de la mort de Rose. « Je suis sorti de là, soulagé d'un poids immense, délivré de l'horrible idée de penser qu'elle avait eu l'avant-goût de la mort, l'horreur et la terreur de ses approches, presque heureux de cette fin qui cueille l'âme d'un seul coup[4] ! »

Le coup de théâtre sera provoqué par les confidences de Maria la sage-femme et par le courrier signé par le docteur Simon : c'est par la voix de ceux qui l'ont soignée, qui ont eu affaire à son corps, que sera

1 *Ibid.*, p. 365. Voir dans le Dossier d'Annexes la transcription de l'inventaire des biens de Rose (p. 256-257), qui est reproduit p. 236.
2 *Ibid.*, p. 366 (18 août).
3 Le 20 août (*Ibid.*, p. 367-368).
4 *Ibid.*, p. 368.

révélé le dessous, la vie cachée de Rose Malingre. Ce ne sont donc pas les créanciers dont Germinie craindra la dénonciation et la poursuite comme de modernes Érynnies – qui, dans le roman, viennent « faire chanter son agonie » (fin du chapitre LXV) –, c'est son corps qui dévoile son passé, ce « pauvre corps malade » auquel les Goncourt ont donné des « soins filiaux, intimes[1] ». C'est par lui en quelque sorte que se pose aux deux frères l'énigme de cette vie, que la rédaction du roman les aidera ensuite à résoudre. « C'est affreux, ce déchirement de voile ; c'est comme l'autopsie de quelque chose d'horrible dans une morte tout à coup ouverte », note Jules le 21 août, date où il recueille les confidences de Maria, sa maîtresse, au sujet de Rose. La lettre du Dr Simon, datée par Pierre-Jean Dufief de la fin août 1862, est sans doute de peu postérieure à ces révélations. Les Goncourt y apprennent que Rose laisse peut-être un héritier[2], ce qu'ils savent sans doute déjà car le *Journal* ne porte pas trace de cette lettre à laquelle ils ont peut-être répondu, sans que leur réponse soit conservée.

Cette nouvelle est présentée dans le *Journal* comme un coup de tonnerre, un fait stupéfiant qui vient briser leur existence – « notre vie a été cassée en deux », écrivent-ils à Flaubert sans lui avouer cependant les débordements de Rose[3] –, un traumatisme dont les effets sont définitifs et irréparables : « La défiance nous est entrée dans l'esprit, pour toute la vie, du sexe entier de la femme. Une épouvante nous a pris de ce double fond de son âme, de ces ressources prodigieuses, de ce génie consommé du mensonge[4]. » Dans le long passage noté à la date du 21 août, s'opère de nouveau ce glissement du *je* au *nous*, un *nous* qui vient conclure en surplomb et dans un bel unisson sur la méfiance à l'égard de la femme. La stupéfaction, elle, frappe un sujet isolé ; l'émotion ne se dit pas au pluriel :

1 *Ibid.*, p. 365.

2 « Après bien des hésitations, je crois de mon devoir de vous révéler un petit secret que j'avais promis à votre bonne de ne jamais vous dévoiler. Il y a quatre ans elle a accouché ; elle désirait que vous n'en sachiez jamais rien. Mais comme il peut y avoir un enfant encore existant, peut-être pourriez-vous en retrouver la trace, et remplacer près de lui la bonne que vous avez si vivement aimée » (*Correspondance générale*, éd. citée, p. 611).

3 « Nous sommes encore à la campagne, déportés volontaires dans notre famille, pour raison d'hygiène et d'économie. Notre vie a été cassée en deux, le mois dernier, par la maladie et la mort de notre vieille bonne. Cela nous a si rudement secoué le moral et le physique que nous avons éprouvé le besoin de nous remettre au vert, et de venir ruminer ici. » (lettre du 7 septembre à Flaubert, *ibid.*, p. 613).

4 *Journal*, Champion, p. 370-371 (21 août 1862).

> J'apprends hier, sur cette pauvre morte et presque encore chaude, les choses qui m'ont le plus étonné depuis que j'existe; des choses qui, hier, m'ont coupé l'appétit comme un couteau coupe un fruit. Étonnement prodigieux, stupéfiant, dont j'ai encore le coup en moi et dont je suis resté tout stupéfié. Tout à coup, en quelques minutes, j'ai été mis face à face avec une existence inconnue, terrible, horrible de la pauvre fille. / Ces billets qu'elle a faits, ces dettes qu'elle a laissées chez tous les fournisseurs, il y a à tout cela le dessous le plus imprévu et le plus effroyable[1].

Pas de coquetterie dans cette accumulation d'hyperboles, qui transcrivent le traumatisme de ce dévoilement. Les réécritures d'Edmond au moment de la publication du *Journal* en 1887 le confirment d'ailleurs, qui ajoute des précisions sur les circonstances et corrige les balbutiements de Jules. Les aventures de Rose sont déjà récit. S'y narrativisent et s'y organisent une série de faits et d'observations psychologiques, en alternance. Soit des faits : « Elle avait des hommes, qu'elle payait » et leurs causes : « Une passion, des passions à la fois de toute la tête, de tout le cœur, de tous les sens, où se mêlaient toutes les maladies de la malheureuse fille ». Puis de nouveau des faits : « Elle a eu deux enfants du fils de la crémière », « elle nous volait ». Et leurs conséquences : « Puis après ces coups involontaires et arrachés violemment à sa droite nature, elle s'enfonçait en de telles tristesses, en de tels remords, en de tels reproches à elle-même que, dans cet enfer où elle roulait de faute en faute, inassouvie, elle s'était mise à boire pour se fuir et s'échapper, écarter l'avenir, se sauver du présent [...][2] ».

Dans ce matériau biographique se déploie déjà le travail de l'imagination :

> Par ce qu'on me dit, j'entrevois tout ce qui a dû être, ce qu'elle a souffert depuis dix ans; ces amours où elle se jetait comme une folle; les craintes de nous, d'un éclair, d'une lettre anonyme; cette éternelle trépidation pour l'argent, la terreur d'une dénonciation de fournisseurs; les ivresses qui lui rongeaient le corps, qui l'ont usée plus qu'une femme de quatre-vingt dix ans; la honte où elle descendait – elle toute pétrie d'orgueil – de prendre un amant à côté d'une bonne voleuse et misérable qu'elle méprisait, entre les tracas d'argent, le mépris des hommes, les querelles de jalousie, les désespoirs les plus furieux, les pensées de suicide qui l'assaillaient, qui me la faisaient,

1 *Ibid.*, p. 368. Voir ici même le *fac-similé* de ces pièces qui se trouvent aux Archives municipales de Nancy dans le Fonds Goncourt.

2 *Ibid.*, p. 368-369.

> un jour, retirer d'une fenêtre, où elle était complètement penchée en dehors[1], et enfin toutes ces larmes que nous croyions sans cause ; cela mêlé avec une affection d'entrailles très profonde pour nous et avec des dévouements absolus, jusqu'à la mort, qui ne demandaient qu'à éclater[2].

C'est ici l'ébauche d'une construction romanesque qui cherche à unir les deux faces de la vie de leur servante, attacher ensemble le dessus (le dévouement aux deux frères que lui avait confiés leur mère mourante) et le dessous (dettes, vols, amants, maternités dissimulées). C'est cette déliaison que l'écriture romanesque cherchera à effacer. Déliaison, mais aussi manque et trou : ce que laisse derrière elle Rose Malingre, les Archives Goncourt l'indiquent nettement, ce sont des dettes, des reconnaissances au Mont-de-Piété, donc des vides et des moins : c'est ce vide que l'entreprise des deux romanciers va s'efforcer de remplir.

Pourtant, Rose Malingre disparaît des pages du *Journal* aussitôt après ce 21 août 1862, elle qui y a occupé l'espace diaristique depuis plusieurs semaines (« Cette mort, nous l'avons bue par tous les pores, de toutes les façons. Nous vivons avec elle depuis des mois », note Jules le 18 août[3]). De manière incidente, elle ressurgit quand quelque personne la rappelle : une bonne qui a la même veine qu'elle sur le nez[4], Colmant, le modèle de Jupillon, rencontré au bal de l'Opéra[5], ce Colmant dont Edmond voit le « nom doré » d'une « fortune faite » au cours de ses pérégrinations dans Paris durant le Siège[6], ou encore la gouvernante de Blanchard, « Germinie Lacerteux devenue sexagénaire [...]. C'est une vision magique de ce qu'aurait été ma pauvre Rose, si elle avait vécu. Même frisottement rêche des cheveux, même ouverture des narines dans un nez où le peuple dit qu'il pleut, même distance simiesque entre le nez et le menton[7] ». C'est dans le roman qu'elle va trouver sa place.

En 1862, année où se met en place le chantier romanesque de *La Jeune Bourgeoisie*[8], qui deviendra *Renée Mauperin*, se nouent plusieurs fils dans

---

1 Voir *Germinie Lacerteux*, p. 191.
2 *Journal*, Champion, p. 369-370.
3 *Ibid.*, p. 365.
4 22 septembre 1862, *ibid.*, p. 387.
5 11 janvier 1863, *ibid.*, p. 486-487.
6 25 septembre 1870, *Journal*, Bouquins, t. II, p. 295.
7 12 septembre 1887, *Journal*, Bouquins, t. III, p. 60.
8 « Tous ces jours-ci, nous étions dans cet état anxieux. Enfin ce soir, quelque chose où nous pouvions poser le pied, les premiers matériaux, le vague dessin de notre roman, *La Jeune*

la création goncourtienne : trois romans en sortiront – *Renée Mauperin, Germinie Lacerteux, La Fille Élisa* – dont les genèses sont liées. Ainsi, le lecteur du *Journal* rencontre, à propos de la maladie de Rose Malingre, des notations qui vont passer dans le roman de 1864, pour évoquer les craintes superstitieuses de Mauperin père au sujet du mal de sa fille ; une notation consignée pour le projet des *Actrices* qui deviendra *La Faustin*, le 27 avril 1862 dans le *Journal*, est transférée à un personnage secondaire de *Germinie Lacerteux*, la bonne Adèle ; les conversations chez Flaubert le dimanche, qui portent sur l'amour, conduisent les Goncourt à envisager une *Histoire naturelle de l'amour* (4 mai 1862), annonce de cette « Clinique de l'Amour » que se veut *Germinie Lacerteux*. L'année 1862 est un pic dans la création goncourtienne et ce, pour des raisons biographiques, du fait d'événements, de rencontres, de confrontations à l'inouï – en regard la visite à Clermont-d'Oise et la découverte de la double vie de Rose comme des traumatismes qui se correspondent, l'un externe, l'autre tout intime.

« CLINIQUE DE L'AMOUR »

> Les fantaisies, les caprices, les folies de l'amour charnel sont creusés, analysés, étudiés, spécifiés. On philosophe sur de Sade, on théorise sur Tardieu. L'amour est déshabillé, retourné : on dirait les passions passées au *speculum*. On jette enfin, dans ces entretiens – véritables cours d'amour du XIXe siècle – les matériaux d'un livre qu'on n'écrira jamais et qui serait pourtant un beau livre : l'Histoire naturelle de l'amour[1].

Tout le XIXe siècle invente de nouveaux *artes amandi* de Senancour à Bourget en passant par Stendhal, Michelet, Gourmont, sans parler de la sexologie naissante à la fin du siècle sous la plume d'un Jules Guyot, auteur d'un *Bréviaire de l'amour expérimental*[2] et sans oublier non plus

bourgeoisie, nous est apparu ! C'est en nous promenant derrière la maison, dans la ruelle, au bout de la rue, étranglée entre des murs de jardin percés de portes. Le soleil tombait, un souffle passait comme un murmure dans la cime des hauts peupliers. [...] Les livres ont des berceaux... » (13 juillet 1862, Champion, p. 347-348).

1 *Journal*, 4 mai 1862, Champion, p. 312.

2 Jules Guyot, *Bréviaire de l'amour expérimental*, 1882, récemment réédité chez Payot, coll. « Petite bibliothèque Payot », avec une préface de Sylvie Chaperon (2012).

la *Métaphysique de l'amour*, cette partie du *Monde comme volonté et comme représentation* qui devait si aisément se diffuser dans une vulgate misogyne à partir des années 1880. Les conversations d'hommes, le dimanche chez Flaubert, ne se contentent pas de déshabiller l'amour, elles cherchent à identifier de nouveaux modes d'aimer : c'est un *Banquet* renouvelé chaque semaine, dont les Goncourt consignent les bons mots. Le plaisir qu'ils prennent aux propos de Suzanne Lagier, à la langue drue et au parler cru, lui confère de la fin des années 1850 aux premières années de la décennie suivante un statut à part dans le *Journal* : elle est celle qui parle vrai, aussi vrai qu'un homme, de la sexualité, de son exercice, de la satisfaction des sens, avec les traits d'une ogresse parfois effrayante et parfois ceux d'une Diotime, prononçant des propos oraculaires devant ces Socrate modernes que sont les Goncourt et Flaubert. L'Éros fangeux, la quête frénétique d'un plaisir égoïste, le rut, autant de témoignages cyniques sur la réalité du corps et du désir. La perception qu'ont les Goncourt de cette altérité-là, altérité qui contraste finalement avec une certaine construction idéale de la femme, dont ils restent dépendants, les trouble d'autant qu'ils y reconnaissent des éléments de leur propre discours : valorisation du naturel, du non-conventionnel et d'une sorte de primitivité. Ils constatent ainsi que « nous ne savons plus tout bêtement et simplement coucher avec une femme », grande caractéristique de « l'amour moderne » par opposition à l'amour antique – suivant lequel la femme était simplement « considérée comme une pondeuse et une jouissance d'agrément[1] » –, et c'est dire le regret d'une période ante-chrétienne, primitive et esthétiquement féconde, regret dont on connaît l'importance chez Gautier et plus tard chez Rimbaud.

Et pourtant la littérature antique ne serait pas apte à peindre les maux modernes : « Tout est devenu complexe dans l'homme. Les douleurs physiques ont été multipliées par les sentiments moraux ». Ces « œuvres qui n'ont eu qu'à peindre les idées primitives, les sensations mêmes, le roman grossier d'un monde brut et d'un âge où l'âme humaine semble à l'état de nature » ne peuvent avoir cours à une époque où « les caractères sont devenus des habits d'Arlequin[2] ». Suzanne Lagier, parce qu'elle vient du peuple, parce qu'elle a cette langue, « qui remue tous les argots et les jette comme des poignées de couleurs vives », cette « riposte intarissable,

1 *Journal*, 23 mai 1864, Champion, p. 745-746.
2 *Ibid.* 4 mars 1860, t. II, p. 370.

des histoires qui semblent salées par Rabelais, un cynisme si franc, si libre du collier qu'il n'a rien qui dégoûte[1] » confirmerait que « c'est dans le bas que [...] se conserve le caractère des choses, des personnes, de la langue, de tout[2] ». Cette Diotime, qui leur révèle une vérité de la chair, ne le serait que parce qu'elle est peuple et actrice – mêlée donc à tous les mondes, *frottée.* Par cette double appartenance, elle peut prêter ses mots à cette Clinique de l'Amour *in progress*, qui obsède les Goncourt au tournant des années 1850. Elle énonce devant eux cette vérité que les deux frères peuvent faire leur : « Ah ! Je ne sais pas ce que je donnerais pour aimer quelqu'un ! Je voudrais me passer la main dans les cheveux et me dire : *j'aime !* Mais je ne puis pas me dire cela et me regarder dans une glace, sans que ma conscience ne m'éclate de rire au nez[3] ! ».

C'est ainsi qu'ils interrogent avec une belle constance, au cours d'entretiens sténographiés dans le *Journal*, leurs amis sur l'amour, leur « première fois », leurs liaisons, leurs rapports à la sexualité. Gavarni leur dénombre ses liaisons, leur déclare qu'« il n'a jamais été pris, *toqué*, amoureux », leur affirme qu'« une femme, que voulez-vous ?, c'est un oiseau. C'est impénétrable, non parce que c'est profond, mais parce que c'est creux[4] » ; Feydeau leur raconte « comment il n'a pas perdu son pucelage[5] » ; Flaubert bien sûr est leur interlocuteur privilégié, qu'il soit obsédé par l'œuvre de Sade et « l'Antiphysis[6] », ou qu'il leur conte ses expériences amoureuses. C'est sur l'arrière-plan de ces confidences que l'histoire de Germinie va prendre place, non que le personnage livre ses impressions, ses émois et fasse partager au lecteur ce qu'il ressent, mais en ce que son comportement amoureux est vu de l'extérieur, tantôt par le regard de Mlle de Varandeuil, esprit mâle, âme virile, tantôt par celui du narrateur : la psychologie de Germinie est externe, essentiellement comportementale, elle se construit par le regard qu'autrui porte sur elle, de manière fragmentée et partielle. Ce qui est déterminé par la situation biographique est aussi et surtout ce qui, dans la logique du roman, sert de ressort principal à un romanesque qui décausalise, tout en prenant appui sur un discours médical qui restitue de la causalité. C'est

1 *Ibid.*, t. II, p. 313 (22 décembre 1859).
2 Voir *supra*, n. 3, p. 9.
3 *Ibid.*, t. III, p. 279 (23 mars 1862).
4 *Ibid.*, t. II, p. 404.
5 *Ibid.*, t. III, p. 109 (12 mai 1861).
6 *Ibid.*, p. 90 (9 avril 1861).

retrouver ainsi une tradition romanesque par le jeu des focalisations et par l'habile utilisation des théories médicales. Se constitue en tout cas, par fragments, une « Clinique de l'amour », par la voix narratoriale et dans la représentation des maux de Germinie.

La dimension spectaculaire des crises de la servante, contemplées par une vieille fille qui n'y entend rien, contribue à théâtraliser un roman dont bien des chapitres s'apparentent à des saynètes, et à placer le lecteur dans la position de celui qui comprend, lui, qui sait ce que signifie par exemple cette « *mélancolie des vierges* » que diagnostique le narrateur par-dessus l'épaule de Mlle de Varandeuil au chapitre VI. Le relais que constitue la spectatrice fait participer le lecteur, mais non sans qu'il ne se détache par moments de cette spectatrice incompétente. Il y a dans ce jeu entre l'adhésion, le partage du regard, et la distance, une des grandes efficacités de la construction romanesque goncourtienne. Et ce, d'autant que la représentation théâtrale du mal de Germinie s'accorde parfaitement avec l'histrionisme traditionnellement associé à l'hystérie :

> Mademoiselle avait commencé à se déshabiller, quand Germinie entra dans sa chambre, fit quelques pas, se laissa tomber sur une chaise, et presque aussitôt, après deux ou trois soupirs, longs, profonds, arrachés et douloureux, mademoiselle la vit, se renversant et se tordant, rouler à bas de la chaise et tomber à terre. (p. 133)

Ou :

> Rentrant ce soir-là d'un dîner de baptême qu'elle n'avait pu refuser, mademoiselle entendit parler dans sa chambre. Elle crut qu'il y avait quelqu'un avec Germinie, et s'en étonnant, elle poussa la porte. À la lueur d'une chandelle charbonnante et fumeuse, elle ne vit d'abord personne ; puis, en regardant bien, elle aperçut sa bonne couchée et pelotonnée sur le pied de son lit. (p. 170)

Ces attaques de chapitres, où le lecteur découvre brutalement la crise, en même temps que la spectatrice, concourent à faire de la servante un objet mystérieux, et à la faire accéder à une sorte de beauté, à une distinction, celle de la maladie et de l'étrangeté. L'hystérie esthétise Germinie. Elle la fait échapper à sa condition ordinaire de domestique. La référence à Rachel, dans ce même chapitre XLI, renvoie en effet aux planches et à la tragédie, mais aussi à ce statut singulier de l'actrice qui, fille du peuple, traverse les classes sociales, échappe à sa condition de départ et connaît de multiples incarnations (reine, princesse, sultane...) à l'instar de Rachel – qui s'illustra dans les grands rôles tragiques de Corneille et de Racine. Le dialogue que poursuit la servante en rêve fait affleurer dans le récit le texte d'une pièce qui reste en dessous, une histoire d'amour tragique que le lecteur connaît et que la maîtresse ignore :

> Les phrases sortaient de sa bouche, avec leur rythme, leur déchirement, et leurs larmes, ainsi que de la bouche d'une comédienne admirable. Elle avait des mouvements de tendresse coupés par des cris ; puis venaient des révoltes, des éclats, une ironie merveilleuse, stridente, implacable, s'éteignant toujours dans un accès de rire nerveux qui répétait et prolongeait, d'écho en écho, la même insulte. Mademoiselle restait confondue, stupéfaite, écoutant comme au théâtre. Jamais elle n'avait entendu le dédain tomber de si haut, le mépris se briser ainsi et rejaillir dans le rire, la parole d'une femme avoir tant de vengeances contre un homme.

En prêtant plus loin à leur personnage l'idée qu'elle est « maudite » (« elle se disait qu'elle était de ces malheureuses vouées en naissant à une éternité de misère, de celles pour lesquelles le bonheur n'est pas fait et qui ne le connaissent qu'en l'enviant aux autres », p. 179) et que Jupillon est le visage de cette malédiction (« l'homme de mon malheur ! », comme elle le dit à Gautruche au chap. LIII), les romanciers renouent bien sûr avec les représentations de l'amour fatal et font de leur servante une « nouvelle Phèdre[1] » (avant la Renée Saccard de Zola qui se souvient de Germinie). C'est cette pathologie amoureuse qui détermine sa grandeur. Et, avec une audace plus grande que Zola qui choisit pour récrire *Phèdre* dans *La Curée* une fille de la grande et ancienne bourgeoisie parisienne, les Goncourt prennent une fille du peuple, petite Langroise fille de tisserands, servante de café violée à son arrivée à Paris, domestique attachée à une vieille noble désargentée.

Les Goncourt ont beaucoup lu sur la femme, les nerfs, l'hystérie, tout à la fois les *Traité de l'hystérie* contemporains et des articles du *Moniteur des hôpitaux* où se répand une certaine vulgate, qu'ils ont rigoureusement annotés[2]. Leurs connaissances sont donc de première main et viennent compléter leurs observations et les confidences recueillies. Deux grandes

---

1 Voir à ce propos l'article de Peter Cogman, « Germinie Lacerteux et Phèdre », *Cahiers Goncourt*, n° 2, 1994.

2 Voir, parmi les 132 carnets manuscrits déposés dans le fonds Goncourt aux Archives municipales de Nancy, les Carnets 45 et 47 déjà mentionnés.

thèses s'affrontent alors dans le débat sur l'hystérie : la thèse utérine, qui fait des organes génitaux et de leurs perturbations, le siège du mal, et donc de l'hystérie un mal spécifiquement féminin, liée à la sexualité du sujet féminin et à ses dysfonctionnements, et la thèse nerveuse qui place l'étiologie hystérique dans l'encéphale. Les Goncourt, lorsqu'ils préparent le roman, lisent sans doute en premier lieu les travaux du Dr Brachet, et son *Traité de l'hystérie* paru en 1847, auquel ils empruntent un certain nombre de notes qu'ils intègrent à leur fiction. On trouve la trace de ces notes dans le carnet *Gazette des tribunaux*, déjà mentionné dans cette préface, et dans le carnet « Médecine », conservé à Nancy. Dans le premier de ces deux carnets se trouve à la fois le relevé des symptômes de la crise ainsi que son étiologie (le tempérament lymphatique nerveux – ce sera celui de Germinie –, la « peur morale » comme déclencheur de la crise et des manifestations de « l'hystéricisme » ou état d'hystérie permanent). La notation de « crise d'hystérie dans l'acte vénérien » fait songer aux unions ardentes et morbides entre Germinie et Gautruche qui en proviennent sans doute. Dans les notes du carnet « Médecine », ce sont quelques notes prises au Dr Briquet qui conduisent les Goncourt à relever un fait de style : le choix du mot *confrication* de préférence à celui de *masturbation*, qui figure en effet à cinq reprises dans le *Traité* de Briquet – qui rappelle cette thérapie ancienne de la crise hystérique. Toutes ces données informent et nourrissent le roman, dans le savoir qu'il véhicule, dans la structure narrative, dans les effets esthétiques qu'en tirent les romanciers, et d'abord et avant tout dans la représentation du féminin qu'elles contribuent à élaborer.

« Que voyons-nous en effet chez la femme ?, s'interroge Jean-Louis Brachet en 1847. Chez elle, tout est sensibilité et sentiment ; tout est réaction vive et jugement prompt. Tout émane donc d'un même principe, de la sensibilité physique et morale. Sa vie tout entière est là : tout le reste en dépend. En conséquence, la susceptibilité et la mobilité de son système nerveux et de ses sentiments font la base et le mobile de ses autres qualités[1] ». Pour peu qu'elle s'exalte à la vue des belles actions des hommes ou des nobles causes, tendance qui est encore accentuée par son éducation et par le jeu des institutions sociales, pour peu qu'elle soit une grande lectrice de romans, elle devient nerveusement malade. L'hystérie, manifestation la mieux connue de cette sensibilité nerveuse, s'avère dès

1 Jean-Louis Brachet, *Traité de l'hystérie*, *op. cit.*, p. 76.

lors une sorte d'excès ou d'hyperbole de la féminité, mais dans ce que la féminité recèle de noblesse et d'élévation morale, dans ses élans, sa bonté, sa grandeur d'âme. Que retenir de ce qui ressemble à une moralisation ou à une purification de l'hystérie ? De la lecture du *Traité de l'hystérie* de Brachet, et plus précisément de la partie consacrée aux *Observations cliniques*, les Goncourt tirent toute une série de détails qu'ils vont attribuer à leur personnage. Robert Ricatte les a rigoureusement consignés, de la « *mélancolie des vierges* » à la boule dans l'épigastre en passant par le goût pour les crudités. Ce qui importe, c'est que les symptômes de ce mal ne sont que les marques un peu excessives, un peu trop vives de la féminité, dans ses traits les nobles et les plus remarquables. C'est dans cette voie que poursuit le Dr Briquet en 1859.

Dans son *Traité clinique et thérapeutique de l'hystérie*, il écrit ainsi : « L'hystérie est une névrose de l'encéphale dont les phénomènes apparents consistent principalement dans la perturbation des actes vitaux qui servent à la manifestation des sensations affectives et des passions[1] ». Il est l'un des premiers médecins à aborder sérieusement et à partir d'observations une hystérie masculine, preuve de sa volonté de désexualiser l'étiologie hystérique et de la sortir de la tradition hippocratique[2]. Mais il isole également une propriété hystérique essentielle à la femme, dont la localisation n'est pas basse et « honteuse », mais encéphalique et nerveuse[3]. Il détermine dans l'encéphale une « part affective » qui est le siège de l'hystérie, par opposition à la « part intellectuelle » du cerveau. L'hystérie devient dès lors nervosité, impressionnabilité, sensibilité, compassion, c'est-à-dire toutes ces manifestations de la « part affective » de la femme. L'être même de la femme se trouve ainsi fondé dans et par la sensibilité et, on le voit, à travers autant de traits susceptibles de se charger d'une dimension morale et positive, en relation avec son devenir social comme épouse et mère. Ainsi « de l'état d'impressionnabilité à

1 Pierre Briquet, *Traité clinique et thérapeutique de l'hystérie*, Paris, Baillière, 1859, p. 12.

2 Voir ainsi, *ibid.*, chap. « Influence du sexe » qui revient sur une vingtaine de cas d'hystérie masculine, en distingue sept et écarte ainsi l'étiologie génitale de l'hystérie. Le Dr Briquet se montre en cela le successeur du Dr Brachet. C'est là un point majeur de divergence avec le Dr Landouzy qui écarte l'hystérie masculine et maintient le siège génital de l'hystérie (*Traité complet de l'hystérie*, Baillière, 1846, p. 218-226). Les Drs Landouzy et Brachet n'en ont pas moins partagé le premier prix de l'Académie royale de médecine en 1845.

3 « L'hystérie est une névrose de l'encéphale, dont les phénomènes apparents consistent principalement dans la perturbation des actes vitaux qui servent à la manifestation des sensations affectives et des passions » (*ibid.*, p. 3).

l'état hystérique il n'y a qu'un pas et la moindre cause déterminante le fait franchir[1] ». La jalousie est au premier rang des affections qui prédisposent à l'hystérie chez Briquet[2] (et déjà chez Landouzy en 1846). De plus, Briquet, décidément très avancé, récuse l'idée que l'hystérie serait le fait des femmes oisives, habituées à commander ou à voir réalisés tous leurs désirs, comme le pensaient aussi bien Landouzy que Brachet ; les femmes du peuple, parce qu'elles sont exposées à des impressions plus pénibles et plus violentes, ont de multiples « occasions de chagrins et d'émotions[3] ». Les domestiques sont particulièrement frappées, du fait, tout spécialement, de « l'ennui d'avoir quitté le pays[4] ». Il n'y a donc pas que la lecture de romans qui détermine les crises, mais aussi le déracinement et le dur travail du ménage.

Cependant, la manière dont les Goncourt usent de cette symptomatique, est de deux ordres : elle est romanesque au sens fort du terme, en ce qu'elle met en spectacle le personnage et participe au mystère de Germinie, comme déjà noté ; en tant que discours médical, elle ressortit à la norme, à la parole d'autorité dont se pare l'écrivain, qui n'hésite pas à recopier, sans le nommer, des passages du traité de Brachet. Le terme médical est normatif, mais il est réinvesti par la littérature et redisposé dans un propos esthétique. Les Goncourt jouent ainsi sur les deux tableaux. Mais surtout, et là est sans doute l'aspect le plus pervers de la démonstration, voire son caractère réactionnaire ou anti-moderne, bien qu'ils aient lu les travaux de Brachet et surtout de Briquet, progressistes l'un et l'autre, ils tirent souterrainement, en faisant de Germinie une louve affamée, du côté de la vieille étiologie utérine du mal, et donc la ramènent à l'ancienne définition hippocratique. Comme le montre bien Jean-Louis Cabanès, c'est l'imagerie de l'hystérie qui est ainsi reprise dans la représentation des « spasmes d'un Éros funèbre et furieux[5] ». Les romanciers combinent donc habilement les dernières observations de la science contemporaine avec les attendus iconiques et comportementaux de la femme hystérique : c'est la rôdeuse Germinie, cette Messaline des terrains vagues du chapitre LIV qui inspirera à la critique contemporaine

1 *Ibid.*, p. 37.
2 Hector Landouzy, *Traité complet de l'hystérie*, *op. cit.*, p. 179, et Pierre Briquet, *op. cit.*, p. 116.
3 *Ibid.*, p. 105.
4 *Ibid.*, p. 117.
5 Jean-Louis Cabanès, *Le corps et la maladie dans les récits réalistes (1856-1893)*, Paris, Klincksieck, 1989, p. 314.

quelques vigoureux oxymores. Dans le carnet 45, ils ont ainsi noté les grandes caractéristiques de la nymphomanie, telle que le Dr Charles-François Menville les a détaillées dans son *Histoire philosophique et médicale de la femme*, dont la première édition a paru chez Amyot en 1845.

Les médecins eux-mêmes tiennent un double discours. C'est particulièrement net à propos de cette fameuse « mélancolie des vierges et des veuves », ainsi expliquée chez Brachet par « l'influence de l'utérus » qui est « assez puissante pour occasionner des idées et des désirs qui, n'étant pas satisfaits, constituent un état nerveux tout particulier que les auteurs ont indiqué, mais qui n'est pas suffisant pour en faire une maladie à part [...]. C'est une impatience nerveuse, une mobilité extrême, une légèreté très grande ; tantôt graves et tantôt sérieuses, tantôt gaies et expansives, elles pleurent et rient alternativement et sans sujet ; elles fuient la société et convoitent le sexe masculin ; elles ne se trouvent bien nulle part ; elles éprouvent en un mot tout ce vague qui fait si bien sentir le vide du cœur[1] ». Autrement dit, l'hystérie est due *quand même* à l'insatisfaction d'un organe qui joue en retour sur les nerfs :

> L'irrégularité d'humeur de sa bonne, les dégoûts de sa vie, les langueurs, le vide et le mécontentement de son être, venaient de cette maladie que la médecine appelle la *mélancolie des vierges*. La souffrance de ses vingt-quatre ans était le désir ardent, irrité, poignant du mariage, de cette chose trop saintement honnête pour elle et qui lui semblait impossible devant l'aveu que sa probité de femme voulait faire de sa chute, de son indignité. (p. 90).

Le propos moral de Brachet – « tout ce vague qui fait si bien sentir le vide du cœur » – est ici transposé (le vide, le sentiment que la servante a de son indignité). En un sens les Goncourt ne sont retors que parce que la médecine l'est elle-même. Et si elle est retorse, c'est parce qu'elle se place sur le terrain de la morale. Le « vide » et le « vague », tout est là.

1 Jean-Louis Brachet, *op. cit.*, p. 284.

TRAGIQUE MODERNE

Le diagnostic de la maladie, son origine, ses symptômes certes retiennent l'attention du romancier, et surtout la causalisation qui l'accompagne, car il en a besoin pour échapper au pouvoir de la Romancie et aux sortilèges du romanesque. L'hystérie est d'abord intéressante en tant qu'elle induit un processus démonstratif et un enchaînement ; elle l'est ensuite parce qu'il s'agit d'une maladie neuve, et par là-même promesse d'effets esthétiques encore inessayés. Elle permet de fonder ce tragique moderne que dessine la préface, ce tragique laïc, un tragique sans Dieu ni dieux, s'interrogeant pour savoir « si [...] les larmes qu'on pleure en bas pourraient faire pleurer comme celles qu'on pleure en haut ». C'est ici, j'y reviendrai, que *Germinie Lacerteux* se constitue comme une réécriture parodique de *Phèdre*, dont l'héroïne est d'ailleurs abordée par les médecins précités comme une hystérique[1]. Les Goncourt, si l'on suit la préface, programment une nouvelle sorte de tragédie avec les mêmes ressorts que la tragédie – la représentation des malheurs – et la recherche des mêmes effets – la pitié, supposée purgée dans une nouvelle forme de catharsis. Sont modifiés, par rapport à la *Poétique* d'Aristote, d'une part le système de représentation – elle est indirecte, car narrative, et non directe comme sur la scène d'un théâtre – et l'adéquation entre la grandeur des maux et la classe sociale des personnages. Les Goncourt semblent réaliser en quelque sorte le propos de Beaumarchais lorsqu'il définit le « genre dramatique sérieux » et clame « Que me font à moi, sujet paisible d'un état monarchique du XVIIIe siècle, les révolutions d'Athènes et de Rome ? Quel véritable intérêt puis-je prendre à la mort d'un tyran du Péloponnèse, au sacrifice d'une jeune princesse en Aulide ? Il n'y a dans tout cela rien à voir pour moi, aucune moralité qui me convienne[2] ». Car,

1 Voir l'avant-propos du Dr Briquet qui écrit : « Phèdre était donc hystérique... ». Et : « Je reconnus enfin que l'hystérie n'était pas cette maladie honteuse dont le nom seul rappelle au monde étranger à la médecine et à beaucoup de médecins ce vers de notre grand poète tragique : *c'est Vénus tout entière à sa proie attachée*, mais qu'elle était au contraire due à l'existence chez la femme, des sentiments les plus nobles et les plus dignes d'admiration, sentiments qu'elle seule est capable d'éprouver » (*op. cit.*, p. VII).

2 Pierre-Augustin Caron de Beaumarchais, *Essai sur le genre dramatique sérieux*, Paris, Gallimard, coll. « Bibliothèque de la Pléiade », éd. de Pierre et Jacqueline Larthomas, 1988, p. 125-126.

poursuit Beaumarchais, « Qu'est ce qu'une moralité ? C'est le résultat fructueux et l'application personnelle des réflexions qu'un événement nous arrache ». Se détournant du genre dramatique, les deux frères choisissent donc de maintenir les éléments esthétiques définis par Beaumarchais en les transposant dans un cadre narratif : il s'agit de parler au spectateur / lecteur de sujets qui soient proches de lui, comme l'a théorisé de son côté Diderot dans ses *Entretiens sur le Fils naturel* en 1757.

La proximité *versus* la distance n'est pas tout : là où Beaumarchais opère un renversement, renversement social, moral et esthétique, les Goncourt maintiennent la distance mais dans l'autre sens. C'est en effet d'un « monde sous un monde : le peuple » qu'ils tirent leur tragédie, et ni dans l'aristocratie héroïque des anciennes tragédies, ni dans la médiocrité bourgeoise du genre sérieux. Autrement dit, ils substituent à l'humanité moyenne, celle de la mesure bourgeoise qu'ont représentée Diderot et Beaumarchais, une humanité inférieure, une sub-humanité (au sens propre du terme), en faisant le pari d'une sorte d'aristocratie inversée, de noblesse à rebours à travers deux personnages exemplaires, une vraie noble, Mlle de Varandeuil, et sa domestique, à laquelle sa féminilité tient lieu de distinction, dont le sang, impur, fonde une nouvelle noblesse.

Beaumarchais abordait en premier lieu la question de l'effet produit par le sujet traité (« Que me font à moi… ? ») et dégageait ainsi la question de la moralité. C'est aussi de l'effet, du pathos que parlent les Goncourt. Il faut un « secret rapport » (Beaumarchais) entre l'événement dépeint et le récepteur : ainsi le tremblement de terre péruvien qui a en partie ruiné Lima retentit-il davantage sur moi que la mort de Charles Ier, roi d'Angleterre, car je puis me figurer pris dans un tremblement de terre, alors qu'il m'est fort difficile de me mettre à la place d'un roi. L'exemplarité du sort des grands, fondement de l'esthétique et de la morale de la tragédie antique, n'opère plus. La morale classique a perdu son efficace. C'est pourtant bien cette exemplarité que réactivent les Goncourt en choisissant l'autre extrémité, à travers l'étude clinique d'une domestique, pour instruire le lecteur, pour l'émouvoir, pour lui plaire selon le triple précepte antique et classique. Le sort de Germinie sera donc suffisamment exemplaire pour que le lecteur en tire lui-même une leçon : innocente ou coupable ? C'est au lecteur en effet de décider, relayé en cela par Mlle de Varandeuil qui, après avoir condamné sa domestique, lui pardonne, dans le Jugement dernier profane et strictement individuel, de l'*excipit* du roman. Ce jugement que le lecteur est implicitement appelé à partager n'est bien sûr pas très éloigné de la formule fameuse de la préface de *Phèdre* dont l'héroïne est jugée « ni tout à fait coupable, ni tout à fait innocente[1] ». C'est ainsi renvoyer à l'hérédité et à la vengeance des dieux dont Phèdre n'est pas responsable.

L'histoire de *Phèdre* sera l'un des mythes les plus explicitement et fréquemment repris par la génération naturaliste (Zola dans *La Curée*, Alexis dans *Madame Meuriot*) et par Edmond de Goncourt lui-même dans *La Faustin* dont le personnage joue le rôle de Phèdre auquel elle en vient à s'identifier. Si Phèdre est si présente, c'est bien parce qu'elle expose, plus clairement et didactiquement que d'autres, la question du sang, de l'hérédité, du déterminisme. Autrement dit, elle n'intéresse peut-être pas tant pour ce qu'elle apporte d'éléments scénariques susceptibles d'être repris (situation triangulaire compliquée d'inceste, disparition et retour d'un mari qu'on a cru mort, suicide) que pour ce que son histoire présente de déterminisme et de causalité héréditaire. Le fil intéresse plus que les perles. Dans *Germinie Lacerteux*, l'enchaînement causal est de l'ordre de l'implicite du texte : Germinie, née de sang pauvre d'une famille de tuberculeux, affligée d'un tempérament lymphatico-nerveux, violée durant son adolescence, faisant une fausse-couche, trahie par son amant, a tout pour devenir hystérique, phtisique et mourir à quarante-deux ans. À cette fatalité du sang, s'adjoint celle du milieu, des mauvais exemples comme de la dureté de la vie, de l'absence de toute affection. Mais Germinie cherche d'abord à combler un « vide du cœur » dans cette soif de dévouement et du sacrifice qui trouve son origine dans la solitude et le sentiment d'incomplétude. Les soins qu'elle donne à sa nièce, puis, après son départ, le retour à l'Église où elle « reporta ses tendresses » sont destinés à remplir ce vide. Là le tragique retrouve sa place – tragique de l'individu qui ne peut exercer ses facultés morales,

1 « Je ne suis point étonné que ce caractère ait eu un succès si heureux du temps d'Euripide, et qu'il ait encore si bien réussi dans notre siècle, puisqu'il a toutes les qualités qu'Aristote demande dans le héros de la tragédie, et qui sont propres à exciter la compassion et la terreur. En effet, Phèdre n'est ni tout à fait coupable, ni tout à fait innocente : elle est engagée, par sa destinée et par la colère des dieux, dans une passion illégitime dont elle a horreur toute la première : elle fait tous ses efforts pour la surmonter : elle aime mieux se laisser mourir que de la déclarer à personne ; et lorsqu'elle est forcée de la découvrir, elle en parle avec une confusion qui fait bien voir que son crime est plutôt une punition des dieux qu'un mouvement de sa volonté » (Briquet, *op. cit.*).

qui ne trouve plus où, comment et à qui se dévouer, donner. C'est ainsi parce qu'il ne trouve plus d'objet susceptible de remplir « le vide de son cœur » que l'être de Germinie bascule : « L'amour qui lui manquait, et auquel elle avait la volonté de se refuser, devint alors la torture de sa vie, un supplice incessant et abominable » (p. 177). Passant de la mélancolie des vierges, ignorantes des réalités charnelles, à la mélancolie des veuves en somme, Germinie connaît ce « tourment fou qui ne finit pas, ce transport des sens au cerveau : l'obsession, – l'obsession impudique, acharnée, fourmillante d'images, l'obsession qui approche l'amour de tous les sens de la femme, l'apporte à ses yeux fermés, le roule fumant dans sa tête, le charrie tout chaud dans ses artères ! » (*ibid.*). Le narrateur recourt à un vocabulaire au double sens, à la fois médical et moral, qui mêle donc physiologie et psychologie, et montre, souterrainement, comment la seconde est dépendante de la première, comment l'âme est ravagée par les maux du corps :

> elle eut à se défendre contre les fièvres de son corps et les irritations du dehors, contre les émotions faciles et les molles lâchetés de sa chair, contre toutes les sollicitations de nature qui l'assaillaient. Il lui fallut lutter avec les chaleurs de la journée, avec les suggestions de la nuit, avec les tiédeurs moites des temps d'orage, avec le souffle de son passé et de ses souvenirs, avec les choses peintes tout à coup au fond d'elle, avec les voix qui l'embrassaient tout bas à l'oreille, avec les frémissements qui faisaient passer de la tendresse dans tous ses membres. (*Ibid.*)

L'invasion du sujet par les phénomènes météorologiques comme par les rappels du passé, font du corps de Germinie à la fois un corps-archive, un corps dans lequel s'est gravée la sensation passée dont le manque ne s'atténue pas, et un corps poreux, réceptif au présent, à l'immédiat, dont la description est également nourrie des lectures médicales des deux frères[1]. De ce va-et-vient entre passé et présent, le corps de Germinie est prisonnier, passivisé de l'extérieur et de l'intérieur.

C'est ce rappel incessant à son corps qui la conduit à définir « l'enchaînement de sa lamentable existence, cette file de douleurs qui avait suivi ses années et grandi avec elles, tout ce qui s'était succédé dans son existence comme une rencontre et un arrangement de misère » (p. 179) ce qui relève bien du déterminisme tragique, prêté ici au personnage,

1 En particulier l'*Histoire médicale et philosophique de la femme* du Dr Charles-François Menville où les Goncourt ont relevé un tableau clinique de la nymphomanie (voir chap. LV).

un personnage qui, accédant au surplomb, embrasse l'ensemble de sa vie pour lui trouver un sens. L'enfermement du personnage, pris dans un espace clos et piégé dans une structure circulaire, participe à la construction d'un espace tragique, d'où il ne peut sortir que pour mourir. À la linéarité apparente du parcours se combine une circularité : Germinie tourne en rond dans le quartier Saint-Georges, dont elle ne sort guère ; elle fait les cent pas sur le boulevard devant l'Hôtel de la Petite main bleue où Gautruche finit par arriver ; elle regarde les « vols circulaires et fous » des hirondelles qui allégorisent son existence (lors de la promenade à l'entrée des champs au chapitre XII).

L'idée populaire de la malchance, de la malédiction, de la guigne, le sentiment d'être née sous une mauvaise étoile nourrissent son imaginaire, comme dans ce passage au style indirect qui restitue un discours de pensée :

> Elle se disait qu'elle était de ces malheureuses vouées en naissant à une éternité de misère, de celles pour lesquelles le bonheur n'est pas fait et qui ne le connaissent qu'en l'enviant aux autres. Elle se repaissait et se nourrissait de cette idée, et à force d'en creuser le désespoir, à force de ressasser en elle-même la continuité de son infortune et la succession de ses chagrins, elle arrivait à voir une persécution de sa malchance dans les plus petits malheurs de sa vie, de son service. Un peu d'argent qu'elle prêtait et qu'on ne lui rendait pas, une pièce fausse qu'on lui faisait passer dans une boutique, une commission qu'elle faisait mal, un achat où on la trompait, tout cela pour elle ne venait jamais de sa faute, ni d'un hasard. C'était la suite du reste. La vie était conjurée contre elle et la persécutait en tout, partout, du petit au grand, de sa fille qui était morte, à l'épicerie qui était mauvaise. Il y avait des jours où elle cassait tout ce qu'elle touchait : elle s'imaginait alors être maudite jusqu'au bout des doigts. Maudite ! presque damnée, elle se persuadait qu'elle l'était bien réellement, lorsqu'elle interrogeait son corps, lorsqu'elle sondait ses sens. Dans la flamme de son sang, l'appétit de ses organes, sa faiblesse ardente, ne sentait-elle point s'agiter la Fatalité de l'Amour, le mystère et la possession d'une maladie, plus forte que sa pudeur et sa raison, l'ayant déjà livrée aux hontes de la passion, et devant – elle le pressentait – l'y livrer encore ? (*ibid.*).

C'est dire que les romanciers délèguent au personnage la construction imaginaire de sa destinée malheureuse, sur fond de croyances populaires et de superstitions. Cet arrière-plan culturel justifie la création d'un nouveau tragique dont l'emblème esthétique gît dans une formule et un tatouage : le « Pas-de-chance » sur le front du bagnard :

> Cette grande force du monde qui fait souffrir, la puissance mauvaise qui porte le nom d'un dieu sur le marbre des tragédies antiques, et qui s'appelle *Pas-de-chance* sur le front tatoué des bagnes, la Fatalité l'écrasait, et Germinie baissait la tête sous son pied. (p. 178)

Cette inscription fonctionne comme un emblème qui renverrait au sens du texte : le « *Pas-de-chance* sur le front tatoué des bagnes » est la reprise du « pas de chance » que ne cessent de prononcer les personnages, Germinie et ici le narrateur, tout au long du récit. L'expression correspond précisément à l'idée d'un tragique moderne. La phrase ne condense pas seulement un motif structurant du récit, elle constitue une proclamation esthétique, qui réfère implicitement à la classification aristotélicienne dans l'accord entre le sujet et le style : *Pas-de-chance* traduit en style bas la Fatalité, c'est le *Fatum* en langue *paria* ; à l'histoire d'une domestique correspond la formule d'un bagnard.

Les romans des Goncourt sont des romans du silence : mutisme, aphasie, secret tu, autant de variations sur le même thème d'un bout à l'autre de l'œuvre des deux frères ou du survivant. *Germinie Lacerteux*, si l'on en revient à *Phèdre*, est un roman du secret comme *Phèdre* est une tragédie de l'aveu. C'est un roman de l'impossible interlocution : il n'y a pas de confidence ni d'échange possible entre Germinie et ses semblables, pas plus qu'entre la maîtresse et la servante. En ce cas encore, les romanciers confèrent à leur lecteur une supériorité sur l'entourage de leur héroïne, et en particulier sur ce témoin-là : Mlle de Varandeuil, seul témoin à s'intéresser à elle et en même temps seule, et jusqu'à l'avant-dernier chapitre, à tout ignorer, à pressentir parfois de l'inavoué, mais sans jamais aller au-delà du soupçon. Le paradoxe est que Germinie ne soit aimée que par une seule personne et que ce soit précisément cette personne qui ne voie rien. On pensera sans nul doute que les romanciers se dédouanent ainsi de leur aveuglement singulier vis-à-vis des débordements de Rose. Au-delà sans doute, et de manière plus générale et plus profonde, s'énonce ainsi l'idée qu'on ne connaît jamais ce qu'on côtoie tous les jours, que la plus grande étrangeté est non au loin, mais ici, tout près. C'est comme la transposition à l'échelle du roman d'une des grandes intuitions du romantisme, et du réalisme qui la radicalise, celle d'un exotisme de la proximité, du côté du primitif, du barbare ou des bas-fonds. Le silence de Germinie, femme dandy qui a « cette héroïque volonté de se taire jusqu'au bout » (p.161), y compris dans son sommeil, n'est pas un ressort comparable à celui employé par les feuilletonistes et les romanciers populaires : le lecteur le partage et se trouve ainsi en connivence avec le personnage, contre les autorités qui l'entourent ou les lois qu'il transgresse. C'est ce qui détermine chez lui une sympathie particulière, non sans une pointe de sadisme dans l'attente de la surprise éventuelle dont Germinie pourrait être victime.

RÉALISME NOIR

Le scandale est en tout cas dans cette complicité, qui rend proche celle que tout bourgeois aimerait supposer à part, placée à une distance infinie. Ainsi, la princesse Mathilde n'est pas tant choquée des crimes de la servante que d'être « condamnée à faire l'amour » de la même manière que Germinie[1]. « Il faut mépriser le public, le violer, le scandaliser, quand en cela, on suit sa sensation et qu'on obéit à sa nature ; le public, c'est de la boue qu'on pétrit et dont on se fait des lecteurs », notent les Goncourt juste après la publication de *Germinie Lacerteux*[2]. Les réactions de la critique à l'époque contemporaine en témoignent : de même que *Madame Bovary* a choqué en raison de l'absence d'un point de vue ordonnateur, de même la position du lecteur de *Germinie Lacerteux* est jugée insupportable pour la proximité qu'elle implique et l'intérêt qu'elle le contraint en somme à éprouver pour cette misérable servante hystérique. Dans la lignée de ces héros problématiques, ces personnages qui suscitent chez le lecteur ce que Michel Crouzet définit, à propos de Julien Sorel, comme un « état d'insécurité[3] », Germinie ressortit à une

---

1 « La Princesse, qui nous a écrit que *Germinie* l'avait fait vomir, nous attire dans un coin. Elle veut savoir, elle veut connaître, elle est infiniment intriguée que des gens comme nous fassent des livres comme cela. Elle jure ses grands dieux que cette bonne ne lui inspire aucun intérêt et ce qui la révolte dedans, c'est qu'elle soit condamnée à faire l'amour de la même manière que ces malheureuses » (*Journal*, Bouquins, t. I, p. 1176, 7 aout 1865).

2 *Journal*, 26 janvier 1865, *ibid.*, p. 1134.

3 Voir Michel Crouzet, « Julien Sorel et le sublime : étude de la poétique d'un personnage », *RHLF*, janvier-février 1986, p. 86-108, p. 86.

poétique de la laideur et à une esthétique du sublime renversé, ou du sublime négatif. La tête de Méduse que contemple Mlle de Varandeuil à la Morgue relève bien d'un sublime de l'horreur, d'un sublime burkien, dont l'effet se répercute, en fin de chapitre, sur le lecteur, forcé à son tour de se représenter « Germinie, les yeux ouverts, les cheveux droits sur la tête » (p. 223). Son sacre est finalement la fosse commune et c'est dans son effacement que gît la grandeur qui lui est attribuée : « il n'y avait rien, absolument rien... », constate la vieille fille qui cherche la place de sa servante au cimetière Montmartre, dans l'*excipit* du roman. Comme Julien Sorel sacré par l'échafaud, Germinie, dans le pardon que lui accorde Mlle de Varandeuil, est auréolée par cet « absolument rien », ce « Néant du pauvre ». C'est dans l'atroce que gît le sublime[1]. C'est ici que le tragique trouve sa suprême réalisation. Tout le parcours de l'hystérique, volontiers présenté comme un calvaire, contribue au grandissement du personnage, dont témoigneraient d'ailleurs paradoxalement les formules de la critique qui qualifie la domestique de « Cléopâtre du ruisseau[2] » ou de « Messaline[3] » : l'héroï-comique demeure la tonalité fondamentale du réalisme, depuis ses origines. Qu'on tire Germinie du côté de grandes figures historiques ou de la christologie, il s'agit toujours de percevoir cette épopée de la médiocrité ou de la bassesse dont relèvent peu ou prou les genres du comique.

C'est au réalisme putride du roman que la critique contemporaine fit surtout une large place dans sa dénonciation d'un roman qui paraissait également « faux » et sans exemplarité. Ni l'enquête sociale, ni le propos médical ne légitimaient l'étude d'un cas qui semblait si hors normes et si pathologique qu'il ne pouvait prétendre à la généralisation qu'affichaient les préfaciers. La critique n'avait pas tort de pointer ce frénétisme et cet excès de *Germinie Lacerteux*, qui rappellent un certain romantisme 1830, et peut-être le « roman-charogne » dont parle Gautier dans la préface de

1 Voir le jugement de Flaubert : « Cela est atroce d'un bout à l'autre, et sublime, par moments, tout simplement. – Le dernier morceau (sur le cimetière) rehausse tout ce qui précède et met comme une barre d'or au bas de votre œuvre. / La grande question du réalisme n'a jamais été si carrément posée » (lettre aux Goncourt du 16 janvier 1865, *Correspondance*, Gallimard, coll. « Bibliothèque de la Pléiade », 1991, t. III, p. 422).

2 Alphonse Duchesne, « Le roman pathologique », *Le Figaro*, 30 mars 1865 (article reproduit dans les Annexes, p. 341-347).

3 « Germinie est tourmentée des mêmes ardeurs que Messaline et les assouvit par les mêmes procédés : *lassata viris, sed non satiata* », note Edmond Villetard dans sa « revue littéraire » (*Revue nationale*, 10 avril 1865, repris dans les Annexes p. 347-354).

Mademoiselle de Maupin[1]. Les amours avec Gautruche, les hallucinations de Germinie (le vitriol, la scène du vol de la pièce de vingt francs), les étreintes farouches d'une servante errant dans les terrains vagues, et même « la promiscuité du ver » (p. 232), ne dépareraient pas dans un roman frénétique[2]. À ceci près que le frénétisme goncourtien est sombre, et qu'il n'a pas l'ironie goguenarde d'un Borel ou d'un Gautier. C'est à Baudelaire qu'il fait penser. Ce réalisme de l'excès est une des deux tendances repérées par la critique des années 1850 comme modernes. Il complète un réalisme daguerréotypeur de la platitude qu'elle dénonce également, chez un Champfleury en particulier[3]. Baudelaire, attaqué précisément pour son réalisme à propos d'« Une charogne », représentant lui aussi de cette « littérature brutale » stigmatisée par Jean-Jacques Weiss[4], est bien le peintre des bas-fonds et des vices parisiens. Il est aussi le chantre d'un beau moderne et bizarre, programme esthétique dont la promenade à l'entrée des champs, dans ce paysage de la *zone* entre les fortifs et la banlieue peut apparaître comme la réalisation – et se constituera de fait comme un *topos* de la littérature naturaliste et décadente, ainsi que chez Rafaëlli et Forain.

Mais on ne saurait se limiter à un thématisme qui relèverait du pittoresque plus que d'une esthétique concertée. La grande parenté entre Baudelaire et les Goncourt tient plutôt dans l'emploi très proche qu'ils font d'allégories grammatiques pour figurer des instances affectives ou psychologiques. Ainsi la psyché de Germinie devient un théâtre où s'affrontent des acteurs qui se disputent un sujet clivé : « il semblait à Mlle de Varandeuil déranger un épouvantable tête-à-tête de la Maladie et de l'Ombre, où Germinie cherchait déjà dans la terreur de l'invisible l'aveuglement de la tombe et la nuit de la mort » (p. 215).

Ou :

---

1 Théophile Gautier, préface de *Mademoiselle de Maupin*, dans *Œuvres complètes*, Paris, Champion, coll. « Textes de littérature moderne et contemporaines », t. I, 2004, p. 90.

2 Ajoutons à la liste le récit, tardivement supprimé, de l'accouchement par césarienne d'une naine de cirque que les Goncourt ont recopié dans leur *Journal* (à la date du 23 octobre 1864) et qui figure dans les Annexes de cette édition.

3 Voir sur cette réception du réalisme l'article de Guy Robert : « Le réalisme devant la critique littéraire de 1851 à 1861 » (*RSH*, 1953, p. 5-26) et la préface de mon édition de *Fanny* d'Ernest Feydeau, Paris, Champion, 2001.

4 Jean-Jacques Weiss, « La littérature brutale », *La Revue contemporaine*, 15 janvier 1858, p. 178-185.

> Les heures de sa vie qu'elle vivait de sang-froid, en se voyant elle-même, en regardant dans sa conscience, en assistant à ces hontes, lui semblaient si abominables ! Elle aimait mieux les mourir. Il n'y avait plus que le sommeil au monde pour lui faire tout oublier, le sommeil congestionné de l'Ivrognerie qui berce avec les bras de la Mort. (p. 156)

L'emploi d'une allégorie classique (la Mort) et d'une allégorie triviale, désignant une passion toute physique (l'Ivrognerie) élevée ainsi au rang d'entité, la construction transitive du verbe *mourir* (« les mourir ») concourent à dignifier la banalité, tout en faisant du sujet un théâtre que se disputent des instances intériorisées. On oscille alors, comme l'écrit Patrick Labarthe des allégories baudelairiennes, entre intériorisation et détachement interprétatif[1] : par moments, le sujet Germinie semble parvenir à une forme de surplomb qui le voit analyser ces forces qui le hantent. La majuscule théâtralise et donne à voir la représentation du combat que le sujet perçoit entre de grandes forces qui le dominent et se jouent de lui : il est alors comme le spectateur de lui-même, y compris dans la passivisation doloriste. L'allégorie permet donc de dire ce conflit, mais en laissant une part d'innommable, ou d'indisable. Elle met en scène le jeu des forces mais sans résolution.

L'allégorie n'est pas toujours grammatique. Ainsi, la personnification des tentations, qui semblent exister par elles-mêmes indépendamment du personnage, lorsqu'elle veut se jeter par la fenêtre ou lors des nuits à l'Hôtel de la petite main bleue, inscrit la dépersonnalisation du personnage : « les tentations qui parlent au découragement de tout ce qui tue si vite et si facilement, de tout ce qui ôte la vie avec la main, la sollicitaient et la poursuivaient » au moment où elle redoute une dénonciation pour un vol qu'elle n'a pas commis et connaît la tentation du suicide (p. 191). Ou encore : « La volonté de ses idées s'éteignait. Toutes sortes de choses noires, ayant comme des ailes et des voix, lui battaient contre les tempes. Les sombres tentations qui montrent vaguement le crime à la folie lui faisaient passer devant les yeux, tout près d'elle, une lumière rouge, l'éclair d'un meurtre ; et il y avait dans son dos des mains qui la poussaient, par-derrière, vers la table sur laquelle étaient les couteaux[2]. » C'est dans cette perte de la maîtrise de soi, qui se dit aussi

1 Patrick Labarthe, *Baudelaire et la tradition de l'allégorie*, Genève, Droz, 1999, p. 46.

2 Voir à ce propos Jean-Louis Cabanès dans J.-L. Cabanès et Éléonore Reverzy, « Allégories réelles », *Romantisme* n° 152, 1er trim. 2011, p. 39-60.

dans la syntaxe, que s'énonce sans doute le tragique, et son corollaire : la pathétisation.

Des forces extérieures sont également allégorisées, qu'elles aient trait à la condition humaine (la Mort, la Fatalité, le Pas-de-chance) ou à la situation sociale (la Misère, le Néant du pauvre). Elles sont toujours du côté de l'écrasement de l'individu. Ainsi la femme qui s'occupe un temps de la nièce de Germinie, vit « de ces curieuses industries qui empêchent à Paris la Misère de mourir complètement de faim » (p. 91) ; Germinie, guettant Jupillon, est « pareille à une Fatalité plantée par la Nuit à la porte d'un *minzingue* » (p. 203). L'adresse finale à Paris, évidente parodie de style hugolien, est précédée d'un discours du narrateur sur la fosse commune : « – Ici dort la Mort du peuple et le Néant du pauvre » (p. 231). L'individu est ainsi victime à l'intérieur et attaqué, à l'extérieur, par des forces qui le ruinent.

La modernité goncourtienne s'inscrit donc dans la tradition ; elle en conserve des traits de style qui dénotent la grandeur, mais, presque toujours pour figurer du trivial, du laid, du néant. Ce réalisme noir est aussi un réalisme poétique marqué par une tendance à une sursymbolisation ou, si l'on préfère, à une forme d'expressionnisme. Le nom des personnages est ainsi sursignifiant : le prénom Germinie et le nom Lacerteux sont apparus plus tôt dans l'œuvre des Goncourt, dans les nouvelles « L'Organiste de Langres » et dans « Victor Chevassier » recueillies dans *Une voiture de masques* en 1856. La première est une cuisinière qui réussit parfaitement le bisque de homard et que l'organiste vole à l'évêque pour l'épouser ; Lacerteux est le patronyme d'une paysanne dans le second texte. Le roman de 1865 les réunit pour accentuer la dimension chtonienne du personnage, doublement associé à la terre et au monde souterrain (la germination d'un côté, la reptation du lézard (*lacerta*) de l'autre). Le choix du nom de Jupillon, qui marie la jupe au barbillon, nom argotique du souteneur, corrobore le portrait que le narrateur trace de l'amant de Germinie dont « l'air de câlinerie féline », les « élégances de *poseur* » se combinent avec « la recherche des apparences et des coquetteries féminines » pour lui donner *in fine* « des traits sans sexe » et « le mauvais d'une mauvaise petite tête de femme » (p. 113). Gautruche, dit Gogo la gaieté, renvoie à gaudir et à la gaudriole. Dans Varandeuil, on entend *deuil* et, osera-t-on ajouter, *varan*, ce qui concourt à lier plus étroitement les deux figures de la maîtresse et de la servante, inséparables comme deux faces de la féminité – comme Sempronie assone avec Germinie – mais aussi liées par l'égalité évangélique. Car, et c'est la critique de 1886, lors de la republication qui le confirme, ce roman est aussi empli – et c'est le roman étranger, les œuvres de Tolstoï et de George Eliot, qui le mettent au jour –, de pitié, de « sympathie pour les âmes les plus basses » selon la formule de Maurice Barrès. *Germinie Lacerteux* commence alors à être lu autrement[1], après avoir été revendiqué comme un manifeste naturaliste par l'auteur du *Roman expérimental*.

AVANT LE NATURALISME

L'attention que les Goncourt portent à la langue de chacun de leurs personnages est un autre moyen de les caractériser : Mlle de Varandeuil a « la langue des vieilles femmes du XVIIIe siècle, relevée d'un accent de peuple, une élocution à elle, garçonnière et colorée » (p. 77), Gautruche parle « la rue » – « mots trouvés, [...] images cocasses métaphores qui jaillissent du génie comique des foules » (p. 187) –, Jupillon emploie un langage canaille, « cyniquement vaurien », Germinie a acquis un esprit parisien et parle « sans cuir ». Cette caractérisation de chacun des personnages relève bien de ce réalisme linguistique dont Bakhtine a souligné la prégnance dans la prose narrative depuis le *Satiricon* de Pétrone et qui fait du roman un genre pluri-lingue ou pluri-vocal. Mais les deux frères sont manifestement surtout intéressés par des traits de langue qui peuvent être des traits de style : ce sont les parlures pour elles-mêmes qui les retiennent non tant pour l'effet de réel que leur emploi induit, que pour le fait de langue qu'elles font exister : le goût du mot pour le mot, c'est-à-dire pour l'énergie qu'il recèle, son étrangeté, sa beauté, ou pour l'époque passée dont il témoigne. Cette collecte de mots se mue en collection[2], le roman en dictionnaire, dans une entreprise muséale qui ne tue cependant pas la force des mots, leur poids dramatique dans le récit.

1 Comme l'écrit Maurice Barrès, « on découvre en Russie ou en Angleterre cette pitié qu'on n'avait su voir dans les Goncourt, dans leur *Germinie Lacerteux* même » (« Les Germinie Lacerteux », *Le Voltaire*, 13 juin 1886. Voir Annexes, p. 400-402).

2 Voir les travaux de Dominique Pety : *Les Goncourt et la collection. De l'objet d'art à l'art d'écrire*, Droz, coll. « Histoire des idées et critique littéraire », 2003, et *Poétique de la*

À cela s'adjoint une topographie constamment dysphorique, qui épouse le parcours du personnage, « inéluctable déambulation vers la mort » comme l'écrit Béatrice Laville[1] : enfermée dans le quartier Saint-Georges comme dans un espace tragique d'où elle ne peut sortir, Germinie ne sort de la ville qu'à deux reprises (elle se rend à Pommeuse, où sa fille est en nourrice, et dans la Brie où l'emmène sa maîtresse) et ne connaît sinon d'échappées que vers les fortifs (dont la description fait varier le point de vue de la servante et celui du narrateur, le second venant corriger l'euphorie du premier) ou le Bois de Vincennes, cette « parodie de forêts » (p. 182). L'espace public, et en particulier la rue, est le théâtre de l'humiliation : des ouvriers se moquent de Germinie, fascinée par la vitrine d'un magasin de layettes (p. 123), les filles rient d'elle à la Boule-noire (p. 118, 119), des maçons s'esclaffent en la voyant trempée de pluie, au petit matin, devant chez Jupillon (p. 207). La rue est le lieu de sa victimisation, comme il est le lieu des potins et des rumeurs, toujours lourds de possibles accusations et dénonciations qui remonteraient jusqu'à l'appartement de Mlle de Varandeuil. Les seconds rôles ou figurants qui pourraient se constituer en chœur antique paraissent presque constamment malveillants, comme des méchants de mélodrame, et certains personnages (le fils et la mère Jupillon, Adèle parfois) relèvent bien d'un manichéisme délibéré.

Les romanciers ont accentué la signification de leur roman, ce qui devait bien sûr participer à son tragique. La présence du narrateur goncourtien, le poids de son discours paraissent très éloignés de l'esthétique et du dogme flaubertiens de l'impersonnalité : les Goncourt sont dans leur texte, ils jugent et condamnent, recourent au plaidoyer (comme dans l'adresse à Paris du dernier chapitre). Ils *s'engagent*. Cette présence du discursif, sensible en particulier dans l'emploi fréquent de l'imparfait narratif (comme dans ce passage à propos de M. de Varandeuil : « Il mourait en 1818, et ne trouvait, avant de mourir, que ces mots pour dire adieu à celle qui avait été sa fille pendant quarante ans [...] »), entre en conflit avec le récit (qui s'énoncerait dans un passé simple

---

collection au XIXe siècle. Du document de l'historien au bibelot de l'esthète, Presses universitaires de Paris Ouest, 2010.

1 Béatrice Laville, « La spatialité romanesque dans *Germinie Lacerteux* », dans *Les Goncourt : art et écriture*, *op. cit.*, p. 191-200, p. 200.

attendu et souvent écarté[1]) et concourt à une sorte d'estompage ou de floutage des faits, des actions[2]. Si bien que dans ce roman où le drame semble toujours sur le point d'éclater, où les morts sont nombreuses, il ne se passe rien – en dehors des crises, que Germinie subit et dont sa maîtresse est la spectatrice impuissante. Roman de la monodie et de l'itération – ainsi, combien de passages où Germinie revient sur sa destinée malheureuse pour la déplorer, où le narrateur déclare qu'elle a atteint un degré ultime de désespoir et de haine de soi ! –, *Germinie Lacerteux* parvient à rendre l'obsession et une forme d'excès dans la platitude, de noirceur extrême dans une tonalité presque uniformément sombre. Le roman pourrait relever de ce « réalisme byronien » défini par Gustave Merlet pour qualifier *Fanny* en 1858[3], à ceci près que la folie des personnages de Feydeau et la singulière aliénation de son héros se développent en pleine Chaussée d'Antin, dans un milieu d'hommes d'affaires et de banquiers oisifs et sans souci. Germinie est au contraire enlisée dans la matière (l'argent, son corps) sans cependant être socialement exemplaire.

Sans doute sa biographie est-elle fidèle à ce qu'on sait, depuis le XVIIIe siècle, des migrations des campagnes vers la capitale. La proto-industrie à laquelle appartient sa famille, des tisserands, est bien une réalité socio-économique de la province du XIXe siècle. Lors de ses débuts à Paris, les diverses places qu'occupe Germinie (dans un café, chez une épileuse, chez le vieil acteur), les métiers que pratiquent ses sœurs (domestique, couturière, portière), tout cela est crédible mais peu accentué dans le roman. L'escalier de Gautruche où se répandait « l'odeur des cabinets sans air, des familles tassées dans une seule chambre, l'exhalaison des industries malsaines, les fumées graisseuses et animalisées des cuisines de réchaud chauffées sur le carré, une puanteur de loques, l'humide fadeur de linges séchant sur des ficelles » figure en

1 Voir à ce propos Éric Bordas : « Les imparfaits des Goncourt, ou les silences du romanesque » (*RSH*, n° 259, 2000-3, p. 197-216).

2 Voir ce qu'écrit Lazare Prajs : « L'imparfait qu'ils emploient jusqu'à la limite de l'impossible sert de moteur silencieux aux desseins estompés des actions de leurs personnages dans un monde irréel plus proche du rêve ou du cauchemar que de la vie éveillée et qui participe de ses réveils brusques, de ses sursauts après d'extrêmes anxiétés » (*La Fallacité dans l'œuvre romanesque des frères Goncourt*, Paris, Nizet, 1974, p. 83-84).

3 Gustave Merlet, « Le réalisme byronien. M. Ernest Feydeau », *La Revue européenne*, 15 juin 1860, p. 669-703.

condensé tout le quotidien de la vie ouvrière. La dimension d'enquête sociale de *Germinie Lacerteux* et la représentation du peuple sont bien neuves même si elles déçoivent le lecteur qui a lu depuis *L'Assommoir* ou *Germinal*. Le naturalisme affaiblit en un sens l'éclat noir du roman des Goncourt. C'est qu'ils parlent avant tout de ce qu'ils connaissent et que toutes ces données sont biographiques – ainsi la sœur de Rose est bien morte au loin, à l'hôpital militaire de Cherchell, dans l'arrondissement de Blidah le 10 septembre 1849 ; la description de la chambre de Germinie, dont Mlle de Varandeuil découvre la misère, transpose très fidèlement la page du *Journal* où Jules consigne ses impressions. Autant de choses vues et non d'éléments issus d'une recherche sur un milieu inexploré. C'est peut-être cette pauvreté relative du référentiel social – à mesurer cependant au regard de la production contemporaine et du *Geneviève* de Lamartine paru en 1850 – qui frappe le lecteur d'aujourd'hui. Et pourtant, il est indéniable que *Germinie Lacerteux* est « le livre-type qui a servi de modèle à tout ce qui a été fabriqué depuis nous, sous le nom de réalisme, naturalisme etc. » comme l'écrira Edmond dans la préface de *Chérie*.

C'est au prix d'un malentendu : l'esthétique naturaliste, en cela classique, repose sur le vraisemblable, ce que Zola et plus tard Maupassant dans la réflexion fameuse sur « Le Roman » en 1887 expriment remarquablement. Les Goncourt, eux, ne peuvent partir d'autre chose que de « documents humains » au sens où Zola l'entend dans *Le Roman expérimental*, mais où, justement, selon les Goncourt, son œuvre ne se nourrit pas. C'est aux romans de Zola qu'Edmond oppose *Madame Bovary* et les leurs :

> Car dans ce livre [*La Joie de vivre*], comme dans les autres livres de ce singulier chef d'école, c'est toujours la créature de pure imagination, la créature fabriquée par les procédés de tous les auteurs qui l'ont précédé ! Oui, je le répète encore une fois, chez Zola, des *milieux* seulement sont faits d'après nature, et le personnage toujours fabriqué de *chic*. C'est ainsi qu'il se prépare à faire son roman sur les mines, en allant huit jours à Saint-Étienne, en descendant dans les puits, en prenant des notes sur les terrains houillers. Quant à la construction des bonshommes, elle sera fabriquée sans vie commune, sans fréquentation avec les individus, sans connaissance intime de la matière humaine. Ça, ce n'est pas le travail de MADAME BOVARY ; ce n'est pas le travail de RENÉE MAUPERIN composée avec une dizaine d'années de notes sur la jeune fille étudiée ; ce n'est pas le travail de GERMINIE LACERTEUX, composée avec les

> observations d'une vingtaine d'années et le tréfonds secret de la malheureuse révélé par la sage-femme qui l'a accouchée et qui se trouvait être, en ce temps-là, ma maîtresse[1].

La méthode de Zola – peindre un personnage conventionnel qu'on déplace dans des milieux différents – est condamnée pour son absence de vérité et son défaut de matière. Pour les Goncourt au contraire, comme l'écrit Lazare Prajs, « l'essentiel secret romanesque consiste à éviter le vraisemblable conventionnel et la démarche logique et attendue[2] ». « L'imprévu témoignera de l'authenticité de l'intrigue » car il sera fidèle à la vie, qui est illogique. Les Goncourt se trouvent pris entre un modèle romanesque et globalement réaliste qui joue du vraisemblable, et l'exigence de vérité. Comme le note Enzo Caramaschi[3], ils se refusent à sacrifier « au nom de la vraisemblance » ou des « généralités probables », comme le fait Flaubert, comme le prônera Maupassant. Selon L. Prajs, hostile aux Goncourt mais bon lecteur, c'est ce qui constitue la fallacité d'un roman comme *Germinie Lacerteux*. Ainsi, repère-t-il la décision subite de Germinie de se rendre à l'église et de devenir dévote – tendance que, dit-il, elle aurait pu manifester plus tôt. Elle compte partir pour l'Afrique, et soudain n'y songe plus. Elle passe ses journées chez la nouvelle crémière, mais alors quand fait-elle son service chez sa maîtresse ? Ce que pointe ici le critique, ce sont bien des incohérences ou des grossissements – des effets de loupe qui exagèrent et bossuent tel ou tel élément infime – mais qui semblent précisément motivés par l'ignorance des Goncourt à partir de la trame biographique dont ils partent : la vie de Rose, apparente[4], celle d'une femme à laquelle ils se montrent suffisamment attentifs pour l'emmener se remettre à Bar-sur-Seine, la soigner, parler de sa santé autour d'eux[5], et celle, cachée, que Maria leur a dévoilée mais dont elle

1 *Journal*, 11 février 1884, Bouquins, t. II, p. 1048.

2 Lazare Prajs, *op. cit.*, p. 16.

3 Enzo Caramaschi, *Réalisme et impressionnisme dans l'œuvre des frères Goncourt*, Pisa, Editrice Libreria Goliardica, 1971, p. 252-253.

4 Ainsi notent-ils le 25 mai 1860 : « Il y a une grande ironie en ce monde et comme une vengeance narquoise des choses. Nous qui avons arrangé notre vie pour être libres et qui paraissons les gens les plus affranchis de la terre, nous auprès desquels la femme ne joue qu'un rôle animal, nous qui ne sommes ni mariés ni amoureux, nous subissons presque le joug du mariage par notre bonne et sommes esclaves de sa maladie de nerfs » (*Journal*, Champion, t. II, p. 409).

5 En témoignent la lettre de Charles Edmond qui demande des nouvelles de Rose (s. d., *Correspondance générale*, éd. citée, p. 603) ou celle de Gisette, après la mort de Rose (*ibid.*, p. 611).

ne connaît elle-même que des bribes. Ces moments de la vie de Germinie (sa dévotion, son intérêt subit et passionné pour une crémière, la manière dont la servante se soucie de sa nièce) correspondent au *dessus* de la vie de Rose, donc à ce qu'ils savent (les Goncourt connaissent la nièce de Rose, qui sera à l'enterrement de sa tante, ils se souviennent de Mme Colmant, modèle de la mère Jupillon du roman). Mais précisément il leur manque le lien, qu'ils n'inventent pas, entre ces différents morceaux. Ou plutôt qu'ils inventent à travers le fil conducteur de la maladie. Mais cet effet d'imprévu ou de surprise semble renvoyer de fait à la structure du roman romanesque, du *romance* dont Northrop Frye a bien souligné l'esthétique de la discontinuité, rendue sensible par l'arbitraire apparent de l'enchaînement en « Et puis[1] ». C'est de même leurs ignorances qui justifient cette absence de datation et ce traitement si particulier du temps qu'identifie Lazare Prajs pour en dénoncer l'inconséquence : les parties émergées de la vie de Rose ne sont, là encore, pas datables, tout comme en apparence elles ne sont pas déterminées et motivées. Cette démotivation affichée et cette psychologie fragmentée sont précisément les marques de ce vrai, que les Goncourt veulent restituer. C'est ce qui les éloigne radicalement de la moyenne naturaliste, et plus largement de la réflexion sur le type, en ce qu'il implique de généralité et de médiocrité. Les Goncourt se situent dans l'exception, car c'est d'exception que la vie leur parle – et c'est ce qui correspond le mieux à leur esthétique d'aristocrates. Comme le dira Maupassant, en invitant le romancier à choisir et à hiérarchiser les données du réel, il faut se défier de la vie, souvent traversée de trop de hasards et trop romanesque. Ce n'est donc qu'au prix de l'éviction de la vie que les réalismes zolien et maupassantien s'élaborent comme esthétiques. En cela, ni Zola ni ses disciples médanistes ne sont les imitateurs ou les successeurs des Goncourt. Seul un Huysmans, dans l'excès et dans la compassion, porte l'empreinte des Goncourt – mais il faut dire qu'il porte aussi celle de Baudelaire.

Le roman de 1865 est un roman-charnière en ce que s'y combine une esthétique romantique de l'excès et du monstre, avec une attention aux parlures et une analyse physiologique fondée sur de véritables lectures

1 Northrop Frye, *L'Écriture profane. Essai sur les structures du romanesque*, Circé, 1998 [1976 pour l'éd. anglaise]. Voir également les analyses de Thibaudet dans *Réflexions sur le roman*, Paris, Gallimard, 1938.

médicales. Ces deux derniers points furent perçus comme neufs et considérés comme modernes : c'est sa réception, comme pour *Madame Bovary*, qui en fit ce roman réaliste dont Zola allait s'emparer pour assurer la publicité des deux frères – et la sienne. *Germinie Lacerteux* est surtout un roman de son siècle, comme le sont *La Comédie humaine*, l'œuvre hugolienne, *Le Rouge et le Noir*, *Madame Bovary* et plus tard *Les Rougon-Macquart*, tous romans qui s'ancrent explicitement ou implicitement dans 89 et plus encore dans 93[1]. *Germinie Lacerteux* date de la Terreur, la biographie de Mlle de Varandeuil le rappelle en regard de celle de la servante, elle, presque déshistoricisée, et pourtant... la tête de Germinie aux cheveux dressés rappelle à Sempronie « l'échafaud de la Grève ». Ce sont bien deux sociétés et deux modèles qui sont placés face à face au seuil du roman : la vieille femme, si proche de certaines vieilles filles de Barbey d'Aurevilly (dans *Le Chevalier des Touches* tout spécialement) maintient dans le récit un modèle aristocratique et Ancien régime. Elle personnifie le lien (lien au père, lien à la famille, au frère, lien à la servante), quand Germinie représente au contraire la solitude de l'individu démocratique, abandonné de tous, ne trouvant de réconfort qu'au sein de l'Église, qui, fidèle à l'Évangile, restitue une *relation*. Mlle de Varandeuil incarne l'Éternité[2], quand sa servante a juste droit à une vie, bien délimitée entre 1820 et 1862. C'est ce que disent ces deux allégories du Temps, placées en regard – l'une à la fin, l'autre au début : le « moulin caché » dont les « ailes lentes, invariables dans le mouvement, [...] semblaient tourner l'éternité » au dernier chapitre répond au « Temps en bronze noir et courant, sa faux en avant » de l'*incipit*.

Curieusement, les Goncourt n'accordent pas de sens à ce que Germinie, elle, pense comme un destin ; en dépit de références à Dieu et au Ciel, nulle transcendance dans un roman pourtant structuré autour des motifs de la faute et du pardon : le salut n'est que dans la reconnaissance et dans l'empathie éprouvées par Mlle de Varandeuil, le narrateur et le lecteur. Si transcendance il y a, c'est bien le roman qui la construit et le lecteur qui la détermine. Avec ce tombeau en hommage à Rosalie

1 Voir à ce propos l'article de Sylvie Thorel-Cailleteau : « Triomphe de Méduse. Une lecture de *Germinie Lacerteux* » dans *Les Goncourt dans leur siècle. Un siècle de Goncourt*, Jean-Louis Cabanès, Pierre-Jean Dufief, Robert Kopp et Jean-Yves Mollier dir., Villeneuve d'Ascq, Presses universitaires du Septentrion, 2005, p. 225-232, p. 228.

2 Sempronie, « prénom choisi dans le calendrier républicain » (p. 64), renvoie aux Gracques et à la République romaine, et au mot latin *semper*.

Malingre, cette obscure, cette femme de peu, dont ne nous restent que quelques lettres (des reconnaissances de dette pieusement conservées par Edmond dans un dossier qu'il a intitulé *Rose*), les Goncourt se montraient les sectateurs tout à la fois de Michelet et de Sand, à travers la résurrection de la vie d'une simple, dans leur volonté de « faire des sortes d'autobiographies, de mémoires de gens qui n'ont pas d'histoire[1] ». Les pages du *Journal* qui alimentent la fiction jouent ainsi le rôle d'archives personnelles – presque d'archives de soi –, dont l'usage est comparable à celui qu'en pourrait faire un historien : écriture historique et écriture romanesque ne diffèrent pas, tenant de la compilation de documents, de l'exhumation d'archives et de leur mise en mosaïque[2]. Le dessein des Goncourt est avant tout de faire entendre les *sans voix*, ceux que l'histoire ne retient pas, ceux dont le roman se désintéresse. Le tombeau d'une « servante au grand cœur », une « biographie d'histoire moderne[3] », tel se veut *Germinie Lacerteux*.

Je tiens, au seuil de cette édition, à exprimer ma gratitude à Edmonde Charles-Roux, qui m'autorisa il y a près de deux ans l'accès au fonds Goncourt, aux archives municipales de Nancy. Son directeur, M. Daniel Peter, ainsi que le personnel des archives, trouveront également ici l'expression de ma gratitude. Je remercie Bernard Vassor, Jean-Didier Wagneur, Myriam Sfar et Lola Stibler. Enfin, je dédie cette édition à Christiane et Jean-Louis Cabanès.

Février 2013

1 Edmond de Goncourt en 1891 dans Jules Huret, *Enquête sur l'évolution littéraire*, Paris, Corti, 1999 (1891), p. 188.

2 « Nous avons passé par l'histoire pour arriver au roman. Cela n'est guère l'usage. Et pourtant, nous avons agi très logiquement. Sur quoi écrit-on l'histoire ? sur des documents. Et les documents du roman, qu'est-ce, sinon la vie ? » (Champion, t. II, p. 408).

3 Ed. de Goncourt, préface à l'édition illustrée chez Quantin, 1886 (voir Annexes, p. 415-422).

GERMINIE LACERTEUX

1865[1]

1 La toute première édition de *Germinie Lacerteux* a paru fin 1864, sur papier de Hollande, sans qu'on en trouve trace dans la *Bibliographie de la France*, ni même dans le *Journal*, où les Goncourt notent, le 17 janvier 1865, leur joie à voir paraître leur volume. La mystérieuse édition de 1864 a pour particularité, selon Marcel Clouzot, de n'avoir ni couverture ni page de titre (voir Marcel Clouzot, *Guide du bibliophile français. Bibliographie pratique des œuvres littéraires françaises du XIXe siècle*, Librairie Giraud-Badin, 1996). La seconde édition est du 21 janvier 1865.

PRÉFACE
DE LA PREMIÈRE ÉDITION

Il nous faut demander pardon au public de lui donner ce livre, et l'avertir de ce qu'il y trouvera.

Le public aime les romans faux : ce roman est un roman vrai.

Il aime les livres qui font semblant d'aller dans le monde : ce livre vient de la rue.

Il aime les petites œuvres polissonnes, les mémoires de filles, les confessions d'alcôves, les saletés érotiques, le scandale qui se retrousse dans une image aux devantures des libraires : ce qu'il va lire est sévère et pur. Qu'il ne s'attende point à la photographie décolletée du plaisir[1] : l'étude qui suit est la clinique de l'Amour.

Le public aime encore les lectures anodines et consolantes, les aventures qui finissent bien, les imaginations qui ne dérangent ni sa digestion ni sa sérénité : ce livre, avec sa triste et violente distraction, est fait pour contrarier ses habitudes et nuire à son hygiène.

Pourquoi donc l'avons-nous écrit ? Est-ce simplement pour choquer le public et scandaliser ses goûts ?

Non.

Vivant au dix-neuvième siècle, dans un temps de suffrage universel, de démocratie, de libéralisme, nous nous sommes demandé si ce qu'on appelle « les basses classes » n'avait pas droit au Roman ; si ce monde sous un monde, le peuple, devait rester sous le coup de l'interdit littéraire et des dédains d'auteurs qui ont fait jusqu'ici le silence sur l'âme et le cœur qu'il peut avoir. Nous nous sommes demandé s'il y avait encore, pour l'écrivain et pour le lecteur, en ces années d'égalité où nous sommes, des classes indignes, des malheurs trop bas, des drames trop mal embouchés, des catastrophes d'une terreur trop peu noble. Il

---

1 Les éditions Charpentier de 1875, 1882 et 1889, ainsi que l'édition définitive (*Œuvres complètes*, Crès, coll. « Bibliothèque de l'Académie Goncourt », 1921, dite éd. Geffroy) mettent une majuscule et personnifient ce « Plaisir ». Le texte adopté pour cette édition est celui de l'édition Charpentier de 1865.

nous est venu la curiosité de savoir si cette forme conventionnelle d'une littérature oubliée et d'une société disparue, la Tragédie, était définitivement morte ; si, dans un pays sans caste et sans aristocratie légale, les misères des petits et des pauvres parleraient à l'intérêt, à l'émotion, à la pitié, aussi haut que les misères des grands et des riches ; si, en un mot, les larmes qu'on pleure en bas pourraient faire pleurer comme celles qu'on pleure en haut.

Ces pensées nous avaient fait oser l'humble roman de *Sœur Philomène*, en 1861 ; elles nous font publier aujourd'hui *Germinie Lacerteux*.

Maintenant, que ce livre soit calomnié : peu lui importe. Aujourd'hui que le Roman s'élargit et grandit, qu'il commence à être la grande forme sérieuse, passionnée, vivante, de l'étude littéraire et de l'enquête sociale, qu'il devient, par l'analyse et par la recherche psychologique, l'Histoire morale contemporaine, aujourd'hui que le Roman s'est imposé les études et les devoirs de la science, il peut en revendiquer les libertés et les franchises. Et qu'il cherche l'Art et la Vérité ; qu'il montre des misères bonnes à ne pas laisser oublier aux heureux de Paris ; qu'il fasse voir aux gens du monde ce que les dames de charité ont le courage de voir, ce que les reines d'autrefois faisaient toucher de l'œil à leurs enfants dans les hospices : la souffrance humaine, présente et toute vive, qui apprend la charité ; que le Roman ait cette religion que le siècle passé appelait de ce large et vaste nom : *Humanité* ; – il lui suffit de cette conscience : son droit est là.

Paris, octobre 1864.

I

– Sauvée[1] ! vous voilà donc sauvée, mademoiselle, fit avec un cri de joie la bonne qui venait de fermer la porte sur le médecin, et, se précipitant vers le lit où était couchée sa maîtresse, elle se mit avec une frénésie de bonheur et une furie de caresses à embrasser, par-dessus les couvertures, le pauvre corps tout maigre de la vieille femme, tout petit dans le lit trop grand comme un corps d'enfant.

La vieille femme lui prit silencieusement la tête dans ses deux mains, la serra contre son cœur, poussa un soupir, et laissa échapper : – Allons ! il faut donc vivre encore !

Ceci se passait dans une petite chambre dont la fenêtre montrait un étroit morceau de ciel coupé de trois noirs tuyaux de tôle, des lignes de toits, et au loin, entre deux maisons qui se touchaient presque, la branche sans feuilles d'un arbre qu'on ne voyait pas.

Dans la chambre, sur la cheminée, posait dans une boîte d'acajou carrée une pendule au large cadran, aux gros chiffres, aux heures lourdes. À côté deux flambeaux, faits de trois cygnes argentés tendant leur col autour d'un carquois doré, étaient sous verre. Près de la cheminée, un fauteuil à la Voltaire, recouvert d'une de ces tapisseries à dessin de damier que font les petites filles et les vieilles femmes, étendait ses bras vides. Deux petits paysages d'Italie, dans le goût de Bertin[2], une aquarelle de fleurs avec une date à l'encre rouge au bas, quelques miniatures, pendaient

---

1 Le début *in medias res*, cher aux Goncourt (voir le dialogue inaugural de *Renée Mauperin*) s'ouvre ici sur un mot qui est peut-être l'une des clefs d'un roman qui revient constamment, et ironiquement, sur le salut, sur son impossibilité, sur l'écrasement de la Fatalité et l'absence de Providence. Le récit s'ouvre sur la résurrection de Mlle de Varandeuil et s'achèvera sur la mort de Germinie : celle qui est donc programmée aux premières pages du roman pour mourir, survit à la plus jeune, gagnant ainsi une dimension allégorique, dont les indices sont déjà parsemés dans les lignes qui suivent, celle d'une figure du Temps, de l'Éternité.

2 Jean-Victor Bertin (1767-1842) est un peintre paysagiste d'inspiration néo-classique. Il traversa tous les régimes politiques entre 1793 (où il participa au Salon) et sa mort. L'État lui acheta plusieurs tableaux, qui se trouvent aujourd'hui dans divers musées nationaux. Ses paysages d'Italie sont nombreux.

accrochés au mur. Sur la commode d'acajou, d'un style Empire, un Temps en bronze noir et courant, sa faux en avant, servait de porte-montre au chiffre de diamants sur émail bleu entouré de perles. Sur le parquet, un tapis flammé allongeait ses bandes noires et vertes. À la fenêtre et au lit, les rideaux étaient d'une ancienne perse à dessins rouges sur fond chocolat. À la tête du lit, un portrait s'inclinait sur la malade, et semblait du regard peser sur elle. Un homme aux traits durs y était représenté, dont le visage sortait du haut collet d'un habit de satin vert, et d'une de ces cravates lâches et flottantes, d'une de ces mousselines mollement nouées autour des têtes par la mode des premières années de la Révolution. La vieille femme couchée dans le lit ressemblait à cette figure. Elle avait les mêmes sourcils épais, noirs, impérieux, le même nez aquilin, les mêmes lignes nettes de volonté, de résolution, d'énergie. Le portrait semblait se refléter sur elle comme le visage d'un père sur le visage d'une fille. Mais chez elle la dureté des traits était adoucie par un rayon de rude bonté, je ne sais quelle flamme de mâle dévouement et de charité masculine[1].

Le jour qui éclairait la chambre était un de ces jours que le printemps fait, lorsqu'il commence, le soir vers les cinq heures, un jour qui a des clartés de cristal et des blancheurs d'argent, un jour froid, virginal et doux, qui s'éteint dans le rose du soleil avec des pâleurs de limbes. Le ciel était plein de cette lumière d'une nouvelle vie, adorablement triste comme la terre encore dépouillée, et si tendre qu'elle pousse le bonheur à pleurer.

– Eh bien ! voilà ma bête de Germinie qui pleure ? dit au bout d'un instant la vieille femme en retirant ses mains mouillées sous les baisers de sa bonne.

– Ah ! ma bonne demoiselle, je voudrais toujours pleurer comme ça ! c'est si bon ! ça me fait revoir ma pauvre mère… et tout !… si vous saviez !

– Va, va… lui dit sa maîtresse en fermant les yeux pour écouter, dis-moi ça…

---

1 Dans ce remarquable paragraphe, les Goncourt condensent et combinent une allégorie du Temps et de la perte (la pendule, le porte-montre et la montre, le fauteuil vide, l'arbre sans feuilles…) et un arrière-plan historique (allusions à l'Empire et à la Révolution) à partir des choses, de ces objets ou détails dont, en tant qu'historiens, ils ont fait une des clefs de leur écriture de l'histoire : c'est le style des meubles ou les modes de l'homme du portrait qui inscrivent, détails essentiels, l'Histoire dont Mlle de Varandeuil est l'exemplaire représentante dans le roman. Ils esquissent aussi l'androgynie de cette maîtresse à la fois mère et femme (le dévouement, la charité) et homme.

– Ah ! ma pauvre mère !... La bonne s'arrêta. Puis, avec le flot de paroles qui jaillit des larmes heureuses, elle reprit, comme si, dans l'émotion et l'épanchement de sa joie, toute son enfance refluait à son cœur : – La pauvre femme ! je la revois la dernière fois qu'elle est sortie... pour me mener à la messe... un 21 janvier[1], je me rappelle... On lisait dans ce temps-là le testament du roi... Ah ! elle en a eu des maux pour moi, maman ! Elle avait quarante-deux ans, quand elle a été pour m'avoir... papa l'a fait assez pleurer ! Nous étions déjà trois[2], et il n'y avait pas tant de pain à la maison... Et puis il était fier comme tout... Nous n'aurions eu qu'une cosse de pois, qu'il n'aurait jamais voulu des secours du curé... Ah ! on ne mangeait pas tous les jours du lard chez nous... Ça ne fait rien : pour tout ça, maman m'aimait un peu plus, et elle trouvait toujours dans des coins un peu de graisse ou de fromage pour mettre sur mes tartines... je n'avais pas cinq ans quand elle est morte... Ce fut notre malheur à tous. J'avais un grand frère qui était blanc comme un linge, avec une barbe toute jaune... et bon ! vous n'avez pas d'idée... Tout le monde l'aimait. On lui avait donné des noms... Les uns l'appelaient Boda[3], je ne sais pas pourquoi... Les autres Jésus-Christ... Ah ! c'était un ouvrier, celui-là ! Il avait beau avoir une santé de rien du tout... au petit jour il était toujours à son métier... parce que nous étions tisserands, faut vous dire et il ne démarrait pas avec sa navette, jusqu'au soir... Et honnête avec ça, si vous saviez ! On venait de partout lui apporter son fil, et toujours sans peser... Il était très ami avec le maître d'école, et c'était lui qui faisait les *sentences* au carnaval. Mon père, lui, c'était autre chose : il travaillait un moment, une heure, comme ça... et puis il s'en allait dans les champs... et puis quand il rentrait, il nous battait, et fort... Il était comme fou[4]... on disait que

1 Anniversaire de la mort de Louis XVI, le 21 janvier 1793.

2 On sait peu de choses sur Rosalie Malingre, entrée au service de la mère des Goncourt en 1837, sinon qu'elle avait deux sœurs, Anne-Rose Domergue, qui meurt à Paris en 1848 et laisse une petite fille, Rosalie – qui sera présente à l'enterrement de Rose et qui, transposée dans le roman, meurt au loin – et Augustine Damant, partie à Cherchell (en Algérie) avec son mari et son fils, et qui meurt en 1849. Les pièces conservées aux Archives municipales de Nancy montrent que Rose Malingre, morte en 1862, avait bien des héritiers, ses neveu et nièce (voir Annexes). Rose Malingre était née le 29 mai 1820 à Varennes-sur-Amance en Haute-Marne, sa sœur, Anne-Augustine, le 3 octobre 1818. Le nom est orthographié Malaingre sur les registres d'état-civil.

3 Le mot signifie *mariage* en espagnol.

4 L'ascendance de Germinie présente une condensation de pathologie : phtisie, folie, chloro-anémie (voir le physique du frère) dont elle hérite (le roman soulignera plus loin sa blancheur).

c'était d'être poitrinaire. Heureusement qu'il y avait là mon frère : il empêchait ma seconde sœur de me tirer les cheveux, de me faire du mal… parce qu'elle était jalouse. Il me prenait toujours par la main pour aller voir jouer aux quilles… Enfin il soutenait à lui seul la maison… Pour ma première communion, en donna-t-il de ces coups de battant[1] ! Ah ! il en abattit de l'ouvrage pour que je fusse comme les autres avec une petite robe blanche où il y avait un tuyauté et un petit sac à la main, on portait alors de ça… je n'avais pas de bonnet : je m'étais fait, je me souviens, une jolie couronne avec des faveurs et de la moelle blanche qu'on retire en écorçant de la canette[2] : il y en a beaucoup chez nous dans les places où on met rouir le chanvre… Voilà un de mes bons jours ce jour-là… avec le tirage des cochons à Noël… et les fois où j'allais aider pour accoler la vigne… c'est au mois de juin, vous savez… Nous en avions une petite au haut de Saint-Hilaire… Il y eut ces années-là une année bien dure… vous vous rappelez, mademoiselle ?… la grêle de 1828[3] qui perdit tout… Ça alla jusqu'à Dijon, et plus loin… on fut obligé de faire du pain avec du son… Mon frère alors s'abîma de travail… Mon père, qui était à présent toujours dehors à courir dans les champs, nous rapportait quelquefois des champignons… C'était de la misère tout de même… on avait plus souvent faim qu'autre chose… Moi, quand j'étais dans les champs, je regardais si on ne me voyait pas, je me coulais tout doucement sur les genoux, et quand j'étais sous une vache, j'ôtais un de mes sabots, et je me mettais à la traire… Dam ! il n'aurait pas fallu qu'on me prît !… Ma plus grande sœur était en service chez le maire de Lenclos, et elle envoyait à la maison ses quatre-vingts

1 Le *battant* est une pièce du métier à tisser. On parle aussi de peigne-battant. Le fait que le frère soit tisserand inscrit bien sûr un horizon sociologique ouvrier et campagnard en même temps : les filles se placent chez les bourgeois, le père et le frère tissent. C'est la figuration d'une proto-industrie, parallèlement à laquelle une activité agricole peut subsister. À la mort du frère, les filles partent toutes successivement pour Paris, pour se mettre au service de bourgeois. L'existence provinciale est rythmée par les fêtes (carnaval, fête de Saint-Rémi), les grands rituels paysans (tuage du cochon) et la présence de la religion. On y est traditionaliste et monarchiste, fêtant le 21 janvier, jour anniversaire de l'exécution de Louis XVI. L'entrée dans la grande ville fait disparaître ce cadre et ce rythme : Germinie est aussi une migrante, elle est « déplantée ».

2 La *canette* ou *cannette* est ici un *roseau*, dont l'enfant retire la moelle, de couleur blanche, pour s'en parer.

3 Voici l'une des rares dates du roman, liées non à un événement historique mais à la météorologie et à ses conséquences sur la vie de la famille Lacerteux. Les orages de grêle dévastèrent la région de Langres en 1828.

francs de gages… c'était toujours autant. La seconde travaillait à la couture chez les bourgeois ; mais ce n'étaient pas les prix d'à présent alors : on allait de six heures du matin jusqu'à la nuit pour huit sous. Avec ça elle voulait mettre de côté pour s'habiller à la fête le jour de Saint-Rémi… Ah ! voilà comme on est chez nous : il y en a beaucoup qui mangent deux pommes de terre par jour pendant six mois pour s'avoir une robe neuve ce jour-là… Les mauvaises chances nous tombaient de tous les côtés… Mon père vint à mourir… Il avait fallu vendre un petit champ et un *homme* de vigne qui tous les ans nous donnait un tonneau de vin… Les notaires, ça coûte… Quand mon frère fut malade, il n'y avait rien à lui donner à boire que du *râpé*[1] sur lequel on jetait de l'eau depuis un an… Et puis il n'y avait plus de linge pour le changer : tous nos draps de l'armoire, où il y avait une croix d'or dessus, du temps de maman, c'était parti… et la croix aussi… Là-dessus, avant d'être malade alors, mon frère s'en va à la fête de Clefmont[2]. Il entend dire que ma sœur a fait sa faute avec le maire où elle était : il tombe sur ceux qui disaient cela… il n'était guère fort… Eux, ils étaient beaucoup, ils le jetèrent par terre, et quand il fut par terre, ils lui donnèrent des coups de sabot dans le creux de l'estomac… On nous le rapporta comme mort… Le médecin le remit pourtant sur pied, et nous dit qu'il était guéri. Mais il ne fit plus que traîner… je voyais qu'il s'en allait, moi, quand il m'embrassait… Quand il fut mort, le pauvre cher pâlot, il fallut que Cadet Ballard y mît toutes ses forces pour m'enlever de dessus le corps. Tout le village, le maire et tout, alla à son enterrement. Ma sœur n'ayant pu garder sa place chez ce maire à cause des propos qu'il lui tenait, et étant partie se placer à Paris, mon autre sœur la suivit… je me trouvai toute seule… Une cousine de ma mère me prit alors avec elle à Damblin[3] ; mais j'étais toute déplantée là, je passais les nuits à pleurer, et quand je pouvais me sauver, je retournais toujours à notre maison. Rien que de voir, de l'entrée de notre rue, la vieille vigne à notre

---

1 Le *râpé* est une boisson faite à base de râpes ou de grappes de raisin frais macérées dans l'eau ; vin qui se gâte et qui est amélioré par l'ajout dans le tonneau de raisin frais (source : *TLF*).

2 Clefmont : commune située dans l'actuelle Haute-Marne.

3 En fait Damblain, commune située à la limite de l'actuel département de la Haute-Marne et des Vosges. Ces toponymes permettent d'ancrer Germinie dans un territoire, qui correspond à la région de Langres, qui n'est pas très éloignée de la région d'origine des Goncourt, entre Bourmont et Goncourt, communes de la Haute-Marne, très proches des Vosges.

porte, ça me faisait un effet ! il me poussait des jambes... Les braves gens qui avaient acheté la maison me gardaient jusqu'à ce qu'on vînt me chercher : on était toujours sûr de me retrouver là. À la fin, on écrivit à ma sœur de Paris, que si elle ne me faisait pas venir auprès d'elle, je pourrais bien ne pas faire de vieux os... Le fait que j'étais comme de la cire... On me recommanda au conducteur d'une petite voiture qui allait tous les mois de Langres à Paris ; et voilà comme je suis venue à Paris[1]. J'avais alors quatorze ans... je me rappelle que, pendant tout le voyage, je couchai tout habillée, parce que l'on me faisait coucher dans la chambre commune. En arrivant j'étais couverte de poux[2]...

II

La vieille femme resta silencieuse : elle comparait sa vie à celle de sa bonne.

Mlle de Varandeuil était née en 1782. Elle naissait[3] dans un hôtel de la rue Royale, et Mesdames de France[4] la tenaient sur les fonts baptismaux. Son père était de l'intimité du comte d'Artois[5], dans la maison duquel il avait une charge. Il était de ses chasses et des familiers devant lesquels, à la messe qui précédait les chasses, celui qui devait être Charles X pressait l'officiant en lui disant à mi-voix : – Psit ! Psit ! curé, avale vite ton bon Dieu ! » M. de Varandeuil avait fait un de ces mariages auxquels son temps était habitué : il avait épousé une façon d'actrice,

1 Le lecteur peut supputer que Germinie arrive dans la capitale au début des années 1830. De fait, le lecteur apprendra au chapitre XXVI qu'elle est née en 1820.

2 Le mot *poux* déplut à l'éditeur Charpentier lorsque les Goncourt firent la lecture de leur roman. Il demanda qu'on remplaçât le mot par *vermine*, « pour le public ». Voir le *Journal* à la date du 12 octobre 1864 (Champion, p. 801).

3 Pour cet emploi de l'imparfait en lieu et place du passé simple, voir Éric Bordas, « Les imparfaits des Goncourt, ou les silences du romanesque » (*RSH*, n° 259, 2000-3, p. 197-216).

4 On nomme Madame une fille de France, c'est-à-dire une princesse non mariée. Louis XV eut huit filles. En 1782 survivaient Marie-Adélaïde de France, née en 1732 et qui mourra en 1800, Victoire de France née en 1733 qui mourra en 1799, Louise de France née en 1737 et qui mourra en 1787, Sophie de France, la cinquième princesse décédant en 1782.

5 Le comte d'Artois, né en 1757, est le frère de Louis XVI et de Louis XVIII, auquel il succédera en 1825, sous le nom de Charles X.

une cantatrice qui, sans grand talent, avait réussi au Concert Spirituel[1], à côté de Mme Todi[2], de Mme Ponteuil[3] et de Mlle Saint-Huberti[4]. La petite fille, née de ce mariage en 1782, était de pauvre santé, laide avec un grand nez déjà ridicule, le nez de son père, dans une figure grosse comme le poing. Elle n'avait rien de ce qu'aurait voulu d'elle la vanité de ses parents. Sur un fiasco qu'elle fit à cinq ans au forte-piano à un concert donné par sa mère dans son salon, elle fut reléguée parmi la domesticité. Elle n'approchait qu'une minute, le matin, sa mère qui se faisait embrasser par elle sous le menton, pour qu'elle ne dérangeât pas son rouge. Quand la Révolution arrivait, M. de Varandeuil était, grâce à la protection du comte d'Artois, payeur des rentes. Mme de Varandeuil voyageait en Italie, où elle s'était fait envoyer sous le prétexte de soigner sa santé, abandonnant à son mari le soin de sa fille et d'un tout jeune fils. Les soucis sévères du temps, les menaces grondant contre l'argent et les familles maniant l'argent, – M. de Varandeuil avait un frère fermier général, – ne laissaient guère à ce père très égoïste et très sec le loisir de cœur nécessaire pour s'occuper de ses enfants. Par là-dessus, la gêne commençait à entrer dans son intérieur. Il quittait la rue Royale et venait habiter l'hôtel du Petit-Charolais[5], appartenant à sa mère encore

1 Le *Concert spirituel* naît dans les années 1720 et dure jusqu'en 1791 : c'est une association qui a le droit d'organiser, un certain nombre de jours par an des concerts, en dehors des dates retenues par l'Académie Royale de musique, futur Opéra de Paris, d'abord en versant des indemnités à l'Académie, puis grâce au privilège qui lui est accordé.

2 Luisa Todi, née en 1753 à Setubal, morte en 1833, est une cantatrice d'origine portugaise qui connut une carrière européenne, en particulier à la cour de Catherine II de Russie.

3 Mme Ponteuil : La notice du *Dictionnaire historique des musiciens, artistes et amateurs morts ou vivants* (Alexandre Étienne Chroron, François-Joseph M. Fayolle, 1811) la présente comme une cantatrice s'illustrant au *Concert spirituel* en 1780 avec succès. Elle se produisit ensuite au théâtre, à Marseille, en 1788.

4 Antoinette-Cécile Clavel, née à Strasbourg en 1756, est une célèbre cantatrice, admirée et protégée par Louis XVI qui en fit la première cantatrice de l'Opéra de Paris. Elle fut anoblie par son mariage avec Croisilles de Saint-Huberty, chargé d'affaires du prince Henri de Prusse. Fort malheureuse en ménage, elle obtint sa séparation, mena une brillante carrière européenne, puis devint la maîtresse du comte d'Antraigues, qui l'épousa. Réfugiée en Suisse au moment de la Révolution, elle entra ensuite au service des émigrés. Edmond de Goncourt publiera des documents inédits dans *Madame Saint-Huberty, d'après sa correspondance et ses papiers de famille* (Flammarion-Fasquelle, 1880, avec une préface d'Henry Céard, réédité chez Charpentier en 1885).

5 Charles de Bourbon-Condé (1700-1760) abrita ses débauches dans l'hôtel du Petit-Charolais – débauches si nombreuses et troublantes qu'il passa pour un modèle d'un certain nombre de personnages sadiens. Cet hôtel se trouvait situé dans l'actuelle rue de Chantilly (9e arrondissement de Paris).

vivante, qui le laissait s'y établir. Les événements marchaient ; on était au commencement des années de guillotine, lorsqu'un soir, dans la rue Saint-Antoine, il marchait derrière un colporteur criant le journal *Aux voleurs ! Aux voleurs !* Le colporteur, selon l'habitude du temps, faisait l'annonce des articles du numéro : M. de Varandeuil entendit son nom mêlé à des b… et à des j… f… Il acheta le journal et y lut une dénonciation révolutionnaire.

Quelque temps après, son frère était arrêté et enfermé à l'hôtel Talaru[1] avec les autres fermiers généraux. Sa mère, prise de terreur, avait vendu follement, pour le prix des glaces, l'hôtel du Petit-Charolais où il logeait : payée en assignats, elle était morte de désespoir devant la baisse croissante du papier. Heureusement, M. de Varandeuil obtenait des acquéreurs, qui ne trouvaient pas à louer, la permission d'habiter les chambres servant autrefois aux gens d'écurie. Il se réfugiait là, sur les derrières de l'hôtel, dépouillait son nom, affichait à la porte, selon qu'il était ordonné, son nom patronymique de Roulot, sous lequel il enterrait le *de Varandeuil* et l'ancien courtisan du comte d'Artois. Il y vécut solitaire, effacé, enfoui, cachant sa tête, ne sortant pas, rasé dans son trou, sans domestique, servi par sa fille et lui laissant tout faire. La Terreur se passa pour eux dans l'attente, le tressaillement, l'émotion suspendue de la mort. Tous les soirs, la petite allait écouter par une lucarne grillée les condamnations du jour, la *Liste des gagnants à la loterie de sainte Guillotine*[2]. À chaque coup frappé à la porte, elle allait ouvrir, en croyant qu'on venait prendre son père pour le mener sur la place

1 César Marie de Talaru, né en 1725 et mort guillotiné en 1794, appartient à une vieille famille du Forez. Il fait toute sa carrière dans l'armée du Roi avant de devenir Premier maître d'hôtel au service de Marie-Antoinette. Il possède deux hôtels rue de Richelieu (aux n°s 60 et 62), l'un de ses hôtels est réquisitionné au moment de la Révolution, devient une prison dont il sera le premier pensionnaire. Voir l'*Histoire de la société française pendant la Révolution* où les Goncourt écrivent « le marquis de Talaru, le premier maitre d'hôtel de la reine, obligé de payer, jusqu'au jour de sa mort, une pauvre chambre 18 livres par jour, en son magnifique hôtel rue de Richelieu » (Ed. et J. de Goncourt, *Œuvres complètes*, Genève, Slatkine Reprints, 1986, t. XXIII-XXIV, p. 321). On peut rappeler l'arrestation de Louis-Marie Le Bas de Courmont, fermier général, guillotiné en 1794, frère de Charles-Claude, marié à Augustine Marie Madeleine Marie Duval, la mère de Cornélie, modèle de Sempronie.

2 Voir de nouveau l'*Histoire de la société française pendant la Révolution* : « dans le cachot n° 13, à la Conciergerie, le jeu de la guillotine démontré aux nouveaux arrivants par une chaise qu'on bascule ; la répétition du jugement et de l'exécution ; – ici les cartes, les dames, le ballon, la médisance occupant ces jours qui attendent la mort, pendant que sous les

de la Révolution, où son oncle avait été déjà mené. Vint le moment où l'argent, l'argent si rare, ne donna plus le pain : il fallut l'enlever presque de force à la porte des boulangers ; il fallut le conquérir par des heures passées dans le froid et le vif des nuits, dans la presse et l'écrasement des foules, faire queue dès trois heures du matin. Le père ne se souciait pas de se risquer dans cet amas de peuple. Il avait peur d'être reconnu, de se compromettre avec une de ces foucades qui auraient échappé n'importe où à la fougue de son caractère. Puis il reculait devant l'ennui et la dureté de la corvée. Le petit garçon était encore trop petit, on l'eût écrasé : ce fut à la fille que revint la charge de gagner chaque jour le pain des trois bouches. Elle le gagna. Son petit corps maigre perdu dans un grand gilet de tricot à son père, un bonnet de coton enfoncé jusqu'aux yeux, les membres serrés pour retenir un reste de chaleur, elle attendait en grelottant, les yeux meurtris de froid, au milieu des bousculades et des poussées, jusqu'au moment où la boulangère de la rue des Francs-Bourgeois lui mettait dans les mains un pain que ses petits doigts, raides d'onglée, avaient peine à saisir. À la fin, cette pauvre petite fille qui revenait tous les jours, avec sa figure de souffrance et sa maigreur qui tremblait, apitoyait la boulangère. Avec la bonté d'un cœur de peuple, aussitôt que la petite apparaissait dans la longue queue, elle lui envoyait par son garçon le pain qu'elle venait chercher. Mais un jour, comme la petite allait le prendre, une femme jalouse du passe-droit et de la préférence donnait à l'enfant un coup de sabot qui la retint près d'un mois au lit : Mlle de Varandeuil en porta la marque toute sa vie.

Pendant ce mois, la famille fût morte de faim, sans une provision de riz qu'avait eue la bonne idée de faire une de leurs connaissances, la comtesse d'Auteuil[1], et qu'elle voulut bien partager avec le père et les deux enfants.

M. de Varandeuil se sauvait ainsi du Tribunal révolutionnaire, par l'obscurité d'une vie enterrée. Il y échappait encore par les comptes de sa place qu'il devait rendre, et qu'il avait eu le bonheur de faire ajourner

---

fenêtres des misérables crient la liste des gagnants à la *loterie de sainte Guillotine* » (*ibid.*, p. 322).

1 Il s'agit de Marie-Charlotte de Boufflers née en 1724, qui, célèbre salonnière sous l'Ancien régime (elle recevait Diderot, Hume, Rousseau…), s'était installée à Auteuil à la mort de son amant, le prince de Conti en 1776. Sous la Terreur, elle fut emprisonnée suite à dénonciation anonyme le 23 janvier 1794 et échappa de peu à la guillotine. Elle mourut à Rouen en 1800.

et remettre de mois en mois. Puis aussi, il repoussait la suspicion par des animosités personnelles contre de grands personnages de la cour, par des haines que beaucoup de serviteurs de princes avaient puisées auprès des frères du Roi contre la Reine. Toutes les fois qu'il avait eu occasion de parler de la malheureuse femme, il avait eu des paroles violentes, amères, injurieuses, d'un accent si passionné et si sincère qu'elles lui avaient presque donné l'apparence d'un ennemi de la royauté : en sorte que ceux pour lesquels il n'était que le citoyen Roulot le regardaient comme un patriote, et que ceux qui le connaissaient sous son ancien nom, l'excusaient presque d'avoir été ce qu'il avait été : un noble, l'ami d'un prince du sang, et un homme en place.

La République en était aux soupers patriotiques[1], à ces repas de toute une rue dans la rue, dont Mlle de Varandeuil, dans ses souvenirs brouillés qui mêlaient leurs terreurs, voyait les tables rue Pavée, le pied dans le ruisseau de sang de Septembre sorti de la Force ! Ce fut à un de ces soupers que M. de Varandeuil eut une invention qui acheva de lui assurer la vie sauve. Il raconta à deux de ses voisins de table, chauds patriotes, dont l'un était lié avec Chaumette[2], qu'il se trouvait dans un grand embarras, que sa fille n'avait été qu'ondoyée, qu'elle manquait d'état civil, qu'il serait bien heureux si Chaumette voulait la faire inscrire sur les registres de la municipalité et l'honorer d'un nom choisi par lui dans le calendrier républicain de la Grèce ou de Rome[3]. Chaumette fixait

1 Voir l'*Histoire de la société française pendant la Révolution :* « [...] pour blasphémer le souper de l'ancien régime, sacré par l'esprit de la vieille société française, elle [la sans-culotterie] assied dans les boues des rues les *soupers fraternels* ! / Des tables, des tables par toute la ville. Rien ne les gêne : plus les laquais, plus les coureurs, plus les danois ; plus le mouvement, plus le bruit, plus le tintamarre, plus les voitures ; rien que les charrettes qui passent entre les rangées de tables reprenant, aussitôt les charrettes passées, la chanson et les cris commencés ! – Flammes tricolores à toutes les maisons ; à toutes les maisons un écriteau bariolé de rouge, de blanc, de bleu, de coqs, de bonnets rouges, contenant les âges, les noms des locataires : hommes, femmes, et les marmots ; à toute la porte, la devise peinturlurée en rouge : *Unité, indivisibilité de la République, liberté, égalité, fraternité, ou la mort* ; [...] Bout à bout, le couvert de six cent mille hommes est mis sous le ciel, les pieds dans le ruisseau. [...] La Terreur verse le vin dans le même verre au Paris qui tue, au Paris qui tremble (*op. cit.*, p. 355).

2 Pierre-Gaspard Chaumette, né à Nevers en 1763, fut d'abord un révolutionnaire partisan de l'abolition de la peine de mort, avant de devenir un partisan de la Terreur à outrance, aux côté d'Hébert, dans la faction dite des « exagérés ». Il fut guillotiné en 1794.

3 « Sous la Terreur, le calendrier des saints patriotes changeant parfois d'une semaine à l'autre de par la guillotine, il eût été trop dangereux de prendre un patron contemporain ; on dépeupla l'histoire romaine et l'histoire grecque pour se baptiser en famille et sans

bientôt un rendez-vous à ce père qui était « si bien à la hauteur », comme on disait alors. Séance tenante, on faisait entrer Mlle de Varandeuil dans un cabinet où elle trouvait deux matrones chargées de s'assurer de son sexe, et auxquelles elle montrait sa poitrine. On la ramenait alors dans la grande salle des Déclarations, et là, après une allocution métaphorique, Chaumette la baptisait *Sempronie*[1] ; un nom que l'habitude devait conserver à Mlle de Varandeuil et qu'elle ne quitta plus.

Un peu couverte et rassurée par là, la famille traversa les terribles jours qui précédèrent la chute de Robespierre. Enfin arrivait le 9 Thermidor et la délivrance. Mais la pauvreté restait grande et pressante au logis. On n'avait vécu tout ce dur temps de la Révolution, on n'allait vivre tout le misérable temps du Directoire qu'avec une ressource bien inattendue, un argent de Providence envoyé par la Folie. Les deux enfants et le père n'avaient guère subsisté qu'avec le revenu de quatre actions du Vaudeville[2], un placement que M. de Varandeuil avait eu l'inspiration de faire en 1791 et qui se trouva être la meilleure affaire de ces années de mort où l'on avait besoin d'oublier la mort tous les soirs, de ces jours suprêmes où chacun voulait rire de son dernier rire à la dernière chanson[3]. Bientôt ces actions, se joignant au recouvrement de quelques créances, donnèrent mieux que du pain à la famille. La famille sortait alors des combles de l'hôtel du Petit-Charolais et prenait un petit appartement dans le Marais, rue du Chaume.

Du reste, rien n'était changé aux habitudes de l'intérieur. La fille continuait à servir son père et son frère. M. de Varandeuil s'était peu à peu accoutumé à ne plus voir en elle que la femme de son costume et de l'ouvrage qu'elle faisait. Les yeux du père ne voulaient plus reconnaître une fille sous l'habit et les basses occupations de cette servante.

---

prêtres » écrivent les deux frères dans leur *Histoire de la société française pendant la Révolution* (*ibid.*, p. 397).

1 Sempronie : en référence à Tiberius Sempronius Gracchus, auteur d'une loi agraire baptisée *Rogatio sempronia*, et à son frère Caïus Sempronius Gracchus, auteur d'une autre loi agraire, la *Lex Sempronia*, tous deux héros de la République romaine. Le personnage source de Sempronie de Varandeuil est Cornélie Lebas de Courmont, dont le prénom est également inspiré des Gracques, puisque Cornelia est la mère des deux frères.

2 Situé rue de Chartres-Saint Honoré dans le 1er arrondissement d e la capitale, le théâtre du Vaudeville est fondé en janvier 1792, dans l'ancien Waux-Hall d'hiver. Il sera détruit par un incendie en 1838 et émigrera sur les boulevards. On y joue des « petites pièces mêlées de couplets sur des airs connus », c'est-à-dire des vaudevilles.

3 Voir l'*Histoire de la société française pendant la Révolution*, *op. cit.*, p. 289.

Ce n'était plus quelqu'un de son sang, quelqu'un qui avait l'honneur de lui appartenir : c'était une domestique qu'il avait là sous la main; et son égoïsme se fortifiait si bien dans cette dureté et cette idée, il trouvait tant de commodités à ce service filial, affectueux, respectueux, et ne coûtant rien, qu'il eut toutes les peines du monde à y renoncer plus tard, quand un peu plus d'argent fit retour à la maison : il fallut des batailles pour lui faire prendre une bonne qui remplaçât son enfant et épargnât à la jeune fille les travaux les plus humiliants de la domesticité.

On était sans nouvelles de Mme de Varandeuil, qui s'était refusée à venir retrouver son mari à Paris pendant les premières années de la Révolution; bientôt l'on apprenait qu'elle s'était remariée en Allemagne, en produisant comme l'acte de décès de son mari l'acte de décès de son beau-frère guillotiné, dont le prénom avait été changé[1]. La jeune fille grandit donc, abandonnée, sans caresses, sans autre mère qu'une femme morte à tous les siens et dont son père lui enseignait le mépris. Son enfance s'était passée dans une anxiété de tous les instants, dans les privations qui rognent la vie, dans la fatigue d'un travail épuisant ses forces d'enfant malingre, dans une attente de la mort qui devenait à la fin une impatience de mourir : il y avait eu des heures où la tentation était venue à cette fille de treize ans de faire comme les femmes de ce temps, d'ouvrir la porte de l'hôtel et de crier dans la rue : Vive le Roi ! pour en finir. Sa jeunesse continuait son enfance avec des ennuis moins tragiques. Elle avait à subir les violences d'humeur, les exigences, les âpretés, les tempêtes de son père, un peu matées et contenues jusque-là par le grand orage du temps. Elle restait vouée aux fatigues et aux humiliations d'une servante. Elle demeurait comprimée et rabaissée, isolée auprès de son père, écartée de ses bras, de ses baisers, le cœur gros et douloureux de vouloir aimer et de n'avoir rien à aimer. Elle commençait à souffrir du vide et du froid que fait autour d'une femme une jeunesse qui n'attire pas et ne séduit pas, une jeunesse déshéritée de beauté et de grâce sympathique. Elle se voyait inspirer une espèce de commisération avec son grand nez, son teint jaune, sa sécheresse, sa maigreur. Elle se sentait laide et d'une laideur pauvre dans ses misérables

1 Cela est directement inspiré par la biographie de Mme Charles-Claude Lebas de Courmont, bigame à partir de son second mariage en 1800 et deux fois veuve, lors du décès de son second mari, Tavary, en 1820. Voir les deux extraits de la *Gazette des tribunaux* des 24 mai et 14 juin 1828 reproduits en Annexes.

costumes, ses tristes robes de lainage qu'elle faisait elle-même et dont son père lui payait l'étoffe en rechignant : elle ne put obtenir de lui une petite pension pour sa toilette qu'à l'âge de trente-cinq ans.

Que de tristesse, que d'amertume, que de solitude pour elle, dans cette vie avec ce vieillard morose, aigri, toujours grondant et bougonnant au logis, n'ayant d'amabilité que pour le monde, et qui la laissait tous les soirs pour aller dans les maisons rouvertes sous le Directoire et au commencement de l'Empire ! À peine s'il la sortait de loin en loin, et quand il la sortait, c'était toujours pour la mener à cet éternel Vaudeville où il avait des loges. Encore sa fille avait-elle une terreur de ces sorties. Elle tremblait tout le temps qu'elle était avec lui ; elle avait peur de son caractère si violent, du ton que ses colères avaient gardé de l'Ancien Régime, de sa facilité à lever sa canne sur l'insolence de la canaille. Presque chaque fois, c'étaient des scènes avec le contrôleur, des prises de langue avec des gens du parterre, des menaces de coups de poing qu'elle arrêtait en faisant tomber dessus la grille de la loge. Cela continuait dans la rue, jusque dans le fiacre, avec le cocher qui ne voulait pas rouler pour le prix de M. de Varandeuil, le laissait attendre une heure, deux heures, sans marcher, parfois d'impatience dételait et le laissait dans sa voiture avec sa fille qui le suppliait vainement de céder et de payer.

Jugeant que ces plaisirs devaient suffire à Sempronie, jaloux d'ailleurs de l'avoir toute à lui et toujours sous la main, M. de Varandeuil ne la laissait se lier avec personne. Il ne l'emmenait pas dans le monde ; il ne la menait chez leurs parents revenus de l'émigration qu'aux jours de réception officielle et d'assemblée de famille. Il la tenait liée à la maison : ce fut seulement à quarante ans qu'il la jugea assez grande personne pour lui donner la permission de sortir seule. Ainsi nulle amitié, nulle relation pour soutenir la jeune fille : elle n'avait plus même à côté d'elle son jeune frère parti pour les États-Unis et engagé au service de la marine américaine.

Le mariage lui était défendu par son père, qui n'admettait pas qu'elle eût seulement l'idée de se marier, de l'abandonner : tous les partis qui auraient pu se présenter, il les combattait et les repoussait d'avance, de façon à ne pas même laisser à sa fille le courage de lui parler, si jamais une occasion s'offrait à elle.

Cependant nos victoires étaient en train de déménager l'Italie[1]. Les chefs-d'œuvre de Rome, de Florence, de Venise, se pressaient à Paris. L'art italien effaçait tout. Les collectionneurs ne s'honoraient plus que de tableaux de l'école italienne. L'occasion d'une fortune apparut là, dans ce mouvement de goût, à M. de Varandeuil. Lui aussi avait été pris de ce dilettantisme artistique qui fut une des délicates passions de la noblesse avant la Révolution. Il avait vécu dans la société des artistes, des curieux ; il aimait les tableaux. Il songea à rassembler une galerie d'italiens et à la vendre. Paris était encore plein des ventes et des dispersions d'objets d'art faites par la Terreur. M. de Varandeuil se mit à battre le pavé, – c'était alors le marché des grandes toiles, – et à chaque pas il trouva ; chaque jour, il acheta. Bientôt le petit appartement s'encombra, à ne pas laisser la place aux meubles, de vieux tableaux noirs si grands pour la plupart qu'ils ne pouvaient tenir aux murs avec leurs cadres. Tout cela était baptisé Raphaël, Vinci, André del Sarte ; ce n'étaient que chefs-d'œuvre devant lesquels le père tenait souvent sa fille pendant des heures, lui imposait ses admirations, la lassait de ses extases. Il montait d'épithètes en épithètes, se grisait, délirait, finissait par croire qu'il était en marché avec un acheteur idéal, débattait le prix du chef-d'œuvre, criait : – Cent mille livres, mon Rosso ! oui, monsieur, cent mille livres !... Sa fille, effrayée de tout l'argent que ces grandes vilaines choses, où étaient de grands affreux hommes tout nus, prenaient au ménage, essayait des représentations, voulait arrêter cette ruine : M. de Varandeuil s'emportait, s'indignait en homme honteux de trouver si peu de goût dans son sang, lui disait que plus tard ce serait sa fortune, qu'elle verrait s'il était un imbécile. À la fin, elle le décidait à réaliser. La vente eut lieu : ce fut un désastre, un des plus grands écroulements d'illusions qu'ait vus la salle vitrée de l'hôtel Bullion[2]. Blessé à fond, furieux de cet échec qui n'était pas seulement une perte d'argent, un accroc à sa petite fortune, mais une défaite du connaisseur, un soufflet donné à ses connaissances sur la joue de ses Raphaël, M. de Varandeuil déclara à sa fille qu'ils étaient désormais

1 Sous l'Empire, la France pilla en effet les collections italiennes qui allèrent remplir le Louvre, puis les musées de province – où un certain nombre se trouve toujours.

2 L'Hôtel de Bullion, dessiné par l'architecte Le Vau, contenait de somptueuses galeries peintes par Vouet et Blanchard. Claude de Bullion, né en 1569 et mort en 1640, avait été surintendant des finances sous Louis XIII, puis garde des sceaux à partir de 1633. Il gagna une grande fortune qui lui permit d'acheter de nombreuses seigneuries et de se faire construire ce bel hôtel.

trop pauvres pour rester à Paris et qu'il fallait aller vivre en province. Élevée et bercée par un siècle qui formait peu les femmes à l'amour de la campagne, Mlle de Varandeuil essaya vainement de combattre la résolution de son père : elle fut obligée de le suivre où il voulait aller et de perdre, en quittant Paris, la société, l'amitié de deux jeunes parentes auxquelles, dans de trop rares entrevues, elle s'était à demi ouverte et dont elle avait senti le cœur venir à elle comme à une sœur aînée.

C'était à l'Isle-Adam que M. de Varandeuil louait une petite maison. Il se trouvait là, près d'anciens souvenirs, dans l'air d'une ancienne petite cour, à proximité de deux ou trois châteaux qui commençaient à se repeupler et dont il connaissait les maîtres. Puis sur cette terre des Conti[1] était venu s'établir, depuis la Révolution, un petit monde de gros bourgeois, de commerçants enrichis. Le nom de M. de Varandeuil sonnait haut à l'oreille de tous ces braves gens. On le saluait très bas, on se disputait l'honneur de l'avoir, on écoutait respectueusement, presque religieusement, les histoires qu'il contait de l'ancienne société. Et flatté, caressé, honoré comme un reste de Versailles, il avait le haut bout et la place d'un seigneur dans ce monde. Quand il dînait chez Mme Mutel, une ancienne boulangère, riche de quarante mille livres de rentes, la maîtresse de maison se levait de table, en robe de soie, pour aller frire elle-même les salsifis : M. de Varandeuil ne les aimait que de sa façon. Mais ce qui avait décidé avant tout la retraite de M. de Varandeuil à l'Isle-Adam, ce n'étaient point ces agréments, c'était un projet. Il y était venu chercher le loisir d'un grand travail. Ce qu'il n'avait pu faire pour l'honneur et la gloire de l'art italien par sa collection, il voulait le faire par l'histoire. Il avait appris un peu d'italien avec sa femme ; il se mit en tête de donner la *Vie des peintres* de Vasari[2] au public français, de la traduire en se faisant aider par sa fille qui, toute petite, avait entendu parler italien à la femme de chambre de sa mère et retenu quelques mots. Il enfonça la jeune fille dans Vasari[3], enferma son temps et sa

1 Le château de l'Isle-Adam appartint à d'illustres familles, les Montmorency, les Condé, et durant sept générations aux Conti, dont c'était la demeure principale en dehors de Paris. Sous la Révolution, il est vendu comme bien national et sa démolition est achevée en 1813.

2 La *Vie des plus excellents peintres, sculpteurs et architectes* de Vasari connut une première édition en 1550 et une seconde en 1568. L'ouvrage est considéré comme le livre fondateur de l'histoire de l'art.

3 Voir *Journal*, Champion, t. I, p. 129 n. : « Roman intime : Ma cousine Cornélie embêtée par son vieux père, qui voulait lui faire traduire à elle seule Vasari ; elle meurt de froid,

pensée dans les grammaires, les dictionnaires, les commentateurs, tous les scoliastes de l'art italien, la tint voûtée sur l'ingrat travail, sur l'ennui et la fatigue de traduire des mots à tâtons. Tout le livre retomba sur elle ; quand il lui avait taillé sa besogne, la laissant en tête à tête avec les volumes reliés en vélin blanc, il partait se promener, rendait des visites aux environs, allait jouer dans un château ou dîner chez les bourgeois de sa connaissance, auxquels il se plaignait de l'effort et du labeur que lui coûtait l'énorme entreprise de sa traduction. Il rentrait, écoutait la lecture du morceau traduit, faisait ses observations, ses critiques, dérangeait une phrase pour y mettre un contresens que sa fille ôtait quand il était parti ; puis il reprenait sa promenade, ses courses, comme un homme qui a bien gagné sa journée, portant haut, marchant, son chapeau sous le bras, en fins escarpins, jouissant de lui-même, du ciel, des arbres, du Dieu de Rousseau, doux à la nature et tendre aux plantes. De temps en temps des impatiences d'enfant et de vieillard le prenaient : il voulait tant de pages pour le lendemain, et il forçait sa fille à veiller une partie de la nuit.

Deux ou trois ans se passèrent dans ce travail, où finirent par s'abîmer les yeux de Sempronie. Elle vivait ensevelie dans le Vasari de son père, plus seule que jamais, éloignée par une native répugnance hautaine des bourgeoises de l'Isle-Adam et de leurs façons à la Mme Angot, trop misérablement vêtue pour aller dans les châteaux. Point de plaisir, point d'amusement pour elle qui ne fût traversé et tourmenté par les singularités et les taquineries de son père. Il arrachait les fleurs qu'elle plantait en cachette dans le jardinet. Il n'y voulait que des légumes et les cultivait lui-même en débitant de grandes théories utilitaires, des arguments qui auraient pu servir à la Convention pour convertir les Tuileries en champ de pommes de terre. Tout ce qu'elle avait de bon, c'était de loin en loin une semaine pendant laquelle son père lui accordait la permission de recevoir une de ses deux jeunes amies, une semaine qui aurait été huit jours de paradis pour Sempronie, si son père n'en avait empoisonné les joies, les distractions, les fêtes, avec ses manies toujours menaçantes, ses humeurs toujours armées, des difficultés à propos d'un rien, d'un flacon d'eau de Cologne que Sempronie demandait pour la chambre de son amie, d'un entremets pour son dîner, d'un endroit où elle voulait la mener.

---

perd toute sa jeunesse et son père ne la laisse pas marier ».

À l'Isle-Adam, M. de Varandeuil avait pris une domestique qui presque aussitôt était devenue sa maîtresse. De cette liaison un enfant était né que le père, dans le cynisme de son insouciance, avait l'impudeur de faire élever sous les yeux de sa fille.

Avec les années, cette bonne avait pris pied dans la maison. Elle finissait par gouverner l'intérieur, le père et la fille. Un jour arriva où M. de Varandeuil voulut la faire asseoir à sa table, et la faire servir par Sempronie. C'en était trop, Mlle de Varandeuil se révolta sous l'outrage et se redressa de toute la hauteur de son indignation. Sourdement, silencieusement, dans le malheur ; l'isolement, la dureté des choses et des gens autour d'elle, la jeune fille s'était formée une âme droite et forte ; les larmes l'avaient trempée au lieu de l'amollir. Sous la docilité et l'humilité filiales, sous l'obéissance passive, sous une douceur apparente, elle cachait un caractère de fer, une volonté d'homme, un de ces cœurs que rien ne plie et qui ne fléchissent pas. À la bassesse que son père exigeait d'elle, elle se releva sa fille, ramassa toute sa vie, lui en jeta, en un flot de paroles, la honte et le reproche à la face, et finit en lui disant que si cette femme ne sortait pas de la maison le soir même, ce serait elle qui en sortirait, et que, Dieu merci ! elle ne serait pas embarrassée de vivre n'importe où, avec les goûts simples qu'il lui avait donnés. Le père, stupéfait et tout abasourdi de la révolte, cédait et renvoyait la domestique, mais il gardait à sa fille une lâche rancune du sacrifice qu'elle lui avait arraché. Son ressentiment se trahissait en mots aigres, en paroles agressives, en remerciements ironiques, en sourires d'amertume. Sempronie le soignait mieux, plus doucement, plus patiemment, pour toute vengeance. Une dernière épreuve attendait son dévouement ; le vieillard était frappé d'une attaque d'apoplexie qui lui laissait tout un côté du corps raidi et mort, une jambe boiteuse, l'intelligence endormie avec la conscience vivante de son malheur et de sa dépendance vis-à-vis de sa fille. Alors, tout ce qu'il y avait de mauvais au fond de lui s'exaspéra et se déchaîna. Il eut des férocités d'égoïsme. Sous le tourment de sa souffrance et de sa faiblesse, il devint une espèce de fou méchant. Mlle de Varandeuil voua ses jours et ses nuits à ce malade qui semblait lui en vouloir de ses attentions, être humilié de ses soins comme d'une générosité et d'un pardon, souffrir au fond de lui de voir toujours à ses côtés, infatigable et prévenante, cette figure du Devoir. Quelle vie pourtant ! Il fallait combattre l'incurable ennui du malheureux, être toujours à lui tenir compagnie, le promener, le soutenir toute la journée. Il fallait le faire jouer quand il était à la maison, et ne le faire ni trop perdre ni trop gagner. Il fallait se disputer avec ses envies, ses gourmandises, lui retirer les plats, essuyer pour tout ce qu'il voulait, des plaintes, des reproches, des injures, des larmes, des désespoirs furieux, les rages d'enfant colère qu'ont les vieux impotents. Et cela dura dix ans ! dix ans, pendant lesquels Mlle de Varandeuil n'eut d'autre récréation et d'autre soulagement que de laisser aller les tendresses, les chaleurs d'une affection maternelle, sur une de ses deux jeunes amies et parentes nouvellement mariée, sa *poule*, comme elle l'appelait. Le bonheur de Mlle de Varandeuil fut d'aller tous les quinze jours passer un peu de temps dans l'heureux ménage. Elle embrassait dans son berceau le joli enfant que le sommeil embrassait déjà ; elle dînait au pas de course ; au dessert elle envoyait chercher une voiture, et se sauvait avec la hâte d'un collégien en retard. Encore, aux dernières années de la vie de son père, n'eut-elle plus la permission du dîner : le vieillard n'autorisait plus une si longue absence et la retenait presque continuellement auprès de lui, en lui répétant qu'il savait bien que ce n'était pas amusant de garder un vieil infirme comme lui, mais qu'elle en serait bientôt débarrassée. Il mourait en 1818, et ne trouvait, avant de mourir, que ces mots pour dire adieu à celle qui avait été sa fille pendant quarante ans : « Va, je sais bien que tu ne m'as jamais aimé ! »

Deux ans avant la mort de son père, le frère de Sempronie était revenu d'Amérique. Il en ramenait une femme de couleur qui l'avait soigné et sauvé de la fièvre jaune, et deux filles déjà grandes qu'il avait eues de cette femme avant de l'épouser. Tout en ayant les idées de l'Ancien Régime sur les noirs, et quoiqu'elle regardât cette femme de couleur sans instruction, avec son parler nègre, ses rires de bête, sa peau qui graissait son linge, absolument comme une singesse[1], Mlle de Varandeuil avait combattu l'horreur et la résistance de son père à recevoir sa bru ; et c'était elle qui l'avait décidé, dans les derniers jours de sa vie, à laisser son frère lui présenter sa femme. Son père mort, elle songea que ce ménage était tout ce qui lui restait de famille.

M. de Varandeuil, auquel le comte d'Artois avait fait payer, à la rentrée des Bourbons, les arrérages de sa place, laissait à peu près dix

1 Dans le *Journal* à la date du 29 janvier 1864, les Goncourt évoquent leur dîner « avec une négresse, à la peau soyeuse, satinée : ce sont décidément des singesses déchues que des animaux-là ! » (Champion, t. III, p. 703).

mille livres de rentes à ses enfants. Le frère n'avait, avant cette succession, qu'une pension de quinze cents francs des États-Unis. Mlle de Varandeuil estima que cinq à six mille livres de rentes ne suffisaient pas à l'aisance de ce ménage où il y avait deux enfants, et tout de suite il lui vint la pensée de mettre là sa part de succession. Elle proposa cet apport le plus naturellement et le plus simplement du monde. Son frère accepta ; et elle vint habiter avec lui un joli appartement du haut de la rue de Clichy, au quatrième d'une des premières maisons bâties sur le terrain, presque vague encore, où l'air de la campagne passait gaiement à travers l'ébauche des constructions blanches. Elle continua là sa vie modeste, ses toilettes humbles, ses habitudes d'épargne, contente de la plus mauvaise chambre de l'appartement et ne dépensant pour elle pas plus de dix-huit cents à deux mille francs par an. Mais bientôt une sourde jalousie, lentement couvée, perçait chez la mulâtresse. Elle prenait ombrage de cette amitié du frère et de la sœur, qui semblait lui retirer son mari des bras. Elle souffrait de cette communion que faisaient entre eux la parole, l'esprit, le souvenir ; elle souffrait de ces causeries auxquelles elle ne pouvait se mêler, de ce qu'elle entendait dans leurs voix sans le comprendre. Le sentiment de son infériorité lui mettait au cœur les colères et le feu des haines qui brûlent sous le tropique. Elle prit ses enfants pour se venger, les poussa, les excita, les aiguillonna contre sa belle-sœur. Elle les encouragea à en rire, à s'en moquer. Elle applaudit à cette mauvaise petite intelligence d'enfants chez qui l'observation commence par la méchanceté. Une fois lâchées, elle les laissa rire de tous les ridicules de leur tante, de son physique, de son nez, de ses toilettes dont la misère pourtant faisait leur élégance, à toutes deux. Ainsi dressées et soutenues, les petites arrivèrent vite à l'insolence. Mlle de Varandeuil avait la vivacité de sa bonté. Chez elle, la main appartenait, aussi bien que le cœur, au premier mouvement. Puis sur la manière d'élever les enfants, elle pensait comme son temps. Elle toléra bien sans rien dire deux ou trois impertinences, mais, à la quatrième, elle empoigna la rieuse et, lui troussant les jupes, elle lui donna, malgré ses douze ans, la plus belle fessée qu'elle eut jamais reçue. La mulâtresse jeta les hauts cris, dit à sa belle-sœur qu'elle avait toujours détesté ses enfants, qu'elle voulait les lui tuer. Le frère s'interposa entre les deux femmes et parvint à les rapatrier tant bien que mal. Mais il arriva de nouvelles scènes où les petites filles, enragées contre la femme qui faisait pleurer leur mère, torturèrent leur tante avec des raffinements d'enfants terribles mêlés à des cruautés de petites sauvagesses. Après plusieurs replâtrages, il fallut se séparer. Mlle de Varandeuil se décida à quitter son frère qu'elle voyait trop malheureux dans ce tiraillement journalier de ses plus chères affections. Elle le laissa à sa femme, à ses enfants. Cette séparation fut un des grands déchirements de sa vie. Elle qui était si forte contre l'émotion, si concentrée, et que l'on voyait mettre comme un orgueil à souffrir, manqua faiblir quand il lui fallut quitter cet appartement où elle avait rêvé un peu de bonheur dans son petit coin à côté du bonheur des autres : ses dernières larmes lui montèrent aux yeux.

Elle ne s'éloigna pas trop, pour être encore à la portée de son frère, le soigner s'il était malade, le voir, le rencontrer. Mais il lui restait un vide au cœur et dans la vie. Elle avait commencé à voir sa famille, depuis la mort de son père : elle s'en rapprocha, laissa revenir à elle les parents que la Restauration remettait en haute et puissante position, alla à ceux que le nouveau pouvoir laissait petits et pauvres. Mais surtout elle revint à sa chère *poule* et à une autre petite cousine, mariée elle aussi, et devenue la belle-sœur de la *poule*. Son existence alors, avec ses relations, se régla singulièrement. Jamais Mlle de Varandeuil n'allait dans le monde, en soirée, au spectacle. Il fallut l'éclatant succès de Mlle Rachel[1] pour la décider à mettre les pieds dans un théâtre ; encore ne s'y risqua-t-elle que deux fois. Jamais elle n'acceptait un grand dîner. Mais il y avait deux ou trois maisons où, comme chez la *poule*, elle s'invitait à l'improviste quand il n'y avait personne. « Bichette, disait-elle sans façon, ton mari et toi, vous ne faites rien ce soir ? je reste à manger votre fricot. » À huit heures régulièrement, elle se levait ; et quand le mari prenait son chapeau pour la reconduire, elle le lui faisait tomber des mains avec un « Allons donc ! mon cher, une vieille bique comme moi !... Mais c'est moi qui fais peur aux hommes dans la rue... » Et puis on restait dix jours, quinze jours sans la voir. Mais arrivait-il un malheur, une nouvelle de mort, une tristesse dans la maison ; un enfant tombait-il malade, Mlle de Varandeuil l'apprenait toujours à la minute, on ne savait d'où ; elle

1 Rachel Félix, née en 1821, a commencé par chanter et mendier dans les rues, avant, pour soutenir sa famille, d'entrer en 1837 au Gymnase. Complètement illettrée, elle deviendra, à force de travail, une des plus grandes tragédiennes du siècle, s'illustrant en particulier dans le répertoire classique. Elle mourut en 1858. « L'éclatant succès de Rachel » peut faire allusion à son interprétation de Camille dans *Horace* de Corneille en 1838.

arrivait en dépit de tout, du temps et de l'heure, donnait un grand coup de sonnette à elle, – on avait fini par l'appeler « le coup de sonnette de la cousine », – et en une minute débarrassée de son parapluie qui ne la quittait pas, dépêtrée de ses socques, son chapeau jeté sur une chaise, elle était toute à ceux qui avaient besoin d'elle. Elle écoutait, elle parlait, elle relevait les courages avec je ne sais quel accent martial, une langue énergique à la façon des consolations militaires et chaude comme un cordial. Si c'était un petit qui n'allait pas bien, elle arrivait droit à son lit, riait à l'enfant qui n'avait plus peur, bousculait le père et la mère, allait, venait, ordonnait, prenait la direction de tout, maniait les sangsues, arrangeait les cataplasmes, ramenait l'espérance, la gaieté, la santé au pas de charge. Dans toute sa famille, la vieille demoiselle tombait aussi providentiellement, soudainement, aux jours de peine, d'ennui, de chagrin. On ne la voyait que quand il fallait ses mains pour guérir, son dévouement pour consoler[1]. C'était une femme impersonnelle pour ainsi dire à force de cœur, une femme qui ne s'appartenait point : Dieu ne semblait l'avoir faite que pour la donner aux autres. Son éternelle robe noire qu'elle s'obstinait à porter, son châle usé et reteint, son chapeau ridicule, sa pauvreté de mise était pour elle le moyen d'être, avec sa petite fortune, riche à faire le bien, dépensière en charités, la poche toujours pleine pour donner aux pauvres, non de l'argent, elle craignait le cabaret, mais un pain de quatre livres qu'elle leur payait chez le boulanger. Et puis avec cette misère-là, elle se donnait encore son plus grand luxe : la joie des enfants de ses amies qu'elle comblait d'étrennes, de cadeaux, de surprises, de plaisirs. Y en avait-il un par exemple que sa mère, absente de Paris, avait laissé à la pension, par un beau dimanche d'été, et le gamin, de dépit, s'était-il fait mettre en retenue ? Il était tout étonné de voir au coup de neuf heures déboucher dans la cour la cousine, la cousine agrafant encore la dernière agrafe de sa robe, tant elle s'était pressée. Et quelle désolation en la voyant ! – Ma cousine, disait-il piteusement avec une de ces rages où l'on a à la fois l'envie de pleurer et de tuer son *pion*, c'est... c'est que je suis en retenue... – En retenue ? Ah ! bien oui,

1 Sempronie est une allégorie du Dévouement, comme sa servante le sera pour elle. Auprès de son père, elle est une « figure du Devoir » (voir *supra*). Il est frappant de noter, et jusque dans l'« impersonnalité » de Mlle de Varandeuil, dans la manière dont elle ne « s'appartenait pas », la manière dont les Goncourt tissent entre les deux femmes, en dépit de différences majeures, des liens de ressemblance, ce que repère très bien Zola dans l'article paru dans *Le Salut public de Lyon* (voir Annexes, p.267-277).

en retenue ! Et tu crois que je me serai décarcassée comme ça… Est-ce qu'il se fiche de moi, ton maître de pension ? Où est-il ce magot-là que je lui parle ? Tu vas t'habiller en attendant… Et vite. Et l'enfant n'osait encore espérer qu'une femme aussi mal mise eût la puissance de faire lever une retenue, quand il se sentait pris par le bras : c'était la cousine qui l'enlevait, le jetait en voiture, tout étourdi et confondu de joie, et l'emmenait au bois de Boulogne. Elle l'y faisait promener à âne toute la journée, en poussant la bête avec une branche cassée, et en criant : Hue ! Puis, après un bon dîner chez Borne, elle le ramenait, et sous la porte cochère de la pension, en l'embrassant, elle lui mettait dans la main une large pièce de cent sous.

Étrange vieille fille ! Les épreuves de toute son existence, le mal de vivre, les éternelles souffrances de son corps, une si longue torture physique et morale l'avaient comme détachée et mise au-dessus de la vie. Son éducation, ce qu'elle avait vu, le spectacle de l'extrémité des choses, la Révolution l'avait formée au dédain des misères humaines. Et cette vieille femme à laquelle ne restait que le souffle, s'était élevée à une sereine philosophie, à un stoïcisme mâle, hautain, presque ironique. Quelquefois elle commençait à s'emporter contre une douleur un peu trop vive ; puis brusquement, au milieu de sa plainte, elle se jetait à elle-même un mot de colère et de raillerie sur lequel sa figure même s'apaisait. Elle était gaie d'une gaieté de source, jaillissante et profonde, la gaieté des dévouements qui ont tout vu, du vieux soldat ou de la vieille sœur d'hôpital. Excellemment bonne, quelque chose pourtant manquait à sa bonté : le pardon. Jamais elle n'avait pu fléchir ni plier son caractère jusque-là. Un froissement, un mauvais procédé, un rien qui atteignait son cœur, la blessait pour toujours. Elle n'oubliait pas. Le temps, la mort même ne désarmait pas sa mémoire.

De religion, elle n'en avait pas. Née à une époque où la femme s'en passait, elle avait grandi dans un temps où il n'y avait pas d'église. La messe n'existait pas, quand elle était jeune fille. Rien ne lui avait donné l'habitude ni le besoin de Dieu ; et elle avait toujours gardé pour les prêtres une espèce de répugnance haineuse qui devait tenir à quelque secrète histoire de famille dont elle ne parlait jamais. Pour toute foi, toute force et toute piété, elle avait l'orgueil de sa conscience ; elle jugeait qu'il suffisait de tenir à l'estime de soi-même, pour bien faire et ne jamais faillir. Elle était tout entière formée ainsi singulièrement par les deux siècles où elle avait vécu, mélangée de l'un et de l'autre, trempée aux deux courants de l'Ancien Régime et de la Révolution[1]. Depuis Louis XVI qui n'était pas monté à cheval au 10 août[2], elle n'estimait plus les rois : mais elle détestait la canaille. Elle voulait l'égalité, et elle avait horreur des parvenus. Elle était républicaine et aristocrate, mêlait le scepticisme aux préjugés, l'horreur de 93 qu'elle avait vu aux vagues et généreuses idées d'humanité qui l'avaient bercée.

Ses dehors étaient tout masculins. Elle avait la voix brusque, la parole franche, la langue des vieilles femmes du dix-huitième siècle, relevée d'un accent de peuple, une élocution à elle, garçonnière et colorée, passant par-dessus la pudeur des mots et hardie à appeler les choses par leur nom cru.

Cependant, les années passaient emportant la Restauration et la monarchie de Louis-Philippe. Elle voyait, un à un, tous ceux qu'elle avait aimés s'en aller, toute sa famille prendre le chemin du cimetière. La solitude se faisait autour d'elle, et elle restait étonnée et triste que la mort l'oubliât, elle qui y aurait si peu résisté, elle déjà tout inclinée vers la tombe, et obligée de baisser son cœur vers les petits enfants amenés à elle par les fils et les filles des amies qu'elle avait perdues. Son frère était mort. Sa chère *poule* n'était plus. La belle-sœur de la *poule* seule lui restait. Mais c'était une existence qui tremblait, prête à s'envoler. Foudroyée par la mort d'un enfant attendu pendant des années, la pauvre femme se mourait de la poitrine. Mlle de Varandeuil se chambra avec elle tous les jours, de midi à six heures, pendant quatre ans. Elle vécut à côté d'elle, tout ce temps, dans l'air renfermé et l'odeur des fumigations. Sans se laisser arrêter une heure par la goutte, les rhumatismes, elle apporta son temps, sa vie à cette agonie si douce qui regardait le ciel où sont les enfants morts. Et quand au cimetière Mlle de Varandeuil eut baisé le cercueil de la morte pour l'embrasser une dernière fois, il lui sembla qu'il n'y avait plus personne autour d'elle et qu'elle était toute seule sur la terre.

---

1 Chateaubriand se définit lui-même dans les *Mémoires d'outre-tombe* : « Je me suis rencontré entre les deux siècles comme au confluent de deux fleuves ; j'ai plongé dans leurs eaux troublées, m'éloignant à regret du vieux rivage où je suis né, nageant avec espérance vers une rive inconnue » (*Mémoires d'outre tombe*, éd. M. Levaillant et G. Moulinier, Paris, Gallimard, coll. « Bibliothèque de la Pléiade », 1951, t. II, p. 936).

2 Le 10 août 1792 voit la prise des Tuileries où se trouve la famille royale depuis l'affaire de Varenne, puis l'internement de Louis XVI et des siens. C'est le début de la première Terreur, qui culminera avec les massacres de septembre.

De ce jour, cédant aux infirmités qu'elle n'avait plus de raison pour secouer, elle s'était mise à vivre de la vie étroite et renfermée des vieillards qui usent à la même place le tapis de leur chambre, ne sortant plus, ne lisant plus guère à cause de la fatigue de ses yeux, et restant le plus souvent enfoncée dans son fauteuil à revoir et à revivre le passé. Elle gardait des journées la même position, les yeux ouverts et rêvant, loin d'elle-même, loin de la chambre et de l'appartement, allant où ses souvenirs la menaient, à des visages lointains, à des lieux effacés, à des têtes chéries et pâles, perdue dans une somnolence solennelle que Germinie respectait en disant :

– Mademoiselle est dans ses réflexions…

Un jour pourtant toutes les semaines, elle sortait. C'était même pour cette sortie, pour être plus près de l'endroit où elle voulait aller ce jour-là, qu'elle avait quitté son appartement de la rue Taitbout et qu'elle était venue se loger rue de Laval[1]. Un jour chaque semaine, sans que rien pût l'en empêcher, même la maladie, elle allait au cimetière Montmartre, là où reposaient son père, son frère, les femmes qu'elle regrettait, tous ceux qui avaient fini de souffrir avant elle. Des morts et de la Mort, elle avait un culte presque antique. La tombe lui était sacrée, chère, et amie. Elle aimait, pour l'attendre et être prête à son corps, la terre d'espérance et de délivrance où dormaient les siens. Ce jour-là, elle partait de bonne heure avec sa bonne qui lui donnait le bras et portait un pliant. Près du cimetière, elle entrait chez une marchande de couronnes qui la connaissait depuis de longues années, et qui l'hiver lui apportait sa chaufferette sous les pieds. Là, elle se reposait quelques instants ; puis, chargeant Germinie de couronnes d'immortelles, elle passait la porte du cimetière, prenait l'allée à gauche du cèdre de l'entrée, et faisait lentement son pèlerinage de tombe en tombe. Elle jetait les fleurs flétries, balayait les feuilles mortes, nouait les couronnes, s'asseyait sur son pliant, regardait, songeait, détachait du bout de son ombrelle, distraitement, une moisissure de mousse sur la pierre plate. Puis elle se levait, se retournait comme pour dire au revoir à la tombe qu'elle quittait, allait plus loin, s'arrêtait encore, causait tout bas, comme elle avait déjà fait, avec ce qui dormait de son cœur sous cette pierre ; et sa visite ainsi faite à tous les morts de ses affections, elle revenait lentement, religieusement, s'enveloppant de silence et comme ayant peur de parler.

1 La rue de Laval est aujourd'hui la rue Victor Massé.

III

Dans sa rêverie, Mlle de Varandeuil avait fermé les yeux.

La parole de la bonne s'arrêta, et le reste de sa vie, qui était sur ses lèvres ce soir-là, rentra dans son cœur.

La fin de son histoire était ceci.

Lorsque la petite Germinie Lacerteux était arrivée à Paris, n'ayant pas encore quinze ans, ses sœurs, pressées de lui voir gagner sa vie et de lui mettre son pain à la main, l'avaient placée dans un petit café du boulevard où elle servait à la fois de femme de chambre à la maîtresse du café et d'aide aux garçons pour les gros ouvrages de l'établissement. L'enfant, sortie de son village et tombée là brusquement, se trouva dépaysée, tout effarouchée dans cette place, dans ce service. Elle sentait le premier instinct de ses pudeurs et la femme qu'elle allait être frissonner à ce contact perpétuel avec les garçons, à cette communauté de travail, de repas, d'existence avec des hommes ; et chaque fois qu'elle avait une sortie et qu'elle allait chez ses sœurs, c'étaient des pleurs, des désespoirs, des scènes où, sans se plaindre précisément de rien, elle montrait comme une terreur de rentrer, disant qu'elle ne voulait plus rester là, qu'elle s'y déplaisait, qu'elle aimait mieux retourner chez eux. On lui répondait qu'elle avait déjà coûté assez d'argent pour venir, que c'étaient des caprices, qu'elle était très bien où elle était, et on la renvoyait au café tout en larmes. Elle n'osait dire tout ce qu'elle souffrait à côté de ces garçons de café, effrontés, blagueurs, cyniques, nourris de restes de débauche, salis de tous les vices qu'ils servent, et mêlant au fond d'eux les pourritures d'un *arlequin*[1] d'orgie. À toute heure, elle avait à subir les lâches plaisanteries, les mystifications cruelles, les méchancetés de ces hommes heureux d'avoir leur petit martyr dans cette petite fillette sauvage, ne sachant rien, l'air malingre et opprimé, heureuse et ombrageuse, maigre et pitoyablement vêtue de ses mauvaises petites robes de campagne. Étourdie, comme assommée sous ce supplice de toutes les heures, elle devint leur souffre-douleur. Ils se jouaient de ses ignorances,

1 *Arlequin* : selon le *TLF*, ensemble formé d'éléments de couleurs variées, d'éléments disparates. S'emploie aussi pour désigner les reliefs des repas, des assiettes composées de rogatons de diverses provenances.

ils la trompaient et l'abusaient par des farces, ils l'accablaient sous la fatigue, ils l'hébétaient de risées continues et impitoyables qui poussaient presque à l'imbécillité cette intelligence ahurie. Puis encore ils la faisaient rougir de choses qu'ils lui disaient et dont elle se sentait honteuse, sans les comprendre. Ils touchaient avec des demi-mots d'ordure à la naïveté de ses quatorze ans. Et ils s'amusaient à mettre les yeux de sa curiosité d'enfant à la serrure des cabinets.

La petite voulait se confier à ses sœurs, elle n'osait. Comme, avec la nourriture, il lui venait un peu de chair au corps, un peu de couleur aux joues, une apparence de femme, les libertés augmentaient et s'enhardissaient. Il y avait des familiarités, des gestes, des approches, auxquels elle échappait et dont elle se sauvait pure, mais qui altéraient sa candeur en effleurant son innocence. Rudoyée, grondée, brutalisée par le maître de l'établissement, habitué à abuser de ses bonnes, et qui lui en voulait de n'avoir ni l'âge ni l'étoffe d'une maîtresse, elle ne trouvait un peu d'appui, un peu d'humanité qu'auprès de sa femme. Elle se mit à aimer cette femme avec une sorte de dévouement animal et à lui obéir avec des docilités de chien. Elle faisait toutes ses commissions, sans réflexion ni conscience. Elle allait porter ses lettres à ses amants et elle était adroite à les porter. Elle se faisait agile, leste, ingénument rusée, pour passer, glisser, filer entre les soupçons éveillés du mari, et sans trop savoir ce qu'elle faisait, ce qu'elle cachait, elle avait une méchante petite joie d'enfant et de singe à se dire vaguement qu'elle faisait un peu de mal à cet homme et à cette maison qui lui en faisaient tant. Il se trouvait aussi parmi ses camarades un vieux garçon du nom de Joseph[1] qui la défendait, la prévenait des méchants tours complotés contre elle, et arrêtait, quand elle était là, les conversations trop libres avec l'autorité de ses cheveux blancs et d'un intérêt paternel. Cependant l'horreur de cette maison croissait chaque jour pour Germinie. Une semaine ses sœurs furent obligées de la ramener de force au café.

À quelques jours de là, comme il y avait une grande revue au Champ de Mars, les garçons eurent congé pour la journée. Il ne resta que Germinie et le vieux Joseph. Joseph était occupé dans une petite pièce

1 Joseph : le choix de ce prénom n'est pas hasardeux : outre son âge, le fait qu'il la défende contre les autres garçons, un Joseph est un homme timide en amour, nigaud. « Faire son joseph » en langue populaire signifie « faire le pudibond, affecter la vertu » – précisément ce que fait ce violeur dont ne se méfie pas Germinie.

noire à ranger du linge sale. Il dit à Germinie de venir l'aider. Elle entra, cria, tomba, pleura, supplia, lutta, appela désespérément… La maison vide resta sourde.

Revenue à elle, Germinie courut s'enfermer dans sa chambre. On ne la revit plus de la journée. Le lendemain, quand Joseph voulut lui parler et s'avança vers elle, elle eut un recul de terreur, un geste égaré, une épouvante de folle. Longtemps toutes les fois qu'un homme s'approchait d'elle, elle se retirait involontairement d'un premier mouvement brusque, frémissant et nerveux, comme frappée de la peur d'une bête éperdue qui cherche par où se sauver. Joseph, qui craignait qu'elle ne le dénonçât, se laissa tenir à distance et respecta l'affreux dégoût qu'elle lui montrait.

Elle devint grosse. Un dimanche, elle avait été passer la soirée chez sa sœur la portière ; après des vomissements, elle se trouva mal. Un médecin, locataire de la maison, prenait sa clef dans la loge : les deux sœurs apprirent par lui la position de leur cadette. Les révoltes d'orgueil intraitables et brutales qu'a l'honneur du peuple, les sévérités implacables de la dévotion, éclatèrent chez les deux femmes en colères indignées. Leur confusion se tourna en rage. Germinie reprit connaissance sous leurs coups, sous leurs injures, sous les blessures de leurs mains, sous les outrages de leur bouche. Il y avait là son beau-frère, qui ne lui pardonnait pas l'argent qu'avait coûté son voyage et qui la regardait d'un air goguenard avec une joie sournoise et féroce d'Auvergnat, avec un rire qui mit aux joues de la jeune fille plus de rouge encore que les soufflets de ses sœurs.

Elle reçut les coups, elle ne repoussa pas les injures. Elle ne chercha ni à se défendre ni à s'excuser. Elle ne raconta point comment les choses s'étaient passées, et combien peu il y avait de sa volonté dans son malheur. Elle resta muette : elle avait une vague espérance qu'on la tuerait. Sa sœur aînée lui demandant s'il n'y avait pas eu de violence, lui disant qu'il y avait des commissaires de police, des tribunaux, elle ferma les yeux devant l'idée horrible d'étaler sa honte. Un instant seulement, lorsque le souvenir de sa mère lui fut jeté à la face, elle eut un regard, un éclair des yeux dont les deux femmes se sentirent la conscience traversée : elles se souvinrent que c'étaient elles qui l'avaient placée, retenue dans cette place, exposée, presque forcée à sa faute.

Le soir même, la plus jeune sœur de Germinie l'emmenait dans la rue Saint-Martin, chez une repriseuse de cachemires, avec laquelle elle logeait, et qui, presque folle de religion, était porte-bannière d'une confrérie de la Vierge. Elle la mit à coucher avec elle, par terre, sur un matelas, et l'ayant là toute la nuit sous la main, elle soulagea sur elle ses longues et venimeuses jalousies, le ressentiment des préférences, des caresses données à Germinie par sa mère, par son père. Ce furent mille petits supplices, des méchancetés brutales ou hypocrites, des coups de pied dont elle lui meurtrissait les jambes, des avancements de corps avec lesquels peu à peu elle poussait sa compagne de lit, par le froid de l'hiver, sur le carreau de la chambre sans feu. Dans la journée, la repriseuse s'emparait de Germinie, la catéchisait, la sermonnait et lui faisait, avec le détail des supplices de l'autre vie, une épouvantable peur matérielle de l'enfer dont elle lui faisait toucher les flammes.

Elle vécut là quatre mois, enfermée, sans qu'on lui permît de sortir. Au bout de quatre mois, elle accouchait d'un enfant mort. Quand elle fut rétablie, elle entra chez une épileuse de la rue Lafitte, et elle y eut, les premiers jours, la joie d'une sortie de prison.

Deux ou trois fois, dans ses courses, elle rencontra le vieux Joseph qui voulait l'épouser, courait après elle ; elle se sauva de lui : le vieillard ne sut jamais qu'il avait été père.

Cependant, dans sa nouvelle place, Germinie dépérissait. La maison, où on l'avait prise pour bonne à tout faire, était ce que les domestiques appellent « une baraque[1] ». Gaspilleuse et mangeuse, sans ordre et sans argent, comme il arrive aux femmes dans les commerces de hasard et les métiers problématiques de Paris, l'épileuse, presque toujours entre une saisie et une partie, ne s'occupait guère de la façon dont se nourrissait sa petite bonne. Elle partait souvent pour toute la journée sans lui laisser de quoi dîner. La petite se rassasiait tant bien que mal de crudités quelconques, de salades, des choses vinaigrées qui trompent l'appétit des jeunes femmes, de charbon même qu'elle grignotait avec les goûts dépravés et les caprices d'estomac de son âge et de son sexe. Ce régime, au sortir d'une couche, dans un état de santé mal raffermi et demandant des fortifiants, maigrissait, épuisait, minait la jeune fille. Elle arrivait à faire peur. Son teint devenait de ce blanc qui paraît verdir au plein jour. Ses yeux gonflés se cernaient d'une grande ombre bleuâtre. Ses lèvres décolorées prenaient un ton

1 « Une baraque » : c'est-à-dire une maison mal tenue et mal gérée.

de violettes fanées[1]. Elle était essoufflée pour la moindre montée, et l'on souffrait auprès d'elle de cette incessante vibration qui s'échappait des artères de sa gorge. Les pieds lents, le corps affaissé, elle allait en se traînant, comme trop faible et pliant sous la vie. Les facultés et les sens à demi sommeillants, elle s'évanouissait pour un rien, pour la fatigue de peigner sa maîtresse.

Elle s'éteignait là tout doucement, quand sa sœur lui trouvait une autre place, chez un ancien acteur, un comique retiré, vivant de l'argent que lui avait apporté le rire de tout Paris. Le brave homme était vieux, et n'avait jamais eu d'enfant. Il prit en pitié la misérable fille, s'occupa d'elle, la soigna, la choya. Il la menait à la campagne. Il se promenait avec elle, sur les boulevards, au soleil, et se sentait mieux réchauffé à son bras. Il était heureux de la voir gaie. Souvent, pour l'amuser, il décrochait de sa garde-robe un costume à demi mangé, et tâchait de retrouver un bout de rôle qu'il ne se rappelait plus. Rien que la vue de cette petite bonne, son bonnet blanc, était un rayon de jeunesse qui lui revenait. La vieillesse du Jocrisse[2] s'appuyait sur elle avec la camaraderie, les plaisirs et les enfances d'un cœur de grand-père. Mais il mourait au bout de quelques mois ; et Germinie retombait à servir des femmes entretenues, des maîtresses de pensionnat, des boutiquières de passage quand la mort subite d'une bonne la faisait entrer chez Mlle de Varandeuil, logée alors rue Taitbout, dans la maison dont sa sœur était portière.

IV

Ceux qui voient la fin de la religion catholique dans le temps où nous sommes, ne savent pas quelles racines puissantes et infinies elle pousse

---

1 Autant de symptômes de la chloro-anémie. Voir ces notes, prises dans l'*Histoire médicale et philosophique de la femme* du Dr Menville dans le carnet 45 conservé aux Archives municipales de Nancy : « chlorose pâleur excessive verdâtre, bouffissure de la face, blancheur des lèvres, [...] des paupières gonflées après le sommeil [...] teinte terne de la peau » (Fonds Goncourt, 4° Z 98-1, voir Annexes p. 264-265).

2 Jocrisse est un personnage du théâtre comique, caractérisé par la niaiserie et la crédulité, une sorte de Gilles. Il faut ici l'entendre par référence aux emplois de théâtre qu'a joués, durant sa carrière, ce vieil acteur.

encore dans les profondeurs du peuple. Ils ne savent pas les enlacements secrets et délicats qu'elle a pour la femme du peuple. Ils ne savent pas ce qu'est la confession, ce qu'est le confesseur pour ces pauvres âmes de pauvres femmes. Dans le prêtre qui l'écoute et dont la voix lui arrive doucement, la femme de travail et de peine voit moins le ministre de Dieu, le juge de ses péchés, l'arbitre de son salut, que le confident de ses chagrins et l'ami de ses misères. Si grossière qu'elle soit, il y a toujours en elle un peu du fond de la femme, ce je ne sais quoi de fiévreux, de frissonnant, de sensitif et de blessé, une inquiétude et comme une aspiration de malade qui appelle les caresses de la parole ainsi que les bobos d'un enfant demandent le chantonnement d'une nourrice. Il lui faut, aussi bien qu'à la femme du monde, des soulagements d'expansion, de confidence, d'effusion. Car il est de la nature de son sexe de vouloir se répandre et s'appuyer. Il existe en elle des choses qu'elle a besoin de dire et sur lesquelles elle voudrait être interrogée, plainte, consolée. Elle rêve, pour des sentiments cachés et dont elle a la pudeur, un intérêt apitoyé, une sympathie. Que ses maîtres soient les meilleurs, les plus familiers, les plus rapprochés même de la femme qui les sert : ils n'auront pour elle que les bontés qu'on laisse tomber sur un animal domestique. Ils s'inquiéteront de la façon dont elle mange, dont elle se porte ; ils soigneront la bête en elle, et ce sera tout. Ils n'imagineront pas qu'elle ait une autre place pour souffrir que son corps ; et ils ne lui supposeront pas les malaises d'âme, les mélancolies et les douleurs immatérielles dont ils se soulagent par la confidence à leurs égaux. Pour eux, cette femme qui balaye et fait la cuisine n'a pas d'idées capables de la faire triste ou songeuse ; et ils ne lui parlent jamais de ses pensées. À qui donc les portera-t-elle ? Au prêtre qui les attend, les demande, et les accueille, à l'homme d'église qui est un homme du monde, un supérieur, un monsieur bien élevé, savant, parlant bien, toujours doux, accessible, patient, attentif et ne semblant rien mépriser de l'âme la plus humble, de la pénitente la plus mal mise. Seul, le prêtre est l'écouteur de la femme en bonnet. Seul, il s'inquiète de ses souffrances secrètes, de ce qui la trouble, de ce qui l'agite, de ce qui fait passer tout à coup dans une bonne, aussi bien que dans sa maîtresse, une envie de pleurer ou des lourdeurs d'orage. Il est seul à solliciter ses épanchements, à tirer d'elle ce que l'ironie de chaque jour y refoule, à s'occuper de sa santé morale ; le seul qui l'élève au-dessus de sa vie de matière, le seul qui la touche avec des mots d'attendrissement, de charité, d'espérance, – des mots du ciel tels qu'elle n'en a jamais entendus dans la bouche des hommes de sa famille et des mâles de sa classe.

Entrée chez Mlle de Varandeuil, Germinie tomba dans une dévotion profonde et n'aima plus que l'église. Elle s'abandonna peu à peu à cette douceur de la confession, à cette voix de prêtre égale, sereine et basse, qui venait de l'ombre, à ces consultations qui ressemblaient à un attouchement de paroles caressantes, et dont elle sortait rafraîchie, légère, délivrée, heureuse, avec le chatouillement et le soulagement d'un pansement dans toutes les parties tendres, douloureuses et comprimées de son être.

Elle ne s'ouvrait et ne pouvait s'ouvrir que là. Sa maîtresse avait une certaine rudesse masculine qui repoussait l'expansion. Elle avait des brusqueries d'apostrophes et de phrases qui renfonçaient ce que Germinie eût voulu lui confier. Il était dans sa nature d'être brutale à toutes les jérémiades qui ne venaient point d'un mal ou d'un chagrin. Sa bonté virile n'était point miséricordieuse aux malaises de l'imagination, à ces tourments que se crée la pensée, à ces ennuis qui s'élèvent des nerfs de la femme et des troubles de son organisme. Souvent Germinie la trouvait insensible : la vieille femme avait été seulement bronzée par son temps et par son existence. Elle avait l'écorce du cœur dure comme le corps. Ne se plaignant jamais, elle n'aimait pas les plaintes autour d'elle. Et du droit de toutes les larmes qu'elle n'avait pas versées, elle détestait les pleurs d'enfant chez les grandes personnes.

Bientôt le confessionnal[1] fut comme un lieu de rendez-vous adorable et sacré pour la pensée de Germinie. Il eut tous les jours sa première idée, sa dernière prière. Dans la journée, elle s'y agenouillait comme en songe ; et tout en travaillant il lui revenait dans les yeux avec son bois de chêne à filets d'or, son fronton à tête d'ange ailée, son rideau vert aux

---

1 Le confessionnal, sous la plume des penseurs anticléricaux du XIXe siècle, au premier rang desquels Michelet, est un territoire éminemment féminisé. Dans *Du Prêtre, de la femme, de la famille*, en 1845, Michelet a mis au jour tout ce qui se jouait entre la femme et son confesseur dans ce lieu clos et obscur. Mais l'anticléricalisme de Michelet est enté sur une vision du couple (le directeur est le troisième homme, celui avec lequel la femme commet « des infidélités spirituelles ») et de la famille (le directeur de conscience, prenant tout pouvoir sur la femme, étend son empire sur les enfants qu'il détourne vers l'enseignement religieux), lorsque les Goncourt explorent ici, comme dans *Sœur Philomène*, cette religiosité féminine, toujours confuse, travaillée de physiologie et de rêverie, qui se porte vers l'homme-Dieu et s'arrête parfois à son représentant.

plis immobiles, le mystère d'ombre de ses deux côtés. Il lui semblait que maintenant toute sa vie aboutissait là, et que toutes ses heures y tendaient. Elle vivait la semaine pour être à ce jour désiré, promis, appelé. Dès le jeudi, des impatiences la prenaient ; elle sentait, dans le redoublement d'une angoisse délicieuse, comme l'approche matérielle du bienheureux samedi soir ; et le samedi venu, le service bâclé, le petit dîner de mademoiselle servi à la hâte, elle se sauvait et courait à Notre-Dame de Lorette, allant à la pénitence comme on va à l'amour. Les doigts mouillés à l'eau bénie, une génuflexion faite, elle passait entre les rangs de chaises, sur les dalles, avec le glissement d'une chatte qui se coule sur un tapis. Inclinée, presque rampante, elle avançait sans bruit, dans l'ombre des bas-côtés, jusqu'au confessionnal mystérieux et voilé qu'elle reconnaissait, et auprès duquel elle attendait son tour, perdue dans l'émotion d'attendre.

Le jeune prêtre qui la confessait se prêtait à ses fréquentes confessions. Il ne lui ménageait ni le temps, ni l'attention, ni la charité. Il la laissait longuement causer, longuement lui raconter toutes ses petites affaires. Il était indulgent à ses bavardages d'âme en peine, et lui permettait d'épancher ses plus petites amertumes. Il acceptait l'aveu de ses inquiétudes, de ses désirs, de ses troubles ; il ne repoussait et ne dédaignait rien de cette confiance d'une servante qui lui parlait de toutes les choses délicates et secrètes de son être comme on en parlerait à une mère et à un médecin.

Ce prêtre était jeune. Il était bon. Il avait vécu de la vie du monde. Un grand chagrin l'avait jeté, brisé, dans cette robe où il portait le deuil de son cœur. Il restait de l'homme au fond de lui, et il écoutait, avec une pitié triste, ce malheureux cœur d'une bonne. Il comprenait que Germinie avait besoin de lui, qu'il la soutenait, qu'il l'affermissait, qu'il la sauvait d'elle-même et la retirait des tentations de sa nature. Il se sentait une mélancolique sympathie pour cette âme toute faite de tendresse, pour cette jeune fille à la fois ardente et molle, pour cette malheureuse, inconsciente[1] d'elle-même, promise à la passion par tout son cœur, par tout son corps, et accusant dans toute sa per-

1 L'adjectif *inconscient* est attesté pour la première fois dans l'édition de 1878 du *Dictionnaire de l'Académie*. On le trouve dans le *Journal* de Michelet à la date du 15 décembre 1820, comme signifiant « qui échappe à la conscience ». Il figure au sens de « à qui, ou à quoi, la conscience fait défaut » dans l'*Encyclopédie nouvelle* (1834-1841).

sonne la vocation du tempérament. Éclairé par l'expérience de son passé, il s'étonnait, il s'effrayait quelquefois des lueurs qui se levaient d'elle, de la flamme qui passait dans ses yeux à l'élancement d'amour d'une prière, de la pente où ses confessions glissaient, de ses retours vers cette scène de violence, cette scène où sa très sincère volonté de résistance paraissait au prêtre avoir été trahie par un étourdissement des sens plus fort qu'elle.

Cette fièvre de religion dura plusieurs années pendant lesquelles Germinie vécut concentrée, silencieuse, rayonnante, toute à Dieu, – au moins elle le croyait. Cependant peu à peu son confesseur avait cru s'apercevoir que toutes ses adorations se tournaient vers lui. À des regards, à des rougeurs, à des paroles qu'elle ne lui disait plus, à d'autres qu'elle s'enhardissait à lui dire pour la première fois, il comprit que la dévotion de sa pénitente s'égarait et s'exaltait en se trompant elle-même. Elle l'épiait à la sortie des offices, le suivait dans la sacristie, s'attachait à lui, courait dans l'église après sa soutane. Le confesseur essaya d'avertir Germinie, de détourner de lui cette ferveur amoureuse. Il devint plus réservé et s'arma de froideur. Désolée de ce changement, de cette indifférence, Germinie, aigrie et blessée, lui avoua un jour, en confession, les sentiments de haine qui lui venaient contre deux jeunes filles, les pénitentes préférées de l'abbé. Le prêtre alors, l'éloignant sans explication, la renvoya à un autre confesseur. Germinie alla se confesser une ou deux fois à cet autre confesseur ; puis elle n'y alla plus ; puis elle ne pensa plus même à y aller ; et de toute sa religion, il ne lui resta plus à la pensée qu'une certaine douceur lointaine et comme l'affadissement d'une odeur d'encens éteint.

Elle en était là quand mademoiselle était tombée malade. Pendant tout le temps de sa maladie, ne voulant pas la quitter, Germinie n'alla pas à la messe. Et le premier dimanche où mademoiselle tout à fait remise n'eut plus besoin de ses soins, elle fut tout étonnée de voir « sa dévote » rester et ne pas se sauver à l'église.

– Ah ! ça, lui dit-elle, tu ne vas donc plus voir tes curés à présent ? Qu'est-ce qu'ils t'ont fait, hein ?

– Rien, fit Germinie.

V

– Voilà, mademoiselle !... Regardez-moi, dit Germinie.

C'était à quelques mois de là. Elle avait demandé à sa maîtresse la permission d'aller ce soir-là au bal de noce de la sœur de son épicier qui l'avait prise pour demoiselle d'honneur, et elle venait se faire voir en grande toilette dans sa robe de mousseline décolletée.

Mademoiselle leva la tête du vieux volume, imprimé gros, où elle lisait, ôta ses lunettes, les mit dans le livre pour marquer la page, et fit :

– Toi, ma bigote, toi, au bal ! Sais-tu, ma fille... ça me paraît tout farce ! Toi et le rigodon[1]... Ma foi, il ne te manque plus que d'avoir envie de te marier ! Une chienne d'envie !... Mais si tu te maries, je te préviens : je ne te garde pas... oust ! je n'ai pas envie de devenir la bonne de tes mioches !... Approche un peu... Oh ! Oh ! mais... sac à papier ! mademoiselle Montre-tout ! On est bien coquette, je trouve, depuis quelque temps...

– Mais non, mademoiselle, essaya de dire Germinie.

– Avec cela que chez vous autres, reprit Mlle de Varandeuil en suivant son idée, les hommes sont de jolis cadets ! Ils te grugeront ce que tu as... sans compter les tapes... Mais le mariage... je suis sûre que ça te trotte par la cervelle, cette histoire-là, de te marier quand tu vois les autres... C'est ça qui te donne cette frimousse-là, je parie ? Bon Dieu de Dieu ! Maintenant tourne un peu qu'on te voie, dit Mlle de Varandeuil avec son ton de caresse brusque ; et, mettant ses deux mains maigres aux deux bras de son fauteuil, croisant ses deux jambes l'une sur l'autre, et remuant le bout de son pied, elle se mit à inspecter Germinie et sa toilette.

– Que diable ! dit-elle au bout de quelques instants d'attention muette, comment, c'est toi ?... je n'ai donc jamais mis mes yeux pour te regarder... Bon Dieu, oui !... Ah ! mais... ah ! mais... Elle mâchonna encore quelques vagues exclamations entre ses dents. – Où diantre as-tu pris ce museau de chatte amoureuse ? fit-elle à la fin ; et elle se mit à la regarder.

Germinie était laide. Ses cheveux, d'un châtain foncé et qui paraissaient noirs, frisottaient et se tortillaient en ondes revêches, en petites

1 *Rigodon* ou *rigaudon* : le mot désigne une ancienne danse du XVIIe et XVIIIe siècle, exécutée sur un air vif, par des couples de danseurs sautant sur place (source : *TLF*).

mèches dures et rebelles, échappées et soulevées sur sa tête malgré la pommade de ses bandeaux lissés. Son front petit, poli, bombé, s'avançait de l'ombre d'orbites profondes où s'enfonçaient et se cavaient presque maladivement ses yeux, de petits yeux éveillés, scintillants, rapetissés et ravivés par un clignement de petite fille qui mouillait et allumait leur rire. Ces yeux on ne les voyait ni bruns ni bleus : ils étaient d'un gris indéfinissable et changeant, d'un gris qui n'était pas une couleur, mais une lumière. L'émotion y passait dans le feu de la fièvre, le plaisir dans l'éclair d'une sorte d'ivresse, la passion dans une phosphorescence. Son nez court, relevé, largement troué, avec les narines ouvertes et respirantes, était de ces nez dont le peuple dit qu'il pleut dedans : sur l'une de ses ailes, à l'angle de l'œil, une grosse veine bleue se gonflait. La carrure de tête de la race lorraine se retrouvait dans ses pommettes larges, fortes, accusées, semées d'une volée de grains de petite vérole. La plus grande disgrâce de ce visage était la trop large distance entre le nez et la bouche. Cette disproportion donnait un caractère presque simiesque au bas de la tête, où une grande bouche, aux dents blanches, aux lèvres pleines, plates et comme écrasées, souriait d'un sourire étrange et vaguement irritant.

Sa robe décolletée laissait voir son cou, le haut de sa poitrine, ses épaules, la blancheur de son dos, contrastant avec le hâle de son visage. C'était une blancheur de lymphatique, la blancheur à la fois malade et angélique d'une chair qui ne vit pas. Elle avait laissé tomber ses bras le long d'elle, des bras ronds, polis, avec le joli trou d'une fossette au coude. Ses poignets étaient délicats : ses mains, qui ne sentaient pas le service, avaient des ongles de femme. Et mollement, dans une paresse de grâce, elle laissait jouer et rondir sa taille indolente, une taille à tenir dans une jarretière et que faisaient plus fine encore à l'œil le ressaut des hanches et le rebondissement des rondeurs ballonnant la robe, une taille impossible, ridicule de minceur, adorable comme tout ce qui, chez la femme, a la monstruosité de la petitesse.

De cette femme laide, s'échappait une âpre et mystérieuse séduction. L'ombre et la lumière, se heurtant et se brisant à son visage plein de creux et de saillies, y mettait ce rayonnement de volupté jeté par un peintre d'amour dans la pochade du portrait de sa maîtresse. Tout en elle, sa bouche, ses yeux, sa laideur même, avait une provocation et une sollicitation. Un charme aphrodisiaque sortait d'elle, qui s'attaquait et s'attachait à l'autre sexe. Elle dégageait le désir et en donnait la commotion. Une tentation sensuelle s'élevait naturellement et involontairement d'elle, de ses gestes, de sa marche, du moindre de ses remuements, de l'air où son corps avait laissé une de ses ondulations. À côté d'elle, on se sentait près d'une de ces créatures troublantes et inquiétantes, brûlantes du mal d'aimer et l'apportant aux autres, dont la figure revient à l'homme aux heures inassouvies, tourmente ses pensées lourdes de midi, hante ses nuits, viole ses songes.

Au milieu de l'examen de Mlle de Varandeuil, Germinie se baissa, se pencha sur elle, et lui embrassa la main à baisers pressés.

– Bon… bon… assez de lichades, dit mademoiselle. Tu vous userais la peau… avec ta façon d'embrasser… Allons, pars, amuse-toi, et tâche de ne pas rentrer trop tard… ne t'éreinte pas.

Mlle de Varandeuil resta seule. Elle mit ses coudes sur ses genoux, regarda dans le feu, donna des coups de pincette sur les tisons. Puis, comme elle avait l'habitude de faire dans ses grandes préoccupations, du plat de sa main elle se frappa sur la nuque deux ou trois petits coups secs qui mirent tout de travers son serre-tête noir.

VI

En parlant mariage à Germinie, Mlle de Varandeuil touchait la cause du mal de Germinie. Elle mettait la main sur son ennui. L'irrégularité d'humeur de sa bonne, les dégoûts de sa vie, les langueurs, le vide et le mécontentement de son être, venaient de cette maladie que la médecine appelle *la mélancolie des vierges*[1]. La souffrance de ses vingt-quatre ans était le désir ardent, irrité, poignant du mariage, de cette chose trop saintement honnête pour elle et qui lui semblait impossible devant l'aveu que sa probité de femme voulait faire de sa chute, de son indignité. Des pertes, des malheurs de famille venaient l'arracher à ses idées.

Son beau-frère, le mari de sa sœur la portière, avait fait le rêve des Auvergnats : il avait voulu joindre aux profits de sa loge les gains du

1 Voir la transcription, dans les Annexes, des notes prises par les Goncourt sur le *Traité de l'hystérie* de Brachet (carnet 45).

commerce de bric-à-brac[1]. Il avait commencé modestement par cet étal dans la rue, aux portes des ventes après décès, où l'on voit, rangés sur du papier bleu, des flambeaux en plaqué, des ronds de serviette en ivoire, des lithographies coloriées, encadrées d'une dentelle d'or sur fond noir, et trois ou quatre volumes dépareillés de Buffon. Ce qu'il gagna sur les flambeaux en plaqué le grisa. Il loua dans une allée de passage, en face d'un raccommodeur de parapluies, une boutique noire, et il se mit à faire là le commerce de cette curiosité qui va et vient dans les salles basses de l'Hôtel des Commissaires-priseurs. Il vendit des assiettes à coq, des morceaux du sabot de Jean-Jacques Rousseau, et des aquarelles de Ballue signées Watteau[2]. À ce métier, il mangea ce qu'il avait gagné, puis s'endetta de quelques mille francs. Sa femme, pour remonter un peu le ménage et tâcher de sortir des dettes, demandait et obtenait une place d'ouvreuse de loges au Théâtre-Historique. Elle faisait garder le soir sa porte par sa sœur la couturière, se couchait à une heure, se levait à cinq. Au bout de quelques mois, elle attrapa dans les corridors du théâtre une pleurésie qui traîna et l'enleva au bout de six semaines. La pauvre femme laissait une petite fille de trois ans, attaquée d'une rougeole qui avait pris le caractère le plus pernicieux dans l'empuantissement de la soupente et dans l'air où l'enfant respirait depuis plus d'un mois la mort de sa mère. Le père était parti au pays pour tâcher d'emprunter de l'argent. Il se remariait là-bas. On n'en eut plus de nouvelles.

En sortant de l'enterrement de sa sœur, Germinie courut chez une vieille femme vivant de ces curieuses industries qui empêchent à Paris la Misère de mourir complètement de faim. Cette vieille femme faisait plusieurs métiers. Tantôt elle coupait d'égale grandeur des crins de brosse, tantôt elle séparait des morceaux de pain d'épice. Quand cela chômait, elle faisait la cuisine et débarbouillait les enfants de petits marchands ambulants[3]. Dans le Carême, elle se levait à quatre heures du matin,

---

1 Pour se placer dans les marges du récit, ce personnage du marchand de bric-à-brac a son importance : il rappelle bien sûr le célèbre Remonencq du *Cousin Pons* ; Auvergnat lui aussi mais bien plus malin et doué que le beau-frère de Germinie, il est aussi l'antithèse du collectionneur, et, comme chez Balzac, une figure métapoétique négative.

2 Hippolyte Omer Ballue est un peintre de paysage, né en 1820 et mort en 1867, disciple de Narcisse Diaz, et dessinateur de costumes de théâtre. On comprend que le brocanteur cherche à faire passer les aquarelles et pastels – spécialité de Ballue – pour des Watteau.

3 Voir *Journal*, 20 mars 1864, Champion, t. III, p. 723 : « Jolis détails de misère parisienne. Raccommodeuse de dentelles faisant la soupe avec le lait nécessaire à nettoyer les dentelles noires ; pauvre vieille femme se levant le matin à quatre heures et allant pendant

et allait prendre à Notre-Dame une chaise qu'elle revendait, lorsque le monde arrivait, dix ou douze sous. Pour se chauffer, dans le trou où elle logeait rue Saint-Victor, elle allait, à l'heure où le jour tombe, arracher en se cachant de l'écorce aux arbres du Luxembourg. Germinie, qui la connaissait pour lui donner toutes les semaines les croûtes de la cuisine, lui louait une chambre de domestique dans la maison au sixième, et l'y installait avec la petite fille. Elle fit cela d'un premier mouvement, sans réfléchir. Les duretés de sa sœur, lors de sa grossesse, elle ne se les rappelait plus : elle n'avait pas même eu besoin de les pardonner.

Germinie n'eut plus alors qu'une pensée : sa nièce. Elle voulait la faire revivre, et l'empêcha de mourir à force de la soigner. Elle s'échappait à tout moment de chez mademoiselle, grimpait quatre à quatre au sixième, courait embrasser l'enfant, lui donner de la tisane, l'arranger dans son lit, la voir, redescendait essoufflée et toute rouge de plaisir. Les soins, les caresses, ce souffle du cœur dont on ranime un petit être prêt à s'éteindre, les consultations, les visites de médecin, les médicamentations coûteuses, les remèdes des riches, Germinie n'épargna rien pour la petite et lui donna tout. Ses gages passaient à cela. Pendant près d'un an, elle lui fit prendre tous les matins du jus de viande : elle qui était dormeuse, se levait à cinq heures du matin pour le faire, et elle se réveillait toute seule, comme les mères. L'enfant était enfin sauvée, quand un matin Germinie reçut la visite de sa sœur la couturière, qui était mariée depuis deux ou trois ans avec un ouvrier mécanicien, et qui venait lui faire ses adieux : son mari suivait des camarades qu'on venait d'embaucher pour aller en Afrique. Elle partait avec lui et proposait à Germinie de lui prendre la petite et de l'emmener là-bas avec son enfant. Ils s'en chargeaient. Germinie n'aurait qu'à payer le voyage. C'était une séparation à laquelle il lui faudrait toujours se résoudre, à cause de sa maîtresse. Puis elle était sa tante aussi. Et elle ajoutait paroles sur paroles pour se faire donner l'enfant avec lequel, elle et son mari, comptaient, une fois en Afrique, apitoyer Germinie, lui attraper ses gages, lui carotter le cœur et la bourse.

Se séparer de sa nièce, cela coûtait beaucoup à Germinie. Elle avait mis un peu de son existence sur cette enfant. Elle s'y était attachée

---

le Carême retenir à Notre-Dame une chaise qu'elle revend 10 à 12 sous ; autres métiers : coupant à la même grandeur des crins de brosse, triant des pains d'épice, faisant la cuisine et débarbouillant les enfants des marchands ambulants ».

par les inquiétudes et les sacrifices. Elle l'avait disputée et reprise à la maladie : cette vie de la petite fille était son miracle. Cependant elle comprenait qu'elle ne pourrait jamais la prendre chez mademoiselle ; que mademoiselle, à son âge, avec la fatigue de ses années et le besoin de tranquillité des vieilles gens, ne supporterait jamais le bruit toujours remuant d'un enfant. Puis, cette petite fille dans la maison prêtait aux cancans et faisait causer toute la rue : on disait que c'était sa fille. Germinie s'en ouvrit à sa maîtresse. Mlle de Varandeuil savait tout. Elle savait qu'elle avait pris sa nièce ; mais elle avait fait semblait de l'ignorer, elle avait voulu fermer les yeux et ne rien voir pour tout permettre. Elle conseilla à Germinie de confier sa nièce à sa sœur, en lui montrant toutes les impossibilités de la garder, et lui donna l'argent pour payer le voyage du ménage.

Ce départ fut un déchirement pour Germinie. Elle se trouva isolée et inoccupée. N'ayant plus cette enfant, elle ne sut plus quoi aimer ; son cœur s'ennuya, et, dans le vide d'âme où elle se trouvait sans cette petite, elle revint à la religion et reporta ses tendresses à l'église.

Au bout de trois mois, elle reçut la nouvelle de la mort de sa sœur[1]. Le mari, qui était de la race des ouvriers geignards et pleurards, lui faisait dans sa lettre, avec de grosses phrases émues et des ficelles d'attendrissement, un tableau désolant de sa position, avec l'enterrement à payer, des fièvres qui l'empêchaient de travailler, deux enfants en bas âge, sans compter la petite, une maison sans femme pour faire chauffer la soupe. Germinie pleura sur la lettre ; puis sa pensée se mit à vivre dans cette maison, à côté de ce pauvre homme, au milieu des pauvres enfants, dans cet affreux pays d'Afrique ; et une vague envie de se dévouer commença à s'éveiller en elle. D'autres lettres suivaient où, en la remerciant de ses secours, son beau-frère donnait à sa misère, à l'abandon où il se trouvait, au malheur qui l'enveloppait, une couleur encore plus dramatique, la couleur que le peuple donne aux choses avec ses souvenirs du boulevard du Crime et ses lambeaux de mauvaises lectures. Une fois prise à la blague de ce malheur, Germinie ne put s'en détacher. Elle croyait entendre, là-bas, des cris d'enfants l'appeler. Elle s'enfonçait, s'absorbait dans la résolution et le projet de partir. Elle était poursuivie de cette idée et de ce mot d'Afrique qu'elle remuait et retournait sans cesse au fond d'elle, sans une parole.

1 La sœur de Rose Malingre, Augustine, mourut à l'hôpital militaire de Cherchell, arrondissement de Blidah, département d'Alger, le 10 septembre 1849.

Mlle de Varandeuil, la voyant si rêveuse et si triste, lui demanda ce qu'elle avait, mais en vain : Germinie ne parla pas. Elle était tiraillée, torturée entre ce qui lui semblait un devoir et ce qui lui paraissait une ingratitude, entre sa maîtresse et le sang de ses sœurs. Elle pensait qu'elle ne pouvait pas quitter mademoiselle. Et puis elle se disait que Dieu ne voulait pas qu'elle abandonnât sa famille. Elle regardait l'appartement en se disant : – Il faut que je m'en aille ! Et puis elle avait peur que mademoiselle ne fût malade quand elle ne serait plus là. Une autre bonne ! À cette idée, elle était prise de jalousie, et elle croyait déjà voir quelqu'un lui voler sa maîtresse. À d'autres moments, ses idées de religion la jetant à des idées d'immolation, elle était toute prête à vouer son existence à celle de ce beau-frère. Elle voulait aller habiter avec cet homme qu'elle détestait, avec lequel elle avait toujours été mal, qui avait à peu près tué sa sœur de chagrin, qu'elle savait ivrogne et brutal ; et tout ce qu'elle en attendait, tout ce qu'elle en craignait, la certitude et la peur de tout ce qu'elle aurait à souffrir, ne faisait que l'exalter, l'enflammer, la pousser au sacrifice avec plus d'impatience et d'ardeur. Tout cela souvent en un instant tombait : à un mot, à un geste de mademoiselle, Germinie revenait à elle-même et ne se reconnaissait plus. Elle se sentait tout entière et pour toujours rattachée à sa maîtresse, et elle éprouvait comme une horreur d'avoir seulement pensé à détacher sa vie de la sienne. Elle lutta ainsi deux ans. Puis un beau jour, par un hasard, elle apprit que sa nièce était morte quelques semaines après sa sœur : son beau-frère lui avait caché cette mort, pour la tenir et l'attirer à lui, avec ses quelques sous, en Afrique. À cette révélation, Germinie, perdant toute illusion, fut guérie d'un seul coup. À peine si elle se rappela qu'elle avait voulu partir.

VII

Vers ce temps, au bout de la rue, une petite crémerie sans affaires changeait de propriétaire[1], à la suite de la vente du fonds par autorité de justice. La boutique était restaurée. On la repeignait. Les vitres de la

1 La crèmerie de Mme Colmant, modèle de la veuve Jupillon, se trouvait juste en face de la maison où demeuraient les Goncourt : elle était située au 42 rue Saint-Georges (ils

devanture s'ornaient d'inscriptions en lettres jaunes. Des pyramides de chocolat de la Compagnie coloniale[1], des bols de café à fleurs, espacés de petits verres à liqueur, garnissaient les planches de l'étalage. À la porte brillait l'enseigne d'un pot au lait de cuivre coupé par le milieu.

La femme qui essayait de remonter ainsi la maison, la nouvelle crémière, était une personne d'une cinquantaine d'années, débordante d'embonpoint et gardant encore quelques restes de beauté à demi submergés sous sa graisse. On disait dans le quartier qu'elle s'était établie avec l'argent d'un vieux monsieur qu'elle avait servi jusqu'à sa mort dans son pays, près de Langres ; car il se trouvait qu'elle était payse de Germinie, non du même village, mais d'un petit endroit à côté ; et sans s'être jamais rencontrées ni vues là-bas, elle et la bonne de mademoiselle se connaissaient de nom, et avaient le rapprochement de connaissances communes, de souvenirs des mêmes lieux. La grosse femme était complimenteuse, doucereuse, caressante. Elle disait : Ma belle, à tout le monde, faisait la petite voix, et jouait l'enfant avec la langueur dolente des personnes corpulentes. Elle détestait les gros mots, rougissait, s'effarouchait pour un rien. Elle adorait les secrets, tournait tout en confidence, faisait des histoires, parlait toujours à l'oreille. Sa vie se passait à bavarder et à gémir. Elle plaignait les autres, elle se plaignait elle-même ; elle se lamentait sur ses malheurs et sur son estomac. Quand elle avait trop mangé, elle disait dramatiquement : – Je vais mourir. Et rien n'était aussi pathétique que ses indigestions. C'était une nature perpétuellement attendrie et larmoyante : elle pleurait indistinctement pour un cheval battu, pour quelqu'un qui était mort, pour du lait qui avait tourné. Elle pleurait sur les faits divers des journaux, elle pleurait en voyant passer des passants.

Germinie fut bien vite séduite et apitoyée par cette crémière câline, bavarde, toujours émue, appelant à elle l'expansion des autres et paraissant si tendre. Au bout de trois mois, presque rien n'entrait chez mademoiselle qui ne vînt de chez la mère Jupillon. Germinie s'y fournissait de tout ou à peu près. Elle passait des heures dans la boutique. Une fois là, elle avait peine à s'en aller, elle restait et ne pouvait se lever. Une lâcheté

---

habitaient au 43). C'est là que plus tard Renoir rencontra sa femme. La crémerie existe toujours – c'est aujourd'hui un tout petit restaurant.

1 Détail légèrement anachronique : la Compagnie coloniale, sise avenue de l'Opéra et spécialisée dans le commerce du thé, est fondée en 1848. Or nous sommes en 1844.

machinale la retenait. Sur la porte, elle causait encore, pour n'être pas encore partie. Elle se sentait attachée chez la crémière par l'invisible charme des endroits où l'on revient sans cesse et qui finissent par vous étreindre comme des choses qui vous aimeraient. Et puis la boutique, pour elle, c'étaient les trois chiens, les trois vilains chiens de Mme Jupillon ; elle les avait toujours sur les genoux, elle les grondait, elle les embrassait, elle leur parlait ; et quand elle avait chaud de leur chaleur, il lui passait dans le bas du cœur les contentements d'une bête qui se frotte à ses petits. La boutique, c'était encore pour elle toutes les histoires du quartier, le rendez-vous des cancans, la nouvelle du billet non payé par celle-ci, de la voiture de fleurs apportée à celle-là, un endroit à l'affût de tout, et où tout entrait, jusqu'au peignoir de dentelle allant en ville sur les bras d'une bonne.

Tout, à la longue, la liait là. Son intimité avec la crémière se resserrait par tous les liens mystérieux des amitiés de femmes du peuple, par le bavardage continuel, l'échange journalier des riens de la vie, les conversations pour parler, le retour du même bonjour et du même bonsoir, le partage des caresses aux mêmes animaux, les sommeils côte à côte et chaise contre chaise. La boutique finit par devenir son lieu d'acoquinement, un lieu où sa pensée, sa parole, ses membres même et son corps trouvaient des aises merveilleuses. Le bonheur arriva à être, pour elle, ce moment où le soir, assise et somnolente, dans un fauteuil de paille, auprès de la mère Jupillon endormie ses lunettes sur le nez, elle berçait les chiens roulés en boule dans la jupe de sa robe ; et tandis que la lampe, prête à mourir, pâlissait sur le comptoir, elle restait, laissant son regard se perdre et s'éteindre doucement, avec ses idées, au fond de la boutique, sur l'arc de triomphe en coquilles d'escargot, reliées de vieille mousse, sous l'arc duquel était un petit Napoléon de cuivre[1].

---

1 Le personnage de Mme Jupillon est placée sous le signe du faux et du kitsch. La référence à Napoléon (le grand) réduit ici à la petite taille de l'objet kitsch, est sans doute une référence ironique à l'Empire de Napoléon III (dit « le petit ») sous lequel vivent les Goncourt. L'image s'intègre aussi à toute une « imagerie » dix-neuviémiste, en particulier politique et religieuse dont Philippe Hamon a montré la richesse (voir Ph. Hamon, *Imageries. Littérature et image au XIXe siècle*, Corti, 2001).

VIII

Mme Jupillon, qui disait avoir été mariée et signait *Veuve Jupillon*, avait un fils. C'était encore un enfant. Elle l'avait mis à Saint-Nicolas, dans cette grande maison d'éducation religieuse où, pour trente francs par mois, une instruction rudimentaire et un métier sont donnés aux enfants du peuple, à beaucoup d'enfants naturels[1]. Germinie prit l'habitude d'accompagner le jeudi Mme Jupillon lorsqu'elle allait voir *Bibi*. Cette visite devint pour elle une distraction et une attente. Elle faisait dépêcher la mère, arrivait en avance à l'omnibus, et elle était toute contente d'y monter avec son gros panier de provisions sur lequel elle croisait ses bras pendant la route.

Là-dessus, il arriva à la mère Jupillon un mal à la jambe, un anthrax qui l'empêcha de marcher pendant près de dix-huit mois. Germinie alla seule à Saint-Nicolas, et comme elle était prompte et facile à se donner aux autres, elle s'occupa de cet enfant comme s'il lui tenait par quelque chose. Elle ne manquait pas un jeudi, et arrivait toujours les mains pleines de la desserte de la semaine, de gâteaux, de fruits, de sucreries qu'elle achetait. Elle embrassait le gamin, s'inquiétait de sa santé, tâtait s'il avait son gilet de tricot sous sa blouse, le trouvait trop rouge d'avoir couru, lui essuyait la figure avec son mouchoir, et lui faisait montrer le dessous de ses souliers pour voir s'ils n'étaient pas troués. Elle lui demandait si on était content de lui, s'il faisait bien ses devoirs, s'il avait eu beaucoup de bons points. Elle lui parlait de sa mère, et lui recommandait de bien aimer le bon Dieu ; et jusqu'à ce que la cloche de deux heures sonnât, elle se promenait avec lui dans la cour : l'enfant lui donnait le bras, tout fier d'être avec une femme mieux habillée que la plupart de celles qui venaient, avec une femme en soie. Il avait envie d'apprendre le flageolet : cela ne coûtait que cinq francs par mois. Mais

1 En 1827, l'abbé de Bervanger crée l'Œuvre de Saint Nicolas, « un internat primaire et professionnel où il formerait de jeunes garçons pauvres et plus ou moins délaissés, qu'il placerait ensuite chez des patrons chrétiens », pour « l'instruction des jeunes garçons pauvres et délaissés ». Le premier établissement Saint Nicolas, modeste, s'ouvre avec sept élèves dans une mansarde de la rue Saint Hippolyte au faubourg Saint Marceau à Paris, principalement des enfants abandonnés. Puis un deuxième établissement accueille quarante enfants à Vaugirard.

sa mère ne voulait pas les donner. Germinie, en cachette, lui apporta chaque mois les cent sous. C'était une humiliation pour lui, quand il sortait en promenade, et les deux ou trois fois par an qu'il venait chez sa mère, de porter la petite blouse d'uniforme. À sa fête, une année, Germinie déplia devant lui un gros paquet : elle lui avait fait faire une tunique ; à peine si dans toute la pension, vingt de ses camarades étaient de famille assez aisée pour en porter.

Elle le gâta ainsi quelques années, ne le laissant souffrir du désir de rien, flattant, dans l'enfant pauvre, les caprices et les orgueils de l'enfant riche, lui adoucissant les privations et les duretés de cette école professionnelle qui forme à la vie ouvrière, porte la blouse, mange à l'assiette de faïence brune, et trempe à son mâle apprentissage le peuple pour le travail. Cependant le garçon grandissait. Germinie ne s'en apercevait pas : elle le voyait toujours enfant. Par habitude, elle se baissait toujours pour l'embrasser. Un jour elle fut appelée devant l'abbé qui dirigeait la pension. L'abbé lui parla de renvoyer le jeune Jupillon. Il s'agissait de mauvais livres surpris entre ses mains. Germinie, tremblante à l'idée des coups qui attendaient l'enfant chez sa mère, pria, supplia, implora : elle finit par obtenir de l'abbé la grâce du coupable. En redescendant, elle voulut gronder Jupillon ; mais au premier mot de sa morale, Bibi lui jeta tout à coup en plein visage un regard et un sourire où il n'y avait plus rien de l'enfant qu'il était hier. Elle baissa les yeux, et ce fut elle qui rougit. Quinze jours se passèrent sans qu'elle revînt à Saint-Nicolas.

IX

Dans le temps où le fils Jupillon sortit de pension, la bonne d'une femme entretenue qui demeurait au-dessous de mademoiselle venait quelquefois passer la soirée chez Mme Jupillon avec Germinie. Originaire de ce grand-duché de Luxembourg qui fournit Paris de cochers de coupé et de bonnes de lorettes[1], cette fille était ce que l'on appelle populaciè-

1 Les lorettes, femmes entretenues qui tiennent leur nom du quartier de l'église Notre-Dame de Lorette où beaucoup d'entre elles résidaient au XIXe siècle, ont fait l'objet d'une physiologie, parue en 1853, de la part des Goncourt : *La Lorette.* « Née avec l'instinct de

rement « une grande bringue » ; elle avait un air de cavale, des sourcils de porteur d'eau, des yeux fous. Elle se mit bientôt à venir tous les soirs. Elle payait des gâteaux et des petits verres à tout le monde, s'amusait à faire gaminer[1] le petit Jupillon, jouait avec lui à des jeux de main, s'asseyait sur lui, lui jetait au nez qu'il était beau, le traitait en enfant, et le plaisantait, en polissonnant, de n'être pas encore un homme. Le jeune garçon, heureux et tout fier de ces attentions de la première femme qui s'occupait de lui, laissait voir au bout de peu de temps ses préférences pour Adèle : ainsi s'appelait la nouvelle venue.

Germinie était passionnément jalouse[2]. La jalousie était le fond de sa nature ; c'était la lie et l'amertume de ses tendresses. Ceux qu'elle aimait, elle voulait les avoir tout à elle, les posséder absolument. Elle exigeait qu'ils n'aimassent qu'elle. Elle ne pouvait admettre qu'ils pussent distraire et donner à d'autres la moindre parcelle de leur affection : cette affection, depuis qu'elle l'avait méritée, n'était plus à eux ; ils n'étaient plus maîtres d'en disposer. Elle détestait les gens que sa maîtresse avait l'air de recevoir mieux que les autres, et d'accueillir intimement. Par sa mine de mauvaise humeur et son air rechigné, elle avait éloigné, à peu près chassé de la maison, deux ou trois vieilles amies de mademoiselle dont les visites la faisaient souffrir comme si ces vieilles femmes venaient dérober quelque chose dans l'appartement, lui prendre un peu de sa maîtresse. Des gens qu'elle avait aimés lui étaient devenus odieux : elle n'avait pas trouvé qu'ils l'aimassent assez ; elle les haïssait pour tout l'amour qu'elle avait voulu d'eux. En tout, son cœur était exigeant et despote. Donnant tout, il demandait tout. Dans ses affections, au moindre indice de refroidissement, au moindre signe de partage, elle éclatait et se dévorait, passait des nuits à pleurer, prenait le monde en exécration.

---

la truffe, de l'acajou, du remise », elle « ne paye pas son propriétaire ; elle ne paye pas sa couturière ; elle ne paye pas sa crémière ; elle ne paye pas son porteur d'eau » (*La Lorette*, *Œuvres narratives complètes* des Goncourt, Paris, Classiques Garnier, t. II, p. 478-479) et « elle a un entreteneur qui la paye, un monsieur qui la paye, un vieux monsieur qui la paye, des amis qui la payent, et beaucoup d'autre monde qui la paye encore » (p. 479). La bonne de lorette, qui sait parfaitement ordonner le ballet des entreteneurs comme plus tard la Zoé de Nana dans le roman de Zola, sait aussi « tuer le ver, au lever, en prenant le cassis avec l'écaillère du coin » (p. 499).

1 *Gaminer* : selon le *TLF*, faire le gamin, jouer comme un gamin ; faire ou dire des gamineries.

2 Pour Hector Landouzy (*Traité complet de l'hystérie*, Paris, Baillière, 1846) comme pour Pierre Briquet (*Traité clinique et thérapeutique de l'hystérie*, Paris, Baillière, 1859), la jalousie prédispose à l'hystérie. L'imbrication du moral – de la passion – et du pathologique est une des grandes caractéristiques du traitement de l'hystérie que proposent les romanciers.

Voyant cette femme s'installer dans la boutique, se familiariser avec le jeune homme, toutes les jalousies de Germinie s'inquiétèrent et se tournèrent en rage. Sa haine se souleva et se révolta, avec son dégoût, contre cette créature affichée, éhontée, que l'on voyait le dimanche attablée sur les boulevards extérieurs avec des militaires, et qui avait le lundi des bleus au visage. Elle employa tout pour la faire éloigner par Mme Jupillon ; mais c'était une des meilleures pratiques de la crèmerie, et la crémière se refusa tout doucement à l'écarter. Germinie se retourna vers le fils, lui dit que c'était une malheureuse. Mais cela ne fit qu'attacher le jeune homme à cette vilaine femme dont la mauvaise réputation le flattait. D'ailleurs, il avait les cruelles taquineries de la jeunesse, et il redoublait d'amabilité auprès d'elle, rien que pour voir « le nez » que faisait Germinie, et jouir de la désoler. Bientôt Germinie s'aperçut que cette femme avait des intentions plus sérieuses qu'elle ne se l'était d'abord imaginé : elle comprit ce qu'elle voulait de cet enfant, car c'était toujours un enfant pour elle que ce grand jeune homme de dix-sept ans. Dès lors, elle s'attacha à leurs pas ; elle ne les quitta plus, elle ne les laissa pas un moment seuls, elle se mit de leurs parties, au théâtre, à la campagne, entra dans toutes leurs promenades, fut toujours là, présente et gênante, essayant de retenir la bonne et de lui rendre la pudeur avec un mot à voix basse : – Un enfant ! tu n'as pas honte ? lui disait-elle. L'autre, comme à une bonne farce, partait d'un gros rire. Dans ces sorties du spectacle, animées, échauffées par la fièvre de la représentation et l'excitation du théâtre, dans ces retours de la campagne, chargés du soleil de tout le jour, grisés de ciel et de grand air, fouettés du vin du dîner, au milieu des jeux et des libertés auxquels s'enhardissent à la nuit les ivresses de plaisir, les joies de ripaille et les sens en goguette de la femme du peuple, Germinie essayait d'être toujours entre la bonne et Jupillon. Elle tâchait à chaque minute de rompre ces amours bras dessus, bras dessous, de les délier, de les désaccoupler. Sans se lasser, elle les séparait, les retirait continuellement l'un de l'autre. Elle mettait son corps entre ces corps qui se cherchaient. Elle se glissait entre ces gestes qui voulaient se toucher ; elle se glissait entre ces lèvres tendues et ces bouches qui s'offraient. Mais de tout ce qu'elle empêchait, elle avait l'effleurement et l'atteinte. Elle sentait le frôlement de ces mains qu'elle séparait, de ces caresses qu'elle arrêtait au passage et qui se trompaient en s'égarant sur elle. Des baisers qu'elle dénouait, il lui passait contre la joue le souffle et l'haleine. Sans le vouloir, et troublée d'une certaine horreur, elle se mêlait aux étreintes, elle prenait une part des désirs dans ce frottement et cette lutte qui diminuaient chaque jour autour de sa personne le respect et la retenue du jeune homme.

Il arriva qu'un jour elle fut moins forte contre elle-même qu'elle n'avait été jusque-là. Cette fois, elle ne se déroba pas si brusquement aux avances. Jupillon sentit qu'elle s'y arrêtait. Germinie le sentit mieux que lui ; mais elle était à bout d'efforts et de tourments, épuisée de souffrir. Cet amour d'une autre, qu'elle avait détourné de Jupillon, elle se l'était lentement entré tout entier dans le cœur. Maintenant, il y était enfoncé, et toute saignante de jalousie, elle se trouvait affaiblie, sans résistance, défaillante comme une personne blessée à mort devant le bonheur qui lui venait.

Pourtant elle repoussa les tentatives, les hardiesses du jeune homme, sans rien dire, sans parler. Elle ne songeait pas à lui appartenir autrement ni à se livrer davantage. Elle vivait de la pensée d'aimer, croyant qu'elle en vivrait toujours. Et dans le ravissement qui lui soulevait l'âme, elle écartait sa chute et repoussait ses sens. Elle demeurait frémissante et pure, perdue et suspendue dans des abîmes de tendresse, ne goûtant et ne voulant de l'amant que la caresse, comme si son cœur n'était fait que pour la douceur d'embrasser.

X

Cet amour heureux et non satisfait produisit dans l'être physique de Germinie un singulier phénomène physiologique. On aurait dit que la passion qui circulait en elle renouvelait et transformait son tempérament lymphatique. Il ne lui semblait plus puiser la vie comme autrefois, goutte à goutte, à une source avare : une force généreuse et pleine lui coulait dans les veines ; le feu d'un sang riche lui courait dans le corps. Elle sentait une chaude santé la remplir, et il lui passait des joies de vivre qui battaient des ailes dans sa poitrine comme un oiseau dans du soleil.

Une merveilleuse animation lui était venue. La misérable énergie nerveuse qui la soutenait avait fait place à une activité bien portante, à une allégresse bruyante, remuante, débordante. Elle ne connaissait plus ses anciennes faiblesses, l'accablement, la prostration, l'assoupissement, les molles paresses. Ses matins si lourds et si engourdis étaient aujourd'hui des réveils vifs et clairs qui s'ouvraient en une seconde à la gaieté du jour. Elle s'habillait en hâte, folâtrement ; ses doigts prestes allaient tout seuls, et elle s'étonnait d'être si vive, si pleine d'entrain à ces heures défaillantes de l'avant-déjeuner où elle s'était senti si souvent le cœur sur les lèvres. Et toute la journée c'était en elle la même bonne humeur du corps, la même gaieté dans le mouvement. Il lui fallait toujours aller, marcher, courir, agir, se dépenser. Par instants, ce qu'elle avait vécu lui paraissait éteint ; les sensations d'être qu'elle avait éprouvées jusque-là se reculaient pour elle dans le lointain d'un songe et dans le fond d'une mémoire endormie. Le passé était derrière elle, comme si elle l'avait traversé avec le voile d'un évanouissement et l'inconscience d'une somnambule. C'était la première fois qu'elle avait le sentiment, l'impression à la fois âpre et douce, violente et divine, du jeu de la vie éclatant dans sa plénitude, sa régularité, sa puissance.

Elle montait et descendait pour un rien. Sur un mot de mademoiselle, elle dégringolait les cinq étages. Quand elle était assise, ses pieds dansaient sur le parquet. Elle frottait, nettoyait, rangeait, battait, secouait, lavait, sans repos ni trêve, toujours à l'ouvrage, remplissant l'appartement de ses allées de ses venues, du tapage incessant de sa personne. – Mon Dieu ! lui disait sa maîtresse étourdie comme par le bruit d'un enfant, es-tu bousculante, Germinie ! l'es-tu assez !

Un jour, en entrant dans la cuisine de Germinie, mademoiselle vit un peu de terre dans une boîte à cigares posée dans le plomb. – Qu'est-ce que c'est ça ? lui dit-elle. – C'est du gazon… que j'ai semé… pour voir, fit Germinie. – Tu aimes donc le gazon maintenant ?… Il ne te manque plus que d'avoir des serins.

XI

Au bout de quelques mois, la vie, toute la vie de Germinie appartint à la crémière. Le service de mademoiselle n'était guère assujettissant et lui prenait bien peu de temps. Un merlan, une côtelette, c'était toute la cuisine à faire. Le soir, mademoiselle aurait pu la garder auprès d'elle pour lui tenir compagnie : elle aimait mieux l'envoyer promener, la pousser dehors, lui faire prendre un peu d'air, de distraction. Elle ne lui demandait que d'être rentrée à dix heures pour l'aider à se mettre au lit ; et encore quand Germinie se trouvait en retard, mademoiselle se déshabillait et se couchait fort bien toute seule. Toutes ces heures que lui laissait sa maîtresse, Germinie vint les vivre et les passer dans la boutique. Elle descendait maintenant à la crémerie, dès le matin, à l'ouverture des volets que la plupart du temps elle rentrait, prenait son café au lait, restait jusqu'à neuf heures, remontait pour le chocolat de mademoiselle, et du déjeuner au dîner elle trouvait moyen de revenir deux ou trois fois, s'attardant et bavardant dans l'arrière-boutique pour la moindre commission. – Quelle pie borgne tu fais ! lui disait mademoiselle avec une voix qui grognait et un regard qui souriait.

À cinq heures et demie, le petit dîner desservi, elle descendait quatre à quatre les escaliers, s'installait chez la mère Jupillon, y attendait dix heures, regrimpait les cinq étages, et en cinq minutes déshabillait sa maîtresse qui se laissait faire, tout en étant un peu étonnée de la voir si pressée d'aller se coucher : elle se rappelait le temps où Germinie avait la manie de porter son sommeil de fauteuil en fauteuil, et de ne jamais vouloir monter à sa chambre. La bougie soufflée fumait encore sur la table de nuit de mademoiselle que Germinie était déjà chez la crémière, cette fois pour jusqu'à minuit, une heure : elle ne partait souvent que quand un sergent de ville, voyant de la lumière, cognait aux volets et faisait fermer.

Pour être toujours là et avoir le droit de toujours y être, pour s'incruster dans cette boutique, ne jamais quitter des yeux l'homme de son amour, le couver, le garder, se frotter perpétuellement à lui, elle s'était faite la domestique de la maison. Elle balayait la boutique, elle préparait la cuisine de la mère et la pâtée des chiens. Elle servait le fils ; elle faisait son lit, elle brossait ses habits, elle cirait ses chaussures, heureuse et fière de toucher à ce qu'il touchait, émue de mettre la main où il mettait son corps, prête à baiser sur le cuir de ses bottes la boue qui venait de lui !

Elle faisait l'ouvrage, elle tenait la boutique, elle servait les pratiques : Mme Jupillon se reposait de tout sur elle ; et tandis que la bonne fille travaillait et suait, la grosse femme, se donnant sur sa porte de majestueux loisirs de rentière, échouée sur une chaise en travers du trottoir, humant la fraîcheur de la rue, tâtait et retâtait sous son tablier, dans sa poche de marchands, ce délicieux argent de gain, l'argent de la vente qui sonne si doux à l'oreille du petit commerce de Paris que le boutiquier retiré reste tout mélancolique aux premiers jours de n'en avoir plus sous les doigts le tintement et le frétillement.

XII

Quand le printemps fut venu : – Si nous allions à l'entrée des champs ? disait presque tous les soirs Germinie à Jupillon.

Jupillon mettait sa chemise de flanelle à carreaux rouges et noirs, sa casquette en velours noir ; et ils partaient pour ce que les gens du quartier appellent « l'entrée des champs[1] ».

Ils montaient la chaussée Clignancourt[2], et avec le flot des Parisiens de faubourg se pressant à aller boire un peu d'air, ils marchaient vers ce grand morceau de ciel se levant tout droit des pavés, au haut de la montée, entre les deux lignes des maisons, et tout vide quand un omnibus n'en débouchait pas. La chaleur tombait, les maisons n'avaient plus de soleil qu'à leur faîte et à leurs cheminées. Comme d'une grande porte ouverte sur la campagne, il venait du bout de la rue, du ciel, un souffle d'espace et de liberté.

Au Château-Rouge[3], ils trouvaient le premier arbre, les premières feuilles. Puis, à la rue du Château[4], l'horizon s'ouvrait devant eux dans

1 Voir, à la date du 8 mai 1864, dans le *Journal* le récit d'une rixe de bohémiens à laquelle assistent les Goncourt, partis pour prendre des notes : « Été à la barrière Clignancourt, pour un paysage de *Germinie Lacerteux* » (*Journal*, Champion, t. III, p. 738). Ils inventent ici un *topos* de la description naturaliste et décadente, un de ses lieux de prédilection. Les Goncourt ont déjà donné, dans le premier chapitre de *Renée Mauperin* la belle description d'un « paysage à la Hervier », où se mêlent l'usine et la campagne. Le paysage de l'entrée des champs qui n'est ni la ville ni la campagne, y renvoie.

2 La chaussée de Clignancourt conduisait de la barrière Rochechouart à la rue Marcadet, rue principale du hameau de Clignancourt.

3 Le Château-Rouge, demeure en brique et pierre datant du XVIIIe siècle, se trouvait à l'emplacement des n°s 42 à 54 de la rue de Clignancourt. Dans ses jardins s'était installé un bal, très en vogue de 1848 à 1864.

4 Rue du Château : c'est-à-dire la rue du Château-Rouge, absorbée en partie lors du percement du boulevard Ornano à l'époque d'Haussmann, devenu ensuite dans cette partie

une douceur éblouissante. La campagne, au loin, s'étendait, étincelante et vague, perdue dans le poudroiement d'or de sept heures. Tout flottait dans cette poussière de jour que le jour laisse derrière lui sur la verdure qu'il efface et les maisons qu'il fait roses.

Ils descendaient, suivaient le trottoir charbonné de jeux de *marelle*, de longs murs par-dessus lesquels passait une branche, des lignes de maisons brisées, espacées de jardins. À leur gauche, se levaient des têtes d'arbres toutes pleines de lumière, des bouquets de feuilles transpercés du soleil couchant qui mettait des raies de feu sur les barreaux des grilles de fer. Après les jardins, ils passaient les palissades, les enclos à vendre, les constructions jetées en avant dans les rues projetées et tendant au vide leurs pierres d'attente, les murailles pleines à leur pied de tas de culs de bouteille, de grandes et plates maisons de plâtre, aux fenêtres encombrées de cages et de linges, avec l'Y d'un plomb à chaque étage, des entrées de terrains aux apparences de basse-cour avec des tertres broutés par des chèvres.

Çà et là, ils s'arrêtaient, sentaient les fleurs, l'odeur d'un maigre lilas poussant dans une étroite cour. Germinie cueillait une feuille en passant et la mordillait.

Des vols d'hirondelles, joyeux, circulaires et fous, tournaient et se nouaient sur sa tête. Les oiseaux s'appelaient. Le ciel répondait aux cages. Elle entendait tout chanter autour d'elle, et elle regardait d'un œil heureux les femmes en camisole aux fenêtres, les hommes en manches de chemise dans les jardinets, les mères, sur le pas des portes, avec de la marmaille entre les jambes.

La descente finissait, le pavé cessait. À la rue succédait une large route, blanche, crayeuse, poudreuse, faite de débris, de plâtras, d'émiettements de chaux et de briques, effondrée, sillonnée par les ornières, luisantes au bord, que font le fer de grosses roues et l'écrasement des charrois de pierres de taille. Alors commençait ce qui vient où Paris finit, ce qui pousse où l'herbe ne pousse pas, un de ces paysages d'aridité que les grandes villes créent autour d'elles, cette première zone[1] de banlieue *intra muros* où la

---

le boulevard Barbès.

1 La *zone*, ainsi désignée par abréviation pour « zone militaire », peuplée par les zoniers (chiffonniers, vagabonds, vivant dans des roulottes ou des abris de fortune) se couvre progressivement de constructions légères et misérables, puis de maisons de petits rentiers et d'usines. C'est comme une sorte de ville annulaire qui sert de dépotoir à la grande ville (les ordures qui y sont abandonnées par les restaurateurs des boulevards, ici les écailles d'huîtres qui jonchent la plaine).

nature est tarie, la terre usée, la campagne semée d'écailles d'huîtres. Ce n'était plus que des terrains à demi clos, montrant des charrettes et des camions les brancards en l'air sur le ciel, des chantiers à scier des pierres, des usines en planches, des maisons d'ouvriers en construction, trouées et tout à jour, portant le drapeau des maçons, des landes de sable gris et blanc, des jardins de maraîchers tirés au cordeau tout en bas des fondrières vers lesquelles descend, en coulées de pierrailles, le remblayage de la route.

Bientôt se dressait le dernier réverbère pendu à un poteau vert. Du monde allait et venait toujours. La route vivait et amusait l'œil. Germinie croisait des femmes portant la canne de leur mari, des lorettes en soie au bras de leurs frères en blouse, des vieilles en madras se promenant, avec le repos du travail, les bras croisés. Des ouvriers tiraient leurs enfants dans de petites voitures, des gamins revenaient, avec leurs lignes, de pêcher à Saint-Ouen, des gens traînaient au bout d'un bâton des branches d'acacia en fleur.

Quelquefois une femme enceinte passait tendant les bras devant elle à un tout petit enfant, et mettait sur un mur l'ombre de sa grossesse.

Tous allaient tranquillement, bienheureusement, d'un pas qui voulait s'attarder, avec le dandinement allègre et la paresse heureuse de la promenade. Personne ne se pressait, et sur la ligne toute plate de l'horizon, traversée de temps en temps par la fumée blanche d'un train de chemin de fer, les groupes de promeneurs faisaient des taches noires, presque immobiles, au loin.

Ils arrivaient derrière Montmartre à ces espèces de grands fossés, à ces carrés en contre-bas où se croisent de petits sentiers foulés et gris. Un peu d'herbe était là frisée, jaunie et veloutée par le soleil qu'on apercevait se couchant tout en feu dans les entre-deux des maisons. Et Germinie aimait à y retrouver les cardeuses de matelas au travail, les chevaux d'équarrissage pâturant la terre pelée, les pantalons garance des soldats jouant aux boules, les enfants enlevant un cerf-volant noir dans le ciel clair. Au bout de cela, l'on tournait, pour aller traverser le pont du chemin de fer, par ce mauvais campement de chiffonniers, le quartier des limousins[1] du bas de Clignancourt[2]. Ils passaient vite

---

1 Le *limousin* désigne l'ouvrier maçon et en particulier celui qui fait le limousinage (maçonnerie faite avec des moellons et du mortier (Littré). Le Limousin a fourni à Paris ses maçons).

2 Clignancourt : c'est-à-dire aux alentours du boulevard de la Chapelle, dans la partie sud de la Chaussée Clignancourt.

contre ces maisons bâties de démolitions volées, et suant les horreurs qu'elles cachent ; ces huttes, tenant de la cabane et du terrier, effrayaient vaguement Germinie : elle y sentait tapis tous les crimes de la Nuit[1].

Mais aux fortifications[2], son plaisir revenait. Elle courait s'asseoir avec Jupillon sur le talus. À côté d'elle, étaient des familles en tas, des ouvriers couchés à plat sur le ventre, de petits rentiers regardant les horizons avec une lunette d'approche, des philosophes de misère, arc-boutés des deux mains sur leurs genoux, l'habit gras de vieillesse, le chapeau noir aussi roux que leur barbe rousse. L'air était plein de bruits d'orgue. Au-dessous d'elle, dans le fossé, des sociétés jouaient aux quatre coins. Devant les yeux, elle avait une foule bariolée, des blouses blanches, des tabliers bleus d'enfants qui couraient, un jeu de bague qui tournait[3], des cafés, des débits de vin, des fritureries, des jeux de macarons[4], des tirs à demi cachés dans un bouquet de verdure d'où s'élevaient des mâts aux flammes tricolores ; puis au-delà, dans une vapeur, dans une brume bleuâtre, une ligne de têtes d'arbres dessinait une route. Sur la droite, elle apercevait Saint-Denis et le grand vaisseau de sa basilique ; sur la gauche au-dessus d'une file de maisons qui s'effaçaient, le disque du soleil se couchant sur Saint-Ouen était d'un feu couleur cerise et laissait tomber dans le bas du ciel gris comme des colonnes rouges qui le portaient en tremblant. Souvent le ballon d'un enfant qui jouait passait une seconde sur cet éblouissement.

Ils descendaient, passaient la porte, longeaient les débits de saucisson de Lorraine, les marchands de gaufres, les cabarets en planches, les tonnelles sans verdure et au bois encore blanc où un pêle-mêle d'hommes, de femmes, d'enfants, mangeaient des pommes de terre frites, des moules

1 Cet imaginaire des peurs urbaines s'alimentera bientôt aux récits des faits-divers sanglants de la presse populaire : les Apaches et les pierreuses régneront en maîtres dans cette littérature inspirée des faits divers. Voir Dominique Kalifa, *L'Encre et le sang. Récits de crime et société à la Belle Époque*, Fayard, 1995.

2 L'enceinte des fortifications, longue de 34 km pour une largeur de 128 mètres, conjugue un rempart bastionné implanté à distance de la ville et un réseau de dix-sept forts. C'est à partir de l'annexion des faubourgs circonscrits par l'enceinte en 1860 que les remparts deviendront une véritable limite de la ville : une enceinte enfermant les désormais vingt arrondissements de la capitale, mais aussi une muraille contre l'envahisseur lors du siège de Paris.

3 Le *jeu de bague* est une machine à pivot, où sont adaptés ordinairement des chevaux de bois, sur lesquels montent les joueurs qui doivent parvenir à enlever la bague.

4 *Jeux de macarons* : il s'agit de jeux de loterie où l'on gagne des macarons.

et des crevettes, et ils arrivaient au premier champ, à la première herbe vivante : sur le bord de l'herbe, il y avait une voiture à bras chargée de pain d'épice et de pastilles de menthe, et une marchande de coco[1] vendait à boire sur une table dans le sillon… Étrange campagne où tout se mêlait, la fumée de la friture à la vapeur du soir, le bruit des palets d'un jeu de tonneau[2] au silence versé du ciel, l'odeur de la poudrette[3] à la senteur des blés verts, la barrière à l'idylle, et la Foire à la Nature ! Germinie en jouissait pourtant ; et poussant Jupillon plus loin, marchant juste au bord du chemin, elle se mettait à passer, en marchant, ses jambes dans les blés pour sentir sur ses bas leur fraîcheur et leur chatouillement.

Quand ils revenaient, elle voulait remonter sur le talus. Il n'y avait plus de soleil. Le ciel était gris en bas, rose au milieu, bleuâtre en haut. Les horizons s'assombrissaient ; les verdures se fonçaient, s'assourdissaient, les toits de zinc des cabarets prenaient des lumières de lune, des feux commençaient à piquer l'ombre, la foule devenait grisâtre, les blancs de linge devenaient bleus. Tout peu à peu s'effaçait, s'estompait, se perdait dans un reste mourant de jour sans couleur, et de l'ombre qui s'épaississait commençait à monter, avec le tapage des crécelles, le bruit d'un peuple qui s'anime à la nuit, et du vin qui commence à chanter. Sur le talus, le haut des grandes herbes se balançait sous la brise qui les inclinait. Germinie se décidait à partir. Elle revenait, toute remplie de la nuit tombante, s'abandonnant à l'incertaine vision des choses entrevues, passant les maisons sans lumière, revoyant tout sur son chemin comme pâli, lassée par la route dure à ses pieds, et contente d'être lasse, lente, fatiguée, défaillante à demi, et se trouvant bien.

Aux premiers réverbères allumés de la rue du Château, elle tombait d'un rêve sur le pavé.

---

1 *Coco* : boisson faite d'une infusion de bois de réglisse qu'on détaille l'été, dans les promenades.

2 Le *jeu de tonneau* se joue avec une table percée de trous, qui répondent à des marques (10, 20, 30, 40, 50, 100 etc.). On tâche d'y faire entrer des palets de cuivre, de fer ou de plomb, après être convenu du nombre qu'il faut atteindre pour gagner la partie.

3 La *poudrette* est un engrais résultant du traitement d'excréments animaux ou humains desséchés et préparés pour la fumure des terres. D'où le mot de *Foire*, immédiatement après, qui englobe à la fois la « barrière » et ses réjouissances, et le flux d'entrailles.

XIII

Mme Jupillon avait, quand elle voyait Germinie, une physionomie de bonheur, quand elle l'embrassait des effusions, quand elle lui parlait des caresses de la voix, quand elle la regardait des douceurs de regard. La bonté de l'énorme femme semblait, avec elle, s'abandonner à l'émotion, à la tendresse, à la confiance d'une sorte de tendresse maternelle. Elle faisait entrer Germinie dans la confidence de ses comptes de marchande, de ses secrets de femme, du fond le plus intime de sa vie. Elle semblait se livrer à elle comme à une personne de son sang qu'on initie à des intérêts de famille. Quand elle parlait d'avenir, il était toujours question de Germinie comme de quelqu'un dont elle ne devait être jamais séparée et qui faisait partie de la maison. Souvent, elle laissait échapper de certains sourires discrets et mystérieux, des sourires qui avaient l'air de tout voir et de ne pas se fâcher. Quelquefois aussi, quand son fils était assis à côté de Germinie, arrêtant tout à coup sur eux des yeux qui se mouillaient, des yeux de mère, elle embrassait le couple d'un regard qui semblait unir et bénir les deux têtes de ses enfants.

Sans jamais parler, sans prononcer un mot qui pût être un engagement, sans s'ouvrir ni se lier, et tout en répétant que son fils était encore bien jeune pour entrer en ménage, elle encouragea les espérances et les illusions de Germinie par l'attitude de toute sa personne, ses airs de secrète indulgence et de complicité de cœur, par ces silences où elle semblait lui ouvrir les bras d'une belle-mère. Et déployant tous ses talents de fausseté, usant de ses mines de sentiment, de sa finesse bon enfant, de cette ruse ronde et enveloppée qu'ont les gens gras, la grosse femme arrivait à faire tomber devant l'assurance, la promesse tacite de ce mariage, les dernières résistances de Germinie qui à la fin se laissait arracher par l'ardeur du jeune homme ce qu'elle croyait donner d'avance à l'amour du mari.

Dans tout ce jeu, la crémière n'avait voulu qu'une chose : s'attacher et conserver une domestique qui ne lui coûtait rien.

XIV

Comme Germinie descendait un jour l'escalier de service, elle entendit une voix l'appeler par-dessus la rampe, et Adèle lui crier de lui remonter deux sous de beurre et dix sous d'absinthe.

– Ah ! tu t'assiéras bien une minute, par exemple, lui dit Adèle quand elle lui rapporta l'absinthe et le beurre. On ne te voit plus, tu n'entres plus… Voyons ! tu as bien le temps d'être avec ta vieille… C'est moi qui ne pourrais pas vivre avec une figure d'antéchrist comme ça ! Reste donc… C'est la maison sans ouvrage ici aujourd'hui… Il n'y a pas le sou… Madame est couchée… Toutes les fois qu'il n'y a pas d'argent, elle se couche, madame ; elle reste au lit toute la journée à lire des romans. Veux-tu de ça ? Et elle lui offrit son verre d'absinthe. – Non ? c'est vrai, toi, tu ne bois pas… C'est drôle de ne pas boire… T'as bien tort… Dis donc, tu serais bien gentille de me faire un mot pour mon chéri… Labourieux… tu sais bien, je t'en ai parlé… Tiens, v'là la plume à madame… et de son papier, qui sent bon… Y es-tu ?… En v'là un vrai, ma chère, c't' homme-là ! Il est dans la boucherie, je t'ai dit… Ah ! par exemple, il ne faut pas le contrarier !… Quand il vient de boire un verre de sang, après avoir tué ses bêtes, il est comme fou… et si vous l'obstinez… ah ! dame, il cogne !… Mais qu'est-ce que tu veux ? C'est d'être fort qu'il est comme ça… Si tu le voyais se taper sur la poitrine des coups à tuer un bœuf, et vous dire : Ça, c'est un mur[1] !… Ah ! c'est un monsieur, celui-là !… Soignes-y sa lettre, hein ? Que ça l'entortille. Dis-lui des choses gentilles, tu sais… et un peu tristes… Il adore ça… Au spectacle, il n'aime que quand on pleure… Tiens ! mets que c'est toi qui écrives à un amoureux…

Germinie se mit à écrire.

– Dis donc, Germinie ! Tu ne sais pas ? Une drôle d'idée qui a passé par la tête de madame… Est-ce curieux des femmes comme ça, qui peuvent aller dans le plus grand, qui peuvent tout avoir, se payer des

1 Sont ici condensées deux notations du *Journal* : le 4 juillet 1856, les Goncourt notent : « Les tueurs d'animaux boivent un verre de sang le matin, avant le *quiqui*. L'un a dit avant-hier, un jeune homme blond, tête douce, en tapant sur sa poitrine : "Ce n'est pas une poitrine que j'ai là, c'est un mur !" » (Champion, t. I, p. 285) et, relevé pour *Les Actrices*, « amant, tous les matins, un verre de sang à l'Abattoir ; se frappant, après, la poitrine : "C'est un mur !" » (Champion, t. III, p. 311).

rois si ça leur va ! Et il n'y a pas à dire… c'est que quand on est comme madame, quand on a ce corps-là… Et puis avec des affutiots[1] comme elles s'en mettent tout plein, tout leur tralala de robes, de la dentelle partout, enfin tout, qu'est-ce que tu veux qu'on y résiste ? Et si ce n'est pas un monsieur, si c'est quelqu'un comme nous… juge comme cela le pince encore plus : c'est ça qui lui monte le coco[2], une femme en velours… Oui, ma chère, figure-toi, v'là t'il pas que madame est toquée de ce gamin de Jupillon ! Il ne nous manquait plus que ça pour crever de faim, ici !

Germinie, la plume levée sur la lettre commencée, regardait Adèle en la dévorant des yeux.

– Tu en restes de là, n'est-ce pas ? dit Adèle en lampant et savourant l'absinthe à petites gorgées, la figure allumée de joie devant le visage décomposé de Germinie. Ah ! le fait est que c'est cocasse ; mais pour vrai, c'est vrai, je t'en flanque mon billet… Elle a remarqué le gamin sur le pas de la boutique, l'autre jour en revenant des Courses… Elle est entrée deux ou trois fois sous prétexte d'acheter quelque chose. Elle doit se faire apporter de la parfumerie… je crois, demain… Ah ! bast, n'est-ce pas ? Ça les regarde… Eh bien ! et ma lettre ? Ça t'embête ce que je t'ai dit ? Tu faisais ta bégueule… Moi je ne savais pas… Ah ! bien, c'est ça, nous y sommes… Ce que tu me disais pour le petit… je crois bien que tu ne voulais pas qu'on y touche ! Farceuse !

Et sur un geste de dénégation de Germinie :

– Va donc, va donc ! reprit Adèle. Qué que ça me fait ? Un enfant que, si on le mouchait, il lui sortirait du lait ! Merci ! Ce n'est pas mon genre… Enfin, ce sont tes affaires… Voyons maintenant ma lettre, hein ?

Germinie se pencha sur la feuille de papier. Mais elle avait la fièvre ; ses doigts nerveux faisaient cracher la plume. – Tiens, fit-elle en la rejetant au bout de quelques instants, je ne sais pas ce que j'ai aujourd'hui… je t'écrirai cela un autre jour…

– Comme tu voudras, ma petite… mais j'y compte. Viens donc demain… je te raconterai les farces de madame… Nous rirons !

Et, la porte fermée, Adèle se mit à pouffer de rire : il ne lui en avait coûté qu'une blague pour avoir le secret de Germinie.

---

1 *Affutiots* : patois berrichon : *bagatelles.*

2 *Monter le coco*, monter la tête, exciter l'orgueil (source : *TLF*).

XV

L'amour n'avait été pour le jeune Jupillon que la satisfaction d'une certaine curiosité du mal, cherchant dans la connaissance et la possession d'une femme le droit et le plaisir de la mépriser. Cet homme, sortant de l'enfance, avait apporté à sa première liaison, pour toute ardeur et toute flamme, les froids instincts de polissonnerie qu'éveillent chez les enfants les mauvais livres, les confidences de camarades, les conversations de pension, le premier souffle d'impureté qui déflore le désir. Ce que le jeune homme met autour de la femme qui lui cède, ce dont il la voile, les caresses, les mots aimants, les imaginations de tendresse, rien de cela n'existait pour Jupillon. La femme n'était pour lui qu'une image obscène ; et une passion de femme lui paraissait uniquement je ne sais quoi de défendu, d'illicite, de grossier, de cynique et de drôle, une chose excellente pour la désillusion et l'ironie.

L'ironie, – l'ironie basse, lâche et mauvaise du bas peuple, – c'était tout ce garçon. Il incarnait le type de ces Parisiens qui portent sur la figure le scepticisme gouailleur de la grande ville de blague[1] où ils sont nés. Le sourire, cet esprit et cette malice de la physionomie parisienne, était toujours chez lui moqueur, impertinent. Jupillon avait la gaieté de la bouche méchante, presque de la cruauté aux deux coins des lèvres retroussées et tressaillantes de mouvements nerveux. Sur son visage pâle des pâleurs que renvoie au teint l'eau-forte mordant le cuivre, dans ses petits traits nets, décidés, effrontés, se mêlaient la crânerie, l'énergie, l'insouciance, l'intelligence, l'impudence, toutes sortes d'expressions coquines qu'adoucissait chez lui, à de certaines heures, un air de câlinerie féline. Son état de coupeur de gants, – il s'était arrêté à la ganterie après deux ou trois essais malheureux d'apprentissages divers, – l'habitude de travailler à la vitrine, d'être un spectacle pour les passants, avaient donné à toute sa personne un aplomb et des élégances de poseur. À l'atelier sur la rue, avec sa chemise blanche, sa petite cravate noire à la Colin[2], son pantalon serré sur les reins, il avait pris les dandinements, les prétentions de tenue, les grâces « canaille » de

---

1 Gautruche, second amant de Germinie, sera une autre incarnation de la Blague, celle de la rue (chap. XLIX).

2 *À la colin* renvoie à l'opéra-comique et à la pastorale, où Colin est un emploi de jeune berger amoureux.

l'ouvrier regardé. Et de douteuses élégances, la raie au milieu de la tête, les cheveux sur les tempes, des cols de chemise rabattus lui découvrant tout le cou, la recherche des apparences et des coquetteries féminines, lui donnaient une tournure incertaine, que faisaient plus ambiguë sa figure imberbe et seulement tachée de deux petits pinceaux de moustache, ses traits sans sexe où la passion et la colère mettaient tout le mauvais d'une mauvaise petite tête de femme[1]. Mais pour Germinie tous ces airs et ce genre de Jupillon étaient de la distinction.

Ainsi fait, n'ayant rien en lui pour aimer, incapable de se laisser attacher même par ses sens, Jupillon se trouva tout embarrassé et tout ennuyé devant cette adoration qui s'enivrait d'elle-même et dont la fureur allait toujours croissant. Germinie l'assommait. Il la trouvait ridicule dans l'humiliation, comique dans le dévouement. Il en était las, dégoûté, insupporté. Il avait assez de son amour, assez de sa personne. Et il ne tarda pas à s'en écarter, sans charité, sans pitié. Il se sauva d'elle. Il échappa à ses rendez-vous. Il prétexta des contretemps, des courses à faire, un travail pressé. Le soir, elle l'attendait, il ne venait pas ; elle le croyait occupé : il était à quelque billard borgne, à quelque bal de barrière.

XVI

C'était bal à la *Boule-Noire*[2], un jeudi. On dansait.

La salle avait le caractère moderne des lieux de plaisir du peuple. Elle était éclatante d'une richesse fausse et d'un luxe pauvre. On y voyait des

---

1 Voir le portrait d'Alexandre Colmant, modèle de Jupillon, dans le *Journal* à la date du 12 décembre 1857, à l'occasion d'un match de boxe où il se produit : « On fait en général un bœuf d'un lutteur-savetier, mais le vrai est plus joli et plus caractéristique. Ce garçon-là est un jeune Hercule, avec une petite tête de Faustine ; et c'est merveilleux de voir cette petite tête au milieu des coups de pied et des coups de poings, toujours souriante d'un petit air retroussé et félin, avec toutes les petites rages et toutes les perfidies nerveuses, féroces de la physionomie de la femme » (Champion, t. I, p. 482).

2 La salle de bal de la Boule-noire, ainsi nommée car la boule blanche qui lui servait d'enseigne avait progressivement noirci, fut créée en 1822. Elle se situait boulevard de Rochechouart. Elle disparut en 1882. À son emplacement, se tient aujourd'hui la salle de concert de La Cigale. Dans *La Lorette*, « quand Madame est à Mabille, la bonne va à la *Boule noire*, et noue son bonnet blanc autour de sa bouteille de bière, pour la reconnaître après la contredanse » (*op. cit.*, p. 501).

peintures et des tables de marchands de vin, des appareils de gaz dorés et des verres à boire un *poisson*[1] d'eau-de-vie, du velours et des bancs en bois, les misères et la rusticité d'une guinguette dans le décor d'un palais de carton.

Des lambrequins de velours grenat avec un galon d'or, pendus aux fenêtres, se répétaient économiquement en peinture sous les glaces éclairées d'un bras à trois lumières. Aux murs, dans de grands panneaux blancs, des pastorales de Boucher[2], cerclées d'un cadre peint, alternaient avec les Saisons de Prudhon[3], étonnées d'être là ; et sur les dessus des fenêtres et des portes, des Amours hydropiques jouaient entre cinq roses décollées d'un pot de pommade de coiffeur de banlieue. Des poteaux carrés, tachés de maigres arabesques, soutenaient le milieu de la salle, au centre de laquelle une petite tribune octogone portait l'orchestre. Une barrière de chêne à hauteur d'appui et qui servait de dossier à une maigre banquette rouge, enfermait la danse. Et contre cette barrière, en dehors, des tables peintes en vert, avec des bancs de bois se serraient sur deux rangs, et entouraient le bal avec un café.

Dans l'enceinte de la danse, sous le feu aigu et les flammes dardées du gaz, étaient toutes sortes de femmes vêtues de lainages sombres, passés, flétris, des femmes en bonnet de tulle noir, des femmes en paletot noir, des femmes en caracos élimés et râpés aux coutures, des femmes engoncées dans la palatine[4] en fourrure des marchandes en plein vent

1 *Poisson* : ancienne mesure de liquide valant la moitié du demi-setier, c'est-à-dire le quart de la chopine. En langue populaire, petit verre de liqueur.

2 François Boucher, né en 1703 et mort en 1770, est un peintre admiré par les Goncourt (voir *L'Art au* XVIII*e siècle*). Ses pastorales, reproduites en ce bal public, comme les *Saisons* de Prudhon, résonnent ironiquement sans doute. Mais elles font également signe vers l'idylle que Germinie cherche à vivre avec Jupillon, en se promenant vers les fortifs, et dont sa rencontre avec Gautruche, lors d'une partie au bois de Vincennes, cette « parodie de forêt » (voir p. 182), offrira la version assombrie.

3 Pierre-Paul Prud'hon, né en 1758 et mort en 1823, fait également partie du panthéon personnel des Goncourt. Edmond a établi en 1875 le Catalogue raisonné de son œuvre lithographié (voir *Œuvres complètes*, Slatkine Reprints, 1986, t. VI). Il y recense deux séries intitulées « Le Printemps, l'Été, l'Automne, l'Hiver », dessins faits dans le second cas d'après des peintures que Prud'hon n'aurait pas achevées. La première série, peinte, aurait appartenu au comte de Panisse. Le catalogue d'Edmond n'est pas exact. Jean Guiffrey, dans *L'Œuvre de P.-P Prud'hon*, rectifie : en l'an VI, Prud'hon présente au Salon le projet d'une frise destinée à l'Hôtel de Lannois, projet qui reparaît au Salon de l'année suivante, complété de trois autres dessins. Ces quatre dessins sont conservés au musée Condé à Chantilly. Il existe deux autres dessins, conservés au Louvre et complétant cette première série (*L'Œuvre de P.-P. Prud'hon*, Paris, Armand Colin, 1924, p. 311-313).

4 *Palatine* : fourrure couvrant le cou et les épaules des femmes (source : *TLF*).

et des boutiquières d'allées. Au milieu de cela pas un col qui encadrât la jeunesse des visages, pas un bout de jupon clair s'envolant du tourbillon de la danse, pas un réveillon de blanc dans ces femmes sombres jusqu'au bout de leurs bottines ternes, et tout habillées des couleurs de la misère. Cette absence de linge mettait dans le bal un deuil de pauvreté ; elle donnait à toutes ces figures quelque chose de triste et de sale, d'éteint, de terreux, comme un vague aspect sinistre où se mêlait le retour de l'Hôpital au retour du Mont-de-piété[1] !

Une vieille en cheveux, la raie sur le côté de la tête, passait, devant les tables, une corbeille remplie de morceaux de gâteau de Savoie et de pommes rouges. De temps en temps la danse, dans son branle tournoiement, montrait un bas sale, le type juif d'une vendeuse d'éponges de la rue, des doigts rouges au bout de mitaines noires, une figure bise à moustache, une sous-jupe tachée de la crotte de l'avant-veille, une crinoline d'occasion forcée et toute bossue, de l'indienne[2] de village à fleurs, un morceau de défroque de femme entretenue.

Les hommes avaient le paletot, la petite casquette flasque rabattue par-derrière, le cache-nez de laine dénoué et pendant dans le dos. Ils invitaient les femmes en les tirant par les rubans de leurs bonnets, volant derrière elles. Quelques-uns, en chapeaux, en redingotes, en chemises de couleur, avaient un air de domesticité insolente et d'écurie de grande maison.

Tout sautait et s'agitait. Les danseuses se démenaient, tortillaient, cabriolaient, animées, pataudes et déchaînées sous le coup de fouet d'une joie bestiale. Et dans les avant-deux, l'on entendait des adresses se donner : Impasse du Dépotoir[3].

---

1 Dans le *Journal*, à la date du 9 février 1863, les Goncourt relatent leur visite au bal de l'Élysée des Arts, au sortir du salon de la Princesse Mathilde : « C'est grand, peu éclairé, sourd d'agitation, d'un mouvement morne. Les figures sont grises, pâlies de veilles ou de misère ; des teints de pauvre et d'hôpital. Ce sont des jeunes femmes, habillées de laine brune, de couleurs sombres ; point de linge blanc qui sorte de là, point de bonnets blancs, rien que des bonnets foncés ; quelquefois, seulement un éclat rouge de ruban de bonnet ou de cou. Un aspect général de misérables marchandes, de femmes du Temple exposées en plein vent, un chat de fourrure autour du cou. Sur les visages, une pauvreté plus terne, la pauvreté du sang. […] Des danseurs invitent des danseuses en leur prenant par derrière les rubans de leur bonnet. Un ensemble affreux : le vice sans luxe » (Champion, t. III, p. 504).

2 *Indienne* : étoffe de coton peinte ou imprimée, fabriquée primitivement en Inde, puis imitée par les manufacturiers européens.

3 L'Impasse du Dépotoir se situait dans le prolongement de la rue du Dépotoir qui faisait un coude. Elle partait rue d'Allemagne, dans le quartier de la Villette. C'est donc assez

Ce fut là que Germinie entra, au moment où finissait le quadrille sur l'air de la *Casquette du père Bugeaud*[1], dans lequel les cymbales, les grelots de poste, le tambour, avaient donné à la danse l'étourdissement et la folie de leur bruit. D'un regard elle embrassa la salle, tous les hommes ramenant leurs danseuses à la place marquée par leurs casquettes : on l'avait trompée ; *il* n'y était pas, elle ne le vit pas. Cependant elle attendit. Elle entra dans l'enceinte du bal, et s'assit, en tâchant de ne pas avoir l'air trop gêné, sur le bord d'une banquette. À leurs bonnets de linge, elle avait jugé que les femmes assises en file à côté d'elle étaient des domestiques comme elle : des camarades l'intimidaient moins que ces petites filles du bal, en cheveux et en filet, les mains dans les poches de leur paletot, l'œil effronté, la bouche chantonnante. Mais bientôt elle éveilla, même sur son banc, une attention malveillante. Son chapeau, – une douzaine de femmes seulement dans le bal portaient chapeau, – son jupon à dents dont le blanc passait sous sa robe, la broche d'or de son châle, firent autour d'elle une curiosité hostile. On lui jeta des regards, des sourires qui lui voulaient du mal. Toutes les femmes avaient l'air de se demander d'où sortait cette nouvelle venue, et de se dire qu'elle venait prendre les amants des autres. Des amies qui se promenaient dans la salle, nouées comme pour une valse, avec leurs mains glissées à la taille, en passant devant elle, lui faisaient baisser les yeux, puis s'éloignaient avec des haussements d'épaule, en tournant la tête.

Elle changeait de place : elle retrouvait les mêmes sourires, la même hostilité, les mêmes chuchotements. Elle alla jusqu'au fond de la salle : tous ces yeux de femmes l'y suivaient ; elle se sentait enveloppée de regards de méchanceté et d'envie, depuis le bas de sa robe jusqu'aux fleurs de son chapeau. Elle était rouge. Par moments elle craignait de pleurer. Elle voulait s'en aller, mais le courage lui manquait pour traverser la salle toute seule.

Elle se mit à regarder machinalement une vieille femme faisant lentement le tour de la salle d'un pas silencieux comme le vol d'un oiseau de nuit qui tourne. Un chapeau noir, couleur de papier brûlé, enfermait ses bandeaux de cheveux grisonnants. De ses épaules d'homme, carrées

---

loin de Montmartre. Le nom a dû suffire aux romanciers.

1 *La Casquette du père Bugeaud* est un chant militaire de l'Armée d'Afrique, devenu l'hymne des zouaves. C'est à l'occasion d'une échauffourée que le maréchal Bugeaud, à la tête d'un régiment de zouaves, perdit sa casquette, d'où la chanson.

et remontées, pendait un tartan écossais aux couleurs mortes. Arrivée à la porte, elle jeta un dernier regard dans la salle, et l'embrassa toute de l'œil d'un vautour qui cherche de la viande, et n'en trouve pas.

Tout à coup, on cria : c'était un garde de Paris qui jetait à la porte un petit jeune homme essayant de lui mordre les mains, et se cramponnant aux tables contre lesquelles, en tombant, il faisait le bruit sec d'une chose qui se casse…

Comme Germinie détournait la tête, elle aperçut Jupillon : il était là, dans un rentrant de fenêtre, à une table verte, fumant, entre deux femmes. L'une était une grande blonde, aux cheveux de chanvre rares et frisottés, la figure plate et bête, les yeux ronds. Une chemise de flanelle rouge lui plissait au dos, et elle faisait sauter avec les deux mains les deux poches d'un tablier noir sur sa jupe marron. L'autre, petite, noiraude, toute rouge de s'être débarbouillée au savon, était encapuchonnée, avec une coquetterie de harengère, dans une capeline de tricot blanc à bordure bleue.

Jupillon avait reconnu Germinie. Quand il la vit se lever et venir à lui, les yeux fixes, il se pencha à l'oreille de la femme à la capeline, et se carrant dans sa pose, les deux coudes sur la table, il attendit.

– Tiens ! te v'là, fit-il quand Germinie fut devant lui immobile, droite, muette. En voilà une, de surprise !… Garçon ! un autre saladier !

Et vidant le saladier de vin sucré dans le verre des deux femmes : – Voyons, reprit-il, ne fais pas ta tête… Mets-toi là…

Et comme Germinie ne bougeait pas : – Va donc ! C'est des dames à mes amis… demande-leur ! – Mélie, dit à l'autre femme, la femme à la capeline, avec sa voix de *mauvaise gale*, tu ne vois donc pas ? C'est la mère à monsieur ! Fais-y donc place à c'te dame, puisqu'elle veut bien boire avec nous…

Germinie jeta à la femme un regard d'assassin.

– Eh bien ! Quoi ? reprit la femme ; ça vous vexe, madame ? Excusez ! fallait prévenir… Quel âge donc qu'elle se croit, hein, Mélie ? Sapristi ! Tu les choisis jeunes, toi, tu ne te gênes pas !…

Jupillon souriait en dessous, se dandinait, ricanait en dedans. Toute sa personne laissait percer la joie lâche qu'ont les méchants à voir souffrir ceux qui souffrent de les aimer.

– J'ai à te parler… à toi… pas ici… en bas, lui dit Germinie.

– Bien de l'agrément ! Arrives-tu, Mélie ? dit la femme à la capeline en rallumant un bout de cigare éteint, oublié par Jupillon sur la table, près d'un rond de citron.

– Qu'est-ce que tu veux ? fit Jupillon remué malgré lui par l'accent de Germinie.

– Viens !

Et elle se mit à marcher devant lui. Sur son passage, on se pressait, on riait. Elle entendait des voix, des phrases, un murmure de huées.

XVII

Jupillon promit à Germinie de ne plus retourner au bal. Mais le jeune homme avait un commencement de réputation à la Bridid[1], dans ces bastringues de barrière, à la *Boule-Noire*, à la *Reine Blanche*[2], à *l'Ermitage*[3]. Il était devenu le danseur qui fait lever les consommateurs des tables, le danseur qui suspend toute une salle à la semelle de sa botte jetée à deux pouces au-dessus de sa tête, le danseur qu'invitent et que rafraîchissent quelquefois, pour danser avec elles, les danseuses de l'endroit. Le bal pour lui n'était plus seulement le bal, c'était un théâtre, un public, une popularité, des applaudissements, le murmure flatteur de son nom dans des groupes, l'ovation d'une gloire de cancan dans le feu des quinquets.

Le dimanche, il n'alla pas à la *Boule-Noire* ; mais le jeudi qui suivit ce dimanche, il y retourna ; et Germinie, voyant bien qu'elle ne pouvait l'empêcher d'y aller, se décida à l'y suivre et à y rester tout le temps qu'il y restait. Assise à une table au fond dans le coin le moins éclairé de la salle, elle guettait des yeux pendant toute la contredanse ; et le quadrille fini, s'il tardait, elle allait le reprendre, le retirer presque de

1 Gabriel La Coursonnois, surnommé Brididi, était un célèbre danseur des bals populaires. Il mourut en 1876.

2 Le Bal de la Reine Blanche, créé en 1850 et situé 88, boulevard de Clichy, deviendra plus tard Le Moulin-Rouge. Il disparut en 1888.

3 Le Bal de l'Ermitage, à Montmartre, était situé boulevard des Martyrs, presque à l'angle de la Chaussée des Martyrs (angle du 6-8 boulevard de Clichy et de la rue des Martyrs). Fondé en 1830, il disparut dans le courant des années 1860. Jules s'y rend le 30 mai 1863 (*Journal*, Champion, t. III, p. 572). Lui succéda La Taverne du Bagne.

force des mains et des caresses des femmes s'obstinant à le tirailler, à le retenir par un jeu de méchanceté.

Comme bientôt on la connut, l'injure autour d'elle ne fut plus vague, sourde, lointaine, comme au premier bal. Les paroles l'attaquèrent en face, les rires lui parlèrent tout haut. Elle fut obligée de passer ses trois heures dans des risées qui la désignaient, la montraient du doigt, la nommaient, lui clouaient son âge sur la figure. Elle était à tout moment obligée d'essuyer ce mot : la vieille ! que les jeunes drôlesses lui crachaient en passant, par-dessus l'épaule. Encore celles-là la regardaient-elles ; mais souvent des danseuses invitées à boire par Jupillon, amenées par lui à la table où était Germinie, buvant le saladier de vin chaud qu'elle payait, restaient accoudées, la joue sur la main, paraissant ne pas voir qu'il y avait une femme là, avançant sur la place comme sur une place vide et ne lui répondant pas quand elle leur parlait. Germinie eût tué ces femmes que Jupillon lui faisait régaler et qui la méprisaient tant qu'elles ne s'apercevaient pas seulement de sa présence.

Il arriva qu'à bout de souffrances, révoltée de tout ce qu'elle buvait là d'humiliations, elle eut l'idée de danser, elle aussi. Elle ne voyait que ce moyen de ne pas laisser son amant à d'autres, de le tenir toute la soirée, peut-être de l'attacher à son succès si elle avait la chance de réussir. Tout un mois elle travailla, en cachette, pour arriver à danser. Elle répéta les figures, les pas. Elle força son corps, elle sua à chercher ces coups de reins, ces tours de jupe qu'elle voyait applaudir. Au bout de cela, elle se risqua : mais tout la démonta et ajouta à sa gaucherie, le milieu hostile dans lequel elle se sentait, les sourires d'étonnement et de pitié qui avaient couru sur les lèvres lorsqu'elle avait pris place dans l'enceinte de la danse. Elle fut si ridicule et si moquée qu'elle n'eut pas le courage de recommencer. Elle se renfonça sombrement dans son coin obscur, n'en sortant que pour aller chercher et ramener Jupillon avec la muette violence d'une femme qui arrache son homme au cabaret et le remporte par le bras.

Le bruit se répandit bientôt dans la rue que Germinie allait à ces bals, qu'elle n'en manquait pas un. La fruitière, chez laquelle Adèle avait déjà bavardé, envoya son fils « pour voir » ; il revint en disant que c'était vrai, et raconta toutes les misères qu'on faisait à Germinie et qui ne l'empêchaient pas de revenir. Alors il n'y eut plus de doute dans le quartier sur les relations de la domestique de mademoiselle avec

Jupillon, relations que quelques âmes charitables contestaient encore. Le scandale éclata, et, en une semaine, la pauvre fille, traînée dans toutes les médisances du quartier, baptisée et saluée des plus sales noms de la langue des rues, tomba d'un coup, de l'estime la plus hautement témoignée, au mépris le plus brutalement affiché.

Jusque-là son orgueil – et il était grand – avait joui de ce respect, de cette considération qui entoure, dans les quartiers de lorettes, la domestique qui sert honnêtement une personne honnête. On l'avait habituée à des égards, à des déférences, à des attentions. Elle était à part de ses camarades. Sa probité insoupçonnable, sa conduite dont il n'y avait rien à dire, sa position de confiance chez mademoiselle, ce qui rejaillissait sur elle de l'honorabilité de sa maîtresse, faisaient que les marchands la traitaient sur un autre pied que les autres bonnes. On lui parlait la casquette à la main ; on lui disait toujours : mademoiselle Germinie. On se dépêchait de la servir ; on lui avançait l'unique chaise de la boutique pour la faire attendre.

Lors même qu'elle marchandait, on restait poli avec elle, et on ne l'appelait pas râleuse. Les plaisanteries un peu trop vives s'arrêtaient devant elle. Elle était invitée aux grands repas, aux fêtes de famille, consultée sur les affaires.

Tout changea dès que furent connues ses relations avec Jupillon, ses assiduités à la *Boule-Noire*. Le quartier se vengea de l'avoir respectée. Les bonnes éhontées de la maison s'approchèrent d'elle comme d'une semblable. Une dont l'amant était à Mazas[1] lui dit : « Ma chère ». Les hommes l'abordèrent avec familiarité, la tutoyèrent du regard, du ton, du geste, de la main. Les enfants mêmes, sur le trottoir, autrefois dressés à lui faire « un beau serviteur[2] », se sauvèrent d'elle comme d'une personne dont on leur avait dit d'avoir peur. Elle se sentait traitée sous la main, servie à la diable. Elle ne pouvait faire un pas sans marcher dans le mépris et recevoir sa honte sur la joue.

Ce fut pour elle une horrible déchéance d'elle-même. Elle souffrit comme si on lui arrachait, lambeau à lambeau, son honneur dans le ruisseau. Mais à mesure qu'elle souffrait, elle se serrait contre son amour

1 La prison d'arrêt cellulaire, située boulevard Mazas (actuel boulevard Diderot), en face de la gare de Lyon, fut construite entre 1845 et 1850 sur le modèle carcéral américain. Elle accueillit en 1850 les prisonniers de l'ancienne prison de la Force. Elle fut détruite en 1898, en vue de l'Exposition universelle de 1900.

2 Faire « un beau serviteur », c'est faire la révérence.

et se cramponnait à lui. Elle ne lui en voulait pas, elle ne lui reprochait rien. Elle s'y attachait par toutes les larmes qu'il faisait pleurer à son orgueil. Et toute repliée, resserrée sur sa faute, on la voyait dans cette rue où elle passait tout à l'heure fière et le front haut, aller furtive et fuyante, l'échine basse, le regard oblique, inquiète d'être reconnue, pressant le pas devant les boutiques qui lui balayaient leurs médisances sur les talons.

XVIII

Jupillon se plaignait sans cesse de l'ennui de travailler pour les autres, de ne pas être « à ses pièces[1] », de ne pouvoir trouver dans la bourse de sa mère quinze ou dix-huit cents francs. Il ne demandait pas une plus grosse somme pour louer deux chambres au rez-de-chaussée et monter un petit fonds de ganterie. Et déjà il faisait ses plans et ses rêves – : il s'établirait dans le quartier, quartier excellent pour son commerce, plein d'acheteuses et de gâcheuses de chevreaux à cinq francs. Aux gants, il joindrait bientôt la parfumerie, les cravates ; puis avec de gros bénéfices, son fonds revendu, il irait prendre un magasin rue Richelieu.

Chaque fois qu'il parlait de cela, Germinie lui demandait mille explications. Elle voulait savoir tout ce qu'il faut pour s'établir. Elle se faisait nommer les outils, les accessoires, indiquer leurs prix, leurs débitants. Elle l'interrogeait sur son état, son travail, si curieusement, si longuement, qu'à la fin Jupillon impatienté finissait par lui dire :
– Qu'est-ce que ça te fait tout ça ? L'ouvrage m'embête déjà assez ; ne m'en parle pas !

Un dimanche, elle montait avec lui vers Montmartre. Au lieu de prendre par la rue Frochot[2], elle prit par la rue Pigalle.

– Mais ce n'est pas par là, lui dit Jupillon. – Je sais bien, dit-elle, viens toujours.

1 Être « à ses pièces », ou travailler à ses pièces, à la pièce : être payé à proportion de l'ouvrage qu'on fait (Littré).

2 Rue Frochot : actuelle avenue Frochot.

Elle lui avait pris le bras et marchait en se détournant un peu de lui pour qu'il ne vît pas ce qui passait sur son visage. Au milieu de la rue Fontaine-Saint-Georges[1], elle l'arrêta brusquement devant deux fenêtres de rez-de-chaussée, et lui dit : – Tiens ! Elle tremblait de joie.

Jupillon regarda : il vit entre les deux fenêtres sur une plaque à lettres de cuivre qui brillaient :

Magasin de Ganterie.
JUPILLON

Il vit des rideaux blancs à la première fenêtre. À travers les carreaux de la seconde, il aperçut des casiers, des cartons, et devant, le petit établi de son état, avec les grands ciseaux, le pot à *retailles*, et le couteau à *piquer* pour *déborder* les peaux. – Ta clef est chez le portier, lui dit-elle.

Ils entrèrent dans la première pièce, dans le magasin.

Elle se mit à vouloir tout lui montrer. Elle lui ouvrait les cartons, et elle riait. Puis poussant la porte de l'autre chambre :

– Vois-tu, tu n'étoufferas pas là comme dans la soupente de ta mère... Ça te plaît-il ? Oh ! ce n'est pas beau, mais c'est propre... Je t'aurais voulu de l'acajou... Ça te plaît-il, cette descente de lit-là ?... Et le papier... je n'y pensais plus... Elle lui mit dans la main une quittance de loyer. – Tiens ! c'est pour six mois... Ah ! dame, il faut que tu te mettes tout de suite à gagner de l'argent... Voilà mes quatre sous de la caisse d'épargne finis du coup... Ah ! tiens, laisse-moi m'asseoir... T'as l'air si content... ça me fait un effet... ça me tourne... je n'ai plus de jambes...

Et elle se laissa glisser sur une chaise. Jupillon se pencha sur elle pour l'embrasser.

– Ah ! oui, il n'y en a plus, lui dit-elle, en lui voyant chercher de l'œil ses boucles d'oreilles. C'est comme mes bagues... Tiens, vois-tu, plus rien...

Et elle lui montra ses mains dégarnies des pauvres bijoux qu'elle avait travaillé si longtemps à s'acheter. – Ç'a été le fauteuil, tout ça, vois-tu... mais il est tout crin...

Et comme Jupillon restait devant elle avec l'air d'un homme embarrassé qui cherche les phrases d'un remerciement :

1 Rue Fontaine-Saint-Georges : actuellement rue Fontaine.

– Mais tu es tout drôle... Qu'est-ce que tu as ?... Ah ! c'est pour ça ?... Et elle lui montra la chambre. – T'es bête !... je t'aime, n'est-ce pas ? Eh bien ?

Germinie dit cela simplement, comme le cœur dit les choses sublimes.

XIX

Elle devint enceinte.

D'abord elle douta, elle n'osait le croire. Puis, quand elle fut certaine d'être grosse, une immense joie la remplit, une joie qui lui noya l'âme. Son bonheur fut si grand et si fort qu'il étouffa d'un seul coup les angoisses, les craintes, le tremblement de pensées qui se mêle d'ordinaire à la maternité des femmes non mariées et leur empoisonne l'attente de l'enfantement, la divine espérance vivante et remuante en elles. L'idée du scandale de sa liaison découverte, de l'éclat de sa faute dans le quartier, l'idée de cette chose abominable qui l'avait fait toujours penser au suicide : le déshonneur, même la peur de se voir découverte par mademoiselle, d'être chassée par elle, rien de tout cela ne put toucher à sa félicité. Comme si elle l'eût déjà soulevé dans ses bras devant elle, l'enfant qu'elle attendait ne lui laissait rien voir que lui ; et se cachant à peine, elle portait presque fièrement, sous les regards de la rue, sa honte de femme dans l'orgueil et le rayonnement de la mère qu'elle allait être.

Elle se désolait seulement d'avoir dépensé toutes ses économies, d'être sans argent et en avance de plusieurs mois sur ses gages avec sa maîtresse. Elle regrettait amèrement d'être pauvre pour recevoir son enfant. Souvent, en passant rue Saint-Lazare, elle s'arrêtait devant un magasin de blanc à l'étalage duquel étaient exposées des layettes d'enfants riches. Elle dévorait des yeux tout ce joli linge ouvragé et coquet, les bavettes de piqué, la longue robe à courte taille garnie de broderies anglaises, toute cette toilette de chérubin et de poupée. Une terrible envie, l'envie d'une femme grosse, la prenait de briser la glace et de voler tout cela : derrière l'échafaudage de l'étalage, des commis habitués à la voir stationner se la montraient en riant.

Puis encore par instants, dans ce bonheur qui l'inondait, dans ce ravissement de joie qui soulevait tout son être, une inquiétude la traversait. Elle se demandait comment le père accepterait son enfant. Deux ou trois fois, elle avait voulu annoncer sa grossesse, et n'avait pas osé. Enfin un jour, lui voyant la figure qu'elle attendait depuis si longtemps pour lui tout dire, une figure où il y avait un peu de tendresse, elle lui avoua, en rougissant et comme en lui demandant pardon, ce qui la rendait si heureuse. – En voilà une idée ! fit Jupillon.

Puis, quand elle l'eut assuré que ce n'était pas une idée, qu'elle était positivement grosse de cinq mois : – De la chance ! reprit le jeune homme. – Merci ! Et il jura. – Veux-tu me dire un peu qu'est-ce qui lui donnera la becquée, à ce moineau-là ?

– Oh ! sois tranquille !... il ne pâtira pas, ça me regarde... Et puis ça sera si gentil !... N'aie pas peur, on ne saura rien... Je m'arrangerai... Tiens ! les derniers jours, je marcherai comme ça, la tête en arrière... je ne porterai plus de jupons... je me serrerai, tu verras !... On ne s'apercevra de rien, je te dis... Un petit enfant, à nous deux, songe donc !

– Enfin puisque ça y est, ça y est, n'est-ce pas ? fit le jeune homme.

– Dis donc, hasarda timidement Germinie, si tu le disais à ta mère ?

– À m'man ?... Ah ! non, Par exemple... il faut que tu accouches... Ensuite de ça, nous apporterons le moutard à la maison... Ça lui donnera un coup, et peut-être qu'elle nous lâchera son consentement.

XX

Le jour des Rois arriva. C'était le jour d'un grand dîner donné régulièrement chaque année par Mlle de Varandeuil. Elle invitait ce jour-là tous les enfants de sa famille, ou de ses amitiés, petits ou grands. À peine si le petit appartement pouvait les contenir. On était obligé de mettre une partie des meubles sur le carré. Et l'on dressait une table dans chacune des deux pièces qui formaient tout l'appartement de mademoiselle. Pour les enfants, ce jour était une grande joie qu'ils se promettaient huit jours d'avance. Ils montaient en courant l'escalier, derrière les garçons pâtissiers. À table, ils mangeaient trop sans être grondés. Le soir ils ne voulaient pas se coucher, grimpaient sur les chaises, et faisaient un tapage qui donnait toujours à Mlle de Varandeuil une migraine le lendemain ; mais elle ne leur en voulait pas : elle avait eu les bonheurs d'une fête de grand-mère à les entendre, à les voir, à leur nouer par-derrière la serviette blanche qui les faisait paraître si roses. Et pour rien au monde elle n'eût manqué de donner ce dîner, qui remplissait son appartement de vieille fille de toutes ces petites têtes blondes de petits diables, et y mettait en un jour du bruit, de la jeunesse et des rires pour un an.

Germinie était en train de faire ce dîner. Elle fouettait une crème dans une terrine sur ses genoux, quand tout à coup elle sentit les premières douleurs. Elle se regarda dans le bout de glace cassée qu'elle avait au-dessus de son buffet de cuisine : elle se vit pâle. Elle descendit chez Adèle : – Donne-moi le rouge à la maîtresse, lui dit-elle. Et elle s'en mit sur les joues. Puis elle remonta, et ne voulant pas s'écouter souffrir, elle finit son dîner. Il fallait le servir, elle le servit. Au dessert, pour donner des assiettes, elle s'appuyait aux meubles, se retenait au dossier des chaises, cachant sa torture avec l'horrible sourire crispé des gens dont les entrailles se tordent.

– Ah ! çà, tu es malade ?... lui dit sa maîtresse en la regardant.

– Oui, mademoiselle, un peu... c'est peut-être le charbon, la cuisine...

– Allons, va te coucher... on n'a plus besoin de toi, tu desserviras demain.

Elle redescendit chez Adèle.

– Ça y est, lui dit-elle, vite un fiacre... C'est rue de la Huchette, que tu m'as dit, en face d'un planeur de cuivre[1], ta sage-femme[2], n'est-ce pas ? Tu n'as pas une plume, du papier ?

Et elle se mit à écrire un mot pour sa maîtresse. Elle lui disait qu'elle était trop souffrante, qu'elle allait à l'hôpital, qu'elle ne lui disait pas où, parce qu'elle se fatiguerait à venir la voir, que dans huit jours elle serait revenue.

– Voilà ! fit Adèle essoufflée en lui donnant le numéro du fiacre.

– Je peux y rester... lui dit Germinie, pas un mot à mademoiselle... Voilà tout... jure-moi, pas un mot !

Elle descendait l'escalier, lorsqu'elle rencontra Jupillon :

---

1 *Planeur de cuivre* : ouvrier qui plane, aplanit les métaux, les tôles.

2 Il y avait, d'après le Bottin de 1854, une sage-femme qui exerçait au numéro 27 : Juery (Mme) Planeur.

– Tiens ! fit-il, où vas-tu ? tu sors ?

– Je vais accoucher… Ça m'a pris dans la journée… Il y avait un grand dîner… Ah ! Ç'a été dur !… Pourquoi viens-tu ? je t'avais dit de ne jamais venir, je ne veux pas !

– C'est que… je vais te dire… dans ce moment-ci j'ai absolument besoin de quarante francs. Mais là, vrai, absolument besoin.

– Quarante francs ! Mais je n'ai que juste pour la sage-femme…

– C'est embêtant… voilà ! Que veux-tu ? Et il lui donna le bras pour l'aider à descendre. – Cristi ! je vais avoir du mal à les avoir tout de même.

Il avait ouvert la portière de la voiture : – Où faut-il qu'il te mène ?

– À la Bourbe[1]… lui dit Germinie. Et elle lui glissa les quarante francs dans la main.

– Laisse donc, fit Jupillon.

– Ah ! va… là ou autre part ! Et puis j'ai encore sept francs.

Le fiacre partit.

Jupillon resta un moment immobile sur le trottoir, regardant les deux napoléons dans sa main. Puis il se mit à courir après le fiacre, et, l'arrêtant, il dit à Germinie par la portière :

– Au moins, je vais te conduire ?

– Non, je souffre trop… J'aime mieux être seule, lui répondit Germinie, en se tortillant sur les coussins du fiacre.

Au bout d'une éternelle demi-heure, le fiacre s'arrêta rue de Port-Royal, devant une porte noire surmontée d'une lanterne violette qui annonçait aux étudiants en médecine de passage dans la rue qu'il y avait, cette nuit-là et dans ce moment-là, la curiosité et l'intérêt d'un accouchement laborieux à la Maternité.

Le cocher descendit de son siège et sonna. Le concierge, aidé d'une fille de salle, prenant Germinie sous les bras, la monta à l'un des quatre lits de la salle d'accouchement. Une fois dans le lit, ses douleurs se calmèrent un peu. Elle regarda autour d'elle, vit les autres lits vides, et au fond de l'immense pièce, une grande cheminée de campagne flambante d'un grand feu devant lequel, accrochés à une barre de fer, séchaient des langes, des draps, des alèses.

1 Bourbe : maison d'accouchement située 119 boulevard de Port-Royal. L'abbaye de Port-Royal bâtie en 1625, devint en 1793 la prison de Port-Libre, ou de la Bourbe (nom de la rue où elle se trouvait), avant de faire fonction en 1795 de Maison de l'Allaitement, puis en 1814 de Maternité.

Une demi-heure après, Germinie accouchait ; elle mit au monde une petite fille. On roula son lit dans une autre salle. Elle était là depuis plusieurs heures, abîmée dans ce doux affaissement de la délivrance qui suit les épouvantables déchirements de l'enfantement, tout heureuse et tout étonnée de vivre encore, nageant dans le soulagement et profondément pénétrée du vague bonheur d'avoir créé[1]. Tout à coup, un cri : – Je me meurs ! lui fit regarder à côté d'elle : elle vit une de ses voisines jeter ses bras autour du cou d'une élève sage-femme de garde, retomber presque aussitôt, remuer un instant sous les draps, puis ne plus bouger. Presque au même instant, d'un lit à côté, il s'éleva un autre cri horrible, perçant, terrifié, le cri de quelqu'un qui voit la mort : c'était une femme qui appelait avec des mains désespérées la jeune élève ; l'élève accourut, se pencha, et tomba raide évanouie par terre.

Alors le silence revint ; mais entre ces deux mortes et cette demi-morte que le froid du carreau mit plus d'une heure à faire revenir, Germinie et les autres femmes encore vivantes dans la salle restèrent sans même oser tirer la sonnette d'appel et de secours pendue dans chaque lit.

Il y avait alors à la Maternité une de ces terribles épidémies puerpérales qui soufflent la mort sur la fécondité humaine, un de ces empoisonnements de l'air qui vident, en courant, par rangées, les lits des accouchées[2], et qui autrefois faisaient fermer la Clinique : on croirait voir passer la peste, une peste qui noircit les visages en quelques heures, enlève tout, emporte les plus fortes, les plus jeunes, une peste qui sort des berceaux, la Peste noire des mères ! C'était tout autour de Germinie, à toute heure, la nuit surtout, des morts telles qu'en fait la fièvre de lait, des morts qui semblaient violer la nature, d'hallucination et de délire, des agonies auxquelles il fallait mettre la camisole de force de la folie, des agonies

---

1 C'est ici sans doute que prenait place un long développement que les Goncourt retirent « comme trop vrai » et recopient dans leur *Journal* à la date du 23 octobre 1864 : il s'agit de la conversation que saisit la parturiente entre deux élèves sages-femmes sur l'accouchement de la naine d'un cirque, engrossée par « l'hercule de la baraque ». Cet accouchement par césarienne justifiait la mention de la « lanterne violette » allumée à l'entrée de la Bourbe pour signaler un accouchement difficile. Le lecteur en trouvera le récit dans les Annexes (p. 423-424).

2 Cette fièvre puerpérale figure dans la partie du Carnet *La Fille Élisa*, où les Goncourt sténographient les confidences de Maria, leur maîtresse : « Renvoi après une épidémie, où il mourut 210 femmes dans la nuit, on vide la maison ». C'est Maria qui a échappé à l'épidémie, à laquelle échappe ici Germinie (voir R. Ricatte, *La Genèse de La Fille Élisa*, *op. cit.*, p. 175).

qui s'élançaient tout à coup, hors d'un lit, en emportant les draps, et faisaient frissonner toute la salle de l'idée de voir revenir les mortes de l'amphithéâtre ! La vie s'en allait là comme arrachée du corps. La maladie même y avait une forme d'horreur et une monstruosité d'apparence. Dans les lits, aux lueurs des lampes, les draps se soulevaient vaguement et horriblement, au milieu, sous les enflures de la péritonite.

Pendant cinq jours, Germinie, pelotonnée et se ramassant dans son lit, fermant comme elle pouvait les yeux et les oreilles, eut la force de combattre toutes ces terreurs et de n'y céder que par moments. Elle voulait vivre et elle se rattachait à ses forces par la pensée de son enfant, par le souvenir de mademoiselle. Mais le sixième jour, elle fut à bout d'énergie, son courage l'abandonna. Un froid lui passa dans l'âme. Elle se dit que tout était fini. Cette main que la mort vous pose sur l'épaule, le pressentiment de mourir, la touchait déjà. Elle sentait cette première atteinte de l'épidémie, la croyance de lui appartenir et l'impression d'en être déjà à demi possédé. Sans se résigner, elle s'abandonnait. À peine si sa vie, vaincue d'avance, faisait encore l'effort de se débattre. Elle en était là, lorsqu'une tête se pencha, comme une lumière, sur son lit.

C'était la tête de la plus jeune des élèves, une tête blonde, aux grands cheveux d'or, aux yeux bleus si doux que les mourantes voyaient le ciel s'y ouvrir. En l'apercevant, les femmes dans le délire disaient : – Tiens ! la sainte Vierge !

– Mon enfant, dit l'élève à Germinie, vous allez demander tout de suite votre permis. Il faut vous en aller. Vous vous mettrez bien chaudement. Vous vous garnirez bien... Aussitôt que vous serez chez vous couchée, vous prendrez quelque chose de bouillant, de la tisane, du tilleul... Vous tâcherez de suer... Comme ça, vous n'aurez pas de mal... Mais allez-vous-en... Ici, cette nuit, fit-elle en promenant son regard sur les lits, il ne ferait pas bon pour vous... Ne dites pas que c'est moi qui vous fait partir : vous me feriez mettre à la porte...

XXI

Germinie se rétablit en quelques jours. La joie et l'orgueil d'avoir donné le jour à une petite créature où sa chair était mêlée à la chair de l'homme qu'elle aimait, le bonheur d'être mère, la sauvèrent des suites d'une couche mal soignée. Elle revint à la santé, et elle eut à vivre un air de plaisir que sa maîtresse ne lui avait jamais vu.

Tous les dimanches, quelque temps qu'il fît, elle s'en allait sur les onze heures : mademoiselle croyait qu'elle allait voir une amie à la campagne, et elle était enchantée du bien que faisaient à sa bonne ces journées au grand air. Germinie prenait Jupillon qui se laissait emmener sans trop rechigner, et ils partaient pour Pommeuse[1] où était l'enfant, et où les attendait un bon déjeuner commandé par la mère. Une fois dans le wagon du chemin de fer de Mulhouse, Germinie ne parlait plus, ne répondait plus. Penchée à la portière, elle semblait avoir toutes ses pensées devant elle. Elle regardait, comme si son désir voulait dépasser la vapeur. Le train à peine arrêté, elle sautait, jetait son billet à l'homme des billets, et courait dans le chemin de Pommeuse, laissant Jupillon derrière elle. Elle approchait, elle arrivait, elle y était : c'était là ! Elle fondait sur son enfant, l'enlevait des bras de la nourrice avec des mains jalouses, – des mains de mère ! – le pressait, le serrait, l'embrassait, le dévorait de baisers, de regards, de rires ! Elle l'admirait un instant, Puis égarée, bienheureuse, folle d'amour le couvrait jusqu'au bout de ses petits pieds nus des tendresses de sa bouche. On déjeunait. Elle s'attablait l'enfant sur ses genoux, et ne mangeait pas : elle l'avait tant embrassé qu'elle ne l'avait pas encore vu, et elle se mettait à chercher, à détailler la ressemblance de la petite avec eux deux. Un trait était à lui, un autre à elle – C'est ton nez... c'est mes yeux... Elle aura les cheveux comme les tiens avec le temps... Ils friseront ! ... Vois-tu, voilà tes mains... c'est tout toi... Et c'était pendant des heures ce radotage intarissable et charmant des femmes qui veulent faire à un homme la part de leur fille. Jupillon se prêtait à tout cela sans trop d'impatience, grâce à des cigares à trois sous que Germinie tirait de sa poche et qu'elle lui donnait un

1 Pommeuse est une commune qui appartient au département de Seine-et-Marne dans la vallée du Grand Morin.

à un. Puis il avait trouvé une distraction : au bout du jardin passait le Morin. Jupillon était parisien : il aimait la pêche à la ligne.

Et l'été venu, ils se tenaient là toute la journée, au fond du jardin, au bord de l'eau, Jupillon sur une planche à laver jetée sur deux piquets, sa ligne à la main, Germinie, son enfant dans sa jupe, assise par terre sous le néflier penché sur la rivière. Le jour étincelait ; le soleil brûlait la grande eau courante d'où se levaient des éclairs de miroir. C'était comme une joie de feu du ciel et de la rivière, au milieu de laquelle Germinie tenait sa fille debout et la faisait piétiner sur elle, nue et rose, avec sa brassière écourtée, la peau tremblante de soleil par places, la chair frappée de rayons comme de la chair d'ange qu'elle avait vue dans les tableaux. Elle ressentait de divines douceurs, quand la petite avec ces mains tâtillonnantes des enfants qui ne parlent pas encore, lui touchait le menton, la bouche, les joues, s'obstinait à lui mettre les doigts dans les yeux, les arrêtait, en jouant, sur son regard, et promenait sur tout son visage le chatouillement et le tourment de ces chères petites menottes qui semblent chercher à l'aveuglette la face d'une mère : c'était comme si la vie et la chaleur de son enfant lui erraient sur la figure. De temps en temps, envoyant par-dessus la tête de la petite la moitié de son sourire à Jupillon, elle lui criait : – Mais regarde-la donc !

Puis, l'enfant s'endormait avec cette bouche ouverte qui rit au sommeil. Germinie se penchait sur son souffle ; elle écoutait son repos. Et peu à peu bercée à cette respiration d'enfant, elle s'oubliait délicieusement à regarder ce pauvre lieu de son bonheur, le jardin agreste, les pommiers aux feuilles garnies de petits escargots jaunes, aux pommes rosées du côté du midi, les *rames* où s'enroulaient, au pied, tordues et grillées, les tiges de pois, le carré de choux, les quatre tournesols dans le petit rond au milieu de l'allée. puis, tout près d'elle, au bord de la rivière, les places d'herbe remplies de *foirolle*[1], les têtes blanches des orties contre le mur, les boîtes de laveuses et les bouteilles d'eau de lessive, la botte de paille éparpillée par la folie d'un jeune chien sortant de l'eau. Elle regardait et rêvait. Elle songeait au passé, en ayant son avenir sur les genoux. De l'herbe, des arbres, de la rivière qui étaient là, elle refaisait, avec le souvenir, le rustique jardin de sa rustique enfance. Elle revoyait les deux pierres descendant à l'eau où sa mère, avant de la coucher, l'été, lui lavait les pieds quand elle était toute petite…

1 *Foirolle* : nom vulgaire de la mercuriale annuelle, plante purgative.

– Dites donc, père Remalard, dit, par une des plus chaudes journées d'août, Jupillon, posté sur sa planche, au bonhomme qui le regardait, – savez-vous que ça ne pique pas pour un liard avec le ver rouge ?

– Y faudrait de l'asticot, dit sentencieusement le paysan.

– Eh bien ! on se payera de l'asticot ! Père Remalard, faut avoir un mou de veau jeudi, vous m'accrocherez ça dans c't arbre... et dimanche nous verrons bien.

Le dimanche, Jupillon fit une pêche miraculeuse, et Germinie entendit la première syllabe sortir de la bouche de sa fille.

XXII

Le mercredi matin, en descendant, Germinie trouva une lettre pour elle. Dans cette lettre, écrite au revers d'une quittance de blanchisseur, la femme Remalard lui disait que son enfant était tombée malade presque aussitôt qu'elle était partie ; que depuis elle allait toujours plus mal ; qu'elle avait consulté le docteur ; qu'il lui avait parlé d'une mauvaise mouche qui avait piqué la petite ; qu'elle avait été la faire voir une seconde fois ; qu'elle ne savait plus que faire ; qu'elle avait fait faire des pèlerinages pour elle. La lettre finissait : « Si vous voyiez comme j'ai de l'embarras pour votre petite... si vous voyiez comme elle est gentille quand elle n'endure pas de mal ! »

Cette lettre fit à Germinie l'effet d'un grand coup qui vous pousse en avant. Elle sortit et se dirigea machinalement du côté du chemin de fer qui menait chez sa petite. Elle était en cheveux et en pantoufles ; mais elle n'y songeait pas. Il fallait qu'elle vît son enfant, qu'elle le vît tout de suite. Après, elle reviendrait. Elle pensa un moment au déjeuner de mademoiselle, puis l'oublia. Tout à coup, à mi-chemin dans la rue, elle vit l'heure à l'horloge d'un bureau de fiacres : elle se rappela qu'il n'y avait pas de départ à cette heure-là. Elle retourna sur ses pas, se dit qu'elle allait bâcler le déjeuner, puis qu'elle trouverait un prétexte pour être libre le reste de la journée. Mais le déjeuner servi, elle ne trouva rien : elle avait la tête si pleine de son enfant qu'elle ne put inventer un mensonge ; son imagination était stupide. Et puis, si elle avait parlé, demandé, elle aurait éclaté ; elle se sentait sur les lèvres : C'est pour voir ma petite ! La nuit, elle n'osa se sauver ; mademoiselle avait été un peu souffrante la nuit précédente : elle avait peur qu'elle n'eût besoin d'elle.

Le lendemain, quand elle entra chez mademoiselle avec une histoire imaginée la nuit, toute prête à lui demander à sortir, mademoiselle lui dit, en lisant la lettre qu'elle lui avait remontée de chez le portier : – Ah ! c'est ma vieille de Belleuse qui a besoin de toi toute la journée pour l'aider à ses confitures... Allons, mes deux œufs, en poste, et décampe... Hein, quoi, ça te chiffonne ?... Qu'est-ce qu'il y a ?

– Moi ?... mais pas du tout, eut la force de dire Germinie.

Tout ce long jour, elle le passa au feu des bassines, au ficèlement des pots, dans la torture des gens que la vie cloue loin du mal de ceux qu'ils aiment. Elle eut le déchirement des malheureux qui ne peuvent aller où sont leurs inquiétudes, et creusant jusqu'au fond le désespoir de l'éloignement et de l'incertitude, se figurent à toute minute qu'on va mourir sans eux.

En ne trouvant pas de lettre le jeudi soir, pas de lettre le vendredi matin, elle se rassura. Si la petite allait plus mal, la nourrice lui aurait écrit. La petite allait mieux ; elle se la figurait sauvée, guérie. Cela manque toujours de mourir, et cela reprend si vite, les enfants ! Et puis la sienne était forte. Elle se décida à attendre, à patienter jusqu'au dimanche dont elle n'était plus séparée que par quarante-huit heures, trompant le reste de ses craintes avec les superstitions qui disent oui à l'espérance, se persuadant que sa fille était « réchappée », parce que le matin la première personne qu'elle avait rencontrée était un homme, parce qu'elle avait vu dans la rue un cheval rouge, parce qu'elle avait deviné qu'un passant tournerait à telle rue, parce qu'elle avait remonté un étage en tant d'enjambées.

Le samedi, dans la matinée, en entrant chez la mère Jupillon, elle la trouva en train de pleurer de grosses larmes sur une motte de beurre qu'elle recouvrait d'un linge mouillé.

– Ah ! c'est vous, fit la mère Jupillon. Cette pauvre charbonnière !... J'en pleure, tenez ! Elle sort d'ici... C'est que vous ne savez pas... Ils ne peuvent se faire la figure propre dans leur état qu'avec du beurre... Et voilà que son amour de petite fille... Elle est à la mort, vous savez, ce chéri d'enfant... Ce que c'est que de nous ! Ah ! mon Dieu, oui... Eh bien ! elle lui a dit comme ça tout à l'heure : Maman, je veux que tu me débarbouilles au beurre, tout de suite... pour le bon Dieu... Hi ! Hi !

Et la mère Jupillon se mit à sangloter.

Germinie s'était sauvée. De la journée elle ne put tenir en place. À tout moment, elle montait dans sa chambre préparer les petites affaires qu'elle voulait apporter à sa petite le lendemain, pour la mettre « blanchement », lui faire une petite toilette de ressuscitée. Comme elle redescendait le soir pour aller coucher mademoiselle, Adèle lui remit une lettre qu'elle avait trouvée pour elle en bas.

XXIII

Mademoiselle avait commencé à se déshabiller, quand Germinie entra dans sa chambre, fit quelques pas, se laissa tomber sur une chaise, et presque aussitôt, après deux ou trois soupirs, longs, profonds, arrachés et douloureux, mademoiselle la vit, se renversant et se tordant, rouler à bas de la chaise et tomber à terre. Elle voulut la relever ; mais Germinie était agitée de mouvements convulsifs si violents que la vieille femme fut obligée de laisser retomber sur le parquet ce corps furieux dont tous les membres contractés et ramassés un moment sur eux-mêmes se lançaient à droite, à gauche, au hasard, partaient avec le bruit sec de la détente d'un ressort, jetaient à bas tout ce qu'ils cognaient. Aux cris de mademoiselle sur le carré, une bonne courut chez un médecin d'à côté qu'elle ne trouva pas ; quatre autres femmes de la maison aidèrent mademoiselle à enlever Germinie et à la porter sur le lit de sa chambre, où on l'étendit, après lui avoir coupé les lacets de son corset.

Les terribles secousses, les détentes nerveuses des membres, les craquements de tendons avaient cessé ; mais sur le cou, sur la poitrine que découvrait la robe dégrafée, passaient des mouvements ondulatoires pareils à des vagues levées sous la peau et que l'on voyait courir jusqu'aux pieds, dans un frémissement de jupe. La tête renversée, la figure rouge, les yeux pleins d'une tendresse triste, de cette angoisse douce qu'ont les yeux des blessés, de grosses veines se dessinant sous le menton, haletante et ne répondant pas aux questions, Germinie portait les deux mains à sa gorge, à son cou, et les égratignait ; elle semblait vouloir arracher de là la sensation de quelque chose montant et descendant au-dedans d'elle. Vainement on lui faisait respirer de l'éther, boire de l'eau de fleur d'oranger : les ondes de douleur qui passaient dans son corps continuaient à le parcourir ; et dans son visage persistait cette même expression de douceur mélancolique et d'anxiété sentimentale qui semblait mettre une souffrance d'âme sur la souffrance de chair de tous ses traits. Longtemps, tout parut blesser ses sens et les affecter douloureusement, l'éclat de la lumière, le bruit des voix, le parfum des choses. Enfin, au bout d'une heure, tout à coup des pleurs, un déluge s'échappant de ses yeux, emportait la terrible crise. Ce ne fut plus qu'un tressaillement de loin en loin, dans ce corps accablé, bientôt apaisé par la lassitude, par un brisement général. Il fallut porter Germinie dans sa chambre[1].

La lettre que lui avait remise Adèle, était la nouvelle de la mort de sa fille.

---

1 La crise d'*hysteria major* de Germinie transpose fidèlement les notes que les Goncourt prirent dans les traités médicaux contemporains : Landouzy, Brachet, Briquet. Elle s'organise en trois temps : la montée, le nœud, la résolution. Voir, dans le Carnet 45, ces notations dans le *Traité de l'hystérie* de Brachet [les numéros figurant dans le texte renvoient à ceux des pages de l'édition consultée par les Goncourt] : « 101 le col gonflé et agité du mouvement violent analogue aux efforts de déglutition que produirait la présence d'un corps étranger volumineux qu'on voudrait avaler. 1re observation 104 la sensation du globe, une heure et demie de crise ». Plus loin : « 121 outre cela cinq ou six fois par jour des spasmes hystériques plus denses, espèce de crise où les accidents étaient moins violents, crises d'un quart d'heure terminée par des pleurs abondants avec sanglots convulsifs. Assaillie d'une douleur excessivement aiguë qui paralysait momentanément sa vie, jetant un petit cri, restant après immobile et stupéfaite, il lui semblait qu'un instrument aigu était enfoncé dans cette partie ce qui lui faisait donner le nom de clou hystérique, au cœur ou à la tête. […]. 130 après la crise grisement général et constriction à la gorge feuille d'oranger. 140 crise où elle se roule par terre et renverse tout ce qu'elle rencontre. La face rouge vultueuse et horriblement convulsée ». Et encore : « 266 tête renversée, les mains égratignant et frottant le col comme si elle voulait enlever quelque chose après brisée avec des frémissements – qui leur parcourent tout le corps à intervalles. Accélération de la respiration » (voir Annexes).

XXIV

À la suite de cette crise, Germinie tomba dans un abrutissement de douleur. Pendant des mois, elle resta insensible à tout ; pendant des mois, envahie et remplie tout entière par la pensée du petit être qui n'était plus, elle porta dans ses entrailles la mort de son enfant comme elle avait porté sa vie. Tous les soirs, quand elle remontait dans sa chambre, elle tirait de la malle placée au pied de son lit le béguin[1] et la brassière de sa pauvre chérie. Elle les regardait, elle les touchait ; elle les étendait sur sa couverture ; elle restait des heures à pleurer dessus, à les baiser, à leur parler, à leur dire les mots qui font causer le chagrin d'une mère avec l'ombre d'une petite fille.

Pleurant sa fille, la malheureuse se pleurait elle-même. Une voix lui murmurait que, cet enfant vivant, elle était sauvée ; que cet enfant à aimer, c'était sa Providence[2] ; que tout ce qu'elle redoutait d'elle-même irait sur cette tête et s'y sanctifierait, ses tendresses, ses élancements, ses ardeurs, tous les feux de sa nature. Il lui semblait sentir d'avance son cœur de mère apaiser et purifier son cœur de femme. Dans sa fille elle voyait je ne sais quoi de céleste qui la rachèterait et la guérirait, comme un petit ange de délivrance, sorti de ses fautes pour la disputer et la reprendre aux influences mauvaises qui la poursuivaient et dont elle se croyait parfois possédée.

Quand elle commença à sortir de ce premier anéantissement de son désespoir, quand, la perception de la vie et la sensation des choses lui revenant, elle regarda autour d'elle avec des yeux qui voyaient, elle fut réveillée de sa douleur par une amertume plus aiguë.

Devenue trop grosse, trop lourde pour le service de sa crèmerie, et trouvant qu'elle avait encore trop à faire malgré tout ce que faisait Germinie, Mme Jupillon avait fait venir pour l'aider une nièce de son pays. C'était la jeunesse de la campagne que cette petite, une femme

1 Béguin : sorte de petit bonnet à trois pièces en toile ou en laine que l'on faisait porter aux très jeunes enfants (source : *TLF*).

2 Est ici restituée la manière dont se structure l'imaginaire du personnage : sa fille est « sa Providence », comme à la fin de ce chapitre, Jupillon est l'homme de son « Malheur ». Ce sont là des représentations populaires, qui rappellent cette « couleur que le peuple donne aux choses avec ses souvenirs du boulevard du Crime et ses lambeaux de mauvaises lectures » (chap. VI), mais c'est aussi un matériau esthétique que les romanciers ne se privent pas d'exploiter.

où il y avait encore de l'enfant, vive et vivace, les yeux noirs et pleins de soleil, les lèvres comme une chair de cerise, pleines, rondes et rouges, l'été de son pays dans le teint, la chaleur de la santé dans le sang. Ardente et naïve, la jeune fille était allée, aux premiers jours, vers son cousin, simplement, naturellement, par cette pente d'un même âge qui fait chercher la jeunesse à la jeunesse. Elle s'était jetée au-devant de lui avec l'impudeur de l'innocence, une effronterie candide, les libertés qu'apprennent les champs, la folie heureuse d'une riche nature, toutes sortes d'audaces, d'ignorances, d'ingénuités hardies et de coquetteries rustiques contre lesquelles la vanité de son cousin n'avait point su se défendre. À côté de cette enfant, Germinie n'eut plus de repos. La jeune fille la blessait à toutes les minutes, par sa présence, son contact, ses caresses, tout ce qui avouait l'amour dans son corps amoureux. L'occupation qu'elle avait de Jupillon, le service qui l'approchait de lui, les émerveillements de provinciale qu'elle lui montrait, les demi-confidences qu'elle laissait venir à ses lèvres, le jeune homme sorti, sa gaieté, ses plaisanteries, sa bonne humeur bien portante, tout soulevait en elle de sourdes colères ; tout blessait ce cœur entier et si jaloux que les animaux mêmes le faisaient souffrir en paraissant aimer quelqu'un qu'il aimait.

Elle n'osait parler à la mère Jupillon, lui dénoncer la petite, de peur de se trahir ; mais toutes les fois qu'elle se trouvait seule avec Jupillon, elle éclatait en récriminations, en plaintes, en querelles. Elle lui rappelait une circonstance, un mot, quelque chose qu'il avait fait, dit, répondu, un rien oublié par lui, et qui saignait toujours en elle. – Es-tu folle ? lui disait Jupillon, une gamine !… – Une gamine, ça ?… laisse donc ! qu'elle a des yeux que tous les hommes la regardent dans la rue !… L'autre jour je suis sortie avec elle… j'étais honteuse… je ne sais pas comment elle a fait, nous avons été suivies tout le temps par un monsieur… – Eh bien ! qu'est-ce qu'il y a ? Elle est jolie, voilà ! – Jolie ! Jolie ! Et sur ce mot Germinie se jetait, comme à coups de griffes, sur la figure de la jeune fille, et la déchirait en paroles enragées.

Souvent elle finissait par dire à Jupillon : – Tiens ! Tu l'aimes ! – Eh bien ! Après ? répondait Jupillon auquel ne déplaisaient pas ces disputes, la vue et le jeu de cette colère qu'il piquait avec des taquineries, l'amusement de cette femme qu'il voyait, sous ses sarcasmes et son sang-froid, perdre à demi la raison, s'égarer, trébucher dans un commencement de folie, donner de la tête contre les murs.

À la suite de ces scènes, qui se répétaient, revenaient presque chaque jour, une révolution se faisait dans ce caractère mobile, extrême et sans milieu, dans cette âme où les violences se touchaient. Longuement empoisonné, l'amour se décomposait et se tournait en haine. Germinie se mettait à détester son amant, à chercher tout ce qui pouvait le lui faire détester davantage. Et sa pensée revenant à sa fille, à la perte de son enfant, à la cause de sa mort, elle se persuadait que c'était lui qui l'avait tuée. Elle lui voyait des mains d'assassin. Elle le prenait en horreur, elle s'éloignait, se sauvait de lui comme de la malédiction de sa vie, avec l'épouvante qu'on a de quelqu'un qui est votre Malheur !

XXV

Un matin, après une nuit où elle avait retourné en elle toutes ses idées de désolation et de haine, entrant chez la crémière prendre ses quatre sous de lait, Germinie trouva dans l'arrière-boutique deux ou trois bonnes de la rue qui « tuaient le ver[1] ». Attablées, elles sirotaient des cancans et des liqueurs.

– Tiens ! dit Adèle, en frappant de son verre contre la table, te v'là déjà, mademoiselle de Varandeuil ?

– Qu'est-ce que c'est que ça ? fit Germinie en prenant le verre d'Adèle. J'en veux…

– T'as si soif que ça à ce matin ? De l'eau-de-vie et de l'absinthe, rien que ça !… le *mélo*[2] de mon *piou*[3], tu sais bien ? le militaire… il ne buvait que ça… C'est raide, hein ?

– Ah ! oui, dit Germinie avec le mouvement de lèvres et le plissement d'yeux d'un enfant auquel on donne un verre de liqueur au dessert d'un grand dîner.

---

1 « Tuer le ver », c'est boire à jeun un verre d'eau-de-vie ou de vin (par référence aux vertus supposées vermifuges de l'alcool). Dans *La Lorette*, la bonne de lorette « *tue le ver* » (voir *supra*, n.1 p. 98-99).

2 *Mélo*, en argot mis pour *mêlé-cassis* ou *mêlé-casse*, est un mélange d'eau-de-vie et de cassis (source : *TLF*).

3 *Piou*, pour *piou-piou*, langage argotique et enfantin : soldat.

– C'est bon tout de même… – Son cœur se levait. – Madame Jupillon… la bouteille par ici… je paye.

Et elle jeta de l'argent sur la table. Au bout de trois verres, elle cria : – Je suis *paf !* Et elle partit d'un éclat de rire.

Mlle de Varandeuil avait été ce matin-là toucher son petit semestre de rentes. Quand elle rentra à onze heures, elle sonna une fois, deux fois : rien ne vint. Ah ! se dit-elle, elle sera descendue. Elle ouvrit avec sa clef, alla à sa chambre, entra : les matelas et les draps de son lit en train d'être fait retombaient jetés sur deux chaises ; et Germinie était étendue en travers de la paillasse, dormant inerte, comme une masse, dans l'avachissement d'une soudaine léthargie.

Au bruit de mademoiselle, Germinie se releva d'un bond, passa sa main sur ses yeux : – Hein ? fit-elle, comme si on l'appelait ; son regard rêvait.

– Qu'est-ce qu'il y a ? fit Mlle de Varandeuil effrayée. Tu es tombée ? As-tu quelque chose ?

– Moi ! non, répondit Germinie, j'ai dormi Quelle heure est-il ? Ce n'est rien… Ah ! c'est bête…

Et elle se mit à fourrager la paillasse en tournant le dos à sa maîtresse pour lui cacher le rouge de la boisson sur son visage.

XXVI

Un dimanche matin, Jupillon s'habillait dans la chambre que lui avait meublée Germinie. Sa mère assise le contemplait avec cet ébahissement d'orgueil qu'ont les yeux des mères du peuple devant un fils qui se met en *monsieur*. – C'est que t'es mis comme le jeune homme du premier ! lui dit-elle. On dirait son paletot… C'est pas pour dire, mais le riche te va joliment, à toi…

Jupillon, en train de faire le nœud de sa cravate, ne répondit pas.

– Tu vas en faire, de ces malheureuses ! reprit la mère Jupillon, et donnant à sa voix un ton d'insinuation caressante : – Dis donc, bibi, que je te dise, grand mauvais sujet : les jeunesses qui fautent, tant pis pour elles ! ça les regarde, c'est leur affaire… Tu es un homme, n'est-ce pas ?… t'as l'âge, t'as le physique, t'as tout… Moi je peux pas toujours te tenir à l'attache… Alors, que je m'ai dit, autant l'une que l'autre… Va pour celle-là… Et j'ai fait celle qui ne voit rien… Eh bien ! oui, pour Germinie… Comme t'avais là ton agrément… Ça t'empêchait de manger ton argent avec de mauvaises femmes… et puis je n'y voyais pas d'inconvénients à cette fille, jusqu'à maintenant… Mais c'est plus ça à c't' heure… Ils font des histoires dans le quartier… un tas d'horreurs qu'ils disent sur nous… Des vipères, quoi !… Tout ça, nous sommes au-dessus, je sais bien… Quand on a été honnête toute sa vie, Dieu merci !… Mais on ne sait jamais ce qui retourne : mademoiselle n'aurait qu'à mettre le nez dans les affaires de sa bonne… Moi d'abord la justice, rien que l'idée, ça me retourne les sens… Qu'est-ce que tu dis de ça, hein, bibi ?

– Dame, maman… ce que tu voudras.

– Ah ! je savais bien que tu l'aimais, ta bonne chérie de maman ! fit en l'embrassant la monstrueuse femme. – Eh bien ! invite-la à dîner ce soir… Tu monteras deux bouteilles de notre Lunel[1]… du deux francs… de celui qui tape… Et qu'elle vienne sûr… Fais-lui des yeux… qu'elle croie que c'est aujourd'hui le grand jour… Mets tes beaux gants : tu seras plus révérend…

Le soir Germinie arriva sur les sept heures, tout heureuse, toute gaie, tout espérante, la tête remplie de rêves par l'air de mystère mis par Jupillon à l'invitation de sa mère. L'on dîna, l'on but, l'on rit. La mère Jupillon commença à laisser tomber des regards émus, mouillés, noyés sur le couple assis en face d'elle. Au café, elle dit, comme pour rester seule avec Germinie : – Bibi, tu sais que tu as une course à faire ce soir…

Jupillon sortit. Mme Jupillon, tout en prenant son café à petites gorgées, tourna alors vers Germinie le visage d'une mère qui demande le secret d'une fille, et enveloppe d'avance sa confession du pardon de ses indulgences. Un instant, les deux femmes restèrent ainsi, silencieuses, l'une attendant que l'autre parlât, l'autre ayant le cri de son cœur au bord de ses lèvres. Tout à coup Germinie s'élança de sa chaise et se précipita dans les bras de la grosse femme : – Si vous saviez, Madame Jupillon !…

Elle parlait, pleurait, embrassait. – Oh ! vous ne m'en voudrez pas !… Eh bien ! oui, je l'aime… j'en ai eu un enfant… C'est vrai, je l'aime… Voilà trois ans…

1 Le Lunel est un vin doux naturel produit à Lunel, dans l'Hérault.

À chaque mot, la figure de Mme Jupillon s'était refroidie et glacée. Elle écarta sèchement Germinie, et de sa voix la plus dolente, avec un accent de lamentation et de désolation désespérée, elle se mit à dire comme une personne qui suffoque : – Oh ! mon Dieu ! Vous !… me dire des choses comme ça !… à moi !… à sa mère !… en face ! Mon Dieu, faut-il !… Mon fils… un enfant… un innocent d'enfant ! Vous avez eu le front de me le débaucher !… Et vous me dites encore que c'est vous ! Non, ce n'est pas Dieu possible !… Moi qui avais si confiance… C'est à ne plus pouvoir vivre… Il n'y a donc plus de sûreté en ce monde !… Ah ! mademoiselle, tout de même, je n'aurais jamais cru ça de vous !… Bon ! voilà des choses qui me tournent… Ah ! tenez, ça me fait une révolution… je me connais, je suis capable d'en faire une maladie !

– Madame Jupillon ! madame Jupillon ! murmurait d'un ton d'imploration Germinie en se mourant de honte et de douleur sur la chaise où elle était retombée. Je vous demande pardon… Ç'a été plus fort que moi… Et puis je pensais… j'avais cru…

– Vous aviez cru !… Ah ! mon Dieu, vous aviez cru ! Qu'est-ce que vous aviez cru ? Vous la femme de mon fils, n'est-ce pas ? Ah ! Seigneur Dieu ! c'est-il possible, ma pauvre enfant ?

Et prenant, à mesure qu'elle lançait à Germinie de ces mots qui font plaie, une voix plus plaintive et plus gémissante, la mère Jupillon reprit : – Mais, ma pauvre fille, voyons, faut une raison… Qu'est-ce que j'ai toujours dit ? Que ça serait à faire, si vous aviez dix ans de moins sur votre naissance. Voyons, votre date, C'est 1820 que vous m'avez dit… et nous voilà en 49… Vous marchez sur vos trente ans, savez-vous, ma brave enfant… Tenez ! ça me fait mal de vous dire ça… Je voudrais tant ne pas vous faire de la peine… Mais il n'y a qu'à vous voir, ma pauvre demoiselle… Que voulez-vous ? C'est l'âge… Vos cheveux… on mettrait… on mettrait un doigt dans votre raie…

– Mais, dit Germinie en qui une noire colère commençait à gronder, ce qu'il me doit, votre fils ?… Mon argent ? L'argent que j'ai retiré de la caisse d'épargne, l'argent que j'ai emprunté pour lui, l'argent que j'ai…

– Ah ! de l'argent ? il vous doit ? Ah ! oui, ce que vous lui avez prêté pour commencer à travailler… Eh bien ! v'la-t-il pas ! Est-ce que vous croyez avoir affaire à des voleurs ? Est-ce qu'on a envie de vous le nier, votre argent, quoiqu'il n'y ait pas de papier… à preuve que l'autre jour… ça me revient… cet honnête homme d'enfant voulait faire l'écrit de ça au cas qu'il viendrait à mourir... Mais tout de suite, on est des filous, voilà, ça ne fait pas un pli ! Ah ! mon Dieu, si c'est la peine de vivre dans un temps comme ça ! Ah ! je suis bien punie de m'être attachée à vous ! Mais tenez, voilà que j'y vois clair à présent... Ah ! vous êtes politique, vous !... Vous avez voulu vous payer mon fils, et pour toute la vie !... Excusez ! Ah ! bien merci... C'est moins cher de vous le rendre, votre argent... Le reste d'un garçon de café !... mon pauvre cher enfant !... Dieu l'en préserve !

Germinie avait arraché de la patère son châle et son chapeau. Elle était dehors.

XXVII

Mademoiselle était assise dans son grand fauteuil au coin de la cheminée où dormait toujours un peu de braise sous les cendres. Son serre-tête noir, abaissé sur les rides de son front, lui descendait presque jusqu'aux yeux. Sa robe noire, en forme de fourreau, laissait pointer ses os, plissait maigrement sur la maigreur de son corps et tombait tout droit de ses genoux. Un petit châle croisé était noué derrière son dos à la façon des petites filles. Elle avait posé sur ses cuisses ses mains retournées et à demi ouvertes, de pauvres mains de vieille femme gauches et raidies, enflées aux articulations et aux nœuds des doigts par la goutte. Enfoncée dans la pose fléchie et cassée qui fait soulever la tête aux vieillards pour vous voir et vous parler, elle se tenait ramassée et comme enterrée dans tout ce noir d'où ne sortaient que son visage jauni par la bile des tons du vieil ivoire, et la flamme chaude de son regard brun[1]. À la voir, à voir ces yeux vivants et gais, ce corps misérable, cette robe de pauvreté, cette noblesse à porter l'âge en tous ses deuils, on eût cru voir une fée aux Petits-Ménages[2].

---

1 C'est ici un portrait que brossent les Goncourt, mais l'esthétisme de la description ne doit pas faire négliger la conciliation de l'enfance et de la vieillesse dans la représentation de Mlle de Varandeuil, ce qui, une fois encore et par un autre biais, lui confère cette dimension allégorique : elle incarne le Temps.

2 En 1554, fut construite à l'emplacement d'une ancienne maladrerie, l'Hospice des Petites-maisons, rue de la Chaise. On y accueillait des infirmes, des vieillards, des aliénés, des

Germinie était à côté d'elle. La vieille demoiselle se mit à lui dire :
– Il y est toujours le bourrelet sous la porte, hein, Germinie ?

– Oui, mademoiselle.

– Sais-tu, ma fille, reprit Mlle de Varandeuil après un silence, sais-tu que quand on est né dans un des plus beaux hôtels de la rue Royale… qu'on a dû posséder le Grand et le Petit-Charolais… qu'on a dû avoir pour campagne le château de Clichy-la-Garenne[1]… qu'il fallait deux domestiques pour porter le plat d'argent sur lequel on servait le rôti chez votre grand-mère… sais-tu qu'il faut encore pas mal de philosophie, – et mademoiselle se passa avec difficulté une main sur les épaules, – pour se voir finir ici… dans ce diable de nid à rhumatismes où, malgré tous les bourrelets du monde, il vous passe de ces gueux de courants d'air… C'est cela, ranime un peu le feu…

Et allongeant ses pieds vers Germinie agenouillée devant la cheminée, les lui mettant, en riant, sous le nez : – Sais-tu qu'il en faut pas mal de cette philosophie-là… pour porter des bas percés !… Bête ! ce n'est pas pour te gronder ; je sais bien, tu ne peux tout faire… Par exemple, tu pourrais bien faire venir une femme pour raccommoder… Ce n'est pas bien difficile… Pourquoi ne dis-tu pas à cette petite qui est venue l'année dernière ? Elle avait une figure qui me revenait.

– Oh ! elle était noire comme une taupe, mademoiselle.

– Bon ! j'étais sûre… Toi d'abord, tu ne trouves jamais personne de bien… Ce n'est pas vrai ça ? Mais est-ce que ce n'était pas une nièce à la mère Jupillon ? On pourrait la prendre un jour… deux jours par semaine…

– Jamais cette traînée-là ne remettra les pieds ici.

---

vénériens, des infirmes. En 1801, l'établissement est transformé en maison de retraite et devient l'Hospice des Ménages ou Petits-Ménages. En 1861, les bâtiments sont démolis et l'hospice transféré à Issy.

1 C'est au château de Clichy que Mme Récamier tint son salon au début du XIXe siècle. Il s'agit surtout ici d'un souvenir personnel : Élisabeth Lenoir de Sérigny, grand-mère de Cornélie Lebas de Courmont, fut la propriétaire du château de Clichy. Ainsi, dans le *Journal*, est évoquée la visite de 1er janvier à Cornélie, leur « vieille cousine » : « Elle est […] la petite-fille d'une femme qui avait trois millions, le grand et le petit hôtel de Charolais, le château de Clichy-Bondy, des plats d'argent pour le rôti de gibier que deux domestiques avaient peine à porter : tout cela est devenu des assignats et cette Élisabeth Lenoir, cette *fille d'argent*, comme alors on disait, que M. de Courmont avait épousée pour sa fortune est morte dans un grenier avec un vieux chien, enterrée dans la fosse commune. – Ma cousine : plus qu'une petite rente viagère et une place au cimetière Montmartre, payée d'avance et bien à elle » (1er janvier 1857, *Journal*, Champion, t. I, p. 345).

– Allons, encore des histoires ! Tu es étonnante toi pour adorer les gens, et puis ne plus pouvoir les voir… Qu'est-ce qu'elle t'a fait ?

– C'est une perdue, je vous dis.

– Bah ! qu'est-ce que ça fait à mon linge !

– Mais, mademoiselle…

– Eh bien ! trouves-m'en une autre… je n'y tiens pas à celle-là… Mais trouves-m'en une.

– Oh ! les femmes qu'on fait venir ne travaillent pas… je vous raccommoderai, moi… Il n'y a besoin de personne.

– Toi ?… Oh ! si nous comptons sur ton aiguille !… dit gaiement mademoiselle ; et puis est-ce que la mère Jupillon te laissera jamais le temps…

– Mme Jupillon ?… Ah ! pour la poussière que je ferai maintenant chez elle !…

– Bah ! Comment ? Elle aussi ! la voilà dans les lanlaire[1] ?… Oh ! Oh ! Dépêche-toi de faire une autre connaissance, car sans cela, bon Dieu de Dieu ! nous allons avoir de vilains jours !

XXVIII

L'hiver de cette année dut assurer à Mlle de Varandeuil une part de paradis. Elle eut à subir tous les contrecoups du chagrin de sa bonne, le tourment de ses nerfs, la vengeance de ses humeurs contrariées, aigries, et où les approches du printemps allaient bientôt mettre cette espèce de folie méchante que donnent aux sensibilités maladives la saison critique, le travail de la nature, la fécondation inquiète et irritante de l'été.

Germinie se mit à avoir des yeux essuyés qui ne pleuraient plus, mais qui avaient pleuré. Elle eut un éternel : – Je n'ai rien, mademoiselle, – dit de cette voix sourde qui étouffe un secret. Elle prit des poses muettes et désolées, des attitudes d'enterrement, de ces airs avec lesquels le corps d'une femme dégage de la tristesse et fait un ennui de son ombre. Avec

1 *Envoyer quelqu'un (faire, se faire) lanlaire* : envoyer au diable, envoyer promener (une personne importune). Le parler de Mlle de Varandeuil, souvent populaire, est aussi un parler inventif.

sa figure, son regard, sa bouche, les plis de sa robe, sa présence, avec le bruit qu'elle faisait en travaillant dans la pièce à côté, avec son silence même, elle enveloppait mademoiselle du désespoir de sa personne. Au moindre mot, elle se hérissait. Mademoiselle ne pouvait plus lui adresser une observation, lui demander la moindre chose, témoigner une volonté, un désir : tout était pris par elle comme un reproche. Elle avait là-dessus des sorties farouches. Elle grognait en pleurant : – Ah ! je suis bien malheureuse ! je vois bien que mademoiselle ne m'aime plus ! Sa *grippe* contre les gens trouvait des bougonnements sublimes : – Elle vient toujours quand il pleut, celle-là ! disait-elle, pour un peu de crotte laissé sur le tapis par Mme de Belleuse. La semaine du jour de l'an, cette semaine où tout ce qui restait de parents et d'alliés à Mlle de Varandeuil montait sans exception, les plus riches comme les plus pauvres, ses cinq étages, et attendait à sa porte, sur le carré, pour se relayer sur les six chaises de sa chambre, Germinie redoubla de sa mauvaise humeur, de remarques impertinentes, de plaintes maussades. À tout moment, forgeant des torts à sa maîtresse, elle la punissait par un mutisme que rien ne pouvait rompre. Alors c'étaient des rages d'ouvrage. Tout autour d'elle mademoiselle entendait à travers les cloisons des coups de balai et de plumeau furieux, des frottements, des battements saccadés, le travail nerveux de la domestique qui semble dire en malmenant les meubles : – Eh bien, on le fait ton ouvrage !

Les vieilles gens sont patients avec les anciens domestiques. L'habitude, la volonté qui s'éteint, l'horreur du changement, la crainte des nouveaux visages, tout les dispose à des faiblesses, à des concessions, à des lâchetés. Malgré sa vivacité, sa facilité à s'emporter, à éclater, à jeter feu et flamme mademoiselle ne disait rien. Elle avait l'air de ne rien voir. Elle faisait semblant de lire quand Germinie entrait. Elle attendait, racoquinée dans son fauteuil, que l'humeur de sa bonne se passât ou crevât. Elle baissait le dos sous l'orage ; elle n'avait contre sa bonne, ni un mot, ni une pensée d'amertume. Elle la plaignait seulement, pour la faire autant souffrir.

C'est que Germinie n'était pas une bonne pour Mlle de Varandeuil, elle était le Dévouement qui devait lui fermer les yeux. Cette vieille femme isolée et oubliée par la mort, seule au bout de sa vie, traînant ses affections de tombe en tombe, avait trouvé sa dernière amie dans sa domestique. Elle avait mis son cœur sur elle comme sur une fille d'adoption, et elle était malheureuse surtout de ne pouvoir la consoler. D'ailleurs, par instants, du fond de ses mélancolies sombres et de ses humeurs mauvaises, Germinie lui revenait et se jetait à genoux devant sa bonté. Tout à coup, pour un rayon de soleil, pour une chanson de mendiant, pour un de ces riens qui passent dans l'air et détendent l'âme, elle fondait en larmes et en tendresses ; c'étaient des effusions brûlantes, un bonheur d'embrasser, comme une joie de revivre qui effaçait tout. D'autres fois, c'était pour un bobo de mademoiselle ; la vieille bonne se retrouvait aussitôt avec le sourire de son visage et la douceur de ses mains. Quelquefois, dans ces moments-là, mademoiselle lui disait : – Voyons, ma fille… tu as quelque chose… Voyons, dis ? Et Germinie répondait – Non, mademoiselle, c'est le temps… – Le temps ! répétait mademoiselle d'un air de doute, le temps…

XXIV

Par une soirée de mars, la mère et le fils Jupillon causaient, au coin du poêle de leur arrière-boutique.

Jupillon venait de tomber au sort[1]. L'argent que la mère avait mis de côté pour le racheter avait été mangé par six mois de mauvaises affaires, par des crédits à des lorettes de la rue, qui avaient mis un beau matin la clef sous le paillasson de leur porte. Lui-même, en mauvaises affaires, était sous le coup d'une saisie. Dans la journée, il était allé demander à un ancien patron de lui avancer de quoi s'acheter un homme. Mais le vieux parfumeur ne lui pardonnait pas de l'avoir quitté et de s'être établi : il avait refusé net.

La mère Jupillon désolée se lamentait en larmoyant. Elle répétait le numéro tiré par son fils : – Vingt-deux ! Vingt-deux !… Et elle disait : – Je t'avais pourtant cousu dans ton paletot une araignée noire, *velouteuse*, avec sa toile !… Ah ! j'aurais bien plutôt dû faire comme on m'avait dit, te mettre ton béguin avec lequel on t'a baptisé… Ah ! le bon Dieu

1 C'est-à-dire qu'il venait de tirer un mauvais numéro qui lui signifiait son incorporation dans l'armée, pour la durée du service militaire. Celui qui avait ainsi tiré un mauvais numéro, pouvait se payer un remplaçant.

n'est pas juste !… Et le fils de la fruitière qui en a eu de bon !… Soyez donc honnête !… Et ces deux coquines du 18 qui lèvent justement le pied avec mon argent !… je crois bien qu'elles m'en donnaient de ces poignées de main… Elles me refont de plus de sept cents francs, sais-tu ? Et la moricaude d'en face… et cette affreuse petite qui avait le front de manger des pots de fraises de vingt francs… ce qu'elles m'en emportent encore, celles-là ! Mais va, tu n'es pas encore parti, tout de même… je vendrai plutôt la crèmerie… je me remettrai en service, je ferai la cuisine, je ferai des ménages, je ferai tout … Pour toi, mais je tirerais de l'argent d'un caillou !

Jupillon fumait et laissait dire sa mère. Quand elle eut fini : – Assez causé ! maman… tout ça, c'est des mots, fit-il. Tu te tourmentes la digestion, ce n'est pas la peine… Tu n'as besoin de rien vendre… t'as pas besoin de te fouler… je me rachèterai et sans que ça te coûte un sou, veux-tu parier ?

– Jésus ! fit Mme Jupillon.

– J'ai mon idée.

Et après un silence, Jupillon reprit : Je n'ai pas voulu te contrarier, à cause de Germinie… tu sais, lors des histoires… t'as cru qu'il était temps de me la casser avec elle… qu'elle nous ferait des affaires… et tu l'as flanquée à la porte, raide… Moi, ce n'était pas mon plan… je trouvais qu'elle n'était pas si mauvaise que cela pour le beurre de la maison… Mais enfin, t'as cru bien faire… Et puis, peut-être, au fait, tu as bien fait : au lieu de la calmer, tu l'as chauffée pour moi… mais chauffée… je l'ai rencontrée une ou deux fois… elle est d'un changé… Elle sèche, quoi !

– Mais tu sais bien, elle n'a plus le sou…

– À elle, je ne dis pas… Mais què que ça fait ? Elle trouvera… Elle est encore bonne pour 2300 balles, va !

– Et si tu es compromis ?

– Oh ! elle ne les volera pas…

– Savoir !

– Eh bien ! ça ne sera qu'à sa maîtresse… Est-ce que tu crois que sa Mademoiselle la fera pincer pour ça ? Elle la chassera, et puis ça restera là… Nous lui conseillerons de prendre l'air d'un autre quartier… voilà… et nous ne la verrons plus… Mais ce serait trop bête qu'elle vole… Elle s'arrangera, elle cherchera, elle se retournera… Je ne sais pas comment, par exemple, mais tu comprends, ça la regarde. C'est le moment de montrer ses talents... Au fait, tu ne sais pas, on dit que sa vieille est souffrante... Si elle venait à s'en aller, cette bonne demoiselle, et qu'elle lui laisse tout le bibelot, comme ça court dans le quartier... hein ? m'man, ça serait encore pas mal bête de l'avoir envoyée à la balançoire ? Il faut mettre des gants, vois-tu, m'man, quand c'est des personnes auxquelles il peut tomber comme ça quatre ou cinq mille livres de rente sur le casaquin[1]...

– Ah ! mon Dieu... qu'est-ce que tu me dis ! Mais après la scène que je lui ai faite... oh ! non, elle ne voudra jamais revenir ici.

– Eh bien ! moi je te la ramènerai... et pas plus tard que ce soir, fit Jupillon en se levant, et roulant une cigarette entre les doigts : – Tu sais, dit-il à sa mère, pas d'excuses, c'est inutile... Et de la froideur... Aie l'air de la recevoir seulement pour moi, par faiblesse... On ne sait pas ce qui peut arriver : faut toujours se garder à carreau[2].

XXX

Jupillon se promenait de long en large, sur le trottoir, devant la maison de Germinie, quand Germinie sortit.

– Bonsoir, Germinie, lui dit-il dans le dos.

Elle se retourna comme sous un coup, et fit instinctivement en avant, sans lui répondre, deux ou trois pas qui se sauvaient.

– Germinie !

Jupillon ne lui dit que cela, sans bouger, sans la suivre. Elle revint à lui comme une bête ramenée à la main et dont on retire la corde.

– Quoi ? fit-elle. C'est-il encore de l'argent, hein ?... ou des sottises de ta mère à me dire ?

– Non, c'est que je m'en vais, lui dit Jupillon d'un air sérieux. Je suis tombé au sort !... et je pars.

– Tu pars ? dit-elle. Ses idées avaient l'air de n'être pas éveillées.

1 *Tomber sur le casaquin* : tomber sur quelqu'un à l'improviste. Un casaquin est une petite veste d'homme ou de femme. Germinie peut hériter de sa maîtresse.

2 *Se garder, se tenir à carreau* : être sur ses gardes ; rester sur la réserve, se tenir coi (source : *TLF*).

– Tiens, Germinie, reprit Jupillon… je t'ai fait de sais la peine… je n'ai pas été gentil avec toi… je sais bien… Il y a eu un peu de ma cousine… Qu'est-ce que tu veux ?

– Tu pars ? reprit Germinie en lui prenant le bras. Ne mens pas… tu pars ?

– Puisque je te dis qu'oui… et que c'est vrai… je n'attends plus que ma feuille de route… Il faut plus de deux mille francs pour un homme cette année… On dit qu'il va y avoir la guerre : enfin, c'est une chance…

Et, tout en parlant, il faisait descendre la rue à Germinie.

– Où me mènes-tu ? lui dit-elle.

– Chez m'man donc… pour qu'on se raccommode toutes les deux, et que ça finisse, les histoires…

– Après ce qu'elle m'a dit ? Jamais !

Et Germinie repoussa le bras de Jupillon.

– Alors si c'est comme ça, adieu…

Et Jupillon leva sa casquette.

– Faudra-t-il que je t'écrive du régiment ?

Germinie eut un instant de silence, un moment d'hésitation. Puis brusquement : – Marchons, dit-elle, et faisant signe à Jupillon de marcher à côté d'elle, elle remonta la rue.

Tous deux se mirent à aller à côté l'un de l'autre, sans rien se dire. Ils arrivèrent à une route pavée qui se reculait et s'allongeait éternellement entre deux lignes de réverbères, entre deux rangées d'arbres tortillés jetant au ciel une poignée de branches sèches et plaquant à de grands murs plats leur ombre immobile et maigre. Là, sous le ciel aigu et glacé d'une réverbération de neige, ils marchaient longtemps, s'enfonçant dans le vague, l'infini, l'inconnu d'une rue qui suit toujours le même mur, les mêmes arbres, les mêmes réverbères, et conduit toujours à la même nuit. L'air humide et chargé qu'ils respiraient sentait le sucre, le suif et la charogne. Par moments, il leur passait comme un flamboiement devant les yeux : c'était une tapissière[1] dont la lanterne donnait sur des bestiaux éventrés et des carrés de viande saignante jetés sur la croupe d'un cheval blanc : ce feu sur ces chairs, dans l'obscurité, ruisselait en incendie de pourpre, en fournaise de sang.

1 Tapissière : voiture légère, hippomobile, utilisée pour le transport des meubles, des tapis et de diverses marchandises.

– Eh bien ! as-tu fait tes réflexions ? fit Jupillon. Ce n'est pas gai, sais-tu ? ta petite avenue Trudaine[1].

– Marchons, répondit Germinie.

Et elle recommença, sans parler, sa marche saccadée, violente, agitée de tous les tumultes de son âme. Ses pensées passaient dans ses gestes. L'égarement venait à son pas, la folie à ses mains. Par moments, elle avait, derrière elle, l'ombre d'une femme de la Salpêtrière[2]. Deux ou trois passants s'arrêtèrent un instant, la regardèrent, puis, comme ils étaient de Paris, passèrent.

Tout à coup elle s'arrêta, et faisant un geste de résolution : – Ah ! mon Dieu, une épingle de plus dans la pelote, fit-elle. – Allons !

Et elle prit le bras de Jupillon.

– Oh ! je sais bien, lui dit Jupillon quand ils furent près de la crémerie, ma mère n'a pas été juste pour toi. Vois-tu, elle a été trop honnête toute sa vie, cette femme… Elle ne sait pas, elle ne comprend pas… Et puis, tiens, je vais te dire, moi, le fond de tout : c'est qu'elle m'aime tant qu'elle est jalouse des femmes qui m'aiment… Entre donc, va !

Et il la poussa dans les bras de Mme Jupillon qui l'embrassa, lui marmotta quelques paroles de regret, et se dépêcha de pleurer pour se tirer d'embarras et faire la scène plus attendrissante.

Tout ce soir-là, Germinie resta les yeux fixés sur Jupillon, l'effrayant presque avec son regard.

– Allons, lui dit-il en la reconduisant, ne sois donc pas bonnet de nuit comme ça… Il faut une philosophie en ce monde… Eh bien ! me voilà soldat… voilà tout ! On n'en revient pas toujours, c'est vrai… Mais enfin… Tiens ! je veux que nous nous amusions, les quinze jours qui me restent… parce que c'est autant de pris… et que si je ne reviens pas… Eh bien ! je t'aurai au moins laissé sur un bon souvenir de moi…

Germinie ne répondit rien.

---

1 L'avenue Trudaine commence rue de Rochechouart et se termine rue des Martyrs, dans le IXe arrondissement. Elle longeait, au nord, l'abattoir de Montmartre.

2 À son ouverture, en 1656, l'Hôpital de la Salpêtrière s'impose comme le plus grand lieu d'enfermement des femmes, et cela jusqu'à la Révolution, où il est consacré au traitement de la folie. Jusqu'alors la Salpêtrière est une maison de force pour femmes. On y soignera tout au long du XIXe siècle, à la suite des travaux de Philippe Pinel qui en prend la direction en 1795, les démentes, les mélancoliques, les épileptiques, les vieilles indigentes, les syphilitiques (c'est là que vient mourir la duchesse de Sierra-Leone de Barbey d'Aurevilly, dans *La Vengeance d'une femme*), puis les hystériques.

XXXI

De huit jours, Germinie ne remit pas les pieds dans la boutique.

Les Jupillon, ne la voyant pas revenir, commençaient à désespérer. Enfin, un soir, sur les dix heures et demie, elle poussa la porte, entra sans dire bonjour ni bonsoir, alla à la petite table où étaient assis la mère et le fils à demi sommeillants, posa sous sa main, fermée avec un serrement de griffe, un vieux morceau de toile qui sonna.

– Voilà ! fit-elle.

Et lâchant les coins du morceau de toile, elle répandit ce qui était dedans : il coula sur la table de gras billets de banque récoltes par-derrière, rattachés avec des épingles, de vieux louis à l'or verdi, des pièces de cent sous toutes noires, des pièces de quarante sous, des pièces de dix sous, de l'argent de pauvre, de l'argent de travail, de l'argent de tirelire, de l'argent sali par des mains sales, fatigué dans le porte-monnaie de cuir, usé dans le comptoir plein de sous, – de l'argent sentant la sueur. Un moment, elle regarda tout ce qui était étalé comme pour se convaincre les yeux ; puis avec une voix triste et douce, la voix de son sacrifice, elle dit seulement à Mme Jupillon :

– Ça y est… C'est les deux mille trois cents francs… pour qu'il se rachète…

– Ah ! ma bonne Germinie ! fit la grosse femme en suffoquant sous une première émotion ; elle se jeta au cou de Germinie qui se laissa embrasser. Oh ! vous allez prendre quelque chose avec nous, une tasse de café…

– Non, merci, dit Germinie, je suis rompue… Dame ! j'ai eu à courir, allez, pour les trouver… je vais me coucher… Une autre fois…

Et elle sortit.

Elle avait eu « à courir », comme elle disait, pour rassembler une pareille somme, réaliser cette chose impossible : trouver deux mille trois cents francs, deux mille trois cents francs dont elle n'avait pas les premiers cinq francs ! Elle les avait quêtés, mendiés, arrachés pièce à pièce, presque sou à sou. Elle les avait ramassés, grattés ici et là, sur les uns, sur les autres, par emprunts de deux cents, de cent francs, de cinquante francs, de vingt francs, de ce qu'on avait voulu. Elle avait emprunté à son portier, à son épicier, à sa fruitière, à sa marchande de volaille, à sa blanchisseuse ; elle avait emprunté aux fournisseurs du quartier, aux fournisseurs des quartiers qu'elle avait d'abord habités avec mademoiselle. Elle avait fait entrer dans la somme tous les argents, jusqu'à la misérable monnaie de son porteur d'eau. Elle avait quémandé partout, extorqué humblement, prié, supplié, inventé des histoires, dévoré la honte de mentir et de voir qu'on ne la croyait pas. L'humiliation d'avouer qu'elle n'avait pas d'argent placé, comme on le croyait et comme par orgueil elle le laissait croire, la commisération de gens qu'elle méprisait, les refus, les aumônes, elle avait tout subi, essuyé ce qu'elle n'aurait pas essuyé pour trouver du pain, et non une fois auprès d'une personne, mais auprès de trente, de quarante, auprès de tous ceux qui lui avaient donné ou dont elle avait espéré quelque chose.

Enfin cet argent, elle l'avait réuni ; mais il était son maître et la possédait pour toujours. Elle appartenait aux obligations qu'elle avait aux gens, au service que lui avaient rendu ses fournisseurs en sachant bien ce qu'ils faisaient. Elle appartenait à sa dette, à ce qu'elle aurait à payer chaque année. Elle le savait ; elle savait que tous ses gages y passeraient, qu'avec les arrangements usuraires laissés par elle au gré de ces créanciers, les reconnaissances exigées par eux, les trois cents francs de mademoiselle ne feraient guère que payer les intérêts des deux mille trois cents francs de son emprunt. Elle savait qu'elle devrait, qu'elle devrait toujours, qu'elle était à jamais vouée aux privations, à la gêne, à tous les retranchements de l'entretien, de la toilette. Sur les Jupillon, elle n'avait pas beaucoup plus d'illusions que sur son avenir. Son argent avec eux était perdu, elle en avait le pressentiment. Elle n'avait pas même fait le calcul que ce sacrifice toucherait le jeune homme. Elle avait agi d'un premier mouvement. On lui aurait dit de mourir pour qu'il ne partît pas, qu'elle fût morte. L'idée de le voir militaire, cette idée du champ de bataille, du canon, des blessés, devant laquelle, de terreur, la femme ferme les yeux, l'avait décidée à faire plus que mourir : à vendre sa vie pour cet homme, à signer pour lui sa misère éternelle !

XXXII

C'est un effet ordinaire des désordres nerveux de l'organisme de dérégler les joies et les peines humaines, de leur ôter la proportion et l'équilibre, et de les pousser à l'extrémité de leur excès. Il semble que, sous l'influence de cette maladie d'impressionnabilité, les sensations aiguisées, raffinées, spiritualisées, dépassent leur mesure et leur limite naturelles, atteignent au-delà d'elles-mêmes, et mettent une sorte d'infini dans la jouissance et la souffrance de la créature. Maintenant les rares joies qu'avait encore Germinie étaient des joies folles, des joies dont elle sortait ivre et avec les caractères physiques de l'ivresse. – Mais, ma fille, ne pouvait s'empêcher de lui dire mademoiselle, on croirait que tu es grise. – Pour une fois qu'on s'amuse, répondait Germinie, mademoiselle vous le fait bien payer. Et quand elle retombait dans ses peines, dans ses chagrins, dans ses inquiétudes, c'était une désolation plus intense encore, plus furieuse et délirante que sa gaieté.

Le moment était arrivé où la terrible vérité, entrevue, puis voilée par des illusions dernières, finissait par apparaître à Germinie. Elle voyait qu'elle n'avait pu attacher Jupillon par le dévouement de son amour, le dépouillement de tout ce qu'elle avait, tous ces sacrifices d'argent qui engageaient sa vie dans l'embarras et les transes d'une dette impossible à payer. Elle sentait qu'il lui apportait à regret son amour, un amour où il mettait l'humiliation d'une charité. Quand elle lui avait annoncé qu'elle était une seconde fois grosse, cet homme, qu'elle allait faire encore père, lui avait dit : – Eh bien ! c'est amusant les femmes comme toi ! toujours pleine ou fraîche vide alors !... Il lui venait les idées, les soupçons qui viennent au véritable amour quand on le trompe, les pressentiments de cœur qui disent aux femmes qu'elles ne sont plus seules à posséder leur amant, et qu'il y en a une autre parce qu'il doit y en avoir une autre.

Elle ne se plaignait plus, elle ne pleurait plus, elle ne récriminait plus. Elle renonçait à une lutte avec cet homme armé de froideur, qui savait si bien, avec ses ironies glacées de voyou, outrager sa passion, sa déraison, ses folies de tendresse. Et elle se mettait à attendre dans une angoisse résignée, quoi ? Elle ne savait : peut-être qu'il ne voulût plus d'elle !

Navrée et silencieuse, elle épiait Jupillon ; elle le guettait, elle le surveillait ; elle essayait de le faire parler, en jetant des mots dans ses distractions. Elle tournait autour de lui, ne voyait, ne saisissait, ne surprenait rien, et cependant elle restait persuadée qu'il y avait quelque chose et que ce qu'elle craignait était vrai : elle sentait une femme dans l'air.

Un matin, comme elle était descendue de meilleure heure qu'à son habitude, elle l'aperçut à quelques pas devant elle sur le trottoir. Il était habillé ; il se regardait en marchant. De temps en temps, pour voir le vernis de ses bottes, il levait un peu le bas de son pantalon. Elle se mit à le suivre. Il allait tout droit sans se retourner. Elle arriva derrière lui à la place Breda[1]. Il y avait sur la place, à côté de la station de voitures, une femme qui se promenait. Germinie ne la voyait que de dos. Jupillon alla à elle, la femme se retourna ; c'était sa cousine. Ils se mirent à marcher à côté l'un de l'autre, allant et revenant sur la place ; puis par la rue Breda ils se dirigèrent vers la rue de Navarin[2]. Là, la jeune fille prit le bras de Jupillon, ne s'appuya pas d'abord, puis peu à peu, à mesure qu'ils allaient, elle s'inclina avec le mouvement d'une branche qu'on fait plier et se laissa aller à lui. Ils marchaient lentement, si lentement, que Germinie était parfois forcée de s'arrêter pour ne pas être trop près d'eux. Ils montèrent la rue des Martyrs, traversèrent la rue de la Tour-d'Auvergne[3], descendirent la rue Montholon[4]. Jupillon parlait ; la cousine ne disait rien, écoutait Jupillon, et, distraite comme une femme qui respire un bouquet, allait en jetant de côté de temps en temps un petit regard vague, un petit coup d'œil d'enfant qui a peur.

Arrivés à la rue Lamartine[5] devant le passage des Deux-Sœurs, ils tournèrent sur eux-mêmes ; Germinie n'eut que le temps de se jeter

---

1 Place Breda : comme la rue du même nom, elle a aujourd'hui disparu. Rue Breda et place Breda appartenaient au secteur compris entre Notre-Dame de Lorette et Pigalle, soit le quartier des lorettes.

2 La rue de Navarin, située dans le IXe arrondissement, a été ouverte en 1830 et a pris le nom de la victoire remportée par les escadres française, anglaise et russe sur la flotte turco-égyptienne, le 20 octobre 1827.

3 La rue de la Tour d'Auvergne débute rue de Maubeuge et se termine rue des Martyrs.

4 Rue Montholon : rue ouverte en 1780, elle commence rue du Faubourg Poissonnière et se termine au croisement de la rue Cadet et de la rue de Rochechouart.

5 Rue Lamartine : cette ancienne rue Coquenard, devenue rue Notre-Dame de Lorette de 1750 à la Révolution, reçut le nom de Lamartine en 1848. Le Passage des Deux-Sœurs, voie privée créée en 1780, doit son nom aux deux sœurs Deveau, propriétaires de son terrain. Dans la filature de Germinie, les indications toponymiques contribuent à dramatiser

dans une porte d'allée. Ils passèrent sans la voir. La petite était sérieuse et paresseuse à marcher. Jupillon lui parlait dans le cou. Un moment ils s'arrêtèrent : Jupillon faisait de grands gestes ; la jeune fille regardait fixement le pavé. Germinie crut qu'ils allaient se quitter ; mais ils se remirent à marcher ensemble et firent quatre ou cinq tours, revenant et repassant devant le passage. À la fin, ils y entrèrent. Germinie s'élança de sa cachette, bondit sur leurs pas. De la grille du passage elle vit un bout de robe disparaître dans la porte d'un petit hôtel meublé, à côté d'une boutique de liquoriste. Elle courut à cette porte, regarda dans l'escalier, ne vit plus rien… Alors tout son sang lui monta à la tête avec une idée, une seule idée que répétait sa bouche idiote : – Du vitriol !… du vitriol !… du vitriol ! Et sa pensée devenant instantanément l'action même de sa pensée, son délire la transportant tout à coup dans son crime, elle montait l'escalier avec la bouteille bien cachée sous son châle ; elle frappait à la porte très fort, et toujours… On finissait par venir ; il entrebâillait la porte… Elle ne lui disait ni son nom ni rien… Elle passait sans s'occuper de lui… Elle était forte à le tuer ! et elle allait au lit, à *elle !* Elle lui prenait le bras, elle lui disait : Oui, c'est moi…tu vas voir[1] ! Et sur sa figure, sur sa gorge, sur sa peau, sur tout ce qu'elle avait de jeune et d'orgueilleux, de beau pour l'amour, Germinie voyait le vitriol marquer, brûler, creuser, bouillonner, faire quelque chose d'horrible[2] qui l'inondait de joie ! La bouteille était vide, et elle riait !… Et, dans son affreux rêve, son corps aussi rêvant, ses pieds se mirent à marcher. Son pas alla devant elle, descendit le passage, prit la rue, la mena chez un épicier. Il y avait dix minutes qu'elle était là plantée devant le comptoir, avec des yeux qui n'y voyaient pas, les yeux vides et perdus de quelqu'un qui va assassiner. – Voyons, qu'est-ce que vous demandez ? lui dit l'épicière impatientée, presque effrayée de cette femme qui ne bougeait pas.

---

l'épisode qui pourrait s'achever, comme dans un roman populaire ou un mélodrame moderne, par le vitriolage de la jeune fille par l'amante trahie.

1 Variante dans les éditions de 1875 et de 1882 : « en voilà pour ta vie ! ». La première édition et l'édition Geffroy (éd. définitive) seulement : « tu vas voir ! ».

2 Dans les notes qu'ils ont prises dans la *Gazette des tribunaux*, les Goncourt ont noté le récit du procès d'une vitrioleuse (« Affaire femme Luquet femme Brodier », *Gazette des tribunaux* du 1er novembre 1825 au 30 avril 1826) qui, ayant caché une bouteille de vitriol, sous son châle et sa robe, en jette au visage de la maîtresse de son amant, puis, avec des gants « imprégnés de la même liqueur », lui en frotte la gorge et les épaules (Carnet portant pour titre *Gazette des tribunaux*, 1er novembre 1825, coll. Gimpel).

– Ce que je demande ?... fit Germinie. Elle était si pleine et si possédée de ce qu'elle voulait, qu'elle avait cru demander du vitriol. – Ce que je demande ?... Elle se passa la main sur son front. – Ah ! tiens, je ne sais plus...

Et elle sortit en trébuchant de la boutique.

XXXIII

Dans la torture de cette vie, où elle souffrait mort et passion, Germinie, cherchant à étourdir les horreurs de sa pensée, était revenue au verre qu'elle avait pris un matin des mains d'Adèle et qui lui avait donné une journée d'oubli. De ce jour, elle avait bu. Elle avait bu à ces petites *lichades* matinales des bonnes de femmes entretenues. Elle avait bu avec l'une, elle avait bu avec l'autre. Elle avait bu avec des hommes qui venaient déjeuner chez la crémière ; elle avait bu avec Adèle qui buvait comme un homme et qui prenait un vil plaisir à voir descendre aussi bas qu'elle cette bonne de femme honnête.

D'abord, elle avait eu besoin, pour boire, d'entraînement, de société, du choc des verres, de l'excitation de la parole, de la chaleur des défis ; puis bientôt elle était arrivée à boire seule. C'est alors qu'elle avait bu dans le verre à demi plein, remonté sous son tablier et caché dans un recoin de la cuisine ; qu'elle avait bu solitairement et désespérément ces mélanges de vin blanc et d'eau-de-vie qu'elle avalait coup sur coup jusqu'à ce qu'elle y eût trouvé ce dont elle avait soif : le sommeil. Car ce qu'elle voulait ce n'était point la fièvre de tête, le trouble heureux, la folie vivante, le rêve éveillé et délirant de l'ivresse ; ce qu'il lui fallait, ce qu'elle demandait, c'était le noir bonheur du sommeil, d'un sommeil sans mémoire et sans rêve, d'un sommeil de plomb tombant sur elle comme un coup d'assommoir sur la tête d'un bœuf : et elle le trouvait dans ces liqueurs mêlées qui la foudroyaient et lui couchaient la face sur la toile cirée de la table de cuisine.

Dormir de ce sommeil écrasant, rouler, le jour, dans cette nuit, cela était devenu pour elle comme la trêve et la délivrance d'une existence qu'elle n'avait plus le courage de continuer ni de finir. Un immense besoin de néant, c'était tout ce qu'elle éprouvait dans l'éveil. Les heures de sa vie qu'elle vivait de sang-froid, en se voyant elle-même, en regardant dans sa conscience, en assistant à ces hontes, lui semblaient si abominables ! Elle aimait mieux les mourir. Il n'y avait plus que le sommeil au monde pour lui faire tout oublier, le sommeil congestionné de l'Ivrognerie qui berce avec les bras de la Mort.

Là, dans ce verre, qu'elle se forçait à boire et qu'elle vidait avec frénésie, ses souffrances, ses douleurs, tout son horrible présent allait se noyer, disparaître. Dans une demi-heure, sa pensée ne penserait plus, sa vie n'existerait plus ; rien d'elle ne serait plus pour elle, et il n'y aurait plus même de temps à côté d'elle. « Je bois mes embêtements », avait-elle répondu à une femme qui lui avait dit qu'elle s'abîmerait la santé à boire. Et comme dans les réactions qui suivaient ses ivresses, il lui revenait un plus douloureux sentiment d'elle-même, une désolation et une détestation plus grandes de ses fautes et de ses malheurs, elle cherchait des alcools plus forts, de l'eau-de-vie plus dure, elle buvait jusqu'à de l'absinthe pure pour tomber dans une léthargie plus inerte, et faire plus complet son évanouissement à toutes choses.

Elle finit par atteindre ainsi à des moitiés de journée d'anéantissement, dont elle ne sortait qu'à demi éveillée avec une intelligence stupéfiée, des perceptions émoussées, des mains qui faisaient les choses par habitude, des gestes de somnambule, un corps et une âme où la pensée, la volonté, le souvenir semblaient avoir encore la somnolence et le vague des heures confuses du matin.

XXXIV

Une demi-heure après l'affreuse rencontre où, sa pensée touchant au crime comme avec les doigts, elle avait voulu, elle avait cru défigurer sa rivale avec du vitriol, Germinie rentrait rue de Laval, en remontant de chez l'épicier une bouteille d'eau-de-vie.

Depuis deux semaines, elle était maîtresse de l'appartement, libre de ses ivresses et de ses abrutissements. Mlle de Varandeuil, qui d'habitude ne bougeait guère, était, par extraordinaire, allée passer six semaines chez une de ses vieilles amies en province ; et elle n'avait pas voulu emmener Germinie avec elle, par crainte de donner aux autres domestiques le mauvais exemple et la jalousie d'une bonne habituée aux douceurs du service et traitée sur un autre pied qu'eux.

Entrée dans la chambre de mademoiselle, Germinie ne prit que le temps de jeter à terre son châle et son chapeau, et elle se mit à boire, le goulot de la bouteille d'eau-de-vie entre les dents, à gorgées précipitées jusqu'à ce que tout dans la chambre tournât autour d'elle, et qu'il n'y eût plus rien de la journée dans sa tête. Alors, chancelante, se sentant tomber, elle voulut se mettre sur le lit de sa maîtresse pour dormir ; l'ivresse la jeta de côté sur la table de nuit. De là, elle roula à terre, ne remua plus : elle ronflait. Mais le coup avait été si violent que dans la nuit elle eut une fausse couche, suivie d'une de ces pertes par où la vie s'écoule. Elle voulut se relever, aller appeler sur le carré, elle essaya de se mettre sur ses pieds : elle ne le put pas. Elle se sentait glisser à la mort, y entrer, y descendre avec une lenteur molle. Enfin, s'arrachant un dernier effort, elle se traîna jusqu'à la porte de l'escalier ; mais là, il lui fut impossible de se soulever jusqu'à la serrure, impossible de crier. Et elle aurait fini d'y mourir, si Adèle, dans la matinée, en passant, inquiète d'entendre un gémissement, n'avait été chercher un serrurier pour ouvrir la porte, et une sage-femme pour délivrer la mourante.

Quand, au bout d'un mois, mademoiselle revint, elle trouva Germinie levée, mais d'une faiblesse si grande qu'elle était obligée de s'asseoir à tout moment, et d'une pâleur telle qu'elle n'avait plus l'air d'avoir de sang dans le corps. On lui dit qu'elle avait eu une perte dont elle avait manqué mourir : mademoiselle ne soupçonna rien.

XXXV

Germinie accueillit le retour de mademoiselle avec des caresses attendries, mouillées de larmes. Sa tendresse ressemblait à celle d'un enfant malade ; elle en avait la lente douceur, l'air de prière, la tristesse de souffrance peureuse et effarouchée. De ses mains pâles aux veines bleues, elle cherchait à toucher sa maîtresse. Elle s'approchait d'elle avec une sorte d'humilité tremblante et fervente. Le plus souvent, assise en face d'elle sur un tabouret et la regardant d'en bas, avec les yeux d'un chien, elle se soulevait de temps en temps pour aller l'embrasser sur quelque endroit de sa robe, revenait s'asseoir, puis un instant après recommençait.

Il y avait du déchirement et de l'imploration dans ces caresses, dans ces baisers de Germinie. La mort qu'elle avait entendue venir à elle comme une personne, avec le pas de quelqu'un, ces heures de défaillance où, dans le lit, seule avec elle-même, elle avait revu sa vie et remonté son passé, le ressouvenir et la honte de tout ce qu'elle avait caché à Mlle de Varandeuil, la terreur d'un jugement de Dieu se levant du fond de ses anciennes idées de religion, tous les reproches, toutes les peurs qui se penchent à l'oreille d'une agonie, avaient fait dans sa conscience une suprême épouvante ; et le remords, le remords qu'elle n'avait jamais pu tuer en elle, était maintenant tout vivant et tout criant dans son être affaibli, ébranlé, encore mal renoué à la vie, à peine rattaché à la croyance de vivre.

Germinie n'était point une de ces natures heureuses qui font le mal et en laissent le souvenir derrière elles, sans que le regret de leurs pensées y retourne jamais. Elle n'avait pas, comme Adèle, une de ces grosses organisations matérielles qui ne se laissent traverser par rien que par des impressions animales. Elle n'avait pas une de ces consciences qui se dérobent à la souffrance par l'abrutissement et par cette épaisse stupidité dans laquelle une femme végète, naïvement fautive. Chez elle, une sensitivité maladive, une sorte d'éréthisme cérébral, une disposition de tête à toujours travailler, à s'agiter dans l'amertume, l'inquiétude, le mécontentement d'elle-même, un sens moral qui s'était comme redressé en elle après chacune de ses déchéances, tous les dons de délicatesse, d'élection et de malheur s'unissaient pour la torturer, et retourner, chaque jour, plus avant et plus cruellement dans son désespoir, le tourment de ce qui n'aurait guère mis de si longues douleurs chez beaucoup de ses pareilles.

Germinie cédait à l'entraînement de la passion ; mais aussitôt qu'elle y avait cédé, elle se prenait en mépris. Dans le plaisir même, elle ne pouvait s'oublier entièrement et se perdre. Il se levait toujours dans sa distraction l'image de mademoiselle avec son austère et maternelle figure. À mesure qu'elle s'abandonnait et descendait de son honnêteté,

Germinie ne sentait pas l'impudeur lui venir. Les dégradations où elle s'abîmait ne la fortifiaient point contre le dégoût et l'horreur d'elle-même. L'habitude ne lui apportait pas l'endurcissement. Sa conscience souillée rejetait ses souillures, se débattait dans ses hontes, se déchirait dans ses repentirs, et ne lui laissait pas même une seconde la pleine jouissance du vice, l'entier étourdissement de la chute.

Aussi quand mademoiselle, oubliant la domestique qu'elle était, se penchait sur elle avec une de ces familiarités brusques de la voix et du geste qui l'approchaient tout près de son cœur, Germinie confuse, prise tout à coup de timidités rougissantes, devenait muette et comme imbécile sous l'horrible douleur de voir toute son indignité. Elle s'enfuyait, elle s'arrachait sous un prétexte à cette affection si odieusement trompée et qui, en la touchant, remuait et faisait frissonner tous ses remords.

XXXVI

Le miracle de cette vie de désordre et de déchirement, de cette vie honteuse et brisée, fut qu'elle n'éclatât pas. Germinie n'en laissa rien jaillir au-dehors, elle n'en laissa rien monter à ses lèvres, elle n'en laissa rien voir dans sa physionomie, rien paraître dans son air, et le fond maudit de son existence resta toujours caché à sa maîtresse.

Il était bien arrivé quelquefois à Mlle de Varandeuil de sentir à côté d'elle vaguement un secret dans sa bonne, quelque chose qu'elle lui cachait, une obscurité dans sa vie. Elle avait eu des instants de doute, de défiance, une inquiétude instinctive, des commencements de perception confuse, le flair d'une trace qui va en s'enfonçant et se perd dans du sombre. Elle avait cru par moments toucher dans cette fille à des choses fermées et froides, à un mystère, à de l'ombre. Par moments encore, il lui avait semblé que les yeux de sa bonne ne disaient pas ce que disait sa bouche. Sans le vouloir, elle avait retenu une phrase que Germinie répétait souvent : « Péché caché, péché à moitié pardonné. » Mais ce qui occupait surtout sa pensée, c'était l'étonnement de voir que malgré l'augmentation de ses gages, malgré les petits cadeaux journaliers qu'elle lui faisait, Germinie n'achetait plus rien pour sa toilette, n'avait plus de robes, n'avait plus de linge. Où son argent passait-il ? Elle lui avait presque avoué avoir retiré ses dix-huit cents francs de la Caisse d'épargne. Mademoiselle ruminait cela, puis se disait que c'était là tout le mystère de sa bonne, c'était de l'argent, des embarras, sans doute des engagements pris autrefois pour sa famille, et peut-être de nouveaux envois « à sa canaille de beau-frère ». Elle avait si bon cœur et si peu d'ordre ! Elle savait si peu ce qu'était une pièce de cent sous ! Ce n'était que cela : mademoiselle en était sûre ; et comme elle connaissait la nature entêtée de sa bonne et qu'elle n'espérait pas la faire changer, elle ne lui parlait de rien. Quand cette explication ne satisfaisait pas complètement mademoiselle, elle mettait ce qui était inconnu et mystérieux pour elle dans sa bonne sur le compte d'une nature de femme un peu cachottière, gardant du caractère et des méfiances de la paysanne, jalouse de ses petites affaires et se plaisant à enfouir un coin de sa vie tout au fond d'elle, comme au village on entasse des sous dans un bas de laine. Ou bien, elle se persuadait que c'était la maladie, son état de souffrance continuel qui lui donnait ces lubies et cette dissimulation. Et sa pensée, dans sa recherche et sa curiosité, s'arrêtait là, avec la paresse et aussi un peu l'égoïsme des pensées de vieilles gens, qui, craignant instinctivement le bout des choses et le fond des gens, ne veulent point trop s'inquiéter ni trop savoir. Qui sait ? Peut-être toute cette cachotterie n'était-elle rien qu'une misère indigne de l'inquiéter ou de l'intéresser, une chamaillade[1], une brouillerie de femmes. Elle s'endormait là-dessus, rassurée, et cessait de chercher.

Et comment mademoiselle eût-elle pu deviner les dégradations de Germinie et l'horreur de son secret ? Dans ses chagrins les plus poignants, dans ses ivresses les plus folles, la malheureuse gardait l'incroyable force de tout retenir et de tout renfoncer. De sa nature passionnée, débordée, qui se versait si naturellement dans l'expansion, jamais ne s'échappait une phrase, un mot qui fût un éclair, une lueur. Déboires, mépris, chagrins, sacrifices, mort de son enfant, trahison de son amant, agonie de son amour, tout demeura en elle silencieux, étouffé, comme si elle appuyait des deux mains sur son cœur. Les rares défaillances qui lui prenaient et où elle semblait se débattre avec des douleurs qui l'étranglaient, ces

1 Chamaillade : le discours de pensée de Mlle de Varandeuil reprend ici un néologisme goncourtien, synonyme de chamaillerie, et qui se retrouve dans *Manette Salomon*, dans le *Journal*...

caresses fiévreuses, furieuses à Mlle de Varandeuil, ces effusions subites, ressemblant à des crises voulant accoucher de quelque chose, finissaient toujours sans parole et se sauvaient dans des larmes.

La maladie même avec ses affaiblissements et ses énervements ne tira rien d'elle. Elle ne put entamer cette héroïque volonté de se taire jusqu'au bout. Les crises de nerfs lui arrachaient des cris, et rien que des cris. Jeune fille, elle rêvait tout haut ; elle força ses rêves à ne plus parler, elle ferma les lèvres de son sommeil. Comme à son haleine mademoiselle aurait pu s'apercevoir qu'elle buvait, elle mangea de l'ail et de l'échalote, et cacha avec leur empuantissement l'odeur de ses ivresses. Ses ivresses mêmes, ses torpeurs soûles, elle les dressa à se réveiller au pas de sa maîtresse et à rester éveillées devant elle.

Elle menait ainsi comme deux existences. Elle était comme deux femmes, et à force d'énergie, d'adresse, de diplomatie féminine, avec un sang-froid toujours présent dans le trouble même de la boisson, elle parvint à séparer ces deux existences, à les vivre toutes les deux sans les mêler, à ne pas laisser se confondre les deux femmes qui étaient en elle, à rester auprès de Mlle de Varandeuil la fille honnête et rangée qu'elle avait été, à sortir de l'orgie sans en emporter le goût, à montrer quand elle venait de quitter son amant une sorte de pudeur de vieille fille dégoûtée du scandale des autres bonnes. Elle n'avait ni un propos ni un genre de tenue qui éveillât le soupçon de sa vie clandestine ; rien en elle ne sentait ses nuits. En mettant le pied sur le paillasson de l'appartement de Mlle de Varandeuil, en l'approchant, en se trouvant en face d'elle, elle prenait la parole, l'attitude, même de certains plis de robe qui écartent d'une femme jusqu'à la pensée des approches de l'homme. Elle parlait librement de toutes choses, comme n'ayant à rougir de rien. Elle était amère aux fautes et aux hontes d'autrui, ainsi qu'une personne sans reproche. Elle plaisantait de l'amour avec sa maîtresse, gaiement, sans embarras, d'une façon détachée : on aurait cru l'entendre causer d'une vieille connaissance qu'elle aurait perdue de vue. Et il y avait autour de ses trente-cinq ans, pour tous ceux qui ne la voyaient que comme Mlle de Varandeuil et chez elle, une certaine atmosphère de chasteté particulière, le parfum d'honnêteté sévère et insoupçonnable, spécial aux vieilles bonnes et aux femmes laides.

Cependant tout ce mensonge d'apparences n'était pas de l'hypocrisie chez Germinie. Il ne venait pas d'une duplicité perverse, d'un calcul corrompu : c'était son affection pour mademoiselle qui la faisait être ce qu'elle était chez elle. Elle voulait à tout prix lui éviter le chagrin de la voir et de pénétrer au fond d'elle. Elle la trompait uniquement pour garder sa tendresse, avec une sorte de respect ; et dans l'horrible comédie qu'elle jouait, un sentiment pieux, presque religieux, se glissait, pareil au sentiment d'une fille mentant aux yeux de sa mère pour ne pas lui désoler le cœur.

XXXVII

Mentir ! elle ne pouvait plus que cela. Elle éprouvait comme une impossibilité de se retirer d'où elle était. Elle ne soutenait même pas l'idée d'un effort pour en sortir, tant la tentative lui paraissait inutile, tant elle se trouvait lâche, abîmée et vaincue, tant elle se sentait encore toute nouée à cet homme par toutes sortes de chaînes basses et de liens dégradants, jusque par le mépris qu'il ne lui cachait plus !

Quelquefois, en réfléchissant sur elle-même, elle était effrayée. Des idées, des peurs de village lui revenaient. Et ses superstitions de jeunesse lui disaient tout bas que cet homme lui avait jeté un sort, que peut-être il lui avait fait manger du *pain à chanter*[1]. Et sans cela, aurait-elle été comme elle était ? Aurait-elle eu, rien qu'à le voir, cette émotion de tout l'être, cette sensation presque animale de l'approche d'un maître ? Aurait-elle senti tout son corps, sa bouche, ses bras, l'amour et la caresse de ses gestes aller involontairement à lui ? Lui aurait-elle appartenu ainsi tout entière ? Longuement et amèrement, elle se rappelait à elle-même tout ce qui aurait dû la guérir, la sauver, les dédains de cet homme, ses injures, la corruption des plaisirs qu'il avait exigés d'elle, et elle était forcée de s'avouer que rien ne lui avait coûté à sacrifier pour cet homme et qu'elle avait dévoré pour lui jusqu'aux derniers dégoûts. Elle cherchait à imaginer le degré d'abaissement où son amour refuserait de descendre, elle ne le trouvait pas. Il pouvait faire d'elle ce qu'il voulait, l'insulter, la battre, elle resterait à lui sous le talon de ses bottes ! Elle ne se voyait pas ne lui appartenant plus. Elle ne se voyait pas sans lui. Cet homme à aimer lui était nécessaire, elle se réchauffait à lui, elle vivait de lui, elle le respirait. Autour d'elle, rien ne lui semblait exister

1 Pain à chanter : c'est-à-dire pain d'autel, pain azyme.

de pareil parmi les femmes de sa condition. Aucune des camarades qu'elle approchait ne mettait dans une liaison l'âpreté, l'amertume, le tourment, le bonheur de souffrir qu'elle trouvait dans la sienne. Aucune n'y mettait cela qui la tuait et dont elle ne pouvait se passer.

À elle-même, elle se paraissait extraordinaire et d'une nature à part, du tempérament des bêtes que les mauvais traitements attachent. Il y avait des jours où elle ne se reconnaissait plus, et où elle se demandait si elle était toujours la même femme. En repassant toutes les bassesses auxquelles Jupillon l'avait pliée, elle ne pouvait croire que c'était elle qui avait subi cela. Elle qui se connaissait violente, bouillante, toute pleine de passions chaudes, de révoltes et d'orages, elle avait passé par ces soumissions et ces docilités ! Elle avait réprimé ses colères, refoulé les idées de sang qui lui étaient montées au cerveau tant de fois ! Elle avait toujours obéi, toujours patienté, toujours baissé la tête ! Aux pieds de cet homme, elle avait fait ramper son caractère, ses instincts, son orgueil, sa vanité, et plus que tout cela, sa jalousie, les rages de son cœur ! Pour le garder, elle en était venue à le partager, à lui permettre des maîtresses, à le recevoir des mains des autres, à chercher sur sa joue les endroits où ne l'avait pas embrassé sa cousine ! Et maintenant, tout au bout de tant d'immolations dont elle l'avait lassé, elle le retenait par un plus dégoûtant sacrifice, elle l'attirait par des cadeaux, elle lui ouvrait sa bourse pour le faire venir à des rendez-vous, elle achetait son amabilité en satisfaisant ses fantaisies et ses caprices, elle payait cet homme qui se faisait marchander ses baisers et demandait des pourboires à l'amour ! Et elle vivait, allant d'un jour à l'autre avec la terreur de ce que le misérable pourrait lui demander le lendemain.

XXXVIII

« Il lui faut vingt francs… » Germinie se répéta cela plusieurs fois machinalement, mais sa pensée n'allait pas au-delà des mots qu'elle se disait. La marche, la montée des cinq étages l'avaient étourdie. Elle tomba assise sur la chauffeuse graisseuse de sa cuisine, baissa la tête, posa le bras sur la table. La tête lui bourdonnait. Ses idées s'en allaient, puis revenaient comme en foule, s'étouffaient en elle, et de toutes il ne lui en restait qu'une, toujours plus aiguë, plus fixe : – Il lui faut vingt francs ! vingt francs !... vingt francs !... Et elle regarda autour d'elle comme si elle allait les trouver là, dans la cheminée, dans le panier aux ordures, sous le fourneau. Puis elle songea aux gens qui lui devaient, à une bonne allemande qui avait promis de la rembourser, il y avait de cela plus d'un an. Elle se leva, noua son bonnet. Elle ne se disait plus : – Il lui faut vingt francs ; elle se disait : je les aurai.

Elle descendit chez Adèle : – Tu n'as pas vingt francs pour une note qu'on apporte ?... mademoiselle est sortie.

– Pas de chance, dit Adèle ; j'ai donné mes derniers vingt francs à madame hier soir pour aller souper. Cette rosse-là n'est pas encore rentrée... Veux-tu trente sous ?

Elle courut chez l'épicier. C'était un dimanche ; il était trois heures : l'épicier venait de fermer.

Il y avait du monde chez la fruitière ; elle demanda quatre sous d'herbes.

– Je n'ai pas d'argent, dit-elle. Elle espérait que la fruitière lui dirait : – En voulez-vous ? La fruitière lui dit : – En voilà un genre ? comme si on avait peur ! Il y avait d'autres bonnes : elle sortit sans rien dire. – Il n'y a rien pour nous ? dit-elle au portier. Ah ! tenez, vous n'auriez pas vingt francs, mon Pipelet[1], ça m'éviterait de remonter.

– Quarante, si vous voulez...

Elle respira. Le portier alla dans le fond de sa loge à une armoire. – Ah ! Sapristi ! ma femme a pris la clef. Tiens ! comme vous êtes pâle !...

– Ce n'est rien... Et elle s'enfuit dans la cour vers la porte de l'escalier de service.

En remontant, voici ce qu'elle pensait : – Il y a des gens qui trouvent des pièces de vingt francs... C'est aujourd'hui qu'il en a besoin, il me l'a dit... Mademoiselle m'a donné mon argent il n'y a pas cinq jours, je ne peux pas lui demander... Après ça, vingt francs de plus ou de moins, pour elle, qu'est-ce que c'est ?... L'épicier me les aurait prêtés, bien sûr... J'en ai eu un autre rue Taibout ; il ne fermait que le soir, le dimanche, celui-là...

Elle était à son étage devant sa porte. Elle se pencha sur la rampe de l'escalier des maîtres, regarda si personne ne montait, entra, alla droit à

---

1 Pipelet : personnage de concierge des *Mystères de Paris* (1842-1843) d'Eugène Sue.

la chambre de mademoiselle, ouvrit la fenêtre, respira largement, les deux coudes sur le barreau d'appui. Des moineaux accoururent des cheminées d'alentour, croyant qu'elle allait leur jeter du pain. Elle ferma la fenêtre et regarda dans la chambre sur le dessus de la commode, d'abord une veine de marbre, puis une petite cassette de bois des Îles, puis la clef, une petite clef d'acier oubliée dans la serrure. Tout à coup, ses oreilles tintèrent, elle crut qu'on sonnait. Elle alla ouvrir : il n'y avait personne. Elle revint avec le sentiment d'être seule, alla prendre un torchon à la cuisine et se mit à frotter l'acajou d'un fauteuil en tournant le dos à la commode ; mais elle voyait toujours la cassette, elle la voyait ouverte, elle voyait le coin à droite où mademoiselle mettait son or, les petits papiers dans lesquels elle l'empapillotait cent francs par cent francs ; ses vingt francs étaient là !... Elle fermait les yeux comme à un éblouissement. Elle sentait le vertige dans sa conscience ; mais aussitôt elle se soulevait tout entière contre elle-même, et il lui semblait que son cœur indigné lui remontait dans la poitrine. En un moment, l'honneur de toute sa vie s'était dressé entre sa main et cette clef. Son passé de probité, de désintéressement, de dévouement, vingt ans de résistance aux mauvais conseils et à la corruption de ce quartier pourri, vingt ans de mépris pour le vol, vingt ans où sa poche n'avait pas eu un liard à ses maîtres, vingt ans d'indifférence au lucre, vingt ans où la tentation n'avait pas approché d'elle, sa longue et naturelle honnêteté, la confiance de mademoiselle, tout cela lui revint d'un seul coup. Ses jeunes années l'embrassèrent et la reprirent. De sa famille même, du souvenir de ses parents, de la mémoire pure de son misérable nom, des morts dont elle venait, il se leva comme un murmure d'ombres gardiennes autour d'elle... Une seconde elle fut sauvée.

Puis insensiblement, de mauvaises idées se glissèrent une à une dans sa tête. Elle se chercha des sujets d'amertume, des raisons d'ingratitude contre sa maîtresse. Elle compara à ses gages le chiffre des gages dont se vantaient par vanité les autres bonnes de la maison. Elle trouva que mademoiselle était bienheureuse, qu'elle aurait dû l'augmenter davantage depuis qu'elle était chez elle. Et puis pourquoi, se demanda-t-elle tout à coup, laisse-t-elle la clef à sa cassette ? Et elle se mit à penser que cet argent qui était là n'était pas de l'argent pour vivre, mais des économies de mademoiselle pour acheter une robe de velours à une filleule ; de l'argent qui dormait... se dit-elle encore. Elle précipitait ses raisons comme pour s'empêcher de discuter ses excuses. Et puis, c'est pour une fois... Elle me les prêterait, si je lui demandais... Et je les lui rendrai...

Elle avança la main, elle fit tourner la clef... Elle s'arrêta ; il lui sembla que le grand silence qui était autour d'elle la regardait et l'écoutait. Elle leva les yeux : la glace lui jeta son visage. Devant cette figure qui était la sienne, elle eut peur ; elle recula d'épouvante et de honte comme devant la face de son crime : c'était la tête d'une voleuse qu'elle avait sur les épaules !

Elle s'était sauvée dans le corridor. Tout à coup, elle tourna sur ses talons, alla droit à la cassette, donna un tour de clef, jeta la main, fouilla sous des médaillons de cheveux et des bijoux de souvenir, prit une pièce à tâtons dans un rouleau de cinq louis, ferma la cassette et s'enfuit dans la cuisine... Elle tenait la petite pièce dans sa main et n'osait la regarder.

XXXIX

Ce fut alors que les abaissements, les dégradations de Germinie commencèrent à paraître dans toute sa personne, à l'hébéter, à la salir. Une sorte de sommeil gagna ses idées. Elle ne fut plus vive ni prompte à penser. Ce qu'elle avait lu, ce qu'elle avait appris parut s'échapper d'elle. Sa mémoire, qui retenait tout, devint confuse et oublieuse. L'esprit de la bonne de Paris s'en alla peu à peu de sa conversation, de ses réponses, de son rire. Sa physionomie, tout à l'heure si éveillée, n'eut plus d'éclairs. Dans toute sa personne on aurait cru voir revenir la paysanne bête qu'elle était en arrivant du pays, lorsqu'elle allait demander du pain d'épice chez un papetier. Elle n'avait plus l'air de comprendre. Mademoiselle lui voyait faire, à ce qu'elle lui disait, une figure d'idiote. Elle était obligée de lui expliquer, de lui répéter deux ou trois fois ce que jusque-là Germinie avait saisi à demi-mot. Elle se demandait, en la voyant ainsi, lente et endormie, si on ne lui avait pas changé sa bonne. – Mais tu deviens donc une bête d'imbécile ! lui disait-elle parfois impatientée. Elle se souvenait du temps où Germinie lui était si utile pour retrouver une date, mettre une adresse sur une carte, dire le jour où on avait rentré le bois ou entamé la pièce de vin, toutes choses qui échappaient à sa vieille tête. Germinie ne se rappelait plus rien. Le soir, quand elle comptait avec mademoiselle, elle ne pouvait retrouver ce qu'elle avait acheté le matin ; elle disait : – Attendez !... et après un geste vague, rien ne lui revenait. Mademoiselle, pour ménager ses yeux fatigués, avait pris l'habitude de se faire lire par elle le journal : Germinie arriva à tellement ânonner, à lire avec si peu d'intelligence, que mademoiselle fut obligée de la remercier.

Son intelligence allant ainsi en s'affaissant, son corps aussi s'abandonnait et se délaissait. Elle renonçait à la toilette, à la propreté même. Dans son incurie, elle ne gardait rien des soins de la femme ; elle ne s'habillait plus. Elle portait des robes tachées de graisse et déchirées sous les bras, des tabliers en loques, des bas troués dans des savates avachies. Elle laissait la cuisine, la fumée, le charbon, le cirage, la souiller et s'essuyer après elle comme après un torchon. Autrefois, elle avait eu la coquetterie et le luxe des femmes pauvres, l'amour du linge. Personne dans la maison n'avait de bonnets plus frais. Ses petits cols, tout unis et tout simples, étaient toujours de ce blanc qui éclaire si joliment la peau et fait toute la personne nette. Maintenant elle avait des bonnets fatigués, fripés, avec lesquels elle semblait avoir dormi. Elle se passait de manchettes, son col laissait voir contre la peau de son cou un liséré de crasse, et on la sentait plus sale encore en dessous qu'en dessus. Une odeur de misère, croupie et rance, se levait d'elle. Quelquefois c'était si fort que Mlle de Varandeuil ne pouvait s'empêcher de lui dire : – Va donc te changer, ma fille... tu sens le pauvre...

Dans la rue, elle n'avait plus l'air d'appartenir à quelqu'un de propre. Elle ne semblait plus la domestique d'une personne honnête. Elle perdait l'aspect d'une servante qui, se soignant et se respectant dans sa mise même, porte sur elle le reflet de sa maison et l'orgueil de ses maîtres. De jour en jour elle devenait cette créature abjecte et débraillée dont la robe glisse au ruisseau, – une *souillon*.

Se négligeant, elle négligeait tout autour d'elle. Elle ne rangeait plus, elle ne nettoyait plus, elle ne lavait plus. Elle laissait le désordre et la saleté entrer dans l'appartement, envahir l'intérieur de mademoiselle, ce petit intérieur dont la propreté faisait autrefois mademoiselle si contente et si fière. La poussière s'amassait, les araignées filaient derrière les cadres, les glaces se voilaient, les marbres des cheminées, l'acajou des meubles se ternissaient ; les papillons s'envolaient des tapis qui n'étaient plus secoués, les vers se mettaient où ne passaient plus la brosse ni le balai ; l'oubli poudroyait partout sur les choses sommeillantes et abandonnées que réveillait et ranimait autrefois le coup de main de chaque matin. Une dizaine de fois, mademoiselle avait tenté de piquer là-dessus l'amour-propre de Germinie ; mais alors, tout un jour, c'était un nettoyage si forcené et accompagné de tels accès d'humeur, que mademoiselle se promettait de ne plus recommencer. Un jour pourtant elle s'enhardit à écrire le nom de Germinie avec le doigt sur la poussière de sa glace ; Germinie fut huit jours sans le lui pardonner. Mademoiselle en vint à se résigner. À peine si elle laissait échapper bien doucement, quand elle voyait sa bonne dans un moment de bonne humeur : – Avoue, ma fille, que la poussière est bien heureuse chez nous !

À l'étonnement, aux observations des amies qui venaient encore la voir et que Germinie était forcée de laisser entrer, mademoiselle répondait avec un accent de miséricorde et d'apitoiement : – Oui, c'est sale, je sais bien ! Mais que voulez-vous ? Germinie est malade, et j'aime mieux qu'elle ne se tue pas. Parfois, quand Germinie était sortie, elle se hasardait à donner avec ses mains goutteuses un coup de serviette sur la commode, un coup de plumeau sur un cadre. Elle se dépêchait, craignant d'être grondée, d'avoir une scène, si sa bonne rentrait et la voyait.

Germinie ne travaillait presque plus ; elle servait à peine. Elle avait réduit le dîner et le déjeuner de sa maîtresse aux mets les plus simples, les plus courts et les plus faciles à cuisiner. Elle faisait son lit sans relever les matelas, *à l'anglaise*[1]. La domestique qu'elle avait été ne se retrouvait et ne revivait plus en elle qu'aux jours où mademoiselle donnait un petit dîner dont le nombre de couverts était toujours assez grand par la bande d'enfants conviés. Ces jours-là, Germinie sortait, comme par enchantement, de sa paresse, de son apathie, et, puisant des forces dans une sorte de fièvre, elle retrouvait, devant le feu de ses fourneaux et les rallonges de la table, toute son activité passée. Et mademoiselle était stupéfaite de la voir, suffisant à tout, seule et ne voulant pas d'aide, faire en quelques heures un dîner pour une dizaine de personnes, le servir, le desservir avec les mains et toute la vive adresse de sa jeunesse.

1 En argot, *faire un lit à l'anglaise*, c'est faire un lit à la hâte.

XL

Non... cette fois-ci, non, dit Germinie en se levant du pied du lit de Jupillon où elle s'était assise. Il n'y a pas moyen... Mais tu ne sais donc pas que je n'ai plus un sou... ce qui s'appelle un sou !... Tu n'as donc pas vu les bas que je porte !

Et relevant sa jupe, elle lui montra des bas tout troués et noués avec des lisières. – Je n'ai plus de quoi changer de rien... De l'argent ?... mais le jour de la fête de mademoiselle, je n'ai pas eu seulement pour lui donner des fleurs... Je lui ai acheté un bouquet de violettes d'un sou, ainsi ! Ah ! oui, de l'argent !... Tes derniers vingt francs... sais-tu comment je les ai eus ? En les prenant dans la cassette de mademoiselle ! je les ai remis... Mais c'est fini... je ne veux plus de cela... C'est bon une fois... Où veux-tu que j'en trouve à présent, dis-moi un peu ?... On ne peut pas mettre de sa peau au Mont-de-Piété... sans ça !... Mais pour faire encore un coup comme ça, jamais de la vie ... Tout ce que tu voudras, mais pas ça, pas voler ! Je ne veux plus... Oh ! je sais bien, va, ce qui m'arrivera avec toi... Mais tant pis !

– Ah ! ça, as-tu fini de te monter ? dit Jupillon. Si tu m'avais dit ça pour les vingt francs... est-ce que tu t'imagines que j'en aurais voulu ? je ne te croyais pas pannée tant que ça, moi... je te voyais toujours aller... je me figurais que ça ne te gênait pas de me prêter une pièce de vingt francs que je t'aurais rendue dans une semaine ou deux avec les autres... Mais, tu ne dis rien ? Eh bien ! voilà tout, je ne t'en demanderai plus... C'est pas une raison pour que nous nous fâchions, ça, il me semble...

Et jetant sur Germinie un regard indéfinissable : – N'est-ce pas, à jeudi ?

– À jeudi ! dit désespérément Germinie. Elle avait envie de se jeter dans les bras de Jupillon, de lui demander pardon de sa misère, de lui dire : – Tu vois bien, je ne peux pas !...

Elle répéta : – À jeudi ! et partit.

Quand, le jeudi, elle frappa à la porte du rez-de-chaussée de Jupillon, elle crut entendre le pas d'un homme qui se sauvait au fond dans la chambre. La porte s'ouvrit : devant elle était la cousine qui avait une résille, une vareuse rouge, des pantoufles, la toilette et la contenance d'une femme qui est chez elle chez un homme. Ça et là ses affaires traînaient : Germinie les voyait sur les meubles qu'elle avait payés.

– Madame demande ? fit impudemment la cousine.

– M. Jupillon ?

– Il est sorti.

– Je l'attendrai, dit Germinie ; et elle essaya d'entrer dans l'autre pièce.

– Chez le portier, alors ? Et la cousine lui barra le passage.

– Quand rentrera-t-il ?

– Quand les poules auront des dents, lui dit sérieusement la petite fille ; et elle lui ferma la porte au nez.

– Eh bien ! c'est bien ça que j'attendais de lui, se dit Germinie, en marchant dans la rue. Les pavés lui semblaient s'enfoncer sous ses jambes molles.

XLI

Rentrant ce soir-là d'un dîner de baptême qu'elle n'avait pu refuser, mademoiselle entendit parler dans sa chambre. Elle crut qu'il y avait quelqu'un avec Germinie, et s'en étonnant, elle poussa la porte. À la lueur d'une chandelle charbonnante et fumeuse, elle ne vit d'abord personne ; puis, en regardant bien, elle aperçut sa bonne couchée et pelotonnée sur le pied de son lit.

Germinie dormait et parlait. Elle parlait avec un accent étrange, et qui donnait de l'émotion, presque de la peur. La vague solennité des choses surnaturelles, un souffle d'au-delà de la vie s'élevait dans la chambre, avec cette parole du sommeil, involontaire, échappée, palpitante, suspendue, pareille à une âme sans corps qui errerait sur une bouche morte. C'était une voix lente, profonde, lointaine, avec de grands silences de respiration et des mots exhalés comme des soupirs, traversée de notes vibrantes et poignantes qui entraient dans le cœur, une voix pleine du mystère et du tremblement de la nuit où la dormeuse semblait retrouver à tâtons des souvenirs et passer la main sur des visages. On entendait : – Oh ! elle m'aimait bien… Et lui, s'il n'était pas mort… nous serions bien heureux à présent, n'est-ce pas ?… Non ! Non ! Mais c'est fait, tant pis, je ne veux pas le dire…

Et Germinie eut une contraction nerveuse comme pour faire rentrer son secret et le reprendre au bord de ses lèvres.

Mademoiselle était penchée avec une sorte d'épouvante sur ce corps abandonné et ne s'appartenant plus, dans lequel le passé revenait comme un revenant dans une maison abandonnée. Elle écoutait ces aveux prêts à jaillir et machinalement arrêtés, cette pensée sans connaissance qui parlait toute seule, cette voix qui ne s'entendait pas elle-même. Une sensation d'horreur lui venait : elle avait l'impression d'être à côté d'un cadavre possédé par un rêve.

Au bout de quelque temps de silence, d'une sorte de tiraillement entre ce qu'elle paraissait revoir, Germinie sembla laisser venir à elle le présent de sa vie. Ce qui lui échappait, ce qu'elle répandait dans des paroles coupées et sans suite, c'était, autant que pouvait le comprendre mademoiselle, des reproches à quelqu'un. Et à mesure qu'elle parlait, son langage devenait aussi méconnaissable que sa voix transposée dans les notes du songe. Il s'élevait au-dessus de la femme, au-dessus de son ton et de ses expressions journalières. C'était comme une langue de peuple purifiée et transfigurée dans la passion. Germinie accentuait les mots avec leur orthographe ; elle les disait avec leur éloquence. Les phrases sortaient de sa bouche, avec leur rythme, leur déchirement, et leurs larmes, ainsi que de la bouche d'une comédienne admirable. Elle avait des mouvements de tendresse coupés par des cris ; puis venaient des révoltes, des éclats, une ironie merveilleuse, stridente, implacable, s'éteignant toujours dans un accès de rire nerveux qui répétait et prolongeait, d'écho en écho, la même insulte. Mademoiselle restait confondue, stupéfaite, écoutant comme au théâtre. Jamais elle n'avait entendu le dédain tomber de si haut, le mépris se briser ainsi et rejaillir dans le rire, la parole d'une femme avoir tant de vengeances contre un homme. Elle cherchait dans sa mémoire : un pareil jeu, de telles intonations, une voix aussi dramatique et aussi déchirée que cette voix de poitrinaire crachant son cœur, elle ne se les rappelait que de Mlle Rachel[1].

À la fin, Germinie s'éveilla brusquement, les yeux pleins des larmes de son sommeil, et se jeta au bas du lit, en voyant sa maîtresse rentrée. – Merci, lui dit celle-ci, ne te gêne pas !... Vautre-toi sur mon lit comme ça !

---

1 Voir *supra* n. 1, p. 74

– Oh ! mademoiselle, fit Germinie, je n'étais pas où vous mettez votre tête... Là, ça vous réchauffera les pieds.

– Ah çà ! veux-tu me dire un peu ce que tu rêvais ?... Il y avait un homme... tu te disputais...

– Moi ? fit Germinie, je ne me rappelle plus...

Et cherchant son rêve, elle se mit à déshabiller silencieusement sa maîtresse. Quand elle l'eut couchée : – Ah ! mademoiselle, lui dit-elle en lui bordant son lit, n'est-ce pas que vous me donnerez bien une fois quinze jours pour aller chez nous ?... Ça me revient maintenant...

XLII

Bientôt mademoiselle s'étonna d'un entier changement dans la manière d'être, les habitudes de sa bonne. Germinie n'eut plus ses maussaderies, ses humeurs farouches, ses rébellions, ces mâchonnements de mots où grognait son mécontentement. Elle sortit tout à coup de sa paresse, reprit le zèle de son ouvrage. Elle ne resta plus des heures à faire son marché ; elle semblait fuir la rue. Le soir, elle ne sortait plus ; à peine si elle bougeait d'auprès de mademoiselle, l'entourant, la gardant de son lever à son coucher, prenant d'elle un soin continu, incessant, presque irritant, ne la laissant pas se lever, pas même allonger la main pour prendre quelque chose, la servant, la veillant comme un enfant. Par moments, fatiguée d'elle, lasse de cette éternelle occupation de sa personne, mademoiselle ouvrait la bouche pour lui dire : – Ah çà ! vas-tu bientôt décampiller[1] d'ici ? Mais Germinie levait sur elle son sourire, un sourire si triste et si doux, qu'il arrêtait l'impatience sur les lèvres de la vieille fille. Et elle continuait à demeurer près d'elle, avec une espèce d'air charmé et divinement hébété, dans l'immobilité d'une adoration profonde, l'enfoncement d'une contemplation presque idiote.

C'est qu'en ce moment toute l'affection de la pauvre fille se retournait vers mademoiselle. Sa voix, ses gestes, ses yeux, son silence, sa pensée, allaient à la personne de sa maîtresse avec l'ardeur d'une expiation, la contrition d'une prière, l'élancement d'un culte. Elle l'aimait avec toutes

---

1 *Décampiller* : autre trait de parlure populaire chez Mlle de Varandeuil.

les tendres violences de sa nature. Elle l'aimait avec toutes les déceptions de sa passion. Elle voulait lui rendre tout ce qu'elle ne lui avait pas donné, tout ce que d'autres lui avaient pris. Chaque jour son amour embrassait plus étroitement, plus religieusement la vieille demoiselle qui se sentait pressée, enveloppée, mollement réchauffée par la chaleur de ces deux bras jetés autour de sa vieillesse.

XLIII

Mais le passé et ses dettes étaient toujours là, et lui répétaient à toute heure : – Si mademoiselle savait !

Elle vivait dans des transes de criminelle, dans un tremblement de tous les instants. On ne sonnait pas à la porte sans qu'elle se dît : – C'est ça ! Les lettres d'une écriture inconnue la remplissaient d'anxiété. Elle en tourmentait la cire avec ses doigts, elle les renfonçait dans sa poche, elle hésitait à les donner, et le moment où mademoiselle ouvrait le terrible papier, le parcourait de l'œil froid des vieilles gens, avait pour elle l'émotion d'un arrêt de mort qu'on attend. Elle sentait son secret et son mensonge dans la main de tout le monde. La maison l'avait vue et pouvait parler. Le quartier la connaissait. Autour d'elle, il n'y avait plus que sa maîtresse dont elle pût voler l'estime !

En montant, en descendant, elle trouvait le regard du portier, un regard qui souriait, un regard qui lui disait : – Je sais. Elle n'osait plus l'appeler : « Mon Pipelet ». Quand elle rentrait, il regardait dans son panier : – Moi qui aime tant ça ! disait la portière quand il y avait quelque bon morceau. Le soir elle leur descendait les restes. Elle ne mangeait plus. Elle finit par les nourrir.

Toute la rue lui faisait peur comme l'escalier et la loge. Il y avait dans chaque boutique un visage qui lui renvoyait sa honte et spéculait sur sa faute. À chaque pas, il lui fallait acheter le silence à prix de bassesse et de soumission. Les fournisseurs qu'elle n'avait pu rembourser, la tenaient. Si elle trouvait quelque chose trop cher, une goguenardise lui rappelait qu'ils étaient ses maîtres, et qu'il fallait payer si elle ne voulait pas être dénoncée. Une plaisanterie, une allusion la faisait pâlir. Elle était liée là, obligée de s'y fournir, de s'y laisser fouiller aux poches comme par des complices. La remplaçante de Mme Jupillon, partie pour aller tenir une épicerie à Bar-sur-Aube, la nouvelle crémière lui passait son mauvais lait, et quand elle lui disait que mademoiselle s'en plaignait, qu'elle avait des reproches tous les matins : – Votre mademoiselle, répondait la crémière, avec ça qu'elle vous gêne ! Chez la fruitière, quand elle sentait un poisson et qu'elle lui disait : – Il a été sur la glace celui-là… – Bon ! faisait la fruitière, dites tout de suite que je l'y mets des influences de la lune dans les ouïes pour le faire paraître frais !…On est donc dans ses jours difficiles, aujourd'hui, ma biche ? Mademoiselle voulait pour un dîner qu'elle allât à la Halle ; elle en parla devant la fruitière : – Ah ! bien oui, à la Halle ! Je voudrais vous voir aller à la Halle ! Et elle lui lança un coup d'œil où Germinie vit son compte monté chez sa maîtresse. L'épicier lui vendait son café qui sentait le tabac à priser, ses pruneaux avariés, son riz éventé, ses vieux biscuits. Quand elle s'enhardissait à lui faire une observation : – Ah ! bah ! disait-il, une vieille pratique comme vous, vous ne voudriez pas me faire des traits[1]… Puisque je vous dis que je vous donne bon… Et il lui pesait cyniquement à faux poids ce qu'elle demandait et ce qu'il lui faisait demander.

XLIV

Une grande douleur de Germinie, – une douleur qu'elle cherchait pourtant, – était de repasser, en revenant de chercher le journal du soir pour mademoiselle, avant dîner, dans une rue où était une école de petites filles. Souvent elle se trouvait devant la porte à l'heure de la sortie ; elle voulait se sauver, – et s'arrêtait.

C'était d'abord le bruit d'un essaim, un bourdonnement, une envolée, une de ces grandes joies d'enfants qui font gazouiller la rue à Paris. De l'allée étroite et noire qui suivait la classe, les petites se sauvaient comme d'une cage ouverte, s'échappaient pêle-mêle, couraient en avant, gaminaient au soleil. Elles se poussaient, se bousculaient, faisaient sauter au-dessus de leurs têtes leurs paniers vides. Puis les groupes s'appelaient et se formaient ; les petites mains allaient à d'autres petites mains ; les

1 *Faire des traits*, en argot, signifie *être infidèle*.

amies se donnaient le bras, des couples se prenaient par la taille, se tenaient par le cou, et se mettaient à aller en mordant à la même tartine. La bande bientôt marchait, et toutes remontaient la rue sale, lentement, en musardant. Les plus grandes, qui avaient dix ans, s'arrêtaient pour causer, comme de petites femmes, aux portes cochères. D'autres faisaient halte pour boire à la bouteille de leur goûter. Les plus petites s'amusaient à mouiller dans le ruisseau la semelle de leurs souliers. Et il y en avait qui se coiffaient d'une feuille de chou ramassée par terre, vert bonnet du bon Dieu sous lequel riait leur frais petit visage.

Germinie les regardait toutes et marchait avec elles : elle se mettait dans les rangs pour avoir le frôlement de leurs tabliers. Elle ne pouvait quitter des yeux ces petits bras sous lesquels sautait le carton de l'école, ces petites robes brunes à pois, ces petits pantalons noirs, ces petites jambes dans ces petits bas de laine. Il y avait pour elle comme un jour divin sur toutes ces petites têtes de blondines aux doux cheveux d'enfant Jésus. Une petite mèche folle sur un petit cou, un rien de chair d'enfant au haut d'un bout de chemise, au bas d'une manche, par instants elle ne voyait plus que cela : c'était pour elle tout le soleil de la rue, – et le ciel !

Cependant la troupe diminuait. Chaque rue prenait les enfants des rues voisines. L'école se dispersait sur le chemin. La gaieté de tous ces petits pas s'éteignait peu à peu. Les petites robes disparaissaient une à une. Germinie suivait les dernières ; elle s'attachait à celles qui allaient le plus loin.

Une fois qu'elle marchait ainsi, dévorant des yeux le souvenir de sa fille, tout à coup prise d'une rage d'embrasser, elle se jeta sur une des petites, l'empoigna par le bras, avec le geste d'une voleuse d'enfant... – Maman ! maman ! cria et pleura la petite en s'échappant. Germinie se sauva.

XLV

Les jours succédaient aux jours pour Germinie, pareils, également désolés et sombres. Elle avait fini par ne plus rien attendre du hasard et ne plus rien demander à l'imprévu. Sa vie lui semblait enfermée à jamais dans son désespoir : elle devait continuer à être toujours la même chose implacable, la même route de malheur, toute plate et toute droite, le même chemin d'ombre, avec la mort au bout. Dans le temps, il n'y avait plus d'avenir pour elle.

Et pourtant, dans la désespérance où elle s'accroupissait, des pensées la traversaient encore par instants, qui lui faisaient relever la tête et regarder devant elle au-delà de son présent. Par instants, l'illusion d'une dernière espérance lui souriait. Il lui semblait qu'elle pouvait encore être heureuse, et que si certaines choses arrivaient, elle le serait. Alors elle imaginait ces choses. Elle disposait les accidents, les catastrophes. Elle enchaînait l'impossible à l'impossible. Elle refaisait toutes les chances de sa vie. Et son espérance enfiévrée se mettant à créer à l'horizon des événements de son désir, s'enivrait bientôt de la folle vision de ses hypothèses.

Puis peu à peu ce délire d'espoir quittait Germinie. Elle se disait que c'était impossible, que rien de ce qu'elle rêvait ne pouvait arriver, et elle restait à réfléchir, affaissée sur sa chaise. Bientôt, au bout de quelques instants, elle se levait, allait, lente et incertaine, à la cheminée, tâtonnait sur le manteau la cafetière et se décidait à la prendre : elle allait savoir le restant de sa vie. Son bonheur, son malheur, tout ce qui devait lui arriver était là, dans cette bonne aventure de la femme du peuple, sur cette assiette où elle venait de verser le marc du café…

Elle égouttait l'eau du marc, attendait quelques minutes, respirait dessus avec le souffle religieux dont sa bouche d'enfant touchait la patène à l'église de son village. Puis, se penchant, elle se tenait la tête en avant, effrayante d'immobilité, les yeux fixes et perdus sur la traînée de noir éparpillée en mouchetures sur l'assiette. Elle cherchait ce qu'elle avait vu trouver à des tireuses de cartes dans les granulations et le pointillé presque imperceptible que le résidu du café laisse en s'écoulant. Elle s'usait la vue sur ces milliers de petites taches, y déterrait des formes, des lettres, des signes. Elle isolait avec le doigt des grains pour se les montrer plus clairs et plus nets. Elle tournait et roulait lentement l'assiette entre ses mains, interrogeait son mystère de tous les côtés, et poursuivait dans son cercle des apparences, des images, des rudiments de nom, des ombres d'initiales, des ressemblances de quelqu'un, des ébauches de quelque chose, des embryons de présages, des figurations de rien qui lui annonçaient qu'elle serait *victorieuse*. Elle voulait voir, et se forçait à deviner. Sous la tension de son regard, la porcelaine s'animait des visions de ses insomnies ; ses chagrins, ses haines, les visages qu'elle détestait, se levaient peu à peu de l'assiette magique et des dessins du hasard. À côté d'elle la chandelle, qu'elle oubliait de moucher, jetait sa lueur intermittente et mourante : la lumière baissait dans le silence, l'heure tombait dans la nuit, et comme pétrifiée dans un arrêt d'angoisse, Germinie restait toujours clouée là, seule et face à face avec la terreur de l'avenir, essayant de démêler dans les salissures du café le visage brouillé de son destin, jusqu'à ce qu'elle crut apercevoir une croix à côté d'une femme ayant l'air de la cousine de Jupillon, – une croix, c'est-à-dire *une mort prochaine.*

XLVI

L'amour qui lui manquait, et auquel elle avait la volonté de se refuser, devint alors la torture de sa vie, un supplice incessant et abominable. Elle eut à se défendre contre les fièvres de son corps et les irritations du dehors, contre les émotions faciles et les molles lâchetés de sa chair, contre toutes les sollicitations de nature qui l'assaillaient. Il lui fallut lutter avec les chaleurs de la journée, avec les suggestions de la nuit, avec les tiédeurs moites des temps d'orage, avec le souffle de son passé et de ses souvenirs, avec les choses peintes tout à coup au fond d'elle, avec les voix qui l'embrassaient tout bas à l'oreille, avec les frémissements qui faisaient passer de la tendresse dans tous ses membres.

Des semaines, des mois, des années, l'affreuse tentation dura pour elle, sans qu'elle y cédât, sans qu'elle prît un autre amant. Se craignant elle-même, elle fuyait l'homme et se sauvait de sa vue. Elle restait casanière et sauvage, enfermée chez mademoiselle, ou bien en haut dans sa chambre : le dimanche elle ne sortait plus. Elle avait cessé de voir les bonnes de la maison, et, pour s'occuper et s'oublier, elle s'abîmait dans de grands travaux de couture, ou s'enfonçait dans le sommeil. Quand des musiciens venaient dans la cour, elle fermait les fenêtres pour ne pas les entendre : la volupté de la musique lui mouillait l'âme.

Malgré tout, elle ne pouvait s'apaiser ni se refroidir. Ses mauvaises pensées se rallumaient toutes seules, vivaient et s'agitaient sur elles-mêmes. À toute heure, l'idée fixe du désir se levait de tout son être, devenait dans toute sa personne ce tourment fou qui ne finit pas, ce transport des sens au cerveau : l'obsession, – l'obsession impudique, acharnée, fourmillante d'images, l'obsession qui approche l'amour de tous les sens de la femme, l'apporte à ses yeux fermés, le roule fumant dans sa tête, le charrie tout chaud dans ses artères !

À la longue, l'ébranlement nerveux de ces assauts continuels, l'irritation de cette douloureuse continence, mettaient un commencement de trouble dans les perceptions de Germinie. Son regard croyait toucher ses tentations : une hallucination épouvantable approchait de ses sens la réalité de leurs rêves. Il arrivait qu'à de certains moments ce qu'elle voyait, ce qui était là, les chandeliers, les pieds des meubles, les bras des fauteuils, tout autour d'elle prenait des apparences, des formes d'impureté. L'obscénité surgissait de toutes choses sous ses yeux et venait à elle. Alors, regardant l'heure au coucou de sa cuisine comme une condamnée qui n'a plus son corps à elle, elle disait : – Dans cinq minutes, je vais descendre dans la rue[1]...– Et les cinq minutes passées, elle restait et ne descendait pas.

XLVII

Une heure arrivait dans cette vie où Germinie renonçait à la lutte. Sa conscience se courbait, sa volonté se pliait, elle s'inclinait sous le sort de sa vie. Ce qui lui restait de résolution, d'énergie, de courage, s'en allait sous le sentiment, la conviction désespérée de son impuissance à se sauver d'elle-même. Elle se sentait dans le courant de quelque chose allant toujours, qu'il était inutile, presque impie de vouloir arrêter. Cette grande force du monde qui fait souffrir, la puissance mauvaise qui porte le nom d'un dieu sur le marbre des tragédies antiques, et qui s'appelle *Pas-de-chance* sur le front tatoué des bagnes[2], la Fatalité l'écrasait, et Germinie baissait la tête sous son pied.

---

1 C'est un récit de Flaubert qui est ici transposé : « Il nous raconte cette horrible tentation dont une femme est sortie victorieuse. Une femme honnête, mariée, mère de famille, qui pendant vingt ans, atteinte d'hystérie à son foyer, auprès de son mari et de ses enfants, voyait des phallus partout, dans les flambeaux, dans les pieds des meubles, dans tout ce qui l'entourait, et enivrée, suffoquant, accablée de ces images, se disant en regardant la pendule : "Dans un quart d'heure, dans dix minutes, je vais descendre dans la rue pour me prostituer..." » (*Journal*, 9 avril 1861, Champion, t. III, p. 91).

2 Le « front tatoué des bagnes » fait allusion au tatouage « Pas-de-chance » inscrit sur le front d'un criminel qui impressionna l'opinion lors de son procès en 1850. C'est du jeune

Quand, à ses heures découragées, elle retrouvait par le souvenir les amertumes de son passé, quand elle suivait depuis son enfance l'enchaînement de sa lamentable existence, cette file de douleurs qui avait suivi ses années et grandi avec elles, tout ce qui s'était succédé dans son existence comme une rencontre et un arrangement de misère, sans que jamais elle y eût vu apparaître la main de cette Providence dont on lui avait tant parlé, elle se disait qu'elle était de ces malheureuses vouées en naissant à une éternité de misère, de celles pour lesquelles le bonheur n'est pas fait et qui ne le connaissent qu'en l'enviant aux autres. Elle se repaissait et se nourrissait de cette idée, et à force d'en creuser le désespoir, à force de ressasser en elle-même la continuité de son infortune et la succession de ses chagrins, elle arrivait à voir une persécution de sa malchance dans les plus petits malheurs de sa vie, de son service. Un peu d'argent qu'elle prêtait et qu'on ne lui rendait pas, une pièce fausse qu'on lui faisait passer dans une boutique, une commission qu'elle faisait mal, un achat où on la trompait, tout cela pour elle ne venait jamais de sa faute, ni d'un hasard. C'était la suite du reste. La vie était conjurée contre elle et la persécutait en tout, partout, du petit au grand, de sa fille qui était morte, à l'épicerie qui était mauvaise. Il y avait des jours où elle cassait tout ce qu'elle touchait : elle s'imaginait alors être maudite jusqu'au bout des doigts. Maudite ! presque damnée, elle se persuadait qu'elle l'était bien réellement, lorsqu'elle interrogeait son corps, lorsqu'elle sondait ses sens. Dans la flamme de son sang, l'appétit de ses organes, sa faiblesse ardente, ne sentait-elle point s'agiter la Fatalité de l'Amour, le mystère et la possession d'une maladie, plus forte que sa pudeur et sa raison, l'ayant déjà livrée aux hontes de la passion, et devant – elle le pressentait – l'y livrer encore ?

Aussi n'avait-elle plus qu'une phrase à la bouche, une phrase qui était le refrain de ses pensées : – Que voulez-vous ? je suis malheureuse…

Pouchet que les Goncourt tiennent ce détail (voir leur *Journal* à la date du 11 janvier 1863, Champion, t. III, p. 485). Baudelaire a fait allusion à deux reprises à ce bagnard : dans l'étude qu'il place en tête des *Histoires extraordinaires* de Poe en 1856 : « Dans ces derniers temps, un malheureux fut amené devant nos tribunaux, dont le front était illustré d'un rare et singulier tatouage : *Pas de chance !* Il portait ainsi au-dessus de ses yeux l'étiquette de sa vie comme un livre son titre, et l'interrogatoire prouve que ce bizarre écriteau était cruellement véridique » (Baudelaire, *Œuvres complètes*, éd. Cl. Pichois, Paris, Gallimard, coll. « Bibliothèque de la Pléiade », 1976, t. II, p. 296) et de nouveau en tête de l'étude de 1852 sur Poe, parue dans *La Revue de Paris.* Sur ce passage, voir la Préface p. 36-37.

je n'ai pas de chance… Moi d'abord rien ne me réussit. Elle disait cela comme une femme qui a renoncé à espérer. Avec la pensée chaque jour plus fixe d'être née sous un signe défavorable, d'appartenir à des haines et à des vengeances plus hautes qu'elle, la terreur était venue à Germinie de tout ce qui arrive dans la vie. Elle vivait dans cette lâche inquiétude où l'imprévu est redouté comme une calamité qui va entrer, où un coup de sonnette fait peur, où on retourne une lettre, en en pesant l'inconnu, sans oser l'ouvrir, où la nouvelle qu'on va vous dire, la bouche qui s'ouvre pour vous parler, vous fait passer une sueur sur les tempes. Elle en était à cet état de défiance, de tressaillement, de tremblement devant la destinée, où le malheur ne voit que le malheur, et où l'on voudrait arrêter sa vie pour qu'elle ne marche plus et qu'elle n'aille pas devant elle, là où la poussent tous les vœux et toutes les attentes des autres.

À la fin, elle arrivait par les larmes à ce dédain suprême, à ce faîte de la souffrance, où l'excès de la douleur semble une ironie, où le chagrin, dépassant la mesure des forces de l'être humain, dépasse sa sensibilité, et où le cœur frappé et qui ne sent plus les coups, dit au ciel qu'il défie :
– Encore !

XLVIII

– Où vas-tu comme ça ? dit un dimanche matin Germinie à Adèle qui passait en grande toilette dans le corridor du sixième, devant la porte de sa chambre ouverte.

– Ah ! Voilà ! je vais à une fière noce, va ! Nous sommes un tas… la grosse Marie, le *gros tampon*[1], tu sais bien… Élisa, du 41, la grande et la petite Badinier… et des hommes avec ça ! D'abord moi je suis avec mon *marchand de mort subite*[2]… Eh bien, oui… Ah ! tu ne sais pas ?… mon nouveau, le maître d'armes du 24e… et puis un de ses amis, un peintre, un vrai Père la joie… Nous allons à Vincennes… Chacun apporte

1 Un *gros tampon*, c'est une personne grosse (voir Antoine Oudin, *Curiosités françaises*, Slatkine Reprints, 1971 (1640)).

2 Le *marchand de mort subite* désigne dans l'argot usuel le médecin, le charlatan. On comprend ici que l'expression annonce le nouvel amant d'Adèle, maître d'armes du 24e régiment.

quelque chose... Nous dînerons sur l'herbe... c'est les messieurs qui payent à boire... et on va s'en donner, je t'en réponds !

– J'y vais, dit Germinie.

— Toi ? allons donc !... c'est plus des parties pour toi...

– Quand je te dis que j'y vais... fit Germinie avec une brusquerie décidée. Le temps de prévenir mademoiselle, de passer une robe... Attends-moi, je vais prendre une moitié de homard chez le charcutier...

Une demi-heure après, les deux femmes partaient, remontaient le long du mur de l'octroi et trouvaient, au boulevard de la Chopinette[1], le reste de la société attablé à l'extérieur d'un café. Après une tournée de cassis, on montait dans deux grands fiacres, et l'on roulait. Arrivé à Vincennes, devant le fort, on descendait, et toute la troupe se mettait à marcher en bande le long du talus du fossé. En passant devant le mur du fort, à un artilleur en faction à côté d'un canon, l'ami du maître d'armes, le peintre cria : – Hein ! mon vieux, tu aimerais mieux en boire un que de le garder !

– Est-il drôle ! dit Adèle à Germinie, en lui donnant un grand coup de coude.

Et bientôt l'on fut en plein bois de Vincennes.

D'étroits sentiers, à la terre piétinée, talée et durcie, pleins de traces, se croisaient dans tous les sens. Dans l'intervalle de tous ces petits chemins, il s'étendait, par places, de l'herbe, mais une herbe écrasée, desséchée, jaunie et morte, éparpillée comme une litière, et dont les brins, couleur de paille, s'emmêlaient de tous côtés aux broussailles, entre le vert triste des orties. On reconnaissait là un de ces lieux champêtres où vont se vautrer les dimanches des grands faubourgs, et qui restent comme un gazon piétiné par une foule après un feu d'artifice. Des arbres s'espaçaient, tordus et mal venus, de petits ormes au tronc gris, tachés d'une lèpre jaune, ébranchés jusqu'à hauteur d'homme, des chênes malingres, mangés de chenilles et n'ayant plus que la dentelle de leurs feuilles. La verdure était pauvre, souffrante, et toute à jour ; le feuillage en l'air se voyait tout mince ; les frondaisons rabougries, fripées et brûlées, ne faisaient que persiller le ciel. De volantes poussières de grandes routes enveloppaient de gris les fonds. Tout avait la misère et

1 Le boulevard de la Chopinette se situait à l'extérieur du mur d'octroi entre les rues de Belleville et Rébéval. Il existait une porte de la Chopinette. Le boulevard de la Villette, fut ouvert en 1864, intégrant le boulevard de la Chopinette, qui en est une partie.

la maigreur d'une végétation foulée et qui ne respire pas, la tristesse de la verdure à la barrière : la Nature semblait y sortir des pavés. Point de chant dans les branches, point d'insecte sur le sol battu ; le bruit des tapissières étourdissait l'oiseau ; l'orgue faisait taire le silence et le frisson du bois ; la rue passait et chantait dans le paysage. Aux arbres pendaient des chapeaux de femmes attachés dans un mouchoir avec quatre épingles ; le pompon d'un artilleur éclatait de rouge à chaque instant entre les découpures de feuilles ; des marchands de gaufres se levaient des fourrés ; sur les pelouses pelées, des enfants en blouse taillaient des branches, des ménages d'ouvriers baguenaudaient en mangeant du *plaisir*[1], des casquettes de voyou attrapaient des papillons. C'était un de ces bois à la façon de l'ancien bois de Boulogne, poudreux et grillé, une promenade banale et violée, un de ces endroits d'ombre avare où le peuple va se balader à la porte des capitales, parodies de forêts, pleines de bouchons, où l'on trouve dans les taillis des côtes de melon et des pendus[2] !

La chaleur, ce jour-là, était étouffante ; il faisait un soleil sourd et roulant dans les nuages, une lumière orageuse, voilée et diffuse, qui aveuglait presque le regard. L'air avait une lourdeur morte ; rien ne remuait ; les verdures avec leurs petites ombres sèches ne bougeaient pas, le bois était las et comme accablé sous le ciel pesant. Par moments seulement un souffle se levait, qui traînait et rasait le sol. Un vent du midi passait, un de ces vents d'énervement, fauves et fades, qui soufflent sur les sens et roulent dans du feu l'haleine du désir. Sans savoir d'où cela venait, Germinie sentait alors passer sur tout son corps quelque chose de pareil au chatouillement du duvet d'une pêche mûre contre la peau.

On allait toujours gaiement, avec cette activité un peu enivrée que donne la campagne aux gens du peuple. Les hommes couraient, les femmes les rattrapaient en sautillant. On jouait à se rouler. Il y avait dans la société des impatiences de danser, des envies de grimper aux arbres ; et de loin, le peintre s'amusait à jeter dans les meurtrières des portes du fort des cailloux qu'il y faisait toujours entrer.

À la fin, tout le monde s'assit dans une espèce de clairière, au pied d'un bouquet de chênes dont le soleil couchant allongeait l'ombre. Les hommes, allumant une allumette sur le coutil de leur pantalon,

---

1 Le *plaisir*, ce sont les *oublies*, c'est-à-dire de petites pâtisseries en forme de cornet.

2 *Pendus* : on comprend qu'il s'agit de feuilles portant des jeux de pendus.

se mirent à fumer. Les femmes bavardaient, riaient, se renversaient à chaque minute dans de gros accès d'hilarité bête, et dans de criards éclats de joie. Seule, Germinie restait sans parler et sans rire. Elle n'écoutait pas, elle ne regardait pas. Ses yeux, sous ses paupières baissées, étaient fixement attachés au bout de ses bottines. Abîmée en elle-même, on l'eût dite absente du lieu et du moment où elle se trouvait. Allongée, étendue tout de son long sur l'herbe, la tête un peu relevée par une motte de terre, elle ne faisait d'autre mouvement que de poser à plat, à côté d'elle, sur l'herbe, la paume de ses mains ; puis, au bout d'un peu de temps, elle les retournait sur le dos et les reposait de même, recommençant toujours à chercher la fraîcheur de la terre pour éteindre le brûlement de sa peau.

– En v'là une feignante ! tu pionces ? lui dit Adèle.

Germinie ouvrit tout grands des yeux de feu, sans lui répondre, et jusqu'au dîner elle demeura dans la même pose, le même silence, la même torpeur, tâtonnant autour d'elle les places où n'avait point encore posé la fièvre de ses mains.

– Dédèle ! dit une voix de femme, chante-nous quelque chose…

– Ah ! répondit Adèle, je n'ai pas le vent avant manger…

Tout à coup un gros pavé, lancé en l'air, tomba à côté de Germinie, près de sa tête ; en même temps elle entendit la voix du peintre qui lui criait : – As pas peur ! c'est votre chaise…

Chacun mit son mouchoir par terre en guise de nappe. On détortilla les mangeailles des papiers gras. Des litres débouchés, le vin coula à la ronde, moussant dans les verres calés entre des touffes d'herbe, et l'on se mit à manger des morceaux de charcuterie sur des tartines de pain qui servaient d'assiettes. Le peintre découpait, faisait des bateaux en papier pour mettre le sel, imitait les commandes des garçons de café, criait : – Boum !… Pavillon !… Servez ! Peu à peu, la société s'animait. L'air, le petit bleu, la nourriture fouettait la gaieté de la table en plein vent. Les mains voisinaient, les bouches se rencontraient, de gros mots se disaient à l'oreille, des manches de chemises, un instant, entouraient les tailles, et, de temps en temps, dans des embrassades à pleine empoigne, résonnaient des baisers goulus.

Germinie ne disait rien et buvait. Le peintre, qui s'était mis à côté d'elle, se sentait devenir froid et gêné auprès de cette singulière voisine qui s'amusait « si en dedans ». Soudain, il se mit à battre avec son couteau contre son verre un *larifla*[1] qui couvrit le bruit de la société ; et se levant sur les deux genoux :

– Mesdames ! dit-il, avec la voix d'un perroquet qui a trop chanté, à la santé d'un homme dans le malheur : à la mienne ! Ça me portera peut-être bonheur !... Lâché, oui, mesdames ; eh bien, oui, on m'a lâché ! je suis veuf comme tout, *razibus !* C'est moi qui suis ahuri comme un fondeur de cloches... Ce n'est pas que j'y tenais, mais l'habitude, cette vieille canaille d'habitude ! Enfin je m'ennuie comme une punaise dans un ressort de montre... Depuis quinze jours, l'existence pour moi, tenez, ça ressemble à un café sans *gloria*[2] ! Moi qui aime l'amour comme s'il m'avait fait ! Pas de femme ! En voilà un sevrage pour un homme mûr ! c'est-à-dire que depuis que je sais ce que c'est, je salue les curés : ils me font de la peine, parole d'honneur ! Plus de femme ! et il y en a tant ! Je ne peux pourtant pas me promener avec un écriteau : *Un homme vacant à louer. Présentement s'adresser...* D'abord, faudrait être plaqué par m'sieu le préfet[3], et puis on est si bête, ça ferait des rassemblements ! Tout ça, mesdames, c'est à cette fin de vous faire assavoir que si, dans les personnes que vous avez celui de connaître, il y en avait comme ça une qui voulût faire une connaissance... honnête... un bon petit mariage à la détrempe... faut pas se gêner ! je suis là... Victor Médéric Gautruche ! un homme d'attache, un vrai lierre d'appartement pour le sentiment ! On n'a qu'à demander à mon ancien hôtel de la *Clef de Sûreté...* Et rigolo comme un bossu qui vient de noyer sa femme ! Gautruche, dit Gogo-la-Gaieté, quoi ! Un joli garçon *à la coule* qui ne bricole pas de casse-têtes, un bon zig qui se la passe douce, et qui ne se donnera pas de colique avec cette *anisette de barbillon-là*[4]... Sur ce mot, il envoya sauter à vingt pas une bouteille d'eau qui était à côté de lui. – Et vive les murs ! Ça, c'est à papa comme le ciel au bon Dieu ! Gogo-la-Gaieté les peint la semaine, Gogo-la-Gaieté les bat le

1 Larifla : mot de fantaisie qui entre dans quelques refrains de chansons. Hugo note dans *Les Misérables* (IV, 7) que « vers le milieu du XVIIIe siècle [...], le chant des prisons, les ritournelles des voleurs prirent, pour ainsi parler, un geste insolent et jovial. Le plaintif *Maluré* fut remplacé par Larifla ». C'est encore un ivrogne, Ginginet, dont la bouche est « une bonde », qui scande des Larifla, fla, fla, dans le premier roman de Huysmans, *Marthe*.

2 Gloria : l'alcool fort qui accompagne le café – rhum ou eau-de-vie.

3 *Être plaqué par m'sieu le préfet* : c'est-à-dire avoir obtenu une autorisation préfectorale.

4 Un *barbillon* est en argot un jeune souteneur de filles (par rapport à un barbeau, souteneur confirmé). C'est l'eau, bien sûr, qui est désignée par la périphrase « anisette de barbillon ».

lundi[1] ! Avec ça pas jaloux, pas méchant, pas cogneur, un vrai amour d'homme qui n'a jamais fait un bleu à une personne du sexe !... Au physique, parbleu ! c'est moi !

Il se leva tout debout, et dressant son grand corps dégingandé dans son vieil habit bleu à boutons d'or, montrant sous son chapeau gris, qu'il leva, son crâne chauve, poli et suant, relevant sa tête de vieux gamin déplumé : – Vous voyez ce que c'est ! Ce n'est pas une propriété d'agrément ; ce n'est pas flatteur à montrer... Mais c'est de rapport, un peu démeublé, mais bien bâti... Dame ! on vous a ses petits quarante-neuf ans... pas plus de cheveux que sur une bille de billard, une barbe de chiendent qu'on en ferait de la tisane, des fondations pas trop tassées, des pieds longs comme la Villette... avec ça maigre à prendre un bain dans un canon de fusil... Voilà le déballage ! Passez le prospectus ! Si une femme veut de tout ça en bloc... une personne rangée... pas trop jeune... et qui ne s'amuse pas à me badigeonner trop en jaune[2]... Vous comprenez, je ne demande pas une princesse de Batignolles... Eh bien, vrai, ça y est !

Germinie empoigna le verre de Gautruche, le but à moitié d'un trait, et le lui tendit du côté où elle avait bu.

...

Le soir tombant, la société s'en revint à pied. Au mur des fortifications, Gautruche dessina avec l'entaille de son couteau, sur la pierre, un grand cœur dans lequel on mit le nom de tout le monde au-dessous de la date.

À la nuit, Gautruche et Germinie étaient sur les boulevards extérieurs, à la hauteur de la barrière Rochechouart. À côté d'une maison basse où on lisait sur un panneau de plâtre : *Mme Merlin. Robes taillées*

---

1 Le lundi, dans la vie ouvrière, fait débat tout au long du XIXe siècle. C'est bien souvent un jour chômé, en particulier par les ouvriers qui travaillent le dimanche – mais aussi parfois par les autres, la partie à Vincennes a précisément lieu un dimanche. Après 1848, le lundi chômé devient l'objet de l'attention des législateurs et des patrons, qui reprennent un discours moral (l'ouvrier va au cabaret le lundi, ils s'adonnent à la boisson, mais il peut aussi participer à des réunions politiques) et, après la Commune, toute une série de mesures seront prises pour empêcher les ouvriers de « fêter la saint lundi », qui disparaîtra dans les années 1890. Les Goncourt reprennent ici le *topos* moral qui associe alors saint Lundi et ivrognerie, fréquentation des cabarets, éventuellement rixes entre corporations, comme le fera Zola à propos de Coupeau dans *L'Assommoir.* Voir sur cette coutume, l'article de Robert Beck, « Apogée et déclin de la Saint Lundi dans la France du XIXe siècle » (*Revue d'histoire du XIXe siècle*, n° 29, 2004, p. 153-171). – *Battre les murs*, c'est être ivre.

2 *Peindre en jaune*, c'est faire cocu.

et essayées, deux francs, ils s'arrêtèrent devant un petit escalier de pierre entrant, après les trois premières marches, dans de la nuit où saignait tout au fond la lumière rouge d'un quinquet. À l'entrée, sur une traverse de bois, était écrit en noir :

Hôtel de la petite main bleue.

XLIX

Médéric Gautruche était l'ouvrier noceur, gouapeur[1], rigoleur, l'ouvrier faisant de sa vie un lundi. Rempli de la joie du vin, les lèvres perpétuellement humides d'une dernière goutte, les entrailles crassées de tartre comme une vieille futaille, il était de ceux que la Bourgogne appelle énergiquement des *boyaux rouges*[2]. Toujours un peu ivre, ivre de la veille quand il ne l'était pas du jour, il voyait l'existence au travers du coup de soleil qu'il avait dans la tête. Il souriait à son sort, il s'y laissait aller avec l'abandon de l'ivrogne, souriant sur le pas du marchand de vin vaguement aux choses, à la vie, au chemin qui s'allonge dans la nuit. L'ennui, les soucis, la *dèche* n'avaient pas prise sur lui ; et quand par hasard il lui venait une idée noire ou sérieuse, il détournait la tête, faisait un certain psitt ! qui était sa manière de dire zut ! et levant le bras droit au ciel en caricaturant le geste d'un danseur espagnol, il envoyait par-dessus l'épaule sa mélancolie à tous les diables. Il avait la superbe philosophie d'après boire, la sérénité gaillarde de la bouteille. Il ne connaissait ni envie ni désir. Ses rêves lui étaient servis sur le comptoir. Pour trois sous, il était sûr d'avoir un petit verre de bonheur, pour douze un litre d'idéal. Content de tout, il aimait tout, trouvait à rire et à s'amuser de tout. Rien ne lui semblait triste dans le monde – qu'un verre d'eau.

À cet épanouissement de pochard, à la gaieté de sa santé, de son tempérament, Gautruche joignait la gaieté de son état, la bonne humeur

---

1 *Gouapeur* signifie fainéant (*Dictionnaire de la langue verte* de Delvau, 1866).

2 Voir *Journal*, 13 juillet 1862 (Champion, t. III, p. 352) : « On appelle *boyaux rouges*, en Bourgogne, cette espèce d'ivrogne dont le corps ouvert a du tartre noir dans les entrailles, comme un vieux tonneau ».

et l'entrain de ce métier libre et sans fatigue, en plein air, à mi-ciel, qui se distrait en chantant et perche sur une échelle au-dessus des passants la blague d'un ouvrier. Peintre en bâtiments, il faisait la lettre. Il était le seul, l'unique homme à Paris qui attaquât l'enseigne sans mesure à la ficelle, sans esquisse au blanc, le seul qui du premier coup mît à sa place chacune des lettres dans le cadre d'une affiche, et, sans perdre une minute à les ranger, filât la majuscule à main levée. Il avait encore la renommée pour les lettres *monstres*, les lettres de caprice, les lettres ombrées, repiquées en ton de bronze ou d'or, en imitation de creux dans la pierre. Aussi faisait-il des journées de quinze à vingt francs. Mais comme il buvait tout, il n'en était pas plus riche, et il avait toujours des ardoises arriérées chez les marchands de vin.

C'était un homme élevé par la rue. La rue avait été sa mère, sa nourrice et son école. La rue lui avait donné son assurance, sa langue et son esprit. Tout ce qu'une intelligence de peuple ramasse sur le pavé de Paris, il l'avait ramassé. Ce qui tombe du haut d'une grande ville en bas, les filtrations, les dégagements, les miettes d'idées et de connaissances, ce que roule l'air subtil et le ruisseau chargé d'une capitale, le frottement à l'imprimé, des bouts de feuilletons avalés entre deux chopes, des morceaux de drames entendus au boulevard, avait mis en lui cette intelligence de raccroc qui, sans éducation, s'apprend tout. Il possédait une *platine*[1] inépuisable, imperturbable. Sa parole abondait et jaillissait en mots trouvés, en images cocasses, en ces métaphores qui sortent du génie comique des foules. Il avait le pittoresque naturel de la farce en plein vent. Il était tout débondant d'histoires réjouissantes et de bouffonneries, riche du plus riche répertoire de *scies* de la peinture en bâtiments. Membre de ces bas caveaux qu'on appelle des *lices*[2], il connaissait tous les airs, toutes les chansons, et il chantait sans se lasser. Il était drolatique enfin des pieds à la tête. Et rien qu'à le voir, on riait de lui comme d'un acteur qui fait rire.

Un homme de cette gaieté, de cet entrain, « allait » à Germinie.

Germinie n'était pas la bête de service qui n'a rien que son ouvrage dans la tête. Elle n'était pas la domestique « qui reste de là » avec la figure alarmée et le dandinement balourd de l'inintelligence devant des paroles de maîtres qui lui passent devant le nez. Elle aussi s'était

---

1 *Platine* : langue populaire, vieilli : faconde, bagout, verve.

2 Les *lices* sont des caveaux chantants au XIXe siècle.

dégrossie, s'était formée, s'était ouverte à l'éducation de Paris. Mlle de Varandeuil, inoccupée, curieuse à la façon d'une vieille fille des histoires du quartier, lui avait longtemps fait raconter ce qu'elle glanait de nouvelles, ce qu'elle savait des locataires, toute la chronique de la maison et de la rue ; et cette habitude de conter, de causer comme une sorte de demoiselle de compagnie avec sa maîtresse, de peindre les gens, d'esquisser les silhouettes, avait développé à la longue en elle une facilité d'expressions vives, de traits heureux et échappés, un piquant et parfois un mordant d'observation singuliers dans une bouche de servante. Elle était arrivée à surprendre souvent Mlle de Varandeuil par sa vivacité de compréhension, sa promptitude à saisir des choses à demi dites, son bonheur et sa facilité à trouver des mots de belle parleuse. Elle savait plaisanter. Elle comprenait un jeu de mots. Elle s'exprimait sans *cuir*[1], et quand il y avait une discussion d'orthographe chez la crémière, elle décidait avec une autorité égale à celle de l'employé aux décès de la Mairie qui venait y déjeuner. Elle avait aussi ce fond de lectures brouillées qu'ont les femmes de sa classe quand elles lisent. Chez les deux ou trois femmes entretenues qu'elle avait servies, elle avait passé ses nuits à dévorer des romans[2] ; depuis elle avait continué à lire les feuilletons coupés au bas des journaux par toutes ses connaissances ; et elle en avait retenu comme une vague idée de beaucoup de choses, et de quelques rois de France. Il lui en était resté ce qu'il faut pour avoir envie d'en parler avec d'autres. Par une femme de la maison qui faisait dans la rue le ménage d'un auteur, et qui avait des billets, elle avait été souvent au spectacle ; elle en revenait en se rappelant toute la pièce, et les noms des acteurs qu'elle avait vus sur le programme. Elle aimait à acheter des chansons, des romances à un sou, et à les lire.

L'air, le souffle vif du quartier Breda plein de la verve de l'artiste et de l'atelier, de l'art et du vice, avait aiguisé, dans Germinie, ces goûts d'esprit, et lui avait créé des besoins, des exigences. Bien avant ses désordres, elle s'était détachée des sociétés honnêtes, des personnes « bien » de son état et de sa caste, des braves gens imbéciles et niais. Elle s'était écartée des milieux de probité rangée et terre à terre, des causeries

---

1 Un *cuir* est un défaut de prononciation qui consiste à lier les mots sans raison (plus particulièrement en faisant entendre un « s » pour un « t » à la fin d'un mot, et vice versa) (source : *TLF*).

2 Voir *La Lorette*, où les Goncourt disent des bonnes de lorettes qu'elles lisent des romans, empruntés à leur patronne ou pris au cabinet de lecture (*op. cit.*, p. 52).

endormantes autour des thés que donnaient les vieux domestiques des vieilles gens que connaissait mademoiselle. Elle avait fui l'ennui des bonnes hébétées par la conscience de leur service et la fascination de la caisse d'épargne. Elle en était venue à exiger des gens pour en faire sa société une certaine intelligence répondant à la sienne et capable de la comprendre. Et maintenant, quand elle sortait de son abrutissement, quand, dans la distraction et le plaisir, elle se retrouvait et renaissait, il fallait qu'elle pût s'amuser avec des égaux à sa portée. Elle voulait, autour d'elle, des hommes qui la fissent rire, des gaietés violentes, de l'esprit spiritueux[1] qui la grisât avec le vin qu'on lui versait. Et c'est ainsi qu'elle roulait vers cette bohème canaille du peuple, bruyante, étourdissante, enivrante comme toutes les bohèmes[2] : c'est ainsi qu'elle tombait à un Gautruche.

L

Comme Germinie rentrait un matin au petit jour, elle entendit, dans l'ombre de la porte cochère refermée sur elle, une voix lui crier : Qui va là ? Elle se jeta dans l'escalier de service ; mais elle se sentit poursuivie et bientôt saisie à un tournant de palier par la main du portier. Aussitôt qu'il l'eut reconnue : – Ah ! dit-il, excusez, c'est vous ; ne vous gênez pas !… En voilà une noceuse !… Ça vous étonne, hein ? de me voir

1 Jeu de mots et redondance : *esprit* annonce *spirituel*, qui se masque, du fait de l'ébriété constante de Gautruche, en *spiritueux*.

2 Il faut en effet entendre ici le mot de *bohème* comme métaphorique : l'ouvrier noceur est bohème en ce qu'il est insouciant, sans éthique et sans liens, mais il n'a rien à voir avec l'artiste bohème (Pouthier, ami des Goncourt et modèle d'Anatole dans le futur *Manette Salomon*), ni avec le monde du petit journal dont la bohème des années 1840 est issue (voir à ce propos le numéro des *Cahiers Goncourt* consacré à la bohème, sous la direction de Sandrine Berthelot et Sophie Spandonis en 2007, ainsi que le livre de Jean-Marie Goulemot et Daniel Oster *: Gens de lettres, écrivains et bohèmes. L'Imaginaire littéraire 1630-1900*, Minerve, 1992). On ne peut s'empêcher de penser au « sublime », cet ouvrier ivrogne qui fête la « saint-lundi », est fréquemment absent, délaisse sa famille pour le marchand de vins et est souvent en guerre contre son patron. Denis Poulot en dressera le portrait dans un ouvrage important en 1870 : *Question sociale. Le Sublime ou le travailleur parisien tel qu'il est en 1870, et ce qu'il peut être*, Paris, Librairie internationale, 1870, l'une des sources documentaires de *L'Assommoir.*

sur pied si matin ?… C'est pour le vol qu'on a fait ces jours-ci dans la chambre de la cuisinière du second… Allons, bonne nuit ! vous avez de la chance par exemple que je ne sois pas bavard.

Quelques jours après, Germinie apprit par Adèle que le mari de la cuisinière volée disait qu'il n'y avait pas à chercher bien loin ; que la voleuse était dans la maison, qu'on savait ce qu'on savait. Adèle ajouta que cela remuait beaucoup dans la rue, et qu'il y avait des gens pour le répéter, pour le croire. Germinie indignée alla tout conter à sa maîtresse. Mademoiselle, indignée plus qu'elle, et personnellement touchée de son injure, écrivit sur l'heure à la maîtresse du domestique qu'elle eût à faire cesser immédiatement les calomnies dirigées contre une fille qu'elle avait chez elle depuis vingt ans, et dont elle répondait comme d'elle-même. Le domestique fut réprimandé. Dans sa colère, il parla encore plus fort. Il cria et répandit pendant plusieurs jours dans toute la maison son projet d'aller chez le commissaire de police, et de faire demander par lui à Germinie avec quel argent elle avait meublé le fils de la crémière, avec quel argent elle lui avait acheté un remplaçant, avec quel argent elle payait les dépenses des hommes qu'elle avait. Toute une semaine, la terrible menace pesa sur la tête de Germinie. Enfin le voleur fut découvert, et la menace tomba. Mais elle avait eu son effet sur la pauvre fille. Elle avait fait tout son mal dans ce cerveau trouble où, sous l'affluence et la soudaine montée du sang, la raison chancelait, se voilait au moindre choc de la vie. Elle avait bouleversé cette tête si prompte à s'égarer dans la peur ou la contrariété, perdant si vite le jugement, le discernement, la netteté de vue et d'appréciation des choses, se grossissant tout à elle-même, se jetant aux alarmes folles, aux prévisions mauvaises, aux perspectives désespérées, touchant à ses terreurs comme à des réalités, et à tout moment perdue dans le pessimisme de cette espèce de délire au bout duquel elle ne trouvait que cette phrase et ce salut : – Bah ! je me tuerai !

Toute la semaine, la fièvre de son cerveau la fit passer par toutes les péripéties de ce qu'elle s'imaginait devoir arriver. Le jour, la nuit, elle voyait sa honte exposée, publique ; elle voyait son secret, ses lâchetés, ses fautes, tout ce qu'elle portait caché sur elle et cousu dans son cœur, elle le voyait montré, étalé, découvert, découvert à mademoiselle ! Ses dettes pour Jupillon augmentées de ses dettes de boisson et de mangeailles pour Gautruche, de tout ce qu'elle achetait maintenant à crédit, ses dettes chez le portier, chez les fournisseurs, allaient éclater et la perdre ! Un froid à cette pensée lui passait dans le dos : elle sentait mademoiselle la chasser ! Toute la semaine, elle se figura, à toutes les minutes de sa pensée, être devant le commissaire de police. Huit jours entiers, elle roula cette idée et ce mot : la Justice ! la Justice telle que se la figure l'imagination des basses classes, quelque chose de terrible, d'indéfini, d'inévitable, qui est partout et dans l'ombre de tout, une toute-puissance de malheur qui apparaît vaguement dans le noir de la robe d'un juge, entre le sergent de ville et le bourreau, avec les mains de la police et les bras de la guillotine ! Elle qui avait tous les instincts de ces terreurs de peuple, elle qui répétait souvent qu'elle aimerait mieux mourir que d'aller en justice, elle s'apparaissait assise sur un banc, entre des gendarmes ! dans un tribunal, au milieu de tout ce grand inconnu de la loi dont son ignorance lui faisait une épouvante… Toute la semaine, ses oreilles entendirent dans l'escalier des pas qui venaient l'arrêter !

La secousse était trop forte pour des nerfs aussi malades que les siens. L'ébranlement moral de ces huit jours d'angoisse la jetait et la livrait à une idée qui n'avait fait jusque-là que tourner autour d'elle : l'idée du suicide. Elle se mettait à écouter, la tête dans les deux mains, ce qui lui parlait de délivrance. Elle laissait venir à son oreille ce bruit doux de la mort qu'on entend derrière la vie comme une chute lointaine de grandes eaux qui tombent, en s'éteignant, dans du vide. Les tentations qui parlent au découragement de tout ce qui tue si vite et si facilement, de tout ce qui ôte la souffrance avec la main, la sollicitaient et la poursuivaient. Son regard s'arrêtait et traînait autour d'elle sur toutes les choses qui peuvent guérir de la vie. Elle y habituait ses doigts, ses lèvres. Elle les touchait, les maniait, les approchait d'elle. Elle y cherchait l'essai de son courage et l'avant-goût de sa mort. Pendant des heures, elle restait à la fenêtre de sa cuisine, les yeux fixés au bas des cinq étages sur les pavés de la cour, des pavés qu'elle connaissait, qu'elle eût reconnus ! À mesure que le jour baissait, elle se penchait davantage, se pliait toute sur la barre mal affermie de la fenêtre, espérant toujours que cette barre allait crouler et l'entraîner, priant pour mourir, sans avoir besoin de cet élancement désespéré dans l'espace dont elle ne se sentait pas la force…

– Mais tu vas tomber ! lui dit un jour mademoiselle en la reprenant par la jupe, d'un premier mouvement effrayée[1]. Qu'est-ce que tu regardes donc dans la cour ?

1 Voir le *Journal* à la date du 21 août 1862 (Champion, t. III, p. 370).

– Moi, rien… les pavés.

– Voyons, es-tu folle ? Tu m'as fait une peur !… – Oh ! on ne tombe pas comme ça, dit Germinie avec un accent singulier. Allez ! pour tomber, mademoiselle, il faut une fière envie !

LI

Germinie n'avait pu obtenir que Gautruche, poursuivi par une ancienne maîtresse, lui donnât la clef de sa chambre. Quand il n'était pas rentré, elle était obligée de l'attendre en bas, dehors dans la rue, la nuit, l'hiver.

Elle se promenait d'abord de long en large devant la maison. Elle passait et repassait, faisait vingt pas, revenait. Puis, comme si elle allongeait son attente, elle faisait un tour plus long, et, allant toujours plus loin, finissait par toucher aux deux bouts du boulevard. Elle marchait ainsi souvent des heures, honteuse et crottée, sous le ciel brouillé, dans la suspecte horreur d'une avenue de barrière et de l'ombre de toutes choses. Elle suivait les maisons rouges des marchands de vin, les tonnelles nues, les treillages de guinguettes étayés des arbres morts qu'ont les fosses aux ours, les masures basses et plates trouées au hasard de fenêtres sans persienne, les fabriques de casquettes où l'on vend des chemises, les hôtels sinistres où l'on loge à la nuit. Elle passait devant des boutiques fermées, scellées, noires de faillites, devant des pans de mur maudits, devant des allées noires barrées de fer, devant des fenêtres murées, devant des entrées qui semblaient mener à ces logements de meurtre dont on fait passer le plan, en cour d'assises, à messieurs les jurés. C'était, à mesure qu'elle allait, des jardinets mortuaires, des bâtisses de guingois, des architectures ignobles, de grandes portes cochères moisies, des palissades enfermant dans un terrain vague l'inquiétante blancheur des pierres la nuit, des angles de bâtisses aux puanteurs salpêtrées, des murs salis d'affiches honteuses et de lambeaux d'annonces déchirées où la publicité pourrie était comme une lèpre. De temps en temps, à un brusque tournant, des ruelles s'ouvraient qui semblaient à quelques pas s'enfouir dans un trou, et d'où sortait un souffle de cave ; des culs-de-sac mettaient sur le bleu du ciel la rigidité noire d'un grand mur ; des rues montaient vaguement, où suintait de loin en loin, sur le plâtre blafard des maisons, la lueur d'un réverbère.

Germinie continuait à aller. Elle battait tout l'espace où la crapule soûle ses lundis et trouve ses amours, entre un hôpital, une tuerie et un cimetière : La Riboisière, l'Abattoir et Montmartre[1].

Les passants qui passent là, l'ouvrier qui remonte de Paris en sifflant, l'ouvrière qui revient, sa journée finie, les mains sous les aisselles pour se tenir chaud, la prostituée en bonnet noir qui erre, la croisaient et la regardaient. Les inconnus avaient l'air de la reconnaître ; la lumière lui faisait honte. Elle se sauvait de l'autre côté du boulevard, et longeait contre le mur de ronde la chaussée ténébreuse et déserte ; mais elle en était bientôt chassée par d'horribles ombres d'hommes et des mains brutalement amoureuses...

Elle voulait s'en aller ; elle s'injuriait au-dedans d'elle ; elle s'appelait lâche et misérable ; elle se jurait que c'était le dernier tour, qu'elle irait encore jusqu'à cet arbre, et puis que ce serait tout, que s'il n'était pas rentré, c'était fini, elle s'en irait. Et elle ne s'en allait pas ; elle marchait toujours[2], elle attendait toujours, plus dévorée, à mesure qu'il tardait, du désir et de la fureur de le voir.

À la fin, les heures s'écoulant, le boulevard se dégarnissant de passants, Germinie épuisée, éreintée de fatigue, se rapprochait des maisons. Elle se traînait de boutique en boutique, elle allait machinalement là où brûlait encore du gaz, et elle restait stupide devant le flamboiement des devantures. Elle s'étourdissait les yeux, elle tâchait de tuer son impatience en l'hébétant. Ce qu'on voit au travers des carreaux suants des marchands de vin, les batteries de cuisine, les bols de punch étagé entre deux bouteilles vides d'où sort un brin de laurier, les vitrines où les liqueurs mettent leurs couleurs dans un éclair, une chope pleine de petites cuillers de Ruolz[3], cela l'arrêtait longuement. Elle épelait les vieux arrêtés de tirage de loterie placardés au fond d'un cabaret, les annonces

1 Ce sera aussi entre ces bornes que tiendra la vie de Gervaise Macquart dans *L'Assommoir.* Voir à ce propos l'article de Jean-Louis Cabanès : « Germinie Lacerteux et Gervaise entre hôpital et abattoir » (*Littératures*, automne 1980, p. 45-67).

2 Cette phrase figure, soulignée, dans le Carnet intitulé *Gazette des tribunaux* : « Je ne voulais pas, je ne voulais pas marcher, et je marchais tout de même ».

3 Le *ruolz* est un alliage à base de cuivre, argenté ou doré par galvanoplastie, utilisé en orfèvrerie. Les couverts en ruolz sont utilisés dans la restauration, pour leur moindre coût.

de *gloria*, les inscriptions portant en lettres jaunes : *Vin nouveau, pur sang, 70 centimes.* Elle regardait un quart d'heure une arrière-salle où étaient un homme en blouse assis sur un tabouret devant une table, un tuyau de poêle, une ardoise et deux plateaux noirs au mur. Son regard fixe et perdu allait, au travers d'une buée rousse, à des silhouettes troubles de *choumaques*[1] penchés sur leurs établis. Il tombait et s'oubliait sur un comptoir qu'on lavait, sur deux mains qui comptaient les sous de la journée, sur un entonnoir qu'on récurait, sur un broc qu'on passait au grès. Elle ne pensait plus. Elle demeurait là, clouée et faiblissante, sentant son cœur s'en aller de la fatigue d'être sur ses pieds, ne voyant plus que dans une sorte d'évanouissement, n'entendant plus que dans un bourdonnement les fiacres emboués roulant sur le boulevard mou, prête à tomber et forcée par instants de s'étayer de l'épaule aux murs.

Dans l'état d'ébranlement et de maladie où elle était, avec cette demi-hallucination du vertige qui la rendait si peureuse de passer la Seine et la faisait se cramponner aux balustrades des ponts, il arrivait que certains soirs, lorsqu'il pleuvait, ces défaillances qu'elle avait sur le boulevard extérieur prenaient les terreurs d'un cauchemar. Quand la flamme des réverbères, tremblante dans une vapeur d'eau, allongeait et balançait, comme dans le miroitement d'une rivière, son reflet sur le sol mouillé ; quand les pavés, les trottoirs, la terre, semblaient disparaître et mollir sous la pluie, et que rien ne paraissait plus solide dans la nuit noyée, la pauvre misérable, presque folle de fatigue, croyait voir se gonfler un déluge dans le ruisseau. Un mirage d'épouvante lui montrait tout à coup de l'eau tout autour d'elle, de l'eau qui marchait, de l'eau qui s'approchait de partout[2]. Elle fermait les yeux, n'osait plus bouger, craignait de sentir son pas glisser sous elle, se mettait à pleurer, et pleurait jusqu'à ce que quelqu'un passât et voulût bien lui donner le bras jusqu'à l'*Hôtel de la petite main bleue.*

---

1 Choumaque : en argot, cordonnier, savetier.

2 Les amours avec Gautruche sont placées sous le signe de la pluie, sur ce « boulevard mou », comme plus tard l'espionnage de Jupillon (où Germinie attrape la pleurésie qui va la tuer). Cette fatalité météorologique sera un *topos* naturaliste (voir la neige qui tombe sur Gervaise errant sur les boulevards extérieurs dans *L'Assommoir*, et déjà la pluie qui tombe le jour de son mariage avec Coupeau).

LII

Elle montait alors dans l'escalier, c'était son dernier refuge. Elle s'y sauvait de la pluie, de la neige, du froid, de la peur, du désespoir, de la fatigue. Elle montait et s'asseyait sur une marche contre la porte fermée de Gautruche, serrait son châle et sa jupe pour laisser passage aux allants et venants le long de cette raide échelle, ramassait sa personne et se rencognait pour rapetisser sur l'étroit palier la place de sa honte.

Des portes ouvertes, sortait et se répandait sur l'escalier l'odeur des cabinets sans air, des familles tassées dans une seule chambre, l'exhalaison des industries malsaines, les fumées graisseuses et animalisées des cuisines de réchaud chauffées sur le carré, une puanteur de loques, l'humide fadeur de linges séchant sur des ficelles. La fenêtre aux carreaux cassés que Germinie avait derrière elle lui envoyait la fétidité d'un plomb[1] où toute la maison vidait ses ordures et son fumier coulant. À tout moment, sous une bouffée d'infection, son cœur se levait : elle était obligée de prendre dans sa poche un flacon d'eau de mélisse qu'elle avait toujours sur elle, et d'en boire une gorgée pour ne pas se trouver mal.

Mais l'escalier avait, lui aussi, ses passants : d'honnêtes femmes d'ouvriers remontaient avec un boisseau de charbon ou le litre du souper. Elles la frôlaient du pied, et tout le temps qu'elles mettaient à monter, Germinie sentait leur regard de mépris tourner autour de la cage de l'escalier et l'écraser de plus haut à chaque étage. Des enfants, des petites filles en fanchon[2] qui passaient dans l'escalier noir avec la lumière d'une fleur, des petites filles qui lui faisaient revoir, comme la lui montraient souvent ses rêves, sa petite fille vivante et grandie, elle les voyait s'arrêter à la regarder avec de grands yeux qui se reculaient d'elle ; puis les petites se sauvaient et s'essoufflaient à monter, et quand elles étaient tout en haut, se penchant presque par-dessus la rampe, elles lui jetaient des sottises impures, des injures d'enfants du peuple… L'insulte, crachée par ces bouches de roses, tombait sur Germinie plus douloureusement que tout. Elle se soulevait à demi, un moment ; puis

1 Jusqu'au début du XXe siècle, un *plomb* est la cuvette en plomb ou en zinc, aux étages d'un immeuble, servant à l'évacuation des eaux usées.

2 Coiffées d'une *fanchon*, c'est-à-dire d'un fichu.

accablée, s'abandonnant, elle retombait sur elle-même, et remontant son tartan[1] sur sa tête pour s'y cacher et s'y ensevelir, elle restait comme une morte, affaissée, inerte, insensible, repliée sur son ombre, pareille à un paquet jeté là et sur lequel tout le monde pouvait marcher, n'ayant plus de sens, ne vivant plus de tout le corps que pour un bruit de pas qu'elle écoutait venir – et qui ne venait pas.

Enfin, après des heures, des heures qu'elle ne pouvait pas compter, il lui semblait entendre, dans la rue, un trébuchement de pas ; puis une voix avinée montait l'escalier en bégayant : – Canaille !... canaille ed' d' marchand de vin !... tu m'as vendu du vin qui soûle !

C'était lui.

Et presque tous les jours recommençait la même scène.

– Ah ! t'étais là, ma Germinie, disait-il en la reconnaissant. Voilà ce que c'est... je vais te dire... On s'est un peu submergé... Et mettant la clef dans la serrure : – Je vas te dire... C'est pas ma faute...

Il entrait, repoussait d'un coup de pied une tourterelle aux ailes rognées qui sautillait en boitant, et fermant la porte : – Vois-tu ? Ce n'est pas moi... C'est Paillon, tu sais bien Paillon ?... ce petit gros qui est gras comme un chien de fou... Eh bien ! c'est lui, vrai d'honneur... Il a voulu me payer un litre à seize... Il m'a offert l'honnêteté, j'y ai roffert la politesse. Là-dessus naturellement, nous avons consolé notre café, consolé consoleras-tu !... Et d'alors en alors... nous nous sommes tombés dessus !... Un carnage de possédé ! À preuve que ce carcan[2] de marchand de vin nous a jetés à la porte comme des épluchures d'homard !

Germinie, pendant l'explication, avait allumé la chandelle fichée dans un chandelier de cuivre jaune. À la lueur de la lumière vacillante, apparaissait le sale papier de la chambre, couvert de caricatures du *Charivari*[3], déchirées du journal et collées au mur.

---

1 *Tartan* : étoffe de laine ou d'une autre matière, dont le dessin imite le tartan écossais (source : *TLF*). On trouve justement dans l'inventaire de Rose Malingre un tartan (voir Annexes, p. 256-257).

2 *Carcan* : vieux cheval, bon pour l'équarrissage (source : *Dictionnaire de la langue verte* de Delvau).

3 *Le Charivari*, journal d'opposition républicaine souvent condamné, commença à paraître en 1832, sous Louis-Philippe. Y parurent de nombreuses caricatures : de Philippon, son directeur (auteur de la fameuse poire louis-philipparde), de Daumier, de Gavarni, de Grandville... La lecture du *Charivari* situe politiquement Gautruche. Ajoutons qu'autour de Gautruche prolifèrent les images populaires : en l'attendant, Germinie contemple les affiches, les réclames, lit les tirages de la loterie (chap. L) ; à la fin de la partie à Vincennes,

– Tiens ! t'es un amour, lui disait Gautruche en lui voyant poser sur la table un poulet froid et trois bouteilles de vin. Car faut te dire… pour ce que j'ai dans l'estomac, un méchant bouillon… voilà tout… Ah ! celui-là, il aurait fallu un fier maître d'armes pour lui crever les yeux !

Et il se mettait à manger. Germinie buvait, les coudes sur la table, en le regardant, et son regard devenait noir.

…

– Bon ! toutes les négresses[1] sont mortes faisait à la fin Gautruche en égouttant une à une les bouteilles. Au dodo, les enfants !

…

…

Et c'étaient, entre ces deux êtres, des amours terribles, acharnées et funèbres, des ardeurs et des assouvissements sauvages, des voluptés furieuses, des caresses qui avaient les brutalités et les colères du vin, des baisers qui semblaient chercher le sang sous la peau comme la langue d'une bête féroce, des anéantissements qui les engloutissaient et ne leur laissaient que le cadavre de leurs corps.

À cette débauche, Germinie apportait je ne sais quoi de fou, de délirant, de désespéré, une sorte de frénésie suprême. Ses sens exaspérés se retournaient contre eux-mêmes, et, sortant des appétits de leur nature, ils se poussaient à souffrir. La satiété les usait, sans les éteindre ; et dépassant l'excès, ils se forçaient jusqu'au déchirement. Dans le paroxysme d'excitation où était la malheureuse créature, sa tête, ses nerfs, l'imagination de son corps enragé, ne cherchaient plus même le plaisir dans le plaisir, mais quelque chose au-delà de plus âpre, de plus poignant, de plus cuisant : la douleur dans la volupté. Et à tout moment, le mot « mourir » s'échappait de ses lèvres serrées, comme si tout bas elle invoquait la mort et cherchait à l'étreindre dans les agonies de l'amour !

Quelquefois, la nuit, tout à coup, se dressant sur le bord du lit, elle mettait ses pieds nus sur le froid du carreau, et restait là, farouche, penchée sur ce qui respire dans une chambre qui dort. Et peu à peu ce qui était autour d'elle, l'obscurité de l'heure, semblait l'envelopper. Elle se paraissait à elle-même tomber et rouler dans l'inconscience et

---

il dessine un cœur ; son langage est saturé d'images. On expliquera cette présence du langage de l'image par sa profession sans doute. On ajoutera qu'avec Gautruche, bien plus qu'avec Jupillon, c'est la culture du peuple qui s'incarne dans le roman des Goncourt.

1 *Négresse* : en argot, bouteille de vin rouge (source : *TLF*).

l'aveuglement de la nuit. La volonté de ses idées s'éteignait. Toutes sortes de choses noires, ayant comme des ailes et des voix, lui battaient contre les tempes. Les sombres tentations qui montrent vaguement le crime à la folie lui faisaient passer devant les yeux, tout près d'elle, une lumière rouge, l'éclair d'un meurtre ; et il y avait dans son dos des mains qui la poussaient, par-derrière, vers la table sur laquelle étaient les couteaux… Elle fermait les yeux, bougeait un pied ; puis, ayant peur, se retenait aux draps ; et à la fin, se retournant, elle retombait dans le lit, et renouait son sommeil au sommeil de l'homme qu'elle avait voulu assassiner ; pourquoi ? elle ne le savait ; pour rien, – pour tuer !

Et ainsi jusqu'au jour, dans le mauvais cabinet garni, se débattaient la rage et la lutte de ces mortelles amours, – tandis que la pauvre colombe éclopée et boiteuse, l'infirme oiseau de Vénus[1], nichée dans un vieux soulier de Gautruche, jetait de temps en temps, en s'éveillant au bruit, un roucoulement effaré.

LIII

Dans ce temps-là, Gautruche fut un peu dégoûté de boire. Il venait d'éprouver la première atteinte de la maladie de foie qui couvait depuis longtemps dans son sang brûlé et alcoolisé, sous le rouge briqueté de ses pommettes. Les affreuses souffrances qui lui avaient mordu le côté et tordu le creux de l'estomac pendant une huitaine de jours, lui avaient fait faire des réflexions. Il lui était venu, avec des résolutions de sagesse, des idées d'avenir presque sentimentales. Il s'était dit qu'il fallait mettre un peu plus d'eau dans sa vie, s'il voulait faire de vieux os. Pendant qu'il se retournait dans son lit et qu'il se pelotonnait, les genoux remontés pour moins souffrir, il avait regardé son taudis, ces quatre murs où il remisait ses nuits, où il rentrait le soir ses ivresses, quelquefois sans chandelle, dont il se sauvait le matin au jour ; et il avait pensé à se faire un intérieur. Il avait pensé à une chambre, où il aurait une femme, une

1 Cette colombe éclopée est l'emblème de ces « amours funèbres », et comme l'attribut d'une Vénus des bas-fonds et de la morbidité. Elle est, comme les nombreuses allégories grammatiques du récit, un des baudelairismes du roman.

femme qui lui ferait un bon pot-au-feu, le soignerait s'il était souffrant, raccommoderait ses affaires, tiendrait son linge en état, l'empêcherait d'aller recommencer une ardoise chez un marchand de vin[1], une femme enfin qui aurait pour lui tous les bons côtés du ménage, et qui par là-dessus ne serait pas une bête, le comprendrait, rirait avec lui. Cette femme était toute trouvée : c'était Germinie. Elle devait avoir un petit magot, quelques sous d'amassés depuis le temps qu'elle servait chez sa vieille demoiselle ; et avec ce qu'il gagnait, lui, ils vivraient à l'aise et « bouloteraient ». Il ne doutait pas de son consentement ; il était sûr d'avance qu'elle accepterait. Et d'ailleurs, ses scrupules, si elle en avait, ne résisteraient pas à la perspective du mariage qu'il comptait lui faire luire au bout de leur liaison.

Un lundi, elle venait d'arriver chez lui.

– Dis donc, Germinie, commença Gautruche, qu'est-ce que tu dirais de ça, hein ? Une bonne chambre… pas comme ce bahut-là… une vraie, avec un cabinet… à Montmartre, et deux fenêtres, rien que ça !… rue de l'Empereur[2]… avec une vue qu'un Anglais vous en donnerait cinq mille francs pour l'emporter ! Enfin, quelque chose de chouette et de gai, qu'on y passerait toute la journée sans s'embêter… Parce que moi, je vais te dire… je commence à en avoir assez de déménager pour changer de puces. Et puis, ce n'est pas tout ça : je m'embête d'être branché en garni, je m'embête d'être tout seul… Les amis, c'est pas une société… Ils vous tombent, comme des mouches, dans votre verre, quand c'est vous qui payez, et puis voilà !… D'abord, je ne veux plus boire, vrai de vrai, que je ne veux plus, tu verras ! Tu comprends que je ne veux pas me payer cette existence-là, à m'en faire crever… Pas de ça ! Attention ! Il ne faut pas s'abîmer le coco[3]… Il me semblait ces jours-ci que j'avais avalé des tire-bouchons… et je n'ai pas envie de frapper au monument[4] encore tout de suite… Alors, de fil en aiguille, voilà ce qui m'a poussé : je vas faire la proposition à Germinie… je me fendrais d'un peu de mobilier… Toi, tu as ce que tu as dans ta chambre… Tu sais que je ne suis pas trop feignant, je n'ai pas du poil dans la main pour l'ouvrage…

---

1 « Avoir une *ardoise arriérée* chez un marchand de vin », notent les Goncourt dans le carnet *Gazette des tribunaux*, expression qu'ils replacent ici.

2 Rue de l'Empereur : il s'agit de l'actuelle rue Lepic (qui porta le nom de Rue de l'Empereur de 1852 à 1864).

3 *Coco* : en argot, ce mot peut désigner la tête, le cou, l'estomac, le gosier.

4 C'est-à-dire à la porte du tombeau.

Puis, on pourrait voir à n'être pas toujours à travailler pour les autres, à prendre une boîte de *cambrousier*[1]... Toi, si tu avais quelque chose de côté, ça aiderait... Nous nous mettrions ensemble gentiment, quitte à nous faire régulariser un jour devant M. le maire... Ce n'est pas si bête, tout ça, hein ? ma grosse, n'est-ce pas ?... Et on va un peu quitter sa vieille de ce coup-là, pas vrai ! pour son vieux chéri de Gautruche ?

Germinie, qui avait écouté Gautruche, la tête avancée vers lui, le menton appuyé sur la paume de la main, se renversa dans un éclat de rire strident :

– Ah ! ah ! ah ! Tu as cru !... Et tu me dis ça comme ça !... Tu as cru que je la quitterais, elle ! Mademoiselle ! Vrai, tu l'as cru ?... Tu es bête, sais-tu ! Mais tu aurais des mille et des cents, tu serais tout cousu d'or, entends-tu ? tout cousu... C'est de la farce, hein ?... Mademoiselle ? Mais tu ne sais donc pas, je ne t'ai pas dit... Ah ! je voudrais bien qu'elle meure, et que ces mains-là ne soient pas là pour lui fermer les yeux ! Il faudrait voir !... voyons, là vraiment, tu l'as cru ?

– Dame ! je m'étais figuré... De la façon que tu étais avec moi... je croyais que tu tenais plus à moi que ça... enfin que tu m'aimais... fit le peintre, démonté par l'ironie terrible et sifflante des paroles de Germinie.

– Ah ! tu croyais encore ça ; que je t'aimais ! Et, comme si tout à coup elle arrachait du fond de son cœur le remords et la plaie de ses amours : – Eh bien ! oui, tiens ! je t'aime... je t'aime, comme tu m'aimes, là ! Autant ! et voilà tout ! je t'aime comme ce qu'on a sous la main, et dont on se sert parce que c'est là !... J'ai l'habitude de toi comme d'une vieille robe qu'on remet toujours... Voilà comme je t'aime !... Qu'est-ce que tu veux que je tienne à toi ? Toi ou un autre je te demande un peu ce que ça peut me faire ? Car, enfin, qu'est-ce que tu as été plus qu'un autre pour moi ? Eh bien ! oui, tu m'as prise... Et après ? C'est-il assez pour que je t'aime ?... Mais qu'est-ce que tu m'as donc fait pour m'attacher, veux – tu me le dire ? M'as-tu jamais sacrifié un verre de vin ? As-tu eu seulement pitié de moi, quand je trimais dans la boue, dans la neige, au risque de crever ? Ah ! bien oui ! Et ce qu'on me disait, ce qu'on me crachait sur la tête, que mon sang ne faisait qu'un bouillon d'un bout à l'autre... Tout ce que j'ai mangé d'affronts à t'attendre, c'est toi qui t'en fichais pas mal ! Allons donc ! C'est qu'il y a longtemps que je veux

1 *Cambrousier* ou *cambrous(s)ard* désignent un brocanteur (argot des revendeurs du Temple selon Delvau).

te dire tout ça et que j'en ai gros là, va ! Voyons, dit-elle avec un sourire atroce, est-ce que tu crois que tu m'as rendue folle avec ton physique, avec tes cheveux, que tu n'as plus, avec cette tête-là ? Plus souvent ! je t'ai pris… j'aurais pris n'importe qui ! J'étais dans mes jours où il me faut quelqu'un ! je ne sais plus alors, je ne vois plus… Ce n'est plus moi qui veux… je t'ai pris parce qu'il faisait chaud, tiens !

Elle se tut un instant.

– Va toujours, dit Gautruche, aplatis-moi sur toutes les coutures… Ne te gêne pas pendant que tu y es…

– Hein ? reprit Germinie, comme tu te figurais que j'allais être enchantée de me mettre avec toi ? Tu te disais : cette bonne bête-là ! va-t-elle être contente ! Et puis, je n'aurai qu'à lui promettre de l'épouser… Elle laissera sa place en plan. Elle lâchera sa maîtresse… Voyez-vous ça ! Mademoiselle ! mademoiselle qui n'a que moi ! Ah ! tiens, tu ne sais rien… Et puis, tu ne comprendrais pas… Mademoiselle qui est tout pour moi ! Mais, depuis ma mère, je n'ai eu qu'elle, je n'ai trouvé qu'elle de bonne ! Sauf elle, qu'est-ce qui m'a dit quand j'étais triste : tu es triste ? Et quand j'étais malade : tu es malade ? Personne ! Il n'y a eu qu'elle, rien qu'elle pour me soigner, pour s'occuper de moi… Tiens ! toi qui parles d'aimer pour ce qu'il y a entre nous… Ah ! voilà quelqu'un qui m'a aimée, mademoiselle ! Oh ! oui, aimée ! Et je meurs de ça, sais-tu ? d'être devenue une misérable comme je suis, une… – Elle dit le mot. – Et de la tromper, de lui voler son affection, de la laisser toujours m'aimer comme sa fille, moi ! moi ! Ah ! si jamais elle apprenait quelque chose… va, sois tranquille ! ça ne serait pas long… Il y en a une qui ferait un joli saut du cinquième, vrai comme Dieu est mon maître ! Mais figure-toi bien… toi encore, tu n'es pas mon cœur, tu n'es pas ma vie, tu n'es que mon plaisir… Mais j'ai eu un homme… Ah ! je ne sais pas si je l'ai aimé celui-là ! On m'aurait charcutée pour lui, sans que je dise rien… Enfin, l'homme de mon malheur !… Eh bien ! vois-tu, au plus fort que j'étais pincée pour lui, quand je ne soufflais que lorsqu'il voulait, quand j'étais folle et qu'il m'aurait marché sur le ventre, je l'aurais laissé marcher !… Eh bien ! oui, à ce moment-là, mademoiselle eût été malade, elle m'eût fait signe du petit doigt, que je serais revenue… Oui, pour elle, je l'aurais quitté ! je te dis, je l'aurais quitté !

– Alors… Puisque c'est à ce point-là, ma chère, qu'on l'aime tant sa vieille, il n'y a plus qu'une chose que je te conseille : il ne faut plus la quitter, ta bonne dame, vois-tu ?

– C'est mon congé dit Germinie en se levant.

– Ma foi ! ça y ressemble.

– Eh bien ! adieu… Ça me va !

Et, allant droit à la porte, elle sortit sans un mot.

LIV

De cette rupture, Germinie tomba où elle devait tomber, au-dessous de la honte, au-dessous de la nature même. De chute en chute, la misérable et brûlante créature roula à la rue. Elle ramassa les amours qui s'usent en une nuit, ce qui passe, ce qu'on rencontre, ce que le hasard des pavés fait trouver à la femme qui vague. Elle n'avait plus besoin de se donner le temps du désir : son caprice était furieux et soudain, allumé sur l'instant. Affamé du premier venu, elle le regardait à peine, et n'aurait pu le reconnaître. Beauté, jeunesse, ce physique d'un amant où l'amour des femmes les plus dégradées cherche comme un bas idéal, rien de tout cela ne la tentait plus, ne la touchait plus. Ses yeux, dans tous les hommes, ne voyaient plus que l'homme : l'individu lui était égal. La dernière pudeur et le dernier sens humain de la débauche, la préférence, le choix, et jusqu'à ce qui reste aux prostituées pour conscience et pour personnalité, le dégoût, le dégoût même, – elle l'avait perdu !

Et elle s'en allait par les rues, battant la nuit, avec la démarche suspecte et furtive des bêtes qui fouillent l'ombre et dont l'appétit quête. Comme jetée hors de son sexe, elle attaquait elle-même, elle sollicitait la brutalité, elle abusait de l'ivresse, et c'était à elle qu'on cédait. Elle marchait, flairant autour d'elle, allant à ce qu'il y a d'embusqué, d'impur dans les terrains vagues, aux occasions du soir et de la solitude, aux mains qui attendaient pour s'abattre sur un châle. Sinistre et frémissante, les passants de minuit la voyaient, à la lueur des réverbères, se glisser et comme ramper, courbée, effacée, les épaules pliées, rasant les ténèbres, avec un de ces airs de folle et de malade, un de ces égarements infinis qui font travailler sur des abîmes de tristesse, le cœur du penseur et la pensée du médecin[1].

---

1 Voir ce développement que les Goncourt notent dans l'*Histoire médicale et philosophique de la femme* du Dr Charles-François Menville : « Une espèce de mélancolie se développant

LV

Un soir qu'elle rôdait, dans la rue du Rocher, en passant devant un marchand de vin, au coin de la rue de Laborde[1], elle vit le dos d'un homme qui buvait sur le comptoir : c'était Jupillon.

Elle s'arrêta court, tourna du côté de la rue, et s'adossant à la grille du marchand de vin, elle se mit à attendre. Elle avait la lumière de la boutique derrière elle, les épaules contre les barreaux, et elle se tenait immobile, sa jupe retroussée d'une main par-devant, son autre main tombant au bout de son bras abandonné. Elle ressemblait à une statue d'ombre assise sur une borne. Dans sa pose, il y avait une résolution terrible et comme l'éternelle patience d'attendre là toujours. Les passants, les voitures, la rue, elle les apercevait vaguement et lointainement. Le cheval de renfort de l'omnibus pour la montée de la rue, un cheval blanc, était devant elle, immobile, éreinté, dormant sur pied, avec la tête et les deux jambes de devant dans la pleine lumière de la porte : elle ne le voyait pas. Il brouillassait. C'était un de ces temps de Paris, sales et pourris, où il semble que l'eau qui tombe soit déjà de la boue avant d'être tombée. Le ruisseau lui montait sur les pieds. Elle demeura ainsi une demi-heure, lamentable à voir, sans mouvement, menaçante et désespérée, toute à contre-jour, sombre et sans visage, pareille à une Fatalité plantée par la Nuit à la porte d'un *minzingue*[2] !

Enfin Jupillon sortit. Elle se dressa devant lui, les bras croisés.

– Mon argent ? lui dit-elle. Elle avait la figure d'une femme qui n'a plus de conscience, pour laquelle il n'y a plus de Dieu, plus de gendarmes, plus de cour d'assises, plus d'échafaud, – plus rien !

Jupillon sentit sa blague s'arrêter dans sa gorge.

---

dans la solitude, non encore le désir de jouissances matérielles mais la contemplation de celui qu'elle aime et délectation dans chacune de ses qualités physiques, la solitude, dans la société sombre, pensive, taciturne, car distraite absorption celui vient et se présente œil ranimé visage se colore, le cœur palpite [mots illisibles] l'imagination s'exalte passions violentes, l'esprit obsédé d'idées obscènes, l'appétit se perd plus sommeil ni repos, prurit et démangeaison dans boyaux [?] génitaux, salacité extrême » (Carnet n° 45, Archives municipales de Nancy, Fonds Goncourt 4°Z 98-1, voir Annexes, p. 265).

1 Rue du Rocher, rue de Laborde : Il s'agit de rues du VIIIe arrondissement – la rue de Laborde se termine rue du Rocher.

2 Un *mannezingue* ou *minzingue* : cabaret, marchand de vins (source : Delvau).

– Ton argent ? fit-il, ton argent, il n'est pas perdu. Mais il faut le temps… Dans ce moment-ci, je te dirai, ça ne va pas fort l'ouvrage… Il y a longtemps que c'est fini, ma boutique, tu sais… Mais d'ici à trois mois, je te promets… Et tu vas bien ?

– Canaille, va ! Ah ! je te tiens donc ! Ah ! tu voulais filer… Mais c'est toi, mon malheur ! c'est toi qui m'as fait comme je suis, brigand ! voleur ! filou ! Ah ! c'est toi…

Germinie lui jetait cela au visage, en se poussant contre lui, en lui faisant tête, en avançant sa poitrine contre la sienne. Elle semblait se frotter aux coups qu'elle appelait et provoquait ; et elle lui criait, toute tendue vers lui : – Mais bats-moi donc ! Qu'est-ce qu'il faut donc que je te dise, dis, pour que tu me battes ?

Elle ne pensait plus. Elle ne savait pas ce qu'elle voulait ; seulement elle avait comme un besoin d'être frappée. Il lui était venu une envie instinctive, irraisonnée, d'être brutalisée, meurtrie, de souffrir dans sa chair, de ressentir un choc, une secousse, une douleur qui fit taire ce qui battait dans sa tête. Des coups, elle n'imaginait que cela pour en finir. Puis, après les coups, elle voyait, avec la lucidité d'une hallucination, toutes sortes de choses se passer, la garde arrivant, le poste, le commissaire ! le commissaire devant lequel elle pourrait tout dire, son histoire, ses misères, ce que lui avait fait souffrir cet homme, ce qu'il lui avait coûté ! Son cœur se dégonflait d'avance à l'idée de se vider, avec des cris et des pleurs, de tout ce dont il crevait.

– Mais bats-moi donc, répétait-elle en marchant toujours sur Jupillon, qui cherchait à s'effacer et lui jetait en reculant des mots caressants comme on en jette à une bête qui ne vous reconnaît pas et qui veut mordre. Un rassemblement commençait autour d'eux.

– Allons, vieille pocharde, n'embêtons pas monsieur, fit un sergent de ville qui, empoignant Germinie par un bras, la fit tourner sur elle-même rudement. Sous l'injure brutale de cette main de police, les genoux de Germinie fléchirent : elle crut s'évanouir. Puis elle eut peur, et se mit à courir dans le milieu de la rue.

LVI

La passion a des retours insensés, des revenez-y inexplicables. Cet amour maudit que Germinie croyait tué par toutes les blessures et tous les coups de Jupillon, il revivait. Elle était épouvantée de le retrouver en elle en entrant. La seule vue de cet homme, cette approche de quelques minutes, le son de sa voix, la respiration de l'air qu'il respirait, avaient suffi pour lui retourner le cœur et la rendre toute au passé.

Malgré tout, elle n'avait jamais pu arracher tout à fait Jupillon du fond d'elle ; il y était resté enraciné. Son premier amour était lui. Elle lui appartenait, contre elle-même, par toutes les faiblesses du souvenir, toutes les lâchetés de l'habitude. D'elle à lui, il y avait tous les liens de torture qui nouent la femme pour toujours, le sacrifice, la souffrance, l'abaissement. Il la possédait pour avoir violé sa conscience, piétiné sur ses illusions, martyrisé sa vie. Elle était à lui, à lui éternellement, comme au maître de toutes ses douleurs.

Et ce choc, cette scène qui aurait dû lui donner l'horreur de le rencontrer jamais, ralluma en elle la frénésie de le revoir. Toute sa passion la reprit. La pensée de Jupillon l'emplit jusqu'à la purifier. Elle arrêta court le vagabondage de ses sens : elle voulut n'être à personne, puisque c'était le seul moyen qu'elle eût encore d'être à lui.

Elle se mit à le guetter, à étudier ses heures de sortie, les rues où il passait, les endroits où il allait. Elle le suivit, aux Batignolles, jusqu'à son nouveau logement, marcha derrière lui, contente de mettre le pied où il avait mis le sien, d'être menée par son chemin, de le voir un peu, de saisir un geste qu'il faisait, de lui prendre un de ses regards. C'était tout : elle n'osait lui parler ; elle se tenait à distance, allant derrière, comme un chien perdu tout heureux qu'on ne le repousse pas à coups de talon.

Elle se fit ainsi, pendant des semaines, l'ombre de cet homme, une ombre humble et peureuse qui reculait et s'éloignait de quelques pas, quand elle se croyait vue ; puis se rapprochait à pas timides, et à une marque d'impatience de l'homme, s'arrêtait encore, en paraissant demander grâce.

Quelquefois elle l'attendait à la porte d'une maison où il entrait, le reprenait quand il sortait, le reconduisait chez lui, toujours de loin, sans lui parler, avec l'air d'une mendiante qui mendie des restes et remercie de ce qu'on lui laisse ramasser. Puis au volet du rez-de-chaussée où il demeurait, elle écoutait s'il était seul, s'il n'y avait personne.

Quand il était avec une femme au bras, quoiqu'elle souffrît, elle s'acharnait à le poursuivre. Elle allait où allait le couple, jusqu'au bout. Elle entrait derrière eux dans les jardins publics, dans les bals. Elle marchait dans leurs rires, dans leurs paroles, se déchirait à les voir, à les entendre, et restait là, dans leur dos, à faire saigner toutes ses jalousies.

LVII

On était au mois de novembre. Depuis trois ou quatre jours, Germinie n'avait point rencontré Jupillon. Elle vint l'épier, le chercher près de son logement. Arrivée à sa rue, elle vit de loin une large raie de lumière filtrant par son volet fermé. Elle approcha et entendit des éclats de rire, des chocs de verre, des femmes, puis une chanson, une voix, une femme, celle qu'elle haïssait avec toutes les haines de son cœur, celle qu'elle eût voulu voir morte, celle dont elle avait tant de fois cherché la mort dans les lignes du sort, elle enfin – sa cousine !

Elle se colla derrière le volet, aspirant ce qu'ils disaient, enfoncée dans la torture de les entendre, affamée et se repaissant de souffrir. Il tombait une pluie froide d'hiver. Elle ne la sentait pas. Tous ses sens étaient à écouter. La voix qu'elle détestait semblait par moments faiblir et s'éteindre sous les baisers, et ce qu'elle chantait s'envolait comme étouffé par une bouche qui se pose sur une chanson. Les heures passaient. Germinie était toujours là. Elle ne pensait pas à s'en aller. Elle attendait sans savoir ce qu'elle attendait. Il lui semblait qu'il fallait qu'elle restât là toujours, jusqu'à la fin. La pluie tombait plus fort. De l'eau, d'une gouttière crevée au-dessus d'elle, lui battait sur les épaules. De grosses gouttes lui glissaient sur la nuque. Un froid de glace lui coulait dans le dos. Sa robe suait l'eau sur le pavé. Elle ne s'en apercevait pas. Elle n'avait plus dans tous les membres que la souffrance de l'âme.

Bien avant dans la nuit, il y eut du bruit, un remuement, des pas vers la porte. Germinie courut se cacher à quelques pas dans le rentrant d'un mur, et elle vit une femme qu'emmenait un jeune homme. Comme elle les regardait s'éloigner, elle sentit sur ses mains quelque chose de doux et de chaud qui lui fit peur d'abord : c'était un chien qui la léchait, un gros chien qu'elle avait tenu tout petit bien des soirées sur ses genoux, dans l'arrière-boutique de la crémière…

– Ici, Molosse ! cria deux ou trois fois dans l'ombre de la rue la voix impatientée de Jupillon.

Le chien aboya, se sauva, se retourna en gambadant pour revenir, et rentra. La porte se referma. Les voix et les chansons ramenèrent à la même place, contre le volet, Germinie, que la pluie trempait et qui se laissa tremper en écoutant toujours, jusqu'au matin, jusqu'au petit jour, jusqu'à l'heure où des maçons allant à leur ouvrage, leur pain sous le bras, se mirent à rire en la voyant[1].

LVIII

Deux ou trois jours après cette nuit passée sous la pluie, Germinie avait un visage effrayant de souffrance, le teint marbré, les yeux brûlants. Elle ne disait rien, ne se plaignait pas, faisait son service comme à l'ordinaire.

– Ah ça ! toi, regarde-moi donc un peu, lui dit mademoiselle ; et l'attirant brusquement au jour : – Qu'est-ce que c'est que ça ? cette mine de déterrée-là ? Allons, voyons, tu es malade ? Mon Dieu ! as-tu chaud aux mains !

Elle lui prit le poignet, et lui rejetant le bras au bout d'un instant :

– Comment, chienne de bête ! tu as une fièvre de cheval ! Et tu gardes ça pour toi !

– Mais non, mademoiselle, balbutia Germinie. Je crois que c'est un gros rhume, tout bonnement… je me suis endormie, l'autre soir, la fenêtre de ma cuisine ouverte…

– Oh ! toi, d'abord, reprit mademoiselle, tu crèverais que tu ne ferais pas seulement : – Ouf ! Attends… Et, mettant ses lunettes, roulant

1 Véritable *topos* du roman, la représentation d'une Germinie moquée, de préférence dans la rue (ainsi on rit de cette femme attirée par la vitrine du magasin de layette au chapitre XIX) ou en public (à la Boule-noire) concourt à la pathétisation du récit et à la victimisation constante de son personnage.

vivement son fauteuil à une petite table auprès de la cheminée, elle se mit à écrire quelques lignes de sa grosse écriture.

– Tiens, fit-elle en pliant la lettre, tu vas me faire le plaisir de donner cela à ton amie Adèle pour le faire porter par le portier… Et maintenant, à la paille[1] !

Mais Germinie ne voulut jamais aller se coucher. Ce n'était pas la peine. Elle ne se fatiguerait pas. Elle resterait assise toute la journée. D'ailleurs, le plus fort de son mal était passé ; elle allait déjà mieux. Et puis le lit, pour elle, faisait mourir.

Le médecin, appelé par le mot de mademoiselle, vint le soir. Il examina Germinie et ordonna l'application de l'huile de croton[2]. Les désordres de la poitrine étaient tels qu'il ne pouvait encore rien dire. Il fallait attendre l'effet des remèdes.

Il revint au bout de quelques jours, fit coucher Germinie, l'ausculta longuement. – C'est prodigieux, dit-il à mademoiselle quand il fut redescendu, elle a eu une pleurésie, et ne s'est pas alitée un moment… C'est donc une fille de fer ?… Oh ! l'énergie des femmes ! Quel âge a-t-elle ?

– Quarante et un ans.

– Quarante et un ans ? Oh ! c'est impossible !… Vous êtes sûre ? Elle en paraît cinquante…

– Ah ! pour paraître, elle paraît tout… Qu'est-ce que vous voulez ? Jamais de santé… toujours à être malade… des chagrins… des misères… et puis un caractère à se tourmenter toujours…

– Quarante et un ans ! c'est étonnant ! répéta le médecin. Il reprit après une seconde de réflexion :

– Y a-t-il eu dans sa famille, à votre connaissance, des affections de poitrine ? A-t-elle eu des parents qui soient morts…

– Elle a perdu une sœur d'une pleurésie… mais elle était plus âgée… Elle avait quarante-huit ans, je crois…

Le médecin était devenu sérieux. – Enfin, la poitrine se dégage, dit-il d'un ton rassurant. Mais il est de toute nécessité qu'elle se repose… Et puis envoyez-la-moi une fois par semaine… Qu'elle vienne me voir… Qu'elle prenne pour cela un beau temps, un jour de soleil.

---

1 *A la paille* : au lit !

2 Croton : plante que l'on trouve dans les régions chaudes et dont les graines fournissent, principalement, une huile utilisée comme purgatif puissant (source : *TLF*).

LIX

Mademoiselle eut beau parler, prier, vouloir, gronder : elle ne put obtenir de Germinie qu'elle discontinuât son service pendant quelques jours. Germinie ne voulut même point entendre parler d'une aide qui ferait le plus gros de son ouvrage. Elle déclara à mademoiselle que c'était impossible et inutile, qu'elle ne se ferait jamais à l'idée d'une autre femme l'approchant, la servant, la soignant : que rien que cette idée dans son lit lui donnerait la fièvre, qu'elle n'était pas encore morte, et que tant qu'elle pourrait mettre un pied devant l'autre, elle suppliait qu'on la laissât aller. À dire cela, elle mit un accent si tendre, ses yeux priaient si bien, sa voix de malade était si humble et si passionnée dans sa demande, que mademoiselle n'eut pas le courage de la forcer à prendre quelqu'un. Elle la traita seulement « de tête de bois, de bête brute », qui croyait, comme tous les gens de la campagne, qu'on est mort pour quelques jours passés au lit.

Se soutenant avec une apparence de mieux, due à la médication énergique du médecin, Germinie continuait à faire le lit de mademoiselle qui l'aidait à soulever les matelas. Elle continuait à lui faire à manger, et cela surtout lui était horrible.

Quand elle préparait le déjeuner et le dîner de mademoiselle, elle se sentait mourir dans sa cuisine, une de ces misérables petites cuisines de grande ville, qui font tant de femmes pulmoniques. La braise qu'elle allumait, et d'où se levait lentement un filet de fumée âcre, commençait à lui faire défaillir le cœur ; puis bientôt le charbon que lui vendait le charbonnier d'à côté, du fort charbon de Paris, plein de fumerons[1], l'enveloppait de son odeur entêtante. Le tuyau de tirage, crassé et rabattant, le manteau bas de la cheminée, lui renvoyaient dans la poitrine la malsaine respiration du feu et l'ardeur corrodante du fourneau à hauteur d'appui. Elle suffoquait, elle sentait le rouge et le chaud de tout son sang lui monter à la figure et lui faire des plaques sur le front. La tête lui tournait. Dans la demi-asphyxie des blanchisseuses qui repassent au milieu de la vapeur des réchauds, elle se jetait à la fenêtre, et humait un peu d'air glacé.

1 Fumerons : morceau de bois (ou d'une autre matière) insuffisamment carbonisé et qui fume (source : *TLF*).

Pour souffrir debout, aller toujours malgré ses défaillances, elle avait plus que la répulsion des gens du peuple à s'aliter, plus que la furieuse et jalouse volonté de ne pas laisser les soins d'une autre entourer mademoiselle : elle avait la terreur de la délation, qui pouvait entrer avec une nouvelle domestique. Il fallait qu'elle fût là pour garder mademoiselle et empêcher qu'on approchât d'elle. Puis il fallait encore qu'elle se montrât, que le quartier la vît, et qu'elle n'eût pas un air de morte pour ses créanciers. Il fallait qu'elle fit semblant d'avoir même des forces, qu'elle jouât l'apparence et la gaieté de la vie, qu'elle donnât confiance à toute la rue avec les paroles arrangées du médecin, avec une mine d'espérance, avec la promesse de ne pas mourir. Il fallait qu'elle fît bonne figure pour rassurer ses dettes, pour empêcher les alarmes de l'argent de monter l'escalier et de s'adresser à mademoiselle.

Cette comédie horrible et nécessaire, elle la soutint. Elle fut héroïque à faire mentir tout son corps, redressant, devant les boutiques qui l'épiaient, sa taille affaissée, pressant son pas traînant, se frottant les joues, avant de descendre, avec une serviette rude pour y rappeler la couleur du sang, pour farder sur son visage les pâleurs de son mal et le masque de sa mort ! Malgré la toux atroce qui secouait, toute la nuit, ses insomnies, malgré le dégoût de son estomac repoussant la nourriture, elle passa ainsi tout l'hiver à se vaincre et à se surmonter, à se débattre avec les hauts et les bas de la maladie.

Chaque fois qu'il venait, le médecin disait à mademoiselle qu'il ne voyait chez sa bonne aucun des organes essentiels à la vie attaqué d'une manière grave. Les poumons étaient bien un peu ulcérés en haut ; mais on guérit de cela. Seulement c'est un corps bien usé, bien usé, répétait-il avec un certain accent triste, un air presque embarrassé qui frappait mademoiselle. Et il parlait toujours, à la fin de ses visites, de changement d'air, de campagne.

LX

Au mois d'août, le médecin ne trouvait plus que cela à conseiller, à ordonner : la campagne. Malgré la peine qu'ont les vieilles gens à se déplacer, à changer le lieu, les habitudes, les heures de leur vie, en dépit de son humeur casanière et de l'espèce de déchirement qu'elle ressentait à s'arracher à son intérieur, mademoiselle se décida à emmener Germinie à la campagne. Elle écrivit à une fille de la *Poule*, qui habitait, avec une nichée d'enfants, une jolie petite propriété dans un village de la Brie, et qui, depuis de longues années, sollicitait d'elle une longue visite. Elle lui demanda l'hospitalité pendant un mois, six semaines pour elle et sa bonne malade.

On partit. Germinie était heureuse. Arrivée, elle se trouva mieux. Sa maladie, pendant quelques jours, eut l'air de se laisser distraire par le changement. Mais l'été, cette année-là, était incertain, pluvieux, tourmenté de soudaines variations et de souffles brusques. Germinie prit un refroidissement ; et mademoiselle entendit bientôt recommencer sur sa tête, juste au-dessus de l'endroit où elle couchait, l'affreuse toux qui lui avait été si insupportable et si douloureuse à Paris. C'étaient des quintes pressées et comme étranglées qui s'arrêtaient un moment, puis reprenaient, des quintes dont les silences laissaient à l'oreille et au cœur une attente nerveuse, anxieuse de ce qui allait revenir et de ce qui revenait toujours, éclatait, se brisait, s'éteignait encore, mais vibrait, même éteint, sans jamais se taire ni vouloir finir[1].

Pourtant, de ces horribles nuits, Germinie se relevait avec une énergie, une activité qui étonnaient et, par moments, rassuraient mademoiselle. Elle était debout avec tout le monde. Un matin, à cinq heures, elle alla avec le domestique dans un char à bancs, à trois lieues de là, chercher du poisson dans un moulin ; une autre fois, elle se traîna avec les bonnes de la maison, au bal de la fête, et ne rentra qu'avec elles au jour. Elle travaillait, aidait les domestiques. Sur un bout de chaise, dans un angle de la cuisine, elle était toujours à faire quelque chose de ses doigts. Mademoiselle fut obligée de la faire sortir, de l'envoyer s'asseoir dans le jardin. Germinie allait alors se mettre sur le banc vert, son ombrelle ouverte sur sa tête, avec du soleil dans sa jupe et sur ses pieds. Ne bougeant plus, elle s'oubliait là à respirer le jour, la lumière, la chaleur, dans une sorte d'aspiration passionnée et de bonheur fiévreux. Sa bouche détendue s'entrouvrait à l'haleine du grand air. Ses yeux brûlaient sans remuer ; et dans l'ombre éclairée qui glissait de la soie de l'ombrelle, son visage consumé, décharné, funèbre, regardait comme une tête de mort amoureuse.

1 Voir ces notes consignées dans le *Journal* à la date du 20 juillet 1862 : « La nuit, le matin surtout, je suis réveillé par la toux de Rose, qui couche au-dessus de nous, une toux pressée et comme étranglée. Cela s'arrête un instant, puis reprend. Cela me répond au creux de l'estomac, me fait passer un peu au-dessous, dans les entrailles, comme un sentiment de chaleur, me tient comme sous le coup d'une émotion. Et puis il y a l'attente nerveuse et anxieuse, entre l'arrêt des quintes, de la toux qui va venir. » (Champion, t. III, p. 352).

Toute lasse qu'elle était le soir, rien ne pouvait la décider à se coucher avant sa maîtresse. Elle voulait être là pour la déshabiller. Assise à côté d'elle, de temps en temps elle se soulevait pour la servir comme elle pouvait, l'aidait à ôter un jupon, puis se rasseyait, ramassait un instant ses forces, se relevait, voulait encore servir à quelque chose. Il fallait que mademoiselle la rasseyât[1] de force et lui ordonnât de rester tranquille. Et tout le temps que durait cette toilette du soir, c'était toujours dans sa bouche le même rabâchage sur les domestiques de la maison. – Voyez-vous, mademoiselle, vous n'avez pas idée des yeux qu'ils se font quand ils croient qu'on ne les voit pas… la cuisinière et le domestique… Ils se tiennent encore, quand je suis là ; mais l'autre jour, je les ai surpris dans la chambre à four… Ils s'embrassaient, figurez-vous ! heureusement que madame ici ne s'en doute pas. – Ah ! te voilà encore dans tes histoires ! Mais, bon Dieu, faisait mademoiselle, qu'ils se pigeonnent ou qu'ils ne se pigeonnent pas, qu'est-ce que ça te fait ? Ils sont bons pour toi, n'est-ce pas ? Voilà tout ce qu'il faut… – Oh ! très bons, mademoiselle ; de ce côté-là, je n'ai rien à dire… La Marie s'est relevée cette nuit pour me donner à boire… et lui, quand il reste du dessert, c'est toujours pour moi… Oh ! il est très gentil pour moi… ça n'amuse même pas trop la Marie, qu'il s'occupe comme ça de moi… Dame ! vous comprenez, mademoiselle… – Allons, tiens ! va te coucher avec toutes tes bêtises, lui disait brusquement sa maîtresse, tristement impatientée de voir chez une personne si malade une occupation si ardente de l'amour des autres.

LXI

Au retour de la campagne, le médecin, après avoir examiné Germinie, dit à mademoiselle : – Cela a été bien vite… Le poumon gauche est entièrement pris… Le droit est attaqué en haut… et je crains bien qu'il ne soit infiltré dans toute son étendue… C'est une femme perdue… Elle peut vivre encore six semaines, deux mois tout au plus[2]…

---

1 *Rasseyât* : barbarisme…

2 Voir *Journal*, 31 juillet 1862, Champion, t. III, p. 355.

– Ah ! Seigneur, dit Mlle de Varandeuil, mais tout ce que j'ai aimé y passera donc avant moi ! je m'en irai donc après tout le monde, moi, dites donc[1] ?...

– Avez-vous songé à la mettre quelque part, mademoiselle, dit le médecin après un instant de silence... Vous ne pouvez pas la garder... C'est pour vous une trop grande gêne... une douleur de l'avoir là, reprit le médecin à un mouvement de mademoiselle.

– Non, monsieur, non, je n'y ai pas pensé... Ah ! oui, que je la fasse partir !... Mais vous avez bien vu, monsieur : ce n'est pas une bonne, ce n'est pas une domestique pour moi, cette fille-là : c'est comme la famille que je n'ai pas eue !... Qu'est-ce que vous voulez que je lui dise : – Va-t'en, à présent ! Ah ! c'est la première fois que je souffre tant de n'être pas riche, d'avoir un appartement de quatre sous comme j'en ai un... Pour lui en parler, moi, mais c'est impossible !... Et puis où irait-elle ? Chez Dubois ?... Ah ! bien oui, chez Dubois !... Elle y a été voir la bonne que j'avais avant elle et qui y est morte... Autant la tuer[2] !... L'hôpital, alors ?... Non, pas là, je ne veux pas qu'elle meure là !

– Mon Dieu, mademoiselle, elle y serait cent fois mieux qu'ici... je la ferais entrer à Lariboisière[3], dans le service d'un médecin qui est mon ami... je la recommanderais à un interne qui me doit beaucoup... Elle aurait une très bonne sœur dans la salle où je la ferais mettre... Au besoin, elle aurait une chambre... Mais je suis sûr qu'elle préférera être dans une salle commune... C'est un parti nécessaire à prendre, voyez-vous, mademoiselle. Elle ne peut pas rester dans cette chambre là-haut... Vous savez ce que sont ces horribles chambres de domestique[4]... je trouve même que les commissions de salubrité devraient bien, là-dessus, forcer les propriétaires à l'humanité : c'est indigne !... Le froid va venir... il n'y a pas de cheminée ; avec la tabatière et le toit, ce sera une glacière... Vous la voyez encore aller... Oh ! elle a un courage

1 L'édition Geffroy supprime l'interrogative.

2 Rose Malingre refusa d'entrer à la maison Dubois où la nourrice d'Edmond était morte (voir *Journal*, Champion, t. III, p. 357).

3 C'est bien à l'hôpital Lariboisière qu'entra Rose Malingre, sur les recommandations du Docteur Simon. Rose Malingre meurt dans la salle Sainte-Joséphine, devenue salle Bernutz, tout comme Germinie. Le chef service de l'époque était le Dr Duguet. Voir Jean-Paul Martineaud, *Une Histoire de l'hôpital Lariboisière. Le Versailles de la misère*, Paris, L'Harmattan, coll. « Histoire de Paris », 1998.

4 *Journal*, 11 août 1862, Champion, t. III, p. 356.

étonnant, une vitalité nerveuse prodigieuse... Mais, malgré tout, le lit va la prendre dans quelques jours... elle ne se relèvera plus... Voyons, de la raison, mademoiselle... Laissez-moi lui parler, voulez-vous ?

– Non, pas encore... Cette idée-là... j'ai besoin de m'y faire... Et puis de la voir autour de moi, je crois qu'elle ne va pas mourir comme ça si vite... Nous aurons toujours le temps... Plus tard, nous verrons... oui, plus tard.

– Pardon, mademoiselle, mais permettez-moi de vous dire qu'à la soigner, vous êtes capable de vous rendre malade...

– Moi ?... Oh ! Moi !... Et Mlle de Varandeuil fit le geste d'une personne dont la vie est toute donnée.

LXII

Au milieu des inquiétudes désespérées que donnait à Mlle de Varandeuil la maladie de sa bonne, se glissait une impression singulière, une certaine peur devant l'être nouveau, inconnu, mystérieux, que le mal avait fait lever du fond de Germinie. Mademoiselle ressentait comme un malaise auprès de cette figure enfoncée, enterrée, presque disparue dans une implacable dureté, et qui ne semblait revenir à elle-même et se retrouver que fugitivement, par lueurs, dans l'effort d'un pâle sourire. La vieille femme avait vu bien des gens mourir ; sa longue et douloureuse mémoire lui rappelait bien des expressions de têtes chères et condamnées, bien des expressions de mort tristes, accablées, désolées, mais aucun des visages dont elle se souvenait n'avait pris en s'éteignant ce sombre caractère d'un visage qui s'enferme et se retire en lui-même.

Toute serrée dans sa souffrance, Germinie se tenait farouche, raidie, concentrée, impénétrable. Elle avait des immobilités de bronze. En la regardant, mademoiselle se demandait ce qu'elle couvait ainsi sans bouger, si c'était la révolte de sa vie, l'horreur de mourir, ou bien un secret, un remords. Rien d'extérieur ne semblait plus toucher la malade. La sensation des choses s'en allait d'elle. Son corps devenait indifférent à tout, ne demandait plus à être soulagé, ne paraissait plus désirer guérir. Elle ne se plaignait de rien, n'avait de plaisir ni de distraction à rien.

Ses besoins de tendresse eux-mêmes l'avaient quittée. Elle ne donnait plus signe de caresse, et, chaque jour, quelque chose d'humain quittait cette âme de femme qui paraissait se pétrifier. Souvent, elle s'abîmait dans des silences qui faisaient attendre le déchirement d'un cri, d'une parole ; mais, après avoir promené le regard autour d'elle, elle ne disait rien, et recommençait à regarder au même endroit, dans le vide, devant elle, fixement, éternellement.

Quand mademoiselle rentrait de chez l'amie où elle allait dîner, elle trouvait Germinie dans l'obscurité, sans lumière, affaissée dans un fauteuil, les jambes allongées sur une chaise, la tête penchée sur sa poitrine, et si profondément absorbée, que parfois elle n'entendait pas la porte s'ouvrir. Dans la chambre, en avançant, il semblait à Mlle de Varandeuil déranger un épouvantable tête-à-tête de la Maladie et de l'Ombre, où Germinie cherchait déjà dans la terreur de l'invisible l'aveuglement de la tombe et la nuit de la mort.

LXIII

Tout le mois d'octobre, Germinie s'obstina à ne pas vouloir s'aliter. Chaque jour, cependant, elle était plus faible, plus défaillante, plus abandonnée de son corps. À peine si elle pouvait monter l'étage qui allait à son sixième, en se tirant le long de la rampe. À la fin, elle tombait dans l'escalier : les autres domestiques la ramassaient et la portaient jusqu'à sa chambre. Mais cela ne l'arrêtait pas : le lendemain, elle redescendait avec cette lueur de force que le matin donne aux malades. Elle préparait le déjeuner de mademoiselle, elle faisait un semblant d'ouvrage, elle tournait encore dans l'appartement, s'accrochant aux meubles, se traînant. Mademoiselle en avait pitié : elle la forçait à se jeter sur son propre lit. Germinie y reposait une demi-heure, une heure, sans dormir, ne parlant pas, les yeux ouverts, immobiles et vagues, comme les gens qui souffrent.

Un matin, elle ne descendit pas. Mademoiselle monta au sixième, tourna dans un étroit corridor empesté par des lieux de domestiques, et arriva à la porte de Germinie, la porte 21. Germinie lui demanda bien pardon de l'avoir faite monter. Il lui avait été impossible de mettre les pieds au bas de son lit. Elle avait de grandes douleurs dans le ventre, et le ventre tout enflé. Elle pria mademoiselle de s'asseoir un instant, et retira, pour lui faire place, le chandelier qui était sur la chaise, à la tête de son lit.

Mademoiselle s'assit, et resta quelques instants regardant cette misérable chambre de domestique, une de ces chambres où le médecin est obligé de poser son chapeau sur le lit[1], et où il y a à peine la place pour mourir ! C'était une mansarde de quelques pieds carrés sans cheminée, où la tabatière à crémaillère laissait passer l'haleine des saisons, le chaud de l'été, le froid de l'hiver. Les débarras de vieilles malles, des sacs de nuit, un panier de bain, le petit lit de fer où Germinie avait couché sa nièce, étaient entassés sous le pan coupé du mur. Le lit, une chaise et une petite toilette boiteuse avec une cuvette cassée, faisaient tout le mobilier. Au-dessus du lit était pendu, dans un cadre peint à la façon du palissandre, un daguerréotype d'homme.

Le médecin vint dans la journée. – Ah ! de la péritonite… fit-il, quand mademoiselle lui eut appris l'état de Germinie.

Il monta voir la malade. – Je crains, dit-il en redescendant, qu'il n'y ait un abcès dans l'intestin communiquant avec un abcès dans la vessie… C'est grave, très grave… Il faut bien lui recommander de ne faire aucun grand mouvement dans son lit, de se retourner avec précaution… Elle pourrait mourir tout à coup dans les plus affreuses douleurs… Je lui ai proposé d'aller à Lariboisière… elle a accepté tout de suite… Elle n'a aucune répugnance… Seulement, je ne sais pas comment elle supportera le transport… Enfin, elle a tant d'énergie, je n'en ai jamais vu une pareille… Demain matin, vous aurez l'ordre d'admission…

Quand mademoiselle remonta chez Germinie, elle la trouva souriante dans son lit, gaie de l'idée de s'en aller : – Allez, mademoiselle, lui dit-elle, c'est l'affaire de six semaines.

1 Voir *Journal* à la date du 11 août 1862 (Champion, p. 356).

LXIV

À deux heures, le lendemain, le médecin apporta le billet d'entrée. La malade était prête à partir. Mademoiselle lui proposa de s'en aller sur un brancard qu'on ferait venir de l'hôpital. – Oh ! non, dit vivement Germinie, je me croirais morte… Elle pensait à ses dettes ; elle avait besoin de se faire voir, à ses créanciers de la rue, vivante et debout jusqu'à la fin !

Elle sortit du lit. Mlle de Varandeuil l'aida à passer son jupon et sa robe. Aussitôt hors du lit, la vie disparut de son visage, la flamme de son teint : il sembla lui monter tout à coup de la terre sous la peau. En s'accrochant à la rampe, elle descendit l'étage raide de l'escalier de service, et arriva à l'appartement. On l'assit dans la salle à manger, sur un fauteuil, près de la fenêtre. Elle voulut passer ses bas toute seule, et en les remontant d'une pauvre main tremblante et dont les doigts se cognaient, elle laissa voir un peu de ses jambes si maigres qu'elles faisaient peur[1]. La femme de ménage mettait pendant ce temps-là, dans un paquet, un peu de linge, un verre, une tasse et un couvert en étain que Germinie avait voulu emporter. Quand ce fut fini, Germinie regarda un moment tout autour d'elle : elle enveloppa la pièce d'un embrassement suprême et qui semblait vouloir emporter les choses. Puis, ses yeux s'arrêtant sur la porte par où la femme de ménage venait de sortir : – Au moins, dit-elle à mademoiselle, je vous laisse quelqu'un d'honnête…

Elle se leva. La porte se ferma derrière elle avec un bruit d'adieu, et soutenue par Mlle de Varandeuil qui la portait presque, elle descendit, par le grand escalier, les cinq étages. À chaque palier, elle s'arrêtait et respirait. Au vestibule, elle trouva le portier qui lui avait apporté une chaise. Elle tomba dessus. Le gros homme, en riant, lui promit la santé dans six semaines. Elle remua la tête en disant un *oui*, *oui* étouffé.

Elle était dans le fiacre, à côté de sa maîtresse. Le fiacre était dur et sautait sur le pavé. Elle avait avancé le corps pour n'avoir pas le contrecoup des cahots, et se tenait de la main à la portière, cramponnée. Elle regardait passer les maisons, et ne parlait plus. Arrivée à la porte de l'hôpital, elle ne voulut pas qu'on la portât. – Pouvez-vous aller

1 Voir les jambes de Rose Malingre dans le *Journal* (11 août 1862, Champion, p. 357).

jusque-là ? lui dit le concierge, en lui montrant à une vingtaine de pas la salle de réception. Elle fit signe que oui, et marcha : c'était une morte qui allait parce qu'elle voulait aller !

Enfin, elle arriva dans la grande salle haute, froide, rigide, nette, sèche et terrible, dont les bancs de bois faisaient cercle autour du brancard qui attendait. Mlle de Varandeuil la fit asseoir sur un fauteuil de paille, près d'un guichet vitré. Un employé ouvrit le guichet, demanda à Mlle de Varandeuil le nom, l'âge de Germinie, et couvrit d'écriture pendant un quart d'heure une dizaine de papiers marqués en tête d'une image religieuse. Cela fait, Mlle de Varandeuil se retourna, l'embrassa ; elle vit un garçon de salle la prendre sous le bras, puis elle ne la vit plus, se sauva, et tombant sur les coussins du fiacre, elle éclata en sanglots et lâcha toutes les larmes dont son cœur étouffait depuis une heure. Sur le siège, le dos du cocher était étonné d'entendre pleurer si fort.

LXV

Le jour de la visite, le jeudi venu, Mlle de Varandeuil partit pour voir Germinie à midi et demi. Elle voulait être à son lit au moment juste de l'ouverture, à une heure précise. Repassant par les rues où elle avait passé quatre jours avant, elle se rappelait l'affreux voyage du lundi. Il lui semblait, dans la voiture où elle était seule, gêner un corps malade, et elle se tenait dans le coin du fiacre comme pour laisser de la place au souvenir de Germinie. Comment allait-elle la trouver ?... La trouverait-elle seulement ? Si son lit allait être vide !...

Le fiacre enfila une petite rue toute pleine de charrettes d'oranges et de femmes qui, assises sur le trottoir vendaient des biscuits dans des paniers. Il y avait je ne sais quoi de misérable et de lugubre dans cet étal en plein vent de fruits et de gâteaux, douceurs de mourants, viatiques de malades, attendus par la fièvre, espérés par l'agonie, et que des mains de travail, toutes noires, prenaient en passant pour porter à l'hôpital et faire bonne bouche à la mort. Des enfants les portaient gravement, presque pieusement, comme s'ils comprenaient, sans y toucher.

Le fiacre s'arrêta devant la grille de la cour. Il était une heure moins cinq minutes. À la porte se pressait une queue de femmes, avec leurs robes des jours ouvriers, serrées, sombres, douloureuses et silencieuses. Mlle de Varandeuil se mit à la queue, avança avec les autres, entra : on la fouilla. Elle demanda la salle Sainte-Joséphine, on lui indiqua le second pavillon au second. Elle trouva la salle, puis le lit, le lit 14 qui était, comme on le lui avait dit, un des derniers à droite. D'ailleurs, elle y fut comme appelée, du bout de la salle, par le sourire de Germinie, ce sourire des malades d'hôpital à une visite inattendue qui dit si doucement, dès qu'on entre : – C'est moi, ici…

Elle se pencha sur le lit. Germinie voulut la repousser avec un geste d'humilité et comme une honte de servante.

Mlle de Varandeuil l'embrassa.

– Ah ! lui dit Germinie, le temps m'a bien duré hier… je m'étais figuré que c'était jeudi… et je m'ennuyais après vous…

– Ma pauvre fille ! Et comment te trouves-tu ? – Oh ! ça va bien maintenant… mon ventre est dégonflé… J'ai trois semaines à être ici, voyez-vous, mademoiselle… Ils disent que j'en ai pour un mois, six semaines… mais je me connais… Et puis je suis très bien, je ne m'ennuie pas… je dors maintenant la nuit… J'avais une soif quand vous m'avez amenée lundi !… Ils ne veulent pas me donner d'eau rougie…

– Qu'est-ce que tu as là à boire ?

– Oh ! comme chez nous… de l'albumine[1]. Voulez-vous m'en verser, tenez, mademoiselle, c'est si lourd, leurs choses d'étain !

Et se soulevant d'un bras avec le petit bâton pendant au milieu de son lit, avançant l'autre mis à nu par la chemise relevée, tout maigre et grelottant, vers le verre que lui tendait Mlle de Varandeuil, elle but.

– Là, fit-elle, quand elle eut fini, et elle posa ses deux bras étendus, hors du lit, sur le drap. Elle reprit : – Faut-il que je vous dérange comme ça, ma pauvre demoiselle… Ça doit être d'une saleté finie chez nous ?

– Ne t'occupe donc pas de ça.

Il y eut un instant de silence. Un sourire décoloré vint aux lèvres de Germinie : – J'ai fait de la contrebande, dit-elle à Mlle de Varandeuil en baissant la voix, je me suis confessée pour être bien…

---

1 Albumine : substance organique utilisée en médecine comme boisson adoucissante, contre-poison (source : *TLF*).

Puis, avançant la tête sur l'oreiller de façon à être plus près de l'oreille de Mlle de Varandeuil :

– Il y a des histoires ici… J'ai une drôle de voisine, allez, là… Elle indiqua d'un coup d'œil et d'un mouvement d'épaule la malade à laquelle elle tournait le dos. – Elle a un homme qui vient la voir ici… Il lui a parlé hier pendant une heure… J'ai entendu qu'ils avaient un enfant… Elle a quitté son mari… Il était comme un fou, cet homme-là, en lui parlant…

Et disant cela, Germinie s'animait comme toute pleine encore et toute tourmentée de cette scène de la veille, toute fiévreuse et toute jalouse, si près de la mort, d'avoir entendu l'amour à côté d'elle !

Puis tout à coup, elle changea de figure. Il venait une femme vers son lit. La femme parut embarrassée en voyant Mlle de Varandeuil. Au bout de quelques minutes, elle embrassa Germinie, et comme une autre femme venait, elle se hâta de partir. La nouvelle fit de même, embrassa Germinie, et la quitta aussitôt. Après les femmes, un homme vint ; puis ce fut une autre femme. Tous, au bout d'un instant, se penchaient sur la malade pour l'embrasser, et dans chaque baiser Mlle de Varandeuil percevait vaguement un marmottement de paroles, des mots échangés, une demande sourde de ceux qui embrassaient, une réponse rapide de celle qui était embrassée.

– Eh bien ! dit-elle à Germinie, j'espère qu'on te soigne !

– Ah ! oui, répéta Germinie, avec une voix singulière, on me soigne !

Elle n'avait plus l'air vivant comme au commencement de la visite. Un peu de sang monté à ses joues y était resté seulement ainsi qu'une tache. Son visage semblait fermé ; il était froid et sourd, pareil à un mur. Sa bouche rentrée était comme scellée. Ses traits se cachaient sous le voile d'une souffrance infinie et muette. Il n'y avait plus rien de caressant ni de parlant dans ses yeux immobiles, tout occupés et remplis de la fixité d'une pensée. On eût dit qu'une immense concentration intérieure, une volonté de la dernière heure, ramenait au-dedans de sa personne tous les signes extérieurs de ses idées, et que tout son être se tenait désespérément replié sur une douleur attirant tout à elle.

C'est que ces visites qu'elle venait de recevoir, c'étaient la fruitière, l'épicier, la marchande de beurre, la blanchisseuse, – toutes ses dettes vivantes ! Ces baisers, c'étaient les baisers de tous ses créanciers venant, dans une embrassade, flairer leurs créances et faire *chanter* son agonie !

LXVI

Le samedi matin, mademoiselle venait de se lever. Elle était en train de faire un petit panier de quatre pots de confitures de Bar qu'elle comptait porter le lendemain à Germinie, quand elle entendit des voix basses, un colloque dans la pièce d'entrée entre la femme de ménage et le portier. Puis presque aussitôt la porte s'ouvrit, le portier entra.

– Une triste nouvelle, mademoiselle, dit-il.

Et il lui tendit une lettre qu'il avait à la main ; elle portait le timbre de l'hôpital de Lariboisière : Germinie était morte le matin, à sept heures.

Mademoiselle prit le papier ; elle n'y vit que des lettres qui lui disaient : – Morte ! Morte ! Et la lettre avait beau lui répéter : – Morte ! Morte ! elle n'y pouvait croire. Comme ceux dont on apprend subitement la fin, Germinie lui apparaissait toute vivante, et sa personne qui n'était plus se représentait à elle avec la présence suprême de l'ombre de quelqu'un. Morte ! Elle ne la verrait plus ! Il n'y avait donc plus de Germinie au monde ! Morte ! Elle était morte ! Et ce qui allait remuer maintenant dans la cuisine, ce ne serait plus elle ; ce qui allait lui ouvrir la porte, ce ne serait plus elle ; ce qui trôlerait[1] le matin dans sa chambre, ce serait une autre ! – Germinie ! Elle cria cela à la fin, avec le cri dont elle l'appelait ; puis, se reprenant : – Machine ! Chose !... Comment t'appelles-tu, toi ? dit-elle durement à la femme de ménage toute troublée. Ma robe... que j'y aille...

Il y avait, dans ce dénouement si rapide de la maladie, une si brusque surprise que sa pensée ne pouvait s'y faire. Elle avait peine à concevoir cette mort soudaine, secrète et vague, contenue tout entière pour elle dans ce chiffon de papier. Germinie était-elle vraiment morte ? Mademoiselle se le demandait avec le doute des gens qui ont perdu une personne chère au loin, et, ne l'ayant pas vue mourir, ne veulent pas qu'elle soit morte. Ne l'avait-elle pas vue encore toute vivante la dernière fois ? Comment cela était-il arrivé ? Comment tout à coup était-elle devenue ce qui n'est plus bon qu'à mettre dans la terre ? Mademoiselle n'osait y songer, et y songeait. L'inconnu de cette agonie dont elle ignorait

1 *Trôler* ou *troller*, d'abord terme de vénerie, signifie se déplacer sans but précis, flâner, traîner.

tout, l'effrayait et l'attirait. L'anxieuse curiosité de sa tendresse allait vers les dernières heures de sa bonne, et elle essayait d'en soulever à tâtons le voile et l'horreur. Puis il lui prenait une irrésistible envie de tout savoir, d'assister, par ce qu'on lui dirait, à ce qu'elle n'avait pas vu. Il fallait qu'elle apprît si Germinie avait parlé avant de mourir, si elle avait exprimé un désir, témoigné une volonté, laissé échapper un de ces mots qui sont le dernier cri de la vie.

Arrivée à Lariboisière, elle passa devant le concierge, un gros homme puant la vie comme on pue le vin, traversa les corridors où glissaient des convalescentes pâles, et sonna tout au bout de l'hôpital à une porte voilée de rideaux blancs. On ouvrit : elle se trouva dans un parloir éclairé de deux fenêtres, où une sainte Vierge de plâtre était posée sur un autel, entre deux vues du Vésuve qui semblaient frissonner là, contre le mur nu[1]. Derrière elle, d'une porte ouverte, sortait un caquetage de sœurs et de petites filles, un bruit de jeunes voix et de frais rires, la gaieté d'une pièce blanche où le soleil s'amuse avec des enfants qui jouent.

Mademoiselle demanda à parler à la Mère de la salle Sainte-Joséphine. Il vint une sœur petite, à demi bossue, avec une figure laide et bonne, une figure à la grâce de Dieu. Germinie était morte dans ses bras. – Elle ne souffrait presque plus, dit la sœur à mademoiselle ; elle se trouvait mieux ; elle se sentait soulagée ; elle avait de l'espérance. Le matin, vers les sept heures, au moment où son lit venait d'être fait, tout à coup, sans se voir mourir, elle a été prise d'un vomissement de sang dans lequel elle a passé. – La sœur ajouta qu'elle n'avait rien dit, rien demandé, rien désiré.

Mademoiselle se leva, délivrée des horribles pensées qu'elle avait eues, Germinie avait été sauvée de toutes les souffrances d'agonie qu'elle lui avait rêvées. Mademoiselle remercia cette mort de la main de Dieu qui cueille l'âme d'un seul coup.

Comme elle sortait de là : – Voulez-vous reconnaître le corps ? lui dit un garçon en s'approchant.

Le corps ! Ce mot fut affreux pour mademoiselle. Sans attendre sa réponse, le garçon se mit à marcher devant elle jusqu'à une grande porte jaunâtre au-dessus de laquelle était écrit : *Amphithéâtre*. Il cogna ; un homme en bras de chemise, un brûle-gueule à la bouche, entrouvrit la porte, et dit d'attendre un instant.

---

1 Voir *Journal*, 17 août 1862 (Champion, t. III, p. 368).

Mademoiselle attendit. Ses pensées lui faisaient peur. Son imagination était de l'autre côté de cette porte d'épouvante. Elle essayait de voir ce qu'elle allait voir. Et toute remplie d'images confuses, de terreurs évoquées, elle frissonnait de l'idée d'entrer là, de reconnaître au milieu d'autres ce visage défiguré, si encore elle le reconnaissait ! Et cependant elle ne pouvait s'arracher de là : elle se disait qu'elle ne la verrait plus jamais !

L'homme au brûle-gueule ouvrit la porte : mademoiselle ne vit rien qu'une bière, dont le couvercle ne montant que jusqu'au cou laissait voir Germinie les yeux ouverts, les cheveux droits sur la tête.

LXVII

Brisée par ces émotions, par ce dernier spectacle, Mlle de Varandeuil se mit au lit en rentrant chez elle, après avoir donné de l'argent au portier pour les tristes démarches, l'enterrement, la concession. Et quand elle fut dans son lit, ce qu'elle avait vu revint devant elle. Il y avait toujours auprès d'elle la morte horrible, ce visage effrayant dans le cadre de cette bière. Son regard avait emporté au-dedans d'elle cette tête inoubliable ; sous ses paupières fermées, elle la voyait et en avait peur. Germinie était là, avec le bouleversement de traits d'une figure d'assassinée, avec ses orbites creusées, avec ses yeux qui semblaient avoir reculé dans des trous ! Elle était là, avec cette bouche encore tordue d'avoir vomi son dernier souffle ! Elle était là, avec ses cheveux, ses cheveux terribles, rebroussés, tout debout sur sa tête !

Ses cheveux ! cela surtout poursuivait mademoiselle. La vieille fille pensait, sans y vouloir penser, à des choses tombées dans son oreille d'enfant, à des superstitions de peuple perdues au fond de sa mémoire : elle se demandait si on ne lui avait pas dit que les morts qui ont les cheveux ainsi emportent avec eux un crime en mourant... Et, par moments, c'étaient ces cheveux-là qu'elle voyait à cette tête, des cheveux de crime, tout droits d'épouvante et tout roidis d'horreur devant la justice du ciel, comme les cheveux du condamné à mort devant l'échafaud de la Grève !

Le dimanche, mademoiselle se trouva trop malade pour sortir de son lit. Le lundi, elle voulut se lever pour aller à l'enterrement, mais, prise d'une faiblesse, elle fut obligée de se recoucher.

LXVIII

– Eh bien ! c'est fini ? dit de son lit mademoiselle, en voyant entrer chez elle à onze heures le portier qui revenait du cimetière avec une redingote noire et la mine de componction d'un retour d'enterrement.

– Mon Dieu oui, mademoiselle... Dieu merci ! la pauvre fille ne souffre plus.

– Tenez ! je n'ai pas la tête à moi aujourd'hui...

Mettez les quittances et le restant de l'argent sur ma table de nuit... Nous compterons un autre jour.

Le portier restait debout devant elle sans bouger ni s'en aller, en changeant de main une calotte de velours bleu coupée dans la robe d'une fille de la maison. Au bout d'un instant, il se décida à parler :

– C'est cher, mademoiselle, pour se faire enterrer... Il y a d'abord...

– Qu'est-ce qui vous a dit de compter ? interrompit Mlle de Varandeuil avec l'orgueil d'une charité superbe.

Le portier continua : – Et puis par là-dessus, une concession à perpétuité, comme vous m'aviez dit, ça ne se donne pas... Vous avez beau avoir bon cœur, mademoiselle, vous n'êtes pas trop riche... on sait ça, et alors on s'est dit – Mademoiselle va avoir pas mal à payer... et on connaît mademoiselle, elle payera... Eh bien ! si on lui économisait ça ?... Ça serait toujours autant... L'autre sera toujours bien sous terre... Et puis, qu'est-ce qui peut lui faire le plus de plaisir là-haut ? C'est de savoir qu'elle ne fait de tort à personne, la brave fille...

– Payer... quoi ? dit Mlle de Varandeuil, impatientée par les circonlocutions du portier.

– Allez ! ça ne fait rien, reprit le portier, elle vous était bien attachée tout de même... Et puis quand elle a été bien malade, ce n'était pas le moment... Oh ! mon Dieu, il ne faut pas vous gêner... ça ne presse pas... c'est de l'argent qu'elle devait depuis des temps... C'est ça, tenez...

Et il tira de la poche intérieure de sa redingote un papier timbré.

– Je ne voulais pas qu'elle fit un billet... c'est elle...

Mlle de Varandeuil saisit le papier timbré et vit au bas :

Approuvé l'écriture ci-dessus,
GERMINIE LACERTEUX

C'était une reconnaissance de trois cents francs payables de mois en mois par acomptes qui devaient être portés au dos du papier[1].

– Il n'y a rien, vous voyez, dit le portier en retournant le papier.

Mlle de Varandeuil ôta ses lunettes. – Je payerai, dit-elle.

Le portier s'inclina. Elle le regarda : il restait là.

– C'est tout, j'espère ?... dit-elle d'un ton brusque.

Le portier avait recommencé à regarder fixement une feuille du parquet. – C'est tout... si on veut...

Mlle de Varandeuil eut peur comme au moment de passer la porte derrière laquelle elle allait voir le corps de sa bonne.

– Mais comment doit-elle tout cela ?... s'écria-t-elle... je lui donnais de bons gages... je l'habillais presque... À quoi son argent passait-il, hein ?

– Ah ! voilà, mademoiselle... je n'aurais pas voulu vous le dire... mais autant aujourd'hui que demain... Et puis, il vaut mieux que vous soyez prévenue ; quand on sait, on s'arrange... Il y a un compte de la marchande de volailles... La pauvre fille doit un peu partout... elle n'avait pas beaucoup d'ordre dans les derniers temps... La blanchisseuse, la dernière fois, a laissé son livre... Ça va assez haut... je ne sais plus... Il paraît qu'il y a une note chez l'épicier... oh ! une vieille note... ça remonte à des années... Il vous apportera son livre...

– Combien l'épicier ?

– Dans les deux cent cinquante.

Toutes ces révélations, tombant coup sur coup sur Mlle de Varandeuil, lui arrachaient des exclamations sourdes. Soulevée de son oreiller, elle restait sans paroles devant cette vie dont le voile se déchirait morceau par morceau, dont les hontes s'éclairaient une à une.

– Oui, dans les deux cent cinquante... Il y a beaucoup de vin, à ce qu'il dit...

– J'en ai toujours eu à la cave...

– La crémière... reprit le portier sans répondre, oh ! pas grand-chose... la crémière... soixante-quinze francs... Il y a de l'absinthe et de l'eau-de-vie.

– Elle buvait ! cria Mlle de Varandeuil qui, sur ce mot, devina tout.

Le portier ne parut pas entendre.

1 Voir les documents conservés aux Archives Goncourt à Nancy et transcrits en Annexes (p. 255-256).

– Ah ! voyez-vous, mademoiselle, ç'a été son malheur de connaître les Jupillon… le jeune homme… Ce n'était pas pour elle ce qu'elle en faisait… Et puis le chagrin… Elle s'est mise à boire… Elle espérait l'épouser, faut vous dire… Elle lui avait arrangé une chambre… Quand on se met dans les mobiliers, ça va vite… Elle se détruisait, figurez-vous… J'avais beau lui dire de ne pas s'abîmer à boire comme ça… Moi, vous pensez, quand elle rentrait à des six heures du matin, je n'allais pas vous le dire… C'est comme son enfant… Oh ! reprit le concierge au geste que fit Mlle de Varandeuil, une fière chance qu'elle soit morte, cette petite…Ça ne fait rien, on peut dire qu'elle a fait la noce… et une rude… Voilà pourquoi le terrain, moi… si j'étais que vous… Elle vous a assez coûté, allez, mademoiselle, tant qu'elle a mangé de votre salade… Et vous pouvez la laisser où elle est… avec tout le monde…

Ah ! c'est comme ça ! c'était ça ! Ça volait pour des hommes ! ça faisait des dettes ! Ah ! elle a bien fait de crever, la chienne ! Et il faut que je paye !… Un enfant ! Voyez-vous ça, la guenippe[1] ! Ah ! bien oui, elle peut pourrir où elle veut, celle-là ! Vous avez bien fait, monsieur Henri… Voler ! Elle me volait ! Dans le trou, parbleu ! c'est bon pour elle !… Dire que je lui laissais toutes mes clefs… je ne comptais jamais… Mon Dieu !… Ah ! oui, de la confiance… Eh bien ! voilà… Je payerai… ce n'est pas pour elle, c'est pour moi… Et moi qui donne ma plus belle paire de draps pour l'enterrer ! Ah ! si j'avais su, je t'en aurais donné du torchon de cuisine, mademoiselle comme je danse[2] !

Et mademoiselle continua quelques minutes, jusqu'à ce que les mots l'étouffassent et s'étranglassent dans sa gorge.

LXIX

À la suite de cette scène, Mlle de Varandeuil resta huit jours dans son lit, malade et furieuse, pleine d'une indignation qui lui secouait tout

---

1 *Guenippe* ou *guenipe* : prostituée de bas étage, gourgandine.

2 *Comme je danse !* : Encore une expression consignée dans le Carnet de la collection Gimpel qui prend parfois la forme de la liste de mots ou de formules à placer (expression notée à la date de 1850).

le cœur, lui débordait par la bouche, lui arrachait par instants quelque grosse injure qu'elle crachait dans un cri à la sale mémoire de sa bonne. Nuit et jour, elle se retournait dans la même pensée de malédiction, et ses rêves mêmes agitaient dans son lit la colère de ses membres grêles.

Était-ce possible ! Germinie ! sa Germinie ! Elle n'en revenait pas. Des dettes !… un enfant !… toutes sortes de hontes ! La scélérate ! Elle l'abhorrait, elle la détestait. Si elle avait vécu, elle aurait été la dénoncer au commissaire de police. Elle eût voulu croire à l'enfer pour la recommander aux supplices qui châtient les morts. Sa bonne, c'était ça ! Une fille qui la servait depuis vingt ans ! qu'elle avait comblée ! L'ivrognerie ! elle était descendue jusque-là ! L'horreur qu'on a après un mauvais rêve venait à mademoiselle, et tous les dégoûts montant de son âme disaient : – Fi ! à cette morte dont la tombe avait vomi la vie et rejeté l'ordure.

Comme elle l'avait trompée ! Comme elle faisait semblant de l'aimer, la misérable ! Et pour se la montrer à elle-même plus ingrate et plus coquine, Mlle de Varandeuil se rappelait ses tendresses, ses soins, ses jalousies qui avaient l'air de l'adorer. Elle la revoyait se penchant sur elle lorsqu'elle était malade. Elle repensait à ses caresses… Tout cela mentait ! Son dévouement mentait ! Le bonheur de ses baisers, l'amour de ses lèvres mentaient ! Mademoiselle se disait cela, se le répétait, se le persuadait ; et pourtant, peu à peu, lentement, de ces souvenirs remués, de ces évocations dont elle cherchait l'amertume, de la lointaine douceur des jours passés, il se levait en elle un premier attendrissement de miséricorde.

Elle chassait ces pensées qui laissaient tomber sa colère ; mais la rêverie les lui rapportait. Il lui revenait alors des choses auxquelles elle n'avait pas fait attention du vivant de Germinie, de ces riens auxquels le tombeau fait penser et que la mort éclaire. Elle avait un vague ressouvenir de certaines étrangetés de cette fille, d'effusions fiévreuses, d'étreintes troublées, d'agenouillements qu'on eût dit prêts à une confession, de mouvements de lèvres au bord desquelles semblait trembler un secret. Elle retrouvait, avec ces yeux qu'on a pour ceux qui ne sont plus, les regards si tristes de Germinie, des gestes, des poses qu'elle avait, ses visages de désespoir. Et elle devinait là-dessous maintenant des blessures, des plaies, des déchirements, le tourment de ses angoisses et de ses repentirs, les larmes de sang de ses remords, toutes sortes de souffrances étouffées dans toute sa vie et dans toute sa personne, une Passion de honte qui n'osait demander pardon qu'avec son silence !

Puis elle se grondait pour avoir pensé cela et se traitait de vieille bête. Ses instincts rigides et droits, la sévérité de conscience et la dureté de jugement d'une vie sans faute, ce qui chez une honnête femme fait condamner une fille, ce qui chez une sainte comme Mlle de Varandeuil devait être sans pitié pour sa domestique, tout en elle se révoltait contre un pardon. Au-dedans d'elle une justice criait, étouffant sa bonté : – Jamais ! Jamais ! Et elle chassait, d'un geste implacable, le spectre infâme de Germinie.

Même par instants, pour faire plus irrévocable la damnation et l'exécration de cette mémoire, elle la chargeait, elle l'accablait, elle la calomniait. Elle ajoutait à l'affreuse succession de la morte. Elle reprochait à Germinie plus encore qu'elle n'avait à lui reprocher. Elle prêtait des crimes à la nuit de ses pensées, des désirs assassins à l'impatience de ses rêves. Elle voulait penser, elle pensait qu'elle avait souhaité sa mort, qu'elle l'avait attendue.

Mais, à ce moment-là même, dans le plus noir de ses pensées et de ses suppositions, une vision se levait et s'éclairait devant elle. Une image s'approchait, qui semblait s'avancer vers son regard, une image dont elle ne pouvait se défendre et qui traversait les mains dont elle voulait la repousser : Mlle de Varandeuil revoyait sa bonne morte. Elle revoyait ce visage qu'elle avait entrevu à l'amphithéâtre, ce visage crucifié, cette tête suppliciée où étaient montés à la fois le sang et l'agonie d'un cœur. Elle la revoyait avec cette âme que la seconde vue du souvenir dégage des choses. Et cette tête, à mesure qu'elle lui revenait, lui revenait avec moins d'épouvante. Elle lui apparaissait comme se dépouillant de terreur et d'horreur. La souffrance seule y restait, mais une souffrance d'expiation, presque de prière, la souffrance d'un visage de morte qui voudrait pleurer… Et l'expression de cette tête s'adoucissant toujours, mademoiselle finissait par y voir une supplication qui l'implorait, une supplication qui, à la longue, enveloppait sa pitié. Insensiblement, il se glissait dans ses réflexions, des indulgences, des idées d'excuse dont elle s'étonnait elle-même. Elle se demandait si la pauvre fille était aussi coupable que d'autres, si elle avait choisi le mal, si la vie, les circonstances, le malheur de son corps et de sa destinée, n'avaient pas fait d'elle la créature qu'elle avait été, un être d'amour et de douleur... Et tout à coup elle s'arrêtait : elle allait pardonner !

Un matin, elle sauta à bas de son lit.

– Eh[1] ! vous... l'autre ! cria-t-elle à sa femme de ménage, le diable soit de votre nom ! je l'oublie toujours... Vite, mes affaires... j'ai à sortir...

– Ah ! par exemple, mademoiselle... les toits, regardez donc... ils sont tout blancs.

– Eh bien, il neige, voilà tout.

Dix minutes après, Mlle de Varandeuil disait au cocher de fiacre qu'elle avait envoyé chercher :

– Cimetière Montmartre !

LXX

Au loin, un mur s'allongeait, un mur de fermeture, tout droit, continuant toujours. Le filet de neige qui lignait son chaperon lui donnait une couleur de rouillé sale. Dans son angle, à gauche, trois arbres dépouillés dressaient sur le ciel leurs sèches branches noires. Ils bruissaient tristement avec un son de bois mort entrechoqué par la bise. Au-dessus de ces arbres, derrière le mur et tout contre, se dressaient les deux bras où pendait un des derniers réverbères à l'huile de Paris. Quelques toits tout blancs s'espaçaient çà et là ; puis se levait la montée de la butte Montmartre dont le linceul de neige était déchiré par des coulées de terre et des taches sablonneuses. De petits murs gris suivaient l'escarpement, surmontés de maigres arbres décharnés dont les bouquets se violaçaient dans la brume, jusqu'à deux moulins noirs. Le ciel était plombé, lavé des tons bleuâtres et froids de l'encre étendue au pinceau : il avait pour lumière une éclaircie sur Montmartre, toute jaune, de la couleur de l'eau de la Seine après les grandes pluies. Sur ce rayon d'hiver, passaient et repassaient les ailes d'un moulin caché, des ailes lentes, invariables dans le mouvement, et qui semblaient tourner l'éternité.

En avant du mur, contre lequel plaquait un buisson de cyprès morts et roussis par la gelée, s'étendait un grand terrain sur lequel descendaient,

1 L'éd. Geffroy corrige en « Hé ! ».

comme deux grandes processions de deuil, deux épaisses rangées de croix serrées, pressées, bousculées, renversées. Ces croix se touchaient, se poussaient, se marchaient sur les talons. Elles pliaient, tombaient, s'écrasaient en chemin. Au milieu, il y avait comme un étouffement qui en avait fait sauter en dehors, à côté ; on les apercevait recouvertes et levant seulement, avec l'épaisseur de leur bois, la neige sur les chemins, un peu piétinés au milieu, qui allaient le long des deux files. Les rangs brisés ondulaient avec la fluctuation d'une foule, le désordre et le serpentement d'une grande marche. Les croix noires, avec leurs bras étendus, prenaient un air d'ombres et de personnes en détresse. Ces deux colonnes débandées faisaient penser à une déroute humaine, à une armée désespérée, effarée. On eût cru voir un épouvantable sauve-qui-peut…

Toutes les croix étaient chargées de couronnes, de couronnes d'immortelles, de couronnes de papier blanc à fil d'argent, de couronnes noires à fil d'or ; mais la neige les laissait voir en dessous usées, et toutes flétries, horribles comme des souvenirs dont ne voulaient pas les autres morts et que l'on avait ramassées pour faire un peu de toilette aux croix avec des glanures de tombes.

Toutes les croix avaient un nom écrit en blanc ; mais il y avait aussi des noms qui n'étaient pas même écrits sur un peu de bois : une branche d'arbre cassée, plantée en terre, avec une enveloppe de lettre ficelée autour, c'était un tombeau qu'on pouvait voir là !

À gauche, où l'on creusait une tranchée pour une troisième rangée de croix, la pioche d'un ouvrier rejetait en l'air de la terre noire qui retombait sur le blanc du remblai. Un grand silence, le silence sourd de la neige enveloppait tout, et l'on n'entendait que deux bruits, le bruit mat de la pelletée de terre et le bruit pesant d'un pas régulier : un vieux prêtre, qui était là à attendre, la tête dans un capuchon noir, en camail noir, en étole noire, avec un surplis sale et jauni, essayait de se réchauffer en battant de ses grosses galoches le pavé du grand chemin, devant les croix[1].

---

1 Voir le *Journal* à la date du 31 août 1862 : « J'ai vu aujourd'hui cette chose sur laquelle nul œil de bourgeois ne s'est jamais arrêté et dont l'horreur est une horreur de ouïe-dire : j'ai vu la fosse commune. / Ce sont, sous le bleu du ciel, la falaise jaune, la silhouette grise d'un moulin de Montmartre, qui tourne, deux grands champs. / L'un, qui ne sert point encore, mais qui attend la mort des mois prochains, fait une grande tache jaune au milieu de la verdure des tombes qui l'entourent. […] / L'autre – l'autre que la mort a presque empli tout entier – monte par trois sillons couverts de croix jusqu'au mur de

La fosse commune, ce jour-là, c'était cela. Ce terrain, ces croix, ce prêtre disaient : – Ici dort la Mort du peuple et le Néant du pauvre[1].

Ô Paris ! tu es le cœur du monde, tu es la grande ville humaine, la grande ville charitable et fraternelle ! Tu as des douceurs d'esprit, de vieilles miséricordes de mœurs, des spectacles qui font l'aumône ! Le pauvre est ton citoyen comme le riche. Tes églises parlent de Jésus-Christ ; tes lois parlent d'égalité ; tes journaux parlent de progrès ; tous tes gouvernements parlent du peuple ; et voilà où tu jettes ceux qui meurent à te servir, ceux qui se tuent à créer ton luxe, ceux qui périssent du mal de tes industries, ceux qui ont sué leur vie à travailler pour toi, à te donner ton bien-être, tes plaisirs, tes splendeurs, ceux qui ont fait ton animation, ton bruit, ceux qui ont mis la chaîne de leurs existences dans ta durée de capitale, ceux qui ont été la foule de tes rues et le peuple de ta grandeur ! Chacun de tes cimetières a un pareil coin honteux, caché contre un bout de mur, où tu te dépêches de les enfouir, et où tu leur jettes la terre à pelletées si avares que l'on voit passer les pieds de leurs bières ! On dirait que ta charité s'arrête à leur dernier soupir, que ton seul *gratis* est le lit où l'on souffre, et que, passé l'hôpital, toi si énorme et si superbe, tu n'as plus de place pour ces gens-là ! Tu les entasses, tu les presses, tu les mêles dans la mort, comme il y a cent ans, sous les draps

---

clôture, les croix se touchant par le pied. Cela ressemble au taillis de la mort ; ou plutôt, toutes ces croix noires ou blanches, pressées les unes contre les autres, vous font penser à une ascension de spectres se marchant sur les talons. [...] La dernière tranchée n'est point remplie jusqu'à son extrémité ; une planche, qui ne ferme point la porte à l'odeur de la pourriture, vous sépare seule du dernier mort ; et, dans le restant de la tranchée, des ouvriers creusent, rejetant la terre dont l'entassement fait incliner et pencher à terre toutes les croix de la tranchée voisine. / Dans cette abominable confusion, dans cet horrible mépris du corps du pauvre, j'ai vu, parmi toutes ces croix, qui gardent le souvenir d'une personne aimée à sa famille, à ses amis – quoi ? Une semaine, un mois ? – j'ai vu, sur un de ces morts communs, une branche de sapin arrachée au cimetière, avec une enveloppe de lettre attachée par un bout de ficelle » (Champion, t. III, p. 377). Jules fit une aquarelle de ce paysage en février 1863, qui fut reproduite dans l'édition Lemerre de *Germinie Lacerteux*.

1 Le 27 septembre 1864, après avoir vu au cimetière Montmartre une tombe d'enfant ornée d'un « vrai bouquet de bal » qui lui semble « une douleur ni de peuple ni de bourgeois » mais « un deuil d'aristocrate, une larme d'artiste », Jules, alors dans la rédaction de *Germinie Lacerteux*, note : « À mesure que le respect de la vie humaine augmente, le respect de la mort diminue » (Champion, p. 794). C'est le 26 septembre 1864 qu'il consigne un rêve où, rencontrant Balzac, il lui parle de *Germinie Lacerteux* : « Je lui racontais mon roman et je remarquais un assez grand dégoût, quand je lui parlais d'hystérie » (Champion, p. 793).

de tes Hôtels-Dieu, tu les mêlais dans l'agonie ! Encore hier, n'avais-tu pas seulement ce prêtre en faction pour jeter un peu d'eau bénite banale à tout venant : pas la moindre prière ! Cette décence même manquait : Dieu ne se dérangeait pas ! Mais ce que ce prêtre bénit, c'est toujours la même chose : un trou où le sapin se cogne, où les morts ne sont pas chez eux ! La corruption y est commune ; personne n'a la sienne, chacun a celle de tous : c'est la promiscuité du ver[1] ! Dans le sol dévorant, un Montfaucon se hâte pour les Catacombes... Car les morts n'ont pas plus ici le temps que l'espace pour pourrir : on leur reprend la terre, avant que la terre n'ait fini ! avant que leurs os n'aient une couleur et comme une ancienneté de pierre, avant que les années n'aient effacé sur eux un reste d'humanité et la mémoire d'un corps ! Le déblai se fait, quand cette terre est encore eux, et qu'ils sont ce terreau humide où la bêche enfonce... La terre qu'on leur prête ? Mais elle n'enferme pas seulement l'odeur de la mort ! L'été, le vent qui passe sur cette voirie humaine à peine enterrée, en emporte, sur la ville des vivants, le miasme impie. Aux jours brûlants d'août, les gardiens empêchent d'aller jusque-là : il y a des mouches qui ont le poison des charniers, des mouches charbonneuses et qui tuent !

Mademoiselle arriva là, après avoir passé le mur et la voûte qui séparent les concessions à perpétuité des concessions à temps. Sur l'indication d'un gardien, elle monta entre la dernière file de croix et la tranchée nouvellement ouverte. Et là, marchant sur des couronnes ensevelies, sur l'oubli de la neige, elle arriva à un trou, à l'ouverture de la fosse. C'était bouché avec de vieilles planches pourries et une feuille de zinc oxydée sur laquelle un terrassier avait jeté sa blouse bleue. La terre coulait derrière jusqu'en bas, où elle laissait à jour trois bois de cercueil dessinés dans leur sinistre élégance : il y en avait un grand et deux plus petits un peu derrière. Les croix de la semaine, de l'avant-veille, de la veille,

---

1 Ce passage démarque l'enterrement de Fantine dans la fosse commune. Cet enterrement, expéditif, n'occupe qu'un paragraphe à la fin de la 1re partie des *Misérables*. Le voici : « Fantine fut donc enterrée dans ce coin gratis du cimetière qui est à tous et à personne, et où l'on perd les pauvres. Heureusement Dieu sait où retrouver l'âme. On coucha Fantine dans les ténèbres parmi les premiers os venus ; elle subit la promiscuité des cendres. Elle fut jetée à la fosse publique. Sa tombe ressembla à son lit » (*Les Misérables*, éd. M. Allem, Paris, Gallimard, coll. « Bibliothèque de la Pléiade », 1951, p. 314). Cette réécriture, consciente ou non, inscrit, dans une apostrophe à Paris qui parodie l'éloquence hugolienne, une sévère critique de la poétique des *Misérables*, et, faut-il l'ajouter, de son propos politique.

descendaient la coulée de la terre ; elles glissaient, elles enfonçaient, et, comme emportées sur la pente d'un précipice, elles semblaient faire de grandes enjambées.

Mademoiselle se mit à remonter ces croix, se penchant sur chacune, épelant les dates, cherchant les noms avec ses mauvais yeux. Elle arriva à des croix du 8 novembre : c'était la veille de la mort de Germinie, Germinie devait être à côté. Il y avait cinq croix du 9 novembre, cinq croix toutes serrées : Germinie n'était pas dans le tas. Mlle de Varandeuil alla un peu plus loin, aux croix du 10, puis aux croix du 11, puis aux croix du 12. Elle revint au 8, regarda encore partout : il n'y avait rien, absolument rien... Germinie avait été enterrée sans une croix ! On n'avait pas même planté un morceau de bois pour la reconnaître !

À la fin, la vieille demoiselle se laissa tomber à genoux dans la neige, entre deux croix dont l'une portait 9 novembre et l'autre 10 novembre. Ce qui devait rester de Germinie devait être à peu près là. Sa tombe vague était ce terrain vague. Pour prier sur elle, il fallait prier au petit bonheur entre deux dates, – comme si la destinée de la pauvre fille avait voulu qu'il n'y eût, sur la terre, pas plus de place pour son corps que pour son cœur !

ILLUSTRATIONS

Liste des effets appartenant à Rose Malingre trouvés après son décès et remis par MM. de Goncourt à Mr Pierre Dommergue le 12 octobre 1862.

1 montre en argent émaillé
3 reconnaissances du Mont de piété
1 de douze francs (périmée)
1 de quatorze francs
1 de six francs.
1 écharpe algérienne
1 boîte de petites bagues
1 boîte de médailles
1 flacon, rubans, et menus objets
1 carton de vieilles dentelles
1 manchon
1 chapeau de paille
1 chapeau de paille à rubans
1 robe de soie noire
1 mantelet de soie
1 boîte de rubans
1 robe en laine
2 châles de crêpe noir
1 châle fond noir bordé de cachemire de l'Inde
1 ombrelle
2 jupons
1 jupon de couleur
1 jupon noir
1 manteau de drap
1 broche d'argent
1 corset
2 robes
1 paquet de linge sale
1 jupon de couleur
1 châle tartan
1 jupon
1 camisole
6 mouchoirs en pièce
Paquets de chiffons.

Dommergue

Ill. 1 – Liste des effets appartenant à Rose Malingre.
Inventaire après décès. Archives municipales de Nancy, 4°Z86.

Paris le 1er aout 1862

Excusez moi de me permettre de vous
ecrire sur un sujet aussi délicat. j'ai
appris que Mlle rose est tres malade
je me vois forcé de prevenir Monsieur
que Mlle rose me doit 60 francs depuis
assez longtemps seulement j'avais toujours
attendu qu'elle aille mieux pour lui
demandé mais malheureusement je suis
obligé Mr de m'adresser à vous Mr

Je suis votre servante

Vve isidore

fruitière rue St Lazare 29

ILL. 2 – Lettre de Mme Veuve Isidore, fruitière, réclamant de l'argent aux Goncourt au moment de l'hospitalisation de Rose. Archives municipales de Nancy, 4°Z86.

Je reconnais avoir reçu de Mrs de Goncourt la somme de soixante francs cinquante centimes pour le compte de Mademoiselle Rose Malingre.

Le 20 aout 1862

ILL. 3 – Attestation de paiement d'une dette de Rose par les Goncourt signée de l'une des créancières. Archives municipales de Nancy, 4°Z86.

ANNEXE I

Sources

[Nous plaçons ici à la fois des extraits du *Journal*, qui ont trait à Rose Malingre, les extraits de la *Gazette des tribunaux* qui concernent l'affaire Lebas de Courmont, la transcription des pièces contenues dans le Dossier « Rose » qui se trouve dans le Fonds Goncourt aux Archives municipales de Nancy, ainsi que celles des Notes « Médecine » dans le Carnet 45 contenu dans le même fonds]

JOURNAL. MÉMOIRES DE LA VIE LITTÉRAIRE
Edmond et Jules de Goncourt

1er janvier 1861

[J] Un jour triste pour nous comme le jour des morts. Ce matin, Rose pleure, et elle a la bonne foi de convenir qu'elle ne sait pas pourquoi. – Nous passons chez Julie ; elle est en larmes, mais n'ayant pas la bonne foi de Rose, elle nous dit entre ses sanglots qu'elle ne fait que penser à ce pauvre intendant Dubut tué en Chine. « On lui a arraché le nez… hihi ! hi ! les oreilles, hihi ! hi ! » – J'avais envie de lui demander si elle [le] connaissait. Mais il est toujours poli de laisser croire qu'on croit au prétexte qu'une femme donne à ses larmes.

3 janvier 1861

Rose qui a été voir sa nièce[1] en revient toute bouleversée. L'éducation religieuse a je ne sais quoi stupéfié ou séché cette enfant comme un bois.

1 Rosalie Domergue, la nièce de Rose Malingre, est le prototype de sœur Philomène, tout au moins pour ce qui se rapporte au sentiment religieux et à l'enfance de l'héroïne du

Avec cela, on lui a seriné le prosélytisme. Elle veut faire promettre à sa tante d'aller à confesse et de communier. « Sans religion, lui dit-elle, point d'honnête homme. » Elle dit cela à la femme qui a mis argent et cœur à l'élever. – En y réfléchissant, ce mot du prêtre est très beau : « Sans religion point d'honnête homme. » Il n'admet pas qu'on puisse être honnête homme sans une prime de paradis.

21 février 1862

Notre charbonnière vend son fonds. Rose me dit qu'elle est désolée, désolée de l'idée qu'elle n'aura plus d'argent dans sa poche, l'argent de la vente allant et venant sous le tablier. Il paraît que c'est la grande désolation des marchands qui se retirent, de ne plus entendre battre cette monnaie, le gain sonnant et brinqueballant qu'on palpe et qu'on écoute.

20 juillet 1862

La nuit, le matin surtout, je suis réveillé par la toux de Rose qui couche au-dessus de nous, une toux pressée et comme étranglée. Cela s'arrête un instant, puis reprend. Cela me répond au creux de l'estomac, me fait passer un peu au-dessous, dans les entrailles, comme un sentiment de chaleur, me tient comme sous le coup d'une émotion. Et puis, il y a l'attente nerveuse et anxieuse entre l'arrêt des quintes, de la toux qui va venir. Le silence même, que l'on interroge et où va tomber ce bruit forcé, impatiente et irrite ; en sorte qu'il n'y a pas de repos, quand même l'oreille n'a pas la perception du bruit éteint ; le cœur, je ne sais quelle oreille intérieure, a comme le pressentiment et la vibration douloureuse du son qui va venir.

22 juillet 1862

La maladie fait peu à peu, dans notre pauvre Rose, son affreux travail. C'est comme une mort lente et successive des choses presque immatérielles qui émanaient de son corps. Elle n'a plus les mêmes gestes, elle n'a plus les mêmes regards. Sa physionomie est toute changée ; elle m'apparaît comme se dépouillant, et pour ainsi dire se déshabillant de tout ce qui entoure une créature humaine, de quelque chose qui est ce à quoi on reconnaît sa personnalité. L'être se dépouille comme un arbre… La maladie l'ébranche, et ce n'est plus la même silhouette devant les yeux

troisième roman des Goncourt.

qui l'ont aimé, pour les gens sur lesquels il projetait son ombre et sa douceur. Les personnes qui vous sont chères s'éteignent à vos yeux avant de mourir. L'inconnu les prend ; quelque chose de nouveau, d'étranger, d'ossifié dans leur tournure.

Paris, 31 juillet 1862

J'attends ce matin le docteur Simon qui va me dire si Rose vivra ou mourra. J'attends ce terrible coup de sonnette, pareil à celui du jury qui rentre en séance.

Tout est fini, plus d'espoir, une question de temps. Le mal a marché terriblement. Un poumon est perdu, l'autre se perd… Et il faut revenir à la malade, lui verser de la sérénité avec son sourire, lui montrer la convalescence dans tout son air. L'impatience nous prend de fuir l'appartement et cette pauvre femme. Nous sortons, nous allons au hasard dans Paris, fatigués, nous nous attablons à une table de café, nous prenons machinalement un numéro de *L'Illustration*, et sous nos yeux tombe le mot du dernier rébus : *Contre la mort il n'y a pas d'appel !*

2 août 1862

Nous posons des ventouses sur ce malheureux corps qui nous apparaît horriblement tel que la maladie l'a fait, avec ce cou qui ne sont que des cordes, ce dos où la colonne dorsale semble une ligne de noix perçant un sac, tous les os pointent, les emmanchements sont comme des nœuds, la peau se colle comme un papier sur l'armature du squelette… Supplice nerveux ! Le cœur nous frémit, les mains nous tremblent à jeter le papier enflammé dans le verre sur ce corps lamentable, sur cette peau amincie et si près des os… Et pour nous déchirer davantage, la pauvre femme a de ces terribles mots de malade, qui font froid à ceux qui les écoutent : « Comme j'irai bien après cela !… Comme je vais jouir de la vie ! »

Nous vaguons, nous errons tous ces temps-ci sous le coup d'une stupeur et d'une hébétude, pris d'un dégoût de tout, du gris dans les yeux et dans la tête, affectés d'une décoloration de toutes choses autour de nous, ne percevant du mouvement des rues[1] que l'allée des jambes des passants et le tournoiement des roues, – et dans nos sensations morales, il y a comme le sentiment douloureux du froid sur le physique. Tout

1 Rayé : [qu'un évidement].

a pour nous une apparence lugubre. Les jardins publics où nous allons nous semblent des jardins de maison de santé. Les enfants mêmes qui jouent nous semblent automatiques.

Lundi 11 août 1862

Enfin, la péritonite s'est mêlée à l'affreuse maladie de poitrine. Elle souffre du ventre affreusement, ne peut se remuer, et ne peut se tenir couchée, à cause de son poumon, sur le dos, ni sur le côté gauche. La mort, ce n'est donc pas assez ? Il faut encore la souffrance, la torture, comme un jeu suprême[1] et implacable, comme un finale de toutes les douleurs des organes humains. Il y a des moments où de Sade semble expliquer Dieu. – Et cela, la pauvre malheureuse, dans une de ces chambres de domestiques, où le soleil donne sur une tabatière, où il n'y a pas d'air, où la fièvre a à peine la place de se retourner, où le médecin est obligé de poser son chapeau sur le lit[2]. Nous avons lutté jusqu'au bout[3] : à la fin, il a fallu se décider, la laisser partir, obéir au médecin. Elle n'a pas voulu aller à la maison Dubois où nous voulions la mettre : elle y a été voir, il y a de cela vingt-cinq ans, quand elle est entrée chez nous, la nourrice d'Edmond qui y est morte. Cette maison pour elle, c'est cette mort. J'attends Simon qui doit lui apporter son billet d'entrée pour Lariboisière. Elle a passé presque une bonne nuit, elle est toute prête, même gaie. Nous lui avons de notre mieux tout voilé. Elle aspire à partir, elle est pressée. Il lui semble qu'elle va aller guérir là-bas. À deux heures, Simon arrive : « Voilà, c'est fait. » Elle n'a pas voulu de brancard pour partir : « Je croirais être morte », m'a-t-elle dit. On l'habille. Aussitôt hors du lit, tout ce qu'il y avait encore de vie sur son visage disparaît. C'est comme de la terre qui lui monte sous le teint. Elle descend dans l'appartement. Assise dans la salle à manger, elle met ses bas – je vois un bas de jambe, les jambes de la phtisie – d'une main, d'une pauvre main tremblante et dont les doigts se cognent. La femme de ménage a fait son paquet d'un peu de linge, d'un couvert d'étain, d'un verre et d'une tasse. Elle regarde un peu la salle à manger, avec ces yeux de malade qui semblent chercher à se souvenir. – Il me semble qu'en se fermant, la porte a un bruit d'adieu. Elle arrive au bas de l'escalier : on

1 Rayé : [de l'agonie].
2 Rayé : [J'ai].
3 Rayé : [le médecin à la fin l'a emporté].

l'assied ! Le gros portier rit, en lui promettant la santé dans six semaines. Elle remue la tête, en disant : un oui, oui étouffé. Le fiacre roule. Elle se tient de la main à la portière, je la soutiens contre l'oreiller. Elle regarde passer les maisons. Elle ne parle plus… Arrivée à la porte de l'hôpital, elle veut descendre sans qu'on la porte. Elle descend : « Pouvez-vous aller jusque là ? » dit le concierge en lui montrant la salle de réception qui est à une vingtaine de pas. Elle fait signe que oui, et marche. Je ne sais quelles dernières forces elle rassemblait pour marcher encore. Enfin nous voilà dans la grande salle, haute, froide, rigide, nette, avec ses bancs, et son brancard tout prêt au milieu. Je l'assieds dans un fauteuil de paille, près d'un guichet vitré. Un jeune homme ouvre le guichet, me demande le nom, l'âge, etc., couvre d'écritures, pendant un quart d'heure, une dizaine de paperasses qui ont en tête une image religieuse. Je me retourne, cela fini. Je l'embrasse. Un garçon la prend sous un bras, la femme de ménage sous l'autre… Et puis je n'ai plus rien vu. Je me suis sauvé. J'ai couru au fiacre. Une crispation nerveuse de la bouche me faisait, depuis une heure, mâcher mes larmes. J'éclatai en sanglots qui se pressaient et s'étouffaient. Mon chagrin crevait. Sur le siège, le dos du cocher était tout étonné d'entendre pleurer.

14 août 1862

Je vais à Lariboisière. Je vois Rose tranquille, espérante, parlant de sa sortie prochaine, trois semaines au plus, si libre de pensées de mort qu'elle nous raconte une terrible scène d'amour qui a eu lieu hier entre une femme couchée à côté d'elle et un frère des Écoles Chrétiennes, qui est encore aujourd'hui là. C'est la mort encore occupée des cancans de la vie. À côté d'elle, il y a une pauvre jeune femme qu'est venu voir un ouvrier qui dit : « Va, aussitôt que je pourrai marcher, je me promènerai tant dans le jardin qu'ils seront bien forcés de me renvoyer », et elle ajoute : « L'enfant demande-t-il quelquefois après moi ? – Quelquefois, comme ça », répond l'ouvrier.

Je ne sais si Dieu a voulu que notre talent marinât dans le chagrin et dans l'ennui.

15 août 1862

Ce soir, je me réjouis d'aller au feu d'artifice, de me fondre dans la foule, d'y perdre mon chagrin, ma personnalité. Il me semble qu'un grand chagrin vous perd parmi tant de monde. Je me réjouis d'être coudoyé par du peuple comme on est roulé par des flots.

16 août 1862

Ce matin, à dix heures, on sonne. J'entends un colloque à la porte entre la femme de ménage et le portier. La porte s'ouvre, le portier entre avec une lettre : « Messieurs, je vous apporte une triste nouvelle. » Je prends la lettre : elle porte le timbre de Lariboisière. Rose est morte ce matin à sept heures...

Pauvre fille ! c'est donc fini ! Je savais bien qu'elle était condamnée, mais l'avoir vue jeudi si vivante encore, presque heureuse, gaie... Et nous voilà tous les deux, dans le salon, avec cette pensée que fait la mort des personnes : « Nous ne la reverrons plus » – une pensée machinale et qui se répète sans cesse au-dedans de vous. Quelle perte, quel vide pour nous ! Une habitude, une affection, un dévouement de vingt-cinq ans, une fille qui savait toute notre vie, qui ouvrait nos lettres en notre absence, à laquelle nous racontions tout ! J'avais joué au cerceau avec elle. Elle m'achetait des chaussons sur les ponts. Elle attendait Edmond jusqu'au matin quand il allait, du temps de ma mère, au bal de l'Opéra. Elle était la femme, la garde-malade admirable dont ma mère avait mis en mourant les mains dans les nôtres. Elle avait les clefs de tout, elle menait, elle faisait tout autour de nous. Nous lui faisions, depuis si longtemps, les mêmes plaisanteries éternelles ! Depuis vingt-cinq ans, elle nous embrassait tous les soirs. Chagrins, joies, elle partageait tout avec nous. Elle était un de ces dévouements dont on espère qu'on aura les yeux fermés. Notre corps, dans nos maladies et nos malaises, était habitué à ses soins. Elle savait toutes nos habitudes. Elle avait connu toutes nos maîtresses. Elle était un morceau de notre vie, un meuble de notre appartement, une[1] épave de notre jeunesse, je ne sais quoi de tendre et de dévoué qui était à côté de nous, autour de nous, comme ne devant finir qu'avec nous. Et jamais, jamais, nous la reverrons. Ce qui remue dans la cuisine, ce n'est plus elle ; ce qui va ouvrir la porte, ce ne sera plus elle. Grand déchirement de notre vie ! Grand changement qui nous semble, je ne sais pourquoi, une de ces coupures solennelles de l'existence où, comme dit Byron, les Destins changent de chevaux... Au bout de toute cette remontée en arrière, une tranquillité vient à notre

1 Rayé : [relique].

chagrin : le souvenir l'apaise, puis nous avons comme le sentiment d'une délivrance, pour elle et pour nous.

Hasard ou ironie des choses ! Ce soir, précisément douze heures après le dernier soupir de la pauvre fille, il nous faut aller dîner chez la princesse Mathilde. Je ne sais pourquoi, elle a eu la curiosité de nous voir, le désir de nous avoir à dîner. Nous courons à l'hôpital puis nous organisons nos affaires, notre toilette, la tête à peu près perdue.

17 août 1862

Ce matin, il faut faire toutes les tristes démarches. Il faut retourner à l'hôpital, revoir cette salle d'admission où sur le fauteuil, contre le guichet, il me semble encore voir sa pauvre forme. Il n'y a pas huit jours que je l'y ai assise. « Voulez-vous reconnaître le corps ? » nous dit le garçon. Nous allons au bout de l'hôpital, à de grandes portes jaunâtres où il y a écrit en noir : Amphithéâtre. À une porte, le garçon frappe. Elle s'entrouvre au bout de quelque temps, et il en sort une sorte de garçon boucher, le brûle-gueule à la bouche, une tête où le belluaire se mêle au fossoyeur. J'ai cru voir l'esclave qui recevait au Cirque les corps des gladiateurs. Et lui aussi reçoit les morts de ce grand Cirque, la société. On nous a fait attendre avant d'ouvrir une autre porte, et pendant des minutes d'attente, tout notre courage s'en est allé goutte à goutte, comme le sang d'un blessé qui veut rester debout. L'inconnu de ce que nous allions voir, la terreur des images nous passant dans le cœur, la recherche peut-être d'un pauvre corps défiguré au milieu d'autres corps, ce tâtonnement de l'imagination d'un visage sans doute défiguré, tout cela nous a fait lâches comme des enfants. Nous étions à bout de forces, à bout d'efforts, à bout de tension nerveuse. Quand la porte s'est ouverte, nous avons dit : « Nous enverrons quelqu'un », et nous nous sommes sauvés. Nous avons été à la mairie. Roulés dans la voiture qui nous cahotait et nous secouait la tête comme une chose vide, je ne sais quelle horreur nous est venue de cette mort d'hôpital, qui semble une formalité administrative, un accident réglementaire. Il semble que, dans ce phalanstère d'agonie, tout soit si bien réglé qu'on y doive mourir de telle heure à telle heure. Oui, là, il me semble que la mort ouvre comme un bureau.

Pendant que nous étions à faire inscrire le décès à la mairie, – que de papier, mon Dieu ! griffonné, paraphé, pour une mort de pauvre, que de passeports pour une âme ! – de la pièce à côté qui donne dans celle-ci, un homme s'est élancé, joyeux, empressé, exultant, sur l'almanach accroché au mur, pour voir le saint du jour et en donner le nom à son enfant. En passant, il a frôlé d'une basque de redingote le papier où l'on inscrivait la morte.

Puis revenus chez nous, il a fallu voir tous les papiers de la pauvre fille, ses hardes, remuer de la mort, les pauvres linges, l'amassement de choses, de morceaux, de loques, de chiffons que les femmes font dans la maladie. L'horrible a été de rentrer dans cette chambre ; il y a encore, dans le creux du lit, les mies de pain de dessous le corps. J'ai jeté la couverture sur le traversin, comme un drap sur l'ombre d'un mort. Et puis, il a fallu songer au linceul.

18 août 1862

Cette mort, nous l'avons bue par tous les pores, de toutes les façons. Nous vivons avec elle depuis des mois. Elle nous est entrée dans la moelle des os par tout ce qui pénètre et remue, les soins filiaux, intimes, à ce pauvre corps malade, l'entrée à l'hôpital, la visite, les tristes démarches, tant de liens, tant d'attaches, tant de secousses. Aujourd'hui, c'est la fin de la fin, l'enterrement. Nous sommes comme si nous avions reçu un grand coup de bâton sur la tête.

La chapelle est à côté de l'amphithéâtre. Dieu, à l'hôpital, est le voisin du cadavre. Pendant la messe, nous assistons à une filouterie du clergé. Nous avons payé vingt-cinq ou trente francs pour un service spécial, et à côté du corps de Rose, on en range deux ou trois qui bénéficient du service. Il y a je ne sais quelle répugnante promiscuité de salut dans cette adjonction, quelque chose comme la fosse commune de la prière ! L'eau bénite me semble jetée à la volée.

Derrière moi à la chapelle pleure la pauvre petite nièce, celle qu'elle a élevée un moment chez nous et qui est maintenant une jeune fille de dix-neuf ans, élevée chez les sœurs de Saint-Laurent, pauvre petite fleur étiolée à l'ombre, rachitique, nouée de misère, la tête trop grosse pour le corps, presque toute tordue, pâlotte, l'air d'une Mayeux, triste reste de toute cette famille poitrinaire, attendue elle aussi par la mort, et comme déjà touchée par elle, avec, dans les yeux, une lueur déjà d'outre-vie !

Puis de la chapelle au cimetière, tout au bout du cimetière Montmartre élargi comme une ville, une marche éternelle dans la boue derrière ce cercueil, et cruelle comme si elle ne devait jamais finir ! Enfin, les psalmodies des prêtres, les bras des fossoyeurs laissant glisser au bout de cordes le cercueil comme une pièce de vin qu'on descend, de la terre, qui d'abord sonne creux, puis s'étouffe.

Toute la journée, je n'ai su ce que je faisais. Je disais des mots pour des autres.

20 août 1862

Il me faut retourner encore à l'hôpital. Car entre la visite que j'avais faite à Rose, le jeudi, et sa mort si brusque, un jour après, il y avait pour moi un inconnu que je repoussais de la pensée, mais qui revenait toujours en moi, l'inconnu de cette agonie dont je ne savais rien, de cette mort tout à coup éclatée. Je voulais savoir et je craignais d'apprendre. Il ne me paraissait pas qu'elle était morte, elle me semblait disparue. Mon imagination allait à ces dernières heures, les cherchait à tâtons, les reconstruisait dans la nuit : cela m'apparaissait dans une horreur voilée. Enfin, ce matin, j'ai pris mon courage à deux mains. J'ai revu l'hôpital, le concierge toujours fleuri, obèse, puant la vie comme on pue le vin, les corridors, où du soleil tombait dans des rires et des pâleurs de convalescentes ; puis tout au bout de l'hôpital, j'ai sonné à une porte voilée de rideaux. On a ouvert, et je me suis trouvé dans un parloir où, entre deux fenêtres, une Vierge de plâtre était posée sur une sorte d'autel ; aux murs de la pièce froide et nue, il y avait, je ne sais pourquoi, deux vues du Vésuve encadrées : les pauvres gouaches semblaient frissonnantes et toutes dépaysées ; par une porte ouverte derrière moi, il me venait des caquetages de sœurs et d'enfants, des joies, des éclats de rire, toutes sortes de notes fraîches et d'accents ailés, un bruit de volière où chante du soleil. Une ou deux sœurs en blanc, à coiffe noire, ont passé devant moi ; puis une s'est arrêtée devant ma chaise. Elle était petite, mal venue, avec une figure laide et bonne. Elle avait un pauvre nez mal fait, une pauvre figure à la grâce de Dieu : c'était la mère de la salle Sainte-Joséphine, et elle m'a dit comment Rose était morte, le ventre dégonflé, ne souffrant presque plus, se trouvant mieux, presque bien, toute remplie de soulagement, d'espérance, le matin, son lit refait, tout à coup, sans se voir mourir d'un vomissement de sang qui l'a enlevée en quelques secondes... Je suis sorti de là soulagé d'un poids immense, délivré de l'horrible idée de penser qu'elle avait eu l'avant-goût de la mort, l'horreur et la terreur de ses approches, presque heureux de cette fin qui cueille l'âme d'un seul coup !

21 août 1862

J'apprends hier, sur cette pauvre Rose, morte et presque encore chaude, les choses qui m'ont le plus étonné depuis que j'existe, des choses qui, hier, m'ont coupé l'appétit comme un couteau coupe un fruit. Étonnement prodigieux, stupéfiant, dont j'ai encore le coup en moi, et dont je suis resté tout stupéfié. Tout à coup, en quelques minutes, j'ai été mis face à face avec toute une existence inconnue, terrible, horrible de la pauvre fille. Ces billets qu'elle a faits, ces dettes qu'elle a laissées chez tous les fournisseurs, il y a à tout cela le dessous le plus imprévu et le plus effroyable. Elle avait des hommes qu'elle payait, le fils de la crémière, qui l'a grugée, auquel elle a meublé une chambre, un autre auquel elle portait notre vin, des poulets. Toute une vie d'orgies secrètes, de découchages, des fureurs des sens qui faisaient dire à ses amants : « Nous y resterons, elle ou moi ! » Une passion, des passions à la fois de toute la tête, de tout le cœur, de tous les sens, où se mêlaient toutes les maladies de la malheureuse fille : l'affection pulmonaire qui rend furieuse de jouissance, l'hystérie, la folie. Elle a eu deux enfants avec ce fils de la crémière. L'un a vécu six mois. Quand elle nous a dit qu'elle allait à l'hôpital, il y a quelques années, c'était pour accoucher[1]. Et pour tous ces hommes, une ardeur si malade, si extravagante et qui la ravissait si fort qu'elle si honnête, si insensible à l'argent, nous volait, oui, nous prenait des pièces de vingt francs sur des rouleaux de cent francs, tout cela pour payer des parties à ses amants[2] et les entretenir. Puis après ces coups involontaires et arrachés violemment à sa droite nature, elle s'enfonçait en de telles tristesses, en de tels remords, en de tels reproches à elle-même, que dans cet enfer où elle roulait de faute en faute, inassouvie, elle s'était mise à boire pour se fuir et s'échapper, écarter l'avenir, se sauver du présent, se noyer et sombrer quelques heures dans ces sommeils, ces torpeurs qui la vautraient toute une journée sur un lit, sur lequel elle tombait en le faisant ! Et tant de déchirements, tant d'horreurs au fond d'elle, puis la jalousie, cette jalousie qui, à propos de tout et de tous, la dévorait, le mépris que les hommes, au

1 Voir Champion, t. II, p. 27.

2 Rayé : [peut-être leur donner de l'argent, tout son ar].

bout de quelque temps, laissaient percer pour son physique si affreux, la jalousie des nouvelles maîtresses, le spectacle des *queues* du fils de la crémière, tout cela la précipita tellement à la boisson qu'elle fit un jour une fausse couche en tombant dans l'appartement ivre morte ! – C'est affreux, ce déchirement de voile, c'est comme l'autopsie de quelque chose d'horrible dans une morte tout à coup ouverte. Par ce qu'on me dit, j'entrevois tout ce qui a dû être, ce qu'elle a souffert depuis dix ans, ces amours où elle se jetait comme une folle, les craintes de nous, d'un éclair, d'une lettre anonyme, cette éternelle trépidation pour l'argent, la terreur d'une dénonciation de fournisseur, les ivresses qui lui rongeaient le corps, qui l'ont usée plus qu'une femme de quatre-vingt-dix ans, la honte où elle descendait, elle toute pétrie d'orgueil, de prendre un amant à côté d'une bonne voleuse et misérable qu'elle méprisait, entre les tracas d'argent, le mépris des hommes, les querelles de jalousie, les désespoirs les plus furieux, les pensées de suicide qui l'assaillaient, toutes ces larmes que nous croyions sans cause ! Cela mêlé avec une affection d'entrailles très profonde pour nous, et avec des dévouements absolus jusqu'à la mort, qui ne demandaient qu'à éclater. Avec cela, une force de volonté, de caractère, une puissance de mystère à laquelle rien ne peut être comparé, un secret, tous ses secrets renfoncés, cachés, sans une échappade à nos yeux, à notre oreille, même dans les attaques de nerfs que je lui ai vues au retour de chez la crémière, un mystère continué jusqu'à la mort et qu'elle devait croire enterré avec elle, tant elle l'avait bien enfoui en elle ! Et de quoi est morte la malheureuse ? D'avoir été, il y a huit mois, en hiver, n'y pouvant plus tenir, guetter à Montmartre ce fils de la crémière qui l'avait volée et chassée, toute une nuit, pour savoir avec qui il la trompait[1], une nuit dont elle a rapporté tous ses effets trempés, avec une pleurésie mortelle.

Pauvre fille ! Nous lui pardonnons. Et même, entrevoyant, par des coins d'abîme, tout ce qu'elle a dû souffrir des maquereaux du peuple, nous la plaignons. Une grande commisération nous vient pour elle ; mais aussi une grande amertume, à cette révélation accablante, nous a envahis. Notre pensée est remontée à notre mère, si pure et pour laquelle nous étions tout ; puis de là, redescendant à ce cœur de Rose que nous croyions tout à nous, nous avons eu comme une grande déception à voir qu'il y avait tout un grand côté que nous n'emplissions pas. La

---

1 Rayé : [toute une nuit].

défiance nous est entrée dans l'esprit, pour toute la vie, du sexe entier de la femme. Une épouvante nous a pris de ce double fond de son âme, de ces ressources prodigieuses, de ce génie[1] consommé du mensonge.

21 août 1862

Nous causons de Rose, de cette malheureuse organisation de pulmonaire et d'hystérique, qui ne pouvait placer son bonheur, son amour, son amitié, son dévouement dans les conditions raisonnables de la vie, qui ne pouvait fatalement vivre que dans l'excès, presque la folie furieuse des sentiments humains.

11 janvier 1863

L'autre nuit, au bal de l'Opéra – nous regardions danser : « Messieurs, voulez-vous me permettre de vous demander de vos nouvelles ? » C'était un jeune homme en habit, ganté de blanc et de frais, fleuri, reluisant, superbe. J'ai cru voir le maquereau du sépulcre. C'était l'homme, le Colmant, qui a vécu de Rose, et dont Rose est morte. Nous sommes restés glacés ; sans un mot. Il a compris que nous savions tout.

8 mai 1864

Été à la barrière Clignancourt pour un paysage de *Germinie Lacerteux*. Près des fortifications, au milieu de baraques basses, taudis de chiffonniers et de bohémiens, je vois tout à coup une ruée, une nuée de peuple. Tout cela va vers un homme que trois femmes aux haillons sans couleur tiennent et battent, avec des gifles qui cassent son chapeau ; tout cela en un clin d'œil, cette foule amassée, accourue, comme un grouillement sorti de terre, des enfants qui courent en riant pour tâcher de voir ; et sur le seuil des portes, des bohémiennes et des vieilles, qui ont du blanc, comme du moisi sur la figure. Puis au milieu de cela, un homme athlétique, en blouse, arrivant sur le jeune homme blond, frêle, échigné, se mettant en face de lui, lui donnant de toute la volée de son poing terrible des coups sur les yeux, et recommençant sans que l'autre résiste, jusqu'à ce qu'il tombe, et là encore voulant s'acharner. Tout le peuple autour comme à un spectacle, regardant cruellement, se repaissant, ne sentant rien de ce qui retourne nos entrailles, de l'horreur de la force contre le faible. Puis cela disparu comme cela était venu, un cauchemar qui a passé…

1 Rayé : [effrayant].

Un quart d'heure après, au-delà des fortifications, trébuchant dans les ornières de plâtre, je rencontre le battu, l'assommé, allant devant lui avec des gestes vagues, sans chapeau, sans redingote, des lambeaux de chemise pendants, hébété, comme ivre, s'essuyant machinalement, de temps en temps, du revers de sa manche, un œil sanglant, à demi sorti de l'orbite… Et je me demandais en revenant : « Pourquoi sent-on que l'homme qu'on assomme est notre semblable, l'homme qu'on tue notre frère ? »

26 septembre 1864

Dans la préoccupation de notre *Germinie Lacerteux*, dans le congestionnement du dernier travail, j'ai rêvé que j'allais faire une visite à Balzac, qui était vivant, dans une vague banlieue, dans une maison qui ressemblait un peu au chalet de Janin, moitié à une maison que j'ai vue et que je ne me rappelle plus. Il me semblait qu'il y avait une grande bataille aux environs et la maison de Balzac était quelque chose comme le quartier général. Cela m'était dit non par la vue de soldats, mais par ces certitudes qu'on tire du fond de soi-même dans les rêves ! Cependant je me rappelle que j'avais vu des faisceaux d'armes dans la cour, et qu'il y avait, étendues par terre dans la pièce où j'attendais, des cartes militaires. Au bout de quelque temps, Balzac arrivait avec la taille massive et la figure monacale de ses portraits. Il avait le costume d'un aumônier d'armée en campagne. Je savais ne l'avoir jamais vu ; et il me recevait comme une connaissance. Je lui racontais mon roman, et je remarquais un assez grand dégoût quand je lui parlais d'hystérie. Puis, tout à coup, brusquement, comme cela a lieu dans les rêves, j'oubliais ce qui m'amenait et je lui parlais de lui, lui demandant ce qu'il faisait alors. Dans mon rêve, il était sourd, j'étais obligé de lui crier aux oreilles, et comme les sourds, il parlait bas, si bas que je n'entendais presque jamais ses réponses. Je lui demandais si ses romans militaires n'étaient pas terminés ; il me fit un signe de tête négatif : « Non, non… Ah ! mon gaillard, je vois à quoi vous faites allusion », et je compris qu'il parlait des bordels de la route de Vincennes. « Eh ! bien, je les ai vus… Mais je n'y ai pas vécu… je n'y ai pas vécu », reprit-il tristement. Puis une lacune, semblable au texte de Pétrone. Et il me disait : « Ah ! C'est dommage, l'autre jour, Heine, le fameux Heine, le puissant Heine, le grand Heine est venu : il a voulu monter sans se faire annoncer, moi, vous savez, je ne suis pas au premier venu ; mais quand j'ai su que c'était lui, toute ma journée, il l'a eue… Si j'avais su votre adresse, je vous aurais écrit… Ah ! c'est bien malheureux que je n'aie pas eu votre adresse. »

27 septembre 1864

Vu au cimetière Montmartre, sur un tombeau d'enfant, un bouquet, un vrai bouquet de bal, un bouquet enveloppé de papier, avec son cœur de boutons de roses thé entouré de jasmins et de roses blanches. Ce n'est là une douleur ni de peuple ni de bourgeois. C'est un deuil d'aristocrate, une larme d'artiste.

En allant jusqu'à la fosse commune, je pense ceci : à mesure que le respect de la vie humaine augmente, le respect de la mort diminue.

12 octobre 1864

Nous lisons aujourd'hui quelques chapitres de notre *Germinie Lacerteux*. À l'endroit où elle dit qu'en arrivant à Paris, elle était couverte de poux, Charpentier nous dit qu'il faudra mettre « de vermine » pour le public. Mais quel est donc ce roi, le public, auquel il faut cacher le vrai et le cru de tout ? Quelle petite maîtresse est-ce donc pour lui cacher l'existence des poux sur le corps des pauvres ? Quel droit a-t-il à ce que le roman lui mente, et lui voile tout le laid de la vie ?

23 octobre 1864

Je retire ceci, comme trop vrai, de mon manuscrit de *Germinie Lacerteux*, lors de ses couches à la Bourbe.

« Auprès de la cheminée, deux jeunes élèves sages-femmes causaient à demi-voix. Germinie écouta, et bientôt, avec l'acuité de sens des malades, entendit tout. L'une des élèves disait à l'autre : – Cette malheureuse naine ! Sais-tu de qui elle était grosse ? De l'hercule de la baraque où on la montrait ! Juge !… Nous étions là toutes à l'amphithéâtre… Il y avait un monde fou… tous les étudiants… On avait bouché le jour des fenêtres… C'était éclairé par un réflecteur pour mieux voir… Il y avait des matelas en largeur sur la table de l'amphithéâtre… Ça faisait une grande place, sur laquelle le réflecteur donnait… Auprès, il y avait une table avec tous les instruments… Et puis à côté, des grandes terrines avec des éponges, grosses comme la tête… M. Dubois est entré avec tout son état-major : il était tout chose, M. Dubois…

Alors on apporte un paquet, comme un vrai paquet de linge, qu'on pose sur les matelas : c'était la naine… Ah ! c'était affreux ! Figure-toi une vilaine tête d'homme brune, avec un gros corps tout blanc : ça avait l'air de ces grosses araignées, tu sais, d'automne… M. Dubois l'a un peu exhortée… Elle n'avait pas l'air de comprendre… Et puis il a tiré de sa poche deux ou trois morceaux de sucre qu'il a posés à côté d'elle sur le matelas… Alors on lui a jeté une serviette sur la tête pour qu'elle ne se voie pas, pendant que deux internes lui tenaient les bras et lui parlaient… M. Dubois a pris un scalpel ; il lui a fait, comme ça, une raie sur tout le ventre, du nombril en bas… la peau tendue s'est divisée… on a vu les aponévroses bleues comme chez les lapins qu'on dépiaute. Il a donné un second coup qui a coupé les muscles… le ventre est devenu tout rouge… un troisième… Alors, ma chère, je ne lui ai plus vu les mains à M. Dubois… Il farfouillait là-dedans… Il a retiré l'enfant… Et puis… Ah ! tiens, ça c'était plus horrible que tout… j'ai fermé les yeux !… On lui a mis les grosses éponges… elles entraient toutes, on ne les voyait plus !… Et puis quand on les retirait, c'était comme un poisson qu'on vide : un trou, ma chère ! Enfin, on l'a recousue, on a noué tout ça avec du fil et des épingles… Ça ne fait rien, je t'assure que je vivrais cent ans, je n'oublierais pas ce que c'est qu'une opération césarienne !

– Et comment va-t-elle, cette pauvre femme, ce soir ? demanda l'autre.

– Pas mal… Mais tu verras, elle n'aura pas plus de chance que les autres… Dans deux ou trois jours, le tétanos va la prendre… On lui desserrera les dents avec un couteau pour commencer… et puis il faudra les lui casser, pour la faire boire[1]." »

12 novembre 1864

Nous avons hâte d'en avoir fini avec les épreuves de *Germinie Lacerteux*. Revivre ce roman nous coûte trop, nous met dans un état de nervosité et de tristesse. C'est comme si nous réenterrions cette mort… Oh ! c'est bien un livre sorti de nos entrailles : il nous remue trop. Même matériellement, nous ne pouvons plus le corriger, nous ne voyons plus ce que nous avons écrit : les choses et leur horreur nous cachent les virgules et les *coquilles*.

---

1 Le 22 septembre 1856, le *Journal* mentionne simplement cette césarienne, en notant qu'elle a été effectuée par Mme Charrier, sage-femme en chef (Champion, t. I, p. 304).

17 janvier 1865

Notre *Germinie Lacerteux* a paru hier. Nous sommes honteux d'un certain état nerveux d'émotion. Se sentir, comme nous nous sentons, avec une si grande audace morale, et être trahis par des nerfs, par une faiblesse maladive, une lâcheté du creux de l'estomac, une *chifferie* du corps. Ah ! c'est bien malheureux de n'avoir point une force physique adéquate à sa force morale !

Se dire qu'il est insensé d'avoir peur, qu'une poursuite, même non arrêtée, est une plaisanterie. Se dire encore que le succès nous importe peu, que nous sommes sûrs d'avoir été agrégés et jumelés pour un but et un résultat, que ce que nous faisons, tôt ou tard, sera reconnu ; et pourtant, passer par des découragements, avoir les entrailles inquiètes, c'est la misère de nos natures si fermes dans leurs audaces, dans leur vouloir, dans leur poussée vers le vrai, mais trahies par cette loque en mauvais état qu'est notre corps. Après tout, ferions-nous sans cela ce que nous faisons ? La maladie n'est-elle pas la valeur de notre œuvre ? N'est-ce pas la valeur de tout ce qui en a une en ces temps-ci, d'Henri Heine à Delacroix ? Je ne vois qu'un homme qui ait la sérénité dans ce temps-ci, c'est Hugo dans la grande poésie. Mais par cela même, ne lui manque-t-il pas quelque chose ?

Saint-Gratien, 7 août 1865

La Princesse, qui nous écrit que *Germinie* l'avait fait vomir, nous attire dans un coin. Elle veut savoir, elle veut connaître, elle est infiniment intriguée que des gens comme nous fassent des livres comme cela. Elle jure ses grands dieux que cette bonne ne lui inspire aucun intérêt et que ce qui la révolte dedans, c'est qu'elle soit condamnée à faire l'amour de la même manière que ces malheureuses.

« ROSE »
DOCUMENTS CONCERNANT ROSE MALINGRE

[genèse du personnage de Germinie Lacerteux]

[Pochette intitulée Rose (écriture d'Edmond sans doute) où ne figurent que deux pièces (les deux premières sont copiées ci-après). À côté pochette n° 328 (où se trouvent quatre documents). L'ensemble se trouve dans le Dossier 4°Z86 (dossier qui comporte principalement les relations avec éditeurs, contrats et autres, ainsi que des factures pour activités ayant trait aux livres (reliure, etc.) du Fonds Goncourt, déposé aux Archives municipales de Nancy.]

DOCUMENT 1

Lettre de veuve Isidore datée de Paris le12 août 1862 :

Excusez moi de me permettre de vous écrire sur un sujet aussi délicat. J'ai appris que Mlle Rose est très malade. Je me vois forcée de prévenir Monsieur que Mlle rose me doit 60 francs depuis assez longtemps. Seulement j'avais toujours attendu qu'elle aille mieux pour lui demandé (*sic*) mais malheureusement je suis obligé Mr de demander à vous Mr.

Je suis votre servante,

Veuve Isidore, fruitière rue saint-Lazare 29

DOCUMENT 2

Reconnaissance de l'acquittement d'une dette de 60, 50 francs datée du 20 août « (pour le compte de Mademoiselle rose Malingre ». Signée Vve Salacopuy (ou – prey ?)

DOCUMENT 3

Reconnaissances de dettes signées par Rose :

1. « Je reconnais devoire (*sic*) à monsieur Cuny la somme de trois cent vingt cinq franc (*sic*) que je mangage (*sic*) de lui payé (*sic*) par acompte à partir du 15 février 1862 au 15 février 1863 et que les acompte (siic) seront porté (*sic*) par lui au dos de cette presante reconnessance (*sic*)

au fur à mesure que les acompte (*sic*) seront versé (*sic*) jusqu'à parfet payement (*sic*).

Paris le 15 février 1862
a prouvé à l'écriture ci-dessus
Rosalie Malingre

(Au dos)

Reçu de messeur de Goncourt pour le conte (*sic*) de Mlle Rose Malingre la somme cent vingt cinq francs à valloire (*sic*) sur la reconnaissence (*sic*) ci-contre

Paris le 23 août 1862, Cuny

2. Reçu de messeur de Goncourt pour le conte (*sic*) de Mlle Rose Malingre la somme cent vingt francs à valloire (*sic*) sur la reconnaissence (*sic*) ci-contre

Paris le 30 septembre 1862, Cuny

3. Reçu de messeur de Goncourt pour le conte (*sic*) de Mlle Rose Malingre la somme cent francs pour solde de compte de la reconnaissence ci-contre

Paris le 6 mars 1863, pour acquit, Cuny

DOCUMENT 4

Liste des effets appartenant à rose Malingre trouvés après son décès et remis par M. M. de Goncourt à M. Pierre (Auguste est rayé) Domergue[1]

Le 12 octobre 1862
1 montre en argent émaillé
3 reconnaissances du Mont de Piété
1 de douze francs (périmée)
1 de quatorze francs

1 Il s'agit du mandataire de Michel Paul Joseph Damour ou Daman ou Damant, héritier de Rose, sa tante maternelle. C'est ce qu'atteste un acte daté du 28 août 1862 qui rappelle qu'il s'agit du fils de la sœur de Rose, Augustine Malingre, morte à l'hôpital militaire de Cherchell, arrondissement de Blidah le 10 septembre 1849. Domergue est le veuf de l'autre sœur de Rose, Anne-Rose Malingre décédée à Paris le 28 août 1848 et qui agit aussi pour sa fille, Rosalie Domergue.

1 de six francs
1 écharpe algérienne
1 boîte de petites bagues
1 boîte de médailles
1 flacon, rubans et menus objets
1 carton de vielles dentelles
1 manchon
1 chapeau de paille
1 chapeau de paille à rubans
1 robe de soie noire
1 mantelet de soie
1 boîte de rubans
1 robe en laine
2 châles de crêpe noir
1 châle fond noir bordé de cachemire de l'Inde
1 ombrelle
2 jupons
1 jupon de couleur
1 jupon de couleur
1 châle tartan[1]
1 jupon noir
1 jupon
1 manteau de drap
1 camisole
1 broche d'argent
6 mouchoirs en pièce
1 corset
paquet de chiffons
2 robes
1 paquet de linge sale

Dommergue[2]

1 Voir le tartan que porte Germinie attendant Gautruche dans l'escalier due l'Hôtel de la petite main bleue (chap. LII).

2 Dommergue, beau-frère de Rose, signe aux Goncourt une décharge, lorsqu'il récupère les biens de Rose, décharge où sont également reconnues les dépenses qu'ils ont faites pour

AFFAIRE LEBAS DE COURMONT

[genèse du personnage de Mlle de Varandeuil, à propos de la bigamie de sa mère]

GAZETTE DES TRIBUNAUX, 24 MAI 1828

Justice civile. Cour royale de Paris (1e chambre). Présidence de M. Amy. *Audiences des 16 et 23 mai.*

L'abandon fait d'une femme par son mari, et le second mariage de cette femme sur la fausse nouvelle de sa mort, la rendent-ils indigne du douaire ?

Nous prenons dans les plaidoiries des avocats respectifs, Me Persil et Me Couture, l'exposé des faits singuliers que présente cette cause.

M. Lebas de Courmont, payeur des rentes et intéressé avec son frère aîné dans la ferme générale, avait 48 ans lorsqu'il épousa, en 1780, Mlle Duval, fille du receveur général des impositions directes à Versailles. Cette demoiselle, âgée de 13 à 14 ans, était filleule de Mme Victoire, l'une des tantes du Roi, qui la dota de 10,000 fr. Deux enfants naquirent de cette union, savoir : une fille en 1782, et un garçon en 1784 ; cependant elle ne fut pas heureuse. Un procès en séparation de corps avait été intenté par la femme, dont la défense fut le début de M. Delamalle, aujourd'hui conseiller d'État ; il se termina par une transaction, sur l'appel de la sentence du Châtelet, qui avait déclaré Mme Lebas de Courmont non-recevable. Déjà la Révolution était survenue ; le mari, malgré sa position financière, s'était déclaré pour les idées nouvelles ; sa femme émigra et voyagea en Allemagne et en Pologne. Mme Lebas de Courmont se trouvait à Varsovie lorsque le *Moniteur* lui apprit la mort de *M. Lebas de Courmont*, qui avait péri sur l'échafaud révolutionnaire avec plusieurs fermiers généraux. Elle prit le deuil, et pourrait au besoin, a dit Me Couture, en offrir la preuve testimoniale. Cette dame avait rencontré en émigration M. Tavary, homme d'un âge mûr, qui l'épousa

ses funérailles et son inhumation, ainsi que les dettes qu'ils ont réglées et qui s'élèvent « à mille francs environ » (lettre datée du 12 octobre 1862 et signé « pour décharge » Dommergue)].

en 1800. L'évêque qui donna à un prêtre catholique l'autorisation de procéder à cette union, voulut avant tout avoir la preuve du décès du premier mari. Cette pièce importante fut envoyée à M. Tavary par Mlle Ambroisille-Marie de la Bourdonnaye, sa nièce, dans une lettre ainsi conçue : « Après bien des recherches, votre ami G… s'est enfin procuré l'acte de décès de M. Lebas de Courmont. Je m'empresse de vous faire passer cette pièce, à laquelle *vous paraissez mettre une si grande importance.* »

L'acte mortuaire, rédigé sur l'exhibition du procès-verbal d'exécution de l'arrêt rendu par le terrible Tribunal, était en ces termes :

Extrait du registre des actes de décès, 1er prairial an II de la république française.

Décès de Charles-Marie Lebas de Courmont, ci-devant fermier général et ex-régisseur général, âgé de 52 ans, natif de Paris, domicilié à Paris, sur la déclaration faite à la maison commune par Lécrivain, etc.

Nul soupçon de bigamie ne pouvant avoir lieu sur la production d'une pareille pièce, le mariage fut célébré. Quelle fut leur surprise d'apprendre que M. Lebas de Courmont vivait encore, et que ce n'était pas lui, mais un de ses frères qui avait péri victime des fureurs de cette époque ! M. Tavary cessa dès lors toute cohabitation avec Mme Lebas de Courmont ; mais cette dame étant devenue réellement veuve en 1820, le mariage contracté en Allemagne en 1800 fut réformé le 1er avril 1827. Mme Tavary est aujourd'hui veuve de ses deux maris.

Les deux enfants du premier mariage ont élevé des contestations sur l'exécution des conventions matrimoniales. Ils ont soutenu qu'ayant abandonné M. Lebas de Courmont et n'étant point retournée avec lui après avoir reconnu l'erreur qui lui avait fait contracter un nouveau mariage, elle était, aux termes des lois, indigne de réclamer son douaire et un préciput stipulé dans le contrat.

Des difficultés non moins sérieuses et d'une importance pécuniaire plus considérables se sont présentées sur la réclamation de la dot de 10,000 fr., et du cautionnement fourni par M. Lebas, et dont il avait négligé de se faire faire le remboursement.

Les premiers juges ont prononcé en faveur de la veuve sur la dot, le cautionnement, et le préciput de 15,000 fr. Quant au douaire de 4,000 fr. de rente viagère, ils l'en ont déclarée indigne à cause de sa conduite.

Me Persil a développé les griefs de l'appel principal interjeté par les enfants.

Me Couture a soutenu le bien jugé des trois premiers chefs et présenté l'appel incident de Mme Tavary relativement au douaire. Les faits qui se sont passés entre les époux lors du procès en séparation de corps provoqué par l'intolérable jalousie et les sévices du mari, lui ont paru justifier la conduite de la femme. Quant au mariage avec M. Tavary, l'erreur est facile à concevoir ; M. Lebas portait seul, et à l'exclusion de ses deux frères, le prénom de Courmont, qui a été donné mal-à-propos à son frère puîné dans le jugement du Tribunal révolutionnaire.

Nous rendrons compte du résultat de cette affaire, dans laquelle M. Lambert, avocat-général, donnera ses conclusions.

GAZETTE DES TRIBUNAUX, 14 JUIN 1828

Justice civile. Cour royale de Paris (1e chambre). Présidence de M. Amy. Audience du 13 juin.

Une femme qui abandonne son mari pendant quarante ans et qui s'est remariée de son vivant, en commettant une bigamie involontaire, peut-elle être privée de son douaire comme indigne ?

[…] M. Jaubert, avocat général, après un court exposé des faits, a d'abord combattu l'appel des enfants sur les points de litige qui offraient une importance pécuniaire assez considérable. Abordant ensuite l'appel incident de la veuve, sur la privation de son douaire de 4,000 fr. de rente viagère, l'avocat général a estimé que Mme Lebas de Courmont, ayant abandonné son mari en 1789 pour aller exercer en Hollande, en Pologne et en Allemagne ses talents pour la musique, avait tenu une conduite peu digne de sa condition sociale. Elle s'est remariée avec M. Tabary en produisant un acte mortuaire qu'elle croyait suivant elle être celui de M. Lebas de Courmont, tandis que cet acte constatait le décès de son beau-frère, condamné révolutionnairement. Mais cet acte portait les noms de Charles-Marie, fermier général, âgé de 52 ans, tandis que M. Lebas aîné, son mari, avait d'autres prénoms, qu'il n'a jamais été fermier général, et qu'à cette époque il avait 56 ans. Il n'y avait donc aucune erreur présumable de sa part. Les enfants n'ont pas dû élever contre leur mère le reproche de bigamie, mais les magistrats doivent accueillir le moyen d'indignité.

Conformément aux conclusions de M. Jaubert, et après une courte délibération, la Cour, adoptant les motifs des premiers juges, a débouté les parties et leurs appels respectifs et confirme avec amende et dépens.

NOTES DE LECTURE PRISES PAR LES GONCOURT. TRANSCRIPTION DU CARNET 45

Archives municipales de Nancy, Fonds Goncourt

TRAITÉ DE L'HYSTÉRIE PAR BRACHET, 1847[1]

[4 pages et demie de notes à l'encre]

L'organisation de la femme n'en ferait-elle qu'un être d'amour et de douleur

vapeur vénéneuse se formant dans l'utérus et s'élevant de tout le corps.

Effervescence extraordinaire

mobilité nerveuse qui dispose tout le système des nerfs à des accidents multiformes

les femmes semblent plus jetées dans un moule commun que les hommes

la constitution plus molle plus humide

contre l'opinion de Rousseau, le sexe existe dans l'enfance

66[2] toutes les fonctions se font plus vite chez la femme la circulation la nutrition prédilection de la nutrition pour les systèmes lymphatiques et cellulaires de là la prédisposition à la graisse

68 appareil sensitif cérébral de la femme constamment en action sensations exaltées et sans cesse renaissantes, le système dans un état d'éréthisme

le défaut de la femme est de juger avec le sentiment tandis que les femmes [lapsus : les hommes] jugent avec la raison

la femme reposant physiologiquement entièrement dans son système nerveux

94 les trois réponses de femmes qui voient un garçon venu au monde[3]

1 Jean-Louis Brachet, *Traité de l'hystérie*, Paris, J.-B. Baillière, 1847.

2 Les numéros indiquent les pages du traité de Brachet.

3 Le Dr Brachet relate trois accouchements. Il s'agit de femmes qui n'avaient eu jusqu'alors que des filles, ou qui étaient assistées par des jeunes filles ou femmes non mariées. Or

101 le col gonflé et agité du mouvement violent analogue aux efforts de déglutition que produirait la présence d'un corps étranger volumineux qu'on voudrait avaler

1re observation

104 la sensation du globe, une heure et demie de crise un rien la faisait tressaillir un souffle un vent – un rien lui donnait la fièvre, crise hystérique ou voyant tomber un enfant, éther ammoniaque

116 toutes les sensations devenant presque pour elle des crises hystériques

mêle dans l'état de non crise l'organisme tout voisin de la crise

120 couchée pâle défaite ses yeux langueur sentimentale fort remarquable, tout son corps sensible et douloureux, tous les sens exaltés au dernier point. Le plus petit bruit, la plus faible clarté la plus légère sensation insolite, sensation d'un globe remontant de l'abdomen vers le larynx et occasionnant un état de déglutition ou de spasme convulsif

121 outre cela cinq ou six fois par jour des spasmes hystériques plus denses, espèce de crise où les accidents étaient moins violents, crises d'un quart d'heure terminée par des pleurs abondants avec sanglots convulsifs.

Assaillie d'une douleur excessivement aiguë qui paralysait momentanément sa vie, jetant un petit cri, restant après immobile et stupéfaite, il lui semblait qu'un instrument aigu était enfoncé dans cette partie ce qui lui faisait donner le nom de clou hystérique, au cœur ou à la tête

crise hystérique à la suite de fromage, qu'a mangé une femme y répugnant même sans le savoir

130 après la crise grisement général et constriction à la gorge feuille d'oranger

140 crise où elle se roule par terre et renverse tout ce qu'elle rencontre. La face rouge vultueuse et horriblement convulsée

152 accidents du côté à la poitrine après supponl[1] – ennui tristesse, grand amour de la solitude envie de pleurer lorsque questions insupportables fatigue de répondre haine subite contre les étrangers envies de rire inexplicables la mémoire presque abolie, accès venant de la présence

---

chacune de ces femmes, qui n'avaient jamais vu un garçon l'ont aussitôt reconnu. Ce sont leurs réactions à la question posée par le médecin (« À quoi l'avez-vous donc reconnu ? ») que le dr Brachet consigne pour en inférer la « base du caractère de la femme » qui « repose sur sa sensibilité physique et morale » (*Traité de l'hystérie*, éd. citée, p. 95).

1 Pour suppression (des menstrues). Il s'agit de la présentation du cas de Marie, couturière, qui retient l'attention des deux frères (toutes les notes qui suivent sont empruntées à cette « Observation »).

d'une fleur si quelqu'un qui lui était désagréable, de la réunion de plusieurs personnes de la boutique d'un épicier de l'odeur de la cannelle

157 perte de connaissance seulement dans les crises de la période la plus intense

159 les yeux étaient rouges et roulaient dans leurs orbites la malade paraissait insensible (morte) col tuméfié

171 malade se tordant, se contractant en se roulant et souvent par secousse qui en la pliant brusquement dans un sens, la jetant de côté comme aurait fait un ressort qu'on aurait détendu, la sensibilité fait coi [illisible[1]]

177 dans la chlorose, sorte d'absence de facultés et des sens sans évanouissement réel

182 suspension de la respiration et des mouvements convulsifs pendant une minute ou deux image de la mort

213 Dubois d'Amiens dit que dans l'hystérie, les joies et les peines sont immodérées

auteurs qui se sont occupés de la femme Virey[2], Brière de Boismont[3], Bureaud-Riofrey[4], Lachaise[5], Gardanne[6], Auber[7], Menville[8]

220 Vents lourds et accablants du midi temps d'orage, précipitant les crises

---

1 Cette « Observation » concerne Mme B… qui souffre de crises d'hystérie au moment du coït. C'est peut-être ce mot que nous ne sommes pas parvenus à déchiffrer. Mme B… est en effet déclarée « assez portée aux plaisirs de l'amour », voire sujette à des spasmes voluptueux si violents que « son cavalier était projeté plus ou moins haut » (*ibid.*, p. 172).

2 Il s'agit du Dr Julien-Joseph Virey, (1775-1846) auteur *De la Femme sous ses rapports physiologique, moral et littéraire*, paru en 1823 et plusieurs fois réédité.

3 Alexandre Brière de Boismont (1797-1881), aliéniste spécialiste des fous criminels, a publié en 1842 un ouvrage consacré à la menstruation : *De la menstruation considérée dans ses rapports physiologiques et pathologiques*, Paris, Baillière, 1842.

4 Antoine-Martin Bureaud-Riofrey, *Éducation physique des jeunes filles, ou Hygiène de la femme avant le mariage*, Paris, J. Rouvier et E. Le Bouvier, 1835.

5 Claude Lachaise (1797-1881), *Hygiène physiologique de la femme, ou, De la femme considérée dans son système physique et moral, sous le rapport de son éducation et des soins que réclame sa santé à toutes les époques de sa vie*, Paris, Méquignon Marvis, 1825.

6 Charles-Paul-Louis de Gardanne (né en 1788), *Avis aux femmes qui entrent dans l'âge critique*, Paris, Gabon, 1816.

7 Charles-Édouard Auber, auteur de *De l'origine et de la cause du flux menstruel périodique chez les femmes*, thèse de médecine parue en 1803 chez l'imprimeur Marchant.

8 Charles-François Menville, *L'Histoire médicale et philosophique de la femme : considérée dans toutes les époques principales de sa vie, avec tous les changements qui surviennent dans son physique et son moral, avec l'hygiène applicable à son sexe et toutes les maladies qui peuvent l'atteindre aux différents âges*, Paris, Amyot, 1845.

C'est chez les couturières le plus d'hystériques
222 Caractère – fibre molle et délicate finesse des traits embonpoint médiocre quelquefois lymphatique avec beaucoup d'éclat dans la blancheur de la peau
240 L'ébranlement hystérique produit par une sensation comme le duvet de la pêche sur la peau
ennui inquiétude vague puis l'hystérie
odeur de violette de lys, le cri d'une scie donnant des accès d'hystérie la tête et col rouge les veines jugulaires bossuent sous la peau, les membres inférieurs glacés jetant leurs membres à droite à gauche
266 tête renversée, les mains égratignant et frottant le col comme si elle voulait enlever quelque chose
après brisée avec des frémissements – qui leur parcourent tout le corps à intervalles. Accélération de la respiration
274 phénomènes qui précèdent les crises
280 migraine clou hystériques 284 définition de la mélancolie des vierges
288 palpitations irrégulières et désordonnées
289 crises syncopales se renouvellent plusieurs fois par jour mais peu graves et peu intenses
294 plus impressionnable plus véritable
jeune fille mangeant un grain de blanc d'Espagne
351 liste des gens qui ont écrit sur l'hystérie
353 et 354 tous les prodromes de l'hystérie, joie tristesse immodérée etc.
perte d'appétit goût dépravé
Description de Louyer Villermay[1]
377 l'hystérie se transformant facilement en hypocondrie mais aussi à la mélancolie perte ou diminution de la mémoire stupeur ~~de l'intelligence~~ mentale
411 Le clitoridisme pour l'hystérie

HISTOIRE PHILOSOPHIQUE ET MÉDICALE DE LA FEMME

3 vol. in 8° par le Dr Menville de Ponsan[2]
(notes au crayon à la suite des notes sur le traité de Brachet, 2 pages)

1 Jean-Baptiste Louyer-Villermay, auteur du *Traité des maladies nerveuses en vapeurs, et particulièrement de l'hystérie et de l'hypocondrie*, Paris, Méquignon Père l'aîné, 1816.

2 Charles-François Menville de Ponsan, *Histoire médicale et philosophique de la femme considérée dans toutes les époques principales de sa vie, avec tous les changements qui surviennent dans son*

Nymphomanie causée [mots illisibles] abus des boissons alcooliques, les dérangements de la menstruation.

Une espèce de mélancolie se développant dans la solitude, non encore le désir de jouissances matérielles mais la contemplation de celui qu'elle aime et délectation dans chacune de ses qualités physiques, la solitude, dans la société sombre, pensive, taciturne, car distraite absorption celui vient et se présente œil ranimé visage se colore, le cœur palpite [mots illisibles]
l'imagination s'exalte passions violentes, l'esprit obsédé d'idées obscènes, l'appétit se perd plus sommeil ni repos, prurit et démangeaison dans boyaux [?] génitaux, salacité extrême
la fonction intellectuelle plie [?] que la douleur des [mot illisible] lubricité à la vue d'un homme regard [mots illisibles] attitude voluptueuse, [mots illisibles]

---

extrêmement provocante, toucher brûlant, narines gonflées, respiration haletante, bouche toujours humide

---

[...]
chlorose pâleur excessive verdâtre, bouffissure de la face, blancheur des lèvres, [mot illisible] des paupières gonflées après le sommeil [mots illisibles] teinte terne de la peau, [mot illisible], désirs d'aliments très sapides malaise ou désirs de substances impropres vrai charbon [mots illisibles], sorte de roucoulement ou vibration musicale dans les artères du cou, les pieds, gonflés le soir. Toujours hors d'haleine, excédée de fatigue [...] sensation douloureuse dans les nerfs du cou frayeur nocturne, [...]
mélancolie du Temps critique, teint pâle, yeux baissés vers la terre (série de mots illisibles) démarche lente [illisible].

Sandras, *Traité des maladies nerveuses*, 2 vol. 1812[1]

Mordret *Traité pratique des affections nerveuses* Delahaye, 1861[2].

---

physique et son moral, avec l'hygiène applicable à son sexe et toutes les maladies qui peuvent l'atteindre aux différents âges, Paris, Amyot, 1845.

1 Claude-Marie-Stanislas Sandras, *Traité pratique des maladies nerveuses*, Paris, Baillière, 1851.

2 Voir *infra* les notes des Goncourt.

TRAITÉ COMPLET DE L'HYSTÉRIE PAR LANDOUZY, 1846[1]

(1 page de notes à l'encre)
troubles sensoriaux ou intellectuels
prodrome, grande volubilité, mobilité d'esprit craquement (fourmillement, besoin de s'étendre s'étirer marcher changer de position avec de tristes rêvasseries, rêves bizarres, frissons vagues). Chaleur brûlante, mouvement involontaire des paupières mobilité nerveuse excessives.
pendant l'accès œil fixe, pupille dilatée regard farouche exaltation des sens fort remarquable
pendant l'accès des craquements produits par les surfaces articulaires
jeune fille après les actes convulsifs rêve qu'elle racontait toutes ses affaires
chez les hystériques mobilité dans l'imagination moins de profondeur que d'instantané dans les impressions.

TRAITÉ PRATIQUE DES AFFECTIONS NERVEUSES PAR MORDRET[2]

Voir la physiologie de Durdach qui a plus de 9 vol.

activité vitale. – mutations, les nerfs les conducteurs de la sensibilité, âme sensorium commune. – l'âme et le corps sont unis par une étroite couture, a dit Montaigne –

Les chloroanémiques famille intellectuelle exaltée donnant dans l'ordre psychique lieu à toute sorte de troubles depuis la simple inégalité de caractère jusqu'aux vésanies.

1 Hector Landouzy (1812-1864), *Traité complet de l'hystérie*, Paris, Baillière, 1846. Cet ouvrage a obtenu le prix de l'Académie royale de médecine à égalité avec Brachet, en 1847.

2 Ambroise-Eusèbe Mordret, *Traité pratique des affections nerveuses et chloro-anémiques considérées dans les rapports qu'elles ont entre elles*, Paris, Delahaye 1861.

ANNEXE II

Réception

PRESSE

[Nous reproduisons les articles contemporains dans l'ordre chronologique de leur parution]

«*GERMINIE LACERTEUX* PAR MM. ED ET J. DE GONCOURT»
LE SALUT PUBLIC DE LYON, 23 JANVIER 1865

Je dois déclarer, dès le début, que tout mon être, mes sens et mon intelligence me portent à admirer l'œuvre excessive et fiévreuse que je vais analyser. Je trouve en elle les défauts et les qualités qui me passionnent : une indomptable énergie, un mépris souverain du jugement des sots et des timides, une audace large et superbe, une vigueur extrême de coloris et de pensée, un soin et une conscience artistiques rares en ces temps de productions hâtives et mal venues. Mon goût, si l'on veut, est dépravé ; j'aime les ragoûts littéraires fortement épicés, les œuvres de décadence où une sorte de sensibilité maladive remplace la santé plantureuse des époques classiques. Je suis de mon âge.

Je me plais à considérer une œuvre d'art comme un fait isolé qui se produit, à l'étudier comme un cas curieux qui vient de se manifester dans l'intelligence de l'homme. Un enfant de plus est né à la famille des créations humaines ; cet enfant a pour moi une physionomie propre, des ressemblances et des traits originaux. Le scalpel à la main, je fais l'autopsie du nouveau-né, et je me sens pris d'une grande joie, lorsque je découvre en lui une créature inconnue, un organisme particulier. Celui-ci ne vit pas de la vie de tous ; dès ce moment, j'ai pour lui la curiosité du médecin qui est mis en face d'une maladie nouvelle. Alors je ne recule devant aucun dégoût ; enthousiasmé, je me penche sur l'œuvre, saine ou malsaine, et, au-delà de la morale, au-delà des pudeurs et des puretés, j'aperçois tout au fond une grande lueur qui sert à éclairer l'ouvrage tout entier, la lueur du génie humain en enfantement.

Rien ne me paraît plus ridicule qu'un idéal en matière de critique. Vouloir rapporter toutes les œuvres à une œuvre modèle, se demander si tel livre remplit telles et telles conditions, est le comble de la puérilité à mes yeux. Je ne puis comprendre cette rage de régenter les tempéraments, de faire la leçon à l'esprit créateur. Une œuvre est simplement une libre et haute manifestation d'une personnalité, et dès lors je n'ai plus pour devoir que de constater quelle est cette personnalité. Qu'importe la foule ? J'ai là, entre les mains, un individu ; je l'étudie pour lui-même, par curiosité scientifique. La perfection à laquelle je tends est de donner à mes lecteurs l'anatomie rigoureusement exacte du sujet qui m'a été soumis. Moi, j'aurai eu la charge de pénétrer un organisme, de reconstruire un tempérament d'artiste, d'analyser un cœur et une intelligence, selon ma nature ; les lecteurs auront le droit d'admirer ou de blâmer, selon la leur.

Je ne veux donc pas ici de malentendu entre moi et le public. J'entends lui montrer, dans toute sa nudité, l'œuvre de MM. de Goncourt, et lui faire toucher du doigt les plaies saignantes qu'elle découvre hardiment. J'aurai le courage de mes admirations. Il me faut analyser page par page les amours honteuses de Germinie, en étudier les désespoirs et les horreurs. Il s'agit d'un grave débat, celui qui a existé de tout temps entre les fortifiantes brutalités de la vérité et les banalités doucereuses du mensonge.

Imaginez une créature faite de passion et de tendresse, une femme toute chair et toute affection, capable des dernières hontes et des derniers dévouements, lâche devant la volupté au point de quêter des plaisirs comme une louve affamée, courageuse devant l'abnégation au point de donner sa vie pour ceux qu'elle aime. Placez cette femme frémissante et forte dans un milieu grossier qui blessera toutes ses délicatesses, s'adressera à tout le limon qui est en elle, et qui, peu à peu, tuera son âme en l'étouffant sous les ardeurs du corps et l'exaltation des sens. Cette femme, cette créature maudite sera Germinie Lacerteux.

L'histoire de cette fille est simple et peut se lire couramment. Il y a, je le répète, dualité en elle : un être passionné et violent, un être tendre et dévoué. Un combat inévitable s'établit entre ces deux êtres ; la victoire que l'un va remporter sur l'autre dépend uniquement des événements de sa vie, du milieu. Mettez Germinie dans une autre position, et elle ne succombera pas ; donnez-lui un mari, des enfants à aimer, et elle sera une excellente mère, excellente épouse. Mais si vous ne lui accordez qu'un amant indigne, si vous tuez son enfant, vous frappez dangereusement sur son cœur, vous la poussez à la folie : l'être tendre et dévoué s'irrite et disparaît, l'être passionné et violent s'exalte et grandit. Tout le livre est dans la lutte entre les besoins du cœur et les besoins du corps, dans la victoire de la débauche sur l'amour. Nous assistons au spectacle navrant d'une déchéance de la nature humaine ; nous avons sous les yeux un certain tempérament, riche en vices et en vertus, et nous étudions quel phénomène va se produire dans le sujet au contact de certains faits, de certains êtres. Ici, je l'ai dit et je ne saurais trop le redire, je me sens l'unique curiosité de l'observateur ; je n'éprouve aucune préoccupation étrangère à la vérité du récit, à la parfaite déduction des sentiments, à l'art vigoureux et vivant qui va me rendre dans sa réalité un des cas de la vie humaine, l'histoire d'une âme perdue au milieu des luttes et des désespoirs de ce monde. Je ne crois pas le pouvoir de demander plus qu'une œuvre vraie et énergiquement créée.

Germinie, cette pauvre fille que les délicats vont accueillir avec des marques de dégoût, a cependant les sentiments d'une douceur exquise, des noblesses d'âme grandes et belles. Justement – voyez quelle est notre misère – ce sont ces sentiments, ces noblesses, qui en font plus tard la rôdeuse de barrières, l'amante insatiable. Elle tombe d'autant plus bas que son cœur est plus haut. Mettez à sa place une nature sanguine, une grosse et bonne fille au sang riche et puissant, chez qui les ardeurs du corps ne sont pas contrariées par les ardeurs de l'âme : elle acceptera sans larmes les amours grossières de sa classe, les baisers et les coups ; elle perdra un enfant et quittera le père sans que son cœur saigne ; elle vivra tranquillement sa vie en pleine santé, dans un air vicié et nauséabond. Germinie a des nerfs de grande dame ; elle étouffe au milieu du vice sale et répugnant ; elle a besoin d'être aimée dans sa chair et dans son âme ; elle est entraînée par sa nature ardente, et elle meurt parce qu'elle ne peut que contenter cette chair de feu, sans jamais pouvoir apaiser cette âme avide d'affection.

Germinie, pour la caractériser d'un mot, aime à cœur et à corps perdus : le jour où le cœur est mort, le corps s'en va droit au cimetière, tué sous des baisers étouffants, brûlé par l'ivresse, endolori par des cilices volontaires.

Le drame est terrible, vous le voyez ; il a l'intérêt puissant d'un problème physiologique et psychologique, d'un cas de maladie physique et morale, d'une histoire qui doit être vraie. Le voici, scène par scène ; je désire le mettre en son entier sous les yeux du lecteur, pour qu'il soit beaucoup pardonné à Germinie qui a beaucoup aimé et beaucoup souffert.

Elle vient à Paris à quatorze ans. Son enfance a été celle de toutes les petites paysannes pauvres, des coups et de la misère ; une vie de bête chétive et souffrante. À Paris, elle est placée dans un café du boulevard, où les pudeurs de ses quinze ans s'effraient au contact des garçons. Tout son être se révolte à ces premiers attouchements ; elle n'a encore que des sens, et le premier éveil de ces sens est une douleur. C'est alors qu'un vieux garçon la viole et la jette à la vie désespérée qu'elle va mener. Ceci est le prologue.

Au début du roman, Germinie est entrée comme domestique chez Mlle de Varandeuil, vieille fille noble qui a sacrifié son cœur à son père et à ses parents. Le parallèle entre la domestique et la maîtresse s'impose forcément à l'esprit ; les auteurs n'ont pas mis sans raison ces deux femmes en face l'une de l'autre, et ils ont fait preuve de beaucoup d'habileté dans l'opposition de ces deux figures qui se font valoir mutuellement, qui se complètent et s'expliquent. Mlle de Varandeuil a eu le dévouement de Germinie, sans en avoir les fièvres ; elle a pu faire abnégation de son corps ; vivre par la seule affection qu'elle portait aux gens qui l'entouraient ; elle a vieilli dans le courage et l'austérité, sans grandes luttes, ne faiblissant jamais, trouvant un pardon pour toutes les faiblesses. Germinie reste vingt ans au service de cette femme, qui ne vit plus que par le souvenir. Une moitié du roman se passe dans une chambre étroite, froide et recueillie, où se tient paisiblement assise la vieille demoiselle, ignorante des âpretés de l'amour, se mourant avec la tranquillité des vierges ; l'autre moitié court les rues, a les frissons et les cris de la débauche, se roule dans la fange. Les auteurs, en plein drame, ouvrent parfois une échappée sur le foyer à demi éteint, auprès duquel sommeille Mlle de Varandeuil, et il y a je ne sais quelle douceur infinie à passer des horreurs de la chair à ce spectacle d'une créature plus qu'humaine, qui s'endort dans sa chasteté. Cette figure de vieille femme a plus de hauteur que celle de la jeune bonne hystérique ; toutefois, elle est également hors nature, elle se trouve placée à l'autre extrémité de l'amour ; il y a eu, devant le désir, abus de courage chez elle, de même qu'il y a eu chez Germinie abus de lâcheté. Aussi souffrent-elles toutes deux dans leur humanité : l'une est frappée à mort à quarante ans, l'autre traîne une vieillesse vide, n'ayant pour amis que des tombeaux.

Germinie va donc avoir deux existences ; elle va, pendant vingt ans, épuiser sa double nature, contenter les deux besoins qui l'aident à vivre : se dévouer, aimer sa maîtresse comme une mère, et se livrer aux emportements de sa passion, aux feux qui la brûlent. Elle vivra ses nuits dans les transports de voluptés terribles ; elle vivra ses jours dans le calme d'une affection prévenante et inépuisable. La punition de ses nuits sera précisément ses jours ; elle tremblera toute sa vie de perdre l'amitié de sa maîtresse, si quelque bruit de ses amours venait jusqu'à elle ; et, dans son agonie, elle emportera comme suprême châtiment, la pensée que la pauvre vieille, en apprenant tout, ne viendra pas prier sur sa tombe.

Au premier jour, avant toute souillure volontaire, lorsqu'elle ne connaît encore de l'homme que la violence, Germinie devient dévote. « Elle va à la pénitence comme on va à l'amour. » Ce sont là les premières tendresses de toutes les femmes sensuelles. Elles se jettent dans l'encens, dans les fleurs, dans les dorures des églises, attirées par l'éclat et le mystère du culte. Quelle est la jeune fille qui n'est pas un peu amoureuse de son confesseur ? Germinie trouve dans le sien un bon cœur qui s'intéresse à ses larmes et à ses joies ; elle aime éperdument cet homme qui la traite en femme. Mais elle se retire bientôt, dévorée de jalousie, le jour où elle rencontre un prêtre au lieu de l'homme qu'elle cherchait.

Elle a besoin de se dévouer, si ce n'est d'aimer. Elle donne ses gages à son beau-frère, qui spécule sur elle, en l'apitoyant sur le sort d'une de ses nièces qu'elle lui a confiée. Puis elle apprend que cette nièce est morte, et son cœur est vide de nouveau.

Elle rencontre enfin l'homme qui doit tuer son cœur, lui mettre sur les épaules la croix qu'elle portera la vie entière. Cet homme est le fils d'une crémière voisine, Mme Jupillon ; elle le connaît presque enfant et se met à l'aimer sans en avoir conscience. Par la jalousie irraisonnée, elle le sauve des caresses d'une autre femme, et demeure tremblante sous le premier baiser qu'il lui donne. C'en est fait ; le cœur et le corps ont parlé. Mais elle est forte encore. « Elle écarte sa chute, elle repousse ses sens. » L'amour lui rend la gaieté et l'activité ; elle se fait la domestique de la crémière, elle se voue aux intérêts de la mère et du fils. Cette époque est l'aube blanche de cette vie qui doit avoir un midi et un soir si sombres et si fangeux. Germinie, bien que souillée par une première violence, dont on ne saurait lui demander compte, a alors la pureté d'une vierge par son affection profonde, par son abnégation entière. Le mal n'est pas en elle, il est dans la mère et le fils, dans ces affreux Jupillon, canailles qui suent le vice et la honte. La mère a des tolérances calculées, des spéculations ignobles ; le fils considère l'amour comme la « la satisfaction d'une certaine curiosité du mal, cherchant dans la connaissance et la possession d'une femme le droit et le plaisir de la mépriser. » C'est à ce jeune coquin que se livre la pauvre fille ; « elle se laisse arracher par l'ardeur du jeune homme ce qu'elle croyait donner d'avance à l'amour du mari. » Est-elle si coupable, et ceux qui seront tentés de lui jeter la pierre, devront-ils négliger de suivre pas à pas les faits qui la conduisent à la chute, en lui en cachant l'effroi ?

Germinie est bientôt abandonnée. Son amant court les bals des barrières, et, conduite par son cœur, elle le suit, elle va l'y chercher. La débauche ne veut pas d'elle ; elle est trop vieille. Ce que son orgueil et sa jalousie ont à souffrir, est indicible. Puis, lorsqu'elle est admise, on lui facilite la honte par la familiarité qu'on lui témoigne. Dès lors, elle a jugé Jupillon, elle sent qu'elle ne peut se l'attacher que par des présents, et, comme elle n'a pas la force de la séparation, elle consacre toutes ses épargnes, tous ses bijoux, à lui acheter un fonds de ganterie. Sans doute, il y a dans ce don l'emportement et les calculs de la passion, mais il y a aussi le plaisir de donner, le besoin de rendre heureux.

Un instant, on peut croire Germinie sauvée. Elle a un enfant. La mère va sanctifier l'amante. Puisqu'il faut un amour à ce pauvre cœur en peine, il aura l'amour d'un fils, il vivra en paix dans cette tendresse. L'enfant meurt, Germinie est perdue.

Ses affections tournent à la haine, sa sensibilité s'irrite, ses jalousies deviennent puériles et terribles. Repoussée par son amant, elle cherche dans l'ivresse l'oubli de ses chagrins et de ses ardeurs. Elle s'avilit, elle se prépare à la vie de débauches qu'elle va mener tout à l'heure. On tue le cœur, la chair se dresse et triomphe.

Mais Germinie n'a pas épuisé tous ses dévouements. Elle a donné ses derniers quarante francs à Jupillon, lorsqu'elle était sur le point d'accoucher, se condamnant ainsi à se rendre à la Bourbe. Elle accomplit maintenant un dernier sacrifice. Les Jupillon, qui l'ont chassée de chez eux, l'attirent de nouveau lorsque le fils est tombé au sort. Ils la connaissent. Elle emprunte à droite et à gauche, sou à sou, les deux mille trois cents francs nécessaires pour racheter le jeune homme. Sa vie entière est engagée, elle se doit à sa dette ; elle a donné à son amant plus que le présent, elle a donné l'avenir.

C'est alors qu'elle acquiert la certitude complète de son abandon ; elle rencontre Jupillon avec une autre femme, et n'obtient des rendez-vous avec lui qu'a prix d'argent. Elle boit davantage, elle a horreur d'elle-même ; mais elle ne peut s'arrêter dans le sentier sanglant qu'elle descend. Un jour, elle vole vingt francs à Mlle de Varandeuil pour les donner à Jupillon. C'est ici le point extrême, Germinie ne saurait aller plus loin. Elle ment par amour, elle se dégrade par amour, elle vole par amour. Mais elle ne peut voler deux fois, et Jupillon la fait mettre à la porte par une de ses maîtresses.

Les chutes morales suivent les chutes physiques. L'intelligence abandonne Germinie, la pauvre fille devient malpropre et presque idiote. Elle serait morte vingt fois, si elle n'avait à son côté une personne qui pût encore la respecter et la chérir. Ce qui la soutient, c'est l'estime de Mlle de Varandeuil. Les auteurs ont bien compris que l'estime lui était nécessaire, et ils lui ont donné pour compagnon une femme qui ignore. Je ne puis m'empêcher de citer quelques lignes qui montrent combien Germinie se débattait dans son avilissement. « Elle cédait à l'entraînement de la passion ; mais aussitôt qu'elle y avait cédé, elle se prenait en mépris. Dans le plaisir même, elle ne pouvait s'oublier entièrement et se perdre. Il se levait toujours dans sa distraction l'image de mademoiselle avec son austère et maternelle figure. À mesure qu'elle s'abandonnait et descendait de son honnêteté, Germinie ne sentait pas l'impudeur lui venir. Les dégradations où elle s'abîmait ne la fortifiaient point contre le dégoût et l'horreur d'elle-même. »

Enfin se joue le dernier acte du drame, le plus terrible et le plus écœurant de tous. Germinie ne peut vivre avec le souvenir de son amour enseveli ; la chair la tourmente et l'emporte. Elle prend un second amant, et les voluptés qui la secouent alors ont tous les déchirements de la douleur. Une seule chose reste dans les ruines de son être, son affection pour Mlle de Varandeuil. Elle quitte Gautruche, qui lui dit de choisir entre lui et sa vieille maîtresse, et dès lors elle appartient à tous. Elle va le soir, dans l'ombre des murs ; elle rôde les barrières, elle est toute impureté et scandale. Mais le hasard veut bien lui accorder une mort digne ; elle rencontre Jupillon, elle se purifie presque dans l'amour qui s'éveille de nouveau et lui monte du cœur ; elle le suit, et, une nuit, par un temps d'orage, elle reste au volet du jeune homme, écoutant sa voix, laissant l'eau du ciel la pénétrer et lui préparer sa mort.

Son énergie ne l'abandonne pas un instant. Elle lutte, elle essaie de mentir à la mort. Elle se refuse à la maladie, voulant mourir debout. Lorsque ses forces l'ont trahie et qu'elle expire à l'hôpital, son visage demeure impénétrable. Mlle de Varandeuil, en face de ce cadavre, ne peut deviner quelle pensée terrible a labouré sa face et dressé ses cheveux. Puis, lorsque, le lendemain, la vieille fille apprend tout, elle se révolte contre tant de mensonges e tant de débauches ; le dégoût lui fait maudire Germinie. Mais le pardon est doux aux bonnes âmes. Mlle de Varandeuil se souvient du regard et du sourire de la pauvre morte ; elle se rappelle avoir vu en elle une telle tristesse, un tel dévouement, qu'une immense pitié lui vient et qu'elle se sent le besoin de pardonner, se disant que les morts que l'on maudit doivent dormir d'un mauvais sommeil. Elle va au cimetière, elle qui a la religion des tombeaux, et cherche une croix sur la fosse commune ; ne pouvant trouver, elle s'agenouille entre deux croix portant les dates de la veille et du lendemain de l'enterrement de Germinie. « Pour prier sur elle, il fallait prier au petit bonheur entre deux dates, – comme si la destinée de la pauvre fille avait voulu qu'il n'y eût, sur la terre, pas plus de place pour son corps que pour son cœur. »

Telle est cette œuvre, qui va sans doute être vivement discutée. J'ai pensé qu'on ne pouvait bien la juger que sur une analyse complète. Elle contient, je l'avoue, des pages d'une vérité effrayante, les plus remarquables peut-être comme éclat et comme vigueur ; elle a une franchise brutale qui blessera les lecteurs délicats. Pour moi, j'ai déjà dit combien je me sentais attiré par ce roman, malgré ses crudités, et je voudrais pouvoir le défendre contre les critiques qui se produiront certainement.

Les uns s'attaqueront au genre lui-même, prononceront avec force soupirs le mot « réalisme » et croiront du coup avoir foudroyé les auteurs. Les autres, gens plus avancés et plus hardis, ne se plaindront que de l'excès de la vérité, et demanderont pourquoi descendre si bas. D'autres, enfin, condamneront le livre, l'accusant d'avoir été écrit à un point de vue purement médical et de n'être que le récit d'un cas d'hystérie.

Je ne sais si je dois prendre la peine de répondre aux premiers. Ce que l'on se plaît encore à appeler réalisme, l'étude patiente de la réalité, l'ensemble obtenu par l'observation des détails, a produit des œuvres si remarquables, dans ces derniers temps, que le procès devrait être jugé aujourd'hui. Eh oui ! Bonnes gens, l'artiste a le droit de fouiller en pleine nature humaine, de ne rien voiler du cadavre humain, de s'intéresser à nos plus petites particularités, de peindre les horizons dans leurs minuties et de les mettre de moitié dans nos joies et dans nos douleurs.

Par grâce, laissez-le créer comme bon lui semble ; il ne vous donnera jamais la création telle qu'elle est ; il vous la donnera toujours vue à travers son tempérament. Que lui demandez-vous donc, je vous prie ? Qu'il obéisse à des règles, et non à sa nature, qu'il soit un autre, et non lui ? Mais cela est absurde. Vous tuez de gaieté de cœur l'initiative créatrice, vous mettez des bornes à l'intelligence, et vous n'en connaissez pas les limites. Il est si facile pourtant de ne pas s'embarrasser de tout ce bagage de restrictions et de convenances. Acceptez chaque œuvre comme un monde inconnu, comme une terre nouvelle qui va vous donner peut-être des horizons nouveaux. Éprouvez-vous donc un si violent chagrin à ajouter une page à l'histoire littéraire de votre pays ? Je vous accorde que le passé a eu sa grandeur ; mais le présent est là, et ses manifestations, si imparfaites qu'elles soient, sont une des faces de vie intellectuelle. L'esprit marche, vous en étonnez-vous ? Votre tâche est de constater ses nouvelles formes, de vous incliner devant toute œuvre qui vit. Qu'importent la correction, les règles suivies, l'ensemble parfait ; il est telles pages écrites à peine en français qui l'emportent à mes yeux sur les ouvrages les mieux conduits, car elles contiennent toute une personnalité, elles ont le mérite suprême d'être uniques et inimitables. Lorsqu'on sera bien persuadé que le véritable artiste est solitaire, lorsqu'on cherchera avant tout un homme dans un livre, on ne s'inquiétera plus des différentes écoles, on considérera chaque œuvre comme le langage particulier d'un âme, comme le produit unique d'une intelligence.

À ceux qui prétendent que MM. de Goncourt ont été trop loin, je répondrai qu'il ne saurait en principe y avoir de limite dans l'étude de la vérité. Ce sont les époques et les langages qui tolèrent plus ou moins de hardiesse ; la pensée a toujours la même audace. Le crime est donc d'avoir dit tout haut ce que beaucoup pensent tout bas. Les timides vont opposer Mme Bovary à Germinie Lacerteux. Une femme mariée, une femme de médecin, passe encore ; mais une domestique, une vieille fille de quarante ans, cela ne se peut souffrir. Puis les amours des héros de M. Flaubert sont encore des amours élégantes et raffinées, tandis que celles des personnages de MM. de Goncourt se traînent dans le ruisseau. En un mot, il y a là deux mondes différents : un monde bourgeois, obéissant à certaines convenances, mettant une certaine mesure dans l'emportement de ses passions, et un monde ouvrier, moins cultivé, plus cynique, agissant et parlant. Selon nos temps hypocrites, on peut peindre l'un, on ne saurait s'occuper de l'autre. Demandez pourquoi, en faisant observer qu'au fond les vices sont parfaitement les mêmes. On ne saura que répondre. Il nous plaît d'être chatouillés agréablement, et même ceux d'entre nous qui prétendent aimer la vérité, n'aiment qu'une certaine vérité, celle qui ne trouble pas le sommeil et ne contrarie pas la digestion.

Un reproche fondé, qui peut être fait à *Germinie Lacerteux*, est celui d'être un roman médical, un cas curieux d'hystérie. Mais je ne pense pas que les auteurs désavouent un instant la grande place qu'ils ont accordée à l'observation physiologique. Certainement leur héroïne est malade, malade de cœur et malade de corps ; ils ont tout à la fois étudié la maladie de son corps et celle de son cœur. Où est le mal, je vous prie ? Un roman n'est-il pas la peinture de la vie, et ce pauvre corps est-il si damnable pour qu'on ne s'occupe pas de lui ? Il joue un tel rôle dans les affaires de ce monde, qu'on peut bien lui donner quelque attention, surtout lorsqu'il mène une âme à sa perte, lorsqu'il est le nœud même du drame.

Il est permis d'aimer ou de ne pas aimer l'œuvre de MM. de Goncourt ; mais on ne saurait lui refuser des mérites rares. On trouve dans le livre un souffle de Balzac et de M. Flaubert ; l'analyse y a la pénétrante finesse de l'auteur d'*Eugénie Grandet* ; les descriptions, les paysages y ont l'éclat et l'énergique vérité de l'auteur de *Madame Bovary*. Le portrait de Mlle de Varandeuil, un chapitre que je recommande, est digne de *La Comédie humaine*. La promenade à la chaussée Clignancourt, le bal de la *Boule Noire*, l'hôtel garni de Gautruche, la fosse commune, sont autant de pages admirables de couleur et d'exactitude. Cette œuvre fiévreuse et maladive a un charme provocant ; elle monte à la tête comme un vin puissant ; on s'oublie à la lire mal à l'aise et goûtant des délices étranges.

Il y a, sans doute, une relation intime entre l'homme moderne, tel que l'a fait une civilisation avancée, et ce roman du ruisseau, aux senteurs âcres et fortes. Cette littérature est un des produits de notre société, qu'un éréthisme nerveux secoue sans cesse. Nous sommes malades de progrès, d'industrie, de science ; nous vivons dans la fièvre, et nous nous plaisons à fouiller les plaies, à descendre toujours plus bas, avides de connaître le cadavre du corps humain. Tout souffre, tout se plaint dans les ouvrages du temps ; la nature est associée à nos douleurs, l'être se déchire lui-même et se montre dans sa nudité. MM. de Goncourt ont écrit pour les hommes de nos jours ; leur Germinie n'aurait pu vivre à aucune autre époque que la nôtre ; elle est fille du siècle. Le style même des écrivains, leur procédé a je ne sais quoi d'excessif qui accuse une sorte d'exaltation morale et physique ; c'est tout à la fois un mélange de crudité et de délicatesses, de mièvreries et de brutalités, qui ressemble au langage doux et passionné d'un malade.

Je définirai l'impression que m'a produite le livre, en disant que c'est le récit d'un moribond dont la souffrance a agrandi les yeux, qui voit face à face la réalité, et qui nous la donne dans ses plus minces détails, en lui communiquant la fièvre qui agite son corps et les désespoirs qui troublent son âme.

Pour moi, l'œuvre est grande, en ce sens qu'elle est, je le répète, la manifestation d'une forte personnalité, et qu'elle vit largement de la vie de notre âge. Je n'ai point souci d'autre mérite en littérature. Mlle de Varandeuil, la vieille fille austère, a pardonné ; je vais m'agenouiller à son côté, sur la fosse commune, et je pardonne comme elle à cette pauvre Germinie, qui a tant souffert dans son corps et dans son cœur.

Émile ZOLA

« LES LIVRES NOUVEAUX »
LE PROGRÈS DE LYON, 30 JANVIER 1865

J'éprouve à me retrouver ici, le lundi, la joie que le voyageur qui s'est égaré éprouve à rentrer au foyer. J'aime, au lendemain des jours tant soit peu orageux, à me retrouver avec ceux qui sont depuis près d'une année les confidents de mes impressions et à qui je communique familièrement mes pensées sur les livres qui naissent ou les choses qui passent. C'est en écrivant pour mes lecteurs du *Progrès* que je me suis fait ou que j'ai affermi certaines idées qui sont comme le fond de ma théorie sur la littérature contemporaine, et quand il m'est arrivé d'avoir, au lieu de lecteurs, des auditeurs, je n'ai guère fait que développer à Paris ce que j'avais déjà imprimé à Lyon. Malheureusement, on est moins maître de sa parole que de sa plume, ou du moins on a un accent qui blesse les oreilles inquiètes, et voilà pourquoi il y a moins de péril et autant de charme à reprendre en famille son métier de critique qu'à essayer en public son talent d'orateur.

Le livre dont je veux m'occuper aujourd'hui est d'ailleurs écrit dans les intentions courageuses qui sont bien celles que je voudrais voir à tous les romanciers de notre temps ; et si j'avais jamais une tribune, je le dirais autant de franchise que je l'écris.

Ce livre s'appelle *Germinie Lacerteux*, par les auteurs de *Renée Mauperin*. J'ai, l'an dernier, un des premiers, je crois, appelé l'attention sur ces deux écrivains, qui, après avoir été des originaux de la petite presse, sont en train de devenir des romanciers de la grande école. Il n'y a pas à s'y tromper du reste ; partout où l'on rencontre un tempérament particulier, une nature en dehors et un peu téméraire, on peut être sûr que tôt ou tard le talent jaillira, comme jaillit la sève au flanc déchiré des arbres.

Ils ont pris d'ailleurs la bonne voie, et sur ce chemin il n'est pas même besoin de la magie du talent pour faire un roman intéressant et passionné. Il suffit que la main puisse sur le papier bien fixer la pensée ; l'éducation ne sert qu'à aider l'auteur dans la traduction nette et simple de sa vie. Je suis, quant à moi, convaincu que si l'on se contentait de retracer l'histoire vraie, entière, complète de ses impressions vulgaires ou romanesques, extravagantes ou naïves, en toute sincérité, sans orgueil ni cynisme, homme ou femme, on écrirait une œuvre dont seraient émus bien des cœurs dans le monde.

C'est cette conviction qui me faisait dire dans mon premier article, ici même, que le roman était l'œuvre la plus expressive d'une époque démocratique. Chacun a au fond de soi son trésor de joies et de souffrances ; quand on sort de la vie publique pour entrer dans la vie privée, tous sont égaux devant la passion, la douleur, l'amour ; tous, les heureux et les pauvres, les petits et les grands ; à tous les degrés de l'échelle on voit des gens qui ricanent ou pleurent, et que fait descendre, pour les entraîner dans des mares ou des abîmes, l'inexorable fatalité.

Après avoir fleuri tout le XVIIe siècle, au XVIIIe encore, pendant la moitié du XIXe dans les palais, les châteaux, les salons, la littérature de sentiment suivant le grand chemin de la révolution, est descendue jusqu'aux inconnus et aux souffrants. Aujourd'hui, MM. Edmond et Jules de Goncourt peuvent écrire en tête de leur livre :

« Vivant au XIXe siècle, dans un temps de suffrage universel, de démocratie, de libéralisme, nous nous sommes demandé si ce qu'on appelle les "basses classes" n'avait pas droit au Roman ; si ce monde sous un monde, le peuple, devait rester sous le coup de l'interdit littéraire et des dédains d'auteurs qui ont fait jusqu'ici le silence sur l'âme et le cœur qu'il peut avoir. Nous nous sommes demandé s'il y avait encore, pour l'écrivain et pour le lecteur, en ces années d'égalité où nous sommes, des classes indignes, des malheurs trop bas, des drames trop mal embouchés, des catastrophes d'une terreur trop peu noble. Il nous est venu la curiosité de savoir si cette forme conventionnelle d'une littérature oubliée et d'une société disparue, la Tragédie, était définitivement morte ; si, dans un pays sans caste et sans aristocratie légales, les misères des petits et des pauvres parleraient à l'intérêt, à l'émotion, à la pitié, aussi haut que les misères des grands et des riches ; si, en ce mot, les larmes qu'on pleure en bas pourraient faire pleurer comme celles qu'on pleure en haut. »

MM. de Goncourt terminent ainsi leur préface :

« Maintenant, que ce livre soit calomnié, peu lui importe. Aujourd'hui que le Roman s'élargit et grandit, qu'il commence à être la grande forme sérieuse, passionnée, vivante, de l'étude littéraire et de l'enquête sociale, qu'il devient, par l'analyse et par la recherche psychologique, l'histoire morale contemporaine ; aujourd'hui que le Roman s'est imposé les études et les devoirs de la science, il peut en revendiquer les libertés et les franchises. Et qu'il cherche l'Art et la Vérité ; qu'il montre des misères bonnes à ne pas laisser oublier aux heureux de Paris ; qu'il fasse voir aux gens du monde ce que les dames de charité ont le courage de voir, ce que les reines autrefois faisaient toucher de l'œil à leurs enfants dans les hospices, la souffrance humaine, présente et toute vive, qui apprend la charité ; que le Roman ait cette religion que le siècle passé appelait de ce large et vaste nom : *Humanité*; il lui suffit de cette conscience : son droit est là. »

Cette préface est un programme, presque un manifeste. Elle répond bien à mes idées, et mes lecteurs, que mes opinions à cet égard ont pu jusqu'à ce jour déconcerter, voient que d'autres aussi se font les défenseurs de la réalité inflexible, implacable. Croyez-le bien, c'est le courant, un courant qui entraînera, comme vieilles branches, l'allégorisme et les mythologies, et les romanciers, comme les philosophes et les hommes d'action, ne s'occuperont plus qu'à atteindre ce qui est le but et le salut, la vérité ! Ils lui sacrifieront les procédés commodes, les habitudes lourdes, les préjugés gênants, et tandis que d'autres, ambitieux ou hardis, tiendront le glaive ou la balance, le romancier, dans un miroir d'une terrible fidélité, fera passer choses et hommes ; et le public, en face du spectacle, se prononcera ! Ce sera la justice.

Pour aujourd'hui, je n'entrerai pas dans l'analyse des personnages et ne montrerai pas si leur caractère est bien ou mal indiqué ou suivi. Le mérite principal du livre consiste dans quelques descriptions faites avec une conscience, un art et un sentiment infinis, d'autant plus curieuses qu'elles n'appartiennent pas à la famille déjà connue, et que ces paysages-là, très peu d'écrivains et très peu même de peintres ont osé les tracer. On a fait des volumes sur les prés, les bois, le matin, le soir, et il y a même, écrites par cinquante mains, des pages charmantes dont on se souvient aux jours d'amour ou de mélancolie. Sur les intérieurs misérables, combien aussi de lignes tracées à l'encre rouge ! on a mis en scène les meubles délabrés, le grabat avec l'âtre vide. Mais ces coins et ces paysages ont, pour ainsi dire, des angles auxquels le romancier peut accrocher sa phrase ; il y a tout un ordre d'idées et de sentiments, d'impressions même, qui naît en face de ces beautés ou de ces misères ; on sait où fouiller et prendre ; la source d'émotions est là où déjà bien d'autres ont bu, et on arrive au succès par des sentiers déjà battus.

Certes, il n'y a pas de bornes pour le talent, et d'horizon pour le génie. Il ajoute au soleil un rayon, et jette dans l'air, tout d'un coup, une vapeur nouvelle ; il crée dans les milieux déjà créés. Mais, tenez ! lisez cette page ! Germinie, une bonne, est la maîtresse d'un fils de crémière, mi-ouvrier, mi-souteneur, qu'elle aime comme son maître, comme son Dieu. L'amour fait d'elle un poète, à ses heures.

Au printemps, ils vont le soir se promener à l'entrée des champs, par les chemins gris et crayeux qui tournent autour du Château-Rouge.

« Ils descendaient, suivaient le trottoir charbonné de jeux de marelle, de longs murs par-dessus lesquels passait une branche, des lignes de maisons brisées, espacées de jardins. À leur gauche se levaient des têtes d'arbres toutes pleines de lumière, des bouquets de feuilles transpercés du soleil couchant qui mettait des raies de feu sur les barreaux des grilles de fer. Après les jardins, ils passaient les palissades, les enclos à vendre, les constructions jetées en avant dans les rues projetées et tendant au vide leurs pierres d'attente, les murailles pleines à leur pied de tas de culs de bouteille, de grandes et plates maisons de plâtre, aux fenêtres encombrées de cages et de linges, avec l'Y d'un plomb à chaque étage, des entrées de terrains aux apparences de basse-cour avec des tertres broutés par des chèvres.

Çà et là, ils s'arrêtaient, sentaient les fleurs, l'odeur d'un maigre lilas poussant dans une étroite cour. Germinie cueillait une feuille en passant et la mordillait.

Des vols d'hirondelles, joyeux, circulaires et fous, tournaient et se nouaient sur sa tête. Les oiseaux s'appelaient. Le ciel répondait aux cages. Elle entendait tout chanter autour d'elle, et elle regardait d'un œil heureux les femmes en camisole aux fenêtres, les hommes en manches de chemise dans les jardinets, les mères sur le pas des portes, avec de la marmaille entre les jambes.

La descente finissait, le pavé cessait. À la rue succédait une large route blanche, crayeuse, poudreuse, faite de débris, de plâtras, d'émiettements de chaux et de briques, effondrée, sillonnée par les ornières luisantes au bord que font le fer de grosses roues et l'écrasement des charrois de pierres de taille. Alors commençait ce qui vient où Paris finit, ce qui pousse où l'herbe ne pousse pas, un de ces paysages d'aridité que les grandes villes créent autour d'elles, cette première zone de banlieue *intra muros*, où la nature est tarie, la terre usée, la campagne semée d'écailles d'huîtres. Ce n'était plus que des terrains à demi clos, montrant des charrettes et des camions les brancards en l'air sur le ciel, des chantiers à scier des pierres, des usines en planches, des maisons d'ouvriers en construction, trouées et tout à jour, portant le drapeau des maçons, des landes de sable gris et blanc…

Bientôt se dressait le dernier réverbère pendu à un poteau vert. Du monde allait et venait toujours. La route vivait et amusait l'œil. Germinie croisait des femmes portant la canne de leur mari, des lorettes en soie au bras de leurs frères en blouse, des vieilles en madras se promenant, avec le repos du travail, les bras croisés.

Des ouvriers tiraient leurs enfants dans de petites voitures, des gamins revenaient avec leurs lignes de pêcher à Saint-Ouen, des gens traînaient au bout d'un bâton des branches d'acacia en fleurs.

Quelquefois une femme enceinte passait tendant les bras devant elle à un tout petit enfant, et mettant sur un mur l'ombre de sa grossesse. »

Je saute à regret par-dessus une page charmante pour arriver à la fin du chapitre.

« Étrange campagne où tout se mêlait, la fumée de la friture à la vapeur du soir, le bruit des palets d'un jeu de tonneau au silence versé du ciel, l'odeur de la poudrette à la senteur des blés verts, la barrière à l'idylle et la Foire à la Nature ! Germinie en jouissait pourtant ; et poussant Jupillon plus loin, marchant juste au bord du chemin, elle se mettait à passer en marchant, ses jambes dans les blés, pour sentir sur ses bas leur fraîcheur et leur chatouillement.

Quand ils revenaient, elle voulait remonter sur le talus. Il n'y avait plus de soleil. Le ciel était gris en bas, rose au milieu, bleuâtre en haut. Les horizons s'assombrissaient, les verdures se fonçaient, s'assourdissaient, les toits de zinc des cabarets prenaient des lumières de lune, des feux commençaient à piquer l'ombre, la foule revenait grisâtre, les blancs de linge devenaient bleus… Sur le talus, le haut des grandes herbes se balançait avec la brise qui les inclinait. Germinie se décidait à partir. Elle revenait toute remplie de la nuit tombante, s'abandonnant à l'incertaine vision des choses entrevues, passant les maisons sans lumière, revoyant tout sur son chemin comme pâli, lassée par la route dure à ses pieds, et contente d'être lasse, fatiguée, défaillait à demi, et se trouvant bien.

Aux premiers réverbères allumés de la rue du Château, elle tombait d'un rêve sur le pavé. »

Cette description est le morceau caractéristique du livre. Si je l'ai citée presque tout entière, c'est qu'elle sera le tableau en face duquel nous nous arrêterons pour juger cette école. Étude délicate et grave ! Nous touchons à une des questions les plus discutées de l'art contemporain. Nous l'aborderons franchement lundi prochain.

Jules VALLÈS

VARIÉTÉS. « LES TENDANCES DU ROMAN CONTEMPORAIN »
« *GERMINIE LACERTEUX* DE MM. ED. ET J. DE GONCOURT »
L'AVENIR NATIONAL, 1er FÉVRIER 1865

« Aujourd'hui que le Roman s'élargit et grandit, qu'il commence à être la grande forme sérieuse, passionnée, vivante, de l'étude littéraire et de l'enquête sociale, qu'il devient, par l'analyse et par la recherche psychologique, l'Histoire morale contemporaine, aujourd'hui que le Roman s'est imposé les études et les devoirs de la science, il peut en revendiquer les libertés et les franchises. Et qu'il recherche l'Art et la Vérité ; qu'il montre des misères bonnes à ne pas laisser oublier aux heureux de Paris ; qu'il fasse voir aux gens du monde ce que les dames de charité ont le courage de voir, ce que les reines d'autrefois faisaient toucher de l'œil à leurs enfants dans les hospices : la souffrance humaine, présente et toute vive, qui apprend la charité ; que le Roman ait cette religion que le siècle passé appelait de ce large et vaste nom : *Humanité*. »

Nous devons tenir et nous tiendrons, en effet, grand compte aux jeunes romanciers de leur loyale et fière déclaration. Au début de leur livre, et, en quelque sorte, dès le seuil, ils en précisent l'intention, en marquent nettement le caractère et s'attachent à nous édifier sur la nature de leur inspiration, aussi bien que sur le genre de procédé auquel ils se proposent d'avoir recours. Amplement avertis, nous savons donc, comme on dit, sur quoi tabler ; et c'est à bon escient que nous commençons la lecture de *Germinie Lacerteux*. Si, durant cette lecture, nous sommes péniblement et désagréablement affectés, nous ne devrons accuser que nous-mêmes de nos déceptions, car les auteurs ont pris soin de nous mettre sur nos gardes en nous répétant sous toutes les formes : Vous n'êtes pas ici pour vous amuser.

À ce sujet et avant d'aller plus loin, j'ai quelques remarques à faire. Sans doute, le roman tel que l'ont créé puis perfectionné l'abbé Prévost, Lesage, Diderot, Jean-Jacques Rousseau, et nos très habiles observateurs modernes, est un puissant moyen d'investigation morale et sociale. Il nous rend attentifs à bien des détails que nous dédaignerions peut-être, et nous aide à en comprendre la signification. Il donne aux sentiments intimes toute leur valeur, dépouille la vie domestique de son apparente banalité et nous en révèle la poésie, les émotions, les drames, les mystères ; enfin, avec une souplesse merveilleuse et sans se laisser arrêter par la vaine distinction des classes, il suit dans leur jeu ou plutôt dans leur lutte, dans leurs infinies combinaisons, les multiples intérêts, les passions subtiles et ardentes que comporte et même que suscite une civilisation aussi avancée que la nôtre.

Après cet aveu sincère, on ne reprochera point de contester systématiquement au roman moderne son importance et sa dignité. Il ne m'en coûte pas davantage de déclarer fermement que je crois à son efficacité. Par cela seul qu'il est, comme je l'indiquais tout à l'heure, un moyen d'investigation, il doit apporter à l'éducation générale le tribut de ses renseignements et de ses lumières. Jusqu'ici, je suis parfaitement d'accord avec MM. de Goncourt ; mais voici où nous nous séparons.

Que le roman s'efforce d'atteindre à la rigoureuse probité scientifique et que, de préférence, il s'exerce sur des données humanitaires, rien de mieux : je ne vois là qu'une conception judicieuse, une ambition très naturelle, très légitime, et j'y applaudis volontiers, à condition toutefois que cette ambition ne devienne pas une prétention. Quoi que l'on dise et quoi que l'on fasse, avant d'être une œuvre de science sociale, un roman est une œuvre d'art ; le romancier n'est pas seulement un savant, un moralisateur, un réformateur, il est essentiellement et au plus haut degré un artiste. Comme tel, son premier devoir, afin d'arriver plus sûrement au but élevé qu'il envisage, est de ne point nous montrer tout de suite ce but et de garder le silence sur le procédé qu'il compte employer. Si, effectivement, son œuvre est humaine, si, pour serrer de plus près la réalité et creuser plus profond, il a su, avec une intelligente discrétion, se servir de la méthode scientifique, cela se verra bien. De lui-même, le livre parlera, et l'auteur n'a que faire de nous prévenir.

L'espèce de déclaration de principes placée par MM. de Goncourt en tête de leur roman, a son bon côté, en ce sens qu'elle ne laisse peser sur leur intention aucune équivoque ; mais, d'autre part, elle offre cet inconvénient grave de violenter quelque peu l'esprit du public en anticipant sur ses impressions et en substituant d'avance à son jugement l'opinion nécessairement partiale des auteurs sur leur propre ouvrage. C'est à nous de découvrir que *Germinie Lacerteux* est une production scientifique et humaine, et non à MM. de Goncourt de nous l'apprendre. Ces sortes de programmes qui annoncent un parti-pris et imposent une attention particulière, n'ont, en général, d'autre effet que de troubler le lecteur et de gêner l'écrivain.

Il est toujours imprudent de se fixer certaines limites, et, selon la spirituelle parole de Joubert, de poser gratuitement, à chaque pas, devant soi, d'infranchissables colonnes d'Hercule. Par exemple, si en composant *Germinie Lacerteux*, MM. de Goncourt n'avaient pas obéi exclusivement à une préoccupation scientifique, ils auraient donné à leur œuvre plus d'attrait, plus de vie et, tranchons le mot d'agrément. Il n'y a pas trace d'agrément dans *Germinie*. Ce récit qui vise constamment à l'intérêt et qui, malgré sa sécheresse voulue, tâche de temps en temps de s'élever au pathétique, n'est que déplaisant et répugnant.

Quand des artistes aussi délicats, aussi consommés, aussi parfaitement maîtres de leur plume, que les brillants auteurs de *Sœur Philomène* et de *Renée Mauperin*, restent, pour ainsi dire, accablés sous la matière qu'ils ont entrepris de traiter, cet insuccès ne saurait être attribué à une passagère éclipse, à une subite défaillance de leur talent. Depuis plusieurs années déjà, ils ont passé la période des tâtonnements, des inégalités, ils ont trouvé leur voie et ils y marchent d'un pied résolu. Chez eux le talent est aujourd'hui ce qu'il était hier, ce qu'il sera demain ; et, à ne considérer que la forme, *Germinie Lacerteux* n'est aucunement inférieure aux remarquables romans que je viens de citer. Les connaisseurs y goûteront, une fois de plus, cette richesse de vocabulaire, cette précision de termes, cette variété de tournures, cette étonnante ingéniosité de style qui, dans le monde lettré, ont valu à MM. Edmond et Jules de Goncourt une réputation rapide et méritée.

Mais puisque, en cette circonstance, ce n'est point le talent qui leur a fait défaut, que leur a-t-il donc manqué pour réussir ? Pourquoi ne sont-ils pas, comme d'habitude, sortis victorieux du péril ; pourquoi, au lieu de tourner ou de franchir l'écueil, n'ont-ils pu éviter de s'y briser ? Le mérite des écrivains étant mis hors de cause, il ne se présente à nos questions qu'une réponse satisfaisante : pour nous, *Germinie Lacerteux* est une œuvre incomplète, insuffisante, vertigineuse, mal venue, malsaine, parce qu'elle a été écrite d'après un système radicalement faux. Ce qui rend souvent très graves et irrémédiables les erreurs de méthode, c'est qu'on les commet consciencieusement, de bonne foi, avec une pleine et douce sécurité. À mon avis, d'un bout à l'autre de leur nouveau roman, MM. de Goncourt ont commis une erreur de méthode. Ils ont sacrifié à l'idée du moment, à la réalité physiologique, étudiée et exploitée de préférence à la réalité morale ; ils ont fait consister en une minutieuse exactitude, en une implacable et insatiable nomenclature descriptive, la recherche et l'exposition du vrai.

S'il ne s'agissait que d'un livre isolé, d'une déviation individuelle, je ne m'exprimerais pas avec tant de vivacité, mais je ne puis me dissimuler que les conceptions, si rigoureusement et si fâcheusement appliquées dans *Germinie Lacerteux*, ne sont pas personnelles à MM. de Goncourt. Les jeunes romanciers contemporains (excepté ceux qui appartiennent à l'école douceâtre, M. Octave Feuillet et ses imitateurs) ont une tendance très marquée, presque invincible – funeste, parce qu'elle est excessive – vers l'extrême et judaïque exactitude, vers la description à outrance de la réalité telle qu'elle est.

Assurément, l'exactitude a son prix, et, dans l'art elle est indispensable. Sous ce rapport, les grands romanciers de la première moitié de ce siècle ont accompli une fort heureuse et fort louable révolution. Aujourd'hui, avant de peindre et de faire agir des personnages, on s'inquiète scrupuleusement des conditions de leur vie physique et morale, on spécifie et l'on rend sensible, à l'aide de certaines particularités habilement choisies, le milieu où ils se meuvent. On fait aux spectacles naturels, aux paysages, à la sensation qu'ils excitent en nous, une très large part ; on ne néglige même pas l'inanimé et l'on a grandement raison ; car, pour employer le langage des philosophes, l'homme soutient, avec le monde naturel, de constantes, d'étroites relations ; et il n'a qu'à ouvrir les yeux pour rencontrer autour de lui mille sujets de surprise, d'instruction, de méditation.

Tout cela est incontestablement un progrès. Les écrivains actuels sont certes mieux armés et, qu'on me passe le mot, mieux outillés que leurs devanciers, pour entreprendre et poursuivre leurs études psychologiques, morales, sociales. S'ils ne tirent pas de cette situation favorable tous les avantages qu'elle comporte ; s'ils sont loin d'obtenir les précieux résultats qu'elle met sous leur main, c'est qu'ils se plaisent à méconnaître et à violer sans cesse une loi esthétique qu'il convient de ne point oublier, d'observer religieusement. Cette loi, la voici : En fait d'art, l'exactitude est un moyen et ne doit jamais devenir un but. Agir autrement, ce serait confondre l'accessoire avec le principal. L'artiste ne saurait parvenir au vrai sans traverser le réel ; mais le réel n'est bon qu'à être traversé et dépassé. Ceux qui s'y attardent, qui s'obstinent à y demeurer, manquent à leur devoir et se condamnent à produire des œuvres dénuées d'efficacité, de solidité, de puissance, d'autorité.

On trouvera peut-être cette vérité bien élémentaire, bien simple, bien anodine, j'en suis désolé ; mais, comme disait Mme de Staël-Delaunay, *le vrai est ce qu'il peut.* Ce qui me paraît certain, c'est qu'en subordonnant l'observation du cœur humain à l'étude des désordres, des appétits, des convoitises du tempérament, à la peinture froide et détaillée de paysage, à l'interminable et fatigante description des mobiliers et des toilettes, la plupart de nos romanciers réalistes ont lâché la proie pour l'ombre. Bien plus, à ce dangereux exercice, à cette tentative imprudente, ils ont compromis leur liberté artistique, leur indépendance spirituelle. Ceci vaut la peine d'être développé et prouvé.

Lamennais citait souvent, et avec une visible prédilection, cette belle sentence d'un ancien : *Celui qui est soumis aux choses ne tarde pas à se soumettre aux hommes.* Rien n'est plus juste, plus susceptible de frappantes applications. Il y a, en effet, une quasi-déchéance, une espèce d'immoralité intellectuelle de la part de l'homme à s'occuper trop continument, trop assidument, des objets inanimés ou des fonctions inférieures de la vie. Sans doute, il ne faut pas toujours regarder en haut, parce que l'on pourrait, à la longue, comme l'astrologue de la fable, se laisser tomber dans un puits. Mais il ne faut pas non plus toujours regarder en bas, parce que l'œil, invariablement fixé vers le sol, finirait par ne plus pouvoir se relever, et cesserait d'être digne de contempler le visage humain, la nature et les astres.

Les objets extérieurs exercent une influence réelle, ont une grande action sur celui qui les regarde avec une curiosité prolongée. L'homme et surtout l'artiste est plus caméléon qu'on ne le pense. Dans ses rapports journaliers, dans son contact habituel avec les choses, il se teint à son insu de leurs couleurs. Au moment où il croit simplement les étudier, les considérer, les reproduire, où, volontiers il se flatte de leur être infiniment supérieur, elles s'emparent de lui et le subjuguent. Tout observateur artiste qui n'est pas doublé d'un philosophe, est singulièrement exposé à être conquis, à être asservi, par l'objet même de son étude.

C'est de ce servilisme artiste que les romanciers contemporains n'ont pas su se défendre. Ils sont, comme Pygmalion, devenus amoureux de leur statue. Leur sujet les a séduits, enlacés, absorbés ; au lieu de le dominer, d'en disposer à leur gré, de le régenter, comme font les écrivains de génie, un Molière, un Shakespeare, un Cervantès, ils se sont laissé dominer par lui. Ainsi, dans *Germinie Lacerteux*, MM. de Goncourt ont vu principalement des silhouettes à croquer, des intérieurs à peindre, des effets à saisir et à rendre. Une fois l'idée-mère trouvée, et le plan général dessiné, ils se sont réjouis de la quantité de détails piquants, imprévus, drôles, lugubres, affreux, renversants, surprenants, scandalisants, impossibles, avec lesquels allait se mesurer leur habileté raffinée.

Ils se sont dit : ah ! ça, n'allons pas manquer notre crèmerie de la rue Laval, notre ménage de vieille fille, notre sortie d'école, notre bal de barrière, notre hôtel garni du boulevard Rochechouart, notre soir de pluie à l'avenue Trudaine, et, comme coup de grâce, la fosse commune du cimetière Montmartre, où, en hiver, par un temps de neige, « les croix de la semaine, de l'avant-veille, de la veille, descendaient la coulée de la terre, elles glissaient, elles enfonçaient, et, comme emportées sur la pente d'un précipice, elles semblaient faire de grandes enjambées. »

Germinie est le motif, le prétexte, l'occasion de tous ces tableaux merveilleusement touchés, du reste, et qui ne laissent rien à désirer ; mais entre elle et les divers spectacles qui se succèdent sous les yeux du lecteur, il n'y a pas ce qu'on peut appeler une relation nécessaire. Elle figure assez bien dans quelques-uns de ces cadres ; pourtant, si on ne l'y voyait pas, cela n'enlèverait rien à la valeur de la scène représentée et prise en elle-même. Je ne veux point insinuer par là que les auteurs aient escamoté les difficultés du sujet, qu'ils aient reculé devant l'audace de leur conception, encore moins qu'ils aient négligé la psychologie ou plutôt la physiologie de Germinie Lacerteux. Ce que j'ai tenu à indiquer, c'est que, chez eux, l'instinct pittoresque l'a emporté sur la fonction morale du romancier et a terriblement entravé la liberté de l'artiste.

MM. Edmond et Jules de Goncourt ont été les premiers esclaves, les premières victimes de leur roman. On sent que c'est lui qui les a menés. Je n'en veux d'autre preuve que la monotonie de l'œuvre, monotonie écrasante, malgré la variété des peintures et la subtilité des analyses. Ce qui, en définitive, juge une composition et nous en donne la mesure, c'est l'arrangement intérieur, l'ordonnance, l'économie de cette composition. À ce signe, on reconnaît les maîtres. Voyez Dickens, lisez *David Copperfield*, *Nicolas Nickelby*, *Bleak-House*, *Le Magasin d'antiquités*.

Quel harmonieux équilibre, quelle forme et quelle modération dans le mouvement, et comme tout est prévu, bien à sa place, sagement ordonné, pondéré ! On ne l'accusera pas de faire fi des accessoires, de mépriser le détail ; seulement, chez lui, l'accessoire n'envahit pas tout et ne masque pas le principal, et les détails ne se transforment pas en autant de parasites qui dévorent l'ensemble.

Et donc, pour ne prendre ici qu'un ordre d'idées, remarquez avec quel art admirable l'illustre romancier anglais – imitant en cela le flux et le reflux de l'âme humaine – fait alterner dans son œuvre la joie et la tristesse, les larmes et le rire. Il ménage au lecteur des distractions, des repos, des *détentes*, des consolations, des revanches. Avec lui, on ne demeure pas durement accablé sous le poids la fatalité mauvaise. En agissant de la sorte, Charles Dickens se montre artiste supérieur ; artiste de génie, et, en même temps, il fait véritablement acte d'humanité.

Car ce n'est pas tout que de parler d'humanité, il y a bien des manières d'être humain. Et d'abord, lorsqu'on est romancier, lorsqu'on sait que le livre qu'on écrit va être emporté, jeté à tous les coins du monde par l'immense publicité française, que la foule va le lire avec empressement, que des esprits perplexes et des âmes souffrantes l'interrogeront d'un regard anxieux, le consulteront avidement, faut-il donc tant accorder au guignon, à la male chance, à la douleur, à la malice, à la méchanceté, au désespoir, à la consternante fatalité ? N'y avait-il pas moyen de modifier l'économie de ce livre navrant ; d'y introduire un contre-courant de bonté, d'honnêteté naturelle, de tendresse, de dévouement ? N'était-il pas possible de l'éclairer çà et là par un sourire, par une innocente gaieté, par des plaisanteries de bon aloi, par un personnage comique finement et sobrement esquissé, au lieu de nous infliger ce rêve sinistre, ce cauchemar épouvantable qui donne la fièvre et qu'on a toutes les peines du monde à chasser de son imagination.

– Cela est très facile à dire, répondront MM. de Goncourt, mais une critique amie de la sincérité aurait mauvaise grâce de nous reprocher de rendre les choses telles que nous les voyons ; et puis, d'ailleurs, le sujet que nous avions choisi commandait le procédé que nous avons employé. Notre roman est monotone, parce que l'histoire de Germinie est monotone ; il est absolument triste, parce que cette histoire est absolument triste ; que voulez-vous ? Nous ne pouvons cependant pas vous faire plaisir, mettre du soleil dans une cave.

– Nous y voilà, je m'attendais à cette objection, et elle ne me trouvera pas sans réplique. En admettant, ce qui est contestable, que le sujet ne pût être traité autrement et qu'il dût entraîner toutes les fâcheuses conséquences que nous avons signalées dans le cours de cet article, eh bien ! nous déclarons franchement, qu'en ce cas, et après avoir mûrement pesé les avantages et les inconvénients, le pour et le contre, il fallait courageusement, sensément, renoncer à ce malencontreux sujet et en choisir un autre.

Était-il, je le demande, si urgent, si indispensable, si salutaire, de nous raconter les tentations, les chutes et rechutes, les aventures d'une servante hystérique, ses étranges et malheureuses amours avec Jupillon, M. Gautruche et beaucoup d'autres messieurs *ejusdem farinae*, ses dettes, ses désespoirs, ses maladies, sa mort à l'hôpital La Riboisière, son enterrement au cimetière Montmartre dans cette fameuse fosse commune où, huit jours plus après, sa vieille et respectable maîtresse, Mlle de Varandeuil, venue pour prier sur la tombe de son ancienne bonne, ne peut parvenir à déterminer avec certitude quel est le pli de terrain qui la recouvre ? La science sociale et morale attendait-elle impatiemment le résultat définitif de cette enquête. L'humanité en retirera-t-elle quelque profit, en recevra-t-elle quelque soulagement ? À parler net et sans détour, je ne le crois point.

Qu'on ne m'accuse pas de vouloir établir une hiérarchie entre les sujets, ni de chercher à porter atteinte à l'indépendance de l'artiste. Il y a des sujets qui sont féconds, d'autres qui sont ingrats : *Germinie Lacerteux* est un de ces derniers. Ce n'est pas parce que l'action se passe dans tel milieu plutôt que dans tel autre, que MM. de Goncourt auraient dû s'abstenir d'en exposer les diverses phases et d'en dérouler les péripéties devant le public, c'est tout simplement parce que le fond et la matière de l'histoire n'offrent aucun intérêt. Qu'elle soit servante ou grande dame, riche ou pauvre, ignorante ou cultivée, je ne saurais être touché des désagréments et même des infortunes que les exigences de son tempérament attirent à une femme ; rien ne me semble moins émouvant, moins digne de captiver l'attention ; et j'avoue qu'il faut l'art prodigieux de Racine pour me faire compatir à la *douleur vertueuse*

> De Phèdre, malgré soi, perfide incestueuse.

Ce *malgré soi* ingénieusement glissé là par la chatouilleuse délicatesse de Despréaux, ne saurait d'ailleurs, en aucune façon, être invoqué à la décharge de Germinie Lacerteux. Il n'y a réellement pas chez elle de combat intérieur, de lutte morale. Elle est tentée, elle succombe. Tant que sa passion trouve à se satisfaire, sa conscience ne lui reproche rien. Il est vrai que, lorsque cette passion est contrariée ou déçue, lorsqu'un de ses amants l'abandonne, la rejette outrageusement, elle a de très vifs, de très cuisants regrets. Des regrets, oui, non pas des remords ; elle se lamente sur le plaisir interrompu, ajourné ou perdu et ne pleure point sur la faute commise. Ajoutons que quelques verres de cognac ou d'absinthe ont promptement raison de ces fugitives et confuses velléités de repentir.

En plaçant leur triste héroïne tout à fait en dehors des conditions de la vie morale, en ne lui ménageant aucun moyen de régénération, de réhabilitation, MM. de Goncourt se sont volontairement privés du seul élément dramatique dont ils auraient pu tirer quelque parti. Du moment qu'ils se réduisaient à noter chez Germinie les basses impulsions instinctives, les sensations de la vie strictement animale, ils s'interdisaient tout développement profitable, moralisant, éducateur ; ils appauvrissaient et stérilisaient un sujet déjà indigent et stérile.

Répétons-le une dernière fois, afin de prévenir tout malentendu, toute équivoque, *Germinie Lacerteux* n'est point un roman populaire, c'est une monographie médicale, une étude physiologique. La question que l'on y agite n'a rien à démêler avec la classe à laquelle le personnage principal appartient. Née dans les rangs de l'aristocratie ou de la bourgeoisie, Germinie Lacerteux n'aurait probablement pas mieux résisté à la fatalité de son tempérament. L'œuvre de MM. de Goncourt reste donc sans conclusion, et, partant, sans efficacité. J'ai beau retourner ce livre dans tous les sens, j'ai beau lui demander son secret, sa philosophie, je n'obtiens aucune réponse satisfaisante, et je crains fort qu'en somme il ne prouve rien.

Les auteurs de *Germinie Lacerteux* ne se méprendront pas, je l'espère, sur la nature du sentiment qui m'a dicté ces pages d'une sincérité absolue et qui m'a empêché d'en atténuer la sévérité. Ils ont trop de talent, trop de bonne foi, trop d'élévation dans le caractère ; ils excitent et méritent de trop vives sympathies pour que leurs erreurs ne soient pas dangereuses. Demain, la manière qu'ils ont adoptée pour écrire leur roman, aurait des imitateurs, ses exagérateurs, si, dès aujourd'hui, la critique ne proclamait tout haut, à cet égard, la dure vérité.

Nous n'avons point voulu de l'art pour l'art ; nous ne voulons pas davantage de l'analyse pour l'analyse. Heureusement MM. Edmond et Jules de Goncourt sont dans l'âge où l'on répare vite et bien ses erreurs. Souhaitons qu'ils renouent bientôt, par une sérieuse et large composition, la chaîne un moment interrompue de leurs succès, et hâtons-nous d'oublier avec eux cette Germinie dans laquelle personne ne saurait se résigner à voir la sœur de l'aimable et touchante Renée Mauperin.

Jules LEVALLOIS

« REVUE LITTÉRAIRE »
LE MONDE ILLUSTRÉ, 4 FÉVRIER 1865

Germinie Lacerteux, par Edmond et Jules de Goncourt (1 vol. Charpentier) – *Drames et fantaisies*, par Henri Heine (1 vol. Lévy)

Voici un livre fait pour soulever des tempêtes, ou tout du moins de vives discussions sur l'éternelle question de la morale dans les œuvres d'art. Le talent hors ligne des auteurs de *Sœur Philomène* et de *Renée Mauperin* s'affirme avec plus d'éclat encore dans *Germinie Lacerteux*, et ne permet pas qu'on garde le silence sur sur cette œuvre. D'ailleurs, MM. Edmond et Jules de Goncourt, par le choix audacieux de leur sujet, par la manière libre et hardie dont ils l'ont traité, s'offrent d'eux-mêmes aux attaques, et se présentent, la poitrine découverte, devant leurs adversaires.

Le monde littéraire, comme la société, est divisé en deux camps bien tranchés. Il y a le parti des gens qui pensent que l'art est n'a point d'autre but que de bien observer et de bien rendre les sentiments et les objets, qu'un roman de mœurs ne doit pas être un cours de morale en action à l'usage des pensionnats de demoiselles, et que le plus sûr moyen de faire haïr le vice, c'est de le peindre tel qu'il est et de l'étaler dans toute sa laideur. Ils estiment que savoir la vérité est le premier besoin, la dire le premier devoir, et que si chacun usait en toutes choses d'une entière sincérité, la société n'en irait que mieux. Ont-ils raison ? – Les autres pensent que la vérité a besoin de voiles, et que tout cacher c'est souvent tout sauver. Ils exigent que l'écrivain qui se hasarde à peindre le mal y mette de la discrétion et lui fasse jouer un rôle subalterne. Encore vaudrait-il mieux qu'il le traitât comme s'il n'existait pas. Ont-ils tort ? – ces deux théories ont des adhérents convaincus, et comptent parmi leurs défenseurs des critiques éminents.

MM. Edmond et Jules de Goncourt se rangent résolument dans le premier camp. Ils appartiennent à cette école dont M. H. Taine a formulé le programme et rédigé la poétique. Théodore Agrippa d'Aubigné, s'adressant à son livre des *Tragiques*, disait :

> Tu as pour support l'équité,
> La vérité pour entreprise.

Eux disent au public : « Vivant au dix-neuvième siècle, dans un temps de suffrage universel, de démocratie, de libéralisme, nous nous sommes demandé si ce qu'on appelle "les basses classes" n'avait pas droit au Roman ; si ce monde sous un monde, le peuple, devait rester sous le coup de l'interdit littéraire et des dédains d'auteurs qui ont fait jusqu'ici le silence sur l'âme et le cœur qu'il peut avoir. Nous nous sommes demandé s'il y avait encore, pour l'écrivain et pour le lecteur, en ces années d'égalité où nous sommes, des classes indignes, des malheurs trop bas, des drames trop mal embouchés, des catastrophes d'une terreur trop peu noble… »

« Maintenant, que le livre soit calomnié, peu lui importe. Aujourd'hui que le Roman s'élargit et grandit, qu'il commence à être la grande forme sérieuse, passionnée, vivante, de l'étude littéraire et de l'enquête sociale, qu'il devient par l'analyse et par la recherche psychologique, l'Histoire morale contemporaine, aujourd'hui que le Roman s'st imposé les études et les devoirs de la science, il peut en revendiquer les libertés et les franchises. Et qu'il cherche l'Art et la Vérité ; qu'il montre des misères bonnes à ne pas laisser oublier aux heureux de Paris ; qu'il fasse voir aux gens du monde ce que les dames de charité ont le courage de voir, ce que les reines, autrefois, faisaient toucher de l'œil à leurs enfants dans les hospices : la souffrance humaine, présente et toute vive, qui apprend la charité ; que le Roman ait cette religion que le siècle passé appelait de ce large et vaste nom : HUMANITÉ ; – il lui suffit de cette conscience : son droit est là. »

Sans entrer ici dans la discussion des deux systèmes que j'exposais tout à l'heure, je dirai que leur contradiction même exclut la possession exclusive du vrai au profit de l'un d'eux. Un point incontestable et qu'un esprit observateur peut noter chaque jour, c'est que tel livre n'influe pas uniformément, suivant l'intention et le vœu de l'auteur, mais que l'impression varie avec le lecteur. À ce titre, *Germinie Lacerteux* ne saurait être mis indifféremment entre toutes les mains ; je tiens à faire expressément cette réserve. C'est une étude sévère, implacable et poignante, dont tous ne se soucieraient pas de chercher la leçon.

Une fille du peuple, une bonne, se trouve aux prises avec toutes les tentations mauvaises ; elle y succombe après d'affreuses luttes, et tombe, de chute en chute, au dernier degré de l'avilissement. La mort prend enfin cette âme meurtrie et ce corps dégradé. Le thème est bien simple, mais tel est l'art avec lequel il est développé qu'on ne peut le suivre sans une profonde angoisse. MM. Edmond et Jules de Goncourt ont abordé de front cette figure sombre ; ils l'ont ensuite examinée sous toutes les faces ; ils en ont sondé tous les plis, mesuré tous les angles, pris tous les reliefs ; ils ont observé cette maladie morale avec la patience de l'anatomiste et avec la curiosité et l'imagination de l'artiste. Arrivés au bout de leur tâche, pénétrés d'horreur et émus eux-mêmes de la terrible poésie qui leur est apparue, ils nous interrogent : voilà ce que nous avons vu. À votre tour, regardez ! N'êtes-vous pas pris d'épouvante au spectacle de ces souffrances vulgaires, triviales, si l'on veut, humaines, après tout ? Ne ressentez-vous pas, comme nous, au fond du cœur, une immense pitié pour ces misères saignantes ?

Oui, la Pitié se dégage du livre, et c'est là sa moralité. Les esprits droits et réfléchis que les vérités, même désolantes, n'effraient pas, et qui savent y trouver un enseignement, liront avec une admiration émue ces pages éloquentes, pleines de souffle et d'une poésie étrange, mais qu'on voudrait parfois moins sinistres et moins violentes de langage. Quelques critiques qu'elle soulève, l'œuvre de MM. de Goncourt restera comme une création puissante, et prendra place à côté de *Madame Bovary*.

Car *Germinie Lacerteux*, on ne manquera pas de faire ce rapprochement, est une madame Bovary placée tout au bas de l'échelle sociale. Mais au lieu que madame Bovary, telle que M. Flaubert la représente, est femme à se perdre en dépit de tout, par une espèce de fatalité de tempérament, Germinie Lacerteux est une âme torturée qui lutte contre le mal et la souillure, et que le défaut de forces morales et de circonstances favorables précipite à l'ignominie. On est touché par ce côté aimant, dévoué et généreux qui survit chez la créature déchue. Et, comme la vieille maîtresse de Germinie, l'on se sent tout près d'aller chercher parmi les tombes anonymes de la fosse commune la place où dort la pauvre fille et de prier pour cette âme troublée.

[...]

Philippe DAURIAT

CHRONIQUE DE LA QUINZAINE : « LE PETIT ROMAN »
REVUE DES DEUX MONDES, 15 FÉVRIER 1865

Le roman, le vrai roman, il faut bien l'avouer, devient un fruit rare. Si vous osez vous aventurer dans ce jardin aux médiocres enchantements et qui n'a plus guère même, pour en défendre les abords, le vigilant dragon de la critique, prenez bien garde, vous risquez fort d'aller de déception en déception ; pour une invention offrant à l'esprit l'attrait de la force ou de la grâce, de la nouveauté et de l'art, que d'histoires saugrenues, recherchées, licencieuses ou vulgaires ! Que de fables équivoques ! que de pauvreté d'imagination sous une apparence de luxe, et que de fleurs banales de la fantaisie ou du réalisme ! En avons-nous vu naître, tourbillonner et mourir de ces futilités ou de ces grossièretés d'une saison, de ces œuvres qui avaient la prétention de procéder de la plus pure fantaisie, de ces récits qui se donnaient ambitieusement comme une expression fidèle de la réalité humaine, parce qu'ils allaient s'attaquer aux côtés les plus insignifiants ou les plus choquants de nos mœurs et de notre vie de tous les jours ! Le roman n'a point précisément gagné dans toutes ces aventures ; il n'est devenu ni plus vrai, ni plus humain, ni plus émouvant, ni plus amusant ; il est devenu un moyen de satisfaire des goûts passagers, souvent assez malsains, de tenir en haleine des curiosités vulgaires, quelquefois de servir à souhait certains appétits de choses scandaleuses. Il s'est amoindri ; dans cette production quotidienne qui se renouvelle incessamment, il a donné de notables marques d'indigence, et à côté du vrai, du sérieux roman, qui apparaît encore de temps à autre, il s'est formé tout un genre qui pourrait s'appeler le petit roman. Il y avait dans l'Olympe les dieux inférieurs ; il y a aussi des dieux inférieurs dans la poésie et encore plus dans le domaine de l'imagination appliquée au roman. C'est là surtout qu'ils se multiplient et qu'ils menacent de devenir innombrables.

Cela veut-il dire que la sève soit épuisée, et que, même dans cette production devenue la moisson quotidienne, le talent soit tout à fait absent ? Nullement. C'est une puérilité de prendre si vite le deuil et de se figurer que tout est perdu parce que le génie ne court pas les rues. S'il ne s'agit que du talent, on pourrait bien plutôt dire de lui qu'il court les rues, qu'il abonde, qu'il se manifeste en détail, par éclairs, de mille façons fragmentaires et décousues. Il se dépense tous les jours un talent infini, cela n'est point douteux ; ce talent se dépense pour peu de choses, cela n'est pas moins certain malheureusement ; mais on s'accoutumerait difficilement à penser qu'il ne dût rien sortir à la fin de cette fermentation universelle, que l'heure où tout est en progrès, où tout suit un mouvement ascendant, fût justement l'heure d'un ramollissement général du cerveau pour nos contemporains, de l'appauvrissement des facultés créatrices de l'esprit. C'est le thème usé des prophètes de malheur de tous les temps, employant leur éloquence à crier que tout s'en va. Si le talent existe, est-ce donc le sujet qui manque à l'inspiration littéraire, et l'imagination, dans sa dévorante activité, a-t-elle à ce point parcouru tous les domaines qu'il ne lui reste plus rien à explorer, qu'elle ne trouve plus rien à saisir et à mettre en œuvre ? Pour cela, vous n'avez qu'à regarder devant vous, autour de vous. S'il ne faut que le mouvement de la vie, il se déroule tout-puissant dans sa confusion. Vous n'avez qu'à ouvrir les yeux pour voir les caractères, les mœurs, les types, les vices de toute une époque. Les passions, les chocs, les métamorphoses d'une société en travail, sont là qui attirent, qui frappent l'observation. Les éléments affluent ; ils ont été explorés sans doute, ils sont loin d'être épuisés, et après tout ce qui a été fait, il reste encore plus à faire. Est-ce enfin le public qui se détourne affairé et distrait, qui se montre rebelle, et refuse de suivre les inventeurs ? Le public s'est prodigieusement étendu, il grossit tous les jours, et on ne peut certes point lui reprocher d'être difficile : il est prêt à dévorer tout ce qu'on lui donne ; il a de surprenantes avidités de jeune géant que les plus actives machines de production ne satisfont pas ou ne lassent pas tout au moins.

Ainsi rien ne manque en apparence, et cependant on ne peut pas dire que tout soit pour le mieux dans le meilleur des mondes littéraires. Il est vrai, le public existe, immense et avide ; mais ce public n'est plus ce qu'on appelait autrefois de ce nom. Il est trop mêlé pour que le goût soit sa qualité prédominante. Il va droit à ce qui flatte ou irrite ses curiosités grossières, les vices, les faiblesses, les instincts subalternes, les besoins superficiels de lecture. Dès qu'on le prend par certains côtés, il ne résiste pas. Si on l'étonne en le promenant à travers toutes sortes d'inepties, il s'émerveille devant un tel effort d'imagination ; si on lui montre des vulgarités passablement arrangées, il trouve que c'est le dernier mot de l'art ; il s'extasie devant ce naturel qui n'est le plus souvent qu'une grossièreté. Il fait irruption dans la vie intellectuelle avec toutes ses préoccupations équivoques, au lieu de s'élever graduellement à la conception des choses de l'art. Il aurait besoin d'une direction, il ne la trouve pas, il ne la sent pas, et il se jette indifféremment sur tout ce qui s'offre à lui ; il ne fait qu'une bouchée des plus détestables niaiseries qui arrivent à de fabuleux succès d'un jour. Le talent existe aussi, il est vrai ; mais le talent, trouvant le public disposé d'une certaine façon, s'occupe fort peu de le diriger, et le sert comme il veut être servi. De cette société qui s'offre à son observation, à son inspiration, il ne prend que les petits côtés, les choses grossières, les impudences, les hontes inavouées : il fait des tableaux de mœurs ! il emporte un succès ! Entre le public et un certain ordre d'écrivains, il y a ainsi un bizarre échange d'influences allant aboutir à quelque chose qui est tout juste à la vraie littérature ce que telle chanteuse équivoque est à Mme Malibran ou à Mlle Patti. C'est la petite littérature, c'est le petit roman, fort en vogue aujourd'hui, et qui n'en vaut pas mieux. Et ce qui est un signe du temps, c'est qu'il n'est pas sans exemple que des gens du bel air n'aident à cette vogue en se délectant de ces merveilles, sauf à cacher le livre, si par hasard quelqu'un survient.

Ce qui n'est pas moins curieux, c'est que les étrangers, nous prenant au mot sur le bruit que nous faisons ou que nous laissons faire autour de ces beaux produits de l'imagination contemporaine, sur ces succès venus on ne sait d'où, finissent par y voir la littérature de la France telle qu'elle est aujourd'hui. Ces braves étrangers du nord et du midi, qui ne sont par sans avoir quelques-unes de nos maladies, qui ont de plus celle de vouloir nous ressembler dans ce que nous avons de moins bon, surtout dans nos légèretés, tiennent à se mettre d'esprit et d'habillement à la dernière mode de Paris, et ils font leur éducation dans des livres que nous ne connaissons même pas toujours. Ne leur dites pas qu'il y a en France une société laborieuse et honnête, qu'il y a aussi une littérature sérieuse, qu'il y a des esprits sensés et éloquents en histoire, en philosophie, en critique : ils sont mieux renseignés que cela ; ils savent bien que le vrai monde c'est le demi-monde, que la vraie littérature c'est le récit graveleux du jour. Ils sont venus à Paris et ils sont allés au café-concert. Ils ont lu les mémoires de je ne sais qui, ils attendent les mémoires de Mlle Trois-Étoiles, et ils se jetteront sur ce riche butin pour s'instruire à fond sur la société française ! Il n'est pas de petit roman auquel ils ne fassent fête en voyage et même quand ils sont rentrés chez eux. Un point curieux à établir serait la part des étrangers dans le succès de livres qui n'ont pas de nom dans notre langue littéraire, dans la vogue insaisissable et pourtant réelle de toutes ces histoires malpropres qui courent le monde, faisant les délices des femmes de chambre sensibles, des princesses délaissées, des jeunes bourgeoises en train de se former, et des touristes qui, en revenant dans leur pays, tiennent à montrer qu'ils connaissent le plus fin de nos mœurs et de notre société. Cette part, j'ose le dire, serait considérable, et peut-être même, dans ces complices inattendus qui viennent grossir le budget de la petite littérature, ces livres n'existeraient-ils pas : ce qui tendrait à introduire une variante dans l'axiome d'après lequel la littérature est l'expression de la société. Il faudrait dire ici que cette littérature est, au moins jusqu'à un certain point, l'expression de la société de ceux qui achètent de tels ouvrages. Et cela pourrait être plus vrai qu'on ne pense, cela pourrait ouvrir de nouveaux jours sur l'ensemble du monde européen. Voyez donc où peut conduire une simple question de littérature !

Donc le petit roman est en pleine floraison ; il a ses écrivains qui sont à l'œuvre et qui produisent au moins une histoire par jour ; il a son public, parmi nous d'abord, je le veux bien, mais aussi et en grande partie au-dehors ; il a enfin ses libraires qui fonctionnent et font le commerce de cette douteuse marchandise. Tout cela est fort bien. Il n'y a guère, il faut l'avouer, que le bon goût qui en souffre, sans compter la morale. Je ne parle pas, bien entendu, de la morale ordinaire, de la petite morale, parce qu'on m'opposerait la grande, celle des esprits supérieurs ; je parle du tempérament moral d'une société pour qui il ne serait pas indifférent, après tout, de se nourrir plus qu'il ne faut de billevesées licencieuses ou vulgaires. C'est là malheureusement le caractère assez uniforme du petit roman. Il y a cela de particulier dans tout ce qui peut être rangé sous ce nom que la vulgarité n'exclut pas la licence, et que la licence n'exclut pas la vulgarité. J'ajouterai que vulgarité et licence n'excluent pas toujours la prétention philosophique, sociale ou littéraire, ce qui compose un mélange des moins intéressants ou même quelquefois des plus répugnants.

Je ne dis pas tout ceci précisément ou uniquement pour les romans de MM. Edmond et Jules de Goncourt, bien que l'un d'eux, le dernier, *Germinie Lacerteux*, puisse se rattacher avantageusement au genre ; les autres, *Sœur Philomène* et *Renée Mauperin* ne se rattachent à cette branche de littérature que par un mauvais style malheureusement fort obstiné et par un certain goût de peinture réaliste qui arrive assez souvent jusqu'à l'effet d'une photographie mal réussie. Quant au sujet de ces deux romans, qui ont précédé celui que les auteurs considèrent, à ce qu'il paraît, comme leur coup de maître, il est évidemment mieux choisi ; quant aux caractères, ils sont certainement mieux observés et mieux saisis ; il y aurait même parfois de l'intérêt, si ce n'étaient les détails où abondent et surabondent les péchés d'imagination, sans parler des péchés contre la langue, qui ne se comptent pas.

MM. Edmond et Jules de Goncourt ne sont d'ailleurs pas tout à fait les premiers venus. Ils inspireraient facilement cet intérêt qu'éveillent deux frères jumeaux en littérature, deux esprits liés plus que par les affinités intellectuelles, qui mettent fraternellement en commun leurs études, leurs pensées, tous leurs efforts, et qui après avoir eu, par le privilège de la nature, un même passé, veulent se faire un même avenir. Quelle est la part de l'un, quelle est la part de l'autre ? Il serait difficile de le dire. Ils ont aspiré ensemble à créer ou à perfectionner un genre qu'on pourrait appeler l'histoire anecdotique des mœurs. Ils ont écrit des livres sur la société française pendant le XVIIIe siècle, pendant la Révolution, sous le Directoire. Ils ont écrit aussi une *Histoire de Marie-Antoinette* qui est le meilleur de leurs ouvrages, et qui aurait plus d'intérêt, s'il ne s'y mêlait incessamment un papillotage par trop fatigant et une préoccupation trop visible d'entrer dans tous les détails. La vérité est que dans leurs livres MM. Edmond et Jules de Goncourt étudient moins la société française que la femme. Pour la femme, ils la mettent en scène dans toutes les attitudes ; ils l'habillent, la déshabillent, lui posent des mouches, la décollettent par en haut et par en bas, selon l'époque, et comme une fois qu'on est entré dans cette voie on risque de n'y pas entrer à demi, les auteurs dans cette description abusent visiblement de leur érudition. De là vient qu'avec des connaissances réelles, faute de rester maîtres de leur sujet, de se rappeler qu'ils parlent de la société française, MM. de Goncourt s'exposent à tomber dans ce qui pourrait bien s'appeler une littérature de chiffons. Je ne nie pas que la mode ne soit une grande chose, qu'elle n'ait une souveraine importance à toutes les époques, et qu'on ne puisse refaire l'histoire d'une société avec les variations de cette capricieuse reine, avec la forme d'un bavolet ou d'une guimpe ; mais enfin il ne faudrait pas en abuser et trop promener l'histoire dans les boudoirs. Ce que je veux dire, c'est que MM. Edmond et Jules de Goncourt se laissent trop obséder par cette préoccupation de mettre partout les femmes et l'amour, – l'amour tel qu'on le comprenait et le pratiquait au XVIIIe siècle et sous le Directoire.

Rien n'est plus difficile que de s'arracher à ces influences ; l'esprit en reste imprégné, et même quand il se tourne vers d'autres époques, quand il aborde d'autres sujets, il ne peut se défaire du pli qu'il a contracté en vivant dans une certaine atmosphère, en remuant certaines choses. MM. Edmond et Jules de Goncourt en font l'expérience dans les romans qu'ils publient de temps à autre, et où ils essaient de ressaisir quelques côtés de la vie contemporaine. Ils passent d'un coup du XVIIIe siècle musqué aux extrémités les plus crues du réalisme moderne, ils vont jusqu'à la peinture des salles d'hôpital ou de la débauche de bas étage, et néanmoins ils restent des raffinés qui, jusque dans les scènes le plus audacieusement et le plus délibérément triviales, gardent l'habitude du musc et du papillotage du dernier siècle ; ils flottent entre les afféteries et les crudités réalistes, ou, pour mieux dire, ils mêlent les tons, ce qui n'ajoute pas à l'agrément. Une chose fait défaut à ces ingénieux et trop abondants érudits dans leurs récits romanesques : ils ont des connaissances d'une certaine nature ; ils ont de l'habileté quelquefois, de la vivacité toujours ; il leur manque la sûreté du goût, le sens exact de la limite entre l'art véritable et ce qui n'est plus qu'une composition de hasard. Ils écrivent beaucoup, et il n'est pas bien avéré qu'ils soient des écrivains. Écrire et n'être point des écrivains, direz-vous, quelle contradiction ! C'est pourtant ce qu'il y a de plus simple au monde. Si tous ceux qui écrivent aujourd'hui sur un sujet ou sur l'autre, parce ce que cela les sert dans leurs affaires, ou parce que cela donne tout de suite un maintien et peut conduire à une académie quelconque, si tous ceux-là étaient des écrivains, la France serait vraiment trop riche. Heureusement il faut plus que cela pour être un écrivain. MM. Edmond et Jules de Goncourt se rapprochent par instants du but plus que d'autres sans doute, et ils ont surtout une bonne volonté littéraire plus désintéressée ; ils n'ont pas, je le répète, une notion claire des conditions de l'art. Et voici ce qui leur arrive nécessairement : ils ont par moments des bonheurs d'invention ou d'expression, puis aussitôt ils tombent dans de prétentieuses vulgarités, et ils ont des procédés de style qui infligent à la langue les plus cruelles tortures. Parfois il ne faudrait vraiment pas beaucoup d'art pour donner de l'intérêt à un fragment, même à un roman comme *Sœur Philomène* ou *Renée Mauperin*, et ce peu qui serait nécessaire, ils ne le trouvent pas, ils passent à côté. Une scène est tout près de devenir piquante ou émouvante, elle se perd soudain dans un fatras, ou bien, pour arriver à une partie qui commence à intéresser, il faut passer à travers des détails qui font que la curiosité la plus déterminée peut fort bien s'arrêter en chemin, quelquefois dès le premier pas. Par exemple, voici un des romans de MM. Edmond et Jules de Goncourt, *Renée Mauperin* : comment s'ouvre-t-il ? On certes imaginé bien des manières de commencer un roman. Les auteurs de *Renée Mauperin* ont tenu à n'imiter personne, à se montrer originaux, et ils ont incontestablement réussi sous ce rapport.

Figurez-vous donc une jeune fille et un jeune homme faisant de compagnie une partie de natation dans un bras de la Seine entre La Briche et l'île Saint-Denis. La jeune fille, c'est Mlle Renée Mauperin ; le jeune homme, c'est M. Reverchon, récemment présenté, non sans intention, dans la maison Mauperin. L'un et l'autre nagent ou se balancent aux flancs d'un gros bateau amarré à la rive, et le roman ajoute avec une candeur véritable qu'un « instinct de pudeur faisait fuir à tout moment le corps de la jeune fille devant le corps du jeune homme, chassé contre elle par le courant. » Pendant ce temps, les deux nageurs engagent une conversation animée, et Mlle Renée s'abandonne aux excentricités de langage propres à une jeune personne qui a en horreur le *convenable*, qui se révolte parce qu'on ne la conduit pas aux représentations du Palais-Royal, parce qu'elle est obligée de se cacher pour se former l'esprit à la lecture des *Saltimbanques*, et parce qu'on lui retire les journaux où se trouve le récit de certains crimes. C'est bien la peine de lui interdire tout cela pour lui permettre les parties de natation avec les jeunes gens ! Notez que M. Reverchon, avec qui elle se balance ainsi dans l'eau et fait la conversation, est destiné, dans la pensée de ses parents, à devenir son mari. Elle veut l'éconduire, et elle y réussit tout à fait. Le mariage reste dans l'eau. La scène est neuve, j'en conviens ; d'autre part, Mlle Mauperin, nous dit-on, est une enfant gâtée. Il se pourrait cependant que la scène fût plus neuve et plus originale qu'heureusement trouvée. En fait de peinture de mœurs, on pourrait peut-être imaginer mieux, car enfin, si libres que soient nos mœurs, il n'est pas ordinaire, je suppose, que jeunes filles et jeunes gens de haute ou basse bourgeoisie fassent connaissance et nouent ou dénouent leur mariage en nageant ensemble, même avec un costume de bain. Et c'est pourtant dommage que ce roman s'ouvre d'une façon ridicule. Je n'ai pas, on le comprend, l'intention de le raconter ; mais en se déroulant il finit par prendre de l'intérêt. Il y a dans ce monde décrit par les auteurs des caractères vivants et vrais. Ce n'est pas un caractère dénué de vérité que le frère de Renée, Henri Mauperin, type du jeune homme d'aujourd'hui, tel qu'il apparaît dans certaines sphères, prématurément grave, positif et sans flamme, calculant tout, faisant servir ses plaisirs à ses intérêts, écrivant des articles d'économie sociale, rêvant déjà d'être député ou d'entrer à l'Académie des Sciences morales, ayant tout juste assez de vanité pour s'anoblir à demi et se faire un blason en se mariant, puis un jour, à la veille du succès, tombant dans un duel sous la balle de ce rustre de noble dont il a pris le nom. Et Bourjot, n'avez-vous jamais rencontré sur votre chemin M. Bourjot, l'ancien commerçant, le libéral de 1820, qui est devenu conservateur depuis qu'il est millionnaire, qui ne comprend plus rien à l'ambition du menu peuple, qui fredonne encore, il est vrai, un refrain de Béranger contre les prêtres, mais qui est d'avis que tout irait mieux, si les ouvriers allaient à la messe ? Renée Mauperin, elle aussi, une fois dépouillée de son accoutrement de baigneuse, devient une personne d'une aimable spontanéité, qui finit par être émouvante lorsqu'elle meurt parce qu'elle a été l'instrument involontaire de la fatalité qui a frappé son frère. Il y a, au demeurant, quelques bons éléments dans *Renée Mauperin*, et s'il fallait choisir, je préférerais encore ce récit à *Sœur Philomène*, bien que les auteurs, en prenant la donnée la plus délicate, en racontant l'histoire d'une jeune sœur de charité qui se laisse aller tout bas à aimer un interne, aient su éviter l'écueil principal d'un tel sujet.

L'histoire de cette sœur Philomène vise à être une étude intime, morne et inexorable, encadrée dans sa description minutieuse de sa vie d'hôpital. Le malheur de ce petit roman est de tomber dans un réalisme outré. Et si on me dit que tout cela est vrai, que les salles d'hôpital ont cet aspect, qu'il s'en exhale cette odeur écœurante, que la clinique n'est point autrement, je répondrai qu'il y a bien d'autres choses qui sont vraies dans l'échelle du monde visible, animé ou inanimé, que bien d'autres phénomènes existent réellement, et que ce n'est pas une raison pour que l'art aille tout reproduire, par ce motif bien simple que l'art est dans le choix, dans l'interprétation des éléments qui lui sont offerts, nullement dans la copie littérale de tel ou tel détail indifférent ou repoussant. Je reprendrai ce que dit cette pétulante Mlle Mauperin : « … J'en ai assez, mon Dieu ! peut-on s'amuser à faire laid, …plus laid que nature ! quelle drôle d'idée ! d'abord, en art, en livres, en tout, je suis pour le beau, et pas pour ce qui est vilain… et puis c'est que je ne trouve pas ça amusant du tout… » Mlle Renée parle fort lestement. Si les auteurs l'eussent un peu écoutée, ils eussent à coup sûr évité leur plus gros péché, le plus récent, cette *Germinie Lacerteux*, dont je ne sais plus que dire, parce qu'ici on n'est ni à l'hôpital, ni à une partie de natation, mais dans l'atmosphère de la plus basse, de la plus matérielle corruption. Imaginez une jeune fille sortant de son village pour servir à Paris, violée dans une arrière-boutique par un vieux garçon de café, puis emportée par les exigences de son tempérament à tous les excès et finissant par descendre dans la rue pour aller mourir à l'hôpital. Le beau et savoureux poème ! Pendant tout un volume, les auteurs vous promènent au milieu de ces rebutantes grossièretés, à travers ces aventures d'une servante hystérique qui est amoureuse de tout le monde, même de son confesseur quand elle en est encore à se confesser. Voilà ce que les auteurs appellent de l'art vrai, humain, élargi aux proportions de la démocratie moderne, et ce qu'on peut plus justement appeler une prodigieuse erreur de goût. Je n'ai jamais lu que vingt pages de *la Paysanne pervertie* de Rétif de la Bretonne, et j'en ai eu assez et même trop : *Germinie Lacerteux* produit, ce me semble, exactement le même effet par le genre d'invention et par le style. MM. Edmond et Jules de Goncourt peuvent bien nous assurer dans leur préface qu'ils ont entendu faire œuvre pie et morale, qu'ils sont de la religion de l'humanité, que leur roman « est sévère et pur », qu'ils ont fait « la clinique de l'amour », chose très différente des polissonneries érotiques, et qu'ils ont sans doute mérité le prix Montyon pour avoir osé peindre les misères des petits et des humbles. Tout ceci est bon pour une préface. C'est une illusion assez commune chez ceux qui ne reculent pas devant de tels tableaux, audacieusement vulgaires, de se figurer qu'ils font œuvre morale et bienfaisante. Il faut être un bienfaiteur de l'humanité terriblement cuirassé pour oser pénétrer dans cette atmosphère et pour se donner de telles licences. Les auteurs ne corrigeront pas les Germinie Lacerteux de la rue ; ils offrent peu d'agrément au lecteur, qui, faute d'être prévenu, se hasarde à les suivre, et ils ont compromis ce qu'ils ont de talent dans une singulière aventure. Avec l'intention de faire du nouveau, ils se sont trompés, dangereusement trompés. Si c'était là une œuvre littéraire, il faudrait jeter un voile sur l'image de l'art. Par quelques scènes de *Renée Mauperin*, MM. Edmond et Jules de Goncourt étaient sur la voie de l'intérêt et de l'émotion, du vrai roman ; par ce livre de *Germinie Lacerteux*, ils retombent dans le petit roman, et j'oserais leur conseiller, avant de se remettre à l'œuvre, de commencer par oublier une invention mal venue, aussi vulgaire de style que d'inspiration, sans parler du reste. À s'attarder dans cette voie, on perd le peu qu'on a, et le petit succès qu'on peut rencontrer par hasard, si tant est qu'on le rencontre, ne vaudra jamais ce qu'on s'expose à perdre.

F. DE LAGENEVAIS[1]

« MM. EDMOND ET JULES DE GONCOURT »
LA GAZETTE DE FRANCE, 27 FÉVRIER 1865

Ce roman m'arrive, précédé d'une de ces réputations orageuses qui attirent et qui effrayent. Pour les uns, il marque un éclatant progrès dans la manière de MM. de Goncourt. Pour d'autres, il représente une forte somme de talent mal employé et mal dépensé. D'autres, plus

---

1 F. de Lagenevais est un pseudonyme qui a beaucoup servi dans *La Revue des deux mondes* (il dissimule ainsi l'auteur de *L'Abbesse de Castro* en 1839, Pontmartin signe son compte rendu d'*Idées et sensations* en 1866 de ce nom). Buloz avait coutume de charger ses proches, quand il en avait besoin, de rédiger des articles signés Lagenevais. Son beau-frère Henry Blaze de Bury lui rendait régulièrement ce service. C'est ici certainement le signataire de l'article. Je remercie Thomas Loué de m'avoir permis de l'identifier.

sévères encore, le signalent comme une triste surenchère à cet encan d'immoralité où les plus hauts prix avaient été tenus jusqu'ici par *Fanny* et par *Madame Bovary*. Abordons, à notre tour, *Germinie Lacerteux*, et commençons par ce dilemme : ou les auteurs n'ont pas eu, en réalité, une intention immorale, et alors il n'est pas juste d'incriminer à la fois leur pensée et leur œuvre ; ou ils ont voulu, eux aussi, après douze ans de travail, tâter de ce succès à outrance, pour lequel tous les moyens sont bons – hormis les bons – : – et alors soyons certains que nous crierions au scandale, plus notre pudeur effarouchée entassera de malédictions et d'anathèmes, plus aussi la vogue du livre y gagnera : plus MM. de Goncourt auront le droit de se frotter les mains, en disant : Le tour est fait !

Quant à moi, qui, après avoir fidèlement suivi depuis leurs débuts, à travers le roman, la fantaisie et l'histoire, ces courageux travailleurs, ces chercheurs infatigables, vais, cette fois, me séparer d'eux *carrément*, je ne refuse pourtant pas de prendre au sérieux leur préface et de les croire sincères. Une erreur d'optique, combinée avec les insurmontables tendances d'une école littéraire, qui, sans préméditation d'immoralité, est obligé de pratiquer le *de plus en plus fort*, les a égarés au point de donner un air de vraisemblance à toutes les épithètes injurieuses que subira leur ouvrage. Ils se sont trompés, et c'est parce qu'ils pourraient tromper avec eux bien des lecteurs plus ou moins naïfs, que nous sommes forcé de sonner l'alarme. Mais dussé-je faire rire aux éclats de MM. de Goncourt et leurs amis, c'est à eux-mêmes que je voudrais, comme marque d'estime, dédier mon premier coup de cloche.

Qu'ont-ils voulu faire ? Leur préface nous le dit, et il est hélas ! Plus commode de discuter leur préface que d'analyser leur roman. « Vivant au dix-neuvième siècle dans un temps de suffrage universel, de démocratie, de libéralisme (?), nous nous sommes demandé si ce qu'on appelle les basses classes n'avait pas droit au Roman ; si ce monde sous un monde, le peuple, devait rester sous le coup de l'interdit littéraire et des dédains d'auteur, qui ont fait jusqu'ici le silence sur l'âme et le cœur qu'il peut avoir. »

Ici j'arrête net MM. de Goncourt ; j'essuie les verres de mes vieilles bésicles, en me demandant si j'ai bien ou mal lu. Le Roman du peuple ou pour le peuple ! Mais on ne fait que cela depuis cent ans, depuis le *Paysan perverti*, de Restif de la Bretonne, jusqu'aux *Misérables*, de

M. Victor Hugo ! La démocratie, qu'il ne faut pas plus confondre avec le libéralisme que Barbe-bleue (ou rouge) avec ses victimes, la démocratie a son roman comme la société polie a eu le sien. Il était naturel que le règne des belles contemporaines de Corneille et de Racine produisît la *Princesse de Clèves*, comme il est logique que notre régime d'égalité, avec intermèdes joués par la populace au bénéfice de la Révolution, ait enfanté *la Rabouilleuse, Les Mystères de Paris, Le Juif-errant* et Gavroche. Les auteurs de *Germinie Lacerteux* ne peuvent donc ni se vanter d'une découverte, ni réclamer un brevet d'invention.

Maintenant, où est l'utilité du roman par le peuple et pour le peuple ? Utilité morale ? Utilité littéraire ?

Utilité morale ! mais, dans la société et dans la littérature, le roman est essentiellement un objet de luxe ; seulement, dans les civilisations fortes, ce luxe est l'accessoire ; dans les civilisations surmenées, blasées, maladives, il devient le principal. Or, demander pour le peuple le droit au roman, c'est revendiquer pour lui le droit au luxe, le droit au superflu, avant de lui avoir assuré et amélioré le nécessaire. Et quel luxe encore ? Le mauvais ou plutôt le pire ; ce genre de luxe bien connu dans le quartier où MM. de Goncourt ont placé leur récit, et qui fait que l'on se prive de pain pour boire de l'absinthe, que l'on vend ses chemises pour porter de la soie et que l'on engage sa montre pour aller au bal masqué : voilà ce que serait le roman du peuple, le droit au roman accordé aux *basses classes* ; et remarquez que nous ne discutons encore que les généralités ; tout à l'heure, nous arriverons à l'application.

Utilité littéraire ? Pour qui ? Pas pour nous, j'imagine ; sans doute pour le peuple, qui se trouverait ainsi, tout ensemble, le héros et le lecteur de vos récits. Admettons, pour un moment, l'invraisemblable et l'impossible. Supposons que ce peuple, illettré, ou à demi lettré, ce qui ne vaut pas mieux, n'ait plus besoin aujourd'hui de lectures saines et instructives et puisse, sans péril ou sans ridicule, arriver de plain-pied au roman. Lequel ? Vous demanderai-je ; car enfin, puisque vous lui décernez le droit au roman, vous devez le laisser maître de choisir. Êtes-vous bien sûrs de son choix ? Non : il y a deux raisons pour la négative, et je vais vous les dire.

Théophile Gautier a très judicieusement remarqué que, toutes les fois que de jeunes artisans ou de petits boutiquiers se réunissent pour jouer la comédie, ils se gardent bien de toucher au répertoire populaire : ils vont droit à *Alzire* ou à *La Mort de César* : de même, le roman du peuple, c'est *Mathilde ou les Croisades*, *Cœlina ou l'Enfant du mystère*, *Victor ou les enfants de la forêt*. Son progrès sera de lire, au lieu de ces histoires sentimentales et déclamatoires, le roman de cape et d'épée, les récits bourrés de grosses aventures, les grandes épopées du roman-feuilleton ; *Monte-Cristo*, les *Amours de Paris*, les *Mousquetaires*, le *Fils du Diable*, *les Cavaliers de la Nuit*, toute cette littérature qui va d'Eugène Sue à M. Ponson du Terrail. Au fait, quoi de plus explicable ? Nous l'avons dit, le roman est son luxe, et vous voudriez que son luxe le remît en présence de ses misères ? Vous lui offririez un miroir au lieu d'un mirage ? Le roman est pour son âme – non, pour son imagination, – ce que le vin bleu ou l'eau-de-vie est à son corps ; un moyen de s'échapper à lui-même, de vivre pendant quelques heures, dans un monde chimérique, de passer en un moment de ses réalités douloureuses ou brutales en des sphères enchantées. Et vous voulez que ce *kief* romanesque lui montre, pour toute récréation ou pour tout rêve, son établi, sa soupente, le garni à deux sous, le saladier de pruneaux rances ou de crème tournée, le torchon de sa ménagère, le nid infect de ses amours ?

Nous-mêmes, les aristocrates (tout est relatif), s'il nous arrive de lire un roman, nous lui demandons de nous donner ou de nous rendre tout ce que nous n'avons pas ou n'avons plus : la jeunesse, le goût des aventures, la passion inspirée ou ressentie, un pâle visage souriant à nos chansons ou pleurant de nos élégies, et, pour tout cela, un cadre d'or, un ciel étoilé, un large horizon, de quoi renouveler en nous et surexciter le sentiment de la vie. Nous serions fort attrapés si le roman nous demandait une audience pour partager avec nous notre brouet noir, pour chevroter les jérémiades de nos cinquante ans ou de nos rhumatismes. Et notez bien que nous sommes ceux qu'on appelle les heureux de ce monde : que dire des déshérités ?

Voilà ma première raison ; voici la seconde. Je vous cède tout ; le peuple a droit au roman, droit à être relevé de l'interdit littéraire : ce droit lui est restitué, et ce roman, le sien, lui parle de lui-même, rien que de lui-même : soit, mais dans quel style ? À ce peuple réintégré, héros et lecteur, il faut que vous parliez un langage qui soit d'accord avec son éducation, ses idées, ses goûts, qui ne lui fasse pas subir, sous une nouvelle forme, cet interdit littéraire, qui ne soit pas pour lui ce que la bouteille au cou long et étroit était pour le renard de la fable.

Il est bien juste qu'écrivant sous son inspiration immédiate un roman qu'il remplit et qu'il doit lire, vous l'écriviez dans une prose qu'il puisse goûter et comprendre. Or c'est ici qu'il faut insister, car nous rentrons en plein dans la critique littéraire. L'école à laquelle appartiennent MM. Edmond et Jules de Goncourt, et où je ne leur reconnais plus de supérieur que Paul de Saint-Victor, a justement les qualités et les défauts les plus incompatibles avec le roman populaire ou le roman du peuple. Paul de Kock, s'il écrivait en français, Alexandre Dumas, s'il avait assigné ce but à ses facultés puissantes et si l'on pouvait aujourd'hui le prendre au sérieux, voilà quels pourraient être les interlocuteurs du peuple dans le roman, les signataires du traité entre le roman et le peuple. Ils sont clairs, naturels, vivants ; ils marchent vite et droit ; ils n'ont pas et ne font pas de style : mais le réalisme sans simplicité et sans naturel n'est et ne peut être qu'une curiosité ou une friandise littéraire, comme ces toiles que l'on achète très cher, parce que c'est, disent les marchands de tableaux, de la peinture *gourmande.* Cette école a des recherches ou des exubérances de palette, des miroitements de mots et d'images, des témérités d'analyse pittoresque, des digressions descriptives, des surcharges de couleur, des raffinements de ton local, qui s'adressent exclusivement aux artistes, aux lecteurs blasés, aux habitués des premières représentations, aux patriciennes de la rue Bréda, à tous les spirituels parasites de la grande table d'hôte parisienne. Prenez un de ces enfants de Paris, de qui Victor Hugo a dit : « Il y avait de cet enfant-là dans Poquelin, fils des Halles : il y en avait dans Beaumarchais. » Lisez-lui la page suivante, que je cite, non pas pour en médire, mais pour vous aider à mesurer les distances :

« D'étroits sentiers, à la terre piétinée, talée et durcie, pleins de traces, se croisaient dans tous les sens. Dans l'intervalle de tous ces petits chemins, il s'étendait par places, de l'herbe, mais une herbe écrasée, desséchée, jaunie et morte, éparpillée comme une litière, et dont les brins, couleur de paille, s'emmêlaient de tous côtés aux broussailles, entre le vert triste des orties. On reconnaissait là un de ces lieux champêtres où vont se vautrer les dimanches des grands faubourgs, et qui restent comme un gazon piétiné par une foule après un feu d'artifice. Des arbres s'espaçaient, tordus et mal venus, de petits ormes au tronc gris, tachés d'une lèpre jaune, ébranchés jusqu'à hauteur d'homme, des chênes malingres, mangés de chenilles et n'ayant plus que la dentelle de leurs feuilles. La verdure était pauvre, souffrante et toute à jour ; le feuillage en l'air se voyait tout mince, les frondaisons rabougries, fripées et brûlées ne faisaient que persiller le ciel. De volantes poussières de grandes routes enveloppaient de gris les fonds. Tout avait la misère et la maigreur d'une végétation foulée et qui ne respire pas ; la tristesse de la verdure à la barrière ; la nature semblait y sorti des pavés. Point de chant dans les branches, point d'insecte sur le sol battu ; le bruit des tapissières étourdissait l'oiseau ; l'orgue faisait taire le silence et le frisson du bois ; la rue passait et chantait dans les paysages. Aux arbres pendaient des chapeaux de femmes attachés dans un mouchoir avec quatre épingles ; le pompon d'un artilleur éclatait de rouge à chaque instant entre des découpures de feuilles ; des marchands de gaufres se levaient des fourrés ; sur les pelouses pelées, des enfants en blouse taillaient des branches, des ménages d'ouvriers baguenaudaient en mangeant du *plaisir*, des casquettes de voyous attrapaient des papillons. C'était un de ces bois à la façon de l'ancien bois de Boulogne, poudreux et grillé, une promenade banale et violée, un de ces endroits d'ombre avare où le peuple va se balader à la porte des capitales, parodies de forêts, pleines de bouchons, où l'on trouve dans les taillis des côtes de melons et des pendus ! »

Bravo ! Voilà l'excellent échantillon d'un art que l'on peut discuter, mais qui n'est nullement méprisable. Pour nous, dont le sens littéraire est usé par un exercice trop réitéré, comme la sensibilité chez les infirmiers, ce style a du bon. – Mais pour les amis de Jupillon et de Gavroche, pour Gautruche, le peintre d'enseignes, pour les amoureux et les camarades de Germinie ! Je crois les voir se livrer à leur pantomime favorite, et il me semble que je les entends dire, entre deux hoquets, à MM. de Goncourt, pour les punir d'avoir essayé d'imiter leur argot : « Ohé ! Excusez ! Pus que ça de pot à couleur ! Fallait donc le dire ! On aurait mis sa pelure des dimanches ! Vous avez donc acheté son fonds à l'artificier du 15 août ! Ou bien, c'est que vous êtes machiniste à la Gaité, pour la partie des feux de Bengale ?... » – J'en reste là ; je n'entends rien à ces pastiches, et je veux garder le droit de redire à MM. de Goncourt le vieil adage : « Ne forçons pas notre talent ! »

« Ne forçons pas notre talent ! » ce sera là le résumé de ma critique ; le moyen de la rendre d'autant moins offensante qu'elle sera plus sévère. Je pourrais, en passant de la préface au livre, prouver surabondamment aux auteurs que le livre ne justifie aucune des prétentions de la préface.

Je voudrais leur dire que, lorsque l'on prétend racheter par une leçon morale ce que certaines peintures peuvent offrir de trop cynique et de trop cru, on ne choisit pas une monstruosité, un *cas pathologique* qui, faisant descendre de l'Olympe païen dans le taudis du pauvre le dogme farouche de la fatalité, exclut toute idée de libre arbitre, et, par conséquent, rend toute moralité illusoire. De deux choses l'une : ou Germinie n'est pas responsable de ses actions, et alors son exemple ne peut profiter à personne ; ou elle pourrait agir autrement, et alors elle est hideuse.

Je serais en droit d'ajouter que, lorsque l'on repousse avec horreur les succès demandés « à la photographie décolletée du plaisir, » – lorsque l'on annonce « la clinique de l'amour, » – il ne faudrait pas se tromper, nous offrir la clinique du vice, ni suggérer aux lecteurs bénévoles l'envie d'appliquer au roman lui-même ce que MM. de Goncourt disent de leur héroïne : « Tout en elle, sa bouche, ses yeux, sa laideur même, avait une provocation et une sollicitation. Un charme aphrodisiaque sortait d'elle, etc., etc., etc., » que peu importe que l'on s'interdise « les nudités érotiques, » si, pour les imaginations curieuses, l'effet est à peu près le même.

Je pourrais dire aussi que lorsqu'on veut traiter certains sujets de manière à nous apitoyer sur les misères des petits et des pauvres, nous faire pleurer à l'aide des larmes qu'on pleure en bas, revendiquer les franchises de la science dont on s'est imposé les devoirs, montrer la souffrance humaine, présente et toute vive, qui enseigne la charité ; – on donne à son ouvrage la forme adoptée par Parent-Duchâtelet ou Moreau-Christophe, et non pas celle qui doit infailliblement faire lire le livre par les toutes les femmes entretenues, tous les viveurs, tous les bohêmes (*sic*), tous les artistes de Paris, avant d'arriver à un homme sérieux ou à une dame de charité, – laquelle, suivant toute probabilité, fermera le volume avant la dixième page.

Sans quoi Jupillon, Gavroche et Gautruche déjà nommés, diraient, dans la même langue, en recommençant le même geste : « Je la connais, celle-là, et je la trouve mauvaise ! »

Mais, pour tout cela, il faudrait analyser *Germinie Lacerteux*, et cette analyse me présente des difficultés plus significatives que toutes mes critiques. J'aime mieux, d'ailleurs, revenir à mon texte et redire à MM. de Goncourt : « Ne forçons point notre talent ! » Mon éloquent ami, Léopold de Gaillard a dit : Soyons toujours de notre temps, de notre pays et de notre parti. De leur temps ? Les auteurs de *Germinie Lacerteux* n'en sont que trop, puisque, engagés dans les jeunes troupes du réalisme le plus actuel, ils renoncent à leur poste d'éclaireurs pour venir trinquer avec les cantinières. De leur pays ? Non ; je ne crois pas, je ne veux pas le croire : ceci n'est ni le peuple, ni le pauvre ; c'est l'immonde résidu des civilisations excessives et mauvaises, le personnel de ces couches ultra-souterraines qui ne s'exhibent que pour les émeutes, cet assemblage de figures qui font l'effet de cauchemars et qui forment le sous-sol des littératures comme des sociétés. De leur parti ? Oh ! non, et je n'en voudrais pour preuve que la sensation douloureuse que m'a causée leur ouvrage : il m'a semblé que je subissais à la fois le spectacle d'une énormité et d'une défection. Il ne s'agit pas ici, bien entendu, de parti dans le sens nobiliaire ou politique. Laissons là les particules et les titres, mais restons de bonne compagnie ; n'ayons pas de gants jaunes, mais ayons les mains propres ! Que M. Ernest Feydeau écrive *Fanny*, M. Gustave Flaubert *Madame Bovary*, il n'y a rien là qui me choque ; il existe entre les hommes et les œuvres de secrètes concordances. Un peu plus ou un peu moins de talent ; au fond rien qui étonne ou qui détonne.

> Tant vaut l'homme, tant vaut la belle.

disait une méchante épigramme de 1848. Quand l'auteur de *Madame Bovary* me présente un vieillard tombé en enfance, qui a été, dit-il, *un des amants de la reine Marie-Antoinette*, je hausse les épaules. Quand MM. de Goncourt écrivent : « À la messe qui précédait les chasses, celui qui devait être Charles X pressait l'officiant en lui disant à mi-voix : – Psst ! psst ! Curé, avale vite ton bon Dieu ! » – je suis consterné ; j'ai envie de crier à la trahison, ou de dire comme je ne sais quel personnage de vaudeville : On me les a changés au vestiaire. – Sérieusement, après nous avoir donné la pathétique *Histoire de Marie-Antoinette*, la *Femme au XVIIIe siècle*, *Sœur Philomène*, et même, sauf les réserves obligées, les *Hommes de lettres* et *Renée Mauperin*, MM. de Goncourt étaient dignes de ne pas écrire *Germinie Lacerteux*. Je ne puis plus leur prouver mes sympathies que par l'excès de ma surprise, et leur rester fidèle qu'à force d'être en colère. Si je les ménageais, ils auraient le droit de me dire que je les insulte. Il faut absolument que ce roman soit pour eux le *nec plus ultra* après lequel on rebrousse chemin ; les colonnes d'Hercule du réalisme ; – les colonnes… Rambuteau. Je les attends avec confiance à leur prochain ouvrage, et, d'avance, je leur propose ce sous-titre : « La revanche d'un succès. »

Armand DE PONTMARTIN

« ROMANCIERS DU XIXe SIÈCLE »
REVUE DE PARIS, 5 MARS 1865

Germinie Lacerteux, par MM. Edmond et Jules de Goncourt

Le temps est loin où quelques esprits sévères faisaient profession de ne lire jamais de romans. Que lirait-on aujourd'hui si on ne lisait point cela ? Attaqué, défendu, critiqué, loué, blâmé, conspué, jeté à la voirie ou mis sur le pavois, le roman aujourd'hui triomphe. Il s'impose. Il ne se cache plus sous les dentelles du boudoir ; il s'étale sur la table du salon, sur le bureau du penseur, ici, là, partout, et jusque sur les fauteuils de l'Académie. On ne rougit plus de proclamer le romancier Balzac un homme de génie. Le roman a un pied partout, mille tenants et aboutissants, mille visages et mille costumes. Il est pamphlet, plaidoyer, satire, sermon, tableau, poème, journal. Il va du salon à l'écurie et de la mansarde à l'égout. Il est démocrate ou bourgeois, aristocratique ou populaire. À propos de *Germinie Lacerteux*, je veux dire quelques mots du *roman populaire*.

On est à l'aise pour parler d'un livre, lorsque ce livre a une préface. La préface est un aimable guide qui vous prend par la main, vous mène par de petits sentiers familiers jusqu'à la route que vous allez suivre, vous explique le terrain, vous met au fait des accidents qui peuvent survenir en chemin et vous dit à peu près les aventures que vous allez courir. Rien d'insipide comme un guide rabâcheur, mais rien de charmant comme un guide spirituel. C'est dire qu'une préface peut être le plus délicat ou le plus indigeste des hors-d'œuvre. Charles Monselet l'appelle la *sauce du livre*. MM. Edmond et Jules de Goncourt ont mis une préface à leur dernier roman, une préface courte, mais qui dit tout ce qu'elle veut dire, une préface hardie, qui ne trompe pas le public. Le guide, cette fois, vous avertit que sur la route on peut heurter des pièges à loup, si bien que les gens timorés auront le droit de détourner la tête et de rebrousser chemin. Mais, au fait, il y a plus qu'un avertissement dans cette préface, il y a une profession de foi.

Vivant au dix-neuvième siècle, disent MM. de Goncourt, dans un temps de suffrage universel, de démocratie, de libéralisme, nous nous sommes demandé si ce qu'on appelle « les basses classes » n'avait pas droit au roman ; si ce monde sous un monde, le peuple, devait rester sous le coup de l'interdit littéraire et des dédains d'auteurs qui ont fait jusqu'ici le silence sur l'âme et le cœur qu'il peut avoir. Nous nous sommes demandé s'il y avait encore, pour l'écrivain et pour le lecteur, en ces années d'égalité où nous sommes, des classes indignes, des malheurs trop bas, des drames trop mal embouchés, des catastrophes d'une terreur trop peu noble. Il nous est venu la curiosité de savoir si cette forme conventionnelle d'une littérature oubliée et d'une société disparue, la Tragédie, était définitivement morte ; si, dans un pays sans caste et sans aristocratie légale, les misères des petits et des pauvres parleraient à l'intérêt, à l'émotion, à la pitié, aussi haut que les misères des grands et des riches ; si, en ce mot, les larmes qu'on pleure en bas pourraient faire pleurer comme celles qu'on pleure en haut.

Autrement dit, le peuple, à qui l'on a discuté le *droit au travail*, a-t-il droit au roman ? Voilà la question. La question. La réponse, ce semble, est bien simple. Évidemment toute douleur est digne de pitié, toute larme appelle une larme ; évidemment les misères du peuple ne sont pas à dédaigner, et peut-être demandent-elles à être étudiées avant et bien mieux que les autres, puisqu'elles sont plus poignantes et plus terribles. C'est une vérité reconnue, et, depuis *la Paysanne pervertie* de Mercier jusqu'à *Germinie Lacerteux*, le peuple a eu sa part de roman tout comme un autre ; je ne sache pas que les pleurs de Fleur-de-Marie, par exemple, aient trouvé des spectateurs indifférents. Eugène Sue, lui aussi, crut avoir inventé le *roman populaire* lorsqu'il écrivit *les Mystères de Paris*. Il peignit le peuple, il étudia le peuple, il voulut faire « pleurer sur les larmes du peuple ». Et d'un bout à l'autre de l'Europe, en effet, on pleura.

Horace Vernet, qui se trouvait à Saint-Pétersbourg au moment où le livre paraissait, écrivait le 19 décembre 1842 : « *Les Mystères de Paris* sont le sujet de toutes les conversations. Ces ordures charment les

Russes ; ils semblent se réchauffer à ce foyer d'horreur. Quant à moi, je n'en ai lu qu'une très petite partie et j'en ai eu bientôt assez. » *Ordures* est brutal. Mais Horace Vernet, cœur très patriote, esprit très timide, ne songeait guère qu'à une chose, c'est que ce livre, très étonnant en certains endroits, saisissant, parfois superbe, donnait aux lecteurs russes une singulière idée du peuple français. Il lui répugnait peut-être un peu de voir les sympathies de plusieurs milliers de gens s'arrêter, faute de mieux, sur un pauvre brave homme qui avait tout au plus égorgé son sergent, balafré çà et là quelques camarades et *chouriné*, comme on disait alors, plusieurs chrétiens qu'il prenait bonnement à ses heures pour des moutons ou des chevaux à équarrir.

Vernet était peut-être de l'avis de Michelet, qui reprochait les mêmes choses au même livre, et se demandait ce que devaient penser les étrangers en voyant le tableau du peuple de Paris ainsi tracé par un homme qui se vantait d'être le romancier du peuple.

La vérité est que ce livre populaire, écrit pour le peuple, se retournait contre le peuple. La pitié s'égarait dans cette foule hideuse et grouillante de faces bestiales, d'appétits sordides, de consciences ensanglantées, et l'intérêt se réfugiait auprès de ce magnifique Rodolphe, qui semblait n'avoir tant de vertus que parce qu'il était un prince déguisé. Œuvre de philanthropie au moins étrange, où l'auteur ne trouvait d'autre moyen de régénérer Fleur-de-Marie, la fille tombée, que de la sacrer héritière de je ne sais quelle couronne d'Allemagne. Vous le voyez, il ne faut pas s'en tenir à la formule des Louis Blanc du roman. Proclamons le *droit au roman* comme MM. de Goncourt ; mais allons plus loin, organisons-le.

Les réflexions que M. Michelet faisait à propos du livre d'Eugène Sue, évidemment il les ferait encore à propos du roman de MM. de Goncourt.

Le peuple, disait-il, n'est nullement conforme à ces prétendus portraits. Ce n'est pas que nos grands peintres (M. Michelet assurément écrirait encore « grands peintres ») aient été toujours infidèles ; mais ils ont peint généralement *des détails exceptionnels, des accidents*, tout au plus, dans chaque genre, la minorité, *le second côté des choses*. Les grandes faces leur paraissaient trop connues, triviales, vulgaires. Il leur fallait des effets, et ils les ont cherchés souvent dans ce qui s'écartait de la vie normale… Ils ont détourné les yeux vers le fantastique, le violent, le bizarre, l'exceptionnel. Ils n'ont daigné avertir qu'ils peignaient l'exception. Les lecteurs, surtout étrangers, ont cru qu'ils peignaient la règle. Ils ont dit : « Ce peuple est tel. » Et moi qui en suis sorti, moi qui ai vécu avec lui, travaillé, souffert avec lui, qui plus qu'un autre ai acheté le droit de dire que je le connais, je viens poser contre tous la personnalité du peuple.

C'est dans la préface du *Peuple*, un beau livre, que Michelet écrivait ces lignes. Encore un coup, il n'en changerait pas un mot aujourd'hui. On dirait qu'il s'agit en les lisant de *Germinie Lacerteux* et non des *Mystères de Paris*. Quel est donc ce roman nouveau, si discuté déjà, presque attaqué, – singulière bonne fortune, – et dont le succès n'est plus contestable ? C'est *l'histoire d'une servante*, rien de plus, mais il y a loin de l'idylle doucement attristée de M. de Lamartine au drame saignant et réaliste de MM. de Goncourt. Quand Geneviève pleure, M. de Lamartine se contenterait volontiers de comparer ses larmes à des gouttes de rosée ; quand les yeux de Germinie se gonflent de larmes, MM. de Goncourt, pour peu qu'on les y poussât, vous diraient comment la glande lacrymale les verse sur la conjonctive et quelle quantité elles contiennent de soude et de phosphate de chaux. Entre Geneviève et Germinie, il y a un monde.

Germinie Lacerteux est une fille de paysans, la dernière venue dans une famille pauvre. « Ah ! dit-elle quelque part, elle en a eu des maux pour moi, maman ! Elle avait quarante-deux ans quand elle a été pour m'avoir… papa l'a assez fait pleurer ! Nous étions déjà trois, et il n'y avait pas tant de pain à la maison… » Une enfance chétive, dès les premiers pas des cailloux, des douleurs, des déchirures, un frère qu'elle aime et qu'on lui tue, la maladie, la maigreur. On l'envoie à Paris chez ses sœurs. Celles-ci placent l'enfant dans un café du boulevard, où elle lave la vaisselle parmi cette foule cynique des garçons qui la prennent pour souffre-douleur, – et même l'un d'entre eux, un vieux, pour souffre-plaisir.

Mais alors Germinie ne peut plus supporter autre chose, elle s'enfuit, elle va chez ses sœurs qui l'injurient, chez une repriseuse de cachemires qui la bat ; elle entre en service chez une épileuse, chez un vieil acteur, chez Mlle de Varandeuil. Les lecteurs de la *Revue de Paris* connaissent cette admirable Mlle de Varandeuil par le chapitre cité ici dans son entier. Les pages destinées à peindre cette vieille fille, sacrifiée elle aussi et souffrante, sont peut-être les plus belles du volume. Cette femme, toute d'abnégation et de dévouement, qui tout enfant achetait comme on le volerait le pain de son père à la porte des boulangers, « les yeux meurtris de froid, au milieu des bousculades et des poussées, jusqu'au moment où la boulangère de la rue des Francs-Bourgeois lui mettait dans les mains un pain que ses petits doigts, roides d'onglée, avaient peine à saisir », cette résignée qui se dévoue à son père, vieillit auprès de lui sans obtenir de cet égoïste autre chose que des reproches, donne sa fortune à son frère, disparaît aux jours heureux et montre son profil maigre dès qu'on a besoin d'elle pour soulager quelqu'un, cette amie des enfants, cette pauvre fille qui a tant aimé, qu'on a tant méconnue, se prend de belle affection pour Germinie, et la servante et la maîtresse deviennent inséparables, unies par ce terrible lien qui est la douleur.

Et Germinie serait heureuse là sans une terrible fatalité qui est bien la fatalité moderne, – la fatalité du tempérament. Voilà un mot très usité, très employé, très choyé, dont on se souciait fort peu jadis. Ici commence véritablement le roman, la lutte, l'intrigue. Il y a dans *Germinie Lacerteux* deux personnages qui dominent tous les autres : Germinie et son Tempérament. Ce sont les deux adversaires en présence. Le Tempérament triomphera-t-il ? Germinie au contraire sera-t-elle la plus forte ? Voilà le problème, et l'on peut facilement deviner la solution. Germinie s'est avisée, un beau jour, de s'éprendre de son confesseur, qui s'éloigne bien vite de cette pénitente un peu compromettante ; elle *s'éprend*, – et le mot est trop faible, – de tout et de rien, du grand air, de sa cuisine, allant, venant, semant du gazon dans une boîte à cigares pour voir de l'herbe, remplissant l'appartement « du tapage incessant de sa personne. – Mon Dieu ! lui dit sa maîtresse, es-tu bousculante, Germinie ! l'es-tu assez ! » – Une autre fois, Mlle de Varandeuil conseille à sa bonne de se marier.

Germinie a une autre *amie* que sa maîtresse : celle-ci, c'est la crémière voisine, Mme Jupillon (un nom superbe, digne de Balzac) ! C'est chez la crémière qu'elle passe ses soirées, auprès du poêle, presque sans parler, sans songer. Quelquefois elle va voir à sa pension le fils de la crémière, le petit Jupillon, un drôle effronté qui sait mal choisir ses lectures. Germinie rougit parfois sous le regard ardent du gamin. Il grandit ; elle se met à l'aimer, elle se pend à son bras pour courir se promener, derrière Montmartre, aux fortifications, s'asseoir sur les talus, causer. L'analyse de cette passion naissante et déjà exclusive est traitée dans *Germinie Lacerteux* avec un art infini. La description de cette partie vague de la campagne parisienne, théâtre de l'*Idylle*, où l'on rencontre plus de gravas que de gazon, est une merveille. Mais je vais abréger cette analyse. Germinie est la maîtresse de Jupillon qui ne l'a jamais aimée. Elle s'est donnée à lui tout entière, pour lui elle sacrifiera tout. Pour rattacher le drôle, elle achètera de ses économies une boutique de gants où il s'établira, elle donnera ses derniers sous, elle ira accoucher à la Bourbe afin d'économiser le prix de la sage-femme, – quarante francs dont il a besoin ; – elle s'endettera tout à l'heure pur le racheter de la conscription, elle volera plus tard sa maîtresse pour satisfaire les caprices de ce Don Juan de barrières. La passion de Germinie a quelque chose de farouche, de brutal et de rudement dévoué qui fait pitié, – des bestialités et des tendresses de chien. Jupillon la méprise, l'insulte, la trompe, la quitte ; elle souffre, elle maigrit, elle vieillit, elle le poursuit avec fureur. Quand elle se sait une rivale, elle veut jeter à la figure de cette fille une fiole de vitriol ; tout l'accable à la fois, sa petite enfant est morte, une petite fille qu'elle aimait à l'étouffer ; elle n'a plus rien, elle voudrait se tuer, elle boit de l'absinthe, elle s'abrutit, elle se dégrade. L'abjection morale et physique l'envahit, le besoin d'amour la torture, elle se donne à un certain Gautruche qu'elle hait et qu'elle attend, des heures entières, les pieds dans la boue ; elle a des envies de l'assassiner, elle est féroce, méchante, misérable ; puis ses créanciers l'entourent, ceux qui l'ont aidée à racheter Jupillon ; sous la curée de tous ces appétits, elle se sent mourir et veut rester debout pour prouver qu'elle est solvable. Si Mlle de Varandeuil soupçonnait jamais sa dégradation ! Germinie n'a plus d'autre affection, sa maîtresse. Elle l'adore. Mourante, elle veut la servir encore. Elle quitte à regret la mansarde de bonne qu'elle occupe parce qu'elle ne sera plus auprès de Mlle de Varandeuil. On l'emporte à l'hôpital ; elle se débat, elle agonise, elle meurt.

Tel est ce roman, ou plutôt le squelette de ce roman. Il vaut surtout par les détails, par la profusion de tableaux saisissants, singulièrement vrais et frappants. Il est surtout original par ses hardiesses, ses profondeurs d'analyse, tout ce que j'ai omis, tout ce que je ne pouvais redire. Traitant un sujet si scabreux, MM. de Goncourt ont tout bravement, ne reculant devant aucune horreur, allant jusqu'au bout dans leur tâche avec des audaces qui font frissonner, artistes peignant l'écorché avec la cruauté de Rembrandt. J'ai dit artistes, et je crois que ce nom est véritablement celui qui leur convient. En dépit de leur profession de foi de tout à l'heure, je persiste à croire que MM. de Goncourt n'ont voulu faire qu'une œuvre d'art : d'un art vivant, parfaitement marqué au sceau de notre époque, ce qui est la qualité suprême. Une œuvre d'art veut avoir une date pour vivre.

Avant d'aller plus loin, nous laisserons de côté, s'il vous plaît, la question éternelle de la *moralité dans l'art*. L'art est essentiellement moral. On n'a jamais demandé, que je sache, à la vérité de mettre un manteau. Tartufe seul aime les draperies décentes, mais vous savez s'il les veut bien doublées. Je demanderai donc seulement une chose, à savoir si MM. de Goncourt nous ont vraiment présenté, comme ils le disent, les misères du peuple ? Il ne faudrait pas s'étonner de voir des érudits, esprits curieux de toutes les élégances du siècle passé, collectionneurs de riens précieux, historiens des grâces des époques disparues, plus habitués à marcher dans les parcs de Watteau que dans la boue de l'avenue Trudaine, connaissant surtout en fait d'étables celles où Fragonard chiffonne les jupons des bergères roses et fraîches, se tourner ainsi vers les côtés sombres du roman populaire. C'est une curiosité de plus. Mais ce n'est pas autre chose, je crois. Le sens intime du peuple, ce sens qui faisait dire à Armand Carrel que *le peuple sent bon*, MM. de Goncourt ne l'ont pas. Une larme de Marie-Antoinette, ils auront beau dire, les touchera toujours davantage qu'un sanglot de la paysanne Germinie ou de la bourgeoise Renée Mauperin. Leur démocratie est bizarre ; du peuple, ils ne connaissent, – ou du moins ils ne nous montrent, – que les côtés sales et crapuleux. Le peuple a *droit au roman* ; soit, mais Jupillon, mais Gautruche, mais Germinie, mais la mère Jupillon, mais ce monde de fournisseurs, de bonnes, de fruitières et de portiers, ce n'est pas le peuple ! Jupillon et Gautruche sont des exceptions ; ils forment *ce second côté* de la classe ouvrière dont parlait Michelet ! Ce n'est pas le peuple qui boit comme Jupillon les bols de vin chaud du *Bal de la Boule-Noire*, c'est « la bohême du peuple ». Comment ! dans votre roman tout entier, pas un visage honnête, franc, loyal, rien, pas un, – excepté Mlle de Varandeuil, qui n'est pas du peuple ! De l'argot, une senteur d'eau-de-vie et de mauvais lieux, des vices et encore des vices, le Mont-de-Piété, la Bourbe, l'hôpital, et c'est là le peuple !

Il y a autre chose que des vices dans le peuple, et si la police correctionnelle et la cour d'assises y recrute souvent ses célébrités, les expositions industrielles vont y chercher aussi des noms pour leurs tableaux d'honneur. À côté et au-dessus du peuple qui boit, il y a le peuple qui lit, qui travaille et qui pense. À côté du peuple des cabarets et des bals, il y a le peuple des écoles, des cours publics et des cabinets de lecture. Qu'il meure à l'hôpital, il faut bien le reconnaître trop souvent, mais c'est la vieillesse ou le travail qui l'y amènent, plus encore que la débauche. Une maladie enlève à la famille un an, deux ans d'épargnes. Il faut bien aller à cet asile, quand on n'a plus rien. Mais, dans ces lits, aux rideaux semblables à des suaires, disons-le, il meurt plus de malheureux que de misérables. Il y a beaucoup d'ateliers à Paris. Avouons que les Jupillon et les Gautruche y sont rares. On les connaît, ils sont cotés à leur valeur, leurs camarades eux-mêmes en font justice.

Et croyez que je ne discuterais pas ainsi les personnages de MM. Edmond et Jules de Goncourt, si les auteurs de *Germinie Lacerteux* n'avaient pris soin de bien indiquer que c'était le peuple qu'ils prétendaient peindre, le peuple et ses misères, et qu'ils faisaient œuvre « de démocratie ». Je ne vois de très réellement démocratique, dans tout ce roman, que l'apostrophe éloquente à Paris sur le bord de la fosse commune. Là, le cri est sincère, violent, ému, et l'on s'indigne avec eux devant « cette promiscuité du ver ! » Mais, ailleurs, je trouve des curieux étudiant les mœurs de ces « étrangers » qui s'appellent des fournisseurs et des domestiques, les étudiant en artistes et aussi en médecins ! Ne disent-ils pas que leur livre est la *clinique de l'amour* ?

Je ne blâme pas cette invasion, de plus en plus croissante, de la médecine dans le roman. On y a vu, je le sais, un symptôme de décadence. C'est, à mon avis, un pas nouveau et un progrès. La science du moment en bien des choses est la physiologie. Nous avons la critique physiologique et l'histoire physiologique. Or, si la physiologie est bien placée quelque part, c'est dans le roman qui prétend à étudier les maladies de l'âme, si souvent produites par celles des corps. Le Balzac futur, s'il y a un Balzac futur, sera tenu d'être en même temps un Dupuytren. Bichat eût écrit un roman superbe. *Le Rouge et le Noir*, de Stendhal, n'est un si grand chef-d'œuvre que parce qu'il contient à la fois et l'histoire d'un ambitieux et l'analyse d'un tempérament. Donc, que la médecine ait dans le roman ses cordées franches, rien de mieux. Mais qu'elle s'établisse en maîtresse chez son hôte, comme la compagne de la Lice, voilà qui n'est pas supportable. Or, dans *Germinie Lacerteux*, MM. de Goncourt n'ont pas fait autre chose, ce semble, que puiser dans leur répertoire de connaissances médicales ; ils ont écrit leur roman à la pointe du bistouri.

S'il y a du peintre, il y a du chirurgien en eux ; ils affectionnent les *romans à malades*, les agonies et les opérations. Dans ces deux beaux romans, *Sœur Philomène* et *Renée Mauperin*, ils ne vous font grâce ni d'un moxa, ni d'une toux, ni d'un râle de mourant. La description de l'hôpital dans *Sœur Philomène* est prodigieuse ; il ne manque pas un pli aux rideaux, pas un coup de brosse au parquet, pas un détail à ces lits de grabataires. Renée Mauperin meurt ? Elle mourra, jour par jour, heure par heure, comme sous l'œil du médecin. Dans *les Hommes de lettres*, leur héros, Charles Demailly, devient fou. Vous saurez quels sont ses grimaces et ses cris accoutumés, les syllabes qu'il prononce d'habitude, les lambeaux de mots qu'il balbutie, le traitement qu'on lui fait subir. Tout cela est exact comme une démonstration de professeur. Leur devise est non seulement « vérité », mais « exactitude ».

Et je ne m'en plaindrais pas, si l'habitude de ces maux, la recherche de ces sujets crus, ne donnait à la fin, dans l'étude d'une maladie morale, le premier rang à la matière. Germinie, par exemple, Germinie ne souffre absolument que comme souffrirait une louve séparée de son mâle. C'est le tempérament, ce sont les sens qui la poussent de chute en chute jusqu'à la fosse commune.

On a parlé de *Mme Bovary*. On a sacrifié Mme Bovary à Germinie Lacerteux. On a dit de Mme Bovary que, « telle que M. Flaubert le représente, elle est femme à se perdre en dépit de tout, tandis que Germinie est une âme torturée qui lutte contre le mal et la souillure, et que le défaut de forces morales et de circonstances favorables précipite à l'ignominie[1]. » À mon avis, on s'est trompé. Mme Bovary cherche l'idéal, l'idéal rêvé, elle est romanesque ; Germinie, intelligence plus que médiocre, est hystérique. Mme Bovary est une *aspiration* (je sais tout ce que ce mot a de ridicule et cache de compromis), Germinie est un appétit. Mme Bovary mariée à un homme qui l'eût dominée, dont elle eût été fière, l'orgueilleuse, demeurait honnête ; Germinie, agenouillée au confessionnal, va au-devant de sa perdition. Et comment meurt Mme Bovary ? Elle a trois mille francs à payer ; un vieux notaire lui propose de les payer pour elle ; – elle refuse, elle se tue. Comment devrait finir Germinie ? Voleuse, elle devrait logiquement voler encore. Ayant pris vingt francs, elle en reprendrait cent, elle prendrait tout l'argent contenu

1 [notes de l'auteur] Voir, dans le *Monde illustré* du 5 février, un excellent article de M. Philippe Dauriat.

dans la botte d'où elle a enlevé le premier louis. Je dis logiquement, car, enfiévrée, affolée, perdue de dettes, Germinie ne peut trouver vingt francs à distraire de ses faibles gages ; Jupillon la presse, et, avec Jupillon, le fruitier, le charbonnier, tous ces gens qui lui ont prêté, – je ne discute par l'invraisemblance de ces prêts, – deux mille quatre cents francs.

Mais je crois avoir retrouvé l'idée première de *Germinie Lacerteux* dans une page de *Sœur Philomène*, qui a plus d'un rapport avec le présent roman. Comme Germinie, Philomène est une fille du peuple qui s'ennuie chez elle et qui passe ses soirées dans la loge du concierge, édition première de la boutique de la mère Jupillon.

Deux ou trois bonnes de lorettes, au bonnet envolé, à la tête de lézard, à la parole cynique et crue, complétaient cette société de la loge où l'on voyait encore la bonne à tout faire d'une demoiselle du cinquième, pauvre vieille fille de quatre-vingts ans, ruinée par la Révolution, et qui s'éteignait lentement et douloureusement dans une chambre d'ouvrier. Le bruit de la maison était que la vieille demoiselle, sans famille, sans défense, désarmée par l'isolement et la solitude, affaissée sous la demi-enfance de l'âge, était tyrannisée et martyrisée par cette bonne qui la mettait au lit comme un enfant, la faisait jeûner, lui refusait le bois.

Ne reconnaissez-vous pas là une Germinie et une Mlle de Varandeuil *avant la lettre* ? Mais, en développant ou, plutôt, en mettant en œuvre le roman contenu dans ces quelques lignes, MM. de Goncourt ont senti la pitié qu'ils avaient pour la vieille fille se reporter sur la bonne, et Germinie est devenue, non plus un bourreau femelle, mais une esclave, une enfant soumise, un pauvre être dévoué jusqu'à la fin. Cet amour de terre-neuve qu'elle a pour Mlle de Varandeuil est là pour plaider sa cause, je le sais, pour montrer tout ce qu'il y a dans ce cœur orageux ; mais est-il possible que cela la détourne de la *via mala* où la pousse sa passion ? En dépit de cette affection, une Germinie réelle tomberait seulement plus bas encore que la Germinie de MM. de Goncourt, et, pour suivre la vérité, peut-être eût-il fallu qu'on nous la montrât perdant jusqu'à ce lambeau de vertu auquel elle se rattache.

Mais, me dit-on, où serait la *pitié* ? Car il faut qu'on plaigne Germinie. Il faut que cette vertu suprême, la *pitié*, plane au-dessus de cette boue, de ces misères et de ces hontes. Eh bien ! la pitié subsisterait toujours, une pitié mêlée d'effroi, comme celle de Mlle de Varandeuil, qui voit à l'hôpital la tête contractée de Germinie, avec ses cheveux dressés sur la tête, la pitié qu'on a pour tous ceux qui cèdent sans lutte à la tentation. Car voilà le défaut de Germinie, elle cède trop facilement. C'est une bonne fille, très vicieuse.

Dans un roman, qui mériterait un succès très grand, et qu'on relira, et qui était aussi un roman populaire, *la Mascarade de la vie parisienne*, M. Champfleury notait une à une, et comme à plaisir, les chutes d'une jeune fille que la fatalité entraînait des bords de la Bièvre aux cabinets de la Maison-d'Or, en passant par les chambres enfumées des étudiants et les longues salles des hôpitaux. Mais c'était vraiment au malheur que l'héroïne de M. Champfleury avait à s'en prendre, à celle qu'Edgar Poe appelait sa muse, à la Male-Chance, et non à son tempérament. La fatalité du tempérament est de celles qu'on étouffe. Il n'est de fatalités réelles que celles qui vous tombent du ciel, comme des aérolithes, ou vous poussent dans les jambes, comme des buissons d'épines.

J'ai discuté les idées et les tendances de *Germinie Lacerteux*, mais je n'ai plus qu'à louer la facture et le côté littéraire du livre, j'allais dire le côté pittoresque. MM. de Goncourt, en effet, sont à la fois et des psychologues, et des romanciers, et des médecins, et des peintres ; des peintres surtout, peut-être, je l'ai dit. Mais, semblables aussi à de certains peintres qui se préoccupent avant toute chose qu'on admire dans leurs tableaux non l'ensemble de la composition, la correction du dessin, voire même l'harmonie de la couleur, mais un certain nombre de morceaux bien enlevés, ils ont pris soin de détacher en vigueur un certains nombre de tableaux tracés de mains de maître. Il y a de la sorte, – c'est une remarque judicieusement faite par M. Jules Levallois, – de superbes parties : le portrait de Mlle de Varandeuil, la promenade aux fortifications, l'hôpital, les dimanches de Jupillon et de Germinie au bord de la Marne, les abattoirs, les boulevards extérieurs, le bois de Vincennes. Le bois de Vincennes ! un *morceau* de premier ordre.

D'étroits sentiers, à la terre piétinée, talée et durcie, pleins de traces, se croisaient dans tous les sens. Dans l'intervalle de tous ces petits chemins, il s'étendait, par places, de l'herbe, mais une herbe écrasée, desséchée, jaunie et morte, éparpillée comme une litière, et dont les brins, couleur de paille, s'emmêlaient de tous côtés aux broussailles, entre le vert triste des orties. On reconnaissait là un de ces lieux champêtres où vont se vautrer les dimanches des grands faubourgs, et qui restent comme un gazon piétiné par une foule après un feu d'artifice.

Des arbres s'espaçaient, tordus et mal venus, de petits ormes au tronc gris, tachés d'une lèpre jaune, ébranchés jusqu'à hauteur d'homme, des chênes malingres, mangés de chenilles et n'ayant plus que la dentelle de leurs feuilles. La verdure était pauvre, souffrante, et toute à jour; le feuillage en l'air se voyait tout mince; les frondaisons rabougries, fripées et brûlées, ne faisaient que persiller le ciel. De volantes poussières de grandes routes enveloppaient de gris les fonds. Tout avait la misère et la maigreur d'une végétation foulée et qui ne respire pas, la tristesse de la verdure à la barrière : la Nature semblait y sortir des pavés. Point de chant dans les branches, point d'insecte sur le sol battu; le bruit des tapissières étourdissait l'oiseau; l'orgue faisait taire le silence et le frisson du bois; la rue passait et chantait dans le paysage. Aux arbres pendaient des chapeaux de femmes attachés dans un mouchoir avec quatre épingles; le pompon d'un artilleur éclatait de rouge à chaque instant entre les découpures de feuilles; des marchands de gaufres se levaient des fourrés; sur les pelouses pelées, des enfants en blouse taillaient des branches, des ménages d'ouvriers baguenaudaient en mangeant du *plaisir*, des casquettes de voyou attrapaient des papillons. C'était un de ces bois à la façon de l'ancien bois de Boulogne, poudreux et grillé, une promenade banale et violée, un de ces endroits d'ombre avare où le peuple va se balader à la porte des capitales, parodies de forêts, pleines de bouchons, où l'on trouve dans les taillis des côtes de melon et des pendus !

C'est le défaut ou la qualité de MM. de Goncourt d'aimer surtout « les morceaux ». Mais ce défaut, si défaut il y a, ne me déplaît pas. Le roman y perd, l'œuvre d'art y gagne. Dans *Renée Mauperin*, – un livre où les auteurs avaient réussi, cette fois, à peindre la bourgeoisie avec ses défauts, ses vertus et jusqu'à ses vices, et où leur verve s'était singulièrement égayée sur un de ces satisfaits qui trouvent qu'on n'a pas assez guillotiné de nobles, mais que l'ouvrier est bien osé de remuer dans ses fabriques, – un vrai hors d'œuvre, c'est le portrait de l'abbé Blampoix, mais c'est un chef-d'œuvre; on aurait eu bien tort de l'enlever. Un autre roman de MM. de Goncourt, hardi, étincelant, plein de mots et d'idées et spirituel comme la collection d'un petit journal, désespéré comme une nuit d'Young, *les Hommes de lettres*, n'était à peu près qu'une longue suite de morceaux détachés. Malgré cela, c'est un livre, et des plus remarquables. Il a le défaut de ses cadets; ses auteurs aiment les chapitres éclatants de fantaisie, de paradoxes, de causeries sans fin, et bien souvent ils s'arrêtent dix pages durant pour écouter causer leurs personnages, que ce soient des journalistes qui divaguent, ou des internes qui « blaguent » dans la salle à manger de l'hôpital, ou des bourgeois qui s'amusent à faire leur partie de billard. Pendant ce temps, le roman va comme je te pousse. Ils aiment aussi, et avec un âpre amour, la vérité, dût-elle être horrible. Je me souviens d'une petite esquisse où il y avait l'étoffe d'un beau livre, *Victor Chevassier*, la simple et navrante histoire d'un pauvre homme qui s'abêtit lentement en province, après avoir rêvé la gloire à Paris. Victor Chevassier tient registre de ses sensations, et un jour, sur ce registre, il écrit : « Mon petit garçon s'en est allé, le croup l'a emporté. Il était beau et souriant vendredi encore… Des gens du pays qui ne m'aiment pas ont jeté, le soir, par-dessus la haie *de mon jardin, un petit cochon de lait mort…* » Que dites-vous de ce trait sinistre ?

En résumé, ce talent souple, hardi, charmant et violent à la fois, de parti pris fuyant ce qui fait courir la foule, aristocratique jusqu'à reprocher à la Révolution, entre autres méfaits, la dispersion de toutes ces brillantes fanfreluches de l'Ancien Régime[1], compatissant jusqu'à tout plaindre, très contemporain, très parisien, je veux dire ouvert à toutes choses, aux leçons de Mickiewicz[2], aux sermons de Lacordaire et aux âneries de Calino, aux drames de Victor Hugo et aux pantomimes des Funambules, aimant le coquet, le joli, le poudré, le soyeux, et aussi l'âpre, l'ardent, le mâle ; s'extasiant devant un bon mot de Sophie Arnould et battant des mains à un néologisme du ruisseau ; ce talent heurté, parfois bizarre, toujours supérieur, cet esprit qui vient du dix-huitième siècle et qui sent le mot d'aujourd'hui, de ce matin, de tout à l'heure, fumeux comme Diderot, pétillant comme Gavarni, qui va, selon son humeur, de l'histoire à la chronique, de la biographie au roman, de la grande dame à la lorette, des coulisses à l'église, ce talent si disséminé et si complet, est un de ceux qui me séduisent, un de ceux que je préfère entre tous.

J'ai écrit, un jour, qu'après avoir travaillé longtemps, après quinze ans, après vingt volumes, MM. de Goncourt n'étaient point placés à leur rang dans cette portion des lecteurs qui a l'oreille sourde et qui est le public ; mais j'ai idée que les voilà bien près de s'asseoir au degré qu'ils

1 Voir les premiers chapitres de leur *Histoire de la société française pendant le Directoire*.
2 Je ne jette pas ce nom au hasard. Voyez dans *les Hommes de lettres* une page merveilleuse où il est question de l'illustre professeur.

méritent, et, quel qu'il soit, leur prochain roman sera, certainement, – dans un autre sens, – un *roman populaire.*

Jules CLARETIE[1]

LA FRANCE, 21 MARS 1865

J'ai bien hésité avant de vous entretenir des faits et gestes de *Germinie Lacerteux*, qui ne mérite guère d'occuper les loisirs des honnêtes gens. Car le silence serait peut-être la plus éloquente des protestations contre les délits que condamnent l'art, le goût et la politesse des lettres françaises. Mais ce roman fait quelque bruit ; la notoriété de ses auteurs le désigne à l'attention publique, il a des prétentions humanitaires, il porte une cocarde. Résignons-nous donc à en dire un mot : notre franchise témoignera de notre sympathie pour des écrivains envers lesquels on a le droit d'être sévère : car leur plume a de la valeur jusque dans ses écarts, et l'attentat littéraire qu'ils viennent de commettre est aggravé par un talent incontestable.

Je retrouve en effet ici une adresse de pinceau, que je ne puis méconnaître, en dépit de son fâcheux emploi. MM. de Goncourt ont un style parfois bizarre et maniéré, mais qui leur appartient et a le mérite de traduire énergiquement les sensations.

Au don naturel d'une imagination qui reproduit avec éclat et relief les couleurs et les formes, à la franchise et à la vivacité du trait, ils allient l'entente industrieuse de tous les procédés qui s'apprennent dans l'école du réalisme pittoresque. Ils ont de la facture, un tour de main leste et expérimenté. Ils savent disposer un décor, faire valoir les accessoires, mettre

1 Les Goncourt remercièrent Claretie de cet article dans une lettre : « Votre article nous a été plus haut que l'esprit ; – là où touchent les poignées de mains cordiales qui font tout oublier et qu'on n'oublie pas. Et puis comme vous nous connaissez ! Vous avez été déterrer, jusque dans nos *Juvenilia*, ce petit cochon de lait mort. Vous avez dépisté Germinie dans Philomène. Cela fait un bien grand plaisir d'avoir été suivi ainsi, quand on était dans l'ombre, inconnu, presque invendu. Cela donne un peu de cœur pour l'avenir » (lettre du 4 mars 1865, Jules de Goncourt, *Lettres*, édition publiée sous la direction de l'Académie Goncourt, avec une introduction d'Henry Céard, s. d., p. 250-251).

en saillie des morceaux à effet, et détacher des hors-d'œuvre en pleine lumière. Moins soucieux de l'ensemble que du détail, ils ont illustré leur récit de vignettes, de gravures à l'eau-forte, d'enluminures hardies qui parlent aux yeux et laissent dans le souvenir une empreinte arrêtée. Il y a ici tout un album de photographies réussies, qui rappellent les meilleures pages descriptives de MM. Théophile Gautier et Gustave Flaubert.

Je signalerai notamment les passages où est esquissée la physionomie des faubourgs, des fortifications, du bois de Vincennes, de ces paysages souffreteux et malingres qu'enveloppe la poussière volante des grandes routes, de ces barrières où fourmille la foule endimanchée de la banlieue parisienne. Ce sont des croquis très expressifs et auxquels on ne peut reprocher que l'excès d'une minutieuse exactitude. En un mot, MM. de Goncourt ont surtout la mémoire de l'œil. Ils sont peintres, et c'est à cette vocation qu'ils doivent leurs succès les mieux établis.

Aussi ai-je été surpris de lire dans la préface de ce roman la profession de foi que voici : « Vivant au dix-neuvième siècle, dans un temps *de suffrage universel, de démocratie, de libéralisme*, nous nous sommes demandé si ce qu'on appelle les *basses classes* n'avait pas *droit au roman* ; si ce monde sous un monde, le peuple, devait rester sous le coup de l'interdit littéraire, et des dédains d'auteur qui ont fait jusqu'ici le silence sur l'âme et le cœur qu'il peut avoir. Il nous est venu la curiosité de savoir si, *dans un pays sans caste et sans aristocratie légale*, les misères des petits et des pauvres parleraient à l'intérêt, à l'émotion, à la pitié, aussi haut que les misères des grands et des riches ; si les larmes qu'on pleure en bas pourraient faire pleurer comme celles qu'on pleure en haut. » – En d'autres termes, MM. de Goncourt se défendent d'avoir été des fantaisistes aimables, et les voilà qui se déclarent hautement les apôtres du roman philanthropique.

Cette ambition, nous la connaissons de longue date, bien qu'ils aient l'air de se croire les inventeurs du genre ; et les œuvres qu'elle a inspirées jusqu'à présent ne sont pas de nature à nous réconcilier avec elle.

La première impression sera donc la défiance, d'autant plus que ces nouveaux missionnaires de l'art démocratique paraissent fort mal préparés à leur métamorphose ; car le torchon de Germinie Lacerteux ne ressemble guère aux dentelles qu'ont chiffonnées si voluptueusement ces historiens des élégances passées, ces érudits de boudoir, ces amateurs du bric-à-brac aristocratique, ces raffinés dont le style souvent précieux ne sera jamais le pain quotidien des humbles et des simples.

Mais laissons de côté ces préventions, et voyons quels types MM. de Goncourt demandent au peuple, dans quel miroir ils lui demandent de se regarder, quels enseignements ils lui offrent.

Germinie Lacerteux est une paysanne qui, vers l'âge de quinze ans, arrive de son village à Paris, et entre, pour laver la vaisselle, dans un café de boulevard, où elle devient le souffre-douleur d'une valetaille cynique, puis la victime d'un vieillard que la cour d'assises condamnerait au bagne. Après avoir connu les angoisses d'une maternité clandestine, elle complète son éducation chez une épileuse, une repriseuse de cachemires, un comique retiré, des femmes entretenues, des bouquetières. Enfin, nous la retrouvons servante d'une vieille fille, Mlle de Varandeuil, dont le cœur, formé au dévouement par de douloureuses épreuves, s'éprend d'affection pour elle et en fait la compagne de sa solitude.

Jusque-là le livre est lisible : il y a même de l'intérêt dans les chapitres consacrés à la biographie de Mlle de Varandeuil. Mais à partir de cette digression, vous serez comme suffoqués par les exhalaisons d'une atmosphère fétide. Aussi je ne sais comment affronter le dégoût de cette analyse nauséabonde.

Le drame qui commence ne sera plus que l'étude implacable d'une maladie, dont les symptômes étalent le spectacle d'un tempérament livré à la fatalité du sang et aux plus bestiales convoitises des instincts pervers. Vous verrez cette Bovary de la casserole subir sans lutte l'aveugle entraînement d'un cerveau embrasé par les rêves de la débauche.

Le premier accès de la fièvre qui la travaille est une dévotion équivoque, qui court au confessionnal comme à un lieu de rendez-vous. Un prêtre prudent est obligé de lui interdire le tribunal de la pénitence. Puis elle s'enflamme d'une irrésistible passion pour un drôle dont voici le portrait : « L'ironie, l'ironie basse, lâche et mauvaise, c'était tout ce garçon. Il incarnait le type de ces Parisiens qui portent sur la figure le scepticisme gouailleur de la grande *ville de blague* où ils sont nés. Jupillon avait la gaieté de la bouche méchante, presque de la cruauté aux deux coins des lèvres retroussées et tressaillantes de mouvements nerveux. Sur son visage pâle, dans ses petits traits nets, décidés, effrontés, dans ses petits traits nets, décidés, effrontés, se mêlaient la crânerie, l'énergie, l'insouciance, l'intelligence, l'impudence, toutes sortes d'expressions coquines qu'adoucissait, à certaines heures, un air de câlinerie féline. L'habitude de travailler à la vitrine, d'être un spectacle pour les passants avait donné à sa personne un aplomb et des élégances de *poseur*. Il avait pris les dandinements, les prétentions de tenue, les grâces *canaille* de l'ouvrier regardé. De douteuses élégances, la raie au milieu de la tête, les cheveux sur les tempes, des cols rabattus et découvrant le cou, la recherche des apparences et des coquetteries féminines lui donnaient une tournure incertaine, que faisaient plus ambiguë sa figure imberbe, tachée seulement de deux petits pinceaux de moustache, et ses traits sans sexe où la passion et la colère mettaient tout le mauvais d'une mauvaise petite tête de femme. » Pour Germinie, c'est la suprême distinction, c'est un idéal. Aussi se livre-t-elle éperdument à ce polisson qui ne cherche dans cette liaison que le droit et le plaisir de mépriser une femme.

Bientôt, il en est obsédé ; il la trouve ridicule dans ses jalousies suppliantes, comique dans le dévouement : « elle l'assomme » ; il se sauve d'elle, et va l'oublier dans des tripots. Mais elle l'y poursuit, et pour le retenir malgré lui, elle le meuble, elle l'installe dans une boutique, elle l'établit, elle le rachète de la conscription ; non seulement toutes ses économies y passent, mais afin de satisfaire aux caprices du misérable qui se moque d'elle, la voilà qui s'endette et finit par voler sa maîtresse, sans que le remords entre dans sa conscience, même sous la forme de la honte, sans qu'elle fasse le moindre effort pour s'arrêter un instant sur la pente qui la mène à l'abîme.

Vainement toutes les humiliations l'abreuvent, tous les malheurs l'accablent ; le vice est son maître ; il lui commande, et elle descend tous les degrés qui conduisent à l'abjection physique et morale. Un jour vient où l'ivresse est son unique refuge. Elle y cherchera le noir bonheur d'un sommeil sans rêve qui l'écrase « comme un coup d'assommoir sur la tête d'un bœuf », qui la foudroie et lui couche la face sur la toile cirée de sa table de cuisine.

Nous devrions nous arrêter ici, car ce qui suit ne se défend contre la critique que par l'impossibilité où elle est de citer toutes les pièces accusatrices. Qu'il vous suffise de savoir que Jupillon a un successeur. C'est un certain Médéric Gautruche, « ouvrier noceur, gouapeur, rigoleur, faisant de la vie un lundi, rempli de la joie du vin, les lèvres perpétuellement humides d'une dernière goutte, les entrailles crassées de tartre comme une vieille futaille, un de ceux que la Bourgogne appelle énergiquement des *boyaux rouges*. » Germinie le hait ; mais, poussée par l'habitude, elle, elle attendra des heures entières, les pieds dans la boue, celui qu'elle sera tentée d'assassiner dans les crises où la folie lui conseille le crime.

C'est ainsi que de chute en chute elle tombe au-dessous de la débauche même. Mais glissons sur ces chapitres que l'on croirait écrits par M. Parent-Duchâtelet, dans un ouvrage spécial, dont les renseignements viennent de la préfecture de police. Hâtons-nous d'en finir, en disant que Germinie va mourir à l'hôpital, et que Mlle de Varandeuil, éclairée enfin sur ses méfaits par l'explosion tardive de la rumeur publique, prononce sur sa tombe l'oraison funèbre dont nous détacherons le passage suivant : « Ah ! c'est comme ça ! c'était ça ! ça volait pour des hommes ! ça faisait des dettes ! Ah ! *elle a bien fait de crever, la chienne !* Et il faut que je paye !… Un enfant ! voyez-vous ça ! *la guenippe !* Ah ! bien oui, *elle peut bien pourrir où elle veut*, celle-là ! Voler ! elle me volait ! Dire que je lui laissais toutes mes clefs…, que je ne comptais jamais ! Ah oui ! de la confiance !… Eh bien, voilà ! je payerai… ce n'est pas pour elle, c'est pour moi. Et moi qui donne ma plus belle paire de draps pour l'enterrer. Ah ! si j'avais su, *je t'en aurais donné du torchon de cuisine*, mademoiselle comme je danse ! »

Maintenant que nous avons décrit le cas pathétique de cette Messaline de trottoir, que ses biographes appellent énergiquement une traînée, est-il besoin de discuter les théories de la préface qui met une pareille fable sous la protection des grands mots, dont on a si souvent abusé ? La cause me semble jugée par l'invincible répulsion qui détournera de ce milieu impur, je ne dis pas seulement les esprits, mais les yeux, les oreilles, l'odorat et les sens les moins délicats ou les plus courageux.

Il faudrait être une Germinie ou un Jupillon pour respirer, sans être asphyxié, ces miasmes dont le voisinage est délétère même à distance.

Dans cet air empoisonné, la lumière s'éteint, et le critique imprudent qui s'est engagé par devoir dans ces souterrains fangeux, en est réduit à tâtonner dans l'ombre pour chercher sa route et gagner l'issue la plus voisine.

Aussi, je me demanderai s'il y a méprise ou mystification du public dans ce parti-pris de pessimisme brutal, dans cette orgie de réalisme carnavalesque. On dirait une gageure soutenue imperturbablement par des jeunes gens en belle humeur, qui veulent scandaliser les élégances parisiennes, et attirer l'attention en arborant des guenilles au milieu d'un salon. Oui, il y a évidemment ici une mise en scène calculée pour un effet de surprise bruyante. C'est prémédité comme un défi. On pourra y voir l'entrée tapageuse d'une mascarade de mardi gras qui compte faire sensation, et se distinguer parmi les excentricités dont s'occupe la chronique en ses jours de disette.

Car MM. de Goncourt ont trop d'esprit pour avoir la moindre illusion sur la portée de ce livre, où je cherche en vain une leçon sociale et un sentiment sympathique aux souffrances des déshérités. Je dirai plus. Si je prenais au sérieux un roman qui revendique, je ne sais pourquoi, « les franchises de la science », je n'hésiterais pas à affirmer qu'il est une insulte faite aux classes populaires, et une excitation au mépris des petits et des pauvres. Comment ! Voici des avocats qui s'improvisent patrons du peuple, et chez les héros qu'ils lui empruntent, je ne rencontre que la laideur, la débauche, l'ivrognerie, la crapule et les types de cette misère morale que l'on ne saurait plaindre parce qu'elle est un châtiment mérité ! Cette fable cruellement cynique ne me promène que dans des tapis-francs, des lieux suspects, des bouges pestilentiels où croupit le vice ! La langue que j'entends parler ici n'est que l'écho de cet argot qui sert de truchement aux habitués de la police correctionnelle ! Et vous croyez faire acte de charité démocratique en nous découvrant ces bas-fonds où les prisons recrutent leur personnel ! Non, votre client ne vous saura pas gré de vos honnêtes intentions : je crains plutôt qu'il ne vous accuse de l'avoir, à votre insu, noirci par des peintures exceptionnelles, dont il repousse la solidarité flétrissante.

Mais à quoi bon insister sur ce qui est évident ? Notons seulement que, dans cette fiction, le seul personnage honnête appartient à une race praticienne. C'est la maîtresse de Germinie, Mlle de Varandeuil, noble figure, sur laquelle les regards s'arrêtent avec complaisance, et qui représente par des traits originaux le stoïcisme d'un caractère fortement trempé, la bonté brusque d'un cœur prêt à tous les dévouements, la fierté native d'une âme endurcie à toutes les privations. Nous aurions donc le droit de reprocher à MM. de Goncourt des tendances aristocratiques qui s'accommodent mal avec leur prétention d'abolir les privilèges.

Ajoutons aussi qu'ils se trompent étrangement en supposant que le peuple prend plaisir à retrouver dans les livres qu'il lit des tableaux pour lesquels il a servi de modèle. Outre qu'ici le choix du sujet ne ferait point honneur à ceux qui s'y reconnaîtraient, ces hommes de labeur demandent volontiers aux romans l'oubli des réalités vulgaires qui pèsent sur leur vie quotidienne. Ils veulent être dépaysés et transportés dans un monde où ils goûteront un instant les délassements de l'imagination. Tout en respectant la vérité du cœur humain, n'allez donc pas nous persécuter par les récits que vous fournit l'aveugle hasard des plus banales aventures, ou la photographies des hontes sociales. L'art ne doit pas être l'asile des femmes perdues, l'hôpital des infirmités hideuses, un cabinet d'histoire naturelle où l'on fait collection de monstres, une succursale du musée Dupuytren. Ce que vous n'oseriez pas raconter devant des personnes que vous respectez, pourquoi le crier tout haut sur la place publique ? Ce qui nous répugne en chair et en os, pensez-vous le rendre agréable en le détaillant au microscope ? Mais vous démontrez vous-mêmes, à chaque ligne, malgré votre vaillance, l'impossibilité ou l'inconvenance de ces tentatives, contre lesquelles se révolte la langue française.

Car vos pages les plus risquées sont précisément celles qu'on trouvera les plus timides, si on les compare aux originaux que vous êtes forcés d'affadir en nous infligeant leur portrait. Votre Jupillon, par exemple, croyez-vous qu'il soit ressemblant ? Non ; car s'il l'était, vous n'auriez certainement pas signé votre livre.

Votre témérité n'a pu se permettre qu'une ébauche pusillanime, ou balbutie une traduction approximative. En maint passage, vous en êtes réduits à sous-entendre, à paraphraser, à indiquer furtivement ce qui ne saurait passer dans le vocabulaire du réalisme même le plus tolérant. Et pourtant, cela même nous paraît encore trop fort. Malgré tous ces faux-fuyants, nous tournons la feuille inachevée : notre cœur se soulève. Que serait-ce donc si vous aviez eu la logique de votre système ? Ce n'était vraiment pas la peine de se mettre en frais d'audace pour se démentir par des circonlocutions, des adoucissements volontaires, des oublis calculés, des suppressions dont la réalité murmure, et dont les vrais Jupillon riraient fort à vos dépens. Vous vous êtes donc placés sur un terrain où vous serez nécessairement vaincus par le moins éloquent d'entre eux. Le beau triomphe que d'en venir là !

Nous aurions la partie plus belle encore si nous voulions entrer dans le détail de l'œuvre, et en faire ressortir les invraisemblances. Car pour qu'un roman produise quelque illusion, il ne suffit pas d'y entremêler des passages où l'on supplée à l'observation morale par l'exactitude du geste, du costume, de l'attitude, du langage ; il faut que l'action soit possible, que les faits s'enchaînent naturellement, que nulle objection grave ne surgisse contre les acteurs, les situations et les rôles. Or, ici la cécité, je dirais presque la niaiserie de Mlle de Varandeuil passe toutes les concessions imaginables. C'est une maîtresse faite exprès, sur commande, par un mécanicien docile, pour les besoins d'une intrigue à laquelle son concours est nécessaire.

En voulez-vous des preuves ? Elles surabondent. Une fois entre autres, Mlle de Varandeuil rentre chez elle, et trouve Germinie ivre morte, étendue en travers de son propre lit, inerte comme une masse « dans l'*avachissement* d'une soudaine léthargie ». Vous croyez qu'elle va lui donner son compte ? Nullement. Elle la réveille, et tout est dit. – Cette bonne demoiselle, malgré sa vivacité naturelle, subit avec la plus angélique résignation toutes les incartades de sa cuisinière : tourments des nerfs, humeur concentrée, folie méchante, poses désolées, attitudes d'enterrement, hérissements, grognements, bougonnements, impertinences, plaintes maussades, sorties furieuses, mutisme obstiné, rages sourdes. La taille de Germinie s'arrondit, tous les voisins s'en aperçoivent, et elle seule ne voit rien, n'entend rien. Sa confiance n'est altérée ni par ces absences inexplicables qui se multiplient de jour en jour, ni par ces attaques de nerfs dans lesquelles son mobilier est mis en pièces par sa servante convulsionnaire, ni par cet hébétement qui suit le sommeil congestionné de l'ivresse. Car il arrive un jour où Germinie, abrutie par la débauche, fait figure d'idiote devant les ordres de sa maîtresse : sa mémoire a disparu, elle a des gestes de somnambule, c'est un corps sans âme, sans pensée, sans volonté ; elle ne sait plus donner un coup de balai, ni apprêter les mets les plus simples ; elle n'a plus la force de faire un lit. Mlle de Varandeuil voit les araignées tisser leurs toiles en toute sécurité dans sa chambre ; elle ne déjeune, elle ne dîne que par hasard : elle en est réduite à servir sa servante qui l'effraye par ses crises de catalepsie, qui la dégoûte par la misère honteuse de ses vêtements. – Eh bien ! loin de chasser cette *souillon*, elle la cajole, elle la dorlote ; elle s'apitoie sur les symptômes de sa dégradation. Elle n'a pas même l'idée d'en chercher la cause, elle ne devine pas un instant ces secrets qui courent les rues, elle ne conçoit pas le moindre soupçon sur le fond maudit de ces désordres publics qui sont devenus la fable de tout un quartier, le scandale de toute la maison où elle habite ! Et voilà les inventions qu'on nous offre comme une reproduction exacte de la réalité ! Décidément les contes de Perrault sont encore moins fabuleux.

Nous pourrions signaler aussi bien des contradictions dans le caractère de Germinie, et demander à MM. de Goncourt par quel miracle d'adresse cette fille abêtie mène de front ses deux existences, comment sa prétendue affection pour sa maîtresse se conseille avec cette lâcheté qui va au mal, aussi fatalement que la pierre tombe ; par suite de quel prodige, au milieu des ruines de sa raison, elle dérobe si habilement les cris de sa conscience.

Mais il nous tarde de secouer le poids de ce mauvais rêve. Brusquons donc la conclusion en disant que le talent se diminue dans ces luttes stériles contre des sujets indignes de lui. Germinie fut enterrée dans la fosse commune. Le livre qu'elle a inspiré pourrait bien avoir le même sort. Que MM. de Goncourt y réfléchissent, et regardent notre sévérité comme une marque d'estime.

Gustave MERLET

« VARIÉTÉS »
LA PRESSE, 26 MARS 1865

I

Les doctrines littéraires ont des conséquences fatales, inconnues même de leurs auteurs. Il est dans la destinée des écoles d'aboutir à des extrêmes, et l'esprit violent des disciples dépasse le rêve des maîtres. L'École classique a eu deux formes : la majesté, représentée par Corneille, la grâce tendre représentée par Racine. Il est aisé de suivre la trace de l'une et de l'autre dans la littérature ; la première devient, par une série de modifications successives, la tragédie rocailleuse et raide de Lemercier et de M. de Jouy ; elle passe par Lafosse et Lemierre, à travers les *Manlius* et les *Manco-Capac* pour arriver aux *Agamemnon*, aux *Sylla*, aux *Regulus* de l'Empire ; la seconde, à qui l'on pourrait reprocher un excès d'élégance, et parfois un peu de mollesse, une certaine indifférence pour les détails de mœurs et la vérité locale, se dépouille peu à peu de sa beauté délicate et touchante, s'émousse dans la phraséologie verbeuse et emphatique de Voltaire, puis se divise en deux genres dont l'un, qui est la pastorale, a Florian pour maître, *Estelle et Némorin* pour modèle, dont l'autre, qui persiste à s'appeler la tragédie, est la proie des régents de collèges, et aboutit aux versions grecques de Luce de Lancival.

L'école romantique n'a pas échappé à cette loi ; le drame de Victor Hugo a été perverti comme celui du dix-septième siècle ; il est tombé aux mains des déclamateurs qui ont outré les défauts du maître sans jamais s'assimiler son génie ; le roman de Balzac a été également exagéré dans ses crudités de réalisme, sa misanthropie sauvage et ses audaces de détail. Les disciples ont forcé le trait, ils ont accumulé les peintures minutieuses avec une sorte de scrupule puéril ; ils se sont complu dans les descriptions pénibles des scènes les plus indifférentes à la fois et les plus répugnantes dans l'étude des physionomies les plus abjectes ; ceux-ci avec toute l'irréflexion d'un goût dépravé pour les âmes malsaines, ceux-là avec toute la décision d'un parti-pris. Nous assistons aujourd'hui à cette dégénérescence de l'école de Balzac. Si les efforts de quelques hommes de grande habileté et de sérieuse conviction pour accoutumer le public à ces sortes d'œuvres obtiennent çà et là quelque succès passager, il n'en est pas moins vrai que nous avons actuellement sous les yeux une tradition littéraire qui agonise et dont les excès même annoncent la fin. De tels symptômes ne trompent jamais : on les retrouve dans l'histoire de toutes les littératures à l'issue des grandes périodes et ils annoncent toujours une transformation, un renouvellement de la pensée, une école inconnue et imprévue qui va sortir de tant de débris. Le curieux livre de MM. Edmond et Jules de Goncourt, *Germinie Lacerteux*, est le suprême effet de l'école réaliste, il en représente les tendances les plus violentes, il en met à nu les erreurs, il en présage la ruine.

II

Œuvre systématique entre toutes. Absence de tout idéal, de toute poésie, de toute beauté. Morne photographie d'une face laide et hébétée. Quand Hugo place dans le roman ou dans le drame un de ces types avilis, il sauve tout par un éclair qu'il lui jette sur le front. Quand les maîtres espagnols posent un mendiant crasseux sur leur toile, ils l'illuminent d'un rayon de soleil. Ici, pas de rayon et pas d'éclair : horizon noir, figure sombre, je ne sais quelle âme informe plongée dans la nuit ; étude minutieuse, acharnée, d'un être qui ne valait point l'étude, d'une vie qui ne relève pas de l'art.

On m'arrêtera sur ce mot : on me demandera pourquoi Germinie Lacerteux ne relève pas de l'art. Est-ce parce qu'elle est servante ? Mais pour ne citer que des œuvres contemporaines, la *Geneviève* de Lamartine est également une servante. Est-ce parce qu'elle a subi une exécrable violence ? Mais l'héroïne de *Piccinilo* de George Sand a été victime de la même brutalité. Est-ce parce que, de chute en chute, elle en vient à la prostitution ? Mais que de drames et de romans nous ont donné de nos jours le même spectacle et ont étudié des êtres tombés aussi bas. Ce ne sont pas là des objections. L'art accepte la laideur, il accepte le vice, la bassesse même. Thersite, avec ses épaules inégales, sa face envieuse et ses yeux effrontés se mêle au groupe majestueux des héros d'Homère, et son informe silhouette se détache du même azur où rayonnent, comme des statues de marbre, les guerriers et les demi-dieux ; Iago siffle comme un serpent et dresse sa tête venimeuse au milieu des palais de Chypre, où étincellent, vêtus de brocarts de Giorgione et de Véronèse, Othello et Desdémona ; Falstaff étale sa panse énorme et déploie sa lâcheté obscène parmi les éclats de rire des Commères de Windsor. Tout cela est vrai, mais les génies qui ont créé ces colosses hideux, scélérats ou immondes, ont admirablement compris quelle laideur, quelle abjection et quelle perversité sont des objets d'art, et d'après cette pensée, ont façonné leurs types énormes. Ils sont arrivés d'un seul élan aux limites extrêmes, leurs monstres sont affreux, soit ; mais ils ont la lumière, l'intelligence, la passion et le mouvement. Au-delà, plus rien : *ibi desinit orbis* : en dehors de ces conditions, il n'y a plus d'art. La stagnation morale, la sensualité morbide, l'idiotisme ne touchent et n'attirent aucun esprit et aucune âme. Rien ne répond ici à la pensée et au regard de l'homme : nous sommes en présence du néant et de la nuit.

Telle est la grave erreur de ces deux jeunes et vaillants écrivains, MM. Edm. et Jules de Goncourt : ils se sont passionnés pour une idée fausse, ils ont rêvé une illusion. Ils ont mal interprété le sens du laid chez les maîtres ; ils n'ont pas aperçu que l'admirable poésie dont il est enveloppé l'illumine, que la bestialité devient semi-divine chez les Œgipans dansant au clair de lune dans les églogues de Virgile, que le grotesque se fait formidable dans les colosses de Rabelais, que le monstrueux se fond avec le fantasque éblouissement de la magie dans la *Tempête* de Shakespeare, que le pied fourchu de Méphistophélès disparaît dans les tumultueux prodiges de la nuit de Walpurgis, que la pensée philosophique sauve dans Molière l'horreur que Tartuffe nous inspire et dans Balzac le dégoût que laissent dans l'âme quelques-unes des figures déplaisantes qui grimacent au premier plan de la *Comédie humaine.* Faites que la laideur soit vivante, que le vice soit une passion, que les irrégularités de la face et les avilissements de l'âme soient des difformités puissantes que le penseur contemple avec une sorte d'inquiétude et d'effroi : jetez même en passant, si vous le voulez, dans un coin d'un roman satirique où se résume toute une société, la face louche de quelque Maritorne lascive, mais ne prenez pas Maritorne parmi les muletiers pour nous raconter longuement son histoire comme celle d'un grand homme, ses aventures vulgaires, sa vie informe, sa bêtise épaisse et ses rages hystériques exploités par les séducteurs de carrefour. Ici vous dépassez le possible : je ne vous parlerai pas, comme plus d'un osera le faire peut-être, du goût froissé par de tels tableaux : je connais trop mon temps pour risquer ces expressions : nous n'en sommes plus au goût du temps de Racine et de Boileau et quoiqu'en pensent les fanatiques du grand siècle, je ne crois pas qu'il faille regretter ces théories trop excessives : nous admettons plus d'idées et plus de formes parce que notre civilisation est plus compliquée, plus développée, plus vaste, dans tous les sens. Mais il ne s'agit pas ici d'étendre ou de resserrer le domaine de l'art ; il s'agit de rester dans ce domaine ; il s'agit de prendre des types qui lui appartiennent, et Germinie Lacerteux, telle que vous l'avez décrite, est complètement en dehors. Sa figure revient de droit aux objectifs de la foire et non pas au chevalet des peintres.

Ainsi nous ne nous y trompons pas : le laid et l'ignoble appartiennent à l'art, mais à certaines conditions et dans une certaine mesure. Balzac – et nul peut-être parmi les écrivains français n'a retracé avec un aussi âpre souci du réel des âmes abjectes et des figures difformes – Balzac n'a point franchi la limite : il y a une pensée au fond de ces laideurs et de ces ignominies, parfois même une pensée touchante ; l'amour paternel, si stupide qu'il soit chez le père Goriot, demeure encore émouvant, presque sacré. Chez Germinie Lacerteux, le type humain est complètement déformé : sous cette enveloppe grossière, il n'y a plus de vivant que les instincts de la brute : vous me direz qu'il existe des êtres de cette espèce-là parmi nous, que nous les rencontrons dans la rue tous les jours ; je le veux bien. Qu'en pouvons-nous conclure ? Que l'artiste doit et peut représenter absolument tout ce qui existe ? Mais on comprend trop bien à quelles conséquences ridicules l'affirmative pourrait nous conduire pour qu'il soit nécessaire d'insister. Évidemment le but de l'art ne saurait être de nous donner la représentation plus ou moins exacte de n'importe quel objet, fût-il obscène ou immonde : il y a donc des restrictions à admettre même dans la plus large théorie ;

personne ne peut le nier, et une fois ce point reconnu, où s'arrêtera le droit de l'artiste ?

À mon sens – et je n'ai à discuter ici que la description morale de l'homme – la limite est indiquée par la nature même des choses : tant que l'être humain garde son type, même dans la scélératesse et dans l'ignominie, je l'accepte : dès qu'il est descendu par le défaut de sa nature ou l'avilissement de ses vices au-dessous de son type, je le repousse et je cesse de le comprendre, à moins que l'artiste, après l'avoir laissé tomber aussi bas, ne le relève par un grand effort, et ne lui fasse reprendre soudain le niveau qu'il a perdu. Eh bien, c'est le malheur de Germinie Lacerteux : à la moitié du livre, il n'y a plus rien en elle qu'un abrutissement bestial ; tous les événements de sa vie et tous ses sentiments sont de la brute et non plus de la femme ; son amour pour Jupillon est un désir animal, son amour maternel est celui de la femelle pour son petit, son dévouement à sa maîtresse est un instinct de la race canine, et elle court dans les rues après ses amants comme une chatte poursuit ses matous. Sa mort même ne me touche pas : elle tombe sous la maladie comme un bœuf à l'abattoir. Son type n'appartient plus à l'humanité, et comme tel n'appartient plus à l'art et doit être condamné.

III

Abordons maintenant les figures de ce livre singulier, dont les auteurs, avec une audace que leur talent même ne saurait justifier, ont tenté une œuvre impossible : l'acclimatation littéraire d'un type situé en dehors de l'art. Je n'ai guère à revenir sur Germinie elle-même ; la discussion précédente doit l'avoir fait connaître : c'est une de ces déplorables natures, victimes à la fois des circonstances et de leurs fautes, d'elles-mêmes et des autres, et qui laissent l'âme indécise entre le dégoût et la pitié. Ces misérables existent, on ne saurait le nier : il y a de ces êtres chez qui toute notion de l'honnête et du vrai a disparu, et qui semblent destinés à se noyer dans toutes les fanges et à boire toutes les hontes, qui, sans commettre de ces grands crimes qui sont encore de l'homme, dénaturent plus complètement par leur constante ignominie que par des forfaits redoutables, le caractère divin imprimé sur l'âme humaine.

Quelques-uns marchent dans le sang, celle-là piétine dans la boue. Elle est excusable, si l'on veut, à l'origine, pour qui plaiderait les circonstances très atténuantes de l'ignorance, de l'exemple, de l'abandon ; elle cesse de l'être, même pour les indulgents, dans sa dégradation dernière. Elle a rencontré, dans sa première jeunesse, un effronté qui triomphe d'elle, moitié par séduction et moitié par violence ; elle est tour à tour opprimée et exploitée par une famille rapace et jalouse ; elle entre enfin comme servante chez une vieille fille, Mlle de Varandeuil, dont je rappellerai plus loin la physionomie originale et forte. Là, elle est comme dans un port. Si, au fond, elle eût été honnête, assurément elle était sauvée. Mais non – et c'est ici que l'étude devient une dissection obscène : elle est tourmentée par les fureurs d'un tempérament immonde : objet d'analyse médicale et non plus psychologique. Cette fille éperdue souffre d'une exaspération sensuelle ; que vous dirai-je ? elle s'éprend d'abord du prêtre qui la confesse ; puis d'un adolescent qu'elle a vu tout enfant et qu'elle déprave ; puis du premier venu, un ivrogne, qu'elle attend dans la boue, sous la pluie, anxieuse, frénétique, hallucinée par des désirs farouches ; puis du passant qu'elle saisit comme une proie, au coin des rues, aux premières heures de la nuit. Elle n'a plus rien de la femme, pas même la coquetterie : sale, ivre d'absinthe, trébuchante et hardie, elle est la prostituée des cabarets et des bouges, l'infâme que montrent du doigt en ricanant les cyniques du ruisseau. Elle meurt enfin de toutes ces hontes, usée, flétrie, abrutie ; elle tombe dans la fosse comme un immondice dans un égout. Voilà l'héroïne du livre. Avais-je tort de dire que l'art n'a rien à voir avec de tels êtres et de telles vies ?

Ce point écarté et toutes réserves faites d'ailleurs sur la singulière habileté dont les auteurs ont fait preuve, je me trouve bien plus à l'aise pour continuer cette rapide étude. Plusieurs personnages accessoires, quelle que soit la dureté de certains détails, sont tracés avec une rare puissance, beaucoup d'esprit et un procédé légitime : s'il en est quelques-uns dont la silhouette disparaît avec Germinie Lacerteux dans les mêmes ténèbres, si par exemple tous les amants de la misérable fille, à commencer par Jupillon, le jeune ouvrier égoïste, railleur et cynique, pour finir par Gautruche l'ivrogne, appartiennent à un ordre d'idées qui est à peine celui de l'art, j'ai admiré, comme tous les lecteurs de cet étrange livre, la rude et austère Mlle de Varandeuil. Il y a là un passage qui rachète, à mon sens, bien des erreurs, et que je dirai fait de main de maître. Ce n'est qu'une ébauche, et peut-être, au point de vue de l'équilibre général de l'ouvrage, pourrait-on la trouver trop achevée encore, en songeant au peu de place que tient Mlle de Varandeuil dans le roman ; mais détachez ce portrait comme une étude, isolez-le comme la *Revue de Paris* l'a isolé et contemplez-le longtemps ; peu à peu de ces traits heurtés, mais vigoureux, de ces nuances rudes et sombres, vous voyez, pour ainsi parler, surgir une figure mystérieuse et forte ; cette vieille femme, éprouvée par une si lugubre vie, mais toujours supérieure aux événements par son courage, dévouée jusqu'à l'abnégation, quelque peu endurcie et bronzée à la surface comme un visage qui a subi longtemps le vent ou le soleil, prend par instants, lorsqu'elle est assise dans l'ombre, immobile, les mains sur ses genoux, les yeux dans le vague du passé, l'aspect bizarre de quelque divinité assyrienne rêvée par un sculpteur farouche et naïf : il y a en elle je ne sais quoi de fatal ; sur son front semble vivre l'inflexible sévérité de la loi qui l'a courbée ; elle n'a rien mérité et elle a tout subi sans fléchir : vieille et fille, elle n'est point ridicule tant il y a en elle de vertu virile et de vénérable courage ; on dirait une femme spartiate exercée à la lutte, ridée par les rudes travaux de la vie antique, mais demeurée forte et libre, et que les jeunes hommes appellent « ma mère », bien qu'elle n'ait jamais enfanté. C'est une noble et touchante création, une inconnue dont je ne trouve point le modèle dans mon souvenir, un profil pur dans sa sécheresse et dans sa fierté, une physionomie virginale et dure, féminine et âpre, une grande dame qui a des mots du peuple, une âme d'autrefois façonnée aux idées modernes par la nécessité et la force des choses, faite d'antithèses et vivante, à elle seule un tableau qui laisse dans la pensée un souci profond.

Les descriptions sont également fortes : on y sent vivre et frémir un vrai talent d'artiste : dans cet ouvrage pénible où l'humanité est présentée sous un aspect navrant, les choses extérieures sont, il est vrai, revêtues de nuances sombres pour l'harmonie générale, mais elles ont été étudiées avec une attention scrupuleuse et les auteurs sont arrivés à obtenir un *rendu* saisissant. Je connais peu de pages, dans les œuvres de nos écrivains les plus pittoresques et de nos plus habiles coloristes, qui soient supérieures à certains passages de *Germinie Lacerteux*. J'ai remarqué surtout, pour ne citer qu'un exemple, la description de cette issue de Paris à l'extrémité de Montmartre, auprès des fortifications ; ce n'est plus la ville, ce n'est pas encore la campagne ; les arbres sont maigres, le gazon pelé, les champs n'ont point de fraîcheur et de parfum ; c'est là que les gens du quartier, dans les soirées d'été, vont aspirer un peu d'air libre, regarder un horizon large et une étendue de ciel ; pas de solitude et de silence, rien du charme pénétrant de la nature agreste, mais au moins, à travers la poussière de la route, une vaste plaine, les nuances violettes du couchant ; des formes verdoyantes se déploient devant les yeux ; les passants sont des promeneurs ; il y a une expression de calme, souvent de joie, sur leurs visages, et dans l'air des cris d'enfants et des rires ; derrière soi les émotions, les inquiétudes et les fatigues du jour, le tumulte de la ville ; devant soi, au loin, le pressentiment d'une sérénité inconnue. MM. Edmond et Jules de Goncourt ont admirablement compris ce paysage singulier et cette heure crépusculaire : ils n'ont pas cherché la poésie et ils l'ont atteinte, mais leur poésie n'est point banale et phraseuse : elle s'échappe çà et là d'un mot, d'une allusion, d'un détail imprévu ; telle branche d'arbre se détachant soudain sur le ciel clair, tel talus gazonné, tel groupe chantant et joyeux, tel coin de pré fleuri, tel nuage qui vole vers l'occident, forment tout à coup une brusque et charmante antithèse parmi de vulgaires réalités : c'est une lumière inattendue, un repos de la pensée qui se lasse de tant de ténèbres. Mais ces intervalles sont courts : au milieu même de cette brève étude que de laideurs et que d'ombre ! Nous ne sommes qu'à deux pas de la ville et la cité mêle encore à la tranquillité de cette plaine l'écho de ses clameurs, quelques-uns de ses types effrontés, l'émanation de ses ruisseaux fétides et les senteurs de sa fumée. Les auteurs de *Germinie Lacerteux* n'ont imité de personne ces singuliers effets de couleur et Dickens, familier avec les tableaux du même genre, ne me semble pas les avoir jamais surpassés.

IV

Par de tels côtés leur œuvre se relève ; mais il ne faudrait pas croire que le talent de MM. de Goncourt ne se signale que par des descriptions, même dans les parties qui nous semblent une erreur ; leur sûreté de main subsiste, et *Germinie Lacerteux* demeure partout une étude savante. L'enfantement de ce livre a dû être un travail rude, peut-être douloureux : l'intensité de la conviction s'y révèle à chaque ligne. Les auteurs n'ont pas écrit pour chercher un scandale ; leur mérite littéraire n'en avait pas besoin. Leur caractère personnel est au-dessus d'une pareille intrigue, ils ont fait *Germinie Lacerteux* par esprit de système et parce que leur talent chercheur et audacieux prétendait essayer une nouvelle voie. Ils se sont trompés, j'en demeure convaincu, ils ont pris une impasse pour une route. Ils n'ont pas vu que l'excès d'un procédé, la violence d'une école était un symptôme de décadence ; mais ils se sont trompés sans perdre les qualités fortes déjà manifestées par leurs précédentes œuvres : ces qualités sont même plutôt affermies que diminuées, et il faut regretter que tant d'habileté, tant de vigueur, tant d'observation aient été mis au service d'une aussi mauvaise cause.

J'en reviens à ce que je disais en commençant ces lignes : le réalisme qui a été certainement une des grandes écoles de notre temps, qui a eu pour maître un homme de génie, Balzac, et pour disciples un nombre considérable de romanciers ingénieux, spirituels, féconds, en est à la suprême phase de son règne. *Germinie Lacerteux* signale une crise et pour ma part je ne puis qu'applaudir à un renouvellement de tradition. C'est par le changement que les littératures vivent et ce qu'il y a de plus triste pour elles, c'est de s'engourdir dans les mêmes formes, quelles que soient ces formes ou plutôt quelle qu'ait été leur destinée. Je ne suis pas ennemi du réalisme : il a eu son utilité, il a accoutumé les esprits à serrer de plus près la vérité, à soigner le détail, à étudier la nature avec une attention sérieuse ; mais aujourd'hui, il a fait son temps, aussi bien que la tragédie dite classique, aussi bien que le drame romantique. Il doit céder la place aux formes encore inconnues que nous réserve l'avenir.

Charles DE MOÜY

« LE ROMAN PATHOLOGIQUE »
LE FIGARO, 30 MARS 1865

S'il se rencontrait parmi nous un écrivain richement doué, vigoureux, convaincu, passionné, un Lamennais armé de toutes pièces pour la défense de la pensée laïque, quel beau et grand livre, quelle étude profonde et pleine d'enseignements il aurait à écrire sur *l'Indifférence en matière de littérature* ! Cette maladie de notre temps est peut-être la plus grave de toutes celles dont il est atteint, peut-être aussi la plus difficile à guérir.

Le public dévore, par quantités prodigieuses, des écrits de toutes sortes, mais il ne choisit pas, il a désappris à choisir : peu lui importe ce qu'on sert à son intelligence blasée, pourvu que la pâture soit abondante : le public du dix-huitième était un gourmet, celui d'aujourd'hui n'est qu'un goinfre.

Dédaigneux des mets délicats et savamment composés, il va tout droit aux plats grossiers mais plantureux dont se peut repaître sa gloutonnerie. Ce qui convient à ses papilles émoussées, c'est la cuisine au gros sel et au piment : il lui faut des livres qui lui coupent l'esprit à quinze pas.

Cette perversion du goût est si générale que la contagion en a gagné les littérateurs eux-mêmes.

Quand paraissent, à de rares intervalles, des œuvres fortes et viriles, elles sont accueillies avec la même indifférence par la tourbe des liseurs vulgaires et par ceux-là qui, faisant métier d'écrire, ont le devoir de les signaler et d'en coter la valeur. Les gardiens des phares, spécialement chargés d'en allumer et d'en entretenir les feux, sont précisément ceux qui les éteignent et épaississent l'ombre autour de nous.

La cause, l'excuse par conséquent, de la froideur et de l'irrésolution du public, c'est la coupable apathie des journaux.

Quand un ouvrage paraît, qui est digne d'être apprécié et discuté, de quelle façon se comporte la critique ?

Si cet ouvrage est d'un ami, on le loue.

S'il est d'un ennemi, on l'éreinte.

S'il n'est ni d'un ennemi ni d'un ami, on n'en parle pas.

Voilà comment il arrive qu'après avoir attendu vainement des juges, plus d'un livre remarquable, livré au caprice de l'acheteur privé de guide, subit un pire destin que telle ou telle incongruité imprimée dont se délecte la foule imbécile et moutonnière.

À quelle insouciance des intérêts sacrés qui lui sont confiés s'abandonne la critique, il ne serait que trop aisé de le démontrer par de nombreux exemples. Parmi les livres édités depuis deux mois, pour ne parler que de ceux-là, il en est plusieurs qui méritent les honneurs d'une sérieuse présentation et dont, cependant, elle s'est à peine occupée. Je n'en citerai que quelques-uns.

M. Hector Malot publie les *Époux*, deuxième série des *Victimes d'amour*, une étude très observée, très fouillée, très attachante des mœurs conjugales dans une certaine classe parisienne : la critique n'en souffle mot. M. Alfred Delvau fait paraître le *Fumier d'Ennius*, un livre piquant, fantasque, humoristique, où se masque d'ironie la mélancolie du penseur résigné à son siècle, et où pétille la quintessence de l'esprit parisien qui est lui-même la quintessence de l'esprit du monde ; eh bien ! pas plus du *Fumier d'Ennius* que du roman des *Époux* la critique ne daigne dire son opinion. Sur le *Prêtre marié*, de Barbey d'Aurevilly – une œuvre grandiose à laquelle je reviendrai très prochainement – même silence : sur *Germinie Lacerteux* de MM. de Goncourt, deux ou trois articles dans toute la presse française.

N'est-ce pas incroyable – et honteux ?

Germinie Lacerteux est un livre de système, de parti pris, composé dans une manière poussée à outrance ; on peut l'attaquer violemment et le chaleureusement défendre ; il fournit une ample matière aux querelles d'école et aux controverses sociales ; mais indépendamment des hautes qualités littéraires qui s'y révèlent et à cause même des grandes questions qu'il soulève, il ne saurait passer inaperçu et commande impérieusement l'attention.

Les auteurs, à qui le rococo est familier et qui nous ont plus d'une fois introduits dans les boudoirs musqués des grandes dames du dernier siècle, ont peint cette fois un tableau du réalisme le plus cru.

Eux-mêmes se sont chargés, dans une préface curieuse à plus d'un titre, de classer leur nouvelle production. Je transcris :

« Le public aime les romans faux : ce roman est un roman vrai.

Il aime les livres qui font semblant d'aller dans le monde : ce livre vient de la rue.

Il aime les petites œuvres polissonnes, les mémoires de filles, les confessions d'alcôves, les saletés érotiques, le scandale qui retrousse dans une image aux devantures des libraires : ce qu'il va lire est sévère et pur. Qu'il ne s'attende point à la photographie décolletée du Plaisir : l'étude qui suit est la clinique de l'Amour. »

Germinie Lacerteux est une servante qui descend graduellement de l'innocence la plus pure et de la vertu la plus farouche au dernier degré du vice, à la débauche crapuleuse. Déchéance morale qui serait inexplicable et inadmissible en fait, si elle n'avait pour cause une maladie physique dont la science médicale a observé et décrit les étranges phénomènes.

C'est donc bien, en réalité, un roman pathologique, et rien de plus, qu'ont fait, sinon voulu faire, MM. Edmond et Jules de Goncourt.

Est-ce à dire, pour cela, que ce soit, comme ils le prétendent, un roman vrai ? Je ne le crois pas. Ce qui dans la nature n'est qu'un accident, une réalité exceptionnelle, une dérogation à l'ordre universel, n'a rien de commun avec la vérité artistique et en est même la contradiction.

Tel roman de chevalerie est peut-être plus *vrai* que tel roman réaliste parce qu'il est plus *humain*, dans le sens élevé du mot, et que les sentiments qui s'y manifestent, les passions qui s'y agitent prennent leur source dans ce qu'il y a de plus pur et de meilleur au fond de la créature pensante, agissante et libre.

Pour réagir contre la littérature crébillonnesque, – moins le talent – que stigmatisent avec tant de raison MM. de Goncourt, il ne me paraît pas nécessaire non plus de composer des livres qui « viennent de la rue ». L'air du trottoir n'est guère plus sain que celui des cabinets particuliers et l'eau du ruisseau salit plus qu'elle ne lave.

Quant à « la clinique de l'Amour », je ne vois pas davantage quels services elle peut rendre. Puisqu'il est convenu que la dépravation de Germinie doit être attribuée à des causes toutes matérielles, c'est là un cas médical, qui ne doit solliciter que les secours de la thérapeutique, et je ne crois pas que l'analyse psychologique ait rien à y voir. Ce n'est point en exposant les ravages causés chez un sujet rare par une maladie déterminée, que l'on peut guérir cette maladie – chez les autres. Réduire « l'histoire morale contemporaine » à n'être que le corollaire de l'histoire des variations de notre santé ; revendiquer les « libertés et les franchises de la science » sous prétexte de s'en imposer « les études et les devoirs », ce n'est pas, à mon sens, élargir et agrandir le roman : c'est au contraire l'amoindrir, l'abaisser, le dépouiller de ce qui fait sa vie et sa puissance.

MM. de Goncourt expliquent, d'une façon singulière, comment ils ont été amenés à écrire ce livre qui, bien que sauvé par un art infini, n'en est pas moins une monstruosité littéraire.

« Vivant au dix-neuvième siècle, disent-ils, dans un temps de suffrage universel, de démocratie, de libéralisme, nous nous sommes demandé si ce qu'on appelle "les basses classes" n'avait pas droit au roman ; si ce monde sous un monde, le peuple, devait rester sous le coup de l'interdit littéraire et des dédains d'auteurs qui ont fait jusqu'ici le silence sur l'âme et le cœur qu'il peut avoir. Nous nous sommes demandé s'il y avait encore pour l'écrivain et pour le lecteur, en ces années d'égalité où nous sommes, des classes indignes, des malheurs trop bas, des drames trop mal embouchés, des catastrophes d'une grandeur trop peu noble. Il nous est venu la curiosité de savoir si cette forme conventionnelle d'une littérature oubliée et d'une société disparue, la Tragédie, était définitivement morte ; si dans un pays sans caste et sans aristocratie légale, les misères des petits et des pauvres parleraient à l'intérêt, à l'émotion, à la pitié, aussi haut que les misères des grands et des riches ; si, en un mot, les larmes qu'on pleure en bas pourraient faire pleurer comme celles qu'on pleure en haut. »

Ces *pensées*, si discutables qu'elles soient, devaient, semble-t-il, enfanter autre chose que le récit, même admirable, des sales amours d'une margoton hystérique.

Les basses classes seront peut-être assez surprises d'apprendre que c'est à MM. de Goncourt qu'elles doivent leur accession au roman, à moins, ce qui est encore bien possible, qu'elles ne prennent de cet avantage qu'un médiocre souci. Nous autres, que ces questions intéressent plus vivement, nous avons sans doute mal lu les romans de Balzac, d'Eugène Sue, de Victor Hugo et de tant d'autres, puisque nous croyons nous souvenir de la basse extraction d'une bonne partie de leurs personnages. Nous étions persuadés, – à tort à ce qu'il paraît, – que, depuis Rétif de la Bretonne jusqu'à Henry Monnier, il n'avait pas manqué d'auteurs qui se fussent occupés de petites gens. Nous confessons notre erreur, de même que celle que nous commettions en croyant que Lamartine, lui aussi, avait, en écrivant l'histoire d'une autre servante, recueilli les larmes qu'on pleure en bas.

Larmes qui, après tout, ne me touchent pas plus, je l'avoue, que celles qu'on pleure en haut. Au contraire.

Suffrage universel, démocratie, libéralisme, peuple, sont de gros mots qu'il ne faut pas prodiguer à propos de tout : bien à l'étroit dans cette petite thèse, ils courent grand risque de la faire éclater. Ils sont au moins fort inutiles ici et qui veut trop dire ne dit rien.

Il ne me semble pas que l'infirmité de leur condition rende plus intéressants les personnages d'une fiction. Je tiens pour les héros et pour les dieux, et je ne suis pas de ceux qui se moquent d'Agamemnon. Le malheur m'apitoie davantage qui atteint une grande âme et frappe une tête élevée : n'est-il pas plus affreux, en effet ? L'homme dont l'éducation, le rang, la fortune, la puissance, ont affiné les sens et l'esprit, ne reçoit-il pas des impressions plus vives et plus profondes ? La douleur ne triple-t-elle pas pour lui son intensité ? Qui oserait soutenir le principe de l'égalité dans les peines ? J'aimerai mieux toujours m'associer à d'héroïques souffrances qu'aux traces d'une vie sans relief et sans grandeur : je m'en trouverai plus grand moi-même. Je préfère, je l'avoue, le *Roi Lear* au *Père Goriot*, – deux chefs-d'œuvre, pourtant. Phèdre, parlant les magnifiques vers de Racine, m'émeut infiniment plus que ne pourrait le faire, en son jargon, une bourgeoise de la rue Copeau, amoureuse de son beau-fils – même si c'était pour de bon.

Un sens me manque probablement, mais je ne comprends point la formule de l'art démocratique et je trouve que, si le ridicule est souvent près du sublime, c'est surtout là-dedans.

Et pourquoi diable ! vous, messieurs, qui vous piquez de faire du *vrai*, voulez-vous que les choses se passent dans les livres autrement que dans la vie ? Pourquoi voulez-vous que je m'intéresse aux acteurs de votre invention plus qu'aux personnes de même catégorie que je coudoie chaque jour avec une indifférence qu'assurément vous partagez ? Si ma portière me racontait les amoureuses tribulations de la bonne du premier, je ne saurais, si libéral que je sois, y prendre un plaisir extrême, et j'imagine que vous-mêmes pousseriez le « dédain d'auteurs » jusqu'à considérer ces potins comme indignes de votre attention : en quoi vous feriez bien.

Ne perdons pas de vue surtout que MM. de Goncourt ont voulu écrire un livre *vrai, venant de la rue.*

Or, qu'y a-t-il de moins vrai au monde que cette paysanne, si élégamment parisianée et élégantisée, qu'elle emploie en son langage toutes sortes de mignardises et de recherches, et a parfois des délicatesses de sentiment et des raffinements de passion qui feraient honneur à une duchesse ?

Quoi ! cette fille qui commence par la mélancolie des vierges et l'amour platonique le plus éthéré pour devenir bientôt la Cléopâtre du ruisseau, aurait les afféteries, les exquisetés, les jolis caquetages, l'âme profonde et les curieux emportements de cette autre Cléopâtre, – fausse aussi, du reste – que M. Arsène Houssaye a placée tantôt dans le monde des grandes courtisanes, tantôt dans celui des *grandes et honestes dames* de Brantôme ! Cette souillon aurait eu la miraculeuse habileté de doubler sa vie ? Au sortir des bras d'un Jupillon, d'un Gautruche ou du premier passant venu, elle aurait su, en rentrant chez sa maîtresse, se composer un visage, un maintien, un langage, et laisser à l'antichambre l'odeur du vice immonde ? Non : MM. de Goncourt se sont heurtés à des impossibilités, et leur livre n'est ni vrai ni vraisemblable.

Ajoutons que, malgré tout leur talent – et ils en ont beaucoup – c'est tout à la fois un livre mal fait et un livre malsain : ou plutôt, ce n'est pas même un livre, mais bien une succession d'eaux-fortes dont plusieurs sont traitées avec une largeur et une violence qui arrachent à l'admiration un applaudissement dont, la page tournée, on a trop souvent à se repentir.

Je ne serais pas étonné que MM. de Goncourt, un jour ou l'autre, nous donnassent un pur chef-d'œuvre : mais s'ils veulent que l'Humanité soit vraiment la religion du roman, qu'ils cessent de ne la voir et de ne l'étudier que dans ses sanies, ses difformités, ses plaies et ses égarements morbides : qu'ils abandonnent aux carabins du réalisme brutal les cas de médecine légale : ils ont mieux à faire que des ébauches, des débauches devrais-je dire, de roman pathologique.

Alphonse DUCHESNE

« REVUE LITTÉRAIRE »
REVUE NATIONALE, 10 AVRIL 1865

MM. Edmond et Jules de Goncourt ont publié voici tantôt trois mois, un livre étrange et puissant qui a trouvé de chauds partisans et de violents détracteurs. On a mis autant de passion à l'attaquer qu'à le soutenir ; presque tous ceux des lecteurs qui ne le repoussent pas avec dégoût se passionnent pour lui. Une œuvre qui soulève des sentiments si violents et si contraires peut sans doute avoir de grands défauts : ce ne peut être en tout cas une œuvre banale. Jamais on n'a publié tant de romans qu'aujourd'hui, et jamais non plus on n'en a écrit si peu qui méritent d'arrêter un instant l'artiste, le penseur ou le critique. Ne laissons donc pas passer sans le signaler, un livre qui tranche si vivement sur la vulgarité incolore de la littérature courante.

Il y a dans ce volume publié par MM. de Goncourt, deux choses beaucoup plus différentes qu'ils ne l'ont cru sans doute : la préface et le livre. Nous applaudissons sans réserve aux idées exprimées dans l'une ; nous avons au contraire beaucoup d'objections à présenter contre l'autre.

« Vivant au dix-neuvième siècle, disent les auteurs, dans un temps de suffrage universel, de démocratie, de libéralisme, nous nous sommes demandé si ce qu'on appelle les basses classes n'avait pas droit au roman ; si ce monde sous un monde, le peuple, devait rester sous le coup de l'interdit littéraire et des dédains d'auteurs qui ont fait jusqu'ici le silence sur l'âme et le cœur qu'il peut avoir. Nous nous sommes demandé s'il y avait encore pour l'écrivain et pour le lecteur, en ces années d'égalité où nous sommes, des classes indignes, des malheurs trop bas, des drames trop mal embouchés, des catastrophes d'une terreur trop peu noble. Il nous est venu la curiosité de savoir si cette forme conventionnelle d'une littérature oubliée et d'une société disparue, la tragédie, était définitivement morte ; si dans un pays sans caste et sans aristocratie légale, les misères des petits et des pauvres parleraient à l'intérêt, à l'émotion, à la pitié aussi haut que les misères des grands et des riches ; si en un mot, les larmes qu'on pleure en bas pourraient faire pleurer comme celles qu'on pleure en bas. »

Sans doute, il n'y a rien de plus absurde que ces systèmes étroits qui prétendent enfermer le romancier dans un certain ordre d'idées, dans une certaine classe de la société, avec défense expresse d'en sortir. L'historien qui jadis se bornait à enregistrer dans ses nobles annales les hauts faits des princes et des grands, recherche aujourd'hui comment, aux époques qu'il étudie, les masses vivaient, ce qu'elles pensaient, ce qu'elles voulaient, ce qu'elles souffraient. Le naturaliste armé du microscope découvre des phénomènes merveilleux dans ces êtres infiniment petits, dont la science antique ne soupçonnait même pas l'existence ; à plus forte raison le romancier a-t-il le droit d'observer et de décrire les mœurs, les joies, les souffrances et les passions des petits et des humbles, que ses devanciers n'ont pas toujours dédaignés.

Si l'un des héros de Cervantes est un fier chevalier, l'autre est un simple paysan, et Sancho Pança tient autant de place dans le livre que son noble maître. L'auteur de Don Quichotte a fait d'ailleurs aux petites gens une place encore plus large : les laveuses de vaisselle, les pêcheurs de thon, le muletiers et les filles d'auberge font une grande figure dans ses adorables nouvelles trop peu lues en France. Les romans picaresques, qui prennent leurs héros dans les basses classes de la société, forment l'une des branches les plus importantes de la littérature espagnole. Lesage n'est parvenu à les surpasser qu'en les imitant : Gil Blas ne devient grand seigneur qu'à la fin du livre ; et jusque là ni ses amis ni ses maîtresses n'auraient plus que lui-même le droit de mépriser Germinie Lacerteux.

Si, à part cette exception, la littérature française des deux derniers siècles eut presque toujours la prétention de ne frayer qu'avec « les honnêtes gens », elle a depuis longtemps reconnu que tous les Français sont égaux devant le roman.

Le peintre attitré des grandes dames, Balzac, a, de cette même plume qui avait décrit le boudoir de la duchesse de Maufrigneuse ou de la princesse de Cadignan, raconté les humbles douleurs de *Pierrette*, les humbles vertus de la grande Manon la servante du *Père Goriot* et les perfidies de la Cibot, l'horrible portière du *Cousin Pons*. L'immense succès des *Mystères de Paris* fut dû beaucoup plus aux portraits si vrais, si vivants, si sombres ou si burlesques du ménage Pipelet, du Chourineur, du Maître d'École, de la Chouette et de tant d'autres gens de cette sorte, qu'à la figure faussement romanesque du prince Rodolphe. Tout comme Eugène Sue, Alphonse Karr prend à chaque instant ses héros dans les rangs les plus modestes. Ses jardiniers et ses marins surtout sont charmants de bonhomie et de vérité. Ce sont des types très longtemps étudiés, et peint avec amour. Tous les romanciers de la génération de 1830 ont observé et peint le peuple. Seulement tous ont mêlé dans leurs œuvres, les types empruntés aux basses classes, à ceux qu'ils prenaient dans les autres rangs de la société, en donnant presque toujours à ceux-ci les premiers rôles, tandis que MM. de Goncourt dans leur dernier roman, relèguent mademoiselle de Varandeuil au second plan, pour donner à Germinie « sa bonne » la place d'honneur. Peut-être l'innovation est-elle moins hardie que ne l'ont cru les auteurs.

Si nous passons de la préface au livre et de la théorie à la pratique, tout change. La thèse mise en avant était peu originale, mais tout à fait indiscutable ; le roman, au contraire, est d'une grande originalité et d'une audace effrayante. Les auteurs nous donnent à la fois beaucoup moins et beaucoup plus qu'ils ne nous promettaient.

Nous comptions trouver un récit dont la seule nouveauté – et, comme nous venons de le démontrer, elle ne serait pas grande – consisterait à mettre en pleine lumière les figures qui, d'ordinaire, restent dans le demi-jour ; mais nous supposions que les passions de nos personnages seraient celles dont nous sommes habitués à trouver la peinture dans les romans et au théâtre. On nous donne, au contraire, une étude profondément creusée d'une maladie que la littérature abandonne ordinairement à la médecine et des vices qui peuvent se rencontrer à tous les étages de la société, mais qui inspirent un si profond dégoût que jamais, je crois, un romancier n'avait osé les peindre.

Germinie Lacerteux est une pauvre paysanne qui arrive à Paris à l'âge de quatorze ans ; elle entre comme laveuse de vaisselle dans un café. Tout le monde la malmène et la rudoie. Un des « garçons » prend toujours sa défense et la protège contre tous ; mais, malgré son âge et son air paterne, c'est un misérable qui abuse d'une façon infâme de la confiance qu'il a inspirée à la pauvre enfant. Elle passe successivement chez une épileuse, chez un vieil acteur, chez des femmes entretenues, chez des maîtresses de pension, et chez des boutiquières, jusqu'au jour où un heureux hasard la fait entrer chez une brave vieille fille, Mademoiselle de Varandeuil, qui cache sous des dehors brusques un cœur d'or. Malgré la faute involontaire qu'elle a commise à quinze ans, elle reste absolument sage dans tous ces changements de condition pendant de longues années. Mais un jour, à l'âge où chez les autres les dérèglements s'arrêtent d'ordinaire, Germinie, à qui le souvenir de l'attaque hideuse du vieux garçon de café avait inspiré une profonde horreur pour tous les hommes, sent cette répulsion s'évanouir. Un jeune homme, presque un enfant, Jupillon, le fils d'une fruitière du voisinage, touche ce cœur qu'on croyait à jamais desséché, ou plutôt ces sens qui n'avaient jamais parlé. Jupillon est médiocrement sensible à cet amour attardé. Par malheur, c'est le plus infâme des drôles ; il va rompre par lassitude cette liaison où les âges sont si mal assortis, les cadeaux de la pauvre fille le retiennent. Elle dissipe pour lui le petit trésor que vingt ans de vertu et d'économie lui avaient permis d'amasser ; le misérable la pille, la gruge, la trompe, l'avilit et l'abandonne, sauf à recourir à elle, quelques mois plus tard, quand il lui faudra deux mille francs pour s'acheter un remplaçant. La malheureuse fille, déjà ruinée, a fait des miracles pour trouver à emprunter, louis par louis, écu par écu, sou par sou, cette somme considérable. Quand Jupillon, libéré du service militaire, la délaisse pour la seconde fois, tout l'écrase en même temps. Pour oublier ses chagrins et ses dettes, elle s'adonne à l'absinthe ; elle cherche l'oubli dans l'abrutissement. Bientôt elle forme une nouvelle liaison avec un peintre en bâtiments, Gautruche, pauvre diable aussi dégradé au physique qu'au moral par les plus sales plaisirs, par l'ivrognerie chronique ; et Germinie, s'échappant chaque soir du logis honnête de mademoiselle de Varandeuil, court, à travers la boue, jusqu'au galetas de son nouvel amant et attend assise sur une marche fangeuse d'un escalier hideux que l'ivrogne rentre en trébuchant des infâmes bouges où il laisse ses derniers sous et ses dernières forces. Quand Gautruche lui manque, elle tombe encore plus bas : ce n'est plus de la passion, c'est maintenant cette horrible maladie qui enlève à ses victimes la raison, le sens moral, toutes les vertus, toutes les pudeurs. Germinie est tourmentée des mêmes ardeurs que Messaline et les assouvit par les mêmes procédés : *lassata viris, sed non satiata*. Enfin, une nuit, la douleur, la pluie, le froid, finissant par avoir raison de cette nature de fer, la pauvre créature est atteinte d'une phtisie galopante ; elle meurt à l'hôpital et on la jette dans la fosse commune.

Voilà certes une action à laquelle on ne reprochera pas d'être banale. Si le cœur est serré pendant cette lecture et parfois soulevé, du moins l'intérêt est toujours soutenu par la nouveauté du sujet et par l'audace des auteurs, on se demande avec anxiété jusqu'où ils oseront nous conduire ; jamais on ne leur reprochera de nous faire suivre des routes trop battues.

Mais peuvent-ils, à ce sujet, se vanter d'avoir « levé l'interdit littéraire » sous le coup duquel le peuple se trouvait, d'après eux ? N'est-ce pas faire un usage condamnable du mot *peuple* ? Ne serait-ce pas calomnier le peuple, que de voir dans *Germinie Lacerteux* le roman du peuple ?

Sans doute, il y a, dans les basses classes, des Germinie, des Gautruche et des Jupillon. Mais il y en a aussi dans les hauts rangs de la société.

Juvénal nous montre, comme nous le rappelions tout à l'heure, une impératrice qui, atteinte du même mal que Germinie, cherche le remède dans la même fange. Sans remonter si loin ni si haut, qui de nous n'a connu l'un de ces scandales promptement étouffés, qui, parfois, viennent jeter la consternation dans quelque famille très honorable de la haute bourgeoisie ou de l'aristocratie ? Il est incontestable également qu'il y a dans les sphères les plus hautes, des hommes infâmes qui spéculent sur l'amour qu'ils inspirent, pour servir les intérêts de leur ambition ou de leur fortune. Que diriez-vous pourtant du romancier qui, après vous avoir annoncé qu'il allait vous révéler les mœurs du faubourg

Saint-Germain, vous montrerait une duchesse hystérique et un gentilhomme ruiné exploitant sa folie ?

Les gens du monde et les gens du peuple ont la même structure anatomique, les mêmes veines, les mêmes artères, les mêmes nerfs et les mêmes muscles ; ils ont aussi la même structure morale, c'est-à-dire les mêmes passions, les mêmes vices, les mêmes vertus. Le romancier qui, voulant faire une peinture exacte de telle ou telle classe de la société, la résumerait en quelques types tous horribles ou tous sublimes, serait aussi loin de la vérité, dans le premier cas que dans le second ; MM. de Goncourt me gâtent leur roman en ayant l'air de m'annoncer, dans leur préface, un programme qu'ils sont loin de remplir.

Ils demandent – toujours dans la préface – « s'il y a, pour l'écrivain et pour le lecteur, en ces années d'égalité où nous sommes, des classes indignes, des malheurs trop bas. » Après avoir lu leur œuvre, je suis obligé de leur répondre affirmativement. Sans doute, toutes les classes de la société peuvent être peintes dans un roman ; mais il y a dans chaque classe des individus tombés si bas, qu'ils ne semblent guère justiciables que du mépris public. Quand on lit un roman, ses héros deviennent pendant quelque temps vos compagnons ; il y a des personnages dont on ne se soucie pas de subir la compagnie, même de cette façon. Jupillon est si infâme, que le dégoût qu'il inspire a fait tomber le livre des mains de plus d'un lecteur.

Pour achever de répondre à la question des auteurs, il y a aussi des malheurs trop bas pour figurer dans un roman. C'est précisément un de ceux-là qui accable l'héroïne de MM. de Goncourt. Il ne faut pas croire que toutes les formes littéraires se prêtent à l'exposition de tous les faits, à l'expression de toutes les idées. Les traités de pathologie, qui ne s'adressent qu'à des médecins, peuvent aborder maints sujets que les romans écrits pour un public moins spécial doivent s'interdire.

Mais laissons enfin de côté et la préface et les théories ; oublions les systèmes, ainsi que les règles imposées aux romanciers par l'usage et par le goût de leurs lecteurs ; il reste dans *Germinie Lacerteux* une étude psychologique ou plutôt pathologique d'un haut intérêt, un livre étrange et puissant, dont la valeur littéraire est considérable.

On a beaucoup discuté sur le réalisme. Ce mot, – comme beaucoup d'autres, qui ont fait couler des flots d'encre ou même des flots de sang, – a un sens si vague, si flottant, qu'il est difficile de savoir au juste ce qu'il désigne. Nous ne nous amuserons donc pas à examiner si le livre qui nous occupe appartient ou non à l'école réaliste ; ce qu'il y a de certain, c'est que les auteurs y ont accumulé, comme à plaisir, le laid et l'horrible ; ils prennent un soin presque religieux d'en exclure tout ce qui pourrait faire contraste avec le fond sombre du récit, et reposer un moment le lecteur sur une impression agréable ; ce parti pris violent pouvait tuer le livre ; grâce au talent avec lequel il est soutenu, il lui donne, au contraire, une énergie sauvage et farouche, qui est, à nos yeux, du moins, son plus grand mérite.

La première scène du roman se passe dans la chambre d'un malade, et la dernière au cimetière, sur la fosse commune ; tout ce qui se rencontre sur la route est sombre, affreux ou hideux. Voit-on apparaître une enfant, une petite fille fraîche et rose, elle ne fait que passer en jetant à Germinie une injure grossière. Gautruche a dans sa chambre une tourterelle ; la pauvre bête est boiteuse ! Jupillon et Germinie vont se promener aux pâles rayons de leur lune de miel ; la campagne qu'ils parcourent est attrayante comme le préau d'une prison.

« À la rue succédait une large route, blanche, orageuse, poudreuse, faite de débris, de platras, d'émiettements de chaux et de briques, effondrée, sillonnée par les ornières luisantes au bord, que font le fer des grosses roues et l'écrasement des charrois de pierres de taille. Alors commençait ce qui vient où Paris finit, ce qui pousse où l'herbe ne pousse pas, un de ces paysages d'aridité que les grandes villes créent autour d'elles, cette première zone de banlieue *intra muros*, où la nature est tarie, la terre usée, la campagne semée d'écailles d'huîtres. Ce n'étaient plus que des terrains à demi clos, montrant des charrettes et des camions les brancards en l'air sur le ciel, des chantiers à scier des pierres, des usines en planches, des maisons d'ouvriers en construction trouées et tout à jour, portant le drapeau des maçons, des landes de sable gris et blanc, des jardins de maraîchers tirés au cordeau tout en bas des fondrières, vers lesquelles descend en coulées de pierrailles le remblayage de la route. »

Cette peinture est d'une affreuse vérité. Les environs de Paris, qui offrent de toute part ces merveilleux paysages de Ville-d'Avray, de Montmorency, de Nogent-sur-Marne, de Fontenay-aux-Roses et de tant d'autres lieux adorés des poètes, des artistes et des amoureux, présentent aussi les laideurs ignobles de Clignancourt, de Clichy et de Montrouge. Aux amours jeunes et purs, les auteurs donneront pour cadre, dans d'autres livres, les grands arbres et les gazons fleuris des bois de Meudon et de Marne. À l'ignoble liaison d'une cuisinière hystérique et du misérable qui l'exploite, les champs délabrés semés d'écailles d'huîtres doivent suffire. Tout est en harmonie dans ce livre, et c'est de cette harmonie que vient l'effet puissant qu'il produit.

De la première page à la dernière, tout est pris du même point de vue. À part la figure vieillie et ridée, mais honnête et sympathique, de la pauvre vieille demoiselle de Varandeuil, tout, gens et choses, est étudié avec vérité, peint avec énergie ; mais rien n'est pris que par les côtés repoussants ou abjects. De Paris, on ne nous montre que les abattoirs, les maisons borgnes, les échoppes, les terrains vagues remplis de débris immondes. Du peuple, on ne nous laisse voir que des types bas ou ignobles : Gautruche, l'ouvrier fainéant dont l'esprit original est alourdi par les fumées épaisses des poisons débités dans les cabarets infimes ; Jupillon, l'homme entretenu ; des portières, des fruitières et des épicières avec leur commérages bêtement méchants, des servantes de courtisanes, amoureuses de garçons bouchers.

Un industriel anglais a ouvert à Londres le musée des horreurs, où il offre à la curiosité de ses concitoyens tous les instruments de supplice en usage chez tous les peuples, tout ce qui est capable de faire trembler ou frémir les gens les plus endurcis. MM. de Goncourt nous ouvrent dans leur nouveau roman le musée des abjections parisiennes. Que les délicats dont le cœur se soulève aisément n'y pénètrent pas ; ils y seraient trop vite malades. Que les amateurs de scandales affriolants « de petites œuvres polissonnes, de mémoires de filles, de confessions d'alcôves, de saletés érotiques », s'évitent la peine d'y faire une visite : ils y perdraient leur temps et ne trouveraient pas de quoi satisfaire leurs tristes goûts. Au contraire, les esprits sérieux qu'aucun détail pénible ne détourne d'une étude intéressante, les artistes amis des œuvres vigoureuses, les philosophes envieux de tout connaître, liront et reliront ce livre avec autant de profit que d'intérêt. Seulement, au nom du ciel, que personne ne voie dans cette peinture toute spéciale de vices particuliers, un tableau général des mœurs du peuple de Paris : on ne peut pas connaître une ville par la visite d'une salle d'un de ses hôpitaux.

Edmond VILLETARD

« LIVRES »
L'ÉPOQUE, 13 AVRIL 1865

Dans la préface qu'ils ont placée en tête de *Germinie Lacerteux*, MM. Edmond et Jules de Goncourt ont prévenu le public qui lirait leur œuvre qu'il ne devait pas s'attendre « à la photographie du plaisir » ; que l'étude qui porte le nom de *Germinie Lacerteux* « était la clinique de l'amour ». Une pareille déclaration, qui a emprunté à la médecine les termes avec lesquels elle se présente à nous, est, à mon sens, par sa justesse même, la meilleure critique et le plus grand éloge de ce livre. *Germinie Lacerteux*, en vérité, est un roman médical ; il appartient bien plus au domaine de la physiologie qu'à celui de la psychologie ; et pour le juger sainement, il faudrait peut-être avoir suivi plutôt les cours de l'École de médecine que ceux de la Sorbonne.

Certes, beaucoup de gens diront, après avoir lu *Germinie Lacerteux*, que c'est là un livre immoral ; ce n'est pas mon avis. À coup sûr, je ne conseillerai jamais à personne de le mettre entre les mains des jeunes filles ni de le placer sous les yeux des très jeunes gens. *Germinie Lacerteux* a été écrite – s'il m'est permis de risquer ici une comparaison que les phrases écrites plus haut appellent d'elles-mêmes, – pour les personnes qui vont visiter le musée Dupuytren. Il n'est jamais venu à l'idée de qui que ce soit que ce curieux assemblages des mystères immondes de l'humanité dût s'étaler au beau milieu des splendides œuvres des musées du Louvre. De même, *Germinie Lacerteux* ne peut prendre place entre un Berquin ou un Robinson Crusoé.

Ceci m'amène forcément et fatalement à la grosse question de la peinture du vice dans la littérature, question qui divise et a toujours divisé tant de bons et de grands esprits. Comme me l'écrivait un jour M. Ernest Feydeau, « peindre le vice n'est pas l'approuver », et je me range totalement à cette opinion. Certains romans, soi-disant immoraux parce qu'ils retracent des scènes amoureuses, me paraissent l'être en réalité beaucoup moins que d'autres plus gazés, plus remplis de réticences, et qui, en excitant l'imagination, surexcitent d'autant plus les sens qu'ils ont l'air d'en faire moins de cas.

Je ne crois pas qu'après avoir lu *Germinie Lacerteux* aucune femme soit tentée de marcher sur ses traces, au contraire. L'impression que laisse ce livre est désolante et triste ; loin de faire aimer l'humanité, elle la rabaisse au niveau de la brute. L'amour de Germinie n'est pas de l'amour ; c'est la sensualité bestiale et grossière qui l'anime et la fait agir. Elle tombe de chute en chute, de dégradation en dégradation, de voluptés en ivresses jusqu'au grabat d'hôpital qui la voit râler son dernier soupir entre l'attente d'un baiser et le remords de sa vie. Il n'est pas possible un seul instant de l'envier, tant on est, en dépit de soi-même, forcé de la plaindre tout en la blâmant.

C'est le réalisme poussé jusqu'à sa dernière limite ; après les mœurs décrites dans *Germinie Lacerteux*, je ne crois pas qu'on puisse descendre plus bas. J'avoue franchement que je suis loin d'approuver le choix de pareils sujets ; je regrette même que tant de talent, – car MM. Edmond et Jules de Goncourt ont, à mes yeux, énormément de talent, – ait été dépensé à nous décrire ces amours du ruisseau, de la rue avec la boue du chemin. Mais j'ajouterai, non moins franchement, qu'en dépit de moi-même j'ai lu d'un bout à l'autre *Germinie Lacerteux* avec la curiosité irritante qui vous saisit quand le hasard vous fait assister à une opération chirurgicale repoussante, mais nécessaire.

Je ne reprendrai pas l'analyse de *Germinie Lacerteux* ; j'écris dans une langue qui, comme le latin, ne peut aisément « braver l'honnêteté ». J'aime mieux reporter mon attention, et reposer ma vue fatiguée de tous ces ulcères de l'âme – la contagion du style médical me gagne – sur une physionomie empreinte, dans ce livre, d'une sereine majesté. Je veux parler de mademoiselle de Varandeuil, vieille fille laide et presque pauvre, dont la vie forme le contraste le plus frappant avec l'existence de Germinie Lacerteux dont elle est la maîtresse, puisque celle-ci, tout héroïne qu'elle est, n'est qu'une domestique.

Mademoiselle de Varandeuil est placée au second plan, et, pour moi, elle occupe la première place. Cette étonnante vieille fille, type étrange du dévouement, qui a traversé, dans la misère la plus complète, les jours les plus les plus néfastes de la première Révolution, qui a vu sa jeunesse s'écouler, monotone et décolorée, au milieu des soins à donner à un père égoïste, ingrat et infirme, vous attache à elle malgré sa laideur, sa brusquerie, son âge avancé, bien plus que Germinie qui est jeune et qui devrait être la physionomie sympathique du livre.

Cependant, je dois reconnaître qu'une qualité me fait porter de l'intérêt à Germinie : c'est le soin qu'elle prend de dissimuler sa vie aux yeux de sa maîtresse. Ce n'est pas l'hypocrisie qui la fait se conduire ainsi, c'est le besoin qu'elle éprouve malgré elle de posséder quand même l'estime d'une personne estimable. Jamais la différence qui sépare l'âme de la bête, selon l'ingénieuse définition de Xavier Maistro, n'a été transportée dans un roman d'une façon plus saisissante et plus nouvelle.

Si bas qu'on descende dans l'échelle de la dégradation morale, on retrouve partout ce besoin de considération et d'estime. Au bagne, un forçat se vantera de crimes qu'il n'a pas commis pour attirer sur lui l'espèce d'envie que les malfaiteurs les plus criminels portent à ceux qui le sont encore plus qu'eux. C'est la perversion d'un sentiment noble et la contrepartie de ce mobile si puissant à retenir certaines âmes faibles sur la pente qui les aurait entraînées à leur chute. Germinie Lacerteux, loin de se vanter de ses désordres, habitue son corps à ne rien révéler le jour des orgies de ses nuits. À la voix de sa maîtresse, elle mate son ivresse et meurt en emportant son secret avec elle.

Les mystères de Paris, dont Eugène Sue essaya un jour de soulever le voile, auront toujours quelque coin obscur et ignoré où l'œil perspicace d'un observateur patient trouvera plaisir à pénétrer. Je sais non gré, pour ma part, à MM. Edmond et Jules de Goncourt d'avoir un courage que je n'aurais certainement pas eu moi-même. Je dis : courage, car réellement il en fallait pour oser transporter dans un roman tous les détails nauséabonds d'une existence telle que celle de Germinie Lacerteux.

Ils l'ont fait avec un tact et une mesure dont je ne saurais trop les louer. Je préfèrerais, je le répète, les voir appliquer leur talent à des sujets moins antipathiques. Mais comme, en définitive, *Germinie Lacerteux* appartient à l'humanité, et que, ainsi que le dit le poète, « je suis homme, et rien de ce qui touche à l'homme ne peut m'être étranger », les souffrances de leur héroïne n'ont pu me laisser froid, et je crois que pour tout esprit impartial et sérieux un pareil récit sera aussi instructif qu'intéressant.

Camille GUINHUT

« REVUE LITTÉRAIRE : ROMANCIERS, FANTAISISTES, PUBLICISTES »
L'ILLUSTRATION. JOURNAL UNIVERSEL, 3 JUIN 1865

« *Waterloo*, par Erckmann-Chatrian (Hetzel-Lacroix). – *Paule Méré*, par Victor Cherbuliez (Hachette). – *Le Prêtre marié*, par Barbey d'Aurevilly (2 vol. Faure). – *Nos gens de lettres*, par Alcide Dusolier. – *Le Jésuite*, par l'abbé ***(Lacroix-Verbœckoven). – *La Vieille roche*, par E. About (Hachette). – *Les Gens de la noce*, par P. Féval (Hachette). *Germinie Lacerteux*, par E. et J. de Goncourt (Charpentier). – *Les Contes de nuit*, par Mme Marie de l'Épinay »

[...] De la sphère bourgeoise et aristocratique, MM. de Goncourt nous font descendre jusque dans les bas fonds de la société ; ils ont cueilli, dans les fanges du vice, une fleur triste et maladive, Germinie Lacerteux, une âme passionnée, généreuse, qui se serait épanouie au soleil sur une terre plus saine. Ils ont analysé les successives dégradations de cette pauvre bonne ; ils l'ont suivie de chute en chute, d'ignominie en ignominie, jusqu'à l'hôpital, et au delà, jusqu'à la fosse commune. Leur récit, d'une vérité poignante, d'une éloquence âcre et corrosive, navre et soulève le cœur. Ils ont voulu ce qu'ils ont fait ; nous n'avons pas à discuter le choix du sujet. Partagé que nous sommes entre des répugnances qui sont peut-être des préjugés, et une sincère sympathie pour la hardiesse et le talent de MM. de Goncourt, nous recommandons le livre à nos lecteurs et l'interdisons à nos lectrices : elles trouveront mieux ce qui leur convient dans les *Contes de nuit* de Mme Marie de l'Épinay : des sentiments chastes, des émotions douces, et le ton de la bonne compagnie.

André LEFÊVRE

« BIBLIOGRAPHIE »
LE MONITEUR UNIVERSEL, 1er AOÛT 1865

Dans la préface de *Germinie Lacerteux*, MM. Edmond et Jules de Goncourt sont allés au-devant de toutes les objections que la critique pourrait élever contre ce nouveau roman. La précaution est bonne, et met à l'aise ceux qui ont à se prononcer sur son mérite.

Pour prouver qu'ils ont le talent flexible, ces chevaleresques historiens de Marie-Antoinette, ces savants explorateurs du 18e siècle, qu'ils ont étudié jour par jour, font de temps en temps, comme romanciers, des fugues à travers notre époque. Ils appartiennent à l'école dite réaliste, et il importe de constater que, dans *Sœur Philomène* comme dans *Germinie Lacerteux*, ils ont à dessein choisi les sujets les plus répulsifs et en même temps les plus opposés aux élégantes dépravations du siècle précédent. En lisant leur livre, on se convaincra qu'ils ont su traverser Capoue sans défaillance.

Germinie Lacerteux, l'héroïne de ce roman est une pauvre servante sans beauté sur la face, sans préceptes dans l'esprit, sans verrou à sa porte, qui, après avoir été séduite, insultée, déshonorée, dans les divers milieux bas et corrompus qu'elle a traversés, s'en va mourir à l'hôpital. Entre toutes les figures répulsives que le livre groupe autour d'elle, une seule, Mlle de Varandeuil, mérite d'être remarquée.

Mlle de Varandeuil est une vieille fille de grande naissance, rudoyée par son père, noble de l'ancien régime. Mlle de Varandeuil, dont le marquis son père avait fait sa servante, est une figure magistralement dessinée. On retrouve dans son esprit, dans sa brusquerie et dans ses paroles concises, sa filiation avec les femmes du 18e siècle, dont la race est presque disparue. Germinie Lacerteux meurt à son service, après être restée quelques années auprès d'elle.

Il n'est pas nécessaire d'analyser plus minutieusement ce roman, qu'il faut lire pour en découvrir l'intérêt, mais il importe de se demander pourquoi deux charmants écrivains comme MM. de Goncourt ont pu se complaire à décrire de pareilles misères.

Il fut un temps où les récits des poètes et des romanciers se tenaient sans cesse dans l'azur, et choisissaient tous les héros parmi les heureux et les grands de ce monde. C'était partout don Juan entrant dans des palais pour ravir le cœur d'adorables châtelaines. C'était la guerre de Troie et l'*Orestie* avec son cortège de déesses, de rois et de princesses courbés sous la fatalité et accomplissant d'abominables forfaits. Balzac, le chef du réalisme, comprit que tous ces récits imaginaires avaient fait leur temps, qu'il fallait laisser là ces prouesses vaines et stériles, et peindre dans les livres les félicités et les infortunes réelles ; qu'il fallait enfin sortir de ce milieu de convention, et entrer dans la vie domestique, si féconde en drames, en désespoirs et en péripéties. Le génie de Balzac écrivit la *Comédie humaine.*

Séduits par son immense succès, ses disciples veulent continuer son école, et, parmi ceux-là, MM. de Goncourt brillent au premier rang. Ainsi qu'ils le disent dans la préface de leur livre, ils veulent émouvoir avec les larmes qu'on pleure en bas, et non plus avec celles qu'on pleure en haut. C'est là, il faut le reconnaître, une option légitime, et MM. de Goncourt n'ont décrit et dépeint que ce qu'ils ont observé. Mais sans méconnaître le libre-arbitre de l'écrivain, ne pourrait-on pas leur rappeler que dans le domaine intellectuel chacun a sa mission, et que ces misères qu'ils jugent dignes de fournir le sujet d'un roman n'appartiennent pas au romancier, mais à l'économiste qui les connaît bien, et qui seul peut y porter remède. La littérature, comme l'art, doit élever l'esprit par le spectacle du beau, du vrai et du bien, et n'a point à tenir compte de l'abject. Elle doit au contraire reléguer au milieu d'ombres épaisses les êtres déchus qui, par une raison quelconque, en peuvent arriver, ainsi que l'indique si ironiquement M. Théophile Gautier dans *Mademoiselle de Maupin*, à cracher sur l'*Iliade* d'Homère et à se mettre à genoux devant un jambon.

On pourrait objecter, et c'est là le grand argument de l'école réaliste, que le talent peut s'affirmer autant en peignant l'abject qu'en décrivant le sublime. L'argument est vrai, nous en convenons, et les autres arts viennent même sur ce point au secours de la littérature. Ainsi Murillo n'a pas amoindri son œuvre en peignant son célèbre *Pouilleux*. Demain un grand peintre peut s'aviser de regarder une borne dans la rue et de composer un tableau avec les écailles d'huîtres et les détritus amoncelés au pied de cette borne. Il se peut qu'une telle œuvre comble de joie les réalistes ; nous préfèrerons toujours pour notre part un sujet qui représentera *Psyché*, la transfiguration ou quelque autre idée gracieuse et élevée.

Et d'ailleurs il y a des instants où un écrivain est voué à la dure tâche de prendre le laid, le bas et l'abject. Un historien, par exemple, trouve un personnage paré de ces défauts, il les lui faut mettre en relief sous peine de n'être pas consciencieux. La vérité est là pour l'absoudre. Mais un romancier qui invente ses personnages et ses caractères, ou qui tout au moins les choisit, se passionne précisément pour ce qui devrait l'offenser, et traîne ces images repoussantes et laides à toutes les pages de son livre, sans pitié pour ses lecteurs, sans faire briller, ne serait-ce qu'à une petite place, un peu d'espérance et de soleil, c'est là une cruauté gratuite qui prend les proportions d'un attentat littéraire. Ce parti pris de complaisance et de prédilection pour des misères que ne soulageront pas les romans qu'elles inspirent, ne sera, il faut l'espérer, qu'un accident dans la littérature contemporaine. L'économie politique, la charité, la bienfaisance sont d'ailleurs trop diligentes et trop actives pour qu'on puisse voir dans cet écart du goût un avertissement à leur adresse.

Ce réalisme exagéré a lieu surtout de surprendre, alors qu'il sort de la plume de MM. de Goncourt qui, dans leur livre de la femme et dans l'ensemble de leurs travaux sur le 18e siècle, nous ont habitués à toutes les élégances et à toutes les délicatesses. Les éminentes qualités qui les distinguent n'ont d'ailleurs pas disparu dans *Germinie Lacerteux*, malgré tous les efforts qu'ils ont tentés pour échanger leur grâce native contre de la rudesse. Quel talent dépensé pour peindre des choses qu'on ne tient ni à voir ni à connaître ! On regrette que ces subtilités d'analyse ne soient point mises au service d'un sujet gracieux, tendre, consolant. Après avoir lu ce livre d'un intérêt si étrange, si maladif, si anormal, on se prend à souhaiter qu'un jour MM. de Goncourt, ayant opéré une complète conversion, nous apportent une nouvelle œuvre où, donnant carrière à toutes leurs supériorités, ils nous raviront autant qu'ils viennent de nous navrer.

Gustave CLAUDIN

« CHRONIQUE LITTÉRAIRE »
REVUE CONTEMPORAINE, NOVEMBRE-DÉCEMBRE 1865

2e série, vol. 48.
« Les Romans : *Une Cure du docteur Pontalais*[1]. – *Renée Mauperin. Germinie Lacerteux.* – *Un Péché de vieillesse*[2]. – *La Confession de Claude*[3]. – *La Vieille Roche*[4]. – *Gabrielle de Chènevert*[5]. – etc. »

[...] J'ai hâte de quitter le roman philosophique pour le roman proprement dit, c'est-à-dire pour le roman qui vise à l'art et non à la

1 *Une cure du docteur Pontalais* de Robert Halt a paru en 1866.
2 *Un péché de vieillesse* est un roman de Jules Richard, paru en 1865.
3 Il s'agit du premier roman de Zola, publié en 1865.
4 Roman d'Edmond About, paru en 1865.
5 *Gabrielle de Chènevert* est un roman d'Alfred Assolant publié chez Lévy en 1866.

propagande, à la peinture des sentiments vrais, et non à la discussion des idées abstraites, le roman qui se prend à la vie et non à la métaphysique.

Voici deux volumes, parmi les derniers qu'ont publiés deux écrivains dont on a beaucoup parlé cette semaine : *Renée Mauperin* et *Germinie Lacerteux*, par MM. Edmond et Jules de Goncourt. Croyez-le bien, avec eux, nous avons quitté le domaine des idées pures, nous marchons dans la réalité, et pour notre compte, nous nous en réjouissons sincèrement ; mais il faudra discuter et s'entendre. Et d'abord, il y a un abîme entre *Renée Mauperin* et *Germinie Lacerteux* ; il semblerait que, dans l'intervalle assez court cependant qui a séparé ces deux romans, une révolution s'est accomplie dans l'esprit, dans les opinions de leurs auteurs. Nous sommes passés tout à coup d'un gouvernement très libéral, mais encore modéré et parlementaire, à la république rouge. Nous sommes en plein dans la *démocratique et sociale* ; autrement dit, car il serait fâcheux pour MM. de Goncourt qu'on s'y trompât, nous passons d'un réalisme avoué, cherché, mais prudent encore, et, si l'on peut dire, électif, en ce sens, qu'il élimine et choisit, au réalisme le plus complet, le plus absolu, le plus effréné, le plus tyrannique et barbare que des écrivains aient jamais osé ériger en principe et en loi. D'où vient cela ? Qui a produit ce changement ? Il semble, quand on suit attentivement le progrès de cette regrettable métamorphose, qu'elle ait pour origine un amour excessif du talent et du livre de M. Flaubert. Certes, M. Gustave Flaubert, soit en chair et en os, soit en esprit et en vérité, a passé par là. Il y a laissé partout sa trace ; on la démêle aisément, toujours plus sensible et plus nette, et à la fin visible à l'œil nu, à travers les procédés toujours plus hardis, à travers l'audace graduelle et croissante de ses imitateurs. [...]

Pourquoi faut-il que les auteurs de *Germinie Lacerteux* aient absolument renoncé aux sentiments aimables, aux passions généreuses qui recommandent *Renée Mauperin* ? Ici, nous descendons, je vous en ai prévenus, les derniers échelons du réalisme. Nous nageons dans le populaire. Il ne s'agit plus d'une fille élevée un peu librement, mais chaste, mais honnête, et d'un monde supportable, il s'agit d'une bonne qui commence par être violée. Le sujet est désastreux, et les auteurs ont compris qu'ils avaient besoin d'une préface pour l'expliquer. Leur explication, leur excuse, nous ravit, car elle nous fournit des armes contre eux-mêmes ; nous aimons mieux nous en prendre à leurs idées qu'à leur livre qui, après tout, révèle certainement un talent vigoureux, un progrès même, hélas ! en quelques parties, sur *Renée Mauperin*. Voici le début de la préface placée par MM. de Goncourt en tête de *Germinie Lacerteux* : « Il nous faut demander pardon au public de lui donner ce livre, et l'avertir de ce qu'il y trouvera. Le public aime les romans faux ; ce roman est un roman vrai. Il aime les livres qui font semblant d'aller dans le monde ; ce livre vient de la rue. Il aime les petites œuvres polissonnes, les mémoires de filles, les confessions d'alcôve… ce qu'il va lire est *sévère et pur*. Qu'il ne s'attende pas à la photographie décolletée du Plaisir ; l'étude qui suit, est la clinique de l'Amour… Pourquoi donc avons-nous écrit ce livre ? Est-ce simplement pour choquer le public et scandaliser ses goûts ! Non. Vivant au XIXe siècle, dans un temps de suffrage universel, de démocratie, de libéralisme, nous nous sommes demandé si ce qu'on appelle "les basses classes" n'avaient pas droit au roman, si ce monde sous un monde, le peuple, devait rester sous le coup de l'interdit littéraire et des dédains d'auteurs qui ont fait jusqu'ici le silence sur l'âme et le cœur qu'il peut avoir… » Voilà, certes, une grosse profession de foi littéraire et démocratique. Elle étonne un peu chez MM. de Goncourt, elle semble légèrement en désaccord avec ce que l'on sait de leur opinion sur le gouvernement de la société, elle s'ajuste mal avec certaines phrases que, pour notre part, nous avons signalées au passage dans quelques-uns de leurs livres. Mais enfin acceptons-la telle quelle, et voyons si elle suffit à justifier complètement *Germinie Lacerteux.*

Et d'abord, est-ce bien là un roman *sévère et pur* ? Hélas ! nous ne faisons pas métier nous-même d'être plus sévère qu'il ne convient, et nous passons pour être coulant sur ce qu'on appelle immoral dans les véritables œuvres d'art. La réalité dans un roman ne nous choque pas plus que la nudité dans une statue, mais c'est ici qu'il devient absolument nécessaire de s'expliquer et de s'entendre. Nous ne doutons pas un instant de toute la conscience, de toute la moralité même que les auteurs de *Germinie Lacerteux* ont apportées à leur travail. L'important, c'est de savoir s'ils n'ont pas péché par une certaine ignorance de parti pris et par un entêtement d'erreur. À leurs yeux, la vérité légitime tout, une peinture est belle quand elle est vraie. Passons-leur ce point, afin qu'il soit bien démontré que nous sommes aussi accommodants que possible. Allons même plus loin, s'ils y tiennent, confessons, pour leur faire plaisir, que la crudité la plus révoltante peut nous saisir à certains moments par une puissance de vérité animale, qui s'impose même aux délicats. Passé cela, nous ne pouvons plus faire de concession, et nous disons hardiment de *Germinie Lacerteux* que la vérité n'y est pas, et par conséquent que ce n'est pas un roman sévère et pur. Est-ce être vrai que de ne chercher, que de ne peindre dans la nature tout entière qu'un côté bestial, qu'un coin barbare où se sont nichés tous les vices ? Ce n'est pas être plus vrai que ne le serait un statuaire qui sculpterait seulement la nudité des statues et négligerait tout le reste comme indigne. C'est pourtant ce qu'ont fait MM. de Goncourt ; ils ont, dans *Germinie Lacerteux*, glorifié, illuminé la bête, ils ont méprisé, oublié la femme et l'humanité. Si, comme ils le prétendent avec raison, les basses classes, aussi bien que les autres, ont droit au roman, pourquoi avoir choisi ce qu'il y a en elles de plus vil, de plus abaissé, de plus brutal et instinctif, au lieu de poursuivre les nuances délicates par où elles se rapprochent de l'âme civilisée que l'éducation procure à de plus heureux ? N'avaient-elles rien de mieux à nous offrir que *Germinie Lacerteux* ? Une bonne, violée, souillée, atroce, laide, infecte, abominable, une bonne, c'est trop dire, une chienne de chasse, en ayant tous les instincts et aussi tous les vices, l'affection, la fidélité, la voracité, et le reste, est-ce donc le plus digne échantillon que les basses classes avaient à nous offrir ? Dans tous les cas, non assurément, vous les avez calomniées sous prétexte de les peindre, vous aviez un but malicieux en levant l'interdit littéraire dont d'autres écrivains les avaient frappées ; vous les avez émancipées pour les trahir. Il n'y a pas de livre qui en donne une idée plus triste, plus basse, plus honteuse que *Germinie Lacerteux.* Il n'y a pas de tableau plus avilissant de leur abjection et de leur misère. Si c'est là de la *démocratie* et du *libéralisme*, qu'auraient donc fait de mieux les plus implacables ennemis du peuple et de la liberté ?

La vérité est que *Germinie Lacerteux* ressemble à une gageure. Il semble que ses auteurs se soient pris la main, comme dit Musset, et juré de braver toutes les répugnances des honnêtes gens. C'est là un jeu dangereux, si dangereux même que Germinie n'a pas réussi, et que ce parti-pris de monstruosité a fermé des yeux naturellement prévenus et sur leurs gardes aux beautés véritables qui abondent dans l'ouvrage tout entier. Il y a des portraits frappants, des scènes d'un bout à l'autre excellentes, des caractères même observés avec justesse et gravés avec vigueur. Celui du jeune Jupillon, l'amant de Germinie, est du nombre. Nous ne croyons pas que le mauvais ouvrier parisien ait jamais été mieux vu ni mieux peint : « Sur son visage pâle des pâleurs que renvoie au teint l'eau-forte mordant le cuivre, dans ses petits traits nets, décidés, effrontés, se mêlaient la crânerie, l'énergie, l'insouciance, l'intelligence, l'impudence, toutes sortes d'expressions coquines qu'adoucissaient chez lui, à de certaines heures, un air de câlinerie féline. Son état de coupeur de gants, – il s'était arrêté à la ganterie après deux ou trois essais malheureux d'apprentissages divers, – l'habitude de travailler à la vitrine, d'être un spectacle pour les passants, avaient donné à toute sa personne un aplomb et des élégances de *poseur.* À l'atelier sur la rue, avec sa chemise blanche, sa petite cravate noire à la colin, son pantalon serré sur les reins, il avait pris les dandinements, les précautions de tenue, les grâces *canaille* de l'ouvrier regardé... » Ce portrait est parfait, et il faudrait le reproduire d'un bout à l'autre ; mais pourquoi MM. de Goncourt n'ont-ils peint que cet ouvrier et cette servante : n'y a-t-il à Paris que des Germinies et des Jupillons ? Qu'ils en conviennent donc, l'amour du réel est déjà devenu chez eux comme chez tant d'autres l'amour du laid. Ce n'est pas la vérité qu'ils cherchent, c'est la vérité repoussante et horrible, c'est le faux par conséquent, puisque c'est l'incomplet. Un récif n'est pas l'Océan et un nuage n'est pas le ciel.

Peut-être ne doivent-ils s'en prendre qu'à ce mauvais penchant de l'échec éprouvé par leur *Henriette Maréchal* au Théâtre-Français ? Que pourrions-nous dire aujourd'hui de cette pièce, qui n'ait pas été dit ? Elle renferme au moins trois belles scènes, et d'autres qui sont originales et hardies. Des imbéciles l'ont exécutée sans l'avoir entendue ; elle méritait certainement un meilleur sort ; il y a partout de l'effort et une tension que l'on dirait volontaire, sans compter un dénouement déplorable ; mais il y a partout aussi de l'esprit, du trait, de l'énergie, de la nouveauté, du talent. Si le vrai public ne l'a pas soutenue davantage contre les cabales, c'est que le vrai public lui-même était choqué de quelques audaces absolument inutiles et du réalisme hors de propos qui émaille quelquefois la pièce. Il n'est pas fait à ce régime, et MM. de Goncourt devront peut-être se faire siffler longtemps par lui avant de lui en imposer le goût.

Il y a en ce moment une affectation et comme un souffle de réalisme. On ne veut plus que de l'observation pure. Encore n'applique-t-on qu'à des ignominies cet esprit d'observation si développé en nous depuis Balzac. [...]

Anatole CLAVEAU

« CHRONIQUE LITTÉRAIRE »
REVUE MODERNE, DÉCEMBRE 1865

« *La Confession d'une jeune fille*, par George Sand, 2 vol. in-18, Michel Lévy. – *Raoul de la Châtre, aventures de guerre et d'amour*, par Maurice Sand, un vol. in-8, Michel Lévy. – *Le Mari imprévu*, par Edmond About, un vol. in-8, Hachette. – *Louise Tardy*, par Louis Ulbach, un vol. in-18, Librairie Internationale. – *Le Parrain de Cendrillon*, par Louis Ulbach, un vol. in-18, Librairie Internationale. – *Germinie Lacerteux*, par Edmond et Jules de Goncourt, un vol. Bibliothèque Charpentier. – *Paule Méré*, par Victor Cherbuliez, un vol. in-18, Hachette. – *Les Confidences d'une Puritaine*, par Max Valrey, un vol. in-18, Hachette. – *Fidès*, par Paul Deltuf, un vol. in-18, Michel Lévy. – *Les Amours d'un garde champêtre*, une page tendre des mémoires du père Govin, par Hippolyte de Clairet, un vol, in-48, Michel Lévy. – *L'abbé Tayaut*, par le marquis de Foudras, un vol. Alexandre Cadot. – *Le Prestige de l'uniforme*, par M. Serret, un vol. in-18, Hachette. – *Les Victimes d'amour, les Époux*, par Hector Malot, un vol. in-18, Michel Lévy. – *Contes accélérés*, par Louis Dépret, un vol., Hachette. – *Sous les Rideaux*, par Douglas Jerrold, traduit par A. Leroy, un vol. in-18, Hachette. – *La Majorité de Mlle Bridot*, par Ch. Deslys, un vol. in-18, Hachette. – *Contes à Ninon*, par Émile Zola, un vol. in-18, Librairie Internationale. – *Décembre, Contes et Récits*, par John Bedot, dessins de Mme Armand Leleux, un vol. in-8, Aubry. – *La Quarantaine*, par Michel Berend, un vol. in-18, Librairie Internationale. – *Gros et menus propos*, par Joseph Hornung, peintre, imprimé par Jules Guillaume Fick, Genève »

[...]

Dans *Germinie Lacerteux*, le nouveau roman de MM. de Goncourt, l'intérêt du lecteur est appelé sur une pauvre fille du peuple, elle aussi dévorée du besoin d'aimer, et que ce besoin conduit, de chute en chute, au plus complet abandon d'elle-même dans le vice et la crapule. En face de cette figure souillée de Germinie Lacerteux se pose la figure de Mlle de Varandeuil, la maîtresse de Germinie, vieille fille qui vit dans une pauvreté décente, et dont la dignité, la sévérité, la bonté réservée font contraste avec le caractère et l'humeur de sa servante. Un point de contact existe cependant entre ces deux femmes : toutes deux ont eu une enfance malheureuse, des sentiments refoulés. Germinie est dévouée à Mlle de Varandeuil, et la préoccupation qui la suit jusque sur son lit de mort est de lui cacher ses déportements. En retour, le pardon que Mlle de Varandeuil, instruite après la mort de Germinie, apporte sur la tombe de sa servante, est l'absolution de cette pauvre fille entraînée par ses instincts et perdue par la perversité de ceux qui s'étaient emparés de son cœur. Cette absolution est la conclusion morale du livre.

Nous ne serons pas de ceux qui reprochent à MM. de Goncourt la pensée qu'ils ont eue de faire le roman « des basses classes, » de peindre « les misères des petits » pour me servir de leurs expressions. Une telle entreprise était légitime, et même elle pouvait être utile, tout dépendait de l'esprit qu'on y porterait et de la manière dont elle serait exécutée. Nous ne doutons pas que MM. de Goncourt n'aient été conduits par une idée sérieuse, mais l'exécution n'y a pas répondu. Ce que nous reprocherons aux auteurs de *Germinie Lacerteux*, c'est de n'avoir pas su apporter à la peinture des mœurs populaires parisiennes le style simple et nu qui convenait seul à de pareils tableaux, et qui, par sa crudité même, eût empêché le lecteur de se méprendre. N'est pas réaliste qui veut. MM. de Goncourt l'ont bien prouvé en appliquant à des drames de la rue les mêmes procédés d'enjolivement avec lesquels ils avaient peint des scènes de galanterie élégante. Par là ils me semblent avoir manqué tout l'effet de leur œuvre, tout en y dépensant, suivant leur coutume, beaucoup d'esprit et de talent. [...]

Louis de Ronchaud

ARTICLE « LITTÉRATURE DE LA FRANCE »
ANNUAIRE ENCYCLOPÉDIQUE, VOL. 6, 1865

[...] Le dernier ouvrage de MM. Edmond et Jules de Goncourt, *Germinie Lacerteux*, a soulevé chez les sincères admirateurs de leur talent, et ils sont nombreux, de vives, de légitimes appréhensions. Quelle que soit l'opportunité des considérations humanitaires et démocratiques invoquées par les auteurs dans leur préface, on ne saurait y voir une justification ni même une excuse suffisante du procédé qu'ils ont adopté dans cette œuvre. Il n'y a pas, en effet, au vrai sens du mot, de roman moins humain que *Germinie*. Les auteurs, natures aristocratiques et fines s'il en fut, et qui sont au fond et en dépit de tout des peintres néo-romantiques, des élèves et des émules de Théophile Gautier, ont été attirés vers ce scabreux sujet emprunté à ce que les mœurs populaires offrent de pire et de plus repoussant, justement parce que les singuliers détails qu'il comporte leur ont paru étranges, extraordinaires et destinés à produire sur la foule une douloureuse et profonde impression.

Transportés dans un milieu tout à fait opposé à celui où ils vivent et se plaisent, ils se sont imaginé que tout le monde prendrait autant de plaisir qu'eux à la minutieuse description, à l'implacable photographie des bizarreries choquantes dont abonde ce milieu ultra-vulgaire et affreusement nauséabond. MM. de Goncourt ont dépensé un talent remarquable et de premier ordre à la réalisation de ce dessein ; ils ont traité avec une habileté consommée, avec vigueur et souplesse, avec une supériorité qu'on aurait mauvaise grâce à contester, certains épisodes et quelques parties accessoires du livre ; mais, en vérité, c'est du talent bien mal employé. Et ce talent même, si éclatant qu'il soit, ne dissimulera jamais aux hommes de goût, aux consciences délicates et sévères, aux esprits droits, fussent-ils médiocrement cultivés, l'insuffisance et le manque d'intérêt de cette déplorable fiction. Les caprices, les déportements en quelque sorte convulsifs d'une servante hystérique qui passe des bras du fils d'une crémière dans ceux d'un barbouilleur d'enseignes, qui trompe avec une persistance odieuse la confiance de sa vieille, de sa respectable maîtresse, et qui, criblée de dettes, écrasée de remords, en proie à la maladie, succombant sous une espèce de dissolution physique et morale, finit par l'hôpital et la fosse commune, n'ont rien qui soit susceptible de mériter, pendant un seul instant, l'attention des gens sérieux, des âmes généreuses. Aussi, l'accueil que *Germinie Lacerteux* a reçu de la masse des lecteurs, aussi bien que de la critique, a-t-il été extrêmement froid. Si les auteurs avaient compté sur un succès d'étonnement, de surprise, d'ébahissement, l'événement a complètement déjoué leurs prévisions. Ils n'ont rencontré chez les juges compétents qu'une sévérité tempérée par la sympathie qu'inspirent leur talent et leur caractère ; et le public ne leur a témoigné qu'une banale curiosité qui n'a pas tardé à se changer en indifférence. Cette rigoureuse leçon n'aura pas été perdue, et nous n'hésitons pas à croire que MM. Edmond et Jules de Goncourt, abandonnant le procédé auquel ils ont eu recours pour composer *Germinie Lacerteux*, et qui leur a si mal réussi, reviendront à leurs anciens errements et nous donneront, le plus tôt possible, une œuvre propre a nous rappeler leurs saisissantes et dramatiques productions, *Sœur Philomène* et *Renée Mauperin*. [...]

Jules LEVALLOIS

« EDMOND ET JULES DE GONCOURT : *GERMINIE LACERTEUX* »
L'ART, 6 JANVIER 1866

En ce temps de sommeil léthargique, un beau livre nous apparaît comme un rêve des *mille et une nuits*. On ne peut croire à la possibilité d'un roman si l'épée, le poignard ou le poison n'y jouent pas les rôles les plus importants ; on donne le titre de réaliste à un écrivain, quand, dans son œuvre, il n'y a pas un souverain quelconque, un enlèvement avec des échelles de soie, sept ou huit assassinats et grand nombre de reconnaissances.

Pourquoi Gustave Flaubert, un des plus grands romanciers de cette époque, n'a-t-il pas la réputation de Dumas, de Frédéric Soulié et autres ? Parce que ses héros ne portent pas une douzaine de pistolets à leurs ceintures, parce qu'ils ne sont pas à la recherche de toute leur famille, parce qu'ils parlent un langage excessivement français, parce qu'ils ne disent pas toutes les vingt pages : « C'est toi ! Merci ! mon cœur m'avait bien dit que Dieu m'avait pris sous sa garde, et qu'un jour devait arriver où l'orphelin serait rendu à sa mère, qu'une heure devait sonner où l'Éternel rendrait justice à la vertu méconnue. » Parce que toutes ces grandes phrases ne se trouvent pas dans ses romans, écrits avec une savante simplicité et dont l'intrigue n'est pas un refrain vulgaire ; Gustave Flaubert compose ses œuvres en véritable artiste, en véritable peintre et non en photographe de portraits à quatre francs la douzaine.

Il en est de même pour les frères de Goncourt ; parlez à un homme qui aura lu leurs ouvrages, qui aura même un certain jugement littéraire, ce quelqu'un leur appliquera le gros nom de *réalistes*, et quelquefois leur reconnaîtra un certain talent, mais en général il préférera les *lourdeurs* de M. Pierre Zaccone ou de M. Octave Féré.

Le roman de *Germinie Lacerteux* est une surprise d'un bout à l'autre ; c'est un voyage dans le réel et dans le romantique, c'est un ouvrage superbement conçu, riche de pages éloquentes, pauvre de lenteurs, très souvent sublime, toujours intéressant, ayant de temps en temps quelques négligences de style, mais qui ne nuisent pas ; c'est un livre qui vous entraîne, qui par moment, vous fait mal et par d'autres vous charme par la poésie, par le sentiment qu'il respire, un livre digne de nos grands maîtres.

Germinie Lacerteux est une campagnarde qui a été de bonne heure habituée à la misère, à la douleur ; à l'âge de cinq ans elle fut privée de cette femme qui a souffert en vous donnant la vie et qui, pour vous être reconnaissante de ses souffrances, vous comble de bontés, de conseils et de sollicitude; elle fut séparée de sa mère au moment où ses joues commençaient à fleurir, où elle pouvait prononcer le bégaiement si doux à l'oreille maternelle. Le père Lacerteux exerçait le métier de tisserand et avait grand peine à subvenir aux besoins de sa famille, composée, outre Germinie, de deux filles et d'un garçon. À quatorze ans, Germinie fut envoyée, par ses sœurs, à Paris et placée là comme bonne dans un petit café; elle y servit de bête de somme, tous les garçons s'amusaient avec elle comme avec une petite chienne.

Un d'eux, frisant la cinquantaine, feignit de lui témoigner de l'intérêt pour l'attirer à lui. Il profita d'un jour que ses camarades étaient absents pour lui voler frauduleusement le seul héritage que sa mère lui avait laissé : sa virginité. Chaque fois qu'elle allait voir ses sœurs, elle se plaignait de son sort et les priait de la faire sortir de cet établissement, où elle n'était qu'un instrument de torture; mais elles n'écoutaient pas ses supplications, elle était obligée de rester au petit café.

Le jour où elle devint grosse, ses sœurs, des femmes dévotes s'il en fut, la prirent alors auprès d'elles et la couvrirent d'injures et de coups, irritées de sa *faute*. Elle accoucha d'un enfant mort, et, après sa guérison, elle entra en condition chez une épileuse qui la laissa manquer de tout; elle demeura là jusqu'à ce qu'une de ses sœurs lui trouva [*sic*] une autre place, – chez un ancien acteur; les quelques lignes qui racontent le séjour de la jeune fille chez le vieil artiste sont admirables.

Ce dernier mourut, ce qui força Germinie à changer encore de maison; elle servit tantôt des femmes entretenues, tantôt des maîtresses de pensionnats, jusqu'au jour où elle trouva une maîtresse définitive en la personne de Mlle de Varandeuil. C'est au service de cette dernière que nous la trouvons quand commence le roman.

Lorsqu'on ouvre le livre, Mlle de Varandeuil est au lit, malade; le médecin vient de la quitter disant qu'elle est hors de danger. Germinie, heureuse de ce qu'a dit le docteur, saute au cou de sa maîtresse en s'écriant : « Sauvée! vous voilà donc sauvée, mademoiselle! »

Ce à quoi Mlle de Varandeuil répond : « Allons, il faut donc vivre encore! »

Devant ce commencement original, devant cette bonne qui jette ce cri et qui dit *mademoiselle*, on s'imagine qu'une jeune fille de vingt ans est au lit, qu'elle est malade d'amour, et qu'elle désire la mort parce que la vie ne lui promet pas l'homme aimé. Il n'en est rien. Les auteurs vus présentent une vieille fille, à la figure décomposée par le martyre moral, de caractère généreux, d'un cœur excellent et ne croyant ni à Dieu ni au diable ; dans le récit de sa vie qu'elle fait à sa servante, les auteurs vous font connaître un type créé par eux. Une femme née avant 89, d'une famille noble, mais malhonnête, dont la mère est une coquine qui abandonne son mari, lequel de son côté n'est pas la crème des braves gens ; il laisse sa fille sans instruction, il lui défend le mariage et l'emploie comme une esclave. Il serait trop long de raconter ici toutes les péripéties par lesquelles a passé Mlle de Varandeuil. Elle a tout vu, cette femme ; elle a vécu l'histoire depuis la guillotine rouge du sang de la royauté jusqu'au sacre de Charles X. Tout le monde est mort autour d'elle, parents, amis, connaissances, elle seule est restée oubliée par la mort et condamnée à vivre éternellement sans autre compagnie que celle de Germinie, qui pour elle est plutôt une fille qu'une servante.

Pourtant, quoiqu'elle soit aimée par sa maîtresse, elle est toujours pour elle une étrangère, obligée de suivre ses ordres, et elle ne peut vivre avec Mlle de Varandeuil comme elle vivrait avec une sœur ou une mère. Toute sa famille étant morte, elle trouve une amie dans la religion ; elle passe des heures entières à l'église, à chaque moment elle va s'agenouiller dans le confessionnal, raconte tout à cœur ouvert à son prêtre préféré, pour lequel son cœur s'est senti ému, un homme qu'elle aime d'un amour timide et cependant plein de désir. Le prêtre s'apercevant de cette affection renvoie Germinie à un autre confesseur, ce qui fait qu'elle ne vient plus à l'église.

Alors commence à être agitée l'existence de Germinie. En face de la maison où elle habite, une crémière vient s'établir ; cette femme est veuve de plusieurs amants. Encore un vrai type dans le genre de Balzac.

Madame Jupillon, ainsi s'appelle la crémière, possède un fils, un enfant placé dans une grande maison religieuse, à *Saint-Nicolas*, où pour une somme très minime, les enfants du peuple sont instruits comme on instruit les enfants du peuple. Le hasard a voulu que la crémière fût payse avec Germinie, ce qui plaît beaucoup à la bonne, et lui fait passer dans la crèmerie des heures comme elle en a passées à l'église. Chaque fois que Mme Jupillon va voir son fils, Germinie l'accompagne et apporte pour l'enfant toutes sortes de gâteaux et de bonbons. Un anthrax empêche pendant dix-huit mois à Mme Jupillon de faire un pas ; Germinie va toute seule à *Saint-Nicolas*, soigne, cajole l'enfant, le considérant comme s'il était de sa famille.

L'enfant a grandi, sa mère le reprend chez elle, mais Germinie ne s'aperçoit pas alors que celui qu'elle a tenu sur ses genoux a atteint dix-sept ans et commence à devenir homme. Elle devient amoureuse de lui ; elle est jalouse de tout ce qui approche le fils Jupillon. Une bonne, attachée au service d'une lorette, vient souvent chez la crémière et s'amuse avec le jeune homme qui, pour taquiner le cœur de Germinie, se laisse faire. Germinie souffre, mais elle a du courage ; les instants qu'elle passe chez Mme Jupillon, elle les emploie à faire le service et à aider la crémière dans ses ouvrages, car la pauvre fille croit être près de son bonheur ; elle s'imagine que l'homme qu'elle aime va la payer de retour. – Le fils Jupillon ne se montre tendre avec elle que pour l'exploiter, et va dépenser l'argent qu'il reçoit d'elle avec d'autres femmes ; elle est obligée de le suivre dans les bals où elle est insultée, où l'on se moque d'elle, où tous les soirs elle est témoin de ces scènes qui n'ont lieu que dans les bals de barrière.

Ce qu'elle souffre est impossible à raconter. Les auteurs ont fait ici une étude de psychologie qui n'a pas de supérieure ; tous les chagrins que subit ce cœur doux, charitable, aimant, sont dits d'une façon admirable, et beaucoup d'hommes de lettres, jouissant d'une plus grande réputation que les frères Goncourt, feraient bien de lire sérieusement ce livre qui leur serait fort utile.

Enfin Jupillon promet de bien se conduire, de ne plus aller au bal, d'être fidèle. Il ne veut plus travailler chez les autres ; Germinie lui achète un magasin de ganterie, le meuble et, un matin, elle l'introduit dans ce nid fait de ses économies tout entières.

Elle devient enceinte pour la troisième fois et se cache de Mlle de Varandeuil ; il y a encore à cet endroit du livre un épisode magnifiquement raconté. Jusqu'au moment où elle accouche chez une sage-femme, rue d'Enfer, c'est pour le lecteur un moment terrible à passer, un moment de réalisme sublime, c'est une note funèbre qui chante la misère dans toute sa réalité.

Cette fois, ce n'est pas un enfant mort, c'est une petite fille qu'elle met au monde ; elle guérit vite ; sa maîtresse croit que c'est une maladie qui la tient absente et ignore jusqu'à la fin du roman que Germinie est mère.

Cependant, l'amant de Germinie lui mange beaucoup d'argent et la trompe avec des filles, faisant un comptoir d'escompte du saint amour qu'elle a pour lui.

L'enfant meurt ; à cette nouvelle, Germinie tombe malade et dans sa douleur manque de perdre la raison ; son amant l'abandonne et se jette dans d'autres amours. Un matin elle entre chez Mme Jupillon pour chercher ses quatre sous de lait, elle aperçoit plusieurs bonnes occupées à boire. La peine d'avoir perdu son enfant, la jalousie de voir l'homme qu'elle aime courir à d'autres femmes lui ont rendu le caractère aigre, haineux, et pour la première fois elle se mêle à ces bonnes et leur offre de la boisson.

Chaque fois que Mlle de Varandeuil interroge Germinie sur sa mauvaise mine, sur ses humeurs tristes, Germinie répond qu'elle subit l'influence du temps. Voilà tout ce que la vieille femme peut en tirer, car la malheureuse veut garder à toute force son secret.

Le fils Jupillon a fini par manger son magasin de ganterie et se voit sans ouvrage ; nous le retrouvons un soir en compagnie de sa mère, lui demandant de l'argent. Il est tombé au sort ; sa mère ayant eu à faire plusieurs remboursements qui lui ont pris jusqu'au dernier sou, ne peut lui acheter un homme. Il pense alors à s'adresser à Germinie, mais il craint de contrarier sa mère qui l'a mise à la porte. Néanmoins il se risque et donne son idée que la crémière ne trouve pas mal du tout ; elle observe toutefois que la bonne ne possède plus rien ; Jupillon lui répond qu'il est sûr d'avoir son affaire. Il va l'attendre un soir et, de fil en aiguille, arrive à lui raconter le malheur qui vient de le frapper ; il prend un air indifférent, ce qui pique Germinie qui jure d'avoir les 2. 300 francs nécessaires.

La pauvre fille réussit ; elle porte la somme aux Jupillon qui lui sautent au cou, la portent aux nues, la considèrent comme un ange gardien.

La malheureuse ne sait pas ce qu'elle a fait pour rendre encore service à celui qu'elle aime, elle a emprunté partout, elle a souscrit des reconnaissances aux fournisseurs de Mlle Varandeuil, qui tous lui ont prêté de l'argent.

Elle devient encore une fois grosse ; lorsqu'elle en avertit Jupillon, il lui fait des reproches qui lui torturent le cœur ; du reste, cela n'empêche pas au jeune homme de continuer ses relations avec une cousine qui a déjà été sa maîtresse.

Un matin qu'elle le voit avec sa rivale, et qu'elle peut bien examiner l'hypocrisie de Jupillon, elle rentre chez sa maîtresse ; celle-ci est absente de Paris ; la malheureuse achète une bouteille d'eau-de-vie et la boit jusqu'à ce que tout tourne autour d'elle ; elle veut se mettre dans le lit de mademoiselle ; mais l'ivresse la jette par terre, elle s'endort sur le plancher, mais la violence du coup qu'elle a reçu lui cause une fausse couche, elle veut se relever, elle ne le peut. Ici encore les auteurs lèvent la toile sur la réalité et je renvoie le lecteur au livre, il y gagnera.

Lorsqu'au bout d'un mois mademoiselle revient, Germinie est levée, mais elle est très faible ; à chaque instant elle est obligée de s'asseoir. On cache la chose à mademoiselle, qui ne soupçonne rien.

Germinie, à force de souffrances morales et physiques, tombe dangereusement malade, et à son dernier moment d'épuisement mademoiselle de Varandeuil la conduit, d'après l'ordre du médecin, à l'hôpital ; elle va la voir tous les jours.

Un matin, la vieille femme reçoit un avis que sa bonne est morte ; elle s'habille et court à la maison mortuaire ; elle reconnaît celle qui l'a servie pendant si longtemps. Aussitôt rentrée, elle se couche et ne peut retenir les sanglots qui l'étranglent.

Elle donne de l'argent à son concierge pour payer l'enterrement et la concession du terrain ; là, il y a une de ces inventions qui, toutes simples qu'elles sont, sont d'un effet puissant.

Le portier, qui sait les dettes qu'avait Germinie, paie les créanciers avec cet argent, et fait ainsi partager à Germinie la tombe de Fantine.

Voilà en bloc l'histoire de Germinie Lacerteux, qui peut compter comme un des chefs-d'œuvre de ces temps-ci. C'est une histoire bien simple que celle de cette bonne, mais quelles richesses de style il y a, quelle invention n'y trouve-t-on pas ! quelle originalité de faire survivre la vieille femme à tous ses parents, à tous ses amis, à sa bonne même, dont elle est une fois l'aînée, et remarquez bien que les auteurs ont peint deux caractères qui tous deux ont subi de grandes souffrances, qui s'accordent en bien des points, et dont l'un meurt à la fleur de l'âge, tandis que l'autre vit près d'un siècle !

Ce sont des réalistes, dit-on des frères de Goncourt, d'un côté ; de l'autre, ce sont des exagérés ; par ici, ce sont des photographes ; par là, ce sont des peintres !

Alors, à qui s'en rapporter, demanderez-vous ?

Au livre ! lisez-le attentivement ; le temps que vous passerez à la lecture de ce roman sera bien employé ; il y a des épisodes que je n'ai pu raconter qui sont plus que beaux, qui sont vraiment magnifiques ; il s'y trouve des descriptions qu'aurait pu signer Victor Hugo ; les deux types de Mlle de Varandeuil et de Germinie peuvent prendre place à côté de madame Bovary.

Germinie Lacerteux a un fond très sérieux et très social ; du reste, les auteurs, dans une préface très éloquente, préviennent le lecteur que leur roman vient de la rue et que c'est pour le peuple qu'il est écrit ; en un mot, qu'ils n'ont pas voulu faire un roman vulgaire, qui possède un dénouement notarié, mais un tableau des bas fonds de la société ; ils ont donné à ce tableau un cadre de la plus fine sculpture.

Encore un mot ; les frères de Goncourt n'ont pas tout le succès qu'ils méritent, leurs œuvres ne sont achetées que par les vrais admirateurs du beau ; mais qu'ils se consolent, ils ne sont pas les seuls. Quinet, Flaubert, Leconte de Lisle, Bouilhet, ne font que ramasser les miettes des succès de MM. Thiers, Dumas, Ponsard et Feuillet, qui aujourd'hui sont les souverains de l'histoire, du roman et de la poésie, et qui sont affublés de tous les honneurs possibles.

N'est-ce pas assez pour prouver la bêtise du public actuel, et montrer qu'il y a plus d'honneur à être méchant que prôné par notre société malade.

Michel MORTJÉ

« LETTRE À FERRAGUS »
LE FIGARO, 31 JANVIER 1868

Le signataire de la lettre qu'on va lire est un de nos anciens collaborateurs très connu des lecteurs du *Figaro*. Il était en outre momentanément désigné dans les attaques qu'il repousse. Cette lettre avait donc doublement droit à l'hospitalité du *Figaro*, quelque vifs que soient les termes dans lesquels elle est conçue. Notre collaborateur Ferragus a d'ailleurs bec et ongles pour défendre ses théories, et il le prouvera mercredi prochain.

Le secrétaire de la rédaction :
Alexandre Duvernois.

Vous êtes chef des Dévorants, monsieur, et vous m'avez dévoré en toute conscience. Je vous jure que j'aurais eu la bonté d'âme de me laisser manger sans me plaindre, si vous vous étiez contenté du misérable morceau que je pouvais offrir personnellement à votre furieux appétit. Mais vous attaquez toutes mes croyances, vous mordez MM. de Goncourt que j'aime et que j'admire, vous écrivez un réquisitoire contre une école littéraire qui a produit des œuvres vivantes et fortes. J'ai droit de réponse, n'est-ce pas ? non pour me défendre, moi chétif, mais pour défendre la vérité.

C'est entendu, je me mets à part, je ne me rappelle plus même que je suis l'auteur de *Thérèse Raquin*. Vous avez parlé de charnier, de pus, de choléra ; je vais parler à mon tour des réalités humaines, des enseignements terribles de la vie.

Je vous avoue, monsieur, que je vous aurais répondu tout de suite, si je n'avais éprouvé un scrupule bête. J'aime à savoir à qui je m'adresse, votre masque me gêne. J'ai peur de vous dire des choses désagréables sans le vouloir. Oh ! je me suis creusé la tête, j'ai épelé votre article, fouillant chaque mot, cherchant une personnalité connue au fond de vos phrases. Je déclare humblement que mes recherches ont été vaines. Votre style a un débraillé violent qui m'a dérouté. Quant à vos opinions, elles sont dans une moyenne honnête ne portant pas de signature individuelle.

On m'a bien cité quelques noms ; mais vraiment, monsieur, si vous êtes un de ceux que l'on m'a nommés, il est à croire que le masque vous a donné le langage bruyant et lâche de nos bals publics. Quand on a le visage couvert, on peut se permettre l'engueulement classique, surtout en un temps de carnaval. Je me plais à penser que, dans un salon, vous dévorez les gens avec plus de douceur. Donc, monsieur, je n'ai pu vous reconnaître. J'essaye de répondre posément et sagement à un inconnu déguisé en Matamore qui, en se rendant un samedi à l'Opéra, a rencontré un groupe de littérateurs, et qui a voulu les effrayer en faisant la grosse voix.

Vous avez émis, monsieur, une étrange théorie qui inaugure une esthétique toute nouvelle. Vous prétendez que si un personnage de roman ne peut être mis au théâtre, ce personnage est monstrueux, impossible, en dehors du vrai. Je prends note de cette incroyable façon de juger deux littéraires si différents : le roman, cadre souple, s'élargissant pour toutes les vérités et toutes les audaces, et la pièce de théâtre qui vit surtout de conventions et de restrictions.

Certes non, on ne pourrait mettre Germinie Lacerteux sur les planches où gambade mademoiselle Schneider. Cette « cuisinière sordide », selon votre expression, effaroucherait le public qui se pâme devant les minauderies poissardes de la Grande-Duchesse. Oh ! le public de nos jours est un public intelligent, délicat et honnête : Molière l'ennuie ; il applaudit la musique de mirliton de MM. Offenbach et Hervé ; il encourage les niaiseries folles des parades modernes. Évidemment, ce public-là sifflerait Germinie Lacerteux, coupable d'avoir du sang et des nerfs comme tout le monde.

Et pourtant je jurerais qu'un faiseur se chargerait de la lui imposer. Il s'agirait simplement de transformer Germinie en une cuisinière délaissée par son sapeur, qui se lamente et va se faire *périr.* Au dénoûment, pour ne pas troubler la digestion du public, le sapeur viendrait rendre la vie à sa payse. Thérésa serait superbe dans un pareil rôle, et l'on irait à la centième représentation, n'est-ce pas ?

Sans plaisanter davantage, monsieur, comment n'avez-vous pas compris que notre théâtre se meurt, que la scène française tend à devenir un tremplin pour les paillasses et les sauteuses ? Et vous voulez, avant d'accepter et d'admirer les personnages d'un roman, les faire rebondir sur ce tremplin et savoir s'ils exécutent la cabriole des poupées applaudies ! Mais ne voyez-vous pas qu'en France on ne va au théâtre que pour digérer en paix. Demandez aux auteurs dramatiques de quelque talent les rages qu'ils ont parfois contre ce public pudibond et borné, qui ne veut absolument que des pantins, qui refuse les vérités âpres de la vie. Nos foules demandent de beaux mensonges, des sentiments tout faits, des situations clichées ; elles descendent souvent jusqu'aux indécences, mais elles ne montent jamais jusqu'aux réalités.

Lisez l'*Histoire de la littérature anglaise* de M. Taine, et vous verrez ce qu'on peut oser sur la scène chez un peuple auquel son tempérament permet d'assister au spectacle réel de nos passions. Vycherley et Swift n'auraient pas hésité à mettre Germinie au théâtre. Nous autres, nous préférons les vaudevillistes gais ou funèbres : Scribe sera toujours le maître de la scène française.

Ah ! monsieur, si le théâtre se meurt, laissez vivre le roman. Ne mettez pas le romancier sous le joug du public. Accordez-lui le droit de fouiller l'humanité à son aise, et ne déclarez pas ses créations monstrueuses, parce que des spectateurs, qui ont lu les *Mémoires d'une femme de chambre*, se prétendent révoltés par le spectacle d'une vérité humaine qui passe.

Vous ne comprenez que le nu de mademoiselle ***. C'est plastique, dites-vous. Les charmes de mademoiselle *** n'avaient pas besoin de cette réclame, je crois ; mais je suis heureux de savoir comment vous comprenez la chair.

Ainsi, monsieur, il ne vous déplairait pas trop que Germinie Lacerteux fût en maillot, pourvu qu'elle ait les jambes bien faites. Puis elle sent le graillon ; elle ne vaut pas mademoiselle ***, en un mot. C'est une misérable proie pour le plaisir, tel que vous paraissez l'entendre. Elle a encore un défaut immense : c'est qu'elle ne s'est pas vendue dès l'âge de seize ans ; elle a grandi dans des pensées d'honneur, dans des répugnances invincibles pour le vice, et elle n'a roulé au fond de l'égout que poussée par les faits, poussée par ses nerfs et son sang. Que voulez-vous ? Germinie n'est pas une courtisane, Germinie est une malheureuse que les fatalités de son tempérament ont jetée à la honte. Toutes les femmes ne sont pas « plastiques ».

Vous restez à fleur de peau, monsieur, tandis que les romanciers analystes ne craignent pas de pénétrer dans les chairs. C'est moins voluptueux et moins agréable, je le sais ; les tableaux vivants, les apothéoses de féerie sont excellents pour procurer des rêves amoureux ; la vue d'une salle d'amphithéâtre est au contraire écœurante pour ceux qui n'ont pas l'amour austère de la vérité. Je crains bien que nous ne nous entendions pas. Je trouve fort indécente l'exhibition de certaines actrices, et je n'éprouve qu'une douleur émue en face des plaies intérieures du corps humain.

S'il est possible, ayez un instant la curiosité du mécanisme de la vie, oubliez l'épiderme satiné de telle ou telle dame, demandez-vous quel tas de boue est caché au fond de cette peau rose dont le spectacle contente vos faciles désirs. Vous comprendrez alors qu'il a pu se rencontrer des écrivains qui ont fouillé courageusement la fange humaine. La vérité, comme le feu, purifie tout. Il y a des gens qui emmènent le soir des filles et qui les renvoient le lendemain matin après s'être assuré si elles ont la taille mince et les bras forts ; il y en a d'autres qui préfèrent étudier les drames intérieurs de la femme, qui ne touchent à la chair que pour en expliquer les fatalités.

D'ailleurs, monsieur, je vous l'accorde, on doit fouiller la boue aussi peu que possible. J'aime comme vous les œuvres simples et propres, lorsqu'elles sont fortes et vraies en même temps. Mais je comprends tout, je fais la part de la fièvre, je m'attache surtout dans un roman à la marche logique des faits, à la vie des personnages ; j'admire *Germinie Lacerteux*, moins dans les pages brutales du livre que dans l'analyse exacte des personnages et des faits. Vous déclarez l'œuvre putride parce que certains tableaux vous ont choqué ; c'est là de l'intolérance.

Passez outre et dites-moi si les auteurs n'ont pas créé des personnes vivantes, au lieu des poupées mécaniques que l'on rencontre dans les romans de M. Feuillet par exemple.

Je vous avertis que je suis de l'avis de Stendhal. Je crois qu'un romancier doit d'abord écrire ses œuvres pour lui ; le souci du public vient ensuite.

Le romancier n'est pas comme l'auteur dramatique, il ne dépend point de la foule. Si vous le voulez nous appellerons *Germinie Lacerteux* un traité de physiologie, nous le mettrons dans une bibliothèque médicale, nous recommanderons aux jeunes filles et aux jeunes gens délicats de ne jamais le lire. Tout cela n'empêchera pas que *Germinie Lacerteux* ne soit un livre des plus remarquables.

Vous dites qu'il est facile de travailler dans l'horrible. Oui et non. Il est facile – et vous l'avez prouvé – d'écrire une page violente sans y mettre autre chose que de la violence ; mais il n'est plus aussi facile d'avoir une fièvre toute personnelle, et d'employer l'activité que vous donne cette fièvre, à observer et à sentir la vie. Demandez à M. Claretie s'il renie ses premiers livres, comme vous paraissez le dire. Quant à moi, je ne pense pas qu'il renonce à l'étude de la vie moderne, et je crois qu'il y reviendra tôt ou tard avec un égal amour pour la réalité.

Les derniers montagnards, un beau livre que je viens de lire, ne sont qu'une ode en l'honneur de l'héroïsme et de l'amour patriotique. Au-dessous de ses folies généreuses, la nature humaine a ses misères de tous les jours, qui sont moins consolantes, mais aussi intéressantes à étudier.

D'ailleurs, ne tremblez pas, monsieur, « La littérature putride » ne nourrit point ses auteurs. Le public n'aime pas les vérités, il veut des mensonges pour son argent. Vous accusez presque MM. de Goncourt d'être « trivialistes », uniquement pour être lus. Eh ! bon Dieu ! vous ne savez donc pas qu'on a vendu trente mille exemplaires de *M. de Camors*, et que *Germinie Lacerteux* n'en est qu'à sa seconde édition.

Croyez-moi, monsieur, laissez en paix les romanciers consciencieux. S'il vous faut dévorer quelqu'un dévorez nos petits musiciens, nos petits faiseurs de parades, ceux qui font vivre le public de platitudes.

Un dernier mot. J'ai évité de parler de moi. Permettez-moi pourtant de vous dire que, si j'ai été parfois intolérant, comme vous me le reprochez, jamais je n'ai écrit un article qui pût écœurer et faire rougir mes lectrices. Je vous défie de trouver dans la collection de *l'Événement*, une seule phrase signée de mon nom que vous ne puissiez mettre sous les yeux d'une jeune fille.

Quand j'écris un livre, j'écris pour moi comme je l'entends ; mais quand j'écris dans un journal, je le fais de façon à pouvoir être lu de tout le monde.

Si j'avais une fille, monsieur, après avoir jeté un coup d'œil sur le numéro du *Figaro* où se trouve votre lettre, j'aurais brûlé le numéro.

Émile ZOLA

« *GERMINIE LACERTEUX*, PAR MM. EDMOND ET JULES DE GONCOURT, ALPHONSE LEMERRE ÉDITEUR »
JOURNAL DE NICE, 18 NOVEMBRE 1876

C'est encore là un volume de la petite bibliothèque littéraire, et un des bons.

Je vous parlais dernièrement de ces deux esprits coulés dans le même et excellent moule, de ces deux frères dans la meilleure acception du moi, qui se nomment de Goncourt ; je suis enchanté d'avoir à vous présenter une nouvelle édition de leur roman si saisissant et si original : *Germinie Lacerteux.*

L'étude qui suit, ont dit MM. de Goncourt dans leur vaillante préface, est la clinique de l'amour ; on n'y trouve aucune des saletés érotiques dont sont pleins, hélas, les feuilletons des journaux ; mais on y voit les misères d'en bas avec toutes leurs douleurs tristes, violentes et poignantes.

La nouvelle édition de *Germinie Lacerteux* sera enlevée aussi vivement que la première.

Armand DUBARRY

« BIBLIOGRAPHIE »
L'ORDRE, 4 MARS 1877

Germinie Lacerteux, le roman des Goncourt, vient de reparaître dans une de ces éditions elzéviriennes que l'éditeur Lemerre établit avec tant d'amour et de soins pour les bibliophiles et les amateurs. Ce n'est point l'édition, tant bonne qu'elle soit, ni le livre, si bien imprimé qu'il puisse être, ni même cette remarquable eau-forte, d'après un dessin de Jules de Goncourt, que nous signalons ; c'est le roman si complètement vécu, si intimement parisien, si profondément social. C'est le roman socialiste, et socialiste dans le vrai sens. Descendre dans les douleurs et les joies du peuple, raconter sa vie, ses misères, l'effroyable abîme où s'agitent certaines existences, montrer, par un type pris entre mille, comment la destinée s'attache à un individu, ce qu'elle en fait et où elle le pousse, tel était le but saint et élevé que poursuivaient nos amis.

C'était le roman d'une cuisinière qu'ils écrivaient et certains esprits, non des moindres, croyaient qu'à des telles gens il ne fallait point d'historien. Nous autres, nous ne sommes point de tel avis. Nous nous souvenons de la pensée constante de l'Empereur : « Améliorer le sort de la classe la plus nombreuse et la plus pauvre. » Pour améliorer, il faut connaître, il faut enquêter. Ceci est de l'enquête. Et qu'on ne parle point d'immoralité. L'art n'a d'autre moralité que la vérité même. Si ce livre est vrai, il n'est point immoral. Qu'on ne dise pas non plus que

MM. de Goncourt n'ont voulu en ce livre mettre en relief que les pires côtés du peuple.

Qu'on relise ces admirables passages où ils ont dit le dévouement presque animal de la cuisinière hystérique pour sa vieille maîtresse, Mlle de Varandeuil ; ceux où ils montrent la passion de Germinie pour son enfant, ceux où ils la mettent aux prises avec son amour, amour bestial tant qu'on voudra, mais amour tel que le comprend le peuple avec cette éducation et cette instruction insuffisante que la société lui donne.

Qu'on ne dise pas que le roman est antisocial. Il est socialiste, ce qui est autre chose. Ils ont plaidé pour le pauvre, – ce pauvre auquel dans la mort l'Empereur a donné l'aumônier des dernières prières, pour laquelle il a voulu supprimer la fosse commune. Cet aumônier des dernières prières, « ce vieux prêtre qui est là à attendre, la tête dans un capuchon noir, en camail noir, en étole noire », cette sentinelle de Dieu qui attend les âmes au bord de la fosse, qui lui a donné sa consigne ? L'Empereur. – Et cette fosse, qui a tout tenté, tout essayé pour la fermer ? Qui a risqué sa popularité – la chose est étrange et pourtant vraie – pour donner à chacun de ce peuple le coin de terre où il pût dormir tranquille son éternel sommeil, qui ? L'Empereur.

À quoi bon plaider et parler ? Quiconque a voulu lire est convaincu de longue date. Je me souviens d'un bourgeois fleuri, grassouillet, rosâtre et bellâtre, qui, un soir que je flânais dans une librairie, demanda le *Roman d'une Cuisinière* de M. de Gondrecourt[1]. C'était de *Germinie Lacerteux* qu'il voulait parler, et déjà sa bouche s'ouvrait aux choses grasses et gaies qu'il comptait lire. A-t-il été jusqu'au bout ? J'en doute ; mais s'il s'est donné la peine de feuilleter le volume, il me semble que ses lèvres ont dû se refermer, son front se plisser et un rictus d'étonnement crisper sa bouche. Cela n'est point gai, folâtre, amoureux, sensuel ; cela est triste comme la réalité, funèbre comme la vie, profond comme la mort. Ce n'est ni un livre obscène pour les cocottes, ni un roman anglais pour les petites filles : c'est un livre pour les hommes.

Et c'est pour les hommes aussi qu'Edmond de Goncourt a écrit ce livre qui va paraître et qui, dans la société bourgeoise et convenue où nous vivons, brise les moules dans lesquels il est établi qu'un auteur *comme il*

1 Le catalogue de la BNF répertorie deux Gondrecourt (Alfred et Aristide) et aucun *Roman d'une cuisinière* dont un Gondrecourt serait l'auteur. A bien paru en 1866 *Le Roman d'une cuisinière raconté par son sapeur*, chez le libraire Guérin.

faut doit jeter sa pensée : certes, le monde dans lequel ce livre *La Fille Élisa* va transporter les lecteurs est un monde bien profondément bas, c'est l'abîme des douleurs sans espoir ; c'est la prostitution d'un côté, la prison de l'autre. Mais ces mondes inconnus, ne faut-il pas apprendre quelles sont leurs pensées, leurs misères et leurs cris ?

Il y a là des âmes, et si bas que les mette la vie humaine, ne peuvent-elles pas d'un coup d'aile remonter à Dieu ? Il y a là des crimes inconnus, des passions étranges et plus qu'humaines ; il y a des aspirations profondes, bizarres, terribles. Cela est le dessous du Paris que nous sommes ; c'est cela qui grouille sous cette bourgeoisie inconsciente et folle, occupée de ses plaisirs et ne voulant pas s'en distraire.

Et c'est faire œuvre nécessaire, juste et sainte que de prendre le voile à deux mains, de l'arracher, et de montrer à ceux qui ne veulent pas voir de quelle boue est faite leur société, dans quelle boue ils se vautrent, dans quelle boue ils peuvent tomber.

C. D[1].

« EDMOND ET JULES DE GONCOURT »
REVUE POLITIQUE ET LITTÉRAIRE, 1882

[repris dans *Les Contemporains : études et portraits littéraires*. 3e série, Paris, H. Lecène et H. Oudin, 1887].

C'est avec un peu de chagrin que nous avons vu M. Renan comprendre le roman dans ses dédains exquis, auxquels si peu de choses échappent. Je sais bien qu'il faisait, comme de juste, une exception en faveur de M. Victor Cherbuliez et des romanciers académiciens. Il admettrait sans doute quelques autres exceptions si on le pressait un peu, et cela nous suffirait, car ce ne sont pas les romans-feuilletons qui nous tiennent à cœur. Il n'en reste pas moins que M. Renan considère le roman comme un genre inférieur et peu digne, pour parler sa langue, des « personnes sérieuses », lorsque la science, la critique et l'histoire sont là qui offrent un meilleur emploi à nos facultés. En quoi meilleur, je vous prie ? C'est pure coquetterie de proclamer à tout bout de champ la supériorité de la science sur l'art, lorsqu'on est soi-même un si grand et si ondoyant et si

1 Il s'agit de Clément Duvernois, collaborateur de *L'Ordre*, journal bonapartiste, dirigé par Jules Amigues et lié à Rouher. Je remercie Marie-Ève Thérenty de m'avoir secondée dans l'identification de ce journaliste.

troublant artiste. Ajoutez que le roman est bien réellement une forme, et non la moindre, de l'histoire des mœurs. Et quand il n'aurait aucune vérité, quand il ne serait pas, à sa façon, œuvre d'histoire et de critique, pourquoi le dédaigner ? Enfin, si ce n'est pas, à proprement parler, le roman qui m'intéresse, ce sera peut-être le romancier.

Nous prions l'auteur de la *Vie de Jésus* de faire un peu grâce au roman. « La vie est courte, dit-il, et l'histoire, la science, les études sociales ont tant d'intérêt ! » Eh ! Les mœurs contemporaines n'en ont-elles pas aussi ? Et quant à la brièveté de la vie, c'est une vérité qui se plie à plus d'une conclusion. – « Une longue fiction en prise » vous paraît « une faute littéraire » ? De ces fautes-là, j'en connais de délicieuses. Et, du reste, le roman tel que l'ont compris MM. de Goncourt n'est presque pas une fiction, ou du moins n'est pas une « longue fiction ». C'est la vie moderne, observée surtout dans ce qu'elle a de fébrile et d'un peu fou, sentie et rendue par les plus subtils et les plus nerveux des écrivains. Ces deux frères siamois de l'« écriture artiste », nous les aimons parce qu'ils sont de leur temps autant qu'on en puisse être, aussi modernes par le tour de leur imagination que tel autre par le tour de sa pensée, et aussi remarquables par la délicatesse de leurs perceptions et par leur nervosité que tel autre par la distinction de ses rêves et par le détachement diabolique de sa sagesse. C'est aux plus « modernes », sentants ou pensants, que nous allons de préférence. Or MM. de Goncourt ont donné comme qui dirait la note la plus aiguë de la littérature contemporaine ; ils ont eu au plus haut point l'intelligence et l'amour de ce qu'ils ont appelé eux-mêmes la « modernité » ; ils ont enfin inventé une façon d'écrire, presque une langue, qu'on peut apprécier fort diversement, mais qui est curieuse, qui a eu des imitateurs et qui a marqué sa trace dans la littérature des vingt dernières années. – Mais peut-être est-il nécessaire, pour les bien goûter, d'avoir un esprit peu simple et en même temps d'être de ceux « pour qui le monde visible existe[1]. »

I

« Ceux qui aiment tant la réalité n'ont qu'à la regarder, » dit-on. Soit ; mais il n'est pas non plus sans intérêt de voir comment d'autres la regardent, sous quel angle, de quels yeux et dans quelle disposition d'esprit, et comment ils l'expriment, quel caractère ils aiment à en

1 *Charles Demailly*, p. 85.

dégager, quel sorte de grossissement ils lui donnent, et par quel parti pris et par quelle loi de leur tempérament. Car, faut-il le répéter ? Un écrivain n'est jamais un photographe, quand il le voudrait ; tout ce qu'il peut faire, c'est d'être idéaliste à rebours : le naturalisme tel qu'il a plu à M. Zola de le définir est une naïveté ou un défi. MM. de Goncourt sont si peu « naturalistes » au sens nouveau, que, dès 1859, croyant ne railler encore que M. Champfleury, ils mettaient dans la bouche d'un grotesque les idées et les professions de foi qu'a reprises et développées sérieusement la plume pesante et convaincue de M. Zola [...] « Amoureux de mots, aligneurs d'épithètes », MM. de Goncourt le sont au plus haut point et souvent avec une grande puissance ; et c'est peut-être parce qu'ils étaient « amoureux de mots » qu'ils ont été amoureux de choses concrètes. Car le meilleur support d'une forme plastique, c'est encore l'observation passionnée du monde réel. Mais « naturalistes » selon l'esprit de M. Zola, ils ne le sont pas plus que Gustave Flaubert dans *Madame Bovary*. [...]

II

Ce qui distingue MM. de Goncourt des autres romanciers de la même famille, c'est qu'ils sont les plus impressionnables et les plus tourmentés. Ils n'ont jamais cette impassibilité qu'avait Flaubert et qu'affecte M. Zola. Cette vie contemporaine qu'ils racontent, on sent qu'ils y tiennent par les entrailles ; ils frissonnent eux-mêmes de cette fièvre qu'ils décrivent. On voit qu'ils aiment leur temps pour ce qu'il a d'intelligent, de charmant, de brillant, de fou, de malade. Ils l'aiment en psychologues et en peintres. [...] Et ils aiment et ils comprennent d'autant mieux la vie moderne qu'ils n'en sont pas distraits par d'autres prédilections plus solennelles. En fait d'antiquité, ils ne connaissent que la plus proche, une antiquité de cent cinquante ans ; et encore de cette antiquité ils ne connaissent bien que les mœurs et la vie mondaine. Ils semblent aussi peu empêtrés que possible d'éducation classique. [...] Leur Grèce et leur Rome à eux, c'est la France du XVIIIe siècle, et c'est surtout le XVIIIe siècle féminin et corrompu. Ils l'ont étudié à fond dans son esprit, dans son cœur, dans ses modes, dans son art et dans ses fanfreluches. C'est sans doute dans cette étude que s'est affinée d'abord leur curiosité, développé leur « sens artiste », et que leur goût s'est délicatement perverti. Ils sont sortis de là tout préparés à sentir et à rendre le pittoresque propre à notre époque. Mais, mieux encore que leurs études historiques, leur tempérament les y prédisposait. [...]

Je veux dire d'abord que MM. de Goncourt sentent avec une extrême vivacité et perçoivent dans un extrême détail les objets, les spectacles qui les entourent ; et que, tout secoués et presque souffrants de ces impressions multiples, délicates et quasi lancinantes (soit qu'ils les éprouvent pour la première fois ou qu'ils les retrouvent), ils les traduisent sans les laisser s'amortir, dans une langue inquiète, impatiente et comme irritée d'être inégale à ce qu'elle veut rendre, et avec une fièvre où s'exagère encore l'acuité de l'impression primitive : si bien qu'on sent maintes fois dans leur style la vibration même de leurs nerfs trop tendus.

Un tel genre de talent ne peut s'appliquer tout entier, on le comprend, qu'à la peinture des choses *vues*, de la vie moderne, surtout parisienne. Cinq des romans de MM. de Goncourt, sur six, sont des romans parisiens. Leur objet, c'est la « modernité », laquelle est visible surtout à Paris. Ce néologisme s'entend aisément ; mais ce qu'il représente n'est pas très facile à déterminer, car le moderne change insensiblement, et puis ce qui est moderne est toujours superposé ou mêlé à ce qui ne l'est point ou à ce qui ne l'est déjà plus. La modernité, c'est d'abord, si l'on veut, dans l'ensemble et dans le détail de la vie extérieure, le genre de pittoresque qui est particulier à notre temps. C'est ce qui porte la date d'aujourd'hui dans nos maisons, dans nos rues, dans nos lieux de réunion. L'habit noir ou la jaquette des hommes, les chiffons des femmes, l'asphalte du boulevard, le petit journalisme, le bac de gaz et demain la lumière électrique, et une infinité d'autres choses en font partie. C'est ce qui fait qu'une rue, un café, un salon, une femme d'à présent ne ressemblent pas, extérieurement, à une femme, à un salon, à un café, à une rue du XVIIIe, ou même du temps de Louis-Philippe. La modernité, c'est encore ce qui, dans les cervelles, a l'empreinte du moment où nous sommes ; c'est une certaine fleur de culture extrême ou de perversion intellectuelle ; un tour d'esprit et de langage fait surtout d'outrance, de recherche et d'irrévérence, où dominent le paradoxe, l'ironie et « la blague », où se trahit le fiévreux de l'existence, une existence amère, une prétention à être revenu de tout, en même temps qu'une sensibilité excessive ; et c'est aussi, chez quelques personnes privilégiées, une bonté, une tendresse de cœur que les désillusions du blasé font plus désintéressée, et que l'intelligence du critique et de l'artiste fait plus indulgente et plus délicate… La modernité, c'est une chose à la fois très vague et très simple ; et l'on dira peut-être que la découverte de MM. de Goncourt n'est point si extraordinaire, qu'on avait inventé « le moderne » bien avant eux, qu'il n'y faut que des yeux. Mais leur marque, c'est de l'aimer par-dessus tout et d'en chercher la suprême fleur. Cette prédilection paraîtra même une originalité suffisante, si l'on considère que l'Art vit plus volontiers de choses éternelles ou de choses déjà passées, qu'il a souvent ignoré ce qui, à travers les âges, a successivement été « le moderne », ou que, s'il l'a connu quelquefois, il ne l'a jamais aimé avec cette passion jalouse.

MM. de Goncourt sont donc des « modernistes », sans plus, qui adorent la vie d'aujourd'hui et qui l'expriment sans nulle simplicité. […]

III

[…] *Sœur Philomène, Germinie Lacerteux, Renée Mauperin* et même *Madame Gervaisais* ressemblent davantage à ce qu'on entend d'ordinaire par un roman ; mais l'action est encore morcelée, découpée en tableaux entre lesquels il y a d'assez grands vides. L'histoire va, par bonds, *nerveusement*. Non que MM. de Goncourt soient incapables de faire un récit continu : voyez celui de la vie de Mlle de Varandeuil (*Germinie Lacerteux*) et celui de l'enfance de sœur Philomène : deux merveilles. Remarquez seulement que, ces deux récits étant rétrospectifs et explicatifs, il était interdit aux narrateurs de s'égarer en chemin. Ils ont dû à cette contrainte d'écrire leurs pages les plus sombres et les plus « classiques ». Mais ce n'est point leur allure ordinaire et naturelles. Au fond, ils n'aiment pas raconter ; ils ne peuvent souffrir le labeur d'un récit suivi, avec des passages nécessairement plus éteints, des transitions d'un épisode à l'autre. Leur sensibilité de névropathes n'admet que ce qui l'émeut ; il ne faut à leur besoin d'impressions fines ou violentes que des tableaux de plus en plus brillants et vibrants. […] *Germinie, Renée* et *Sœur Philomène*, sans nous offrir un récit aussi lié, aussi gradué que *Madame Bovary*, n'ont point de digressions trop insolentes.

IV

Peu d'œuvres, dans leur ensemble, sont aussi harmonieuses que celle que nous étudions. Il y a une relation entre l'allure irrégulière et coupée du récit et le caractère d'un grand nombre de personnages. MM. de Goncourt, ces nerveux, sont, dans leurs romans inquiets, les grands peintres des maladies nerveuses. – Charles Demailly, Coriolis, Germinie, Mme Gervaisais, même la sœur Philomène et Renée « la mélancolique tintamarresque » sont à des degrés divers des névropathes, des personnes d'une sensibilité excessive et douloureuse et qui dégénère aisément en maladie et par là aussi sont excellemment « modernes ». [...]

Germinie Lacerteux, une fille de paysans, venue à Paris après une enfance misérable, a été violée à quinze ans par un garçon de café. Elle est entrée comme servante chez une vieille demoiselle à qui elle se dévoue corps et âme. Un grand cœur, des sens détraqués et exigeants, une tête faible, voilà Germinie. Après plusieurs années de vertu, elle est prise d'une rage d'amour ; elle se dépouille et s'endette pour un jeune polisson du faubourg qui l'exploite et la maltraite de mille façons et l'abandonne enfin. Puis ce sont de frénétiques amours avec un ouvrier ivrogne et loustic. Puis c'est la prostitution aveugle et béante, en quête du premier venu, la rage suprême et toute bestiale de l'hystérie. Et au milieu de tout cela, la malheureuse garde son cœur d'or, continue de soigner sa vieille maîtresse avec idolâtrie, parvient à lui tout cacher. Et elle va ainsi, en proie à son corps, jusqu'à ce que la délivrance lui vienne dans un lit d'hôpital. [...]

On le voit, les personnages de MM. de Goncourt sont tous plus ou moins des malades, menés par leur cœur ou par leurs sens. Et c'est pour cela sans doute, que dans leur développement, dans la série de leurs états moraux, on remarque des lacunes, on surprend des effets qui paraissent sans causes, tout au moins des choses insuffisamment préparées et qui étonnent. [...] MM. de Goncourt ont laissé chez leurs malades une bien plus grande part d'inconnu et d'inexpliqué. [...] L'histoire de Germinie Lacerteux, une des plus liées, a pourtant ses sursauts. Il y a trop de caprice dans le développement de sa maladie ; il ne semble qu'elle se révèle assez tôt ; elle sommeille quinze ans entre la première souillure involontaire et le premier amour : c'est beaucoup. N'y a-t-il pas encore une solution de continuité entre son premier amour et son premier caprice de débauche, entre Jupillon et Gautruche ? Enfin n'y a-t-il pas dans la nature de Germinie certaines parties délicates qui semblaient devoir la préserver quand même de l'ignominie complète ? [...]

Ainsi presque tous les principaux personnages de MM. de Goncourt ne se développent point dans les phases qui se lient et s'engendrent : ils se révèlent, de loin en loin, par des accès. Cette impression tient peut-être, en partie, à ce caprice de composition qui, comme nous l'avons vu, découpe un livre en tableaux presque toujours indépendants les uns des autres : les vides qui séparent les tableaux se répètent dans le *processus* des caractères. Ainsi un homme qui marche à l'intérieur d'une maison, si nous regardons du dehors, apparaît successivement à chaque fenêtre, et dans les intervalles nous échappe. Ces fenêtres, ce sont les chapitres de MM. de Goncourt. Encore y a-t-il plusieurs de ces fenêtres où l'homme que nous attendions ne passe point.

J'exagère un peu l'impression, mais elle est réelle. Il y a du hasard dans ce que font et dans ce que deviennent les personnages que j'ai cités. Leur caractère étant donné, ce qui en sort n'en paraît pas sortir nécessairement. – Mais quelques-uns sont des malades, et, en signalant ce qu'ils ont d'inexpliqué, c'est peut-être leur maladie même que nous leur reprochons. Pour les autres, si leur conduite a quelque chose d'inattendu, elle n'a rien, après tout, d'impossible. Ainsi, à peine ai-je formulé mes critiques que je ne suis plus si sûr de leur justesse. Il ne faut pas, quand on juge un roman, même de ceux qui reposent sur l'observation du monde réel, pousser trop loin la superstition de la vraisemblance psychologique. Le vraisemblable en ces matières est peut-être plus large qu'on ne se le figure d'ordinaire. Qui de nous, en y regardant d'un peu près, n'a surpris en soi, ou autour de soi, même chez les personnes qu'il pensait connaître le mieux, des phénomènes qui déroutent, des volontés ou des faiblesses qu'on ne s'exprime pas entièrement, des effets dont les causes en partie se dérobent et qui font parler de la fatalité ou des nerfs, deux manières de nommer l'inconnu ? Mais il est peut-être vrai aussi qu'un roman doit être plus logique, plus lié, plus clair que la réalité, et que MM. de Goncourt se sont dispensés plus qu'il n'aurait fallu des règles les mieux fondées de la composition, de tout ce qui, dans une œuvre d'art, produit, pour employer leurs expressions, « la tranquillité des lignes » et l'air de « santé courante », donne une impression de grandeur et de beauté, délivre de toute inquiétude l'émotion esthétique et mêle à l'admiration un sentiment de sécurité. On a parfois peur de se tromper en se laissant prendre à leurs chefs-d'œuvre décousus, et le plaisir qu'ils font manque de sérénité. [...]

V

Le plus souvent, c'est encore sur une description, sur un tableau que s'achèvent leurs petits drames lamentables : tant ils sont, avant tout, peintres et descripteurs ! Ils le sont avec passion, avec subtilité et à la fois avec exubérance. Ils ont le détail aussi menu et aussi abondant que Théophile Gautier, mais nullement sa sérénité, et, comme s'ils recevaient des objets une sensation trop forte, ils ont presque toujours, dans l'expression, une fièvre, une inquiétude. De leur regard attentif, aigu, ils voient les plus petites choses, ils en voient trop ; mais il faut tout de suite ajouter qu'ils les voient en artistes, non en commissaires-priseurs ; qu'ils ne notent, en somme, que celles qui ont une valeur picturale, qui sont susceptibles d'une traduction pittoresque. Et parmi celles-là ils accentuent celles qui se rapportent le mieux à l'impression générale qu'ils veulent produire. En un mot, leurs descriptions, comme celles de tous les grands peintres, rendent en même temps la figure exacte et l'âme des choses à un moment donné. [...] On ne saurait étudier leurs descriptions sans parler en même temps de leur style ; car c'est la volonté de *peindre* plus qu'on n'avait fait encore qui les a conduits souvent à se faire une langue, à inventer pour leur usage une « écriture artiste », comme dit M. Edmond de Goncourt. L'expression est juste, quoique bizarre. Ils considèrent les choses, avons-nous dit, autant en ouvriers des arts plastiques qu'en écrivains et en psychologues. Ils reçoivent de la réalité la même impression que le peintre le plus fou de couleurs et le plus entêté de pittoresque ; et cette impression se double chez eux du sentiment proprement littéraire. Les tons, les nuances, les lignes que le pinceau peut seul *reproduire*, ils font cette gageure de les rendre sensibles avec des phrases écrites ; et c'est alors un labeur, un effort désespéré des mots pour prendre forme et couleur, une lutte du dictionnaire contre la palette, des phrases qui ont des airs de glacis, des substantifs qui sont des frottis, des épithètes qui sont des touches piquées, des adverbes qui sont des empâtements, une transposition d'art enragée... [...]

VI

Avec tout cela, les romans de MM. de Goncourt sont considérables dans la littérature contemporaine. Ceux qui les aiment, les aiment chèrement et peut-être, comme il arrive, pour ce qu'ils ont de contestable et d'inquiétant. Ce goût malsain s'explique si l'on considère que ce qui nous attache à un grand artiste, c'est ce qu'il a de particulier, ce sont ses qualités propres et vraiment originales, c'est-à-dire précisément celles qui, développées à outrance et sans contrepoids, deviendront des défauts aux yeux des critiques non prévenus et des esprits amis de la mesure ; mais les initiés ne s'en apercevront point, ou bien, comme ces défauts ne font qu'accentuer la marque personnelle par où ils ont été séduits, s'ils les sentent, ils les aimeront comme des qualités de plus en plus singulières. [...]

Après cela, l'œuvre de MM. de Goncourt durera-t-elle ? *Renée Mauperin*, tout au moins, en serait fort capable. C'est parmi leurs six romans, celui qu'il faut faire lire d'abord aux profanes. Mais je ne sais pourquoi je soulève cette question d'immortalité. Les livres destinés à durer ne sont pas nécessairement les plus intéressants pour la génération où ils ont été écrits. Sainte-Beuve dit quelque part que chaque époque produit « des esprits qui semblent faits pour elle, qui s'en imprègnent et qui ne datent que d'elle en quelque sorte. » MM. de Goncourt semblent être, parmi les artistes de lettres, de ces esprits-là. Et, comme nous sommes des gens d'aujourd'hui, nous demandons la permission de goûter vivement ces poètes de la modernité.

Jules LEMAÎTRE

« NOTRE BIBLIOTHÈQUE » CCXXI
COURRIER DE L'ART, N° 27, 2 JUILLET 1886

Edmond et Jules DE GONCOURT. – *Germinie Lacerteux*, illustrée de dix compositions de Jeanniot, gravées à l'eau-forte par L. Muller, tirées hors-texte, avec une *deuxième préface inédite* préparée par Edmond et Jules de Goncourt pour une édition posthume. Un volume petit in-4° sur papier crème à la cuve, planches hors texte sur papier teinté ; couverture repliée avec médaillon repoussé en or. Paris, Maison Quantin, compagnie générale d'impression et d'édition, 7, rue Saint-Benoît.

Ce volume tiendra brillamment sa place dans la collection des « Chefs-d'œuvre du roman contemporain », si intelligemment inaugurée par la publication de *Madame Bovary*, du *Père Goriot* et de *Mauprat*.

L'illustration de Germinie Lacerteux a été faite avec le plus grand soin. On sent dans les destins de M. Jeanniot un effort très sérieux et souvent réussi de représenter les types physiques et les caractères moraux des personnages créés par les Goncourt. C'est une préoccupation dont s'affranchissent trop facilement la plupart des illustrateurs contemporains. On sent trop qu'ils n'ont pas cherché à se bien pénétrer de l'observation psychologique qui donne aux scènes l'intérêt et la vie. Dans les dessins de M. Jeanniot, on retrouve presque toujours la vraie physionomie de Germinie, de Mlle de Varandeuil et du fils Jupillon.

L'aquafortiste aussi a droit à des éloges. Ses planches rendent bien la pensée du dessinateur. Parmi les mieux réussies nous citerons Mlle de Varandeuil au cimetière Montmartre, Germinie en robe de bal, la promenade de Germinie et de Jupillon, Germinie et son enfant, Germinie apportant à Jupillon les 3,000 dont il a besoin pour se racheter, Germinie réclamant son argent.

L'éditeur n'a pas droit à moins d'éloges que le dessinateur et que l'aquafortiste. La qualité du papier, la disposition du texte, le choix des caractères forment un ensemble des plus satisfaisants. On peut dire de ce volume que c'est un livre bien fait. Je ne vois qu'une seule critique possible, je me demande s'il n'eût pas mieux valu que le caractère fût un peu plus fort. Et encore n'est-ce pas un regret que j'exprime, mais bien plutôt une conjecture que je hasarde.

Il nous reste à dire un mot de l'œuvre elle-même. Si le sujet n'était pas aussi loin du genre de ceux que nous avons à examiner dans ce recueil, j'éprouverais un véritable plaisir à analyser par le détail ce roman et à chercher dans cet examen les raisons du vif intérêt par lequel il retient le lecteur. Mais, à défaut d'une analyse détaillée, je crois qu'il est possible – et utile même au point de vue des théories purement artistiques – de dégager en quelques lignes le caractère qui, à mon avis, contribue le plus à faire de ce livre un chef d'œuvre.

Depuis un certain nombre d'années il semble de plus en plus admis que la vérité et la pénétration de l'observation constituent le suprême idéal de l'art. L'école qui soutient ce principe est arrivée, de déductions en déductions, à supprimer presque complètement les différences entre l'art et la science. Il semble que le but de l'artiste et du savant soit également de chercher et de mettre en lumière le seul vrai, et que tout le reste, et surtout l'imagination, l'émotion, ne comptent plus pour rien.

Il y a là, selon nous, une erreur capitale et qui pourrait être des plus funestes, si les artistes véritables – peintres ou écrivains – n'échappaient, par la nature même de leur tempérament, à la tyrannie des doctrines stérilisantes, que parfois, quand ils font de la théorie, ils contribuent eux-mêmes à propager. Zola, l'apôtre intempérant du réalisme, n'est, en réalité, un grand romancier que par le souffle et par les qualités lyriques qui persistent à dominer en lui malgré lui et en dépit de ses plus chères doctrines. Daudet, qu'on a longtemps essayé d'englober dans la même école, est le moins réaliste des littérateurs et réclame à bon droit contre la prétention de borner l'horizon du romancier aux sujets tangibles et visibles.

Les Goncourt, qu'on se plaît à nous présenter comme les précurseurs et les chefs de l'école naturaliste, sont également des poètes dont l'imagination et le cœur s'émeuvent et vibrent aux sujets les plus divers. Sortons des généralités, considérons seulement le livre que nous avons sous les yeux. D'où provient donc l'intérêt artistique dans *Germinie Lacerteux* ? De ce que les auteurs ont fouillé jusqu'au fond de cette âme malade et, en somme, peu ragoûtante ? Je ne crois pas. L'intérêt d'une pareille étude peut être physiologique ou psychologique, suivant le point de vue auquel on se place ; mais, dans les deux cas, je ne vois pas là autre chose que l'intérêt que peut inspirer l'étude approfondie d'une maladie de l'âme. Je reconnais que cette puissance d'analyse et d'observation est une qualité essentielle pour qui veut écrire des romans ; mais si le génie du romancier se bornait à cela, il aurait droit à une mention très honorable parmi les médecins et les philosophes, et je ne vois pas trop quelle différence il y aurait entre les Goncourt et M. Charcot, par exemple.

Il faut bien reconnaître cependant qu'il y a dans l'art autre chose. Quoi ? La personnalité de l'artiste. Ce qui fait que *Germinie Lacerteux* n'est pas simplement une étude de physiologie psychologique, c'est qu'il y a dans cette œuvre quelque chose de plus que l'examen désintéressé d'un cas pathologique, c'est que les auteurs ont gardé pour cette malheureuse hystérique un ressouvenir bien vivant de l'affection qu'ils avaient pour leur vieille Rose, la pauvre fille qui leur a servi de point de départ et de type pour la création de Germinie ; c'est que dans tout le livre, dans les scènes les plus hideuses, dans la peinture des vices les plus répugnants, on sent comme un souffle de pardon et de pitié qui tempère et compense l'horreur qu'on éprouverait sans cela. Supprimez cette émotion sympathique qui court d'un bout à l'autre du volume et qui lui imprime un caractère hautement humain, et il vous restera une série de peintures vraies, mais purement horribles, qui n'auront plus aucun caractère d'art.

Quoi qu'en disent les fanatiques de la réalité, l'art, c'est surtout l'homme ; c'est l'imagination, c'est l'émotion qui s'attachent aux personnes et aux choses et qui transforment les réalités inertes et grossières en réalités humaines et vivantes. Il faudra bien qu'on revienne à ce principe si l'on ne veut pas que l'art périsse. Les Goncourt sont des artistes parce qu'ils sont des poètes, et *Germinie Lacerteux* n'est une œuvre d'art que parce qu'on y sent cette poésie d'un bout à l'autre.

Eugène VÉRON

« CHRONIQUE SUR *GERMINIE LACERTEUX* »
LA JUSTICE, 10 JUIN 1886

La nouvelle édition de *Germinie Lacerteux*, qui vient de paraître à la librairie Quantin, avec de très beaux et de très intelligents dessins de Jeanniot, doit fixer, d'une manière toute particulière, l'attention de ceux qui lisent. Le roman des Goncourt est précédé, en effet, de pages inédites qui portent l'indiscutable marque du plus grand intérêt littéraire, de la plus grave et de la plus poignante émotion humaine. Ces pages, arrachées au Journal des deux frères, ces quelques paragraphes, marqués de dates authentiques, avaient été réunis pour servir à une édition posthume du livre. Edmond de Goncourt qui a décidé, sur les raisons fournies par ses amis, de publier cette année la partie publiable des Mémoires commencée en 1851 par son frère et par lui, Edmond de Goncourt n'a pas non plus voulu garder par devers lui cette explication, et il l'a jointe à l'édition nouvelle. Il en sera remercié par tous ceux qui cherchent une vérité sous l'imagination d'un roman, une philosophie dans l'œuvre d'art.

*
* *

Cette deuxième préface de *Germinie Lacerteux* est, en quelques alinéas, l'histoire de la vie et de la mort d'une bonne, Rose, en service chez les Goncourt depuis vingt-cinq ans. Les notes écrites au soir de la journée par les deux écrivains tiennent un mois, du 22 juillet au 21 août 1862. Ils désignent le jour où la maladie de la vieille fille leur est apparue pour la première fois avec sa gravité ; ils notent son travail destructeur, le changement qu'elle apporte à la physionomie. Ils inscrivent l'arrêt du docteur, le « plus d'espoir... une question de temps » qui ressemble au rejet de pourvoi d'une condamnation à mort. Ils expliquent la cruelle nécessité où ils sont de faire transporter la malheureuse à Lariboisière : les douleurs de la maladie de poitrine et de la péritonite ne peuvent être soignées dans la chambre brûlante ouverte sur le toit. Ils décrivent le départ attendri de la femme éprise de l'exigu appartement de garçon, le bruit d'adieu fait par la porte, la descente de l'escalier, le trajet du fiacre, l'enregistrement à l'hôpital, puis, quelques jours après, le jeudi, la visite, le mieux survenu, et le samedi, la brusque nouvelle de la mort.

Ici, il faut découper une page de ce triste récit et l'intercaler dans cette hâtive analyse ; c'est le portrait, c'est l'existence de la pauvre fille qui vient de mourir, résumés, condensés par la magie de quelques lignes visibles, de quelques mots jaillis du cerveau, de quelques faits discernés dans le lointain des années :

« *Samedi 16 août.* – Ce matin, à dix heures, on sonne. J'entends un colloque à la porte entre la femme de ménage et le portier. La porte s'ouvre. Le portier entre tenant une lettre. Je prends la lettre ; elle porte le timbre de Lariboisière. Rose est morte ce matin à sept heures.

Pauvre fille ! C'est donc fini ! Je savais bien qu'elle était condamnée ; mais l'avoir vue jeudi, si vivante encore, presque heureuse, gaie... Et nous voilà tous les deux marchant dans le salon avec cette pensée que fait la mort des personnes : Nous ne la reverrons plus ! – une pensée machinale et qui se répète sans cesse sans cesse au-dedans de vous. Quel vide ! quel trou dans notre intérieur ! Une habitude, une affection de vingt-cinq ans, une fille qui savait notre vie, ouvrait nos lettres en notre absence, à qui nous racontions nos affaires. Tout petit, j'avais joué au cerceau avec elle, et elle m'achetait, sur son argent, des chaussons aux pommes dans nos promenades. Elle attendait Edmond jusqu'au matin, pour lui ouvrir la porte de l'appartement, quand il allait, en cachette de ma mère, au bal de l'Opéra… Elle était la femme, la garde-malade admirable, dont ma mère, en mourant, mit les mains dans les nôtres… Elle avait les clefs de tout, elle menait, elle faisait tout autour de nous. Depuis vingt-cinq ans, elle nous bordait tous les soirs dans nos lits, et tous les soirs, c'étaient les mêmes éternelles plaisanteries sur sa laideur et la disgrâce de son physique…

Chagrins, joies, elle les partageait avec nous. Elle était un de ces dévouements dont on espère la sollicitude pour vous fermer les yeux. Nos corps, dans nos maladies, dans nos malaises, étaient habitués à ses soins. Elle possédait toutes nos manies. Elle avait connu toutes nos maîtresses. C'était un morceau de notre vie, un meuble de notre appartement, une épave de notre jeunesse, je ne sais quoi de tendre et de grognon et de *veilleur* à la façon d'un chien de garde, que nous avions l'habitude d'avoir à côté de nous, autour de nous, et qui semblait ne devoir finir qu'avec nous.

Et jamais nous ne la reverrons !… Ce qui remue dans l'appartement, ce n'est plus elle ; ce qui nous dira bonjour, le matin, en entrant dans notre chambre, ce ne sera plus elle ! Grand déchirement, grand changement dans notre vie, et qui nous semble, je ne sais pourquoi, une de ces coupures solennelles de l'existence, où, comme dit Byron, les Destins changent de chevaux. »

Les notes reprennent et racontent les démarches, les formalités pour la reconnaissance du corps, le rangement de la chambre de la morte, la couverture rejetée sur le traversin « comme un drap sur l'ombre d'un mort », la prière vite dépêchée par les prêtres sur le cercueil, la marche dans la boue du cimetière, le retour à l'hôpital, la conversation avec la sœur de la salle Saint-Joseph, les détails recueillis sur l'agonie. Et brusquement, un soir, toute une vérité d'après décès qui surgit, un nouvel être qui sort de l'ombre mortuaire, une existence inconnue qui crie, gesticule, se débat, devant les deux hommes stupéfaits, atterrés.

Il faut encore lire, il faut encore regarder se lever la vie de ces phrases griffonnées sur un cahier de souvenirs. Nulle explication ne peut remplacer ces notes évocatrices :

Jeudi 21 août. ....
....
Au milieu du dîner rendu tout triste par la causerie qui va et revient sur

la morte, Maria, qui est venue dîner ce soir, après deux ou trois coups nerveux, du bout de ses doigts, sur le crépage de ses blonds cheveux bouffants, s'écrie : « Mes amis, tant que la pauvre fille a vécu, j'ai gardé le secret professionnel de mon métier... Mais maintenant qu'elle est en terre, il faut que vous sachiez la vérité. »

Et nous apprenons sur la malheureuse des choses qui nous coupent l'appétit, en nous mettant dans la bouche l'amertume acide d'un fruit, coupé avec un couteau d'acier. Et toute une existence inconnue, odieuse, répugnante, lamentable, nous est révélée. Les billets qu'elle a signés, les dettes qu'elle a laissées chez tous les fournisseurs, ont le dessous le plus imprévu, le plus surprenant, le plus incroyable. Elle entretenait des hommes, le fils de la crémière, auquel elle a meublé une chambre, un autre auquel elle portait notre vin, des poulets, de la victuaille... Une vie secrète d'orgies nocturnes, de découchages, de fureurs utérines qui faisaient dire à ses amants : « Nous y resterons, elle ou moi ! » Une passion, des passions à la fois de toute la tête, de tout le cœur, de tous les sens, et où se mêlaient les maladies de la misérable fille, la phtisie qui apporte de la fureur à la jouissance, l'hystérie, un commencement de folie. Elle a eu avec le fils de la crémière deux enfants, dont l'un a vécu six mois. Il y a quelques années, quand elle nous a dit qu'elle allait dans son pays, c'était pour accoucher. Et à l'égard de ces hommes, c'était une ardeur si extravagante, si maladive, si démente, qu'elle – l'honnêteté en personne autrefois – nous volait, nous prenait des pièces de vingt francs sur des rouleaux de cent francs, pour que les amoureux qu'elle payait ne la quittassent pas.

Or, après ces malhonnêtes actions involontaires, ces petits crimes arrachés à sa droite nature, elle s'enfonçait en de tels reproches, en de tels remords, en de telles tristesses, en de tels noirs de l'âme, que dans cet enfer, où elle roulait de fautes en fautes, désespérée et inassouvie, elle s'était mise à boire pour échapper à elle-même, se sauver du présent, se noyer et sombrer quelques heures dans ces sommeils, dans ces torpeurs léthargiques, qui la vautraient toute une journée en travers d'un lit, sur lequel elle échouait en le faisant.

La malheureuse ! que de prédispositions et de motifs et de raisons elle trouvait en elle pour se dévorer et saigner en dedans : d'abord le repoussement par moments d'idées religieuses avec les terreurs d'un enfer de feu et de soufre ; puis la jalousie, cette jalousie toute particulière qui, à propos de tout et de tous, empoisonnait sa vie ; puis, puis… puis le dégoût que les hommes, au bout de quelque temps, lui témoignaient brutalement pour sa laideur, et qui la poussait de plus en plus à la boisson, l'amenait un jour à faire une fausse-couche en tombait ivre morte sur le parquet. Cet affreux déchirement du voile que nous avions devant les yeux, c'est comme l'autopsie d'une poche pleine d'horribles choses, dans une mort tout à coup ouverte…

Par ce qui nous est dit, j'entrevois soudainement tout ce qu'elle a dû souffrir depuis dix ans : et les craintes près de nous d'une lettre anonyme, d'une dénonciation de fournisseur, et la trépidation continuelle à propos de l'argent qu'on lui réclamait et qu'elle ne pouvait rendre, et la honte éprouvée par l'orgueilleuse créature pervertie par cet abominable quartier Saint-Georges, des fréquentations des basses gens qu'elle méprisait, et la vue douloureuse de la sénilité prématurée que lui apportait l'ivrognerie, et les exigences et les duretés inhumaines des m… du ruisseau, et les tentations de suicide qui me la faisaient un jour, retirer d'une fenêtre, où elle était complètement penchée en dehors… et enfin toutes ces larmes que nous croyions sans cause ; cela mêlé à une affection d'entrailles très profonde pour nous, à un dévouement, comme pris de fièvre, dans les maladies de l'un ou de l'autre.

Et chez cette femme une énergie de caractère, une force de volonté, un art du mystère, auxquels rien ne peut être comparé. Oui, oui, une fermeture de tous ces affreux secrets, cachés et renfoncés en elle, sans une échappade à nos yeux, à nos oreilles, à nos sens d'observateur, même dans ses attaques de nerfs, où rien ne sortait d'elle que des gémissements : un mystère continué jusqu'à la mort et qu'elle devait croire enterré avec elle.

Et de quoi était-elle morte ? d'avoir été, il y a de cela huit mois, en hiver, – par la pluie –, guetter toute une nuit, à Montmartre, le fils de la crémière qui l'avait chassée, pour savoir par quelle femme il l'avait remplacée : toute une nuit passée contre la fenêtre d'un rez-de-chaussée, et dont elle avait rapporté ses effets trempés jusqu'aux os avec une pleurésie mortelle !

Pauvre créature ! nous lui pardonnons, et même une grande commisération nous vient pour elle, en nous rendant compte de tout ce qu'elle a souffert… Mais, pour toute la vie, il est entré en nous la défiance du sexe entier de la femme, et de la femme de bas en haut aussi bien que de la femme de haut en bas. Une épouvante nous a pris du double fond de son âme, de la faculté puissante, de la science, du génie consommé que tout son être a du mensonge…

*

* *

Voit-on clairement apparaître, en chacune de ces lignes, une page, un chapitre du roman définitif ? Il n'est pas une description, il n'est pas un sentiment qui n'y soient contenus de façon embryonnaire. Certes, les Goncourt ont ajouté à cette première observation des études complètes de paysages, de milieux, de personnages. Mais il est évident que leur livre tout entier leur est apparu à travers ces impressions violemment ressenties. Le survivant des deux écrivains a ainsi livré le secret de leur travail artistique, a indiqué la matière sur laquelle s'acharnait leur réflexion. On sait maintenant quelle généralisation comporte le fait de tous les jours. On sait aussi comme il faut, pour que cette généralisation s'accomplisse, pour que la vision se prolonge, comme il faut que ce fait soit perçu avec toutes ses causes et toutes ses conséquences par un esprit attentif à la manière d'être de l'humanité. Un tel drame intime, se produisant ailleurs, pouvait faire produire la plus basse et la plus vulgaire des histoires de bonne courant le guilledou. Ici il devient une étude médicale et émue d'un amour sans emploi. La stupéfaction devant cette âme mise à nu fait entreprendre aux écrivains la plus ardente et la plus âpre recherche des causes physiologiques. Bientôt les plus grossières misères corporelles apparaissent mélangées à on ne sait quel touchant et persistant idéal. La physiologie ne va qu'accompagnée de la pitié. C'est qu'il n'y eut pas seulement chez les historiens de Germinie la vaine curiosité constatée par quelques-uns : c'est que la pitié fut éprouvée par eux du jour où ils reçurent les confidences de la lorette bavarde qui démasqua la vie secrète de la pauvre Rose. – Il n'est pas de plus haut témoignage, de plus décisif commentaire, à joindre à ce beau livre compréhensif des infirmités sexuelles de la femme et des misères du peuple, à ce beau livre initial de toute une littérature : *Germinie Lacerteux*.

Gustave GEFFROY

« LES *GERMINIE LACERTEUX* »
LE VOLTAIRE, 13 JUIN 1886

M. Ed. de Goncourt publie une nouvelle édition de *Germinie Lacerteux* avec en tête de volume, un fragment des *Mémoires* que lui et son frère rédigeaient au jour le jour : c'est la relation exacte du cas où ils prirent l'idée de ce roman de mœurs populaires que goûtent tous les lettrés, et que pastichent des naturalistes et tous les Belges.

La plupart des romanciers, si diverses que soient leurs esthétiques, procèdent au début de leur travail comme les frères Goncourt ; ils écoutent, ils regardent, puis sur quelque fait de la vie réelle, ils s'échauffent jusqu'à créer toute une œuvre. Or les sujets d'observation varient peu. On a réduit à quelques dizaines le nombre des combinaisons possibles au théâtre ; plus nombreuses, les ressources du roman ne sont pourtant pas infinies. Souvent nos conteurs reprennent des sujets traités déjà. À toute époque on peut observer ceci : une domestique chez une vieille demoiselle, dont elle possède toute la confiance et à qui elle est dévouée corps et âme, glisse aux débauches de l'amour et de la bouteille. C'est la Germinie du roman de Goncourt et c'est aussi le thème de cinquante romans ou nouvelles depuis cent cinquante ans.

Dans quelle mesure et pour quelles raisons diffèrent ces cinquante et une Germinie Lacerteux ?

On me permettra de ne pas citer ici des titres de volumes, puisque aussi bien cette énumération ne vaudrait que si j'avais place pour la compléter d'analyses et de citations. Et sans autre érudition, on m'accordera que le dix-huitième siècle chiffonne galamment le type de Germinie, lui prête encore des friponneries et vous la peint comme une sorte de rouée à pendre beaucoup et à plaindre un peu, pour Jupillon, qu'aujourd'hui nous nommons un affreux Alphonse, il eût été fort caressé, sinon approuvé, jadis.

À Germinie comme à Jupillon, Balzac et Eugène Sue donneraient du génie dans le vice, des calculs à faire frémir, des cris sublimes. George Sand nous eût passionné pour leurs amours, pour leurs malheurs obscurs ; par elle, cet ange et ce démon demeurerait l'enchantement des âmes sentimentales.

Mais Goncourt nous montre une Germinie qui n'est pas le symbole de toute une classe, un type, mais un individu : pauvre fille, assez bornée, menée par ses nerfs, une « hystérique », c'est là le point : sa dévotion à sa maîtresse comme ses débauches sont toutes d'instinct et de détraquement.

Aussi les plus récents romanciers, infatués de Goncourt et d'une science hâtive, sont-ils décidés à ne voir partout qu'hystérie. Procédant, comme tous les élèves enthousiastes, par élimination et par exagération, ils s'installent sur Germinie Lacerteux et nous encombrent de troupeaux de filles qui ne sont plus que de simples animaux névropathes. Poussant à l'extrême leurs certitudes de carabins, ils rudoient singulièrement le vieux monde : l'amour n'est plus que bestialité répugnante ; les sentiments généreux, le dévouement, la religion : des crises d'hystérie.

C'est que l'hystérie toute nue fournit des tableaux pittoresques dont le piquant réveille le moins littéraire des lecteurs. Et puis, comme elle éclaire et démêle les complications de l'âme humaine ! Que voilà suppléées à merveille la logique de Stendhal et l'intuition de Balzac.

Aussi bien, c'était aller si loin qu'on crut toucher au terme du roman. Une réaction fatale. Et cette année même, sous l'influence des étrangers, de George Eliot et de Tolstoï, voici qu'on nous prêche le culte de la souffrance humaine, la sympathie pour les âmes les plus basses ; on découvre en Russie ou en Angleterre cette pitié qu'on n'avait su voir dans les Goncourt, dans leur *Germinie Lacerteux* même : tant est sotte en toute occasion la race des enthousiastes ! Attendons-nous donc, pour la prochaine saison de librairie, à des Germinie dont les souffrances et les ivrogneries fourniront un prétexte aux infinies pitiés et aux plus beaux cris d'humanité de la jeune génération.

Mais, si les peintures que nous font du type de Germinie les divers romanciers qui se succèdent depuis un siècle diffèrent si fort, il est pourtant difficile de croire qu'en fait, dans la vie, les servantes dévouées et débauchées, les « Germinie » qu'ils prétendent portraiturer, aient passé par tant de transformations. Pouvons-nous admettre qu'ayant été folichonnes au siècle dernier, théoriciennes et grandioses sous l'œil de Balzac, passionnées jusqu'à nous émouvoir avec George Sand, et hier bonnes tout au plus à nous donner la nausée, ces braves filles vont devenir dignes de pitié ?

Je crois bien que toujours et de façon identique les servantes aimèrent avec fureur les chenapans qui les roulent et les acculent aux plus basses misères. En dépit des divers tempéraments que leur prêtent les romanciers, j'estime que toutes les « Germinie », il y a cent ans comme aujourd'hui, furent affligées des mêmes appétits et des mêmes vertus, qu'elles trouvèrent dans la vie les mêmes brutalités.

C'est que les classes inférieures d'un peuple se transforment bien lentement. Ce qui se modifie chaque jour, c'est la manière de voir des esprits les plus cultivés. À chaque génération les penseurs *raisonnent* de nouvelle façon, mais leurs *sentiments* aussi bien que les sentiments d'une pauvre fille illettrée sont encore tels qu'il y a cent ans. En effet, combien faut-il de siècles pour qu'une de ces idées, une de ces philosophies qui naissent chaque jour, réapparaisse sous forme d'acte ou de sentiment ! Tandis que nos romanciers, installés dans leurs systèmes comme dans leur fauteuil, discutent, interprètent et modifient, selon les exigences de leur vision, le type de Germinie, elles, les malheureuses, de mère en fille et en petite-fille, passent, identiques les unes aux autres, par des labeurs et des débauches identiques.

Ainsi, quand nous voulons suivre les transformations du type de Germinie, au dernier mot, nous constatons simplement que les esprits élevés de ce siècle eurent bien des façons de philosopher, mais que les misérables ne surent jamais que souffrir de même façon les uns après les autres.

Certes, il est intéressant, à cause de sa valeur artistique propre, le récit que M. de Goncourt joint à cette nouvelle édition de *Germinie Lacerteux* ; mais quel rapport prétend avoir ce document avec le roman ? Que sert-il d'observer pour écrire un roman populaire, puisqu'un objet identique – la servante fidèle et débauchée – fournit tant de romans divers ?

Le roman populaire est un genre analogue au roman historique ; *Germinie Lacerteux*, comme toute l'œuvre de Walter Scott, est un effort pour reconstituer des formes de vie que l'auteur est incapable de se figurer exactement pour faire vivre des personnages dont il ne saurait partager le plus petit sentiment. Vingt romanciers divers, en face d'une vieille bonne, font vingt Germinie différentes. Le cas dont s'inspira M. de Goncourt ne lui fournit rien de plus que les anecdotes, exactes aussi, qui servaient à Walter Scott de point de départ : quelques détails pittoresques.

Maurice BARRÈS

L'INDÉPENDANCE BELGE, 15 JUIN 1886

L'éditeur Quantin publie, dans sa belle collection des « chefs-d'œuvre du roman contemporain », *Germinie Lacerteux* d'Edmond et Jules de Goncourt. Cette collection compte déjà des œuvres comme *Madame Bovary*, *Le Père Goriot*, *Mauprat* et *Monsieur de Camors*. Tous les maîtres y seront représentés ; tous les livres ayant été une date dans la littérature ou ayant apporté une note personnelle y prendront place à leur tour. C'est un beau musée pour la forme d'art, dont notre temps a donné les plus admirables, et les plus nouveaux exemplaires. Le roman est une des créations du dix-neuvième siècle, et il n'avait jamais eu, avant Balzac, George Sand et Flaubert – pour ne parler que des morts – l'éclat, la profondeur, la passion, l'observation, la réalité, qu'il a aujourd'hui. Le théâtre, la poésie, les traités de morale, les portraits, pensées et mémoires n'ont rien à envier, dans les siècles classiques à notre dix-neuvième siècle. Mais le roman et la critique, telle que Goethe, Sainte-Beuve, Renan, Taine et quelques autres l'ont faite, seront nos deux gloires particulières.

Germinie Lacerteux est à sa vraie place, dans une collection des chefs-d'œuvre du roman contemporain. Et toute une littérature naturaliste est sortie de ce livre minutieux, douloureux, de vérité si âpre, de pittoresque si saisissant, où des types de Paris et des paysages de banlieue sont rendus avec tant de sûreté, de relief et de couleur. Cela paraissait autrefois un roman dur et tourmenté. On en a vu bien d'autres, depuis cette œuvre maîtresse. Et *Germinie Lacerteux* a fait école justement.

M. Muller a gravé à l'eau-forte dix compositions excellentes pour *Germinie Lacerteux*. Les personnages et les alentours du drame y ont été fixés d'une pointe savante. M. Quantin a mis dans son vrai cadre le roman des de Goncourt. Il a l'illustration artiste, la typographie et le papier d'amateur qui étaient dus à cette œuvre de style rare et de sévère vérité.

Gustave FRÉDÉRIX

« LES CHEFS-D'ŒUVRE DU ROMAN CONTEMPORAIN :
GERMINIE LACERTEUX DE M. EDMOND DE GONCOURT » (*SIC*)
LE NATIONAL, 8 AOÛT 1886

I

Les frères de Goncourt avaient droit d'être des premiers parmi les maîtres contemporains dont la maison Quantin publie, avec tant de luxe et de goût, le recueil des romans chefs-d'œuvre.

Au-dessous du médaillon gaufré, timbrant largement, en haut, dans le coin de gauche, le riche volume, et d'où, sur des rameaux de palmes vertes, se détache en relief, or et blanc, comme une bannière, l'appellation de la galerie glorieuse, c'est ce nom, *Germinie Lacerteux*, que, cette fois, les éditeurs ont inscrit, l'ayant choisi dans tout l'œuvre des deux frères.

Dix compositions, sincères et fortes – brutales souvent – ont été dessinées par Jeanniot, et gravées à l'eau-forte par L. Muller. L'histoire navrante de la pauvre fille, où les auteurs ont recueilli « les larmes que l'on pleure en bas », son martyre, son humble passion se déroule là, d'étape en étape, et l'on peut l'y suivre en s'arrêtant à chaque gravure, comme aux stations douloureuses d'un Chemin de Croix.

Le premier dessin la fait apparaître derrière des tombes, à Montmartre, des fleurs mortuaires dans les mains. Elle est debout, accompagnant Mlle de Varandeuil, assise et songeant, dont elle respecte la rêverie. Est-ce un symbole de la destinée de son cœur ? Pourtant, elle en est ignorante encore. Elle est toute à son dévouement pour « Mademoiselle », dont la silhouette énergique emplit le premier plan, et son regard dénote cet attachement absolu qui la soutiendra jusqu'à la mort. Elle attend un signe de sa maîtresse, pour reprendre le récit de son enfance minable, gardant au fond d'elle les hontes et taisant la plus grande douleur.

La voici, plus loin, en robe de bal, s'offrant à l'inspection de « Mademoiselle » : raide, les bras collés à sa jupe de mousseline à volants, les bras et la gorge d'une blancheur qui contraste avec le hâle du visage, la taille remarquablement mince, elle est disgracieuse, laide, et elle exhale avec cela une âpre et mystérieuse séduction. « Où donc as-tu pris ce museau de chatte amoureuse ? » lui dit la vieille fille. Mais elle veut donc se marier ?... – Se marier ! c'est bien la préoccupation vague, en effet, – et c'est à cette époque, justement, qu'elle a fait la connaissance des Jupillon. La grosse crémière, la fausse bonne femme, exploitant la tendresse – maternelle, d'abord – qu'elle observe dans Germinie pour son fils, la pousse doucement, à l'aide de manœuvres savantes, et, par des attendrissements mouillés ; par des promesses tacites, elle l'attache solidement au jeune Jupillon, afin de tirer d'elle des revenus, jusqu'à ce que cette ferme s'épuise.

L'entrée des champs ! – Germinie est heureuse, hélas ! d'un bonheur bien court. Elle a emmené le fils de la crémière sur le talus des fortifications, derrière Clignancourt ; regardez-la, en petit bonnet, en caraco rayé, épanouie de joie à tenir dans ses mains, pour qu'il soit mieux à elle, le bras de Jupillon, qui, l'air distrait, et une mauvaise malice au coin de l'œil, abaissé sur sa moustache naissante, ne la regarde pas. Les deux mains dans ses poches, la cigarette à la bouche, il se laisse conduire en se dandinant : il a mis sa chemise de flanelle à carreaux rouges et noirs et sa casquette de velours, et Germinie respire, contente, ces élégances et cette maigre campagne de banlieue, ce gazon grêle, ces arbres flétris et rares lui semblent un paysage de paradis.

Mais ce n'est que le matin d'un jour. Encouragée en dessous par la mère Jupillon, la malheureuse a laissé tomber ses dernières résistances et son enfer a commencé.

Au bal de la Boule-Noire, Jupillon est attablé avec deux femmes et feint de ne pas voir celle qui vient vers lui, sévère et droite. Oh ! la sombre tache dure que fait dans ce jardin Germinie ! Muette, fermée, sous les clartés sales des globes de gaz, dans ces musiques de guinguette, devant ces décolletages suspects qui l'injurient, elle semble un spectre apparu, immobile dans un noir suaire. « Tiens, te v'là ! En voilà une de surprise ! Garçon, un autre saladier ! »

Les événements marchent… Elle a un enfant. Oh ! son angoisse, au dernier moment, pour cacher ses douleurs à « Mademoiselle » ! Quand elle peut sortir, et monter dans un fiacre pour aller chez la sage-femme, Jupillon s'en vient, tout gêné, lui demander de l'argent. Elle se résigne, et dit au cocher : « À la Bourbe ! »

Là, il s'en faut de bien peu qu'elle ne meure, de cette fièvre puerpérale « qui souffle la mort sur la fécondité humaine »… Mais c'est fini ! le voilà qui reparaît dans la seule éclaircie de sa sombre vie, dans la seule gravure claire du livre. Souriant à sa petite, démaillotée, elle est assise à terre, à la campagne, sur le gazon, sous les grands arbres. Au fond, Jupillon, vu de dos, une ligne à la main, tout à sa pêche.

Hélas ! l'enfant meurt… Et les demandes d'argent, toujours ! – Tant que la crémière et son fils flairent chez Germinie quelques sous, ils la choient, ils la caressent ; puis ils se retirent d'elle tout à coup.

Ils sont assis au soir, à une table, sous l'âtre. Une bouteille de vin presque vide, un verre, la lampe, une chaise de paille, une serviette jetée. La grosse femme est à demi sommeillante ; Jupillon, le menton dans sa main, se fait fort soucieux. Il est tombé au sort : pour ne point partir, il est allé relancer Germinie, lui a coulé en douceur qu'il lui faudrait 2, 300 francs pour se racheter – dût-elle les voler, pense-t-il – et il l'a ramenée à sa mère, qui l'avait chassée. Mais il y a huit jours de cela : reviendra-t-elle ? La porte s'ouvre. Germinie entre sans rien dire, va à la petite table et y pose sous sa main fermée, avec un serrement de griffe, un vieux morceau de toile qui sonne. – « Voilà ! » dit-elle. – Pour avoir cet argent, elle a emprunté à tous, elle a vendu sa vie, signé sa misère éternelle ! elle va rester prisonnière de sa dette jusqu'à la mort.

Comment Jupillon a-t-il payé ce sacrifice ? – À bout de tortures, de jalousies, d'humiliations, elle le quitte : elle boit pour oublier ; puis elle éprouve le besoin de s'étourdir davantage.

Dans la gravure suivante, nous la retrouvons dans un souper sur l'herbe, à Vincennes. Elle tombe à un peintre en bâtiments, à un ivrogne, Gautruche.

La voilà, assise sur le lit, à côté de l'homme qui ronfle, presque nue, les yeux fixes, prise d'hallucination, tentée d'aller à la table où sont les couteaux. Elle sent dans son dos des mains qui la poussent, et se retient aux draps, voyant luire devant elle une lumière rouge, l'éclair d'un meurtre. Le dessin de Jeanniot est sinistre.

Germinie roule plus bas encore. Elle rôde par les rues, par les boulevards extérieurs, « battant la nuit », se donnant au premier venu, au hasard des rencontres. « La dernière pudeur et le dernier sens humain de la débauche, la préférence, le choix, et jusqu'à ce qui reste aux prostituées pour conscience et pour personnalité, le dégoût, le dégoût même, – elle l'avait perdu !… Comme jetée hors de son sexe, elle attaquait elle-même, elle sollicitait la brutalité, elle abusait de l'ivresse, et c'était à elle qu'on cédait. »

Un soir, dans la rue du Rocher, par un de ces temps brouillassants, « sales et pourris, où l'eau qui tombe semble déjà de la boue avant d'être tombée », elle aperçoit, chez un « minzingue », Jupillon en train de boire sur le comptoir. Elle s'arrête « semblable à une statue d'ombre », décidée à attendre. Il sort enfin. Elle se dresse devant lui : « Mon argent !

crie-t-elle. » L'explication fut rude, et le joli garçon, malgré sa blague, en fût mal sorti sans l'intervention de ce sergent de ville, que vous voyez venir, là-bas, du fond de la rue.

Enfin, le petit lit de fer à l'hôpital aux murailles nues, au jour froid, où Germinie, blême dans la blancheur des draps, a déjà l'air d'une morte. « Mademoiselle » est là encore. De l'autre côté du lit, des visiteurs, un peu gênés à sa vue, se penchent vers Germinie, l'embrassent dans un rapide marmottement de paroles. « J'espère qu'on te soigne ! » dit Mademoiselle. – Ah oui ! on la soignait, en effet. C'étaient la fruitière, l'épicier, la marchande de beurre… ses dettes vivantes ! Ces baisers étaient des baisers de créanciers, qui venaient faire *chanter* son agonie !

C'était la terreur de la pauvre fille que sa maîtresse n'apprît d'eux quelque chose… N'est-ce pas une existence singulière que cette vie en partie double, à l'envers si douloureux, si en désordre, si plein d'angoisse, et dont Mademoiselle de Varandeuil ne vit jamais que l'endroit ?

Quand Germinie, enfin, s'est éteinte, quand sa maîtresse a pleuré sur elle, et, jusque dans l'amphithéâtre, est allée recueillir les restes de cette « agonie d'un cœur », – ce « visage crucifié », cette « tête suppliciée »… quand elle donne au portier des ordres pour l'achat d'une concession au cimetière : « Allez ! c'est bien inutile ! » lui répond cyniquement ce coryphée des créanciers de Germinie, et il déchire brusquement devant la vieille fille stupéfaite les voiles qui recouvraient le secret si anxieusement caché par la morte.

Alors, à tout ce qu'elle apprend, un flot d'indignation la saisit : – « Ah ! c'est comme ça ! c'était ça ! ça volait pour des hommes ! ça faisait des dettes ! Ah ! elle a bien fait de crever, la chienne ! Et il faut que je paye !… Et moi qui donne ma plus belle paire de draps pour l'enterrer ! Ah ! si j'avais su, je t'en aurais donné du torchon de cuisine, *mademoiselle comme je danse* ! »

Était-ce possible ! Germinie ! sa Germinie ! Au bout de quelques jours, un attendrissement de miséricorde lui vient.

Un matin, elle saute à bas de son lit. « Eh ! vous… l'autre ! cria-t-elle à sa femme de ménage ; le diable soit de votre nom ! Je l'oublie toujours… Vite mes affaires… j'ai à sortir. – Ah ! par exemple, mademoiselle… les toits regardez donc… ils sont tout blancs. – Eh bien, il neige, voilà tout. » Dix minutes après, elle était au cimetière Montmartre.

Étrange créature que cette Mlle de Varandeuil ! C'est, sous un nom déguisé, une parente des Goncourt, Mlle de C…, dont ils ont écrit la biographie, et ils l'ont rendue bien sympathique et bien vivante. Par une préface spéciale à la présente édition, tirée du *Journal* inédit des deux frères, on voit qu'ils se la sont substituée à eux-mêmes, et que Germinie – ou plutôt la vieille Rose – fut leur propre servante.

« Mademoiselle » est à la première et à la dernière gravure, ouvrant et fermant ce douloureux cycle, auquel elle ne comprend rien, et qui va d'un cimetière à une agonie d'hospice. On peut les trouver toutes deux bien enténébrées, bien poussées au noir : elles sont, simplement, en harmonie avec la poignante étude.

II

Quelques critiques se sont étonnés que les Goncourt, gentilshommes d'art, écrivains raffinés de grande race, se soient pris de passion pour cette histoire de la rue, cette « clinique de l'amour », comme ils disent, jusqu'à en faire la plus éclatante de leurs œuvres, – le livre type d'où toute une littérature est sortie.

Renée Mauperin, à la bonne heure ? *Madame Gervaisais*, soit ! L'humble étude de *Sœur Philomène* peut s'admettre encore. On comprend qu'ils aient, hommes de lettres, analysé dans *Charles Demailly* les défaillances de leur métier, que, dans des pays qui sont des tableaux, ces stylistes-peintres, ces grands coloristes, venus de Gautier et de Flaubert, aient brossé *Manette Salomon*, fixant le modèle et l'artiste tout ensemble. Mais *Germinie Lacerteux* !… seul de tous les livres des deux frères, celui-là semble inexplicable. Ce milieu répugnant, cette histoire d'une bonne hystérique, laide, vulgaire, ne jurent-ils pas avec les élégances de ces résurrectionnistes du dix-huitième siècle, de ces amoureux de Boucher, de Watteau et des délicatesses japonaises ?

Les Goncourt sont, avant tout, des curieux, des nerveux, avides de vérité, passionnément penchés sur un cas, sur une pathologie, et regardant à la loupe. Ils éprouvent alors « un sentiment de curiosité intellectuelle et de commisération pour les misères humaines ». Ce besoin d'*enquête*, qui les travaille, les a poussés à l'analyse, de plus en plus âpre, des *monographies*, car on peut définir ainsi leurs « romans », accentuée encore par le survivant, Edmond, qui a continué seul l'œuvre jumelle.

Ces monographies se décomposent en tableaux succincts, découpés par paragraphes numérotés – de dix lignes, souvent – semblables aux facettes d'une pierre de prix, et taillés avec une conscience, une minutie incroyables, dans un style à éclats, chatoyant de couleurs, gravé d'arabesques : tel de ces petits chapitres éveille l'idée d'un émail à la plume, et comme d'un bibelot écrit. La langue est subtile, affinée, offrant des délicatesses un peu maladives ; parfois l'expression, tourmentée sous une caresse savante jusqu'à ce qu'elle rende toute l'acuité d'une pensée ou d'une image, fait songer à une volupté douloureuse.

Ils ont fouillé, ciselé les maladies morales et physiques, comme ils ont scruté le bureau du journal et décoré l'atelier du peintre. Mais ce qu'ils ont étudié surtout, avec la patience apportée à leurs huit volumes d'histoire et à leurs trois livres sur l'art, c'est la « féminilité », le *tréfonds* de la femme, l'hystérie.

Dans les quatre monographies pures, que M. Ed. de Goncourt a écrites depuis la mort de son frère, – la *Fille Élisa*, les *Frères Zemganno*, la *Faustin*, *Chérie*, – on peut d'autant mieux suivre le procédé de l'écrivain que l'action diminue de tome en tome pour faire une place plus large au *document*.

Le « roman » ? Il serait aisé, à chaque fois de le conter en trois lignes.

Élisa, fille « soumise », dont l'organisme, par degrés, a été ébranlé jusqu'à la folie, aime un jour, et cela lui est si nouveau, que dans l'approche brusque du soldat, son amant, elle a la sensation d'un viol, et le tue. – Les frères Zemganno sont des gymnasiarques fanatiques de leur art : le plus jeune, Nello, fait une chute terrible, et Gianni, son frère, pour qu'il ne souffre point de le voir jouer sans lui, s'arrache à jamais aux victoires du Cirque, pour racler du violon avec l'estropié. – La Faustin, par amour pour lord Annandale, quitte le théâtre, dont la hantise lui reste ; sa nature actrice lui fait singer l'agonie extraordinaire de son amant, qui, revenant à lui, la fait jeter dehors, pour rendre, en paix, le dernier soupir. – Chérie… mais comment raconter une action absente ? On peut en dire seulement que c'est la monographie d'une jeune fille du monde, qui meurt de ne pas être mariée.

Il n'arrive pas grand'chose dans les trois premiers volumes et rien du tout dans le dernier. Mais les analyses ! mais les tableaux ! mais les détails recueillis, collectionnés et classés avec un soin de botaniste ! Dans la *Fille Élisa*, l'étude comparée des milieux parisiens, provinciaux, spéciaux, où se déploie cette carrière, qui occupe péniblement le penseur ; la *maison* et la prison, ces deux réclusions successives. Dans les *Frères Zemganno* et *Faustin*, les deux aspects du théâtre : le Cirque et la Scène. Que d'observation et que de science ! Le caractère de la comédienne est exploré sous tous ses aspects ; et voyez les jolies peintures ! La mise en scène du rôle, le foyer des acteurs, les visites dans les loges, la charmante leçon de grec chez le philosophe Athanassiadis, payée par une jarre de miel de l'Hymète. Quant à *Chérie*, si vide de *faits* : c'est peut-être le livre le plus riche et le plus soigné, depuis le dîner d'enfants, qui l'ouvre si mignonnement, jusqu'au dîner navré, qui le ferme presque, où la petite fille du maréchal Haudancourt s'évanouit sous le regard de son aïeul tremblant, dévorée du mal dont elle va mourir à la dernière page. Dans cette *Chérie*, « œuvre de patience et de mélancolie », le souci d'amasser des *documents* est poussé si loin, que le paragraphe final est le texte de « faire part », de la lettre mortuaire, avec le nom de l'imprimeur au bas.

Ce qui me frappe dans l'ensemble des œuvres des Goncourt (du dernier surtout) comme préoccupation générale, et comme une sorte d'unité morale de leurs travaux, c'est l'étude de la *possession*.

Possession – physique, principalement – par l'art, par le théâtre, par l'amour. Elle relève des fatalités et des servitudes, et maintient ainsi les auteurs dans la grande tradition littéraire et scientifique à la fois. Pour nous borner aux livres ci-dessus, Élisa est poussée, inévitablement, et d'elle-même, dans la voie d'où elle ne sortira pas ; froide d'ailleurs, autant que Germinie est passionnée, serve d'un dévouement irréfléchi, comme elle. Germinie, « jetée hors de son sexe » et hors de son cœur, à un seul signe de son infâme amant, dont les turpitudes l'écœurent, est le type complet de la *possédée*. Les Zemganno et la Faustin nous présentent deux aspects de la possession par le théâtre. Le théâtre, qu'il plaît à MM. de Goncourt d'appeler un genre inférieur, leur a été connu à l'occasion de leur unique pièce représentée, *Henriette Maréchal* (il serait d'un haut intérêt que l'on jouât l'autre, la *Patrie en danger*). Ils l'ont rendu dans son incarnation *physique*, l'acteur. Gianni Zemganno et Juliette Faustin souffrent de la nostalgie des planches : le miracle que l'amour n'a pu faire, le dévouement fraternel l'accomplit. La Faustin retombe sous le joug du Démon au lit de mort de l'homme qu'elle a adoré ; Gianni le secoue, par tendresse pour son frère. M. Edmond de Goncourt a voulu dédier à l'ombre bien-aimée le triomphe de ce sentiment sur tous les autres. Enfin Chérie, au fond, est une variété encore de l'espèce étudiée déjà. Les *besoins* qu'un docteur du livre désigne d'une façon un peu brutale, et qu'elle ne peut satisfaire, la ravagent, et, finalement, la tuent. Car ici, l'on est entre gens du monde. Si elle eût grandi dans un milieu plus franc, la pauvre petite Chérie ne fût pas morte.

Il est fâcheux que l'esthétique de M. de Goncourt ne lui permette pas d'écrire un roman moyen âge de Louis XIII sur les *possédées*. La démonologie lui eût fourni une riche matière, et il eût fait une œuvre bien curieuse, en traitant les maladies d'imagination, qui offraient par exemple, chez une jeune fille qui s'était crue la proie d'un incube, tous les phénomènes et le développement absolu d'une grossesse qui n'existait pas. Car la névrose n'est pas tout à fait une invention nouvelle.

Mais l'écrivain s'écrie, au cours d'une théorie que je n'entends pas discuter ici : « Le roman est mort. Vive l'étude ! » Et il déclare que la voie dans laquelle il est entré le premier, d'un pas si retentissant et si sûr, efface toutes les autres.

On contestera toujours des systèmes et des préfaces : mais le talent est supérieur à tout cela. Qu'importe que les romans de M. Edmond de Goncourt ne soient pas des romans : ce sont de belles et hautes œuvres. Et ce serait un grand malheur que *Chérie* fût réellement « le dernier livre du dernier des Goncourt. »

On aime à se figurer debout longtemps encore, et mêlé à la bataille littéraire, ce lutteur ardent, ce vétéran des anciens combats. De grande taille et de grand talent, officier supérieur des lettres, à sa tournure militaire on le prendrait pour un général, et c'est un chef en effet. Il commande par son attitude, sa rare conscience, au respect de ses adversaires. Aussi n'est-il personne qui ne désire lui voir démentir sa récente déclaration. Peut-être n'y faut-il reconnaître que cette mélancolie, cette dignité un peu amère qui, chez certains artistes, est comme la pudeur du talent. Je parle de quelques esprits fiers et escarpés, que blesse le contact des médiocrités, le tas des succès vulgaires, et qui se mettent volontiers à l'écart, presque à la retraite. Tel est le poète Leconte de Lisle ; j'ai trouvé cet air-là à Paul de Saint-Victor, et M. Edmond de Goncourt en trahit quelque chose jusque dans la fébrilité ordinaire de sa poignée de main.

Je termine cette étude en souhaitant que la *Bibliothèque des chefs-d'œuvre* publie, à côté d'un roman des frères de Goncourt, un livre de M. Edmond de Goncourt seul, *Chérie* ou la *Faustin*. La curiosité du public serait vivement excitée et le relief que donne la splendeur du cadre lui ferait mieux comparer les deux manières.

Alfred GASSIER

CORRESPONDANCE

LETTRE DE FLAUBERT AUX GONCOURT DATÉE DE [CROISSET,] LUNDI [16 JANVIER 1865][1]

Mes très Chers,

Je n'ai eu votre volume que hier au soir, seulement. – Entamé à 10 h ½, il était fini à 3. – Je n'ai pas fermé l'œil, après cette lecture. Et j'ai mal à l'estomac. Vous serez cause de nombreuses gastrites ! Quel épouvantable bouquin !

Si je n'étais pas très souffrant aujourd'hui, je vous écrirais longuement pour vous dire tout ce que je pense de Germinie ; Laquelle m'excite (p. 52-53). Cela est fort, roide, dramatique, pathétique et empoignant. Champfleury est dépassé je crois ?

Ce que j'admire le plus dans votre ouvrage, c'est la gradation des effets, la progression psychologique. Cela est atroce d'un bout à l'autre, et sublime, par moments, tout simplement. – Le dernier morceau (sur le cimetière) rehausse tout ce qui précède et met comme une barre d'or au bas de votre œuvre.

La grande question du réalisme n'a jamais été si carrément posée. On peut joliment disputer sur le but de l'art, à propos de votre livre.

Nous en recauserons dans 15 jours. Excusez ma lettre ; j'ai, cet après-midi, une migraine atroce, avec des oppressions telles que j'ai du mal à me tenir à ma table.

Je vous embrasse, néanmoins, plus fort que jamais. À vous.

LETTRE DE SAINTE-BEUVE À JULES ET EDMOND DE GONCOURT DU 15 JANVIER 1865[2]

Chers amis,

j'ai eu le regret de manquer jeudi votre aimable visite. J'ai aussitôt coupé et me suis mis à lire le soir les premiers chapitres de *Germinie*. J'ai

1 Flaubert, *Correspondance*, Paris, Gallimard, coll. « Bibliothèque de la Pléiade », éd. établie et annotée par Jean Bruneau, t. III, 1991, p. 421-422.

2 Sainte-Beuve, *Correspondance générale*, recueillie et annotée par Jean Bonnerot, Toulouse/Paris, Privat/Didier, t. 14, 1964, p. 45.

été attaché par ce récit simple, vrai, d'une vérité si peu flattée, mais si conforme à la réalité où jamais un trait n'est livré au hasard, ni accordé au convenu. Je préfère surtout ce récit, dont vous avez lu quelques passages chez Magny. Mais déjà je suis frappé d'une chose, c'est que pour bien juger de cet ouvrage et en parler, il faudrait une poétique tout autre que l'ancienne, une poétique appropriée aux productions d'un art nerveux, d'une recherche nouvelle. Et c'est déjà un grand éloge à un livre, que de susciter une question de cette importance, de sortir à ce point des vieilles données, et d'entrer dans des sillons si neufs. J'espère que votre hardiesse sera comprise ; je voudrais trouver moyen d'y aider. Je vous serre la main bien cordialement.

À demain, mes chers amis,

Sainte-Beuve

LETTRE DE VICTOR HUGO DU 1er JUIN 1865[1]

Hauteville-house, 1er juin,

J'ai lu *Germinie Lacerteux*. Votre livre, messieurs, est implacable comme la misère. Il a cette grande beauté, la Vérité. Vous allez au fond, c'est le devoir, c'est aussi le droit. J'ai fait comme vous cette étude. J'ai marché dans ce labyrinthe, d'abord à tâtons, puis j'ai fini par saisir le fil conducteur. Cela vous arrivera comme à moi. Déjà le sentiment du progrès, la pitié pour le faible, l'amour pour le souffrant, éclatent de plus en plus dans vos éloquentes pages. Il y a vers la fin un élan superbe : Paris interpellé, c'est très beau. Votre double cœur fraternel, qui ne fait qu'une âme, est tout entier dans cette sévère et puissante apostrophe ; – cri de colère plein d'amour. Courage, messieurs, vous avez fait un beau et bon livre de plus. On me dit que j'ai tort d'écrire à mes amis, que

1 Je remercie Pierre-Jean Dufief de m'avoir indiqué la source de cette lettre qui se trouve copiée dans le Fonds Delzant à l'Institut néerlandais mais n'est pas recueillie dans les éditions de la correspondance de Victor Hugo. Elle se trouve à la BNF sous la cote : Aut. BnF, Naf 22466, ff 51-52.

cela blesse mes ennemis, que ma joie des succès d'autrui fait mauvais effet dans le public, j'en suis fâché, mais c'est là un défaut dont je ne me corrigerai pas, et la preuve c'est que cette lecture finie, je vais reprendre votre utile et profond livre, charmé de l'avoir lu, heureux de le relire.

Je serre vos mains,

Victor HUGO

COMPLÉMENTS

Extrait d'une lettre de Flaubert du 5 février 1865 à sa nièce Caroline[1]

Le livre des Bichons excite un dégoût universel, dont ils paraissent être très fiers. – En quoi je les approuve.

Extrait d'une lettre de Louis Bouilhet à Flaubert, du 18 février 1865[2]

J'ai lu le volume des Goncourt ; j'en ai été fort content, puisque la mode est aux analyses. Jupillon est superbe et très vrai. Je leur ai écrit des éloges que je pensais sérieusement. Il y a beaucoup de négligences de style, et pas mal de répétitions. Mais, en somme, une fois le milieu admis, c'est très bon.

1 *Correspondance*, éd. citée, p. 424.
2 *Ibid.*, p. 982.

ANNEXE III

Préface de l'édition illustrée Quantin

Collection « Chefs-d'œuvre du roman contemporain », 1886
avec des illustrations de Jeanniot

22 juillet 1862 – La maladie fait, peu à peu, dans notre pauvre Rose un travail destructeur. C'est comme une mort lente et successive des manifestations presque immatérielles qui émanaient de son corps. Sa physionomie est toute changée. Elle n'a plus les mêmes regards, elle n'a plus les mêmes gestes ; et elle m'apparaît comme se dépouillant, chaque jour, de ce quelque chose d'humainement indéfinissable qui fait la personnalité d'un vivant. La maladie, avant de tuer quelqu'un, apporte à son corps, de l'inconnu, de l'étranger, du *non lui*, en fait une espèce de nouvel être, dans lequel il faut chercher l'ancien… celui dont la silhouette animée et affectueuse n'est plus.

31 juillet – Le docteur Simon va me dire, tout à l'heure, si notre vieille Rose vivra ou mourra. J'attends son coup de sonnette, qui est pour moi celui d'un jury des assises rentrant en séance… « C'est fini, plus d'espoir, une question de temps. Le mal a marché bien vite. Un poumon est perdu et l'autre tout comme… » Et il faut revenir à la malade, lui verser de la sérénité avec notre sourire, lui faire espérer sa convalescence dans tout l'air de nos personnes… Puis une hâte nous prend de fuir l'appartement, et cette pauvre femme. Nous sortons, nous allons au hasard dans Paris… ; enfin, fatigués, nous nous attablons à une table de café. Là, nous prenons machinalement un numéro de *L'Illustration*, et sous nos yeux tombe le mot du dernier rébus : *Contre la mort, il n'y a a pas d'appel !*

Lundi 11 août – La péritonite s'est mêlée à la maladie de poitrine. Elle souffre du ventre, affreusement, ne peut se remuer, ne peut se tenir couchée sur le dos ou le coté gauche. La mort, ce n'est donc pas assez !

il faut encore la souffrance, la torture, comme le suprême et implacable finale des organes humains… Et elle souffre cela, la pauvre malheureuse ! dans une de ces chambres de domestiques, où le soleil, donnant sur une tabatière, fait l'air brûlant, comme en une serre chaude, où il y a si peu de place, que le médecin est obligé de poser son chapeau sur le lit… Nous avons lutté jusqu'au bout pour la garder, à la fin il a fallu se décider à la laisser partir. Elle n'a pas voulu aller à la maison Dubois, où nous nous proposions de la mettre : elle y a été voir, il y a de cela vingt-cinq ans, quand elle est entrée chez nous ; elle y a été voir la nourrice d'Edmond qui y est morte, et cette maison lui représente la maison où l'on meurt. J'attends Simon qui doit lui apporter son billet d'entrée pour Lariboisière. Elle a passé presque une bonne nuit. Elle est toute prête, gaie même. Nous lui avons de notre mieux tout voilé. Elle aspire à s'en aller. Elle est pressée. Il lui semble qu'elle va guérir là. À deux heures, Simon arrive : « Voici c'est fait… ». Elle ne veut pas de brancard pour partir : « Je croirais être morte ! », a-t-elle dit. On l'habille. Aussitôt hors du lit, tout ce qu'il y avait de vie sur son visage disparaît. C'est comme de la terre qui lui monterait sous le teint. Elle descend dans l'appartement. Assise dans la salle à manger, d'une main tremblotante et dont les doigts se cognent, elle met ses bas, sur des jambes comme des manches à balai, sur des jambes de phtisique. Puis, un long moment, elle regarde avec ces yeux de mourant qui paraissent vouloir emporter le souvenir des lieux qu'ils quittent, et la porte de l'appartement, en se fermant sur elle, fait un bruit d'adieu. Elle arrive au bas de l'escalier, où elle se repose un instant sur une chaise. Le portier lui promet, en goguenardant, la santé dans six semaines. Elle incline la tête en disant un oui, un oui étouffé… Le fiacre roule. Elle se tient de la main à la portière. Je la soutiens contre l'oreiller qu'elle a derrière le dos. De ses yeux ouverts et vides, elle regarde vaguement défiler les maisons, elle ne parle plus… Arrivée à la porte de l'hôpital, elle veut descendre, sans qu'on la porte : « Pouvez-vous aller jusque là ? » dit le concierge. Elle fait un signe affirmatif et marche. Je ne sais vraiment où elle a ramassé les dernières forces avec lesquelles elle va devant elle. Enfin nous voilà dans la grande salle haute, froide, rigide et nette, où un brancard tout prêt attend au milieu. Je l'assieds dans un fauteuil de paille près d'un guichet vitré. Un jeune homme ouvre le guichet, me demande le nom, l'âge… couvre d'écriture, pendant un quart d'heure, une dizaine de feuilles de papier, qui ont en tête une image religieuse. Enfin, c'est fini, je l'embrasse... Un garçon la prend sous un bras, la femme de ménage sous l'autre. Alors je n'ai plus rien vu.

Jeudi 14 août – Nous allons à Lariboisière. Nous trouvons Rose, tranquille, espérante, nous parlant de sa sortie prochaine, – dans trois semaines au plus, – et si dégagée de la pensée de la mort, qu'elle nous raconte une furieuse scène d'amour qui a eu lieu hier entre une femme couchée à côté d'elle et un frère des écoles chrétiennes, qui est encore là aujourd'hui. Cette pauvre Rose est la mort, mais la mort tout occupée de la vie.

Voisine de son lit se trouve une jeune femme qu'est venu voir son mari, un ouvrier, et auquel elle dit : « Va, aussitôt que je pourrai marcher, je me promènerai tant dans le jardin, qu'ils seront bien forcés de me renvoyer ! » Et la mère ajoute : « L'enfant demande-t-il quelquefois après moi ?

– Quelquefois, comme ça », répond l'ouvrier.

Samedi 16 août – Ce matin, à dix heures, on sonne. J'entends un colloque à la porte entre la femme de ménage et le portier. La porte s'ouvre. Le portier entre tenant une lettre ; elle porte le timbre de Lariboisière. Rose est morte ce matin à sept heures.

Pauvre fille ! C'est donc fini ! Je savais bien qu'elle était condamnée ; mais l'avoir vue jeudi, si vivante encore, presque heureuse, gaie... Et nous voilà tous deux marchant dans le salon avec cette pensée que fait la mort des personnes : Nous ne la reverrons plus ! – une pensée machinale et qui se répète sans cesse au dedans de nous. Quel vide ! quel trou dans notre intérieur ! Une habitude, une affection de vingt-cinq ans, une fille qui savait notre vie, ouvrait nos lettres en notre absence, à qui nous racontions nos affaires. Tout petit, j'avais joué au cerceau avec elle, et elle m'achetait, sur son argent, des chaussons aux pommes, dans nos promenades. Elle attendait Edmond jusqu'au matin pour lui ouvrir la porte de l'appartement, quand il allait, en cachette de ma mère, au bal de l'Opéra... Elle était la femme, la garde-malade admirable, dont ma mère en mourant avait mis les mains dans les nôtres... Elle avait les clefs de tout, elle menait, elle faisait tout autour de nous. Depuis vingt-cinq ans, elle nous bordait tous les soirs dans nos lits, et tous les soirs c'étaient les mêmes plaisanteries sur sa laideur et la disgrâce de son physique... Chagrins, joies, elle les partageait avec nous. Elle était un de ces dévouements dont on espère la sollicitude pour vous fermer les yeux. Nos corps, dans nos malaises, étaient habitués à ses soins. Elle possédait toutes nos manies. Elle avait connu toutes nos maîtresses. C'était un morceau de notre vie, un meuble de notre appartement, une épave de notre jeunesse, je ne sais quoi de tendre et de grognon et de *veilleur* à la façon d'un chien de garde que nous avions l'habitude d'avoir à côté de nous, autour de nous, et qui semblait ne devoir finir qu'avec nous. Et jamais nous ne la reverrons ! Ce qui remue dans l'appartement, ce n'est plus elle ; ce qui nous dit bonjour le matin, en entrant dans notre chambre, ce ne sera plus elle ! Grand déchirement, grand changement dans notre vie, et qui nous semble, je ne sais pourquoi, une de ces coupures solennelles de l'existence où, comme dit Byron, les destins changent de chevaux.

Dimanche 17 août. – Ce matin, nous devons faire toutes les tristes démarches. Il faut retourner à l'hôpital, rentrer dans cette salle d'admission, où, sur le fauteuil contre le guichet, il me semble revoir le spectre de la maigre créature que j'y ai assise, il n'y a pas huit jours. « Voulez-vous reconnaître le corps ? » me jette d'une voix dure le garçon. Nous allons au fin fond de l'hôpital, à une grande porte jaunâtre sur laquelle il y a écrit en grosses lettres noires : *Amphithéâtre*. Le garçon frappe. La porte s'entr'ouvre au bout de quelque temps, et il en sort une tête de garçon-boucher, le brule-gueule à la bouche : une tête où le belluaire se mêle au fossoyeur. J'ai cru voir au Cirque l'esclave qui recevait les corps des gladiateurs, – et lui aussi reçoit les tués de ce grand cirque : la société. On nous a fait, un long moment, attendre avant d'ouvrir une autre porte, et pendant ces minutes d'attente, tout notre courage s'en est allé, comme s'en va, goutte à goutte, le sang d'un blessé s'efforçant de rester debout. L'inconnu de ce que nous allions voir, la terreur d'un spectacle vous déchirant le cœur, la recherche de ce visage au milieu d'autres corps, l'étude et la reconnaissance de ce pauvre corps, sans doute défiguré, tout cela nous a faits lâches comme des enfants. Nous étions à bout de force, à bout de volonté, à bout de tension nerveuse, et quand la porte s'est ouverte nous avons dit : « nous enverrons quelqu'un », et nous nous sommes sauvés… De là nous sommes allés à la mairie, roulés dans un fiacre qui nous cahotait et nous secouait la tête, comme une chose vide. Et je ne sais quelle horreur nous est venue de cette mort d'hôpital qui semble n'être qu'une formalité administrative. On dirait que dans ce phalanstère d'agonie, tout est si bien administré, réglé et ordonnancé que la Mort y ouvre comme un bureau.

Pendant que nous étions à faire inscrire le décès, – que de papier, mon Dieu, griffonné et paraphé pour une mort de pauvre ! – de la pièce à côté un homme s'est élancé, joyeux, exultant, pour voir sur l'Almanach, accroché au mur, le nom du saint du jour et le donner à son enfant. En passant, la basque de la redingote de l'heureux père frôle et balaye la feuille de papier, où l'on inscrit la morte.

Revenus chez nous, il a fallu regarder dans ses papiers, faire ramasser ses hardes, démêler l'entassement des choses, des fioles, des linges que fait la maladie… remuer de la mort enfin. Ç'a été affreux de rentrer dans cette mansarde où il y avait encore, dans le creux du lit entr'ouvert les miettes de pain de son repas. J'ai jeté la couverture sur le traversin, comme un drap sur l'ombre d'un mort.

Lundi 18 août. – …. La chapelle est à côté de l'amphithéâtre. À l'hôpital, Dieu et le cadre voisinent. À la messe dite pour la pauvre femme, à côté de sa bière, on en range deux ou trois autres qui bénéficient du service. Il y a je ne sais quelle répugnante promiscuité de salut dans cette adjonction : c'est la fosse commune de la prière… Derrière moi, à la chapelle, pleure la nièce de Rose, la petite qu'elle a eue un moment chez nous, et qui est maintenant une jeune fille fille de dix-neuf ans, élevée chez les sœurs de Saint-Laurent : pauvre petite fillette étiolée, pâlotte, rachitique, nouée de misère, la tête trop grosse pour le corps, le torse déjeté, l'air d'une Mayeux, triste reste de toute cette famille poitrinaire attendue par la Mort et dès maintenant touchée par elle, – avec, en ses doux yeux, déjà une lueur d'outre-vie.

Puis, de la chapelle, au fond du cimetière Montmartre, élargi comme une nécropole et prenant un quartier de la ville, une marche à pas lents et qui n'en finit pas dans la boue… Enfin les psalmodies des prêtres, et le cercueil, que les bras des fossoyeurs laissent glisser avec effort, au bout de cordes, comme une pièce de vin qu'on descend à la cave.

Mercredi 20 août. – Il me faut encore retourner à l'hôpital. Car entre la visite, que j'ai faite à Rose le jeudi, et sa brusque mort, un jour après, il y a pour moi un inconnu que je repousse de ma pensée, mais qui revient toujours en moi : l'inconnu de cette agonie dont je ne sais rien, de cette fin si soudaine. Je veux savoir et je crains d'apprendre. Il ne me paraît pas qu'elle soit morte ; j'ai seulement d'elle le sentiment d'une personne disparue. Mon imagination va à ses dernières heures, les cherche à tâtons, les reconstruit dans la nuit, et elles me tourmentent de leur horreur voilée, ces heures !… j'ai besoin d'être fixé. Enfin, ce matin, je prends mon courage à deux mains. Et je revois l'hôpital, et je revois le concierge rougeaud, obèse, puant la vie comme on pue le vin, et je revois ces corridors où de la lumière du matin tombe sur la pâleur de convalescentes souriantes…

Dans un coin reculé, je sonne à une porte aux petits rideaux blancs. On ouvre et je me trouve dans un parloir, où, entre deux fenêtres, une Vierge est posée sur une sorte d'autel. Aux murs de la pièce exposée au nord, de la pièce froide et nue, il n'y a, je ne m'explique pas pourquoi, deux vues du Vésuve encadrées, de malheureuses gouaches, qui semblent, là, toutes frissonnantes et toutes dépaysées. Par une porte ouverte derrière moi, d'une petite pièce où le soleil donne en plein, il m'arrive des caquetages de sœurs et d'enfants, de jeunes joies, de bons petits éclats de rire, toutes sortes de notes et de vocalisations fraîches : un bruit de volière ensoleillée… Des sœurs en blanc, à coiffe noire, passent et repassent ; une s'arrête devant ma chaise. Elle est petite, mal venue, avec une figure laide et tendre, une pauvre figure à la grâce de Dieu. C'est la mère de la salle saint-Joseph. Elle me raconte comment Rose est morte, ne souffrant pour ainsi dire plus, se trouvant mieux, presque bien, toute remplie de soulagement et d'espérance. Le matin son lit refait, sans se voir du tout mourir, soudainement elle s'en est allée dans un vomissement de sang qui a duré quelques secondes. Je suis sorti de là, rasséréné, délivré de l'horrible pensée qu'elle avait eu l'avant-goût de la mort, la terreur de son approche.

Jeudi 21 août.

…Au milieu du dîner rendu tout triste par la causerie qui va et revient sur la morte, Maria, qui est venue dîner hier soir, après deux ou trois coups nerveux du bout de ses doigts sur le crêpage de ses blonds cheveux bouffants, s'écrie : « Mes amis, tant que la pauvre fille a vécu, j'ai gardé le secret professionnel de mon métier… Mais maintenant qu'elle est en terre, il faut que vous sachiez la vérité. »

Et nous apprenons sur la malheureuse des choses qui nous coupent l'appétit, en nous mettant dans la bouche l'amertume acide d'un fuit coupé avec un couteau d'acier. Et toute une existence inconnue, odieuse, répugnante, lamentable, nous est révélée. Les billets qu'elle a signés, les dettes qu'elle a laissées chez tous les fournisseurs, ont le dessous les plus imprévu, le plus surprenant, le plus incroyable. Elle entretenait des hommes, le fils de la crémière, auquel elle a meublé une chambre, un autre auquel elle portait notre vin, des poulets, de la victuaille… Une vie secrète d'orgies nocturnes, de découchages, de fureurs utérines qui faisaient dire à ses amants : « Nous y resterons, elle ou moi ! » Une passion, des passions à la fois de toute la tête, de tout le cœur, de tous les sens, et où se mêlaient toutes les maladies de la misérable fille, la phtisie qui apportait de la fureur à la jouissance, l'hystérie, un commencement de folie. Elle a eu avec le fils de la crémière deux enfants, dont l'un a vécu six mois. Il y a quelques années, quand elle nous a dit qu'elle allait dans son pays, c'était pour accoucher. Et, à l'égard de ces hommes, c'était une ardeur si extravagante, si maladive, si démente, qu'elle – l'honnêteté en personne autrefois – nous volait, nous prenait des pièces de vingt francs sur des rouleaux de cent francs, pour que les amoureux qu'elle payait, ne la quittassent pas. Or, après ces malhonnêtes actions involontaires, ces petits crimes arrachés à sa droite nature, elle s'enfonçait en de tels reproches, en de tels remords, en de telles tristesses, en de tels noirs d'âme, que dans cet enfer, où elle roulait de fautes en fautes, désespérée et inassouvie, elle s'était mise à boire pour échapper à elle-même, se sauver du présent, se noyer et sombrer quelques heures dans ces sommeils, dans ces torpeurs léthargiques qui la vautraient toute une journée en travers d'un lit, sur lequel elle échouait en le faisant. La malheureuse ! que de prédispositions et de motifs et de raisons, elle trouvait en elle pour se dévorer et saigner en dedans : d'abord le repoussement par moments d'idées religieuses avec les terreurs d'un enfer de feu et de soufre ; puis la jalousie, cette jalousie toute particulière qui, à propos de tout et de tous, empoisonnait sa vie ; puis, puis… puis le dégout que les hommes, au bout de quelque temps, lui témoignaient brutalement pour sa laideur, et qui la poussait de plus en plus à la boisson, l'amenait un jour à faire une fausse couche, en tombant ivre-morte sur le parquet. Cet affreux déchirement du voile que nous avions devant les yeux, c'est comme l'autopsie d'une poche pleine d'horribles choses dans une morte tout à coup ouverte… Par ce qui nous est dit, j'entrevois soudainement tout ce qu'elle a dû souffrir depuis dix ans : et les craintes près de nous d'une lettre anonyme, d'une dénonciation de fournisseur, et la trépidation continuelle à propos de l'argent qu'on lui réclamait et qu'elle ne pouvait rendre, et la honte éprouvée par l'orgueilleuse créature pervertie, en cet abominable quartier Saint-Georges, à la suite de ses fréquentations avec de basses gens qu'elle méprisait, et la vue douloureuse de la sénilité prématurée que lui apportait l'ivrognerie, et les exigences et les duretés inhumaines des maquereaux du ruisseau, et les tentations du suicide qui me la faisaient un jour retirer de la fenêtre, où elle était complètement penchée en dehors… et enfin toutes ces larmes que nous croyions sans cause ; – cela mêlé à une tendresse d'entrailles très profonde pour nous, à un dévouement, comme pris de fièvre, dans les maladies de l'un ou de l'autre.

Et chez cette femme, une énergie de caractère, une force de volonté, un art du mystère auxquels rien ne peut être comparé. Oui, oui, une fermeture de tous ces affreux secrets, cachés et renfoncés en elle, sans une échappade à nos yeux, à nos oreilles, à nos sens d'observateur, même dans ses attaques de nerfs, où rien ne sortait d'elle que des gémissements : un mystère continué jusqu'à la mort et qu'elle devait croire enterré avec elle.

Et de quoi est-elle morte ? D'avoir été, il y a de cela huit mois, en hiver, par la pluie, guetter toute une nuit, à Montmartre, le fils de la crémière qui l'avait chassée, pour savoir par quelle femme il l'avait remplacée : toute une nuit passée contre la fenêtre d'un rez-de-chaussée, et dont elle avait rapporté ses effets trempés jusqu'aux os avec une pleurésie mortelle !

Pauvre créature, nous lui pardonnons, et même une grande commisération nous vient pour elle, en nous rendant compte de tout ce qu'elle a souffert… Mais, pour la vie, il est entré en nous la défiance du sexe entier de la femme, et de la femme de bas en haut comme de la femme de haut en bas. Une épouvante nous a pris du double fond de son âme, de la faculté puissante, de la science, du génie consommé, que tout son être a du mensonge…

Ces notes, je les extrais de notre journal : *Journal des Goncourt* (*Mémoires de la vie littéraire*) ; elles sont l'embryon documentaire sur lequel, deux ans après, mon frère et moi composions *Germinie Lacerteux*, étudiée et montrée par nous en service chez notre vieille cousine, Mlle de Courmont, dont nous écrivions une biographie véridique à la façon d'une biographie d'histoire moderne.

AUTEUIL, AVRIL 1886.

Edmond DE GONCOURT

BIBLIOGRAPHIE

ÉDITIONS DE *GERMINIE LACERTEUX*

GONCOURT, Edmond et Jules de, *Germinie Lacerteux*, Paris, Charpentier, 1864, in-16, VIII-279 p.

GONCOURT, Edmond et Jules de, *Germinie Lacerteux*, Paris, Charpentier, 1864, in-18, VIII-279 p.

GONCOURT, Edmond et Jules de, *Germinie Lacerteux*, Paris, Charpentier, 1865, 2e édition, in-18, VIII-279 p.

GONCOURT, Edmond et Jules de, *Romans*, Paris, Charpentier, 1875-1876, in-12. Comprend *Germinie Lacerteux* (1875), *Madame Gervaisais* (1876), *Renée Mauperin* (1876), *Manette Salomon* (1876), *Charles Demailly* (1876), *Sœur Philomène* (1876).

GONCOURT, Edmond et Jules de, *Germinie Lacerteux*, Paris, Alphonse Lemerre, 1876. 360 p., front. grav., in-12.

GONCOURT, Edmond et Jules de, *Germinie Lacerteux*, dans *Romans*, Paris, Charpentier, 1877, 4 vol. in-12.

GONCOURT, Edmond et Jules de, *Germinie Lacerteux*, dans *Romans*, Paris, Charpentier, 1880, in-12.

GONCOURT, Edmond et Jules de, *Germinie Lacerteux*, dans *Romans*, Paris, Charpentier, 1882, in-12.

GONCOURT, Edmond et Jules de, *Germinie Lacerteux*, Paris Quantin, « Les Chefs-d'œuvre du roman contemporain », 1886, avec dix compositions par Jeanniot, gravées à l'eau-forte par L. Muller, XIX-294 p.-[10] f. de pl. : ill. ; in-8.

GONCOURT, Edmond et Jules de, *Germinie Lacerteux*, Paris, Charpentier, 1887, VIII-279 p., in-18.

GONCOURT, Edmond et Jules de, *Germinie Lacerteux*, *Romans*, Paris, Charpentier, 1887-1889, 2 vol., in-12. Le vol. I comprend *Germinie Lacerteux, Madame Gervaisais*, *Renée Mauperin*, *Manette Salomon*.

GONCOURT, Edmond et Jules de, *Germinie Lacerteux*, Paris, G. Chamerot, 1890.

Illustrations de Rafaëlli, préface de Gustave Geffroy, in-4. 10 eaux-fortes h.-t. en 2 états, 2 portr.-front. par Adolphe Varin. Il existe une édition tirée à 3 exemplaires sur papier whatman. Ex. offert à M. Edmond de Goncourt, contenant trois états des eaux-fortes. Rel. vélin blanc, sur un des plats, les portraits des deux auteurs peints à l'huile par Carrière.

GONCOURT, Edmond et Jules de *Germinie Lacerteux*, Paris, Eugène Fasquelle, « Bibliothèque Charpentier », 1903, in-12.

GONCOURT, Edmond et Jules de, *Germinie Lacerteux*, Paris, Arthème Fayard, « Modern-Bibliothèque », 1913, éd. illustrée à partir des aquarelles de J. Jamet.

GONCOURT, Edmond et Jules de, *Germinie Lacerteux*, Paris, G. Grès et Cie éd., « Bibliothèque de l'Académie Goncourt », 1921, avec une préface de Gustave Geffroy.

GONCOURT, Edmond et Jules de, *Germinie Lacerteux*, roman. Postface de M. Gustave Geffroy, Paris, E. Flammarion, E. Fasquelle, 1930. In-8.

GONCOURT, Edmond et Jules de, *Germinie Lacerteux*, Napoli/Paris, Edizioni Scientifiche Italiane/Nizet, 1968, éd. d'Enzo Caramaschi.

GONCOURT, Edmond et Jules de, *Germinie Lacerteux*, Paris, U. G. E., « Fins de siècle », 1979, avec une préface d'Hubert Juin.

GONCOURT, Edmond et Jules de, *Germinie Lacerteux*, Paris, Flammarion, « G.-F. », 1990, avec une préface de Nadine Satiat.

GONCOURT, Edmond et Jules de, *Germinie Lacerteux*, *Œuvres complètes*, t. IV, Paris, Champion, 2011, édition critique de Sylvie Thorel-Cailleteau.

ADAPTATION THÉÂTRALE

GONCOURT, Edmond de, *Germinie Lacerteux*, pièce en dix tableaux, précédée d'un prologue et suivie d'un épilogue, tirée du roman d'Edmond et Jules de Goncourt, Paris, Charpentier, 1888. Rééditée en 1892.

BIBLIOGRAPHIE CRITIQUE

OUVRAGES

AUERBACH, Erich, *Mimesis. La Représentation de la réalité dans la littérature occidentale*, Paris, Gallimard, « Tel », 1968.

BALDICK, Robert, *The Goncourts*, Londres, Bowes and Bowes, 1960.

BANNOUR, Wanda, *Edmond et Jules de Goncourt ou le génie androgyne*, Paris, Persona, 1985.

BERTHELOT, Sandrine, *L'Esthétique de la dérision dans les romans de la période réaliste en France, 1850-1870 : genèse, épanouissement et sens du grotesque*, Paris, Champion, « Romantisme et modernités », 2004.

BILLY, André, *Les Frères Goncourt. La vie littéraire à Paris pendant la seconde moitié du XIXe siècle*, Paris, Flammarion, « Les grandes biographies », 1954.

BORIE, Jean, *Le Célibataire français*, Paris, Sagittaire, 1976.

BORIE, Jean, *Un siècle démodé. Prophètes et réfractaires au XIXe siècle*, Paris, Payot, 1989.

BOURGET, Paul, *Nouveaux essais de psychologie contemporaine*, Paris, Gallimard, « Tel », 1993 (1886), éd. d'André Guyaux.

BRENT, Steven Tracy, *The servant as chief protagonist in Three Novels of the Period 1850-1870 :* Germinie Lacerteux, Un Cœur simple, Geneviève. Histoire d'une servante, Thèse, Pennsylvania state University, 1971.

BUCHET-ROGERS, Nathalie, *Fictions du scandale : corps féminin et réalisme romanesque au XIXe siècle*, Purdue University Press, 1998.

CABANÈS, Jean-Louis, *Le Corps et la maladie dans les récits réalistes (1856-1893)*, Paris, Klincksieck, 1991.

CABANÈS, Jean-Louis, *Le Négatif. Essai sur la représentation littéraire au XIXe siècle*, Paris, Classiques Garnier, « Études romantiques et dix-neuviémistes », 2011.

CABANÈS, Jean-Louis éd., *Les Frères Goncourt : art et écriture*, Bordeaux, Presses Universitaires de Bordeaux, 1997.

CABANÈS, Jean-Louis éd., *Les Frères Goncourt, Revue des sciences humaines*, n° 259, juillet-septembre 2000.

CABANÈS, Jean-Louis, DUFIEF, Pierre-Jean, KOPP Robert, MOLLIER, Jean-Yves dir., *Les Goncourt dans leur siècle. Un siècle de Goncourt*, Villeneuve d'Ascq, Presses universitaires du Septentrion, 2005, avec une Préface par Edmonde Charles-Roux.

CARAMASCHI, Enzo, *Réalisme et impressionnisme chez les Goncourt*, Pise/Paris, Librera Goliardica/Nizet, 1971.

CORDOVA, Mary Davies, *Paris Dances. Textual choregraphies in the Nineteenth-Century French Novel*, San Francisco, London, Bethesda, International Scholar Publications, 1999, chap. « Spectacularisation or transfiguration : *Germinie Lacerteux* », p. 199-222.

CRESSOT, Marcel, *La Phrase et le vocabulaire de J.-K. Huysmans. Contribution à l'étude de la langue française durant le denier quart du* XIXe *siècle*, Paris, Droz, 1938.

DE FALCO, Domenica, *La Femme et les personnages féminins chez les Goncourt*, Paris, Honoré Champion, « Romantisme et modernité », 2013.

DE FELICI, Roberta, *Gli adattamenti teatrali di Edmond de Goncourt*, Rome, Aracne, 2011.

DELZANT, Alidor, *Les Goncourt*, Paris, Charpentier, 1889.

DONALDSON-EVANS, Mary, *Medical Examinations : Dissecting the Doctor in French Narrative Prose, 1857-1894*, Lincoln, University of Nebraska Press, 2001.

DUBOIS, Jacques, *Romanciers français de l'instantané au* XIXe *siècle*, Bruxelles, Palais des Académies, 1963.

FOSCA, François, *Edmond et Jules de Goncourt*, Paris, Albin Michel, 1941.

FOSCA, François, *De Diderot à Valéry : les écrivains et les arts visuels*, Albin Michel, 1960.

GIRAUD, Barbara, *L'Héroïne goncourtienne. Entre hystérie et dissidence*, Berne, Peter Lang, 2009.

GRANT, Robert, *The Goncourts Brothers*, New York, Twayne Series, 1972.

IMMERGLUCK, Maxime, *La Question sociale dans l'œuvre des Goncourt*, Thèse présentée à la Faculté des Lettres de Strasbourg, Les Éditions universitaires de Strasbourg, 1930.

KEMPF, Roger, *L'Indiscrétion des frères Goncourt*, Paris, Grasset, 2004.

MAUBANT, Yves, *Les Romans des frères Goncourt ou le second empire de la description.* Thèse Univ. de Caen, 2000, dir. G. Gengembre.

MITTERAND, Henri, *Le Regard et le signe. Poétique du roman réaliste et naturaliste*, Paris, PUF, « Écriture », 1987.

MITTERAND, Henri, *Le Roman à l'œuvre. Genèse et valeurs*, Paris, PUF, 1999.

PETY, Dominique, *Collection et écriture. Les Goncourt en leur temps*. Thèse Univ. Paris III, 2001, dir. P. Hamon.

PETY, Dominique, *Les Goncourt et la collection. De l'objet d'art à l'art d'écrire*, Genève, Droz « Histoire des idées et critique littéraire », 2003.

PRAJS, Lazare, *La Fallacité dans l'œuvre romanesque des frères Goncourt*, Paris, Nizet, 1974.

RICATTE, Robert, *La Création romanesque chez les Goncourt (1851-1870)*, Paris, Armand Colin, 1953.

RICATTE, Robert,, *La Genèse de* La Fille Élisa, Paris, PUF, 1960.

RICHARD, Jean-Pierre, *Littérature et sensation*, Paris, Le Seuil, 1954.

ROY-REVERZY, Éléonore, *La Mort d'Éros. La mésalliance dans le roman du second XIXe siècle*, SEDES, « Les œuvres et les hommes », 1997.

SABATIER, Pierre, *L'Esthétique des Goncourt*, Paris, Hachette, 1920.

SABATIER, Pierre, *Germinie Lacerteux des Frères Goncourt*, S. F. E. L. T., « Grands événements littéraires », 1948.

SAGNES Guy, *L'Ennui dans la littérature française de Flaubert à Jules Laforgue (1848-1884)*, Paris, Armand Colin, 1969.

SALOMON, Michel, *Études et portraits littéraires : Taine, Barbey d'Aurevilly, Guy de Maupassant, Pierre Loti, E. et J. de Goncourt, E. Lintilhac, Ollé-Laprune, Mme Séverine, Ch. Vincent, le P. Ollivier, Waldeck-Rousseau, Jules Tellier, Amiel*, Paris, Plon & Nourrit, 1896

SAUVAGE, Marcel, *Jules et Edmond de Goncourt précurseurs*, Paris, Mercure de France, 1970.

SPANDONIS, Sophie, *L'Imagination du monde intérieur. Écritures de la psychologie dans les récits de la décadence, de* Ludine (1883) *à* Monsieur de Phocas (1901). Thèse Univ. Paris III, 2000, dir. P. Hamon.

THALER, Danielle, *La Clinique de l'amour selon les frères Goncourt : peuple, femme, hystérie*, Sherbrooke Quebec, Naaman, 1986.

THOMAS, Catherine, *Le Mythe du XVIIIe siècle au XIXe siècle (1830-1860)*, Paris, Champion, « Romantisme et modernités », 2003.

VOUILLOUX, Bernard, *L'Art des Goncourt : une esthétique du style*, Paris, L'Harmattan, 1997.

VOUILLOUX, Bernard, *Le Tournant « artiste » de la littérature française. Écrire avec la peinture au XIXe siècle*, Paris, Hermann, coll. « Savoir Lettres », 2011.

ARTICLES

BECKER, Colette, « Les Goncourt modèles de Zola ? », *Francofonia*, 1991 n° 20, printemps 1991, p. 105-113.

BECKER, Colette, « Le personnage de Germinie Lacerteux ou comment "tuer le romanesque" », *Les Frères Goncourt : art et écriture*, Presses Universitaires de Bordeaux, 1997, p. 181-190.

BELATÈCHE, Lydia, « Gossip and the call for silence in the Frères Goncourt », *Excavatio. Emile Zola and Naturalism, Revue de l'AIZEN*, vol. IX, 1997, p. 10-19.

BELGRAND, Anne, « Zola "élève" des Goncourt : le thème de l'hystérie », *Francofonia*, 1991 n° 20, printemps 1991, p. 115-131.

BISMUT, Roger, « Le narrateur dans *Germinie Lacerteux* », *CAIEF*, XXVI, mai 1984, p. 21-33.

BORDAS, Éric, « Les imparfaits des Goncourt ou les silences du romanesque », *Revue des sciences humaines*, n° 259 dirigé par J.-L. Cabanès, juillet-septembre 2000, p. 197-216.

BURY, Mariane, « Réalisme et préciosité chez les Goncourt », *Francofonia*, 1991 n° 21, automne 1991, p. 43-58.

BUTLER, Ronnie, « Les Goncourt admirateurs de Balzac », *L'Année balzacienne*, 1987.

CABANÈS, Jean-Louis, « Germinie Lacerteux et Gervaise entre abattoir et hôpital », *Littératures*, automne 1980, p. 45-61.

CABANÈS, Jean-Louis,, « Les Goncourt et les métamorphoses du réel », *Cahiers Goncourt* n° 1, 1992, p. 57-64.

CABANÈS, Jean-Louis, « Décadence délicieuse et inachèvement dans l'esthétique des Goncourt », *Cahiers Goncourt* n° 3, 1995, p. 32-40.

CABANÈS, Jean-Louis, « L'écriture artiste : écarts et maladie », *Dieu, la chair et les livres. Une approche de la décadence*, Sylvie Thorel-Cailleteau dir., Paris, Champion, « Romantisme et modernités », 2000.

CABANÈS, Jean-Louis, « Les Goncourt moralistes : le général et le particulier », *Cahiers Goncourt*, n° 15, 2008, p. 7-23.

CABANÈS, Jean-Louis, « Les *Préfaces et manifestes littéraires* d'Edmond et Jules de Goncourt : réflexivité et distinction », *Revue des sciences humaines*, juillet-septembre 2009, p. 135-148.

CARAMASCHI, Enzo, « Du *Journal* des Goncourt au texte narratif », *Heteroglossia*, Università degli Studi di Macerata, n° 4, 1984.

CARAMASCHI, Enzo, « Du traditionalisme au réalisme, évolution des Goncourt ? », *Francofonia*, n° 19, automne 1990, p. 77-85.

CASTEL, P.-H., « L'hystérie des Goncourt à Huysmans, entre littérature et histoire de la médecine », *Dieu, la chair et les livres. Une approche de la décadence*, Sylvie Thorel-Cailleteau dir., Paris, Champion, « Romantisme et modernités », 2000.

COGMAN, Peter W., « Germinie Lacerteux et Phèdre », *Cahiers Goncourt*, n° 2, 1993, p. 74-79.

CORDOVA, Sarah Davies, « *Germinie Lacerteux* : the Dance of the Cliniciens ès lettres », *Excavatio. Emile Zola and Naturalism, Revue de l'AIZEN*, vol. IX, 1997, p. 20-31.

COSSET, Évelyne, « L'espace dans *Germinie Lacerteux*, une figure de l'inanité », *Cahiers Goncourt*, n° 8, 2001, p. 27-34.

CROUZET, Michel, « Rhétorique du réel dans *Manette Salomon* », *Francofonia*, n° 21, automne 1991, p. 97-119.

DEBRAY-GENETTE, Raymonde, « La figuration descriptive : Flaubert, les Goncourt », *Typologie du roman*, *Romanica Wratilaviensia*, XXII, Acta univ. Wratislaviensis, 690.

DUBAR, Monique, « *Germinie Lacerteux*, du roman à la scène », *Roman-feuilleton et théâtre. L'adaptation du roman-feuilleton au théâtre*, Actes du colloque de Cerisy-la-Salle, Florent Montaclair dir., Presses du Centre Unesco de Besançon, 1999, p. 201-218.

DUFIEF, Pierre-Jean, « Les Goncourt précurseurs de la décadence », *Cahiers Goncourt* n° 3, 1995.

DUFIEF, Pierre-Jean, « Les Goncourt moralistes », *Travaux de littérature. Revue de l'ADIREL*, n° 13, 2000.

DUFIEF, Pierre-Jean, « Le roman à l'école de l'histoire ou l'histoire comme source d'un nouveau romanesque ? », *Cahiers Goncourt*, n° 12, 2005, p. 37-46.

DUNCAN Ann J., « Self and others, pattern of neurosis and conflict in *Germinie Lacerteux* », *Forum for Modern Language Studies*, XIII, 1977, p. 204-218.

EDELMAN, Nicole, « Les Goncourt, les femmes et l'hystérie », *Les Goncourt dans leur siècle, un siècle de Goncourt*, CABANÈS, Jean-Louis, DUFIEF, Pierre-Jean, KOPP Robert, MOLLIER, Jean-Yves dir., Villeneuve d'Ascq, Presses universitaires du Septentrion, 2005, avec une Préface par Edmonde Charles-Roux, p. 203-216.

EDWARDS, Peter J., « Lieux du pouvoir, pouvoir des lieux : images de la ville chez les frères Goncourt », *Australian Journal of French Studies*, nov. 1993, p. 214-221.

EL KETTANI, Soundouss, « La dynamique descriptive chez Zola et les Goncourt », *Nineteenth-Century French Studies*, vol. 35-3/4, printemps-été 2007.

GABASTON, Liza, « Germinie Lacerteux, première héroïne zolienne ? », *Cahiers naturalistes*, n° 78, 2004, p. 151-172.

KEMPF, Roger, « La misogynie des frères Goncourt », CABANÈS, Jean-Louis, DUFIEF, Pierre-Jean, KOPP Robert, MOLLIER, Jean-Yves dir., *Les Goncourt dans leur siècle. Un siècle de Goncourt*, Villeneuve d'Ascq, Presses universitaires du Septentrion, 2005, avec une Préface par Edmonde Charles-Roux, p. 217-224.

KNAPP, Bettina, « The Goncourt brothers. Écriture, sensation », *Dalhousie French Studies*, Halifax, V, octobre 1983.

KOPP, Robert, « De l'histoire au roman », *Magazine littéraire*, n° 269, septembre 1989.

LANDRIN, Jacques, « Les Goncourt et La Bruyère », *Mélanges Collinet*, Jean Foyard et Gérard Taverdet dir., éd. universitaires de Dijon, 1992.

LARROUX, Guy, « Morale du dénouement », *Les Frères Goncourt : art et écriture*, Presses Universitaires de Bordeaux, 1997, p. 201-208.

LAVILLE, Béatrice, « Spatialité et clôture. La spatialité romanesque dans *Germinie Lacerteux* », *Les Frères Goncourt : art et écriture*, Presses Universitaires de Bordeaux, 1997, p. 191-200.

MATHET, Marie-Thérèse, « La parole des personnages dans l'œuvre romanesque des frères Goncourt », *Les Frères Goncourt : art et écriture*, Presses Universitaires de Bordeaux, 1997, p. 237-245.

MAUBANT, Yves, « La description dans les romans des frères Goncourt ou l'expérience de la singularité », *Cahiers Goncourt*, n° 8, 2001, p. 66-86.

MAUBANT, Yves, « L'hypothèse ironique dans les romans des frères Goncourt », *Ironies et inventions naturalistes*, Colette BECKER, Anne-Simone DUFIEF et Jean-Louis CABANÈS dir., Nanterre, RITM, 2002, p. 93-101.

MENCHIKOV, G. F., « De la méthode et su style des Goncourt (*Germinie Lacerteux*) », *Filologiceskie Nauki*, 1986, n° 4-5.

MICHOT-DIETRICK, Hela, « Blindness to "goodness" : the critics' chauvinisme ? An analysis of four novels by Zola and the Goncourts », *Modern Fiction Studies*, vol. XXVI, n° 2, summer 1975, p. 215-222.

MITTERAND, Henri, « *Germinie Lacerteux*, les voix du peuple », *Les Frères Goncourt : art et écriture*, Presses Universitaires de Bordeaux, 1997, p. 225-236.

O'DONOVAN, Patrick, « De l'écriture au texte dans les romans des Goncourt », *Francofonia* n° 20, printemps 1991, p. 85-103.

PERRIN-NAFFAKH, Anne-Marie « Écriture artiste et esthétisation dans *Germinie Lacerteux* », *Les Frères Goncourt : art et écriture*, Presses Universitaires de Bordeaux, 1997, p. 289-300.

PETY, Dominique, « Les Goncourt et le roman biographique ou autobiographique : une préfiguration de l'autofiction ? », *Cahiers Goncourt*, n° 17, 2010, p. 29-44.

PRZYBOS, Julia, « *Germinie Lacerteux* au service des sciences sociales », *Excavatio. Émile Zola and Naturalism*, *Revue de l'AIZEN*, vol. IX, 1997, p. 32-43, repris dans *L'Écriture du féminin chez Zola et dans la fiction naturaliste*, Anna Gural-Migdal éd., Peter Lang, 2003, p. 391-406.

REVERZY, Éléonore, « L'écriture de la généralité dans quelques romans des frères Goncourt : *Sœur Philomène, Renée Mauperin, Germinie Lacerteux* », *Cahiers Goncourt*, 2008, p. 71-83.

RICATTE, Robert, « Les romans des Goncourt et la médecine », *Revue des sciences humaines*, janvier-mars 1953.

ROY-REVERZY, Éléonore, « *Germinie Lacerteux*, entre profane et sacré », *Vives Lettres*, n° 3, 1997, p. 63-81.

ROY-REVERZY, Éléonore, « Les Goncourt et la soif d'absolu : Germinie l'Adorante », *Spiritualités d'un monde désenchanté*, Gisèle Séginger dir., Presses Universitaires de Strasbourg, 1998, p. 143-153.

ROY-REVERZY, Éléonore, « *Germinie Lacerteux* et la question des genres », *Cahiers Goncourt*, n° 6, 1998, p. 259-274.

SCHOR, Naomi, « Naturalizing Woman : *Germinie Lacerteux* », *Breaking the Chain. Women, Theory and French Realist Fiction*, New York, Berg, 1992.

THALER, Danielle, « À la recherche du paradis perdu : enfance et prolétariat dans trois romans des frères : *Sœur Philomène, Germinie Lacerteux, La Fille Élisa* », *Cahiers naturalistes*, n° 58, 1984, p. 97-110.

THALER, Danielle, « Deux frères en quête de peuple : les Goncourt », *Nineteenth-Century French Studies*, fall-winter 1985-1986.

THOREL-CAILLETEAU, Sylvie, « Triomphe de Méduse. Une lecture de *Germinie Lacerteux* », CABANÈS, Jean-Louis, DUFIEF, Pierre-Jean, KOPP Robert, MOLLIER, Jean-Yves dir., *Les Goncourt dans leur siècle. Un siècle de Goncourt*, Villeneuve d'Ascq, Presses universitaires du Septentrion, 2005, avec une Préface par Edmonde Charles-Roux, p. 225-232.

TORTONESE, Paolo « Le kaléidoscope des frères Goncourt », *Revue des sciences humaines*, n° 259 dirigé par J.-L. Cabanès, juillet-septembre 2000, p. 171-195.

VOISIN-FOUGÈRE, Marie-Ange, « La blague chez les Goncourt », *Les Frères Goncourt : art et écriture*, Presses Universitaires de Bordeaux, 1997, p. 71-90.

WALD LASOWSKI, Patrick et Roman, « L'œil juste », *Magazine littéraire*, n° 269, 1989.

INDEX NOMINUM

ABOUT, Edmond : 358, 361, 366
AGRIPPA D'AUBIGNÉ, Théodore : 293
AMIGUES, Jules : 383 n
ANTRAIGUES, Emmanuel Louis-Henri de Launay (comte d') : 61
ARISTOTE : 32, 34, 37
ARNOULD, Sophie : 324
ASSOLANT, Alfred : 361
AUBER, Charles-Édouard : 263

BAGULEY, David : 8
BAKHTINE, Mikhaïl : 43
BALLUE, Hippolyte Omer : 91
BALZAC, Honoré de : 7, 13, 91, 231, 251, 276, 312, 316, 319, 334, 335, 336, 341, 345, 349, 359, 365, 371, 400, 401, 403, 430
BARBEY D'AUREVILLY, Jules de : 49, 149, 343, 358, 429
BARRÈS, Maurice : 43, 402
BARTHES, Roland : 17
BAUDELAIRE, Charles : 40, 41, 48, 179, 198
BEAUMARCHAIS, Pierre-Augustin Caron de : 32, 33, 308
BECK, Robert : 185
BEDOT, John : 366
BÉRANGER, Pierre-Jean de : 302
BEREND, Michel : 366
BERTHELOT, Sandrine : 189
BERTIN, Jean-Victor : 55
BERVANGER, Martin de (abbé) : 97
BICHAT, Marie François Xavier : 319
BLANCHARD, Jacques : 68
BLAZE DE BURY, Henry : 304 n
BOILEAU (pour Boileau-Despréaux), Nicolas : 336
BONAPARTE, Mathilde, princesse : 18, 38, 115 n, 245, 307
BORDAS, Éric : 45 n, 60 n
BOUCHER, François : 114, 408
BOUFFLERS, Marie-Charlotte de, comtesse d'Auteuil : 63 n
BOUILHET, Louis : 14, 375, 414
BOURBON-CONDÉ, Charles de : 61 n
BOURGET, Paul : 7, 9, 10, 23
BRACHET, Jean-Louis : 8, 28, 29, 30, 31, 90 n, 134 n, 261, 262, 264, 266
BRANTÔME, Pierre de Bourdeille (dit) : 346
BRIÈRE DE BOISMONT, Alexandre : 263
BRIQUET, Pierre : 11, 28, 29, 30, 32 n, 34, 99 n, 134 n
BULLION, Claude de : 68
BYRON, George Gordon (Lord) : 18, 45, 244, 396, 418

CABANÈS, Christiane : 8, 50
CABANÈS, Jean-Louis : 8, 10, 30, 41 n, 49 n, 50, 193
CARAMASCHI, Enzo : 47
CARREL, Armand : 318
CATHERINE II : 61 n
CÉARD, Henry : 61 n, 325 n
CERVANTÈS, Miguel de : 288, 348
CHAMPFLEURY, Jules Husson (dit) : 40, 322, 385, 412
CHARCOT, Jean-Martin : 393
CHARLES X (comte d'Artois) : 60
CHARPENTIER, Georges : 53, 60, 61, 252, 292, 358, 366

CHATEAUBRIAND, François-René (vicomte de) : 77
CHAUMETTE, Pierre-Gaspard : 64, 65
CHERBULIEZ, Victor : 358, 366, 383
CLAIRET, Hippolyte de : 366
CLARETIE, Jules : 8, 325, 379
CLAUDIN, Gustave : 361
CLAVEAU, Anatole : 365
CLOUZOT, Marcel : 51 n
COGMAN, Peter : 27
COLMANT, Alexandre : 22, 48, 94 n, 113 n, 250
CONTI, prince de : 63 n, 69
CORNEILLE, Pierre : 27, 74, 306, 333
CROISILLES DE SAINT HUBERTY : 61 n
CROUZET, Michel : 38

DAMANT, Augustine : 57
DAUDET, Alphonse : 393
DAUMIER, Honoré : 196 n
DAURIAT, Philippe : 295, 320 n
DELACROIX, Eugène : 259
DEL SARTE, André : 68
DELTUF, Paul : 366
DELVAU, Alfred : 186 n, 196 n, 203 n, 342
DELZANT, Alidor : 10 n, 413 n
DÉPRET, Louis : 366
DESLYS, Charles : 366
DIAZ DE LA PEÑA, Narcisse : 91 n
DICKENS, Charles : 288, 289, 340
DIDEROT, Denis : 33, 63 n, 283, 324
DOMERGUE, Anne-Rose : 57 n
DOMERGUE, Rosalie : 239 n
DU BARRY, Jeanne Bécu (comtesse) : 11
DUBARRY, Armand : 381
DUBUT, Victor-Laurent : 239
DUCHESNE, Alphonse : 39, 347
DUFIEF, Pierre-Jean : 7 n, 10 n, 20, 49 n, 413 n
DUGUET, Jean-Baptiste : 213 n
DUMAS, Alexandre : 308, 369, 375
DUPUYTREN, Guillaume : 319, 331, 355
DUSOLIER, Alcide : 358
DUVERNOIS, Alexandre : 376
DUVERNOIS, Clément : 383

EDMOND, Charles : 47 n
ELIOT, George : 43, 401
ERCKMANN-CHATRIAN (Émile Erckmann et Alexandre Chatrian) : 358

FÉRÉ, Octave : 369
FEUILLET, Octave : 286, 375, 379
FÉVAL, Paul : 358
FEYDEAU, Ernest : 8, 25, 40 n, 45, 311, 355
FLAUBERT, Gustave : 7, 20, 23, 24, 25, 39 n, 44, 47, 178 n, 276, 294, 311, 320, 326, 362, 369, 375, 385, 403, 408, 412, 414
FLORIAN, Jean-Pierre Claris de : 333
FORAIN, Jean-Louis : 40
FOUDRAS, Théodore (marquis de) : 366
FRAGONARD, Jean-Honoré : 318
FRÉDÉRIX, Gustave : 403
FRYE, Northrop : 48

GAILLARD, Léopold de : 310
GARDANNE, Charles-Paul-Louis de : 263
GASSIER, Alfred : 411
GAUTIER, Théophile : 24, 39, 40, 306, 326, 360, 367, 390, 408
GAVARNI, Sulpice Guillaume Chevalier (dit Paul) : 25, 196, 324
GEFFROY, Gustave : 53 n, 154 n, 213 n, 229 n
GONCOURT, Edmond de : 34, 61, 390, 394, 400, 402, 404, 409, 411, 422
GONCOURT, Jules de : 7, 9, 12, 13, 14, 15, 17, 20, 21, 22, 46, 118, 231 n, 325, 381, 423
GONCOURT, Jules et Edmond de : 3, 5, 6, 8, 9, 10, 11, 12, 14, 15, 18, 20, 21, 22, 23, 24, 25, 26, 27, 28, 29, 30, 31, 32, 33, 35, 37, 38, 39, 40, 42, 44, 45, 46, 47, 48, 49, 50, 51, 55 n, 56, 57 n, 59 n, 60 n, 62 n, 72 n, 75 n, 83 n, 85 n, 90 n, 94 n, 96 n, 98 n, 99 n, 104 n, 1109 n, 114 n, 115 n, 127 n, 134 n,

141 n, 154 n, 160 n, 179 n, 185 n, 188 n, 189 n, 197 n, 199 n, 202 n, 203 n, 225 n, 239, 240 n, 255, 256, 257 n, 261, 265 n, 267, 268, 275, 276, 277, 279, 283, 284, 285, 286, 288, 289, 290, 291, 292, 293, 294, 299, 300, 301, 303, 304, 305, 306, 308, 309, 310, 311, 312, 313, 314, 315, 317, 318, 319, 321, 322, 323, 324, 326, 327, 330, 332, 333, 334, 335, 340, 343, 344, 345, 346, 347, 348, 349, 352, 354, 355, 356, 357, 358, 359, 360, 361, 363, 364, 365, 366, 367, 368, 369, 372, 374, 375, 376, 380, 381, 382, 383, 384, 385, 386, 387, 388, 389, 390, 391, 392, 393, 394, 395, 399, 401, 403, 404, 407, 408, 410, 411, 412, 414, 422, 423
GOULEMOT, Jean-Marie : 189
GOURMONT, Rémy de : 23
GRANDVILLE, Jean Ignace Isidore Gérard (dit) : 196 n
GUIFFREY, Jean : 114 n
GUINHUT, Camille : 357
GUYOT, Jules : 23

HALT, Robert : 361
HAMON, Philippe : 96 n
HEINE, Henri : 251, 252, 254, 292
HERVÉ, Louis-Auguste-Florimond Ronger (dit) : 377
HERVIER, Louis-Adolphe : 104 n
HOMÈRE : 335, 360
HORNUNG, Joseph : 366
HOUSSAYE, Arsène : 346
HUGO, Victor : 13, 14, 42, 49, 184 n, 232 n, 254, 306, 308, 324, 333, 334, 345, 375, 413, 414
HURET, Jules : 50 n
HUYSMANS, Joris-Karl : 48, 184 n

JEANNIOT, Pierre Georges : 391, 392, 394, 404, 406, 415
JANIN, Jules : 251
JERROLD, Douglas William : 366
JOUBERT, Joseph : 285
JOUY, Étienne de : 333
JUVÉNAL : 351

KALIFA, Dominique : 107 n
KARR, Alphonse : 349
KOCK, Paul de : 308
KOPP, Robert : 49 n

LABARTHE, Patrick : 41
LABILLE, Augusta : 14 n
LABILLE, Léonidas : 14 n
LACORDAIRE, Henri : 324
LA COURSONNOIS, Gabriel (dit Brididi) : 118
LA FAYETTE, Marie-Madeleine Pioche de La Vergne (comtesse de) : 306
LAFOSSE, Antoine de : 333
LAMARTINE, Alphonse de : 46, 315, 334, 345
LAMENNAIS, Félicité Robert de : 287, 341
LAVILLE, Béatrice : 44
LAGENEVAIS, Ferdinand de : 8, 304
LAGIER, Suzanne : 24
LANDOUZY, Hector : 29, 30, 99 n, 134 n, 266
LE BAS DE COURMONT, Charles-Claude : 66 n, 239, 258, 259, 260
LE BAS DE COURMONT, Cornélie : 65 n, 142 n
LE BAS DE COURMONT, Louis-Marie : 62 n
LECONTE DE L'ISLE, Charles : 375, 411
LEFÊVRE, André : 358
LEMAÎTRE, Jules : 391
LEMERCIER, Népomucène : 333
LEMIERRE, Antoine : 333
LENOIR DE SÉRIGNY, Élisabeth : 142 n
LESAGE, Alain-René : 283, 349
LEVALLOIS, Jules : 292, 322, 368
LOUIS XVI : 57 n, 58, 60 n, 61 n, 77
LOUIS XVIII : 60 n
LOUISE, princesse de France : 60 n

LOUYER-VILLERMAY, Jean-Baptiste : 264
LUCE DE LANCIVAL, Jean-Charles-Julien : 333

MALIBRAN, Garcia, Maria Felicia, dite : 297
MALINGRE, Rosalie ou Rose : 14, 20, 22, 23, 50, 57 n, 93 n, 196 n, 213 n, 217 n, 239, 255, 256
MALOT, Hector : 342, 366
MARIA (maîtresse des Goncourt) : 19, 20, 47, 127 n, 397, 420
MARIE-ADÉLAÏDE (princesse de France) : 60 n
MARIE-ANTOINETTE (reine de France) : 62 n, 299, 311, 318, 359
MARTINEAUD, Jean-Paul : 213 n
MAUPASSANT, Guy de : 46, 47, 48
MENVILLE DE PONSAN, Charles-François : 31, 35 n, 83 n, 202 n, 263, 264
MERCIER, Sébastien : 313
MERLET, Gustave : 8, 45, 333
MICHELET, Jules : 14, 23, 50, 85 n, 86 n, 314, 315, 318
MICKIEWICZ, Adam : 324
MOLIÈRE, Jean-Baptiste Poquelin (dit) : 288, 335, 377
MOLLIER, Jean-Yves : 49 n
MONNIER, Henry : 345
MONSELET, Charles : 312
MORDRET, Ambroise-Eusèbe : 265, 266
MOREAU-CHRISTOPHE, Louis-Mathurin : 310
MORTJÉ, Michel : 375
MOÜY, Charles de : 341
MURILLO, Bartolomé Esteban : 360

OFFENBACH, Jacques : 377
OSTER, Daniel : 189 n

PARENT-DUCHÂTELET, Alexandre : 310
PARROT, Jules : 11 n
PATTI, Adelina : 297
PERRAULT, Charles : 332
PÉTRONE : 43, 251
PETY, Dominique : 144 n
PHILIPPON, Charles : 196 n
PINEL, Philippe : 149 n
PIXÉRÉCOURT, René-Charles, Guilbert de : 307
POE, Edgar Allan : 17 n
PONSARD, François : 375
PONSON DU TERRAIL, Pierre Alexis (vicomte de) : 307
PONTEUIL, madame (cantatrice) : 61
PONTMARTIN, Armand de : 304 n, 312
POUCHET, Georges : 179 n
POULOT, Denis : 189 n
POUTHIER, Alexandre : 189 n
PRAJS, Lazare : 45 n, 47, 48
PRÉVOST, Antoine François Prévost d'Exiles (dit l'abbé) : 283
PRUD'HON, Pierre-Paul : 114

QUINET, Edgar : 375

RACHEL : 13, 26, 27, 74, 171
RACINE, Jean : 27, 290, 306, 333, 336, 346
RAFAËLLI, Jean-François : 40
RAPHAËL, Raffaello Sanzio (dit) : 68
RÉCAMIER, Juliette : 142 n
REMBRANDT : 317
RENAN, Ernest : 383, 403
RESTIF DE LA BRETONNE, Nicolas : 305
RICATTE, Robert : 10 n, 11 n, 29, 127 n
RICHARD, Jules : 361 n
RIMBAUD, Arthur : 24
ROBERT, Guy : 40 n
ROBESPIERRE, Maximilien : 65
ROESCH, Charles : 11
RONCHAUD, Louis de : 367
ROUHER, Eugène : 383 n
ROUSSEAU, Jean-Jacques : 63 n, 70, 91, 261, 283,

SADE, Donatien-Alphonse-François (marquis de) : 16, 23, 25, 242

SAINTE-BEUVE, Charles-Augustin : 391, 403, 412, 413
SAND, George : 50, 334, 366, 400, 401, 403
SAND, Maurice : 366
SAINT-HUBERTY, Antoinette-Cécile (née Clavel) : 61
SAINT-VICTOR, Paul de : 92, 308, 411
SANDRAS, Claude-Marie-Stanislas : 265
SEMPRONIUS GRACCHUS, Tiberius : 65
SEMPRONIUS GRACCHUS, Caïus : 65
SENANCOUR, Étienne Pivert de : 23
SERRET, Ernest : 366
SCOTT, Walter : 402
SCRIBE, Eugène : 378
SHAKESPARE, William : 288, 335
SIMON, Edmond (médecin) : 15, 16, 19, 20, 213 n, 241, 242, 415, 416
SOCRATE : 24
SOPHIE (princesse de France) : 60 n
SOULIÉ, Frédéric : 369
SPANDONIS, Sophie : 189 n
STAËL, Germaine de : 287
STENDHAL, Henry Beyle dit : 23, 319, 379, 401
SUE, Eugène : 13, 164 n, 307, 313, 314, 345, 349, 357, 400
SWIFT, Jonathan : 377

TAINE, Hippolyte : 293, 377
TALARU, César Marie (marquis de) : 62
TARDIEU, Ambroise-Auguste : 23
THIERS, Adolphe : 375
THOREL-CAILLETEAU, Sylvie : 49 n
TODI, Luisa : 61
TOLSTOÏ, Léon : 43, 401

ULBACH, Louis : 7, 366

VALREY, Max : 366
VALLÈS, Jules : 8, 282
VASARI, Giorgio : 69, 70 n
VÉRON, Eugène : 396
VERNET, Horace : 313, 314
VICTOIRE (princesse de France) : 60 n, 258 n
VILLETARD, Edmond : 39, 354
VINCI, Leonard de : 68
VIREY, Julien-Joseph : 263
VIRGILE : 335
VOLTAIRE, François-Marie Arouet (dit) : 333
VOUET, Simon : 68 n

WATTEAU, Antoine : 91, 318, 408
WEISS, Jean-Jacques : 40

YOUNG, Thomas : 323

ZACCONE, Pierre : 369
ZOLA, Émile : 7, 8, 9, 27, 34, 46, 47, 48, 49, 75 n, 99 n, 185 n, 277, 361 n, 366, 380, 385, 393

TABLE DES MATIÈRES

PRÉFACE 7
Genèse 10
« Clinique de l'amour » 23
Tragique moderne 32
Réalisme noir 38
Avant le naturalisme 43

GERMINIE LACERTEUX 51
Préface de la première édition 53
I 55
II 60
III 79
IV 83
V 88
VI 90
VII 94
VIII 97
IX 98
X 101
XI 102
XII 104
XIII 109
XIV 110
XV 112

XVI 113
XVII 118
XVIII 121
XIX 123
XX 124
XXI 129
XXII 131
XXIII 133
XXIV 135
XXV 137
XXVI 138
XXVII 141
XXVIII 143
XXIV 145
XXX 147
XXXI 150
XXXII 152
XXXIII 155
XXXIV 156
XXXV 157
XXXVI 159
XXXVII 162
XXXVIII 163
XXXIX 166
XL 169
XLI 170
XLII 172
XLIII 173
XLIV 174
XLV 175

XLVI 177
XLVII 178
XLVIII 180
XLIX 186
L 189
LI 192
LII 195
LIII 198
LIV 202
LV 203
LVI 205
LVII 206
LVIII 207
LIX 209
LX 210
LXI 212
LXII 214
LXIII 215
LXIV 217
LXV 218
LXVI 221
LXVII 223
LXVIII 224
LXIX 226
LXX 229

ILLUSTRATIONS 235

ANNEXE I
Sources 239
Journal. Mémoires de la vie littéraire
Edmond et Jules de Goncourt 239

« Rose ». Documents concernant Rose Malingre 255
Affaire Lebas de Courmont 258
Notes de lecture prises par les Goncourt.
Transcription du Carnet 45 261

ANNEXE II
Réception 267
Presse 267
« *Germinie Lacerteux* par MM. Ed et J. de Goncourt »
Le Salut public de Lyon, 23 janvier 1865 267
« Les livres nouveaux »
Le Progrès de Lyon, 30 janvier 1865 277
Variétés. « Les tendances du roman contemporain »
« *Germinie Lacerteux* de MM. Ed. et J. de Goncourt »
L'Avenir national, 1er février 1865 283
« Revue littéraire ». *Le Monde illustré*, 4 février 1865 292
Chronique de la quinzaine : « Le petit roman »
Revue des Deux Mondes, 15 février 1865 295
« MM. Edmond et Jules de Goncourt »
La Gazette de France, 27 février 1865 304
« Romanciers du XIXe siècle ». *Revue de Paris*, 5 mars 1865 . . . 312
La France, 21 mars 1865 325
« Variétés ». *La Presse*, 26 mars 1865 333
« Le roman pathologique ». *Le Figaro*, 30 mars 1865 341
« Revue littéraire ». *Revue nationale*, 10 avril 1865 347
« Livres ». *L'Époque*, 13 avril 1865 355
« Revue littéraire : romanciers, fantaisistes, publicistes »
L'Illustration. Journal universel, 3 juin 1865 358
« Bibliographie ». *Le Moniteur universel*, 1er août 1865 358
« Chronique littéraire »
Revue contemporaine, novembre-décembre 1865 361
« Chronique littéraire »
Revue moderne, décembre 1865 366
Article « Littérature de la France »
Annuaire encyclopédique, vol. 6, 1865 367
« Edmond et Jules de Goncourt : *Germinie Lacerteux* »
L'Art, 6 janvier 1866 369

« Lettre à Ferragus ». *Le Figaro*, 31 janvier 1868 375
« *Germinie Lacerteux*, par MM. Edmond et Jules de Goncourt, Alphonse Lemerre éditeur »
Journal de Nice, 18 novembre 1876 380
« Bibliographie ». *L'Ordre*, 4 mars 1877 381
« Edmond et Jules de Goncourt »
Revue politique et littéraire, 1882 383
« Notre Bibliothèque » CCXXI
Courrier de l'art, n° 27, 2 juillet 1886 391
« Chronique sur *Germinie Lacerteux* »
La Justice, 10 juin 1886 394
« Les *Germinie Lacerteux* ». *Le Voltaire*, 13 juin 1886 400
L'Indépendance belge, 15 juin 1886 403
« Les Chefs-d'œuvre du roman contemporain : *Germinie Lacerteux* de M. Edmond de Goncourt » (*sic*)
Le National, 8 août 1886 404

Correspondance
Lettre de Flaubert aux Goncourt datée de [Croisset,] lundi [16 janvier 1865] 412
Lettre de Sainte-Beuve à Jules et Edmond de Goncourt du 15 janvier 1865 412
Lettre de Victor Hugo du 1er juin 1865 413
Compléments 414

ANNEXE III
Préface de l'édition illustrée Quantin 415

BIBLIOGRAPHIE 423

INDEX NOMINUM 433